凝煉知識品味閱讀

五南圖書出版公司 印行

# 目錄

## 上冊


第一回　靈根育孕源流出　心性修持大道生　一
第二回　悟徹菩提真妙理　斷魔歸本合元神　一三
第三回　四海千山皆拱伏　九幽十類盡除名　二三
第四回　官封弼馬心何足　名注齊天意未寧　三一
第五回　亂蟠桃大聖偷丹　反天宮諸神捉怪　四一
第六回　觀音赴會問原因　小聖施威降大聖　五一
第七回　八卦爐中逃大聖　五行山下定心猿　六〇
第八回　我佛造經傳極樂　觀音奉旨上長安　六九
第九回　袁守誠妙算無私曲　老龍王拙計犯天條　七九
第十回　二將軍宮門鎮鬼　唐太宗地府還魂　九〇
第十一回　還受生唐王遵善果　度孤魂蕭瑀正空門　一〇〇
第十二回　玄奘秉誠建大會　觀音顯像化金蟬　一一〇
第十三回　陷虎穴金星解厄　雙叉嶺伯欽留僧　一二〇
第十四回　心猿歸正　六賊無踪　一三〇

| | | | |
|---|---|---|---|
| 第十五回 | 蛇盤山諸神暗佑 | 鷹愁澗意馬收韁 | 一四一 |
| 第十六回 | 觀音院僧謀寶貝 | 黑風山怪竊袈裟 | 一五一 |
| 第十七回 | 孫行者大鬧黑風山 | 觀世音收伏熊羆怪 | 一六一 |
| 第十八回 | 觀音院唐僧脫難 | 高老莊行者降魔 | 一七四 |
| 第十九回 | 雲棧洞悟空收八戒 | 浮屠山玄奘受心經 | 一八二 |
| 第二十回 | 黃風嶺唐僧有難 | 半山中八戒爭先 | 一九二 |
| 第二十一回 | 護法設莊留大聖 | 須彌靈吉定風魔 | 二〇二 |
| 第二十二回 | 八戒大戰流沙河 | 木叉奉法收悟淨 | 二一二 |
| 第二十三回 | 三藏不忘本 | 四聖試禪心 | 二二二 |
| 第二十四回 | 萬壽山大仙留故友 | 五莊觀行者竊人參 | 二三二 |
| 第二十五回 | 鎮元仙趕捉取經僧 | 孫行者大鬧五莊觀 | 二四二 |
| 第二十六回 | 孫悟空三島求方 | 觀世音甘泉活樹 | 二五二 |
| 第二十七回 | 屍魔三戲唐三藏 | 聖僧恨逐美猴王 | 二六二 |
| 第二十八回 | 花果山群妖聚義 | 黑松林三藏逢魔 | 二七二 |
| 第二十九回 | 脫難江流來國土 | 承恩八戒轉山林 | 二八二 |
| 第三十回 | 邪魔侵正法 | 意馬憶心猿 | 二九一 |
| 第三十一回 | 豬八戒義激猴王 | 孫行者智降妖怪 | 三〇二 |
| 第三十二回 | 平頂山功曹傳信 | 蓮花洞木母逢災 | 三一三 |

第三十三回　外道迷真性　元神助本心　三二四
第三十四回　魔王巧算困心猿　大聖騰那騙寶貝　三三四
第三十五回　外道施威欺正性　心猿獲寶伏邪魔　三四四
第三十六回　心猿正處諸緣伏　劈破傍門見月明　三五四
第三十七回　鬼王夜謁唐三藏　悟空神化引嬰兒　三六四
第三十八回　嬰兒問母知邪正　金木參玄見假真　三七五
第三十九回　一粒金丹天上得　三年故主世間生　三八五
第四十回　嬰兒戲化禪心亂　猿馬刀歸木母空　三九五
第四十一回　心猿遭火敗　木母被魔擒　四〇五
第四十二回　大聖慇懃拜南海　觀音慈善縛紅孩　四一六
第四十三回　黑河妖孽擒僧去　西洋龍子捉鼉回　四二六
第四十四回　法身元運逢車力　心正妖邪度脊關　四三七
第四十五回　三清觀大聖留名　車遲國猴王顯法　四四八
第四十六回　外道弄強欺正法　心猿顯聖滅諸邪　四五八
第四十七回　聖僧夜阻通天水　金木垂慈救小童　四六八
第四十八回　魔弄寒風飄大雪　僧思拜佛履層冰　四七八
第四十九回　三藏有災沈水宅　觀音救難現魚籃　四八七
第五十回　情亂性從因愛慾　神昏心動遇魔頭　四九八

下冊

第五十一回　心猿空用千般計　水火無功難煉魔　五〇九
第五十二回　悟空大鬧金𡶴洞　如來暗示主人公　五一九
第五十三回　禪主吞餐懷鬼孕　黃婆運水解邪胎　五二九
第五十四回　法性西來逢女國　心猿定計脫烟花　五四〇
第五十五回　色邪淫戲唐三藏　性正修持不壞身　五四九
第五十六回　神狂誅草寇　道昧放心猿　五五九
第五十七回　真行者落伽山訴苦　假猴王水簾洞謄文　五六九
第五十八回　二心攪亂大乾坤　一體難修真寂滅　五七八
第五十九回　唐三藏路阻火焰山　孫行者一調芭蕉扇　五八七
第 六 十 回　牛魔王罷戰赴華筵　孫行者二調芭蕉扇　五九七
第六十一回　豬八戒助力敗魔王　孫行者三調芭蕉扇　六〇七
第六十二回　滌垢洗心惟掃塔　縛魔歸正乃修身　六一八
第六十三回　二僧蕩怪鬧龍宮　群聖除邪獲寶貝　六二七
第六十四回　荊棘嶺悟能努力　木仙菴三藏談詩　六三六
第六十五回　妖邪假設小雷音　四眾皆逢大厄難　六四七
第六十六回　諸神遭毒手　彌勒縛妖魔　六五七
第六十七回　拯救駝羅禪性穩　脫離穢污道心清　六六六

第六十八回　朱紫國唐僧論前世　孫行者施為三折肱　六七六
第六十九回　心主夜間修藥物　君王筵上論妖邪　六八六
第七十回　妖魔寶放烟沙火　悟空計盜紫金鈴　六九五
第七十一回　行者假名降怪犼　觀音現像伏妖王　七〇六
第七十二回　盤絲洞七情迷本　濯垢泉八戒忘形　七一七
第七十三回　情因舊恨生災毒　心主遭魔幸破光　七二八
第七十四回　長庚傳報魔頭狠　行者施為變化能　七三九
第七十五回　心猿鑽透陰陽竅　魔王還歸大道真　七四九
第七十六回　心神居舍魔歸性　木母同降怪體真　七六〇
第七十七回　群魔欺本性　一體拜真如　七七〇
第七十八回　比丘憐子遣陰神　金殿識魔談道德　七八〇
第七十九回　尋洞擒妖逢老壽　當朝正主見嬰兒　七九〇
第八十回　姹女育陽求配偶　心猿護主識妖邪　七九九
第八十一回　鎮海寺心猿知怪　黑松林三眾尋師　八〇九
第八十二回　姹女求陽　元神護道　八二〇
第八十三回　心猿識得丹頭　姹女還歸本性　八三〇
第八十四回　難滅伽持圓大覺　法王成正體天然　八三九
第八十五回　心猿妒木母　魔主計吞禪　八四九

第八十六回　木母助威征怪物　金公施法滅妖邪　八五九
第八十七回　鳳仙郡冒天止雨　孫大聖勸善施霖　八七〇
第八十八回　禪到玉華施法會　心猿木土授門人　八七九
第八十九回　黃獅精虛設釘鈀宴　金木土計鬧豹頭山　八八八
第九十回　師獅授受同歸一　盜道纏禪靜九靈　八九七
第九十一回　金平府元夜觀燈　玄英洞唐僧供狀　九〇六
第九十二回　三僧大戰青龍山　四星挾捉犀牛怪　九一七
第九十三回　給孤園問古談因　天竺國朝王遇偶　九二七
第九十四回　四僧宴樂御花園　一怪空懷情慾喜　九三六
第九十五回　假合真形擒玉兔　真陰歸正會靈元　九四七
第九十六回　寇員外喜待高僧　唐長老不貪富貴　九五七
第九十七回　金酬外護遭魔蟄　聖顯幽魂救本原　九六六
第九十八回　猿熟馬馴方脫殼　功成行滿見真如　九七八
第九十九回　九九數完魔滅盡　三三行滿道歸根　九九一
第一百回　徑回東土　五聖成真　九九九

# 第一回 靈根育孕源流出 心性修持大道生

詩曰：

混沌未分天地亂，茫茫渺渺無人見。
自從盤古破鴻濛，開闢從茲清濁辨。
覆載群生仰至仁，發明萬物皆成善。
欲知造化會元功，須看《西遊釋厄傳》。

蓋聞天地之數，有十二萬九千六百歲為一元。將一元分為十二會，乃子、丑、寅、卯、辰、巳、午、未、申、酉、戌、亥之十二支也。每會該一萬八百歲。且就一日而論：子時得陽氣，而丑則雞鳴；寅不通光，而卯則日出；辰時食後，而巳則挨排；日午天中，而未則西蹉；申時晡而日落西；戌黃昏而人定亥。譬於大數，若到戌會之終，則天地昏蒙而萬物否矣。再去五千四百歲，亥會之初，則當黑暗，而兩間人物俱無矣，故曰混沌。又五千四百歲，亥會將終，貞下起元，近子之會，而復逐漸開明。邵康節曰：「冬至子之半，天心無改移。一陽初動處，萬物未生時。」到此，天始有根。再五千四百歲，正當子會，輕清上騰，有日，有月，有星，有辰。日、月、星、辰，謂之四象。故曰，天開於子。又經五千四百歲，子會將終，近丑之會，而逐漸堅實。《易曰》：「大哉乾元！至哉坤元！萬物資生，乃順承天。」至此，地始凝結。再五千四百歲，正當丑會，重濁下凝，有水，有火，有山，有石，有土。水、火、山、石、土，謂之五形。故曰，地闢於丑。又經五千四百歲，丑會終而寅會之初，發生萬物。曆曰：「天氣下降，地氣上昇；天地交合，群物皆生。」至此，天清地爽，陰陽交合。再五千四百歲，正當寅會，生人，生獸，生禽，正謂天地人，三才定位。故曰，人生於寅。

感盤古開闢，三皇治世，五帝定倫，世界之間，遂分為四大部洲：曰東勝神洲，曰西牛賀洲，曰南贍部洲，曰北俱蘆洲。這部書單表東勝神洲。海外有一國土，名曰傲來國。國近大海，海中有一座山，喚為花果山。此山乃十洲之祖脈，三島之來龍，自開清濁而立，鴻濛判後而成。真個好山！有詞賦為證。賦曰：

勢鎮汪洋，威寧瑤海。勢鎮汪洋，潮湧銀山魚入穴；威寧瑤海，波翻雪浪蜃離淵。木火方隅高積上，東海之處聳崇巔。丹崖怪石，削壁奇峰。丹崖上，彩鳳雙鳴；削壁前，麒麟獨臥。峰頭時聽錦雞鳴，石窟每觀龍出入。林中有壽鹿仙狐，樹上有靈禽玄鶴。瑤草奇花不謝，青松翠柏長春。仙桃常結果，修竹每留雲。一條澗壑藤蘿密，四面原堤草色新。正是：百川會處擎天柱，萬劫無移大地根。

那座山，正當頂上，有一塊仙石。其石有三丈六尺五寸高，有二丈四尺圍圓。三丈六尺五寸高，按周天三百六十五度；二丈四尺圍圓，按政曆二十四氣。上有九竅八孔，按九宮八卦。四面更無樹木遮陰，左右倒有芝蘭相襯。蓋自開闢以來，每受天真地秀，日精月華，感之既久，遂有靈通之意。內育仙胞，一日迸裂，產一石卵，似圓毬樣大。因見風，化作一個石猴，五官俱備，四肢皆全。便就學爬學走，拜了四方。目運兩道金光，射沖斗府。驚動高天上聖大慈仁者玉皇大天尊玄穹高上帝，駕座金闕雲宮靈霄寶殿，聚集仙卿，見有金光焰焰，即命千里眼、順風耳開南天門觀看。二將果奉旨出門外，看得真，聽得明。須臾回報道：「臣奉旨觀聽金光之處，乃東勝神洲海東傲來小國之界，有一座花果山，山上有一仙石，石產一卵，見風化一石猴，在那裏拜四方，眼運金光，射沖斗府。如今服餌水食，金光將潛息矣。」玉帝垂賜恩慈曰：「下方之物，乃天地精華所生，不足為異。」

那猴在山中，卻會行走跳躍，食草木，飲澗泉，採山花，覓樹果；與狼蟲為伴，虎豹為群，獐鹿為友，獼猿為親；夜宿石崖之下，朝遊峰洞之中。真是「山中無甲子，寒盡不知年。」一朝天氣炎熱，與群猴避暑，都在松陰之下頑耍。你看他一個個：

跳樹攀枝，採花覓果；拋彈子，邷麼兒；
跑沙窩，砌寶塔；趕蜻蜓，撲蚻蜡；
參老天，拜菩薩；扯葛藤，編草帓；
捉蝨子，咬又掐；理毛衣，剔指甲；
挨的挨，擦的擦；推的推，壓的壓；
扯的扯，拉的拉。青松林下任他頑，綠水澗邊隨洗濯。

一群猴子耍了一會，卻去那山澗中洗澡。見那股澗水奔流，真個似滾瓜湧濺。古云：「禽有禽言，獸有獸語。」眾猴都道：「這股水不知是那裏的水。我們今日趕閒無事，順澗邊往上溜頭尋看源流，耍子去耶！」喊一聲，都拖男挈女，呼弟呼兄，一齊跑來，順澗爬山，直至源流之處，乃是一股瀑布飛泉。但見那：

一派白虹起，千尋雪浪飛。海風吹不斷，江月照還依。
冷氣分青嶂，餘流潤翠微；潺湲名瀑布，真似掛簾帷。

眾猴拍手稱揚道：「好水！好水！原來此處遠通山腳之下，直接大海之波。」又道：「那一個有本事的，鑽進去尋個源頭出來，不傷身體者，我等即拜他為王。」連呼了三聲，忽見叢雜中跳出一個石猴，應聲高叫道：「我進去！我進去！」好猴！也是他：

今日芳名顯，時來大運通。有緣居此地，王遣入仙宮。

你看他瞑目蹲身，將身一縱，逕跳入瀑布泉中，忽睜睛抬頭觀看，那裏邊卻無水無波，明明朗朗的一架橋梁。他住了身，定了神，仔細再看，原來是座鐵板橋。橋下之水，沖貫於石竅之間，倒掛流出去，遮閉了橋門。卻又欠身上橋頭，再走再看，卻似有人家住處一般，真個好所在。但見那：

翠蘚堆藍，白雲浮玉，光搖片片烟霞。虛牕靜室，滑凳板生花。
乳窟龍珠倚掛，縈迴滿地奇葩。鍋竈傍崖存火跡，樽罍靠案見餚渣。
石座石牀真可愛，石盆石碗更堪誇。又見那一竿兩竿修竹，三點五點梅花。
幾樹青松常帶雨，渾然相個人家。

看罷多時，跳過橋中間，左右觀看，只見正當中有一石碣。碣上有一行楷書大字，鐫著「花果山福地，水簾洞洞天。」石猴喜不自勝，急抽身往外便走，復瞑目蹲身，跳出水外，打了兩個呵呵道：「大造化！大造化！」眾猴把他圍住，問道：「裏面怎麼樣？水有多深？」石猴道：「沒水！沒水！原來是一座鐵板橋。橋那邊是一座天造地設的家當。」眾猴道：「怎見得是個家當？」石猴笑道：「這股水乃是橋下沖貫石橋，倒掛下來遮閉門戶的。橋邊有花有樹，乃是一座石房。房內有石窩、石竈、石碗、石盆、石牀、石凳。中間一塊石碣上，鐫著『花果山福地，水簾洞洞天。』真個是我們安身之處。裏面且是寬闊，容得千百口老小。我們都進去住也，省得受老天之氣。這裏邊：

刮風有處躲，下雨好存身。霜雪全無懼，雷聲永不聞。

烟霞常照耀，祥瑞每蒸薰。松竹年年秀，奇花日日新。

眾猴聽得，個個歡喜。都道：「你還先走，帶我們進去，進去！」石猴卻又瞑目蹲身，往裏一跳，叫道：「都隨我進來！進來！」那些猴有膽大的，都跳進去了；膽小的，一個個伸頭縮頸，抓耳撓腮，大聲叫喊，纏一會，也都進去了。跳過橋頭，一個個搶盆奪碗，占竈爭牀，搬過來，移過去，正是猴性頑劣，再無一個寧時，只搬得力倦神疲方止。石猿端坐上面道：「列位呵，『人而無信，不知其可。』你們才說有本事進得來，出得去，不傷身體者，就拜他為王。我如今進來又出去，出去又進來，尋了這一個洞天與列位安眠穩睡，各享成家之福，何不拜我為王？」眾猴聽說，即拱伏無違，一個個序齒排班，朝上禮拜，都稱「千歲大王」。自此，石猴高登王位，將「石」字兒隱了，遂稱「美猴王」。有詩為證。詩曰：

三陽交泰產群生，仙石胞含日月精。
借卵化猴完大道，假他名姓配丹成。
內觀不識因無相，外合明知作有形。
歷代人人皆屬此，稱王稱聖任縱橫。

美猴王領一群猿猴、獼猴、馬猴等，分派了君臣佐使，朝遊花果山，暮宿水簾洞，合契同情，不入飛鳥之叢，不從走獸之類，獨自為王，不勝歡樂。是以：

春採百花為飲食，夏尋諸果作生涯。
秋收芋栗延時節，冬覓黃精度歲華。

美猴王享樂天真，何期有三五百載。一日，與群猴喜宴之間，忽然憂惱，墮下淚來。眾猴慌忙羅拜道：「大王何為煩惱？」猴王道：「我雖在歡喜之時，卻有一點兒遠慮，故此煩惱。」眾猴又笑道：「大王好不知足！我等日日歡會，在仙山福地，古洞神州，不伏麒麟轄，不伏鳳凰管，又不伏人間王位所拘束，自由自在，乃無量之福，為何遠慮而憂也？」猴王道：「今日雖不歸人王法律，不懼禽獸威服，將來年老血衰，暗中有閻王老子管著，一旦身亡，可不枉生世界之中，不得久注天人之內？」眾猴聞此言，一個個掩面悲啼，俱以無常為慮。

只見那班部中，忽跳出一個通背猿猴，厲聲高叫道：「大王若是這般遠慮，真所謂道心開發也！如今五蟲之內，惟有三等名色，不伏閻王老子所管。」猴王道：「你知那三等人？」猿猴道：「乃是佛與仙與神聖三者，躲過輪迴，不生不滅，與天地山川齊壽。」猴王道：「此三者居於何所？」猿猴道：「他只在閻浮世界之中，古洞仙山之內。」猴王聞之，滿心歡喜，道：「我明日就辭汝等下山，雲遊海角，遠涉天涯，務必訪此三者，學一個不老長生，常躲過閻君之難。」噫！這句話，頓教跳出輪迴網，致使齊天大聖成。眾猴鼓掌稱揚，都道：「善哉！善哉！我等明日越嶺登山，廣尋些果品，大設筵宴送大王也。」

次日，眾猴果去採仙桃，摘異果，刨山藥，劚黃精。芝蘭香蕙，瑤草奇花，般般件件，整整齊齊，擺開石凳石桌，排列仙酒仙餚。但見那：

金丸珠彈，紅綻黃肥。金丸珠彈臘櫻桃，色真甘美；紅綻黃肥熟梅子，味果香酸。
鮮龍眼，肉甜皮薄；火荔枝，核小囊紅。林檎碧實連枝獻，枇杷緗苞帶葉擎。
兔頭梨子雞心棗，消渴除煩更解酲。香桃爛杏，美甘甘似玉液瓊漿；
脆李楊梅，酸蔭蔭如脂酸膏酪。紅囊黑子熟西瓜，四瓣黃皮大柿子。
石榴裂破，丹砂粒現火晶珠；芋栗剖開，堅硬肉團金瑪瑙。
胡桃銀杏可傳茶，椰子葡萄能做酒。榛松榧柰滿盤盛，橘蔗柑橙盈案擺。

熟煨山藥，爛煮黃精。搗碎茯苓並薏苡，石鍋微火漫炊羹。
人間縱有珍饈味，怎比山猴樂更寧！

群猴尊美猴王上坐，各依齒肩排於下邊，一個個輪流上前，奉酒，奉花，奉果，痛飲了一日。次日，美猴王早起，教：「小的們，替我折些枯松，編作栰子，取個竹竿作篙，收拾些果品之類，我將去也。」果獨自登栰，盡力撐開，飄飄蕩蕩，逕回大海波中，趁天風，來渡南贍部洲地界。這一去，正是那：

天產仙猴道行隆，離山駕栰趁天風。
飄洋過海尋仙道，立志潛心建大功。
有分有緣休俗願，無憂無慮會元龍。
料應必遇知音者，說破源流萬法通。

也是他運至時來，自登木栰之後，連日東南風緊，將他送到西北岸前，乃是南贍部洲地界。持篙試水，偶得淺水，棄了栰子，跳上岸來，只見海邊有人捕魚、打雁、挖蛤、淘鹽。他走近前，弄個把戲，妝個虎，嚇得那些人丟筐棄網，四散奔跑。將那跑不動的拿住一個，剝了他衣裳，也學人穿在身上，搖搖擺擺，穿州過府，在市塵中，學人禮，學人話。朝餐夜宿，一心裏訪問佛仙神聖之道，覓個長生不老之方。見世人都是為名為利之徒，更無一個為身命者。正是那：

爭名奪利幾時休？早起遲眠不自由！
騎著驢騾思駿馬，官居宰相望王侯。
只愁衣食耽勞碌，何怕閻君就取勾？

繼子蔭孫圖富貴，更無一個肯回頭！

猴王參訪仙道，無緣得遇。在於南贍部洲，串長城，遊小縣，不覺八九年餘。忽行至西洋大海，他想著海外必有神仙。獨自個依前作栰，又飄過西海，直至西牛賀洲地界。登岸遍訪多時，忽見一座高山秀麗，林麓幽深。他也不怕狼蟲，不懼虎豹，登山頂上觀看。果是好山：

千峰排戟，萬仞開屏。日映嵐光輕鎖翠，雨收黛色冷含青。
枯藤纏老樹，古渡界幽程。奇花瑞草，修竹喬松。
修竹喬松，萬載常青欺福地；奇花瑞草，四時不謝賽蓬瀛。
幽鳥啼聲近，源泉響溜清。重重谷壑芝蘭繞，處處巉崖苔蘚生。
起伏巒頭龍脈好，必有高人隱姓名。

正觀看間，忽聞得林深之處，有人言語，急忙趨步，穿入林中，側耳而聽，原來是歌唱之聲。歌曰：

觀棋柯爛，伐木丁丁，雲邊谷口徐行。賣薪沽酒，狂笑自陶情。
蒼徑秋高，對月枕松根，一覺天明。認舊林，登崖過嶺，持斧斷枯藤。
收來成一擔，行歌市上，易米三升。更無些子爭競，時價平平。
不會機謀巧算，沒榮辱，恬淡延生。相逢處，非仙即道，靜坐講《黃庭》。

美猴王聽得此言，滿心歡喜道：「神仙原來藏在這裏！」即忙跳入裏面，仔細再看，乃是一個樵子，在那裏舉斧砍柴。但看他打扮非常：

頭上戴箬笠，乃是新笋初脫之籜。身上穿布衣，乃是木綿撚就之紗。
腰間繫環縧，乃是老蠶口吐之絲。足下踏草履，乃是枯莎槎就之爽。
手執衡鋼斧，擔挽火麻繩。扳松劈枯樹，爭似此樵能！

猴王近前叫道：「老神仙！弟子起手。」那樵漢慌忙丟了斧，轉身答禮道：「不當人！不當人！我拙漢衣食不全，怎敢當『神仙』二字？」猴王道：「你不是神仙，如何說出神仙的話來？」樵夫道：「我說什麼神仙話？」猴王道：「我才來至林邊，只聽得你說：『相逢處非仙即道，靜坐講《黃庭》。』《黃庭》乃道德真言，非神仙而何？」樵夫笑道：「實不瞞你說，這個詞名做《滿庭芳》，乃一神仙教我的。那神仙與我舍下相鄰。他見我家事勞苦，日常煩惱，教我遇煩惱時，即把這詞兒念念。一則散心，二則解困。我才有些不足處思慮，故此念念。不期被你聽了。」猴王道：「你家既與神仙相鄰，何不從他修行？學得個不老之方，卻不是好？」樵夫道：「我一生命苦：自幼蒙父母養育至八九歲，才知人事，不幸父喪，母親居孀。再無兄弟姊妹，只我一人，沒奈何，早晚侍奉。如今母老，一發不敢拋離。卻又田園荒蕪，衣食不足，只得斫兩束柴薪，挑向市廛之間，貨幾文錢，糴幾升米，自炊自造，安排些茶飯，供養老母，所以不能修行。」

猴王道：「據你說起來，乃是一個行孝的君子，向後必有好處。但望你指與我那神仙住處，卻好拜訪去也。」樵夫道：「不遠，不遠。此山叫做靈臺方寸山。山中有座斜月三星洞。那洞中有一個神仙，稱名須菩提祖師。那祖師出去的徒弟，也不計其數，見今還有三四十人從他修行。你順那條小路兒，向南行七八里遠近，即是他家了。」猴王用手扯住樵夫道：「老兄，你便同我去去。若還得了好處，決不忘你指引之恩。」樵夫道：「你這漢子，甚不通變。我方才這般與你說了，你還不省？假若我與你去了，卻不誤了我的生意？老母何人奉養？我要斫柴，你自去，自去。」

猴王聽說，只得相辭。出深林，找上路徑，過一山坡，約有七八里遠，果然望見一座洞府。

挺身觀看，真好去處！但見：

烟霞散彩，日月搖光。千株老柏，萬節修篁。千株老柏，帶雨半空青冉冉；萬節修篁，含烟一壑色蒼蒼。門外奇花布錦，橋邊瑤草噴香。石崖突兀青苔潤，懸壁高張翠蘚長。時聞仙鶴唳，每見鳳凰翔。仙鶴唳時，聲振九皋霄漢遠；鳳凰翔起，翎毛五色彩雲光。玄猿白鹿隨隱見，金獅玉象任行藏。細觀靈福地，真個賽天堂！

又見那洞門緊閉，靜悄悄杳無人跡。忽回頭，見崖頭立一石牌，約有三丈餘高，八尺餘闊，上有一行十個大字，乃是「靈臺方寸山，斜月三星洞」。美猴王十分歡喜道：「此間人果是樸實。果有此山此洞。」看勾多時，不敢敲門。且去跳上松枝梢頭，摘松子吃了頑耍。

少頃間，只聽得呀的一聲，洞門開處，裏面走出一個仙童，真個丰姿英偉，相貌清奇，比尋常俗子不同。但見他：

髽髻雙絲綰，寬袍兩袖風。貌和身自別，心與相俱空。物外長年客，山中永壽童。一塵全不染，甲子任翻騰。

那童子出得門來，高叫道：「什麼人在此騷擾？」猴王撲的跳下樹來，上前躬身道：「仙童，我是個訪道學仙之弟子，更不敢在此騷擾。」仙童笑道：「你是個訪道的麼？」猴王道：「是。」童子道：「我家師父，正才下榻，登壇講道，還未說出原由，就教我出來開門，說：『外面有個修行的來了，可去接待接待。』想必就是你了？」猴王笑道：「是我，是我。」童子道：「你跟我進來。」

這猴王整衣端肅，隨童子逕入洞天深處觀看：一層層深閣瓊樓，一進進珠宮貝闕，說不盡那靜室幽居。直至瑤臺之下，見那菩提祖師端坐在臺上，兩邊有三十個小仙侍立臺下。果然是：

大覺金仙沒垢姿，西方妙相祖菩提。
不生不滅三三行，全氣全神萬萬慈。
空寂自然隨變化，真如本性任為之。
與天同壽莊嚴體，歷劫明心大法師。

美猴王一見，倒身下拜，磕頭不計其數，口中只道：「師父！師父！我弟子志心朝禮！志心朝禮！」祖師道：「你是那方人氏？且說個鄉貫姓名明白，再拜。」猴王道：「弟子乃東勝神洲傲來國花果山水簾洞人氏。」祖師喝令：「趕出去！他本是個撒詐搗虛之徒，那裏修什麼道果！」猴王慌忙磕頭不住道：「弟子是老實之言，決無虛詐。」祖師道：「你既老實，怎麼說東勝神洲？那去處到我這裏，隔兩重大海，一座南贍部洲，如何就得到此？」猴王叩頭道：「弟子飄洋過海，登界遊方，有十數個年頭，方才訪到此處。」

祖師道：「既是逐漸行來的，也罷。你姓什麼？」猴王又道：「我無性。人若罵我，我也不惱；若打我，我也不嗔，只是陪個禮兒就罷了。一生無性。」祖師道：「不是這個性。你父母原來姓什麼？」猴王道：「我也無父母。」祖師道：「既無父母，想是樹上生的？」猴王道：「我雖不是樹上生，卻是石裏長的。我只記得花果山上有一塊仙石，其年石破，我便生也。」祖師聞言，暗喜道：「這等說，卻是個天地生成的。你起來走走我看。」猴王縱身跳起，拐呀拐的走了兩遍。祖師笑道：「你身軀雖是鄙陋，卻像個食松果的猢猻。我與你就身上取個姓氏，意思教你姓『猻』」。猢字去了個獸傍，乃是古月。古者，老也；月者，陰也。老陰不能化育，教你姓『猻』

倒好。猻字去了獸傍，乃是個子系。子者，兒男也；系者，嬰細也，正合嬰兒之本論。教你姓『孫』罷。」猴王聽說，滿心歡喜。朝上叩頭道：「好！好！好！今日方知姓也。萬望師父慈悲！既然有姓，再乞賜個名字，卻好呼喚。」祖師道：「我門中有十二個字，分派起名，到你乃第十輩之小徒矣。」猴王道：「那十二個字？」祖師道：「乃廣、大、智、慧、真、如、性、海、穎、悟、圓、覺十二字。排到你，正當『悟』字。與你起個法名叫做『孫悟空』，好麼？」猴王笑道：「好！好！好！自今就叫做孫悟空也！」正是：鴻濛初闢原無姓，打破頑空須悟空。畢竟不知向後修些什麼道果，且聽下回分解。

# 第二回 悟徹菩提真妙理 斷魔歸本合元神

話表美猴王得了姓名，怡然踴躍，對菩提前作禮啓謝。那祖師即命大眾引孫悟空出二門外，教他灑掃應對，進退周旋之節。眾仙奉行而出。悟空到門外，又拜了大眾師兄，就於廊廡之間，安排寢處。次早，與眾師兄學言語禮貌、講經論道，習字焚香，每日如此。閒時即掃地鋤園，養花修樹，尋柴燃火，挑水運漿。凡所用之物，無一不備。在洞中不覺倏六七年。一日，祖師登壇高坐，喚集諸仙，開講大道。真個是：

天花亂墜，地湧金蓮，妙演三乘教，精微萬法全。
慢搖麈尾噴珠玉，響振雷霆動九天。
說一會道，講一會禪，三家配合本如然。
開明一字皈誠理，指引無生了性玄。

孫悟空在旁聞講，喜得他抓耳撓腮，眉花眼笑，忍不住手之舞之，足之蹈之。忽被祖師看見，叫孫悟空道：「你在班中，怎麼顛狂躍舞，不聽我講？」悟空道：「弟子誠心聽講，聽到老師父妙音處，喜不自勝，故不覺作此踴躍之狀。望師父恕罪！」祖師道：「你既識妙音，我且問你，你到洞中多少時了？」悟空道：「弟子本來懵懂，不知多少時節。只記得竈下無火，常去山後打柴，見一山好桃樹，我在那裏吃了七次飽桃矣。」祖師道：「那山喚名爛桃山。你既吃七次，想是七年了。你今要從我學些什麼道？」悟空道：「但憑尊祖教誨。只是有些道氣兒，弟子便就學了。」

祖師道：「『道』字門中有三百六十傍門，傍門皆有正果。不知你學那一門哩？」悟空道：

「憑尊師意思。弟子傾心聽從。」祖師道：「我教你個『術』字門中之道，如何？」悟空道：「術門之道怎麼說？」祖師道：「術字門中，乃是些請仙扶鸞，問卜揲蓍，能知趨吉避凶之理。」悟空道：「似這般可得長生麼？」祖師道：「不能！不能！」悟空道：「不學！不學！」

祖師又道：「教你『流』字門中之道，如何？」悟空又問：「流字門中，是什麼義理？」祖師道：「流字門中，乃是儒家、釋家、道家、陰陽家、墨家、醫家，或看經，或念佛，並朝真降聖之類。」悟空道：「似這般可得長生麼？」祖師道：「若要長生，也似『壁裏安柱』。」悟空道：「師父，我是個老實人，不曉得打市語。怎麼謂之『壁裏安柱』？」祖師道：「人家蓋房，欲圖堅固，將牆壁之間，立一頂柱，有日大廈將頹，他必朽矣。」悟空道：「據此說，也不長久。不學！不學！」

祖師道：「教你『靜』字門中之道，如何？」悟空道：「靜字門中，是甚正果？」祖師道：「此是休糧守穀，清靜無為，參禪打坐，戒語持齋，或睡功，或立功，並入定坐關之類。」悟空道：「這般也能長生麼？」祖師道：「也似『窰頭土坯』。」悟空笑道：「師父果有些滴達。一行說我不會打市語。怎麼謂之『窰頭土坯』？」祖師道：「就如那窰頭上，造成磚瓦之坯，雖已成形，尚未經水火煅煉，一朝大雨滂沱，他必濫矣。」悟空道：「也不長遠。不學！不學！」

祖師道：「教你『動』字門中之道，如何？」悟空道：「動門之道，卻又怎樣？」祖師道：「此是有為有作，採陰補陽，攀弓踏弩，摩臍過氣，用方炮製，燒茅打鼎，進紅鉛，煉秋石，並服婦乳之類。」悟空道：「似這等也得長生麼？」祖師道：「此欲長生，亦如『水中撈月』。」悟空道：「師父又來了！怎麼叫做『水中撈月』？」祖師道：「月在長空，水中有影，雖然看見，只是無撈摸處，到底只成空耳。」悟空道：「也不學！不學！」

祖師聞言，咄的一聲，跳下高臺，手持戒尺，指定悟空道：「你這猢猻，這般不學，那般不學，卻待怎麼？」走上前，將悟空頭上打了三下，倒背著手，走入裏面，將中門關了，撇下大眾而去。諕得那一班聽講的，人人驚懼，皆怨悟空道：「你這潑猴，十分無狀！師父傳你道法，如何不學，卻與師父頂嘴？這番衝撞了他，不知幾時才出來呵！」此時俱甚抱怨他，又鄙賤嫌惡他。悟空一些兒也不惱，只是滿臉陪笑。原來那猴王已打破盤中之謎，暗暗在心，所以不與眾人爭競，只是忍耐無言。祖師打他三下者，教他三更時分存心；倒背著手，走入裏面，將中門關上者，教他從後門進步，秘處傳他道也。

當日悟空與眾等，喜喜歡歡，在三星仙洞之前，盼望天色，急不能到晚。及黃昏時，卻與眾就寢，假閤眼，定息存神。山中又沒打更傳箭，不知時分，只自家將鼻孔中出入之氣調定。約到子時前後，輕輕的起來，穿了衣服，偷開前門，躲離大眾，走出外，抬頭觀看。正是那：

月明清露冷，八極迥無塵。深樹幽禽宿，源頭水溜汾。
飛螢光散影，過鴈字排雲。正直三更候，應該訪道真。

你看他從舊路逕至後門外，只見那門兒半開半掩。悟空喜道：「老師父果然注意與我傳道，故此開著門也。」即曳步近前，側身進得門裏，只走到祖師寢榻之下。見祖師蜷跼身軀，朝裏睡著了。悟空不敢驚動，即跪在榻前。那祖師不多時覺來，舒開兩足，口中自吟道：「

難難難，道最玄，莫把金丹作等閒。
不遇至人傳妙訣，空言口困舌頭乾！」

悟空應聲叫道：「師父，弟子在此跪候多時。」祖師聞得聲音是悟空，即起披衣，盤坐喝道：「這猢猻！你不在前邊去睡，卻來我這後邊作甚？」悟空道：「師父昨日壇前對眾相允，教弟子三更時候，從後門裏傳我道理，故此大膽，逕拜老爺榻下。」祖師聽說，十分歡喜，暗自尋思道：「這廝果然是個天地生成的！不然，何就打破我盤中之暗謎也？」悟空道：「此間更無六耳，止只弟子一人，望師父大捨慈悲，傳與我長生之道罷，永不忘恩！」祖師道：「你今有緣，我亦喜說。既識得盤中暗謎，你近前來，仔細聽之，當傳與你長生之妙道也。」悟空叩頭謝了，洗耳用心，跪於榻下。祖師云：「

顯密圓通真妙訣，惜修性命無他說。
都來總是精氣神，謹固牢藏休漏洩。
休漏洩，體中藏，汝受吾傳道自昌。
口訣記來多有益，屏除邪欲得清涼。
得清涼，光皎潔，好向丹臺賞明月。
月藏玉兔日藏烏，自有龜蛇相盤結。
相盤結，性命堅，卻能火裏種金蓮。
攢簇五行顛倒用，功完隨作佛和仙。」

此時說破根源，悟空心靈福至，切切記了口訣，對祖師拜謝深恩，即出後門觀看。但見東方天色微舒白，西路金光大顯明。依舊路，轉到前門，輕輕的推開進去，坐在原寢之處，故將牀鋪搖響道：「天光了！天光了！起耶！」那大眾還正睡哩，不知悟空已得了好事。當日起來打混，暗暗維持，子前午後，自己調息。

卻早過了三年，祖師復登寶座，與眾說法。談的是公案比語，論的是外像包皮。忽問：「悟空何在？」悟空近前跪下：「弟子有。」祖師道：「你這一向修些什麼道來？」悟空道：「弟子近來法性頗通，根源亦漸堅固矣。」祖師道：「你既通法性，會得根源，已注神體，卻只是防備著『三災利害』。」悟空聽說，沈吟良久，道：「師父之言謬矣。我常聞道高德隆，與天同壽；水火既濟，百病不生；卻怎麼有個三災利害？」祖師道：「此乃非常之道：奪天地之造化，侵日月之玄機；丹成之後，鬼神難容。雖駐顏益壽，但到了五百年後，天降雷災打你，須要見性明心，預先躲避。躲得過，壽與天齊。躲不過，就此絕命。再五百年後，天降火災燒你。這火不是天火，亦不是凡火，喚做『陰火』。自本身湧泉穴下燒起，直透泥垣宮，五臟成灰，四肢皆朽，把千年苦行，俱為虛幻。再五百年，又降風災吹你。這風不是東南西北風，不是和薰金朔風，亦不是花柳松竹風，喚做『贔風』。自顖門中吹入六腑，過丹田，穿九竅，骨肉消疏，其身自解。所以都要躲過。」

悟空聞說，毛骨悚然，叩頭禮拜道：「萬望老爺垂憫，傳與躲避三災之法，到底不敢忘恩。」祖師道：「此亦無難，只是你比他人不同，故傳不得。」悟空道：「我也頭圓頂天，足方履地，一般有九竅四肢，五臟六腑，何以比人不同？」祖師道：「你雖然像人，卻比人少腮。」原來那猴子孤拐面，凹臉尖嘴。悟空伸手一摸，笑道：「師父沒成算！我雖少腮，卻比人多這個素袋，亦可准折過也。」祖師說：「也罷，你要學那一般？有一般天罡數，該三十六般變化；有一般地煞數，該七十二般變化。」悟空道：「弟子願多裏撈摸，學一個地煞變化罷。」祖師道：「既如此，上前來，傳與你口訣。」遂附耳低言，不知說了些什麼妙法。這猴王也是一竅通時百竅通，當時習了口訣，自修自煉，將七十二般變化，都學成了。

忽一日，祖師與眾門人在三星洞前戲玩晚景。祖師道：「悟空，事成了未曾？」悟空道：「多蒙師父海恩，弟子功果完備，已能霞舉飛昇也。」祖師道：「你試飛舉我看。」悟空弄本事，將身一聳，打了個連扯跟頭，跳離地有五六丈，踏雲霞去勾有頓飯功夫，返復不上三里遠近，落在面前，扠手道：「師父，這就是飛舉騰雲了。」祖師笑道：「這個算不得騰雲，只算得爬雲而已。自古道：『神仙朝遊北海暮蒼梧。』似你這半日，去不上三里，即爬雲也還算不得哩！」悟空道：「怎麼為『朝遊北海暮蒼梧』？」祖師道：「凡騰雲之輩，早辰起自北海，遊過東海、西海、南海，復轉蒼梧，蒼梧者，卻是北海零陵之語話也。將四海之外，一日都遊遍，方算得騰雲。」悟空道：「這個卻難！卻難！」祖師道：「世上無難事，只怕有心人。」

悟空聞得此言，叩頭禮拜，啓道：「師父，『為人須為徹』，索性捨個大慈悲，將此騰雲之法，一發傳與我罷，決不敢忘恩。」祖師道：「凡諸仙騰雲，皆跌足而起，你卻不是這般。我才見你去，連扯方才跳上。我今只就你這個勢，傳你個『觔斗雲』罷。」悟空又禮拜懇求，祖師卻又傳個口訣道：「這朵雲，捻著訣，念動真言，攢緊了拳，對身一抖，跳將起來，一觔斗就有十萬八千里路哩！」大眾聽說，一個個嘻嘻笑道：「悟空造化！若會這個法兒，與人家當鋪兵、送文書、遞報單，不管那裏都尋了飯吃！」師徒們天昏各歸洞府。這一夜，悟空即運神煉法，會了觔斗雲。逐日家無拘無束，自在逍遙此一長生之美。

一日，春歸夏至，大眾都在松樹下會講多時。大眾道：「悟空，你是那世修來的緣法？前日老師父附耳低言，傳與你的躲三災變化之法，可都會麼？」悟空笑道：「不瞞諸兄長說，一則是師父傳授，二來也是我晝夜慇懃，那幾般兒都會了。」大眾道：「趁此良時，你試演演，讓我等看看。」悟空聞說，抖擻精神，賣弄手段道：「眾師兄請出個題目。要我變化什麼？」大眾道：「就變棵松樹罷。」悟空捻著訣，念動咒語，搖身一變，就變做一棵松樹。真個是：

鬱鬱含烟貫四時，凌雲直上秀貞姿。
全無一點妖猴像，盡是經霜耐雪枝。

大眾見了，鼓掌呵呵大笑。都道：「好猴兒！好猴兒！」不覺的嚷鬧，驚動了祖師。祖師急拽杖出門來，問道：「是何人在此喧嘩？」大眾聞呼，慌忙檢束，整衣向前。悟空也現了本相，雜在叢中道：「啓上尊師，我等在此會講，更無外姓喧嘩。」祖師怒喝道：「你等大呼小叫，全不像個修行的體段！修行的人，口開神氣散，舌動是非生。如何在此嚷笑？」大眾道：「不敢瞞師父，適才孫悟空演變化耍子。教他變棵松樹，果然是棵松樹，弟子們俱稱揚喝采，故高聲驚冒尊師，望乞恕罪。」祖師道：「你等起去。」叫：「悟空，過來！我問你弄什麼精神，變什麼松樹？這個工夫，可好在人前賣弄？假如你見別人有，不要求他？別人見你有，必然求你。你若畏禍，卻要傳他；若不傳他，必然加害：你之性命又不可保。」悟空叩道：「只望師父恕罪！」祖師道：「我也不罪你，但只是你去吧。」悟空聞此言，滿眼墮淚道：「師父教我往那裏去？」祖師道：「你從那裏來，便從那裏去就是了。」悟空頓然醒悟道：「我自東勝神洲傲來國花果山水簾洞來的。」祖師道：「你快回去，全你性命，若在此間，斷然不可！」悟空領罪，「上告尊師，我也離家有二十年矣，雖是回顧舊日兒孫，但念師父厚恩未報，不敢去。」祖師道：「那裏什麼恩義？你只是不惹禍、不牽帶我就罷了！」

悟空見沒奈何，只得拜辭，與眾相別。祖師道：「你這去，定生不良。憑你怎麼惹禍行凶，卻不許說是我的徒弟。你說出半個字來，我就知之，把你這猢猻剝皮剉骨，將神魂貶在九幽之處，教你萬劫不得翻身！」悟空道：「決不敢提起師父一字，只說是我自家會的便罷。」悟空謝了。即抽身，捻著訣，丟個連扯，縱起觔斗雲，逕回東勝。那裏消一個時辰，早看見花果山水簾洞。美猴王自知快樂，暗暗的自稱道：「

去時凡骨凡胎重，得道身輕體亦輕。
舉世無人肯立志，立志修玄玄自明。
當時過海波難進，今日來回甚易行。
別語叮嚀還在耳，何期頃刻見東溟。」

悟空按下雲頭，直至花果山。找路而走，忽聽得鶴唳猿啼，鶴唳聲沖霄漢外，猿啼悲切甚傷情。即開口叫道：「孩兒們，我來了也！」那崖下石坎邊，花草中，樹木裏，若大若小之猴，跳出千千萬萬，把個美猴王圍在當中，叩頭叫道：「大王，你好寬心！怎麼一去許久？把我們俱閃在這裏，望你誠如飢渴！近來被一妖魔在此欺虐，強要占我們水簾洞府，是我等捨死忘生，與他爭鬪。這些時，被那廝搶了我們傢伙，捉了許多子侄，教我們晝夜無眠，看守家業。幸得大王來了！大王若再年載不來，我等連山洞盡屬他人矣！」悟空聞說，心中大怒道：「是什麼妖魔，輒敢無狀！你且細細說來，待我尋他報仇。」眾猴叩頭：「告上大王，那廝自稱混世魔王，住居在直北下。」悟空道：「此間到他那裏，有多少路程？」眾猴道：「他來時雲，去時霧，或風或雨，或雷或電，我等不知有多少路。」悟空道：「既如此，你們休怕，且自頑耍，等我尋他去來！」好猴王，將身一縱，跳起去，一路觔斗，直至北下觀看，見一座高山，真是十分險峻。好山：

筆峰挺立，曲澗深沈。筆峰挺立透空霄，曲澗深沈通地戶。
兩崖花木爭奇，幾處松篁鬪翠。
左邊龍，熟熟馴馴；右邊虎，平平伏伏。
每見鐵牛耕，常有金錢種。幽禽睍睆聲，丹鳳朝陽立。
石磷磷，波淨淨，古怪蹺蹊真惡獰。
世上名山無數多，花開花謝蘩還眾。
爭如此景永長存，八節四時渾不動。
誠為三界坎源山，滋養五行水臟洞！

美猴王正默看景致，只聽得有人言語。逕自下山尋覓，原來那陡崖之前，乃是那水臟洞。洞門外有幾個小妖跳舞，見了悟空就走。悟空道：「休走！借你口中言，傳我心內事。我乃正南方花果山水簾洞洞主。你家什麼混世鳥魔，屢次欺我兒孫，我特尋來，要與他見個上下！」

那小妖聽說，疾忙跑入洞裏，報道：「大王！禍事了！」魔王道：「有甚禍事？」小妖道：「洞外有猴頭稱為花果山水簾洞洞主。他說你屢次欺他兒孫，特來尋你，見個上下哩。」魔王笑道：「我常聞得那些猴精說，他有個大王，出家修行去，想是今番來了。你們見他怎生打扮，有甚器械？」小妖道：「他也沒什麼器械，光著個頭，穿一領紅色衣，勒一條黃絛，足下踏一對烏靴，不僧不俗，又不像道士神仙，赤手空拳，在門外叫哩。」魔王聞說：「取我披掛兵器來！」那小妖即時取出。那魔王穿了甲冑，綽刀在手，與眾妖出得門來，即高聲叫道：「那個是水簾洞主？」悟空急睜睛觀看，只見那魔王：

頭戴烏金盔，映日光明；身掛皂羅袍，迎風飄蕩。
下穿著黑鐵甲，緊勒皮條；足踏著花褶靴，雄如上將。
腰廣十圍，身高三丈，手執一口刀，鋒刃多明亮。
稱為混世魔，磊落凶模樣。

猴王喝道：「這潑魔這般眼大，看不見老孫！」魔王見了，笑道：「你身不滿四尺，年不過三旬，手內又無兵器，怎麼大膽猖狂，要尋我見什麼上下？」悟空罵道：「你這潑魔，原來沒眼！你量我小，要大卻也不難。你量我無兵器，我兩隻手勾著天邊月哩！你不要怕，只吃老孫一拳！」縱一縱，跳上去，劈臉就打。那魔王伸手架住道：「你這般矬矮，我這般高長，你要使拳，我要使刀，使刀就殺了你，也吃人笑，待我放下刀，與你使路拳看。」悟空道：「說得是。好漢子！走來！」那魔王丟開架子便打，這悟空鑽進去相撞相迎。他兩個拳搥腳踢，一衝一撞。原來長拳空大，短簇堅牢。那魔王被悟空掏短脅，撞了襠，幾下觔節，把他打重了。他閃過，拿起那板大的鋼刀，望悟空劈頭就砍。悟空急撤身，他砍了一個空。悟空見他凶猛，即使身外身法，拔一把毫毛，丟在口中嚼碎，望空噴去，叫一聲：「變！」，即變做三二百個小猴，周圍攢簇。

原來人得仙體，出神變化，無方不知。這猴王自從了道之後，身上有八萬四千毛羽，根根能變，應物隨心。那些小猴，眼乖會跳，刀來砍不著，槍去不能傷。你看他前踴後躍，鑽上去，把個魔王圍繞，抱的抱，扯的扯，鑽襠的鑽襠，扳腳的扳腳，踢打撏毛，摳眼睛，捻鼻子，抬鼓弄，直打做一個攢盤。這悟空才去奪得他的刀來，分開小猴，照頂門一下，砍為兩段。領眾殺進洞中，將那大小妖精，盡皆剿滅。卻把毫毛一抖，收上身來。又見那收不上身者，卻是那魔王在水簾洞中擒去的小猴，悟空道：「汝等何為到此？」約有三五十個，都含淚道：「我等因大王修仙去後，這兩年被他爭吵，把我們都攝將來。那不是我們洞中的傢伙？石盆、石碗都被這廝拿來也。」悟空道：「既是我們的傢伙，你們都搬出外去。」隨即洞裏放起火來，把那水臟洞燒得枯乾，盡歸了一體。對眾道：「汝等跟我回去。」眾猴道：「大王，我們來時，只聽得耳邊風響，虛飄飄到於此地，更不識路徑，今怎得回鄉？」悟空道：「這是他弄的個術法兒，有何難也！我如今一竅通，百竅通，我也會弄。你們都閤了眼，休怕！」

好猴王，念聲咒語，駕陣狂風，雲頭落下。叫：「孩兒們，睜眼。」眾猴腳踏實地，認得是家鄉，個個歡喜，都奔洞門舊路。那在洞眾猴，都一齊簇擁同入，分班序齒，禮拜猴王，安排酒果，接風賀喜，啓問降魔救子之事。悟空備細言了一遍。眾猴稱揚不盡道：「大王去到那方，不意學得這般手段！」悟空又道：「我當年別汝等，隨波逐流，飄過東洋大海，到西牛賀洲地界，逕至南贍部洲學成人像，著此衣、穿此履，擺擺搖搖，雲遊了八九年餘，更不曾有道；又渡西洋大海，到西牛賀洲地界，訪問多時，幸遇一老祖，傳了我與天同壽的真功果，不死長生的大法門。」眾猴稱賀，都道：「萬劫難逢也！」悟空又笑道：「小的們，又喜我這一門皆有姓氏。」眾猴道：「大王姓甚？」悟空道：「我今姓孫，法名悟空。」眾猴聞說，鼓掌忻然道：「大王是老孫，我們都是二孫、三孫、細孫、小孫、一家孫、一國孫、一窩孫矣！」都來奉承老孫，大盆小碗的，椰子酒、葡萄酒、仙花、仙果，真個是闔家歡樂！咦！貫通一姓身歸本，只待榮遷仙籙名。畢竟不知怎生結果，居此界終始如何，且聽下回分解。

# 第三回 四海千山皆拱伏 九幽十類盡除名

卻說美猴王榮歸故里，自剿了混世魔王，奪了一口大刀，逐日操演武藝，教小猴砍竹為標，削木為刀，治旗幡，打哨子，一進一退，安營下寨，頑耍多時。忽然靜坐處，思想道：「我等在此，恐作耍成真，或驚動人王，或有禽王、獸王認此犯頭，說我們操兵造反，興師來相殺，汝等都是竹竿木刀，如何對敵？須得鋒利劍戟方可。如今奈何？」眾猴聞說，個個驚恐道：「大王所見甚長，只是無處可取。」正說間，轉上四個老猴，兩個是赤尻馬猴，兩個是通背猿猴，走在面前道：「大王，若要治鋒利器械，甚是容易。」悟空道：「怎見容易？」四猴道：「我們這山，向東去，有二百里水面，那廂乃傲來國界。那國界中有一王位，滿城中軍民無數，必有金銀銅鐵等匠作。大王若去那裏，或買或造些兵器，教演我等，守護山場，誠所謂保泰長久之機也。」悟空聞說，滿心歡喜道：「汝等在此頑耍，待我去來。」

好猴王，急縱觔斗雲，霎時間過了二百里水面。果然那廂有座城池，六街三市，萬戶千門，來來往往，人都在光天化日之下。悟空心中想道：「這裏定有現成的兵器，我待下去買他幾件，還不如使個神通覓他幾件倒好。」他就捻起訣來，念動咒語，向巽地上吸一口氣，呼的吹將去，便是一陣風，飛沙走石，好驚人也。

炮雲起處蕩乾坤，黑霧陰霾大地昏。
江海波翻魚蟹怕，山林樹折虎狼奔。
諸般買賣無商旅，各樣生涯不見人。
殿上君王歸內院，堦前文武轉衙門。
千秋寶座都吹倒，五鳳高樓幌動根。

風起處，驚散了那傲來國君王；三街六市，都慌得關門閉戶，無人敢走。悟空才按下雲頭。逕闖入朝門裏。直尋到兵器館、武庫中，打開門扇看時，那裏面無數器械：刀、槍、劍、戟、斧、鉞、毛、鐮、鞭、鈀、撾、簡、弓、弩、叉、矛，件件俱備。一見甚喜道：「我一人能拿幾何？還使個分身法搬將去罷。」好猴王，即拔一把毫毛，入口嚼爛，噴將處去，念動咒語，叫聲：「變！」變做千百個小猴，都亂搬亂搶；有力的拿五七件，力小的拿三二件，盡數搬個罄淨。逕踏雲頭，弄個攝法，喚轉狂風，帶領小猴，俱回本處。

卻說那花果山大小猴兒，正在那洞門外頑耍，忽聽得風聲響處，見半空中，丫丫叉叉，無邊無岸的猴精，諕得都亂跑亂躲。少時，美猴王按落雲頭，收了雲霧，將身一抖，收了毫毛，將兵器都亂堆在山前，叫道：「小的們！都來領兵器！」眾猴看時，只見悟空獨立在平陽之地，俱跑來叩頭問故。悟空將前使狂風搬兵器一應事說了一遍。眾猴稱謝畢，都去搶刀奪劍，撾斧爭槍，扯弓扳弩，吆吆喝喝，耍了一日。

次日，依舊排營。悟空會集群猴，計有四萬七千餘口。早驚動滿山怪獸，都是些狼、蟲、虎、豹、麖、麂、獐、犯、狐、狸、獾、狢、獅、象、狻猊、猩猩、熊、鹿、野豖、山牛、羚羊、青兕、狡兒、神獒……各樣妖王，共有七十二洞，都來參拜猴王為尊，每年獻貢，四時點卯。也有隨班操備的，也有隨節徵糧的，齊齊整整，把一座花果山造得似鐵桶金城。各路妖王，又有進金鼓，進彩旗，進盔甲的，紛紛攘攘，日逐家習舞興師。

美猴王正喜間，忽對眾說道：「汝等弓弩熟諳，兵器精通，奈我這口刀著實榔槺，不遂我意，奈何？」四老猴上前啓奏道：「大王乃是仙聖，凡兵是不堪用；但不知大王水裏可能去得？」悟空道：「我自聞道之後，有七十二般地煞變化之功，觔斗雲有莫大的神通；善能隱身遯身，起法攝法；上天有路，入地有門；步日月無影，入金石無礙；水不能溺，火不能焚。那些兒去不得？」四猴道：「大王既有此神通，我們這鐵板橋下，水通東海龍宮。大王若肯下去，尋著老龍王，問他要件什麼兵器，卻不趁心？」悟空聞言甚喜道：「等我去來。」

好猴王，跳至橋頭，使一個閉水法，捻著訣，撲的鑽入波中，分開水路，逕入東洋海底。正行間，忽見一個巡海的夜叉，擋住問道：「那推水來的，是何神聖？說個明白，好通報迎接。」悟空道：「吾乃花果山天生聖人孫悟空，是你老龍王的緊鄰，為何不識？」那夜叉聽說，急轉水晶宮傳報道：「大王，外面有個花果山天生聖人孫悟空，口稱是大王緊鄰，將到宮也。」東海龍王敖廣急忙起身，與龍子、龍孫、蝦兵、蟹將出宮迎道：「上仙請進，請進。」直至宮裏相見，上坐獻茶畢，問道：「上仙幾時得道，授何仙術？」悟空道：「我自生身之後，出家修行，得一個無生無滅之體。近因教演兒孫，守護山洞，奈何沒件兵器，久聞賢鄰享樂瑤宮貝闕，必有多餘神器，特來告求一件。」龍王見說，不好推辭，即著鱖都司取出一把大捍刀奉上。

悟空道：「老孫不會使刀，乞另賜一件。」龍王又著鮊太尉領鱔力士，抬出一捍九股叉來。悟空跳下來，接在手中，使了一路，放下道：「輕！輕！輕！又不趁手！再乞另賜一件。」龍王笑道：「上仙，你不看看。這叉有三千六百斤重哩！」悟空道：「不趁手！不趁手！」龍王心中恐懼，又著鯾提督、鯉總兵抬出一柄畫捍方天戟。那戟有七千二百斤重。悟空見了，跑近前接在手中，丟幾個架子，撒兩個解數，插在中間道：「也還輕！輕！輕！」老龍王一發害怕道：「上仙，我宮中只有這根戟重，再沒什麼兵器了。」悟空笑道：「古人云：『愁海龍王沒寶哩！』你再去尋尋看。若有可意的，一一奉價。」龍王道：「委的再無。」

正說處，後面閃過龍婆、龍女道：「大王，觀看此聖，決非小可。我們這海藏中，那一塊天河定底的神珍鐵，這幾日霞光豔豔，瑞氣騰騰，敢莫是該出現，遇此聖也？」龍王道：「那是大禹治水之時，定江海淺深的一個定子，是一塊神鐵，能中何用？」龍婆道：「莫管他用不用，且送與他，憑他怎麼改造，送出宮門便了。」老龍王依言，盡向悟空說了。悟空道：「拿出來我看。」龍王搖手道：「扛不動！抬不動！須上仙親去看看。」悟空道：「在何處？你引我去。」龍王果引導至海藏中間，忽見金光萬道。龍王指定道：「那放光的便是。」悟空撩衣上前，摸了一把，乃是一根鐵柱子，約有斗來粗，二丈有餘長。他儘力兩手撾過道：「忒粗忒長些！再短細些方可用。」說畢，那寶貝就短了幾尺，細了一圍。悟空又顛一顛道：「再細些更好！」那寶貝真個又細了幾分。悟空十分歡喜，拿出海藏看時，原來兩頭是兩個金箍，中間乃一段烏鐵；緊挨箍有鐫成的一行字，喚做「如意金箍棒」，重一萬三千五百斤。心中暗喜道：「想必這寶貝如人意！」一邊走，一邊心思口念，手顛著道：「再短細些更妙！」拿出外面，只有二丈長短，碗口粗細。

你看他弄神通，丟開解數，打轉水晶宮裏。諕得老龍王膽戰心驚，小龍子魂飛魄散；龜鱉黿鼉皆縮頸，魚蝦鰲蟹盡藏頭。悟空將寶貝執在手中，坐在水晶宮殿上，對龍王笑道：「多謝賢鄰厚意。」龍王道：「不敢，不敢。」悟空道：「這塊鐵雖然好用，還有一說。」龍王道：「上仙還有甚說？」悟空道：「當時若無此鐵，倒也罷了；如今手中既拿著他，身上更無衣服相趁，奈何？你這裏若有披掛，索性送我一件，一總奉謝。」龍王道：「這個卻是沒有。」悟空道：「『一客不犯二主。』若沒有，我也定不出此門。」龍王道：「煩上仙再轉一海，或者有之。」悟空又道：「『走三家不如坐一家。』千萬告求一件。」龍王道：「委的沒有；如有即當奉承。」悟空道：「真個沒有，就和你試試此鐵！」龍王慌了道：「上仙，切莫動手！切莫動手！待我看舍弟處可有，當送一副。」悟空道：「令弟何在？」龍王道：「舍弟乃南海龍王敖欽、北海龍王敖順、西海龍王敖閏是也。」悟空道：「我老孫不去！不去！俗語謂『賒三不敵見二』，只望你隨高就低的送一副便了。」老龍道：「不須上仙去。我這裏有一面鐵鼓，一口金鐘，凡有緊急事，擂得鼓響，撞得鐘鳴，舍弟們就頃刻而至。」悟空道：「既是如此，快些去擂鼓撞鐘！」真個那鼉將便去撞鐘，鱉帥即來擂鼓。

少時，鐘鼓響處，果然驚動那三海龍王，須臾來到，一齊在外面會著。敖欽道：「大哥，有甚緊事，擂鼓撞鐘？」老龍道：「賢弟、不好說！有一個花果山什麼天生聖人，早間來認我做鄰居，後要求一件兵器，獻鋼叉嫌小，奉畫戟嫌輕。將一塊天河定底神珍鐵自己拿出手，丟了些解數。如今坐在宮中，又要索什麼披掛。我處無有，故響鐘鳴鼓，請賢弟來。你們可有什麼披掛，送他一副，打發出門去罷了。」敖欽聞言，大怒道：「我兄弟們，點起兵，拿他不是！」老龍道：「莫說拿！莫說拿！那塊鐵，挽著些兒就死，磕著些兒就亡；挨挨皮兒破，擦擦兒觔傷！」西海龍王敖閏說：「二哥不可與他動手；且只湊副披掛與他，打發他出了門，啓表奏上上天，天自誅也。」北海龍王敖順道：『說的是。我這裏有一雙藕絲步雲履哩。」西海龍王敖閏道：「我帶了一副鎖子黃金甲哩。」南海龍王敖欽道：「我有一頂鳳翅紫金冠哩。」老龍大喜，引入水晶宮相見了，以此奉上。悟空將金冠、金甲、雲履都穿戴停當，使動如意棒，一路打出去，對眾龍道：「聒噪！聒噪！」四海龍王甚是不平，一邊商議進表上奏不題。

你看這猴王，分開水道，逕回鐵板橋頭，攛將上去，只見四個老猴，領著眾猴，都在橋邊等候。忽然見悟空跳出波外，身上更無一點水濕，金燦燦的，走上橋來。諕得眾猴一齊跪下道：「大王，好華綵耶！好華綵耶！」悟空滿面春風，高登寶座，將鐵棒豎在當中。那些猴不知好歹，都來拿那寶貝，卻便似蜻蜓撼鐵樹，分毫也不能禁動。一個個咬指伸舌道：「爺爺呀！這般重，虧你怎的拿來也！」悟空近前，舒開手，一把撾起，對眾笑道：「物各有主。這寶貝鎮於海藏中，也不知幾千百年，可可的今歲放光。龍王只認做是塊黑鐵，又喚做天河鎮底神珍。那廝們都扛不動，請我親去拿之。那時此寶有二丈多長，斗來粗細；被我撾它一把，意思嫌大，它就少了許多；再教小些，它又小了許多；再教小些，它又小了許多；急對天光看處，上有一行字，乃『如意金箍棒，一萬三千五百斤。』你都站開，等我再叫它變一變看。」他將那寶貝顛在手中，叫：「小！小！小！」即時就小做一個繡花針兒相似，可以摀在耳朵裏面藏下。

眾猴駭然，叫道：「大王！還拿出來耍耍！」猴王真個去耳朵裏拿出，托放掌上叫：「大！大！大！」即又大做斗來粗細，二丈長短。他弄到歡喜處，跳上橋，走出洞外，將寶貝揝在手中，使一個法天相地的神通，把腰一躬，叫聲：「長！」它就長得高萬丈，頭如泰山，腰如峻嶺，眼如閃電，口似血盆，牙如劍戟；手中那棒，上抵三十三天，下至十八層地獄，把些虎豹狼蟲，滿山群怪，七十二洞妖王，都諕得磕頭禮拜，戰兢兢魄散魂飛。霎時收了法相，將寶貝還變做個繡花針兒，藏在耳內，復歸洞府。慌得那各洞妖王，都來參賀。

此時遂大開旗鼓，響振銅鑼，廣設珍饈百味，滿斟椰液萄漿，與眾飲宴多時，卻又依前教演。猴王將那四個老猴封為健將；將兩個赤尻馬猴喚做馬、流二元帥；兩個通背猿猴喚做崩、芭二將軍。將那安營下寨、賞罰諸事，都付與四健將維持。他放下心，日逐騰雲駕霧，遨遊四海，行樂千山。施武藝，徧訪英豪；弄神通，廣交賢友。此時又會了個七弟兄，乃牛魔王、蛟魔王、鵬魔王、獅駝王、獼猴王、禺狨王，連自家美猴王七個，日逐講文論武，走斝傳觴，弦歌吹舞，朝去暮回，無般兒不樂。把那萬里之遙，只當庭闈之路，所謂點頭逕過三千里，扭腰八百有餘程。

一日，在本洞吩咐四健將安排筵宴，請六王赴飲，殺牛宰馬，祭天享地，著眾怪跳舞歡歌，俱吃得酩酊大醉。送六王出去，卻又賞勞大小頭目，攲在鐵板橋邊松陰之下，霎時間睡著。四健將領眾圍護，不敢高聲。只見那美猴王睡裏見兩人拿一張批文，上有「孫悟空」三字，走近身，不容分說，套上繩，就把美猴王的魂靈兒索了去，踉踉蹌蹌，直帶到一座城邊。猴王漸覺酒醒，忽抬頭觀看，那城上有一鐵牌，牌上有三個大字，乃「幽冥界」。美猴王頓然醒悟道：「幽冥界乃閻王所居，何為到此？」那兩人道：「你今陽壽該終，我兩人領批，勾你來也。」猴王聽說，道：「我老孫超出三界之外，不在五行之中，已不伏他管轄，怎麼朦朧，又敢來勾我？」那兩個勾死人只管扯扯拉拉，定要拖他進去。那猴王惱走性來，耳朵中掣出寶貝，幌一幌，碗來粗細；略舉手，把兩個勾死人打為肉醬。自解其索，丟開手，掄著棒，打入城中。諕得那牛頭鬼東躲西藏，馬面鬼南奔北跑，眾鬼卒奔上森羅殿，報著：「大王！禍事！禍事！外面一個毛臉雷公，打將來了！」

慌得那十代冥王急整衣來看；見他相貌凶惡，即排下班次，應聲高叫道：「上仙留名！上仙留名！」猴王道：「你既不認得我，怎麼差人來勾我？」十王道：「不敢！不敢！想是差人差了。」猴王道：「我本是花果山水簾洞天生聖人孫悟空。你等是什麼官位？」十王躬身道：「我等是陰間天子十代冥王。」悟空道：「快報名來，免打！」十王道：「我等是秦廣王、初江王、宋帝王、忤官王、閻羅王、平等王、泰山王、都市王、卞城王、轉輪王。」悟空道：「汝等既登王位，乃靈顯感應之類，為何不知好歹？我老孫修仙了道，與天齊壽，超昇三界之外，跳出五行之中，為何著人拘我？」十王道：「上仙息怒。普天下同名同姓者多，敢是那勾死人錯走了也？」悟空道：「胡說！胡說！常言道：『官差吏差，來人不差。』你快取生死簿子來我看！」十王聞言，即請上殿查看。

悟空執著如意棒，逕登森羅殿上，正中間南面坐上。十王即命掌案的判官取出文簿來查。那判官不敢怠慢，便到司房裏，捧出五六簿文書並十類簿子，逐一查看。蠃蟲、毛蟲、羽蟲、昆蟲、鱗介之屬，俱無他名。又看到猴屬之類，原來這猴似人相，不入人名；似蠃蟲，不居國界；似走獸，不伏麒麟管；似飛禽，不受鳳凰轄，——另有個簿子，悟空親自檢閱，直到那魂字一千三百五十號上，方注著孫悟空名字，乃天產石猴，該壽三百四十二歲，善終。悟空道：「我也不記壽數幾何，且只消了名字便罷！取筆過來！」那判官慌忙捧筆，飽掭濃墨。悟空拿過簿子，把猴屬之類，但有名者，一概勾之。捽下簿子道：「了帳！了帳！今番不伏你管了！」一路棒，打出幽冥界。那十王不敢相近，都去翠雲宮，同拜地藏王菩薩，商量啓表，奏聞上天，不在話下。

這猴王打出城中，忽然絆著一個草紇繨，跌了個躘踵，猛的醒來，乃是南柯一夢。才覺伸腰，只聞得四健將與眾猴高叫道：「大王，吃了多少酒，睡這一夜，還不醒來？」悟空道：「睡還小可，我夢見兩個人，來此勾我，把我帶到幽冥界城門之外，卻才醒悟，是我顯神通，直嚷到森羅殿，與那十王爭吵，將我們的生死簿看了，但有我等名號，俱是我勾了，都不伏那廝所轄也。」眾猴磕頭禮謝。自此，山猴都有不老者，以陰司無名故也。美猴王言畢前事，四健將報知各洞妖王，都來賀喜。不幾日，六個義兄弟，又來拜賀，一聞銷名之故，又個個歡喜，每日聚樂不題。

卻表啓那個高天上聖人慈仁者玉皇大天尊玄穹高上帝，一日，駕坐金闕雲宮靈霄寶殿，聚集文武仙卿早朝之際，忽有邱弘濟真人啓奏道：「萬歲，通明殿外，有東海龍王敖廣進表，聽天尊宣詔。」玉皇傳旨：著宣來。敖廣宣至靈霄殿下，禮拜畢。旁有引奏仙童，接上表文。玉皇從頭看過。表曰：

水元下界東勝神洲東海小龍臣敖廣啓奏大天聖主玄穹高上帝君：近因花果山生、水簾洞住妖仙孫悟空者，欺虐小龍，強坐水宅。索兵器，施法施威；要披掛，騁凶騁勢。驚傷水族，諕走龜鼉。南海龍戰戰兢兢；西海龍淒淒慘慘，北海龍縮首歸降。臣敖廣舒身下拜。獻神珍之鐵棒，鳳翅之金冠，與那鎖子甲、步雲履，以禮送出。他仍弄武藝，顯神通，但云「聒噪！聒噪！」果然無敵，甚為難制，臣今啓奏，伏望聖裁。懇乞天兵，收此妖孽，庶使海嶽清寧，下元安泰。奉奏。

聖帝覽畢，傳旨：「著龍神回海，朕即遣將擒拿。」老龍王頓首謝去。下面又有葛仙翁天師啓奏道：「萬歲，有冥司秦廣王齎奉幽冥教主地藏王菩薩表文進上。」旁有傳言玉女，接上表文。玉皇亦從頭看過。表曰：

幽冥境界，乃地之陰司。天有神而地有鬼，陰陽輪轉；禽有生而獸有死，反復雌雄。生生化化，孕女成男，此自然之數，不能易也。今有花果山水廉洞天產妖猴孫悟空，逞惡行凶，不伏拘喚。弄神通，打絕九幽鬼使；恃勢力，驚傷十代慈王。大鬧森羅，強銷名號。致使猴屬之類無拘，獼猴之畜多壽；寂滅輪迴，各無生死。貧僧具表，冒瀆天威。伏乞調遣神兵，收降此妖，整理陰陽，永安地府。謹奏。

玉皇覽畢，傳旨：「著冥君回歸地府，朕即遣將擒拿。」秦廣王亦頓首謝去。大天尊宣眾文武仙卿，問曰：「這妖猴是幾年產育，何代出生，卻就這般有道？」一言未已，班中閃出千里眼、順風耳道：「這猴乃三百年前天產石猴。當時不以為然，不知這幾年在何方修煉成仙，降龍伏虎，強銷死籍也。」玉帝道：「那路神將下界收伏？」言未已，班中閃出太白長庚星，俯伏啟奏道：「上聖三界中，凡有九竅者，皆可修仙。奈此猴乃天地育成之體，日月孕就之身，他也頂天履地，服露餐霞；今既修成仙道，有降龍伏虎之能，與人何以異哉？臣啟陛下，可念生化之慈恩，降一道招安聖旨，把他宣來上界，授他一個大小官職，與他籍名在籙，拘束此間，若受天命，後再陞賞；若違天命，就此擒拿。一則不動眾勞師，二則收仙有道也。」玉帝聞言甚喜，道：「依卿所奏。」即著文曲星官修詔，著太白金星招安。

金星領了旨，出南天門外，按下祥雲，直至花果山水簾洞，對眾小猴道：「我乃天差天使，有聖旨在此，請你大王上界。快快報知！」洞外小猴，一層層傳至洞天深處，道：「大王，外面有一老人，背著一角文書，言是上天差來的天使，有聖旨請你也。」美猴王聽得大喜，道：「我這兩日，正思量要上天走走，卻就有天使來請。」叫：「快請進來！」猴王急整衣冠，門外迎接。金星逕入當中，面南立定道：「我是西方太白金星，奉玉帝招安聖旨，下界請你上天，拜受仙籙。」悟空笑道：「多感老星降臨。」教：「小的們！安排筵宴款待。」金星道：「聖旨在身，不敢久留；就請大王同往，待榮遷之後，再從容敘也。」悟空道：「承光顧，空退！空退！」即喚四健將，吩咐：「謹慎教演兒孫，待我上天去看看路，卻好帶你們上去同居住也。」四健將領諾。這猴王與金星縱起雲頭，昇在空霄之上。正是那：高遷上品天仙位，名列雲班寶籙中。畢竟不知授個什麼官爵，且聽下回分解。

# 第四回　官封弼馬心何足　名注齊天意未寧

那太白金星與美猴王，同出了洞天深處，一齊駕雲而起。原來悟空觔斗雲比眾不同，十分快疾，把個金星撇在腦後，先至南天門外。正欲收雲前進，被增長天王領著龐、劉、苟、畢、鄧、辛、張、陶，一路大力天丁，槍刀劍戟，擋住天門，不肯放進。猴王道：「這個金星老兒，乃奸詐之徒！既請老孫，如何教人動刀動槍，阻塞門路？」正嚷間，金星倏到。悟空就覿面發狠道：「你這老兒，怎麼哄我？被你說奉玉帝招安旨意來請，卻怎麼教這些人阻住天門，不放老孫進去？」金星笑道：「大王息怒。你自來未曾到此天堂，卻又無名，眾天丁又與你素不相識，他怎肯放你擅入？等如今見了天尊，授了仙籙，注了官名，向後隨你出入，誰復擋也？」悟空道：「這等說，也罷，我不進去了。」金星又用手扯住道：「你還同我進去。」

將近天門，金星高叫道：「那天門天將，大小吏兵，放開路者。此乃下界仙人，我奉玉帝聖旨，宣他來也。」那增長天王與眾天丁俱才斂兵退避。猴王始信其言。同金星緩步入裏觀看。真個是：

初登上界，乍入天堂。金光萬道滾紅霓，瑞氣千條噴紫霧。
只見那南天門，碧沉沉，琉璃造就；明幌幌，寶玉妝成。
兩邊擺數十員鎮天元帥，一員員頂梁靠柱，持銑擁旄；
四下列十數個金甲神人，一個個執戟懸鞭，持刀仗劍。
外廂猶可，入內驚人：裏壁廂有幾根大柱，柱上纏繞著金鱗耀日赤鬚龍；
又有幾座長橋，橋上盤旋著彩羽凌空丹頂鳳。明霞幌幌映天光，碧霧濛濛遮斗口。
這天上有三十三座天宮，乃遣雲宮、毘沙宮、五明宮、太陽宮、花藥宮，……一宮宮脊吞金穩獸；
又有七十二重寶殿，乃朝會殿、凌虛殿、寶光殿、天王殿、靈官殿，……一殿殿柱列玉麒麟。
壽星臺上，有千千年不謝的名花；煉藥爐邊，有萬萬載常青的繡草。
又至那朝聖樓前，絳紗衣，星辰燦爛；芙蓉冠，金壁輝煌。
玉簪珠履，紫綬金章。
金鐘撞動，三曹神表進丹墀；天鼓鳴時，萬聖朝王參玉帝。
又至那靈霄寶殿，金釘攢玉戶，彩鳳舞朱門。
復道迴廊，處處玲瓏剔透；三簷四簇，層層龍鳳翱翔。
上面有個紫巍巍，明幌幌，圓丢丢，亮灼灼，大金葫蘆頂；
下面有天妃懸掌扇，玉女捧仙巾。惡狠狠，掌朝的天將；氣昂昂，護駕的仙卿。
正中間，琉璃盤內，放許多重重疊疊太乙丹；瑪瑙瓶中，插幾枝彎彎曲曲珊瑚樹。
正是天宮異物般般有，世上如他件件無。金闕銀鑾並紫府，琪花瑤草暨瓊葩。
朝王玉兔壇邊過，參聖金烏著底飛。猴王有分來天境，不墮人間點污泥。

太白金星領著美猴王，到於靈霄殿外，不等宣詔，直至御前，朝上禮拜。悟空挺身在旁，且不朝禮，但側耳以聽金星啓奏。金星奏道：「臣領聖旨，已宣妖仙到了。」玉帝垂簾問曰：「那個是妖仙？」悟空卻才躬身答道：「老孫便是！」仙卿們都大驚失色道：「這個野猴！怎麼不拜伏參見，輒敢這等答應道：『老孫便是？』卻該死了！該死了！」玉帝傳旨道：「那孫悟空乃下界妖仙，初得人身，不知朝禮，且姑恕罪。」眾仙卿叫聲：「謝恩！」猴王卻才朝上唱個大喏。玉帝宣文選武選仙卿，看那處少甚官職，著孫悟空去除授。旁邊轉過武曲星君，啓奏道：「天宮裏各宮各殿，各方各處，都不少官，只是御馬監缺個正堂管事。」玉帝傳旨道：「就除他做個『弼馬溫』罷。」眾臣叫謝恩，他也只朝上唱個大喏。玉帝又差木德星君送他去御馬監到任。

當時猴王歡歡喜喜，與木德星官徑去到任。事畢，木德星官回宮。他在監裏，會聚了監丞、監副、典簿、力士，大小官員人等，查明本監事務，只有天馬千匹。乃是：

驊騮騏驥，騄駬纖離；龍媒紫燕，挾翼驌驦；

駃騠銀騧，騕褭飛黃；騊駼翻羽，赤兔超光；

踰輝彌景，騰霧勝黃；追風絕地，飛翮奔霄；

逸飄赤電，銅爵浮雲；驄瓏虎騙，絕塵紫鱗；

四極大宛，八駿九逸，千里絕群——此等良馬，一個個，

嘶風逐電精神壯，踏霧登雲氣力長。

這猴王查看了文簿，點明了馬數。本監中典簿管徵備草料，力士官管刷洗馬匹、扎草、飲水、煮料；監丞、監副輔佐催辦；弼馬晝夜不睡，滋養馬匹。日間舞弄猶可，夜間看管慇懃：但是馬睡的，趕起來吃草；走的，捉將來靠槽。那些天馬見了他，泯耳攢蹄，倒養得肉膘肥滿。不覺的半月有餘。一朝閒暇，眾監官都安排酒席，一則與他接風，二則與他賀喜。

正在歡飲之間，猴王忽停杯問曰：「我這『弼馬溫』是個什麼官銜？」眾曰：「官名就是此了。」又問：「此官是個幾品？」眾道：「沒有品從。」猴王道：「沒品，想是大之極也。」眾道：「不大，不大，只喚做『未入流』。」猴王道：「怎麼叫做『未入流』？」眾道：「末等。這樣官兒，最低最小，只可與他看馬。似堂尊到任之後，這等慇懃，餵得馬肥，只落得道聲『好』字；如稍有些尪羸，還要見責；再十分傷損，還要罰贖問罪。」猴王聞此，不覺心頭火起，咬牙大怒道：「這般藐視老孫！老孫在花果山，稱王稱祖，怎麼哄我來替他養馬？養馬者，乃後生小輩，下賤之役，豈是待我的？不做它！不做它！我將去也！」忽喇的一聲，把公案推倒，耳中取

出寶貝，幌一幌，碗來粗細，一路解數，直打出御馬監，逕至南天門。眾天丁知他受了仙籙，乃是個弼馬溫，不敢阻擋，讓他打出天門去了。

須臾，按落雲頭，回至花果山上。只見那四健將與各洞妖王在那裏操演兵卒。這猴王厲聲高叫道：「小的們！老孫來了！」一群猴都來叩頭，迎接進洞天深處，請猴王高登寶位，一壁廂辦酒接風都道：「恭喜大王，上界去十數年，想必得意榮歸也？」猴王道：「我才半月有餘，那裏有十數年？」眾猴道：「大王，你在天上，不覺時辰。天上一日，就是下界一年哩。請問大王，官居何職？」猴王搖手道：「不好說！不好說！活活的羞殺人！那玉帝不會用人，他見老孫這般模樣，封我做個什麼『弼馬溫』，原來是與他養馬，未入流品之類。我初到任時不知，只在御馬監中頑耍。及今日問我同寮，始知是這等卑賤。老孫心中大惱，推倒席面，不受官銜，因此走下來了。」眾猴道：「來得好！來得好！大王在這福地洞天之處為王，多少尊重快樂，怎麼肯去與他做馬伕？」教：「小的們！快辦酒來，與大王釋悶。」

正飲酒歡會間，有人來報道：「大王，門外有兩個獨角鬼王，要見大王。」猴王道：「教他進來。」那鬼王整衣跑入洞中，倒身下拜。美猴王問他：「你見我何幹？」鬼王道：「久聞大王招賢，無由得見；今見大王授了天籙，得意榮歸，特獻赭黃袍一件，與大王稱慶。肯不棄鄙賤，收納小人，亦得效犬馬之勞。」猴王大喜，將赭黃袍穿起，眾等欣然排班朝拜，即將鬼王封為前部總督先鋒。鬼王謝恩畢，復啓道：「大王在天許久，所授何職？」猴王道：「玉帝輕賢，封我做個什麼『弼馬溫』！」鬼王聽言，又奏道：「大王有此神通，如何與他養馬？就做個『齊天大聖』，有何不可？」猴王聞說，歡喜不勝，連道幾個「好！好！好！」教四健將：「就替我快置個旌旗，旗上寫『齊天大聖』四大字，立竿張掛。自此以後，只稱我為齊天大聖，不許再稱大王。亦可傳與各洞妖王，一體知悉。」此不在話下。

卻說那玉帝次日設朝，只見張天師引御馬監監丞、監副在丹墀下拜奏道：「萬歲，新任弼馬溫孫悟空，因嫌官小，昨日反下天宮去了。」正說間，又見南天門外增長天王領眾天丁亦奏道：

界。

「弼馬溫不知何故，走出天門去了。」玉帝聞言，即傳旨：「著兩路神元，各歸本職。朕遣天兵，擒拿此怪。」班部中閃上托塔李天王與哪吒三太子，越班奏上道：「萬歲，微臣不才，請旨降此妖怪。」玉帝大喜，即封托塔天王李靖為降魔大元帥，哪吒三太子為三壇海會大神，即刻興師下界。

李天王與哪吒叩頭謝辭，逕至本宮，點起三軍，帥眾頭目，著巨靈神為先鋒，魚肚將掠後，藥叉將催兵，一霎時出南天門外，逕來到花果山。選平陽處安了營寨，傳令教巨靈神挑戰。巨靈神得令，結束整齊，掄著宣花斧，到了水簾洞外。只見小洞門外，許多妖魔，都是些狼蟲虎豹之類，丫丫叉叉，掄槍舞劍，在那裏跳鬭咆哮。這巨靈神喝道：「那業畜！快早去報與弼馬溫知道，吾乃上天大將，奉玉帝旨意，到此收伏；教他早早出來受降，免致汝等皆傷殘也。」那些怪，奔奔波波，傳報洞中道：「禍事了！禍事了！」猴王問：「有甚禍事？」眾妖道：「門外有一員天將，口稱大聖官銜，道奉玉帝聖旨，來此收伏；教早早出去受降，免傷我等性命。」猴王聽說，教：「取我披掛來！」就戴上紫金冠，貫上黃金甲，登上步雲鞋，手執如意金箍棒，領眾出門，擺開陣勢。這巨靈神睜睛觀看，真好猴王：

身穿金甲亮堂堂，頭戴金冠光映映。
手舉金箍棒一根，足踏雲鞋皆相稱。
一雙怪眼似明星，兩耳過肩查又硬。
挺挺身材變化多，聲音響亮如鐘磬。
尖嘴咨牙弼馬溫，心高要做齊天聖。

巨靈神厲聲高叫道：「那潑猴！你認得我麼？」大聖聽言，急問道：「你是那路毛神？老孫不曾會你，你快報名來。」巨靈神道：「我把你那欺心的猢猻！你是認不得我！我乃高上神霄托塔李天王部下先鋒，巨靈天將！今奉玉帝聖旨，到此收降你。你快卸了裝束，歸順天恩，免得這滿山諸畜遭誅；若道半個『不』字，教你頃刻化為齏粉！」猴王聽說，心中大怒，道：「潑毛神，休誇大口，少弄長舌！我本待一棒打死你，恐無人去報信；且留你性命，快早回天，對玉皇說：他甚不用賢！老孫有無窮的本事，為何教我替他養馬？你看我這旌旗上字號。若依此字號陞官，我就不動刀兵，自然的天地清泰；如若不依時間，就打上靈霄寶殿，教他龍牀定坐不成！」這巨靈神聞此言，急睜睛迎風觀看，果見門外豎一高竿，竿上有旌旗一面，上寫著「齊天大聖」四大字。巨靈神冷笑三聲道：「這潑猴，這等不知人事，輒敢無狀！你就要做齊天大聖！好好的吃吾一斧！」劈頭就砍將去。那猴王正是會家不忙，將金箍棒應手相迎。這一場好殺：

棒名如意，斧號宣花。他兩個乍相逢，不知深淺；斧和棒，左右交加。
一個暗藏神妙，一個人口稱誇。使動法，噴雲噯霧；展開手，播土揚沙。
天將神通就有道，猴王變化實無涯。棒舉卻如龍戲水，斧來猶似鳳穿花。
巨靈名望傳天下，原來本事不如他；大聖輕輕掄鐵棒，著頭一下滿身麻。

巨靈神抵敵他不住，被猴王劈頭一棒，慌忙將斧架隔，扢扠的一聲，把個斧柄打做兩截，急撤身敗陣逃生。猴王笑道：「膿包！膿包！我已饒了你，你快去報信！快去報信！」

巨靈神回至營門，逕見托塔天王，忙哈哈下跪道：「弼馬溫是果神通廣大！末將戰他不得，敗陣回來請罪。」李天王發怒道：「這廝剉吾銳氣，推出斬之！」旁邊閃出哪吒太子，拜告：「父王息怒，且恕巨靈之罪，待孩兒出師一遭，便知深淺。」天王聽諫，且教回營待罪管事。

這哪吒太子，甲冑齊整，跳出營盤，撞至水簾洞外。那悟空正來收兵，見哪吒來的勇猛。好太子：

總角才遮顖，披毛未苫肩。神奇多敏悟，骨秀更清妍。
誠為天上麒麟子，果是烟霞彩鳳仙。龍種自然非俗相，妙齡端不類塵凡。
身帶六般神器械，飛騰變化廣無邊。今受玉皇金口詔，敕封海會號三壇。

悟空迎近前來問曰：「你是誰家小哥？闖近吾門，有何事幹？」哪吒喝道：「潑妖猴！豈不認得我？我乃托塔天王三太子哪吒是也。今奉玉帝欽差，至此捉你。」悟空笑道：「小太子，你的嬭牙尚未退，胎毛尚未乾，怎敢說這般大話？我且留你的性命，不打你。你只看我旌旗上的是什麼字號，拜上玉帝：是這般官銜，再也不須動眾，我自皈依；若是不遂我心，定要打上靈霄寶殿。」哪吒抬頭看處，乃「齊天大聖」四字。哪吒道：「這妖猴能有多大神通，就敢稱此名號！不要怕！吃吾一劍！」悟空道：「我只站下不動，任你砍幾劍罷。」那哪吒奮怒，大喝一聲，叫：「變！」即變做三頭六臂，惡狠狠，手持著六般兵器，乃是斬妖劍、砍妖刀、縛妖索、降妖杵、繡毬兒、火輪兒，丫丫叉叉，撲面打來。悟空見了，心驚道：「這小哥倒也會弄些手段！莫無禮，看我神通！」好大聖，喝聲：「變！」也變做三頭六臂；把金箍棒幌一幌，也變作三條；六隻手拿著三條棒架住。這場鬭，真是個地動山搖，好殺也：

六臂哪吒太子，天生美石猴王。相逢真對手，正遇本源流。
那一個蒙差來下界，這一個欺心鬧斗牛。斬妖寶劍鋒芒快，砍妖刀狠鬼神愁；
縛妖索子如飛蟒，降妖大杵似狼頭；火輪掣電烘烘豔，往往來來滾繡毬。
大聖三條如意棒，前遮後擋運機謀。苦爭數合無高下，太子心中不肯休。
把那六件兵器多教變，百千萬億照頭丟。猴王不懼呵呵笑，鐵棒翻騰自運籌。
以一化千千化萬，滿空亂舞賽飛虬。唬得各洞妖王都閉戶，遍山鬼怪盡藏頭。
神兵怒氣雲慘慘，金箍鐵棒響颼颼。那壁廂，天丁吶喊人人怕；

這壁廂，猴怪搖旗個個憂。發狠兩家齊鬪勇，不知那個剛強那個柔。

三太子與悟空各騁神威，鬪了個三十回合。那太子六般兵，變做千千萬萬；孫悟空金箍棒，變作萬萬千千。半空中似雨點流星，不分勝負。原來悟空手疾眼快，正在那混亂之時，他拔下一根毫毛，叫聲：「變！」就變做他的本相，手挺著棒，演著哪吒；他的真身，卻一縱，趕至哪吒腦後，著左膊上一棒打來。哪吒正使法間，聽得棒頭風響，急躲閃時，不能措手，被他著了一下，負痛逃走；收了法，把六件兵器，依舊歸身，敗陣而回。

那陣上李天王早已看見，急欲提兵助戰。不覺太子倏至面前，戰兢兢報道：「父王！弼馬溫真個有本事！孩兒這般法力，也戰他不過，已被他打傷膊也。」天王大驚失色道：「這廝恁的神通，如何取勝？」太子道：「他洞門外豎一竿旗，上寫『齊天大聖』四字，親口誇稱，教玉帝就封他做齊天大聖，萬事俱休；若還不是此號，定要打上靈霄寶殿哩！」天王道：「既然如此，且不要與他相持，且去上界，將此言回奏，再多遣天兵，圍捉這廝，未為遲也。」太子負痛，不能復戰，故同天王回天啟奏不題。

你看那猴王得勝歸山，那七十二洞妖王與那六弟兄，俱來賀喜。在洞天福地，飲樂無比。他卻對六弟兄說：「小弟既稱齊天大聖，你們亦可以大聖稱之。」內有牛魔王忽然高聲叫道：「賢弟言之有理，我即稱做個平天大聖。」蛟魔王道：「我稱覆海大聖。」鵬魔王道：「我稱混天大聖。」獅狔王道：「我稱移山大聖。」獼猴王道：「我稱通風大聖。」猸狨王道：「我稱驅神大聖。」此時七大聖自作自為，自稱自號，耍樂一日，各散訖。

卻說那李天王與三太子領著眾將，直至靈霄寶殿。啟奏道：「臣等奉聖旨出師下界，收伏妖仙孫悟空，不期他神通廣大，不能取勝，仍望萬歲添兵剿除。」玉帝道：「諒一妖猴，有多少本事，還要添兵？」太子又近前奏道：「望萬歲赦臣死罪！那妖猴使一條鐵棒，先敗了巨靈神，又打傷臣臂膊。洞門外立一竿旗，上書『齊天大聖』四字，道是封他這官職，即便休兵來投；若不是此官，還要打上靈霄寶殿也。」玉帝聞言，驚訝道：「這妖猴何敢這般狂妄！著眾將即刻誅之。」正說間，班部中又閃出太白金星，奏道：「那妖猴只知出言，不知大小。欲加兵與他爭鬥，想一時不能收伏，反又勞師。不若萬歲大捨恩慈，還降招安旨意，就教他做個齊天大聖。只是加他個空銜，有官無祿便了。」玉帝道：「怎麼喚做『有官無祿』？」金星道：「名是齊天大聖，只不與他事管，不與他俸祿，且養在天壤之間，收他的邪心，使不生狂妄，庶乾坤安靖，海宇得清寧也。」玉帝聞言道：「依卿所奏。」即命降了詔書，仍著金星領去。

金星復出南天門，直至花果山水簾洞外觀看。這番比前不同，威風凜凜，殺氣森森，各樣妖精，無般不有。一個個都執劍拈槍，拿刀弄杖的，在那裏咆哮跳躍。一見金星，皆上前動手。金星道：「那眾頭目來！累你去報你大聖知之。吾乃上帝遣來天使，有聖旨在此請他。」眾妖即跑入報道：「外面有一老者，他說是上界天使，有旨意請你。」悟空道：「來得好！來得好！想是前番來的那太白金星。那次請我上界，雖是官爵不堪，卻也天上走了一次，認得那天門內外之路。今番又來，定有好意。」教眾頭目大開旗鼓，擺隊迎接。大聖即帶引群猴，頂冠貫甲，甲上罩了赭黃袍，足踏雲履，急出洞門，躬身施禮，高叫道：「老星請進，恕我失迎之罪。」

金星趨步向前，逕入洞內，面南立著道：「今告大聖，前者因大聖嫌惡官小，躲離御馬監，當有本監中大小官員奏了玉帝。玉帝傳旨道：『凡授官職，皆由卑而尊，為何嫌小？』即有李天王領哪吒下界取戰。不知大聖神通，故遭敗北，回天奏道：『大聖立一竿旗，要做「齊天大聖」。』眾武將還要支吾，是老漢力為大聖冒罪奏聞，免興師旅，請大王授籙。玉帝准奏，因此來請。」悟空笑道：「前番勤勞，今又蒙愛，多謝！多謝！但不知上天可有此『齊天大聖』之官銜也？」金星道：「老漢以此銜奏准，方敢領旨而來；如有不遂，只坐罪老漢便是。」

悟空大喜，懇留飲宴不肯，遂與金星縱著祥雲，到南天門外。那些天丁天將，都拱手相迎。逕入靈霄殿下。金星拜奏道：「臣奉詔宣弼馬溫孫悟空已到。」玉帝道：「那孫悟空過來。今宣你做個『齊天大聖』，官品極矣，但切不可胡為。」這猴亦只朝上唱個喏，道聲謝恩。玉帝即命工幹官——張、魯二班——在蟠桃園右首，起一座齊天大聖府，府內設個二司：一名安靜司，一名寧神司。司俱有仙吏，左右扶持。又差五斗星君送悟空去到任，外賜御酒二瓶，金花十朵，著他安心定志，再勿胡為。那猴王信受奉行，即日與五斗星君到府，打開酒瓶，同眾盡飲。送星官回轉本宮，他才遂心滿意，喜地歡天，在於天宮快樂，無掛無礙。正是：仙名永註長生籙，不墮輪迴萬古傳。畢竟不知向後如何，且聽下回分解。

# 第五回　亂蟠桃大聖偷丹　反天宮諸神捉怪

話表齊天大聖到底是個妖猴，更不知官銜品從，也不較俸祿高低，但只註名便了。那齊天府下二司仙吏，早晚伏侍，只知日食三餐，夜眠一榻，無事牽縈，自由自在。閒時節會友遊宮，交朋結義。見三清，稱個「老」字；逢四帝，道個「陛下」。與那九曜星、五方將、二十八宿、四大天王、十二元辰、五方五老、普天星相、河漢群神，俱只以弟兄相待，彼此稱呼。今日東遊，明日西蕩，雲去雲來，行踪不定。

一日，玉帝早朝，班部中閃出許旌陽真人，俯顖啓奏道：「今有齊天大聖，無事閒遊，結交天上眾星宿，不論高低，俱稱朋友。恐後閒中生事，不若與他一件事管，庶免別生事端。」玉帝聞言，即時宣詔。那猴王欣欣然而至，道：「陛下，詔老孫有何陞賞？」玉帝道：「朕見你身閒無事，與你件執事。你且權管那蟠桃園，早晚好生在意。」大聖歡喜謝恩，朝上唱喏而退。

他等不得窮忙，即入蟠桃園內查勘。本園中有個土地攔住，問道：「大聖何往？」大聖道：「吾奉玉帝點差，代管蟠桃園，今來查勘也。」那土地連忙施禮，即呼那一班鋤樹力士、運水力士、修桃力士、打掃力士都來見大聖磕頭，引他進去。但見那：

夭夭灼灼，顆顆株株。夭夭灼灼花盈樹，顆顆株株果壓枝。
果壓枝頭垂錦彈，花盈樹上簇胭脂。時開時結千年熟，無夏無冬萬載遲。
先熟的，酡顏醉臉；還生的，帶蒂青皮。凝烟肌帶綠，映日顯丹姿。
樹下奇葩並異卉，四時不謝色齊齊。左右樓臺並館舍，盈空常見罩雲霓。
不是玄都凡俗種，瑤池王母自栽培。

大聖看玩多時，問土地道：「此樹有多少株數？」土地道：「有三千六百株：前面一千二百株，花微果小，三千年一熟，人吃了成仙了道，體健身輕。中間一千二百株，層花甘實，六千年一熟，人吃了霞舉飛昇，長生不老。後面一千二百株，紫紋緗核，九千年一熟，人吃了與天地齊壽，日月同庚。」大聖聞言，歡喜無任，當日查明了株數，點看了亭閣，回府。自此後，三五日一次賞玩，也不交友，也不他遊。

一日，見那老樹枝頭，桃熟大半。他心裏要吃個嘗新。奈何本園土地、力士並齊天府仙吏緊隨不便。忽設一計道：「汝等且出門外伺候，讓我在這亭上少憩片時。」那眾仙果退。只見那猴王脫了冠服，爬上大樹，揀那熟透的大桃，摘了許多，就在樹枝上自在受用。吃了一飽，卻才跳下樹來，簪冠著服，喚眾等儀從回府。遲三二日，又去設法偷桃，儘他享用。

一朝，王母娘娘設宴，大開寶閣，瑤池中做「蟠桃勝會」，即著那紅衣仙女、青衣仙女、素衣仙女、皂衣仙女、紫衣仙女、黃衣仙女、綠衣仙女，各頂花籃，去蟠桃園摘桃建會。七衣仙女直至園門首，只見蟠桃園土地、力士同齊天府二司仙吏，都在那裏把門。仙女近前道：「我等奉王母懿旨，到此摘桃設宴。」土地道：「仙娥且住。今歲不比往年了，玉帝點差齊天大聖在此督理，須是報大聖得知，方敢開園。」仙女道：「大聖何在？」土地道：「大聖在園內，因困倦，自家在亭子上睡哩。」仙女道：「既如此，尋他去來，不可遲誤。」土地即與同進。尋至花亭不見，只有衣冠在亭，不知何往。四下裏都沒尋處。原來大聖耍了一會，吃了幾個桃子，變做二寸長的個人兒，在那大樹梢頭濃葉之下睡著了。

七衣仙女道：「我等奉旨前來，尋不見大聖，怎敢空回？」旁有仙吏道：「仙娥既奉旨來，不必遲疑。我大聖閒遊慣了，想是出園會友去了。汝等且去摘桃。我們替你回話便是。」那仙女依言，入樹林之下摘桃，先在前樹摘了二籃，又在中樹摘了三籃；到後樹上摘取，只見那樹上花果稀疏，只有幾個毛蒂青皮的。原來熟的都是猴王吃了。七仙女張望東西，只見南枝上只有一個半紅半白的桃子。青衣女用手扯下枝來，紅衣女摘了，卻將枝子望上一放。原來那大聖變化了，正睡在此枝，被他驚醒。大聖即現本相，耳朵內掣出金箍棒，幌一幌，碗來粗細，咄的一聲道：「你是那方怪物，敢大膽偷摘我桃！」慌得那七仙女一齊跪下道：「大聖息怒。我等不是妖怪，乃王母娘娘差來的七衣仙女，摘取仙桃，大開寶閣，做『蟠桃勝會』。適至此間，先見了本園土地等神，尋大聖不見。我等恐遲了王母懿旨，是以等不得大聖，故先在此摘桃，萬望恕罪。」

大聖聞言，回嗔作喜道：「仙娥請起。王母開閣設宴，請的是誰？」仙女道：「上會自有舊規。請的是西天佛老、菩薩、聖僧羅漢，南方南極觀音，東方崇恩聖帝，十洲三島仙翁，北方北極玄靈，中央黃極黃角大仙，這個是五方五老。還有五斗星君，上八洞三清、四帝、太乙天仙等眾，中八洞玉皇、九壘、海嶽神仙，下八洞幽冥教主、注世地仙。各宮各殿大小尊神，俱一齊赴蟠桃嘉會。」大聖笑道：「可請我麼？」仙女道：「不曾聽得說。」大聖道：「我乃齊天大聖，就請我老孫做個席尊，有何不可？」仙女道：「此是上會舊規，今會不知如何。」大聖道：「此言也是，難怪汝等。你且立下，待老孫先去打聽個消息，看可請老孫不請。」

好大聖，捻著訣，念聲咒語，對眾仙女道：「住！住！住！」這原來是個定身法，把那七衣仙女一個個睖睖睜睜，白著眼，都站在桃樹之下。大聖縱朵祥雲，跳出園內，竟奔瑤池路上而去。正行時，只見那壁廂：

一天瑞靄光搖曳，五色祥雲飛不絕。
白鶴聲鳴振九皋，紫芝色秀分千葉。
中間現出一尊仙，相貌天然丰采別。
神舞虹霓幌漢霄，腰懸寶籙無生滅。
名稱赤腳大羅仙，特赴蟠桃添壽節。

那赤腳大仙覿面撞見大聖。大聖低頭定計，賺哄真仙，他要暗去赴會，卻問：「老道何往？」

大仙道：「蒙王母見招，去赴蟠桃嘉會。」大聖道：「老道不知。玉帝因老孫觔斗雲疾，著老孫五路邀請列位，先至通明殿下演禮，後方去赴宴。」大仙是個光明正大之人，就以他的誑語作真。道：「常年就在瑤池演禮謝恩，如何先去通明殿演禮，方去瑤池赴會？」無奈，只得撥轉祥雲，逕往通明殿去了。大聖駕著雲，念聲咒語，搖身一變，就變做赤腳大仙模樣，前奔瑤池。不多時，直至寶閣，按住雲頭，輕輕移步，走入裏面。只見那裏：

瓊香繚繞，瑞靄繽紛。瑤臺鋪彩結，寶閣散氤氳。
鳳翥鸞騰形縹緲，金花玉萼影浮沈。上排著九鳳丹霞扆，八寶紫霓墩。
五彩描金桌，千花碧玉盆。桌上有龍肝和鳳髓，熊掌與猩唇。
珍饈百味般般美，異果嘉餚色色新。

那裏鋪設得齊齊整整，卻還未有仙來。這大聖點看不盡，忽聞得一陣酒香撲鼻；忽轉頭，見右壁廂長廊之下，有幾個造酒的仙官，盤糟的力士，領幾個運水的道人，燒火的童子，在那裏洗缸刷甕，已造成了玉液瓊漿，香醪佳釀。大聖止不住口角流涎，就要去吃，奈何那些人都在這裏。他就弄個神通，把毫毛拔下幾根，丟入口中嚼碎，噴將出去，念聲咒語，叫：「變！」即變做幾個瞌睡蟲，奔在眾人臉上。你看那夥人，手軟頭低，閉眉合眼，丟了執事，都去盹睡。大聖卻拿了些百味珍饈，佳餚異品，走入長廊裏面，就著缸，挨著甕，放開量，痛飲一番。吃勾了多時，酕醄醉了。自揣自摸道：「不好！不好！再過會，請的客來，卻不怪我？一時拿住，怎生是好？不如早回府中睡去也。」

好大聖，搖搖擺擺，仗著酒，任情亂撞，一會把路差了；不是齊天府，卻是兜率天宮。一見了，頓然醒悟道：「兜率宮是三十三天之上，乃離恨天太上老君之處，如何錯到此間？也罷！也罷！一向要來望此老，不曾得來，今趁此殘步，就望他一望也好。」即整衣撞進去。那裏不見老君，四無人跡。原來那老君與燃燈古佛在三層高閣朱陵丹臺上講道，眾仙童、仙將、仙官、仙吏，都侍立左右聽講。這大聖直至丹房裏面，尋訪不遇，但見丹竈之旁，爐中有火。爐左右安放著五個葫蘆，葫蘆裏都是煉就的金丹。大聖喜道：「此物乃仙家之至寶。老孫自了道以來，識破了內外相同之理，也要煉些金丹濟人，不期到家無暇；今日有緣，卻又撞著此物，趁老子不在，等我吃他幾丸嘗新。」他就把那葫蘆都傾出來，就都吃了，如吃炒豆相似。

一時間丹滿酒醒，又自己揣度道：「不好！不好！這場禍，比天還大；若驚動玉帝，性命難存。走！走！走！不如下界為王去也！」他就跑出兜率宮，不行舊路，從西天門，使個隱身法逃去。即按雲頭，回至花果山界。但見那旌旗閃灼，戈戟光輝，原來是四健將與七十二洞妖王，在那裏演習武藝。大聖高叫道：「小的們！我來也！」眾怪丟了器械，跪倒道：「大聖好寬心！丟下我等許久，不來相顧！」大聖道：「沒多時！沒多時！」且說且行，逕入洞天深處。四健將打掃安歇，叩頭禮拜畢。俱道：「大聖在天這百十年，實受何職？」大聖笑道：「我記得才半年光景，怎麼就說百十年話？」健將道：「在天一日，即在下方一年也。」大聖道：「且喜這番玉帝相愛，果封做『齊天大聖』，起一座齊天府，又設安靜、寧神二司，司設仙吏侍衛。向後見我無事，著我看管蟠桃園。近因王母娘娘設『蟠桃大會』，未曾請我，是我不待他請，先赴瑤池，把他那仙品、仙酒，都是我偷吃了。走出瑤池，踉踉蹌蹌誤入老君宮闕，又把他五個葫蘆金丹也偷吃了。但恐玉帝見罪，方才走出天門來也。」

眾怪聞言大喜，即安排酒果接風，將椰酒滿斟一石碗奉上，大聖喝了一口，即咨牙倈嘴道：「不好吃！不好吃！」崩、巴二將道：「大聖在天宮，吃了仙酒、仙餚，是以椰酒不甚美口。常言道：『美不美，鄉中水。』」大聖道：「你們就是『親不親，故鄉人。』我今早在瑤池中受用時，見那長廊之下，有許多瓶罐，都是那玉液瓊漿。你們都不曾嘗著。待我再去偷他幾瓶回來，你們各飲半杯，一個個也長生不老。」眾猴歡喜不勝。大聖即出洞門，又翻一觔斗，使個隱身法，逕至蟠桃會上，進瑤池宮闕，只見那幾個造酒、盤糟、運水、燒火的，還鼾睡未醒。他將大的從左右脅下挾了兩個，兩手提了兩個，即撥轉雲頭回來，會眾猴在於洞中，就做個「仙酒會」，各飲了幾杯，快樂不題。

卻說那七衣仙女自受了大聖的定身法術，一周天方能解脫。各提花籃，回奏王母，說道：「齊天大聖使術法困住我等，故此來遲。」王母問道：「汝等摘了多少蟠桃？」仙女道：「只有兩籃小桃，三籃中桃。至後面，大桃半個也無，想都是大聖偷吃了。及正尋間，不期大聖走將出來，行凶拷打，又問設宴請誰。我等把上會事說了一遍，他就定住我等，不知去向。只到如今，才得醒解回來。」

王母聞言，即去見玉帝，備陳前事。說不了，又見那造酒的一班人，同仙官等來奏：「不知什麼人，攪亂了『蟠桃大會』，偷吃了玉液瓊漿，其八珍百味，亦俱偷吃了。」又有四個大天師來奏上：「太上道祖來了。」玉帝即同王母出迎。老君朝禮畢，道：「老道宮中，煉了些『九轉金丹』，伺候陛下做『丹元大會』，不期被賊偷去，特啓陛下知之。」玉帝見奏，悚懼。少時，又有齊天府仙吏叩頭道：「孫大聖不守執事，自昨日出遊，至今未轉，更不知去向。」玉帝又添疑思。只見那赤腳大仙又頫顖上奏道：「臣蒙王母詔昨日赴會，偶遇齊天大聖，對臣言萬歲有旨，著他邀臣等先赴通明殿演禮，方去赴會。臣依他言語，即返至通明殿外，不見萬歲龍車鳳輦，又急來此俟候。」玉帝越發大驚道：「這廝假傳旨意，賺哄賢卿，快著糾察靈官緝訪這廝蹤跡！」

靈官領旨，即出殿遍訪，盡得其詳細，回奏道：「攪亂天宮者，乃齊天大聖也。」又將前事盡訴一番。玉帝大惱。即差四大天王，協同李天王並哪吒太子，點二十八宿、九曜星官、十二元辰、五方揭諦、四值功曹、東西星斗、南北二神、五嶽四瀆、普天星相，共十萬天兵，布一十八架天羅地網下界，去花果山圍困，定捉獲那廝處治。眾神即時興師，離了天宮。這一去，但見那：

黃風滾滾遮天暗，紫霧騰騰罩地昏。只為妖猴欺上帝，致令眾聖降凡塵。

四大天王，五方揭諦：四大天王權總制，五方揭諦調多兵。

李托塔中軍掌號，惡哪吒前部先鋒。羅猴星為頭檢點，計都星隨後崢嶸。
太陰星精神抖擻，太陽星照耀分明。五行星偏能豪傑，九曜星最喜相爭。
元辰星子午卯酉，一個個都是大力天丁。五瘟五嶽東西擺，六丁六甲左右行。
四瀆龍神分上下，二十八宿密層層。角亢氐房為總領，奎婁胃昴慣翻騰。
斗牛女虛危室壁，心尾箕星個個能，井鬼柳星張翼軫，掄槍舞劍顯威靈。
停雲降霧臨凡世，花果山前扎下營。

詩曰：

天產猴王變化多，偷丹偷酒樂山窩。
只因攪亂蟠桃會，十萬天兵布網羅。

當時李天王傳了令，著眾天兵扎了營，把那花果山圍得水泄不通，上下布了十八架天羅地網，先差九曜惡星出戰。九曜即提兵逕至洞外，只見那洞外大小群猴跳躍頑耍。星官厲聲高叫道：「那小妖！你那大聖在那裏？我等乃上界差調的天神，到此降你這造反的大聖。教他快快來歸降；若道半個『不』字，教汝等一概遭誅！」那小妖慌忙傳入道：「大聖，禍事了！禍事了！外面有九個凶神，口稱上界來的天神，收降大聖。」

那大聖正與七十二洞妖王，並四健將分飲仙酒，一聞此報，公然不理道：「『今朝有酒今朝醉，莫管門前是與非。』」說不了，一起小妖又跳來道：「那九個凶神，惡言潑語，在門前罵戰哩！」大聖笑道：「莫睬他。『詩酒且圖今日樂，功名休問幾時成。』」說猶未了，又一起小妖來報：「爺爺！那九個凶神已把門打破，殺進來也！」大聖怒道：「這潑毛神，老大無禮！本待不與他計較，如何上門來欺我？」即命獨角鬼王，領帥七十二洞妖王出陣，老孫領四健將隨後。

那鬼王疾帥妖兵，出門迎敵，卻被九曜惡星一齊掩殺，抵住在鐵板橋頭，莫能得出。

正嚷間，大聖到了。叫一聲：「開路！」掣開鐵棒，幌一幌，碗來粗細，丈二長短，丟開架子，打將出來。九曜星那個敢抵，一時打退。那九曜星立住陣勢道：「你這不知死活的弼馬溫！你犯了十惡之罪，先偷桃，後偷酒，攪亂了蟠桃大會，又竊了老君仙丹，又將御酒偷來此處享樂，你罪上加罪，豈不知之？」大聖笑道：「這幾樁事，實有！實有！但如今你怎麼？」九曜星道：「吾奉玉帝金旨，帥眾到此收降你。快早皈依！免教這些生靈納命。不然，就蹍平了此山，掀翻了此洞也！」大聖大怒道：「量你這些毛神，有何法力，敢出浪言，不要走，請吃老孫一棒！」這九曜星一齊踴躍。那美猴王不懼分毫，掄起金箍棒，左遮右擋，把那九曜星戰得筋疲力軟，一個個倒拖器械，敗陣而走，急入中軍帳下，對托塔天王道：「那猴王果十分驍勇！我等戰他不過，敗陣來了。」李天王即調四大天王與二十八宿，一路出師來鬥。大聖也公然不懼，調出獨角鬼王、七十二洞妖王與四個健將，就於洞門外列成陣勢。你看這場混戰，好驚人也：

寒風颯颯，怪霧陰陰。那壁廂旌旗飛彩，這壁廂戈戟生輝。
滾滾盔明，層層甲亮。滾滾盔明映太陽，如撞天的銀磬；
層層甲亮砌巖崖，似壓地的冰山。大捍刀，飛雲掣電；楮白槍，度霧穿雲。
方天戟，虎眼鞭，麻林擺列；青銅劍，四明鏟，密樹排陣。
彎弓硬弩鵰翎箭，短棍蛇矛挾了魂。大聖一條如意棒，翻來覆去戰天神。
殺得那空中無鳥過，山內虎狼奔；揚砂走石乾坤黑，播土飛塵宇宙昏。
只聽兵兵撲撲驚天地，煞煞威威振鬼神。

這一場，自辰時佈陣，混殺到日落西山。那獨角鬼王與七十二洞妖怪，盡被眾天神捉拿去了，只走了四健將與那群猴，深藏在水簾洞底。這大聖一條棒，抵住了四大天神與李托塔、哪吒太子，俱在半空中。殺勾多時，大聖見天色將晚，即拔毫毛一把，丟在口中，嚼碎了，噴將出去，叫聲「變」，就變了千百個大聖，都使的是金箍棒，打退了哪吒太子，戰敗了五個天王。

大聖得勝，收了毫毛，急轉身回洞，早又見鐵板橋頭，四個健將，領眾叩迎那大聖，哽哽咽咽大哭三聲，又嘻嘻哈哈大笑三聲。大聖道：「汝等見了我，又哭又笑，何也？」四健將道：「今早帥眾將與天王交戰，把七十二洞妖王與獨角鬼王，盡被眾神捉了，我等逃生，故此該哭。這見大聖得勝回來，未曾傷損，故此該笑。」大聖道：「勝負乃兵家之常。古人云：『殺人一萬，自損三千。』況捉了去的頭目乃是虎豹、狼蟲、獾獐、狐狢之類，我同類者未傷一個，何須煩惱？他雖被我使個分身法殺退，他還要安營在我山腳下。我等且緊緊防守，飽食一頓，安心睡覺，養養精神。天明看我使個大神通，拿這些天將，與眾報仇。」四將與眾猴將椰酒吃了幾碗，安心睡覺不題。

那四大天王收兵罷戰，眾各報功：有拿住虎豹的，有拿住獅象的，有拿住狼蟲狐狢的，更不曾捉著一個猴精。當時果又安轅營，下大寨，賞勞了得功之將，吩咐了天羅地網之兵，個個提鈴喝號，圍困了花果山，專待明早大戰。各人得令，一處處謹守。此正是：妖猴作亂驚天地，布網張羅晝夜看。畢竟天曉後如何處治，且聽下回分解。

# 第六回　觀音赴會問原因　小聖施威降大聖

且不言天神圍繞，大聖安歇。話表南海普陀落伽山大慈大悲救苦救難靈感觀世音菩薩，自王母娘娘請赴蟠桃大會，與大徒弟惠岸行者，同登寶閣瑤池，見那裏荒荒涼涼，席面殘亂；雖有幾位天仙，俱不就座，都在那裏亂紛紛講論。菩薩與眾仙相見畢，眾仙備言前事。菩薩道：「既無盛會，又不傳杯，汝等可跟貧僧去見玉帝。」眾仙怡然隨往。至通明殿前，早有四大天師、赤腳大仙等眾俱在此，迎著菩薩，即道玉帝煩惱，調遣天兵，擒怪未回等因。菩薩道：「我要見見玉帝，煩為轉奏。」天師邱弘濟，即入靈霄寶殿，啓知宣入。時有太上老君在上，王母娘娘在後。

菩薩引眾同入裏面，與玉帝禮畢，又與老君、王母相見，各坐下。便問：「蟠桃盛會如何？」玉帝道：「每年請會，喜喜歡歡，今年被妖猴作亂，甚是虛邀也。」菩薩道：「妖猴是何出處？」玉帝道：「妖猴乃東勝神洲傲來國花果山石卵化生的。當時生出，即目運金光，射沖斗府。始不介意，繼而成精，降龍伏虎，自削死籍。當有龍王、閻王啓奏。朕欲擒拿，是長庚星啓奏道：『三界之間，凡有九竅者，可以成仙。』朕即施教育賢，宣他上界，封為御馬監弼馬溫官。那廝嫌惡官小，反了天宮。即差李天王與哪吒太子收降，又降詔撫安，宣至上界，就封他做個『齊天大聖』，只是有官無祿。他因沒事幹管理，東遊西蕩。朕又恐別生事端，著他代管蟠桃園。他又不遵法律，將老樹大桃，盡行偷吃。及至設會，他乃無祿人員，不曾請他；他就設計賺哄赤腳大仙，卻自變他相貌入會，將仙餚仙酒盡偷吃了，又偷老君仙丹，又偷御酒若干，去與本山眾猴享樂。朕心為此煩惱，故調十萬天兵，天羅地網收伏。這一日不見回報，不知勝負如何。」

菩薩聞言，即命惠岸行者道：「你可快下天宮，到花果山，打探軍情如何。如遇相敵，可就相助一功，務必的實回話。」惠岸行者整整衣裙，執一條鐵棍，架雲離闕，逕至山前。見那天羅地網，密密層層，各營門提鈴喝號，將那山圍繞得水泄不通。惠岸立住，叫：「把營門的天丁，煩你傳報。我乃李天王二太子木叉，南海觀音大徒弟惠岸，特來打探軍情。」那營裏五嶽神兵，即傳入轅門之內。早有虛日鼠、昴日雞、星日馬、房日兔，將言傳到中軍帳下。李天王發下令旗，教開天羅地網，放他進來。

此時東方才亮。惠岸隨旗進入，見四大天王與李天王下拜。拜訖，李天王道：「孩兒，你自那廂來者？」惠岸道：「愚男隨菩薩赴蟠桃會，菩薩見勝會荒涼，瑤池寂寞，引眾仙並愚男去見玉帝。玉帝備言父王等下界收伏妖猴，一日不見回報，勝負未知，菩薩因命愚男到此打聽虛實。」李天王道：「昨日到此安營下寨，著九曜星挑戰，被這廝大弄神通，九曜星俱敗走而回。後我等親自提兵，那廝也排開陣勢。我等十萬天兵，與他混戰至晚，他使個分身法戰退。及收兵查勘時，只捉得些狼蟲虎豹之類，不曾捉得他半個妖猴。今日還未出戰。」

說不了，只見轅門外有人來報道：「那大聖引一群猴精，在外面叫戰。」四大天王與李天王並太子正議出兵，木叉道：「父王，愚男蒙菩薩吩咐，下來打探消息，就說若遇戰時，可助一功。今不才願往，看他怎麼個大聖！」天王道：「孩兒，你隨菩薩修行這幾年，想必也有些神通，切須在意。」好太子，雙手掄著鐵棍，束一束繡衣，跳出轅門，高叫：「那個是齊天大聖？」大聖挺如意棒，應聲道：「老孫便是。你是甚人，輒敢問我？」木叉道：「吾乃李天王第二太子叉，今在觀音菩薩寶座前為徒弟護教，法名惠岸是也。」大聖道：「你不在南海修行，卻來此見我做甚？」木叉道：「我蒙師父差來打探軍情，見你這般猖獗，特來擒你！」大聖道：「你敢說那等大話！且休走！吃老孫這一棒！」木叉全然不懼，使鐵棒劈手相迎。他兩個立那半山中，轅門外，這場好鬥：

棍雖對棍鐵各異，兵縱交兵人不同。
一個是太乙散仙呼大聖，一個是觀音徒弟正元龍。
渾鐵棍乃千錘打，六丁六甲運神功；如意棒是天河定，鎮海神珍法力洪。

兩個相逢真對手，往來解數實無窮。
這個的陰手棍，萬千凶，繞腰貫索疾如風；
那個的夾槍棒，不放空，左遮右擋怎相容？
那陣上旌旗閃閃，這陣上駝鼎鼕鼕。萬員天將團團繞，一洞妖猴簇簇叢。
怪霧愁雲漫地府，狼烟煞氣射天宮。昨朝混戰還猶可，今日爭持更又凶。
堪羡猴王真本事，木叉復敗又逃生。

這大聖與惠岸戰經五六十合。惠岸臂膊酸麻，不能迎敵，虛幌一幌，敗陣而走。大聖也收了猴兵，安扎在洞門之外。只見天王營門外，大小天兵，接住了太子，讓開大路，逕入轅門，對四天王、李托塔、哪吒，氣哈哈的，喘息未定：「好大聖！好大聖！著實神通廣大！孩兒戰不過，又敗陣而來也！」李天王見了心驚，即命寫表求助，便差大力鬼王與木叉太子上天啟奏。

二人當時不敢停留，闖出天羅地網，駕起瑞靄祥雲。須臾，逕至通明殿下，見了四大天師，引至靈霄寶殿，呈上表章。惠岸又見菩薩施禮。菩薩道：「你打探的如何？」惠岸道：「始領命到花果山，叫開天羅地網門，見了父親，道師父差命之意。父王道：『昨日與那猴王戰了一場，只捉得他虎豹獅象之類，更未捉他一個猴精。』正講間，他又索戰，是弟子使鐵棍與他戰經五六十合，不能取勝，敗走回營。父親因此差大力鬼王同弟子上界求助。」菩薩低頭思忖。

卻說玉帝拆開表章，見有求助之言，笑道：「叵耐這個猴精，能有多大手段，就敢敵過十萬天兵！李天王又來求助，卻將那路神兵助之？」言未畢，觀音合掌啟奏：「陛下寬心，貧僧舉一神，可擒這猴。」玉帝道：「所舉者何神？」菩薩道：「乃陛下令甥顯聖二郎真君，現居灌洲灌江口，享受下方香火。他昔日曾力誅六怪，又有梅山兄弟與帳前一千二百草頭神，神通廣大。奈他只是聽調不聽宣，陛下可降一道調兵旨意，著他助力，便可擒也。」玉帝聞言，即傳調兵的旨意，就差大力鬼王齎調。

那鬼王領了旨，即駕起雲，逕至灌江口。不消半個時辰，直至真君之廟。早有把門的鬼判，傳報至裏道：「外有天使，捧旨而至。」二郎即與眾兄弟出門，迎接旨意，焚香開讀旨意。上云：

> 花果山妖猴齊天大聖作亂。因在宮偷桃、偷酒、偷丹，攪亂蟠桃大會，見著十萬天兵，一十八架天羅地網，圍山收伏，未曾得勝。今特調賢甥同義兄弟即赴花果山助力剿除。成功之後，高陞重賞。

真君大喜道：「天使請回，吾當就去拔刀相助也。」鬼王回奏不題。

這真君即喚梅山六兄弟——乃康、張、姚、李四太尉，郭申、直健二將軍，聚集殿前道：「適才玉帝調遣我等往花果山收降妖猴，同去去來。」眾兄弟俱忻然願往。即點本部神兵，駕鷹牽犬，搭弩張弓，縱狂風，霎時過了東洋大海，逕至花果山。見那天羅地網密密層層，不能前進，因叫道：「把天羅地網的神將聽著：吾乃二郎顯聖真君，蒙玉帝調來，擒拿妖猴者，快開營門放行。」一時，各神一層層傳入。四大天王與李天王俱出轅門迎接。相見畢，問及勝敗之事，天王將上項事備陳一遍。真君笑道：「小聖來此，必須與他鬥個變化，列公將天羅地網，不要幔了頂上，只四圍緊密，讓我賭鬥。若我輸與他，不必列公相助，我自有兄弟扶持；若贏了他，也不必列公綁縛，我自有兄弟動手。只請托塔天王與我使個照妖鏡，住立空中。恐他一時敗陣，逃竄他方，切須與我照耀明白，勿走了他。」天王各居四維，眾天兵各挨排列陣去訖。

這真君領著四太尉、二將軍，連本身七兄弟，出營挑戰；吩咐眾將，緊守營盤，收全了鷹犬。眾草頭神得令。真君只到那水簾洞外，見那一群猴，齊齊整整，排作個蟠龍陣勢。中軍裏，立一竿旗，上書「齊天大聖」四字。真君道：「那潑妖，怎麼稱得起齊天之職？」梅山六弟道：「且休讚嘆，叫戰去來。」那營口小猴見了真君，急走去報知。那猴王即掣金箍棒，整黃金甲，登步雲履，按一按紫金冠，騰出營門，急睜眼觀看。那真君的相貌，果是清奇，打扮得又秀氣。真是個：

儀容俊秀貌堂堂，兩耳垂肩目有光。頭戴三山飛鳳帽，身穿一領淡鵝黃。
縷金靴襯盤龍襪，玉帶團花八寶妝。腰挎彈弓新月樣，手執三尖兩刃槍。
斧劈桃山曾救母，彈打椶羅雙鳳凰。力誅八怪聲名遠，義結梅山七聖行。
心高不認天家眷，性傲歸神住灌江。赤城昭惠英靈聖，顯化無邊號二郎。

大聖見了，笑嘻嘻的，將金箍棒掣起，高叫道：「你是何方小將，輒敢大膽到此挑戰？」真君喝道：「你這廝有眼無珠，認不得我麼！吾乃玉帝外甥，敕封昭惠靈顯王二郎是也。今蒙上命，到此擒你這造反天宮的弼馬溫猢猻，你還不知死活！」大聖道：「我記得當年玉帝妹子思凡下界，配合楊君，生一男子，曾使斧劈桃山的，是你麼？我行要罵你幾聲，曾奈無甚冤仇；待要打你一棒，可惜了你的性命。你這郎君小輩，可急急回去，喚你四大天王出來。」真君聞言，心中大怒道：「潑猴！休得無禮！吃吾一刃！」大聖側身躲過，疾舉金箍棒，劈手相還。他兩個這場好殺：

昭惠二郎神，齊天孫大聖。這個心高欺敵美猴王，那個面生壓伏真梁棟。
兩個乍相逢，各人皆賭興。從來未識淺和深，今日方知輕與重。
鐵棒賽飛龍，神鋒如舞鳳。左擋右攻，前迎後映。
這陣上梅山六弟助威風，那陣上馬流四將傳軍令。
搖旗擂鼓各齊心，吶喊篩鑼都助興。兩個鋼刀有見機，一來一往無絲縫。
金箍棒是海中珍，變化飛騰能取勝；若還身慢命該休，但要差池為蹭蹬。

真君與大聖鬭經三百餘合，不知勝負。那真君抖擻神威，搖身一變，變得身高萬丈，兩隻手舉著三尖兩刃神鋒，好便似華山頂上之峰，青臉獠牙，朱紅頭髮，惡狠狠，望大聖著頭就砍。這大聖也使神通，變得與二郎身軀一樣，嘴臉一般，舉一條如意金箍棒，卻就是崑崙頂上擎天之柱，抵住二郎神。諕得那馬、流元帥，戰兢兢，搖不得旌旗；崩、巴二將，虛怯怯，使不得刀劍。這陣上，康、張、姚、李、郭申、直健，傳號令，撒放草頭神，向他那水簾洞外，縱著鷹犬，搭弩張弓，一齊掩殺。可憐衝散妖猴四健將，捉拿靈怪二三千！那些猴，拋戈棄甲，撇劍拋槍；跑的跑，喊的喊；上山的上山，歸洞的歸洞；好似夜貓驚宿鳥，飛灑滿天星。眾兄弟得勝不題。

卻說真君與大聖變做法天象地的規模，正鬪時，大聖忽見本營中妖猴驚散，自覺心慌，收了法象，掣棒抽身就走。真君見他敗走，大步趕上道：「那裏走？趁早歸降，饒你性命！」大聖不戀戰，只情跑起。將近洞口，正撞著康、張、姚、李四太尉，郭申、直健二將軍，一齊帥眾擋住道：「潑猴！那裏走！」大聖慌了手腳，就把金箍棒捏做繡花針，藏在耳內，搖身一變，變作個麻雀兒，飛在樹梢頭釘住。那六兄弟，慌慌張張，前後尋覓不見，一齊吆喝道：「走了這猴精也！走了這猴精也！」

正嚷處，真君到了，問：「兄弟們，趕到那廂不見了？」眾神道：「才在這裏圍住，就不見了。」二郎圓睜鳳眼觀看，見大聖變了麻雀兒，釘在樹上，就收了法象，撇了神鋒，卸下彈弓，搖身一變，變作個雀鷹兒，抖開翅，飛將去撲打。大聖見了，嗖的一翅飛起去，變作一隻大鷲老，沖天而去。二郎見了，急抖翎毛，搖身一變，變作一隻大海鶴，鑽上雲霄來嗛。大聖又將身按下，入澗中，變作一個魚兒，淬入水內。二郎趕至澗邊，不見蹤跡。心中暗想道：「這猢猻必然下水去也。定變作魚蝦之類。等我再變變拿他。」果一變變作個魚鷹兒，飄蕩在下溜頭波面上，等待片時。那大聖變魚兒，順水正遊，忽見一隻飛禽，似青鷂，毛片不青；似鷺鷥，頂上無纓；似老鸛，腿又不紅，「想是二郎變化了等我哩！……」急轉頭，打個花就走。

二郎看見道：「打花的魚兒，似鯉魚，尾巴不紅；似鱖魚，花鱗不見；似黑魚，頭上無星；似魴魚，腮上無針。他怎麼見了我就回去了？必然是那猴變的。」趕上來，刷的啄一嘴。那大聖就攛出水中，一變變作一條水蛇，游近岸，鑽入草中。二郎因嗛他不著，他見水響中，見一條蛇攛出去，認得是大聖，急轉身，又變了一隻朱繡頂的灰鶴，伸著一個長嘴，與一把尖頭鐵鉗子相似，逕來吃這水蛇。水蛇跳一跳，又變做一隻花鴇，木木樗樗的，立在蓼汀之上。二郎見他變得低賤，——花鴇乃鳥中至賤至淫之物，不拘鸞、鳳、鷹、鴉都與交群——故此不去攏傍，即現原身，走將去，取過彈弓拽滿，一彈子把他打個躘踵。

那大聖趁著機會，滾下山崖，伏在那裏又變，變一座土地廟兒：大張著口，似個廟門；牙齒變做門扇，舌頭變做菩薩，眼睛變做窗櫺。只有尾巴不好收拾，豎在後面，變做一根旗竿。真君趕到崖下，不見打倒的鴇鳥，只有一間小廟；急睜鳳眼，仔細看之，見旗竿立在後面，笑道：「是這猢猻了！他今又在那裏哄我。我也曾見廟宇，更不曾見一個旗竿豎在後面的。斷是這畜生弄諠！他若哄我進去，他便一口咬住。我怎肯進去？等我掣拳先搗窗櫺，後踢門扇！」大聖聽得，心驚道：「好狠！好狠！門扇是我牙齒，窗櫺是我眼睛；若打了牙，搗了眼，卻怎麼是好？」撲的一個虎跳，又冒在空中不見。

真君前前後後亂趕，只見四太尉、二將軍一齊擁至道：「兄長，拿住大聖了麼？」真君笑道：「那猴兒才自變座廟宇哄我。我正要搗他窗櫺，踢他門扇，他就縱一縱，又渺無踪跡。可怪！可怪！」眾皆愕然，四望更無形影。真君道：「兄弟們在此看守巡邏，等我上去尋他。」即縱身駕雲，起在半空，見那李天王高擎照妖鏡，與哪吒佇立雲端。真君道：「天王，曾見那猴王麼？」天王道：「不曾上來。我這裏照著他哩。」真君把那賭變化，弄神通，拿群猴一事說畢，卻道：「他變廟宇，正打處，就走了。」李天王聞言，又把照妖鏡四方一照，呵呵的笑道：「真君，快去！快去！那猴使了個隱身法，走出營圍，往你那灌江口去也。」二郎聽說，即取神鋒，回灌江口來趕。

卻說那大聖已至灌江口，搖身一變，變作二郎爺爺的模樣，按下雲頭，逕入廟裏。鬼判不能相認，一個個磕頭迎接。他坐中間，點查香火：見李虎拜還的三牲，張龍許下的保福，趙甲求子的文書，錢丙告病的良願。正看處，有人報：「又一個爺爺來了。」眾鬼判急急觀看，無不驚心。真君卻道：「有個什麼齊天大聖，才來這裏否？」眾鬼判道：「不曾見什麼大聖，只有一個爺爺在裏面查點哩。」真君撞進門，大聖見了，現出本相道：「郎君不消嚷，廟宇已姓孫了。」這真君即舉三尖兩刃神鋒，劈臉就砍。那猴王使個身法，讓過神鋒，掣出那繡花針兒，幌一幌，碗來粗細，趕到前，對面相還。兩個嚷嚷鬧鬧，打出廟門，半霧半雲，且行且戰，復打到花果山，慌得那四大天王等眾，提防愈緊。這康、張太尉等迎著真君，合力努力，把那美猴王圍繞不題。

話表大力鬼王既調了真君與六兄弟提兵擒魔去後，卻上界回奏。玉帝與觀音菩薩、王母並眾仙卿，正在靈霄殿講話，道：「既是二郎已去赴戰，這一日還不見回報。」觀音合掌道：「貧僧請陛下同道祖出南天門外，親去看看虛實如何？」玉帝道：「言之有理。」即擺駕，同道祖、觀音、王母與眾仙卿至南天門。早有些天丁、力士接著，開門遙觀，只見眾天丁佈羅網，圍住四面；李天王與哪吒，擎照妖鏡，立在空中；真君把大聖圍繞中間，紛紛賭鬪哩。

菩薩開口對老君說：「貧僧所舉二郎神如何？——果有神通，已把那大聖圍困，只是未得擒拿。我如今助他一功，決拿住他也。」老君道：「菩薩將甚兵器？怎能助他？」菩薩道：「我將那淨瓶楊柳拋下去，打那猴頭；即不能打死，也打個一跌，教二郎小聖，好去拿他。」老君道：「你這瓶是個瓷器，准打著他便好；如打不著他的頭，或撞著他的鐵棒，卻不打碎了？你且莫動手，等我老君助他一功。」菩薩道：「你有什麼兵器？」老君道：「有，有，有。」捋起衣袖，左膊上，取下一個圈子，說道：「這件兵器，乃錕鋼摶煉的，被我將還丹點成，養就一身靈氣，善能變化，水火不侵，又能套諸物；一名『金鋼琢』，又名『金鋼套』。當年過函關，化胡為佛，甚是虧他。早晚最可防身。等我丟下去打他一下。」

話畢，自天門上往下一摜，滴流流，逕落花果山營盤裏，可可的著猴王頭上一下。猴王只顧苦戰七聖，卻不知天上墜下這兵器，打中了天靈，立不穩腳，跌了一跤，爬將起來就跑；被二郎爺爺的細犬趕上，照腿肚子上一口，又扯了一跌。他睡倒在地，罵道：「這個亡人！你不去妨家長，卻來咬老孫！」急翻身爬不起來，被七聖一擁按住，即將繩索捆綁，使勾刀穿了琵琶骨，再不能變化。

那老君收了金鋼琢，請玉帝同觀音、王母、眾仙等，俱回靈霄殿。這下面四大天王與李天王諸神，俱收兵拔寨，近前向小聖賀喜，都道：「此小聖之功也！」小聖道：「此乃天尊洪福，眾神威權，我何功之有？」康、張、姚、李道：「兄長不必多敘，且押這廝去上界見玉帝，請旨發落去也。」真君道：「賢弟，汝等未受天籙，不得面見玉帝。教天甲神兵押著，我同天王等上界回旨。你們帥眾在此搜山，搜淨之後，仍回灌口。待我請了賞，討了功，回來同樂。」四太尉、二將軍，依言領諾。這真君與眾即駕雲頭，唱凱歌，得勝朝天。不多時，到通明殿外。天師啓奏道：「四大天王等眾已捉了妖猴齊天大聖了。來此聽宣。」玉帝傳旨，即命大力鬼王與天丁等眾，押至斬妖臺，將這廝碎剁其屍。咦！正是：欺誑今遭刑憲苦，英雄氣概等時休。畢竟不知那猴王性命如何，且聽下回分解。

# 第七回　八卦爐中逃大聖　五行山下定心猿

富貴功名，前緣分定，為人切莫欺心。正大光明，忠良善果彌深。些些狂妄天加譴，眼前不遇待時臨。問東君因甚，如今禍害相侵。只為心高圖罔極，不分上下亂規箴。

話表齊天大聖被眾天兵押去斬妖臺下，綁在降妖柱上，刀砍斧剁，槍刺劍刳，莫想傷及其身。南斗星奮令火部眾神，放火煨燒，亦不能燒著。又著雷部眾神，以雷屑釘打，越發不能傷損一毫。那大力鬼王與眾啓奏道：「萬歲，這大聖不知是何處學得這護身之法，臣等用刀砍斧剁，雷打火燒，一毫不能傷損，卻如之何？」玉帝聞言道：「這廝這等，這等，如何處治？」太上老君即奏道：「那猴吃了蟠桃，飲了御酒，又盜了仙丹，——我那五壺丹，有生有熟，被他都吃在肚裏。運用三昧火，煅成一塊，所以渾做金鋼之軀，急不能傷。不若與老道領去，放在『八卦爐』中，以文武火煅煉。煉出我的丹來，他身自為灰燼矣。」玉帝聞言，即教六丁六甲將他解下，付與老君。老君領旨去訖。一壁廂宣二郎顯聖，賞賜金花百朵，御酒百瓶，還丹百粒，異寶明珠，錦繡等件，教與義兄弟分享。真君謝恩，回灌江口不題。

那老君到兜率宮，將大聖解去繩索，放了穿琵琶骨之器，推入八卦爐中，命看爐的道人，架火的童子，將火煽起煅煉。原來那爐是乾、坎、艮、震、巽、離、坤、兌八卦。他即將身鑽在「巽宮」位下。巽乃風也，有風則無火。只是風攪得烟來，把一雙眼熰紅了，弄做個老害病眼，故喚作「火眼金睛」。

真個光陰迅速，不覺七七四十九日，老君的火候俱全。忽一日，開爐取丹。那大聖雙手搗著眼，正自揉搓流涕，只聽得爐頭聲響。猛睜睛看見光明，他就忍不住，將身一縱，跳出丹爐，唿喇的一聲，蹬倒八卦爐，往外就走。慌得那架火、看爐與丁甲一班人來扯，被他一個個都放倒，好似癲癇的白額虎，風狂的獨角龍。老君趕上抓一把，被他一捽，捽了個倒栽蔥，脫身走了。即去耳中掣出如意棒，迎風幌一幌，碗來粗細，依然拿在手中，不分好歹，卻又大亂天宮，打得那九曜星閉門閉戶，四天王無影無形。好猴精！有詩為證。詩曰：

混元體正合先天，萬劫千番只自然。渺渺無為渾太乙，如如不動號初玄。
爐中久煉非鉛汞，物外長生是本仙。變化無窮還變化，三皈五戒總休言。

又詩：

一點靈光徹太虛，那條拄杖亦如之：或長或短隨人用，橫豎橫排任卷舒。

又詩：

猿猴道體配人心，心即猿猴意思深。大聖齊天非假論，官封「弼馬」豈知音？
馬猿合作心和意，緊縛牢拴莫外尋。萬相歸真從一理，如來同契住雙林。

這一番，那猴王不分上下，使鐵棒東打西敵，更無一神可擋。只打到通明殿裏，靈霄殿外。幸有佑聖真君的佐使王靈官執殿。他見大聖縱橫，掣金鞭近前擋住道：「潑猴何往！有吾在此，切莫猖狂！」這大聖不由分說，舉棒就打。那靈官鞭起相迎。兩個在靈霄殿前廝渾一處。好殺：

赤膽忠良名譽大，欺天誑上聲名壞。一低一好幸相持，豪傑英雄同賭賽。
鐵棒凶，金鞭快，正直無私怎忍耐？

這個是太乙雷聲應化尊，那個是齊天大聖猿猴怪。
金鞭鐵棒兩家能，都是神宮仙器械。今日在靈霄寶殿弄威風，各展雄才真可愛。
一個欺心要奪斗牛宮，一個竭力匡扶玄聖界。苦爭不讓顯神通，鞭棒往來無勝敗。

他兩個鬪在一處，勝敗未分。早有佑聖真君，又差將佐發文到雷府，調三十六員雷將齊來，把大聖圍在垓心，各騁凶惡鏖戰。那大聖全無一毫懼色，使一條如意棒，左遮右擋，後架前迎。一時，見那眾雷將的刀槍劍戟、鞭簡撾鎚、鉞斧金瓜、旄鐮月鏟來得甚緊，他即搖身一變，變做三頭六臂，把如意棒幌一幌，變作三條；六隻手使開三條棒，好便似紡車兒一般，滴流流，在那垓心裏飛舞。眾雷神莫能相近。真個是：

圓陀陀，光灼灼，亙古常存人怎學？入火不能焚，入水何曾溺？
光明一顆摩尼珠，劍戟刀槍傷不著。也能善，也能惡，眼前善惡憑他作。
善時成佛與成仙，惡處披毛並帶角。無窮變化鬧天宮，雷將神兵不可捉。

當時眾神把大聖攢在一處，卻不能近身，亂嚷亂鬪。早驚動玉帝。遂傳旨著遊弈靈官同翊聖真君上西方請佛老降伏。

那二聖得了旨，逕到靈山勝境，雷音寶剎之前，對四金剛、八菩薩禮畢，即煩轉達。眾神隨至寶蓮臺下啓知，如來召請。二聖禮佛三匝，侍立臺下。如來問：「玉帝何事，煩二聖下臨？」二聖即啓道：「向時花果山產一猴，在那裏弄神通，聚眾猴攪亂世界。玉帝降招安旨，封為『弼馬溫』，他嫌官小反去。當遣李天王、哪吒太子擒拿未獲，復招安他，封做『齊天大聖』，先有官無祿。著他代管蟠桃園，他即偷桃；又走至瑤池，偷餚，偷酒，攪亂大會；仗酒又暗入兜率宮，偷老君仙丹，反出天宮。玉帝復遣十萬天兵，亦不能收伏。後觀世音舉二郎真君同他義兄弟追殺。

他變化多端，虧老君抛金鋼琢打重，二郎方得拿住。解赴御前，即命斬之。刀砍斧剁，火燒雷打，俱不能傷，老君奏准領去，以火煆煉。四十九日開鼎，他卻又跳出八卦爐，打退天丁，逕入通明殿裏，靈霄殿外，被佑聖真君的佐使王靈官擋住苦戰；又調三十六員雷將，把他困在垓心，終不能相近。事在緊急，因此，玉帝特請如來救駕。」如來聞說，即對眾菩薩道：「汝等在此穩坐法堂，休得亂了禪位，待我煉魔救駕去來。」

如來即喚阿儺、迦葉二尊者相隨，離了雷音，逕至靈霄門外。忽聽得喊聲振耳，乃三十六員雷將圍困著大聖哩。佛祖傳法旨：「教雷將停息干戈，放開營所，叫那大聖出來，等我問他有何法力。」眾將果退。大聖也收了法相，現出原身近前，怒氣昂昂，萬聲高叫道：「你是那方善士？敢來止住刀兵問我？」如來笑道：「我是西方極樂世界釋迦牟尼尊者，南無阿彌陀佛。今聞你猖狂村野，屢反天宮，不知是何方生長，何年得道，為何這等暴橫？」大聖道：「我本：

天地生成靈混仙，花果山中一老猿。水簾洞裏為家業，拜友尋師悟太玄。
煉就長生多少法，學來變化廣無邊。因在凡間嫌地窄，立心端要住瑤天。
靈霄寶殿非他久，歷代人王有分傳。強者為尊該讓我，英雄只此敢爭先。」

佛祖聽言，呵呵冷笑道：「你那廝乃是個猴子成精，焉敢欺心，要奪玉皇上帝尊位？他自幼修持，苦歷過一千七百五十劫。每劫該十二萬九千六百年。你算，他該多少年數，方能享受此無極大道？你那個初世為人的畜生，如何出此大言！不當人子！不當人子！折了你的壽算！趁早皈依，切莫胡說！但恐遭了毒手，性命頃刻而休，可惜了你的本來面目！」大聖道：「他雖年幼修長，也不應久占在此。常言道：『皇帝輪流做，明年到我家。』只教他搬出去，將天宮讓與我，更罷了；若還不讓，定要攪攘，永不清平！」佛祖道：「你除了長生變化之法，再有何能，敢占天宮勝境？」大聖道：「我的手段多哩！我有七十二般變化，萬劫不老長生。會駕觔斗雲，一縱十萬八千里。如何坐不得天位?」佛祖道:「我與你打個賭賽:你若有本事,一觔斗打出我這右手掌中,算你贏,再不用動刀兵苦爭戰,就請玉帝到西方居住,把天宮讓你;若不能打出手掌,你還下界為妖,再修幾劫,卻來爭吵。」

那大聖聞言,暗笑道:「這如來十分好獃!我老孫一觔斗去十萬八千里。他那手掌,方圓不滿一尺,如何跳不出去?」急發聲道:「既如此說,你可做得主張?」佛祖道:「做得!做得!」伸開右手,卻似個荷葉大小。那大聖收了如意棒,抖擻神威,將身一縱,站在佛祖手心裏,卻道聲:「我出去也!」你看他一路雲光,無影無形去了。佛祖慧眼觀看,見那猴王風車子一般相似不住,只管前進。大聖行時,忽見有五根肉紅柱子,撐著一股青氣。他道:「此間乃盡頭路了。這番回去,如來作證,靈霄宮定是我坐也。」又思量說:「且住!等我留下些記號,方好與如來說話。」拔下一根毫毛,吹口仙氣,叫:「變!」變作一管濃墨雙毫筆,在那中間柱子上寫一行大字云:「齊天大聖,到此一遊。」寫畢,收了毫毛。又不莊尊,卻在第一根柱子根下撒了一泡猴尿。翻轉觔斗雲,逕回本處,站在如來掌內道:「我已去,今來了。你教玉帝讓天宮與我。」

如來罵道:「我把你這個尿精猴子!你正好不曾離了我掌哩!」大聖道:「你是不知。我去到天盡頭,見五根肉紅柱,撐著一股青氣,我留個記在那裏,你敢和我同去看麼?」如來道:「不消去,你只自低頭看看。」那大聖睜圓火眼金睛,低頭看時,原來佛祖右手中指寫著「齊天大聖,到此一遊。」大指丫裏,還有些猴尿臊氣。大聖大吃了一驚道:「有這等事!有這等事!我將此字寫在撐天柱子上,如何卻在他手指上?莫非有個未卜先知的法術?我決不信!不信!等我再去來!」

好大聖,急縱身又要跳出,被佛祖翻掌一撲,把這猴王推出西天門外,將五指化作金、木、水、火、土五座聯山,喚名「五行山」,輕輕的把他壓住。眾雷神與阿儺、迦葉,一個個合掌稱揚道:「善哉!善哉!

當年卵化學為人，立志修行果道真。萬劫無移居勝境，一朝有變散精神。
欺天罔上思高位，凌聖偷丹亂大倫。惡貫滿盈今有報，不知何日得翻身。」

如來佛祖殄滅了妖猴，即喚阿儺、迦葉同轉西方極樂世界。時有天蓬、天佑急出靈霄寶殿道：「請如來少待，我主大駕來也。」佛祖聞言，回首瞻仰。須臾，果見八景鸞輿，九光寶蓋；聲奏玄歌妙樂，詠哦無量神章，散寶花，噴真香，直至佛前謝曰：「多蒙大法收殄妖邪，望如來少停一日，請諸仙做一會筵奉謝。」如來不敢違悖，即合掌謝道：「老僧承大天尊宣命來此，有何法力？還是天尊與眾神洪福，敢勞致謝？」玉帝傳旨，即著雷部眾神，分頭請三清、四御、五老、六司、七元、八極、九曜、十都、千真、萬聖，來此赴會，同謝佛恩。又命四大天師、九天仙女，大開玉京金闕、太玄寶宮、洞陽玉館，請如來高坐七寶靈臺，調設各班座位，安排龍肝鳳髓，玉液蟠桃。

不一時，那玉清元始天尊、上清靈寶天尊、太清道德天尊、五炁真君、五斗星君、三官四聖、九曜真君、左輔、右弼、天王、哪吒、元虛一應靈通，對對旌旗，雙雙幡蓋，都捧著明珠異寶，壽果奇花，向佛前拜獻曰：「感如來無量法力，收伏妖猴。蒙大天尊設宴，呼喚我等皆來陳謝。請如來將此會立一名，如何？」如來領眾神之托，曰：「今欲立名，可作個『安天大會』。」各仙老異口同聲，俱道：「好個『安天大會』！好個『安天大會』！」言訖，各坐座位，走斝傳觴，簪花鼓瑟，果好會也。有詩為證。詩曰：

宴設蟠桃猴攪亂，安天大會勝蟠桃。龍旗鸞輅祥光藹，寶節幢幡瑞氣飄。
仙樂玄歌音韻美，鳳簫玉管響聲高。瓊香繚繞群仙集，宇宙清平賀聖朝。

眾皆暢然喜會。只見王母娘娘引一班仙子、仙娥、美姬、美女飄飄蕩蕩舞向佛前，施禮曰：

「前被妖猴攪亂蟠桃一會，今蒙如來大法鏈鎖頑猴，喜慶『安天大會』，無物可謝，今是我淨手親摘大株蟠桃數顆奉獻。」真個是：

半紅半綠噴甘香，豔麗仙根萬載長。堪笑武陵源上種，爭如天府更奇強！
紫紋嬌嫩寰中少，緗核清甜世莫雙。延壽延年能易體，有緣食者自非常。

佛祖合掌向王母謝訖。王母又著仙姬、仙子唱的唱，舞的舞。滿會群仙，又皆賞讚。正是：

縹緲天香滿座，繽紛仙蕊仙花。玉京金闕大榮華，異品奇珍無價。
對對與天齊壽，雙雙萬劫增加。桑田滄海任更差，他自無驚無訝。

王母正著仙姬仙子歌舞，觥籌交錯。不多時，忽又聞得：

一陣異香來鼻噢，驚動滿堂星與宿。天仙佛祖把杯停，各各抬頭迎目候。
霄漢中間現老人，手捧靈芝飛藹繡。葫蘆藏蓄萬年丹，寶籙名書千紀壽。
洞裏乾坤任自由，壺中日月隨成就。遨遊四海樂清閒，散淡十洲容輻輳。
曾赴蟠桃醉幾遭，醒時明月還依舊。長頭大耳短身軀，南極之方稱老壽。

壽星又到。見玉帝禮畢，又見如來，申謝道：「始聞那妖猴被老君引至兜率宮煅煉，以為必致平宴，不期他又反出。幸如來善伏此怪，設宴奉謝，故此聞風而來。更無他物可獻，特具紫芝瑤草，碧藕金丹奉上。」詩曰：

碧藕金丹奉釋迦，如來萬壽若恒沙。清平永樂三乘錦，康泰長生九品花。
無相門中真法王，色空天上是仙家。乾坤大地皆稱祖，丈六金身福壽賒。

如來欣然領謝。壽星得座，依然走斝傳觴。只見赤腳大仙又至，向玉帝前頫顖禮畢，又對佛祖謝道：「深感法力，降伏妖猴。無物可以表敬，特具交梨二顆，火棗數枚奉獻。」詩曰：

大仙赤腳棗梨香，敬獻彌陀壽算長。七寶蓮臺山樣穩，千金花座錦般妝。
壽同天地言非謬，福比洪波話豈狂。福壽如期真個是，清閒極樂那西方。

如來又稱謝了，叫阿儺、迦葉將各所獻之物，一一收起，方向玉帝前謝宴。眾各酩酊。只見個巡視靈官來報道：「那大聖伸出頭來了。」佛祖道：「不妨，不妨。」袖中只抽出一張帖子，上有六個金字：「唵、嘛 呢、叭、𠺗、吽」，遞與阿儺，叫貼在那山頂上。這尊者即領帖子，拿出天門，到那五行山頂上，緊緊的貼在一塊四方石上。那座山即生根合縫，可運用呼吸之氣，手兒爬出，可以搖掙搖掙。阿儺回報道：「已將帖子貼了。」

如來即辭了玉帝眾神，與二尊者出天門之外，又發一個慈悲心，念動真言咒語，將五行山召一尊土地神祇，會同五方揭諦，居住此山監押。但他飢時，與他鐵丸子吃；渴時，與他溶化的銅汁飲。待他災愆滿日，自有人救他。正是：

妖猴大膽反天宮，卻被如來伏手降。渴飲溶銅捱歲月，飢餐鐵彈度時光。
天災苦困遭磨折，人事淒涼喜命長。若得英雄重展掙，他年奉佛上西方。

又詩曰：

伏逞豪強大勢興，降龍伏虎弄乖能。偷桃偷酒遊天府，受籙承恩在玉京。
惡貫滿盈身受困，善根不絕氣還昇。果然脫得如來手，且待唐朝出聖僧。

畢竟不知何年何月，方滿災殃，且聽下回分解。

# 第八回　我佛造經傳極樂　觀音奉旨上長安

試問禪關，參求無數，往往到頭虛老。磨磚作鏡，積雪為糧，迷了幾多年少？
毛吞大海，芥納須彌，金色頭陀微笑。悟時超十地三乘，凝滯了四生六道。
誰聽得絕想崖前，無陰樹下，杜宇一聲春曉？曹溪路險，鷲嶺雲深，此處故人音杳。
千丈冰崖，五葉蓮開，古殿簾垂香裊。那時節，識破源流，便見龍王三寶。

這一篇詞，名《蘇武慢》。話表我佛如來，辭別了玉帝，回至雷音寶剎，但見那三千諸佛、五百阿羅、八大金剛、無邊菩薩，一個個都執著幢幡寶蓋，異寶仙花，擺列在靈山仙境，娑羅雙林之下接迎。如來駕住祥雲，對眾道：「我以：

甚深般若，遍觀三界。根本性原，畢竟寂滅。同虛空相，一無所有。
殄伏乘猴，是事莫識。名生死始，法相如是。」

說罷，放舍利之光，滿空有白虹四十二道，南北通連。大眾見了，皈身禮拜。少頃間，聚慶雲彩霧，登上品蓮臺，端然坐下。那三千諸佛、五百羅漢、八金剛、四菩薩合掌近前禮畢，問曰：「鬧天宮攪亂蟠桃者，何也？」如來道：「那廝乃花果山產的一妖猴，罪惡滔天，不可名狀；概天神將，俱莫能降伏，雖二郎捉獲。老君用火煅煉，亦莫能傷損。我去時，正在雷將中間，揚威耀武，賣弄精神，被我止住兵戈，問他來歷。他言有神通，會變化，又駕觔斗雲，一去十萬八千里。我與他打了個賭賽，他出不得我手，卻將他一把抓住，指化五行山，封壓他在那裏。五帝大開金闕瑤宮，請我坐了首席，立『安天大會』謝我，卻方辭駕而回。」大眾聽言喜悅，極口稱揚。

謝罷，各分班而退，各執乃事，共樂天真。果然是：

瑞靄漫天竺，虹光擁世尊。西方稱第一，無相法王門。常見玄猿獻果，麋鹿啣花；青鸞舞，彩鳳鳴；靈龜捧壽，仙鶴擒芝。安享淨土祇園，受用龍宮沙界。日日開花，時時果熟。習靜歸真，參禪果正。不滅不生，不增不減。烟霞縹緲隨來往，寒暑無侵不記年。

詩曰：

去來自在任優遊，也無恐怖也無愁。
極樂場中俱坦蕩，大千之處沒春秋。

佛祖居於靈山大雷音寶刹之間，一日，喚聚諸佛、阿羅、揭諦、菩薩、金剛、比丘僧尼等眾曰：「自伏乖猿安天之後，我處不知年月，料凡間有半千年矣。今值孟秋望日。我有一寶盆，具設百樣花，千般異果等物，與汝等享此『盂蘭盆會』，如何？」概眾一個個合掌，禮佛三匝領會。如來卻將寶盆中花果品物，著阿儺捧走，著迦葉佈散、大眾感激。各獻詩伸謝。

福詩曰：

福星光耀世尊前，福納彌深遠更綿。福德無疆同地久，福緣有慶與天連。
福田廣種年年盛，福海洪深歲歲堅。福滿乾坤多福蔭，福增無量永周全。

祿詩曰：

祿重如山彩鳳鳴，祿隨時泰視長庚。祿添萬斛身康健，祿享千鍾世太平。
祿俸齊天還永固，祿名似海更澄清。祿恩遠繼多瞻仰，祿爵無邊萬國榮。

壽詩曰：

壽星獻彩對如來，壽域光華自此開。壽果滿盤生瑞靄，壽花新採插蓮臺。
壽詩清雅多奇妙，壽曲調音按美才。壽命延長同日月，壽如山海更悠哉。

眾菩薩獻畢，因請如來明示根本，指解源流。那如來微開善口，敷演大法，宣揚正果，講的是三乘妙典，五蘊楞嚴。但見那天龍圍繞，花雨繽紛。正是：禪心朗照千江月，真性情涵萬里天。

如來講罷，對眾言曰：「我觀四大部洲，眾生善惡，各方不一：東勝神洲者，敬天禮地，心爽氣平；北巨蘆洲者，雖好殺生，祇因餬口，性拙情疏，無多作踐；我西牛賀洲者，不貪不殺，養氣潛靈，雖無上真，人人固壽；但那南贍部洲者，貪淫樂禍，多殺多爭，正所謂口舌凶場，是非惡海。我今有三藏真經，可以勸人為善。」諸菩薩聞言，合掌皈依，向佛前問曰：「如來有那三藏真經？」如來曰：「我有《法》一藏，談天；《論》一藏，說地；《經》一藏，度鬼。三藏共計三十五部，該一萬五千一百四十四卷，乃是修真之經，正善之門。我待要送上東土，叵耐那方眾生愚蠢，毀謗真言，不識我法門之旨要，怠慢了瑜迦之正宗。怎麼得一個有法力的，去東土尋一個善信，教他苦歷千山，詢經萬水，到我處求取真經，永傳東土，勸化眾生，卻乃是個山大的福緣，海深的善慶。誰肯去走一遭來？」當有觀音菩薩，行近蓮臺，禮佛三匝道：「弟子不才，願上東土尋一個取經人來也。」諸眾抬頭觀看，那菩薩：

理圓四德，智滿金身，纓絡垂珠翠，香環結寶明。

烏雲巧疊盤龍髻，繡帶輕飄彩鳳翎。
碧玉紐，素羅袍，祥光籠罩；錦絨裙，金落索，瑞氣遮迎。
眉如小月，眼似雙星。玉面天生喜，朱唇一點紅。
淨瓶甘露年年盛，斜插垂楊歲歲青。解八難，度群生，大慈憫，故鎮太山，
居南海，救苦尋聲，萬稱萬應，千聖千靈。
蘭心欣紫竹，蕙性愛香藤。
他是落伽山上慈悲主，潮音洞裏活觀音。

如來見了，心中大喜道：「別個是也去不得，須是觀音尊者，神通廣大，方可去得。」菩薩道：「弟子此去東土，有甚言語吩咐？」如來道：「這一去，要踏看路道，不許在霄漢中行，須是要半雲半霧；目過山水，謹記程途遠近之數，叮嚀那取經人。但恐善信難行，我與你五件寶貝。」即命阿儺、迦葉，取出錦襴袈裟一領，九環錫杖一根，對菩薩言曰：「這袈裟、錫杖，可與那取經人親用。若肯堅心來此，穿我的袈裟，免墮輪迴；持我的錫杖，不遭毒害。」這菩薩皈依拜領。如來又取三個箍兒，遞與菩薩道：「此寶喚做『緊箍兒』，雖是一樣三個，但只是用各不同。我有『金緊禁』的咒語三篇。假若路上撞見神通廣大的妖魔，你須是勸他學好，跟那取經人做個徒弟。他若不伏使喚，可將此箍兒與他戴在頭上，自然見肉生根。各依所用的咒語念一念，眼脹頭痛，腦門皆裂，管教他入我門來。」

那菩薩聞言，踴躍作禮而退，即喚惠岸行者隨行。那惠岸使一條渾鐵棍，重有千斤，只在菩薩左右，作一個降魔的大力士。菩薩遂將錦襴袈裟作一個包裹，令他背了。菩薩將金箍藏了，執了錫杖，逕下靈山。這一去，有分交：佛子還來歸本願，金蟬長老裹栴檀。

那菩薩到山腳下，有玉真觀金頂大仙在觀門首接住，請菩薩獻茶。菩薩不敢久停，曰：「今領如來法旨，上東土尋取經人去。」大仙道：「取經人幾時方到？」菩薩道：「未定，約莫二三

年間，或可至此。」遂辭了大仙，半雲半霧，約記程途。有詩為證。詩曰：

萬里相尋自不言，卻云誰得意難全？求人忽若渾如此，是我平生豈偶然？
傳道有方成妄語，說明無信也虛傳。願傾肝膽尋相識，料想前頭必有緣。

師徒二人正走間，忽然見弱水三千，乃是流沙河界。菩薩道：「徒弟呀，此處卻是難行。取經人濁骨凡胎，如何得渡？」惠岸道：「師父，你看河有多遠？」那菩薩停雲步看時，只見：

東連沙磧，兩抵諸番，南達烏戈，北通韃靼。徑過有八百里遙，上下有千萬里遠。水流一似地翻身，浪滾卻如山聳背。洋洋浩浩，漠漠茫茫，十里遙聞萬丈洪。仙槎難到此，蓮葉莫能浮。衰草斜陽流曲浦，黃雲影日暗長堤。那裏得客商來往？何曾有漁叟依棲？平沙無雁落，遠岸有猿啼。只是：紅蓼花蘩知景色，白蘋香細任依依。

菩薩正然點看，只見那河中，潑剌一聲響亮，水波裏跳出一個妖魔來，十分醜惡。他生得：

青不青，黑不黑，晦氣色臉；長不長，短不短，赤腳筋軀。
眼光閃爍，好似竈底雙燈；口角丫叉，就如屠家火鉢。
獠牙撐劍刃，紅髮亂蓬鬆。一聲叱吒如雷吼，兩腳奔波似滾風。

那怪物手執一根寶杖，走上岸就捉菩薩，卻被惠岸掣渾鐵棒擋住，喝聲：「休走！」那怪物就持寶杖來迎。兩個在流沙河邊。這一場惡殺，真個驚人：

木叉渾鐵棒，護法顯神通；怪物降妖杖，努力逞英雄。
雙條銀蟒河邊舞，一對神僧岸上沖。
那一個威鎮流沙施本事，這一個力保觀音建大功。
那一個翻波躍浪，這一個吐霧噴風。
翻波躍浪乾坤暗，吐霧噴雲日月昏。
那個降妖杖，好便似出山的白虎；這個渾鐵棒，卻就如臥道的黃龍。
那個使將來，尋蛇撥草；這個丟開去，撲鷂分松。
只殺得昏漠漠，星辰燦爛；霧騰騰，天地朦朧。
那個久住弱水惟他狠。這個初出靈山第一功。

他兩個來來往往，戰上數十合，不分勝負。那怪物架住了鐵棒道：「你是那裏和尚，敢來與我抵敵？」木叉道：「我是托塔天王二太子木叉惠岸行者。今保我師父往東土尋取經人去。你是何怪，敢大膽阻路？」那怪方才醒悟道：「我記得你跟南海觀音在紫竹林中修行，你為何來此？」木叉道：「那岸上不是我師父？」

怪物聞言，連聲喏喏；收了寶杖，讓木叉揪了，去見觀音，納頭下拜，告道：「菩薩，恕我之罪，待我訴告。我不是妖邪，我是靈霄殿下侍鑾輿的捲簾大將。只因在蟠桃會上，失手打碎了玻璃盞，玉帝把我打了八百，貶下界來，變得這般模樣。又教七日一次，將飛劍來穿我胸脅百餘下方回，故此這般苦惱。沒奈何，飢寒難忍，三二日間，出波濤尋一個行人食用。不期今日無知，衝撞了大慈菩薩。」菩薩道：「你在天有罪，既貶下來，今又這等傷生，正所謂罪上加罪。我今領了佛旨，上東土尋取經人。你何不入我門來，皈依善果，跟那取經人做個徒弟，上西天拜佛求經？我教飛劍不來穿你。那時節功成免罪，復你本職，心下如何？」那怪道：「我願皈正果。」又向前道：「菩薩，我在此間吃人無數，向來有幾次取經人來，都被我吃了。凡吃的人頭，拋落流沙，竟沈水底這個水，鵝毛也不能浮，惟有九個取經人的骷髏，浮在水面，再不能沈。我以為異物，將索兒穿在一處，閒時拿來頑耍。這去，但恐取經人不得到此，卻不是反誤了我的前程也？」菩薩曰：「豈有不到之理？你可將骷髏兒掛在頭項下，等候取經人，自有用處。」怪物道：「既然如此，願領教誨。」菩薩方與他摩頂受戒，指沙為姓，就姓了沙，起個法名，叫做個沙悟淨。當時入了沙門，送菩薩過了河，他洗心滌慮，再不傷生，專等取經人。

菩薩與他別了，同木叉逕奔東土。行了多時，又見一座高山，山上有惡氣遮漫，不能步上。正欲駕雲過山，不覺狂風起處，又閃上一個妖魔。他生得又甚兇險。但見他：

捲臟蓮蓬吊搭嘴，耳如蒲扇顯金睛。獠牙鋒利如鋼剉，長嘴張開似火盆。
金盔緊繫腮邊帶，勒甲絲絛蟒退鱗。手執釘鈀龍探爪，腰挎彎弓月半輪。
糾糾威風欺太歲，昂昂志氣壓天神。

他撞上來，不分好歹，望菩薩舉釘鈀就築。被木叉行者擋住，大喝一聲道：「那潑怪，休得無禮！看棒！」妖魔道：「這和尚不知死活！看鈀！」兩個在山底下，一衝一撞，賭鬪輸贏。真個好殺：

妖魔凶猛，惠岸威能。鐵棒分心搗，釘鈀劈面迎。
播土揚塵天地暗，飛砂走石鬼神驚。
九齒鈀，光耀耀，雙環響亮；一條棒，黑悠悠，兩手飛騰。
這個是天王太子，那個是元帥精靈。
一個在普陀為護法，一個在山洞作妖精。
這場相遇爭高下，不知那個虧輸那個贏。

他兩個正殺到好處，觀世音在半空中，拋下蓮花，隔開鈀杖。怪物見了心驚，便問：「你是那裏和尚，敢弄什麼『眼前花』哄我？」木叉道：「我鈀你這個肉眼凡胎的潑物！我是南海菩薩的徒弟。這是我師父拋來的蓮花，你也不認得哩！」那怪道：「南海菩薩，可是掃三災救八難的觀世音麼？」木叉道：「不是他是誰？」怪物撇了釘鈀，納頭下禮道：「老兄，菩薩在那裏？累煩你引見一引見。」木叉仰面指道：「那不是？」怪物朝上磕頭，厲聲高叫道：「菩薩，恕罪！恕罪！」觀音按下雲頭，前來問道：「你是那裏成精的野豕，何方作怪的老彘，敢在此間擋我？」那怪道：「我不是野豕，亦不是老彘，我本是天河裏天蓬元帥。只因帶酒戲弄嫦娥，玉帝把我打了二千鎚，貶下塵凡。一靈真性，竟來奪舍投胎，不期錯了道路，投在個母豬胎裏，變得這般模樣。是我咬殺母豬，打死群彘，在此處占了山場，吃人度日。不期撞著菩薩，萬望求救，拔救。」

菩薩道：「此山叫做什麼山？」怪物道：「叫做福陵山。山中有一洞，叫做雲棧洞。洞裏原有個卵二姐。他見我有些武藝，招我做個家長，又喚做『倒踏門』。不上一年，他死了，將一洞的家當，盡歸我受用。在此日久年深，沒有個贍身的勾當。只是依本等吃人度日。萬望菩薩恕罪。」菩薩道：「古人云：『若要有前程，莫做沒前程。』你既上界違法，今又不改兇心，傷生造孽，卻不是二罪俱罰？」那怪道：「前程！前程！若依你，教我喝風！常言道：『依著官法打殺，依著佛法餓殺。』去也！去也！還不如捉個行人，肥膩膩的吃他家娘！管什麼二罪，三罪，千罪，萬罪！」菩薩道：「『人有善願，天必從之。』汝若肯皈依正果，自有養身之處。世有五穀，盡能濟飢，為何吃人度日？」

怪物聞言，似夢方覺，向菩薩道：「我欲從正，奈何『獲罪於天，無所禱也』！」菩薩道：「我領了旨，上東土尋取經人。你可跟他做個徒弟，往西天走一遭來，將功折罪，管教你脫離災瘴。」那怪滿口道：「願隨！願隨！」菩薩才與他摩頂受戒，指身為姓，就姓了豬，替他起個法名，就叫做豬悟能。遂此領命歸真，持齋把素，斷絕了五葷三厭，專候那取經人。

菩薩卻與木叉辭了悟能，半興雲霧前來。正走處，只見空中有一條玉龍叫喚。菩薩近前問曰：

「你是何龍，在此受罪？」那龍道：「我是西海龍王敖閏之子。因縱火燒了殿上明珠，我父王表奏天庭，告了忤逆。玉帝把我吊在空中，打了三百，不日遭誅。望菩薩搭救，搭救。」

觀音聞言，即與木叉撞上南天門裏。早有邱、張二天師接著，問道：「何往？」菩薩道：「貧僧要見玉帝一面。」二天師即忙上奏。玉帝遂下殿迎接。菩薩上前禮畢道：「貧僧領佛旨上東土尋取經人，路遇孽龍懸吊，特來啓奏，饒他性命，賜與貧僧，教他與取經人做個腳力。」玉帝聞言，即傳旨赦宥，差天將解放，送與菩薩。菩薩謝恩而出。這小龍叩頭謝活命之恩，聽從菩薩使喚。菩薩把他送在深澗之中，只等取經人來，變做白馬，上西方立功。小龍領命潛身不題。

菩薩帶引木叉行者過了此山，又奔東土。行不多時，忽見金光萬道，瑞氣千條。木叉道：「師父，那放光之處，乃是五行山了，見有如來的『壓帖』在那裏。」菩薩道：「此卻是那攪亂蟠桃會大鬧天宮的齊天大聖，今乃壓在此也。」木叉道：「正是，正是。」師徒俱上山來，觀看帖子，乃是「唵嘛呢叭咪吽」六字真言。菩薩看罷，嘆惜不已，作詩一首。詩曰：

堪嘆妖猴不奉公，當年狂妄逞英雄。欺心攪亂蟠桃會，大膽私行兜率宮。
十萬軍中無敵手，九重天上有威風。自遭我佛如來困，何日舒伸再顯功！

師徒們正說話處，早驚動了那大聖。大聖在山根下，高叫道：「是那個在山上吟詩，揭我的短哩？」菩薩聞言，竟下山來尋著。只見那石崖之下，有土地、山神、監押大聖的天將，都來拜接了菩薩，引至那大聖面前。看時，他原來壓於石匣之中，口能言，身不能動。菩薩道：「姓孫的，你認得我麼？」大聖睜開火眼金睛，點著頭兒高叫道：「我怎麼不認得你。你好的是那南海普陀落伽山救苦救難大慈大悲南無觀世音菩薩。承看顧！承看顧！我在此度日如年，更無一個相知的來看我一看。你從那裏來也？」菩薩道：「我奉佛旨，上東土尋取經人去，從此經過，特留殘步看你。」大聖道：「如來哄了我，把我壓在此山，五百餘年了，不能展掙。萬望菩薩方便一二，救我老孫一救！」菩薩道：「你這廝罪業彌深，救你出來，恐你又生禍害，反為不美。」大聖道：「我已知悔了。但願大慈悲指條門路，情願修行。」這才是：

人心生一念，天地盡皆知。善惡若無報，乾坤必有私。

那菩薩聞得此言，滿心歡喜，對大聖道：「聖經云：『出其言善，則千里之外應之；出其言不善，則千里之外違之。』你既有此心，待我到了東土大唐國尋一個取經的人來，教他救你。你可跟他做個徒弟，秉教伽持，入我佛門，再修正果，如何？」大聖聲聲道：「願去！願去！」菩薩道：「既有善果，我與你起個法名。」大聖道：「我已有名了，叫做孫悟空。」菩薩又喜道：「我前面也有二人歸降，正是『悟』字排行。你今也是『悟』字，卻與他相合，甚好，甚好。這等也不消叮囑，我去也。」那大聖見性明心歸佛教，這菩薩留情在意訪神僧。

他與木叉離了此處，一直東來，不一日就到了長安大唐國。斂霧收雲，師徒們變作兩個疥癩遊僧，入長安城裏，竟不覺天晚。行至大市街旁，見一座土地廟祠，二人逕入，諕得那土地心慌，鬼兵膽戰。知是菩薩，叩頭接入。那土地又急跑，報與城隍、社令，及滿長安各廟神祇，都知是菩薩，來參見告道：「菩薩，恕眾神接遲之罪。」菩薩道：「汝等切不可走漏消息。我奉佛旨，特來此處尋訪取經人。借你廟宇，權住幾日，待訪著真僧即回。」眾神各歸本處，把個土地趕在城隍廟裏暫住，他師徒們隱遁真形。畢竟不知尋出那個取經人來，且聽下回分解。

# 第九回 袁守誠妙算無私曲 老龍王拙計犯天條

詩曰：

都城大國實堪觀，八水周流繞四山。
多少帝王興此處，古來天下說長安。

此單表陝西大國長安城，乃歷代帝王建都之地。自周、秦、漢以來，三州花似錦，八水繞城流。三十六條花柳巷，七十二座管弦樓。華夷圖上看，天下最為頭，真是奇勝之方。今卻是大唐太宗文皇帝登基，改元龍集貞觀。此時已登極十三年，歲在己巳。且不說他駕前有安邦定國的英豪，與那創業爭疆的傑士。

卻說長安城外涇河岸邊，有兩個賢人：一個是漁翁，名喚張稍；一個是樵子，名喚李定。他兩個是不登科的進士，能識字的山人。一日，在長安城裏，賣了肩上柴，貨了籃中鯉，同入酒館之中，吃了半酣，各攜一瓶，順涇河岸邊，徐步而回。

張稍道：「李兄，我想那爭名的，因名喪體；奪利的，為利亡身；受爵的，抱虎而眠；承恩的，袖蛇而去。算起來，還不如我們水秀山青，逍遙自在，甘淡薄，隨緣而過。」

李定道：「張兄說得有理。但只是你那水秀，不如我的山青。」張稍道：「你山青不如我的水秀。有一《蝶戀花》詞為證，詞曰：

烟波萬里扁舟小，靜依孤篷，西施聲音繞。
滌慮洗心名利少，閒攀蓼穗蒹葭草。

數點沙鷗堪樂道，柳岸蘆灣，妻子同歡笑。

一覺安眠風浪俏，無榮無辱無煩惱。」

李定道：「你的水秀，不如我的山青。也有個《蝶戀花》詞為證，詞曰：

雲林一段松花滿，默聽鶯啼，巧舌如調管。

紅瘦綠肥春正暖，倏然夏至光陰轉。

又值秋來容易換，黃花香，堪供玩。

迅速嚴冬如指拈，逍遙四季無人管。」

漁翁道：「你山青不如我水秀，受用些好物，有一《鷓鴣天》為證：

仙鄉雲水足生涯，擺櫓橫舟便是家。

活剖鮮鱗烹綠鱉，旋蒸紫蟹煮紅蝦。

青蘆筍，水荇芽，菱角雞頭更可誇。

嬌藕老蓮芹葉嫩，慈菇茭白鳥英花。」

樵夫道：「你水秀不如我山青，受用些好物，亦有一《鷓鴣天》為證：

崔巍峻嶺接天涯，草舍茅菴是我家。

腌臘雞鵝強蟹鱉，麞狍兔鹿勝魚蝦。

香椿葉，黃楝芽，竹筍山茶更可誇。

紫李紅桃梅杏熟，甜梨酸棗木樨花。」

漁翁道：「你山青真個不如我的水秀，又有《天仙子》一首：

一葉小舟隨所寓，萬疊烟波無恐懼。
垂鈎撒網捉鮮鱗，沒醬膩，偏有味，老妻稚子團圓會。
魚多又貨長安市，換得香醪吃個醉。
蓑衣當被臥秋江，鼾鼾睡，無憂慮，不戀人間榮與貴。」

樵子道：「你水秀還不如我的山青。也有《天仙子》一首：

茆舍數椽山下蓋，松竹梅蘭真可愛。
穿林越嶺覓乾柴，沒人怪，從我賣，或少或多憑世界。
將錢沽酒隨心快，瓦鉢瓷甌殊自在。
酕醄醉了臥松陰，無掛礙，無利害，不管人間興與敗。」

漁翁道：「李兄，你山中不如我水上生意快活。有一《西江月》為證：

紅蓼花繁映月，黃蘆葉亂搖風。
碧天清遠楚江空，牽攪一潭星動。
入網大魚作隊，吞鈎小鱖成叢。
得來烹煮味偏濃，笑傲江湖打哄。」

樵夫道：「張兄，你水上還不如我山中的生意快活。亦有《西江月》為證：

敗葉枯藤滿路，破梢老竹盈山。女蘿乾葛亂牽攀，折取收繩殺擔。
蟲蛀空心榆柳，風吹斷頭松柟。採來堆積備冬寒，換酒換錢從俺。」

漁翁道：「你山中雖可比過，還不如我水秀的幽雅。有一《臨江仙》為證：

潮落旋移孤艇去，夜深罷棹歌來。蓑衣殘月甚幽哉，宿鷗驚不起，天際彩雲開。
困臥蘆洲無個事，三竿日上還捱。隨心盡意自安排，朝臣寒待漏，爭似我寬懷？」

樵夫道：「你水秀的幽雅，還不如我山青更幽雅。亦有《臨江仙》可證：

蒼徑秋高拽斧去，晚涼抬擔回來。野花插鬢更奇哉，撥雲尋路出，待月叫門開。
稚子山妻欣笑接，草牀木枕攲捱。蒸梨炊黍旋鋪排，甕中新釀熟，真個壯幽懷！」

漁翁道：「這都是我兩個生意，贍身的勾當，你卻沒有我閒時節的好處。有詩為證。詩曰：

閒看蒼天白鶴飛，停舟溪畔掩蒼扉。倚篷教子搓鈎線，罷棹同妻曬網圍。
性定果然知浪靜，身安自是覺風微。綠蓑青笠隨時著，勝掛朝中紫綬衣。」

樵夫道：「你那閒時又不如我的閒時好也。亦有詩為證。詩曰：

閒觀縹緲白雲飛，獨坐茅菴掩竹扉。無事訓兒開卷讀，有時對客把棋圍。喜來策杖歌芳徑，興到攜琴上翠微。草履麻絛粗布被，心寬強似著羅衣。」

張稍道：「李定，我兩個『真是微吟可相狎，不須檀板共金樽。』但散道詞章，不為稀罕；且各聯幾句，看我們漁樵攀話何如？」李定道：「張兄言之最妙。請兄先吟。」

「舟停綠水烟波內，家住深山曠野中。偏愛溪橋春水漲，最憐巖岫曉雲蒙。龍門鮮鯉時烹煮，蟲蛀乾柴日燎烘。釣網多般堪贍老，擔繩二事可容終。小舟仰臥觀飛雁，草徑斜攲聽唳鴻。口舌場中無我分，是非海內少吾踪。溪邊掛曬繒如錦，石上重磨斧似鋒。秋月暉暉常獨釣，春山寂寂沒人逢。魚多換酒同妻飲，柴剩沽壺共子叢。自唱自斟隨放蕩，長歌長嘆任顛風。呼兄喚弟邀船夥，挈友攜朋聚野翁。行令猜拳頻遞盞，拆牌道字漫傳鍾。烹蝦煮蟹朝朝樂，炒鴨爊雞日日豐。愚婦煎茶情散誕，山妻造飯意從容。曉來舉杖淘輕浪，日出擔柴過大衢。雨後披蓑擒活鯉，風前弄斧伐枯松。潛踪避世妝癡蠢，隱姓埋名作啞聾。」

張稍道：「李兄，我才僭先起句，今到我兄，也先起一聯，小弟亦當續之。」

「風月佯狂山野漢，江湖寄傲老余丁。清閒有分隨瀟灑，口舌無聞喜太平。月夜身眠茅屋穩，天昏體蓋箬蓑輕。忘情結識松梅友，樂意相交鷗鷺盟。名利心頭無算計，干戈耳畔不聞聲。隨時一酌香醪酒，度日三餐野菜羹。兩束柴薪為活計，一竿釣線是營生。閒呼稚子磨鋼斧，靜喚憨兒補舊繒。

春到愛觀楊柳綠，時融喜看荻蘆青。夏天避暑修新竹，六月乘涼摘嫩菱。
霜降雞肥常日宰，重陽蟹壯及時烹。冬來日上還沈睡，數九天高自不蒸。
八節山中隨放性，四時湖裏任陶情。採薪自有仙家興，垂釣全無世俗形。
門外野花香豔豔，船頭綠水浪平平。身安不說三公位，性定強如十里城。
十里城高防閫令，三公位顯聽宣聲。樂山樂水真是罕，謝天謝地謝神明。」

他二人既各道詞章，又相聯詩句，行到那分路去處，躬身作別。張稍道：「李兄呵，途中保重！上山仔細看虎。假若有些凶險，正是『明日街頭少故人』！」李定聞言，大怒道：「你這廝憊懶！好朋友也替得生死，你怎麼咒我？我若遇虎遭害，你必遇浪翻江！」張稍道：「我永世也不得翻江。」李定道：「『天有不測風雲，人有暫時禍福』。你怎麼就保得無事？」張稍道：「李兄，你雖這等說，你還沒捉摸；不若我的生意有捉摸，定不遭此等事。」李定道：「你那水面上營生，極凶極險，隱隱暗暗，有什麼捉摸？」張稍道：「你是不曉得。這長安城裏，西門街上，有一個賣卦的先生。我每日送他一尾金色鯉，他就與我袖傳一課。依方位，百下百著。今日我又去買卦，他教我在涇河灣頭東邊下網，西岸拋鈎，定獲滿載魚蝦而歸。明日上城來，賣錢沽酒，再與老兄相敘。」二人從此敘別。

這正是「路上說話，草裏有人」。原來這涇河水府有一個巡水的夜叉，聽見了百下百著之言，急轉水晶宮，慌忙報與龍王道：「禍事了！禍事了！」龍王問：「有甚禍事？」夜叉道：「臣巡水去到河邊，只聽得兩個漁樵攀話。相別時，言語甚是利害。那漁翁說：長安城裏，西門街上，有個賣卦先生，算得最準；他每日送他鯉魚一尾，他就袖傳一課，教他百下百著。若依此等算準，卻不將水族盡情打了？何以壯觀水府，何以躍浪翻波，輔助大王威力？」龍王甚怒，急提了劍，就要上長安城，誅滅這賣卦的。旁邊閃過龍子、龍孫、蝦臣、蟹士、鰣軍師、鱖少卿、鯉太宰，一齊啓奏道：「大王且息怒。常言道：『過耳之言，不可聽信。』大王此去，必有雲從，必有雨助，恐驚了長安黎庶，上大見責。大王隱顯莫測，變化無方，但只變一秀士，到長安城內，訪問一番。果有此輩，容加誅滅不遲；若無此輩，可不是妄害他人也？」龍王依奏，遂棄寶劍，也不興雲雨，出岸上，搖身一變，變作一個白衣秀士，真個：

丰姿英偉，聳壑昂霄。步履端祥，循規蹈矩。語言遵孔孟，禮貌體周文。
身穿玉色羅襴服，頭戴逍遙一字巾。

上路來拽開雲步，逕到長安城西門大街上。只見一簇人，擠擠雜雜，鬧鬧哄哄，內有高談闊論的道：「屬龍的本命，屬虎的相沖。寅辰巳亥，雖稱合局，但只怕的是日犯歲君。」龍王聞言，情知是那賣卜之處，走上前，分開眾人，望裏觀看，只見：

四壁珠璣，滿堂綺繡。寶鴨香無斷，瓷瓶水恁清。
兩邊羅列王維畫，座上高懸鬼谷形。
端溪硯，金烟墨，相襯著霜毫大筆；火珠林，郭璞數，謹對了臺政新經。
六爻熟諳，八卦精通。能知天地理，善曉鬼神情。
一槃子午安排定，滿腹星辰布列清。
真個那未來事，過去事，觀如月鏡；幾家興，幾家敗，鑑若神明。
知凶定吉，斷死言生。開談風雨迅，下筆鬼神驚。
招牌有字書名姓，神課先生袁守誠。

此人是誰？原來是當朝欽天監臺正先生袁天罡的叔父，袁守誠是也。那先生果然相貌稀奇，儀容秀麗；名揚大國，術冠長安。龍王入門來，與先生相見。禮畢，請龍王上坐，童子獻茶。先生問曰：「公來問何事？」龍王曰：「請卜天上陰晴事如何。」先生即袖傳一課，斷曰：「雲迷山頂，霧罩林梢。若占雨澤，準在明朝。」龍曰：「明日甚時下雨？雨有多少尺寸？」先生道：「明日辰時布雲，巳時發雷，午時下雨，未時雨足，共得水三尺三寸零四十八點」。龍王笑曰：「此言不可作戲。如是明日有雨，依你斷的時辰、數目，我送課金五十兩奉謝。若無雨，或不按時辰、數目，我與你實說：定要打壞你的門面，扯碎你的招牌，即時趕出長安，不許在此惑眾！」先生欣然而答：「這個一定任你。請了，請了。明朝雨後來會。」

龍王辭別，出長安，回水府。大小水神接著，問曰：「大王訪那賣卦的如何？」龍王道：「有，有，有！但是一個掉嘴口，討春的先生。我問他幾時下雨，他就說明日下雨，問他什麼時辰，什麼雨數，他就說辰時布雲，巳時發雷，午時下雨，未時雨足，得水三尺三寸零四十八點。我與他打了個賭賽：若果如他言，送他謝金五十兩；如略差些，就打破他門面，趕他起身，不許在長安惑眾。」眾水族笑曰：「大王是八河都總管，司雨大龍神，有雨無雨，惟大王知之；他怎敢這等胡言？那賣卦的定是輸了！定是輸了！」

此時龍子、龍孫與那魚鯽、蟹士正歡笑談此事未畢，只聽得半空中叫：「涇河龍王接旨。」眾抬頭上看，是一個金衣力士，手擎玉帝敕旨，逕投水府而來。慌得龍王整衣端肅，焚香接了旨。金衣力士回空而去。龍王謝恩，拆封看時，上寫著：

> 敕命八河總，驅雷掣電行；明朝施雨澤，普濟長安城。

旨意上時辰、數目，與那先生判斷者毫髮不差。諕得那龍王魂飛魄散。少頃甦醒，對眾水族曰：「塵世上有此靈人！真個是能通天地理，卻不輸與他呵！」鰣軍師奏云：「大王放心。要贏他有何難處？臣有小計，管教滅那廝的口嘴。」龍王問計，軍師道：「行雨差了時辰，少些點數，就是那廝斷卦不準，怕不贏他？那時捽碎招牌，趕他跑路，果何難也？」龍王依他所奏，果不擔憂。

至次日，點箚風伯、雷公、雲童、電母，直至長安城九霄空上。他挨到那巳時方布雲，午時發雷，未時落雨，申時雨止，卻只得三尺零四十點：改了他一個時辰，尅了他三寸八點。雨後發放眾將班師。他又按落雲頭，還變作白衣秀士，到那西門裏大街上，撞入袁守誠卦鋪，不容分說，就把他招牌、筆、硯等一齊捽碎。那先生坐在椅上，公然不動。這龍王又掄起門板便打，罵道：「這妄言禍福的妖人，擅惑眾心的潑漢！你卦又不靈，言又狂謬！說今日下雨的時辰、點數俱不相對，你還危然高坐，趁早去，饒你死罪！」守誠猶公然不懼分毫，仰面朝天冷笑道：「我不怕！我不怕！我無死罪，只怕你倒有個死罪哩！別人好瞞，只是難瞞我也。我認得你，你不是秀士，乃是涇河龍王。你違了玉帝敕旨，改了時辰，尅了點數，犯了天條。你在那『剮龍臺』臺上，恐難免一刀，你還在此罵我？」

龍王見說，心驚膽戰，毛骨悚然，急丟了門板，整衣伏禮，向先生跪下道：「先生休怪。前言戲之耳，豈知弄假成真，果然違犯天條，奈何？望先生救我一救！不然，我死也不放你。」守誠曰：「我救你不得，只是指條生路與你投生便了。」龍王曰：「願求指教。」先生曰：「你明日午時三刻，該赴人曹官魏徵處聽斬。你果要性命，須當急急去告當今唐太宗皇帝方好。那魏徵是唐王駕下的丞相，若是討他個人情，方保無事。」龍王聞言，拜辭含淚而去。不覺紅日西沈，太陰星上，但見：

烟凝山紫歸鴉倦，遠路行人投旅店。渡頭新雁宿眭沙，銀河現。
催更籌，孤村燈火光無焰。風裊爐烟清道院，蝴蝶夢中人不見。
月移花影上欄杆，星光亂。漏聲換，不覺深沈夜已半。

這涇河龍王也不回水府；只在空中，等到子時前後，收了雲頭，歛了霧角，逕來皇宮門首。

此時唐王正夢出宮門之外，步月花陰。忽然龍王變作人相，上前跪拜，口叫：「陛下，救我！救我！」太宗云：「你是何人？朕當救你。」龍王云：「陛下是真龍，臣是業龍。臣因犯了天條，該陛下賢臣人曹官魏徵處斬，故來拜求，望陛下救我一救！」太宗曰：「既是魏徵處斬，朕可以救你。你放心前去。」龍王歡喜，叩謝而去。

卻說那太宗夢醒後，念念在心。早已至五鼓三點，太宗設朝，聚集兩班文武官員。但見那：

烟籠鳳闕，香藹龍樓，光搖丹扆動，雲拂翠華流。
君臣相契同堯舜，禮樂威嚴近漢周。
侍臣燈，宮女扇，雙雙映彩；孔雀屏，麒麟殿，處處光浮。
山呼萬歲，華祝千秋。靜鞭三下響，衣冠拜冕旒。
宮花燦爛天香襲，堤柳輕柔御樂謳。
珍珠簾，翡翠簾，金鈎高控；龍鳳扇，山河扇，寶輦停留。
文官英秀，武將抖擻。御道分高下，丹墀列品流。
金章紫綬乘三象，地久天長萬萬秋。

眾官朝賀已畢，名各分班。唐王閃鳳目龍睛，一一從頭觀看，只見那文官內是房玄齡、杜如晦、徐世勣、許敬宗、王珪等，武官內是馬三寶、段志賢、殷開山、程咬金、劉洪紀、胡敬德、秦叔寶等，一個個威儀端肅，卻不見魏徵丞相。唐王召徐世勣上殿道：「朕夜間得一怪夢：夢見一人迎面拜謁，口稱是涇河龍王，犯了天條，該人曹官魏徵處斬，拜告寡人救他，朕已許諾。今日班前獨不見魏徵，何也？」世勣對曰：「此夢告准，須與魏徵來朝，陛下不要放他出門。過此一日，可救夢中之龍。」唐王大喜，即傳旨，著當駕官宣魏徵入朝。

卻說魏徵丞相在府，夜觀乾象，正爇寶香，只聞得九霄鶴唳，卻是天差仙使，捧玉帝金旨一道，著他午時三刻，夢斬涇河老龍。這丞相謝了天恩，齋戒沐浴，在府中試慧劍，運元神，故此不曾入朝。一見當駕官齎旨來宣，惶懼無任；又不敢違遲君命，只得急急整衣束帶，同旨入朝，在御前叩頭請罪。唐王道：「赦卿無罪。」那時諸臣尚未退朝，至此，卻命捲簾散朝，獨留魏徵，宣上金鑾，召入便殿，先談論安邦之策，定國之謀。將近巳末午初時候，卻命宮人，取過大棋來，「朕與賢卿對弈一局。」眾嬪妃隨取棋枰，鋪設御案。魏徵謝了恩，即與唐王對弈。畢竟不知勝負如何，且聽下回分解。

# 第十回　二將軍宮門鎮鬼　唐太宗地府還魂

卻說太宗與魏徵在便殿對弈，一遞一著，擺開陣勢。正合《爛柯經》云：

博弈之道，貴乎嚴謹。高者在腹，下者在邊，中者在角，此棋家之常法。法曰：「寧輸一子，不失一先。擊左則視右，攻後則瞻前。有先而後，有後而先。兩生勿斷，皆活勿連。闊不可太疏，密不可太促。與其戀子以求生，不若棄之而取勝；與其無事而獨行，不若固之而自補。彼眾我寡，先謀其生；我眾彼寡，務張其勢。善勝者不爭，善陣者不戰；善戰者不敗，善敗者不亂。夫棋始以正合，終以奇勝。凡敵無事而自補者，有侵絕之意；棄小而不救者，有圖大之心；隨手而下者，無謀之人；不思而應者，取敗之道。」《詩》云：「惴惴小心，如臨於谷。」此之謂也。

詩曰：

棋盤為地子為天，色按陰陽造化全。
下到玄微通變處，笑誇當日爛柯仙。

君臣兩個對弈此棋，正下到午時三刻，一盤殘局未終，魏徵忽然俯伏在案邊，鼾鼾盹睡。太宗笑曰：「賢卿真是匡扶社稷之心勞，創立江山之力倦，所以不覺盹睡。」太宗任他睡著，更不呼喚。不多時，魏徵醒來，俯伏在地道：「臣該萬死！臣該萬死！卻才暈困，不知所為，望陛下赦臣慢君之罪。」太宗道：「卿有何慢罪？且起來，拂退殘棋，與卿從新更著。」魏徵謝了恩，卻才撚子在手，忽聽得朝門外，大呼小叫。原來是秦叔寶、徐茂功等，將著一個血淋的龍頭，擲在帝前，啓奏道：「陛下，海淺河枯曾有見，這般異事卻無聞。」太宗與魏徵起身道：「此物何來？」叔寶、茂功道：「千步廊南，十字街頭，雲端裏落下這顆龍頭，微臣不敢不奏。」唐王驚問魏徵：「此是何說？」魏徵轉身叩頭道：「是臣才一夢斬的。」

唐王聞言，大驚道：「賢卿盹睡之時，又不曾見動身動手，又無刀劍，如何卻斬此龍？」魏徵奏道：「主公，臣的身在君前，夢離陛下。身在君前對殘局，闔眼朦朧；夢離陛下乘瑞雲，出神抖擻。那條龍，在剮龍臺上，被天兵將綁縛其中。是臣道：『你犯天條，合當死罪。我奉天命，斬汝殘生。』龍聞哀苦，臣抖精神。龍聞哀苦，伏爪收鱗甘受死；臣抖精神，撩衣進步舉霜鋒。扢扠一聲刀過處，龍頭因此落虛空。」

太宗聞言，心中悲喜不一。喜者：誇獎魏徵好臣，朝中有此豪傑，愁甚江山不穩？悲者：謂夢中曾許救龍，不期竟致遭誅。只得強打精神，傳旨著叔寶將龍頭懸掛市曹，曉諭長安黎庶。一壁廂賞了魏徵，眾官散訖。

當晚回宮，心中只是憂悶；想那夢中之龍，哭啼啼哀告求生，豈知無常，難免此患。思念多時，漸覺神魂倦怠，身體不安。當夜二更時分，只聽得宮門外有號泣之聲，太宗愈加驚恐。正朦朧睡間，又見那涇河龍王，手提著一顆血淋淋的首級，高叫：「唐太宗！還我命來！還我命來！你昨夜滿口許諾救我，怎麼天明時反宣人曹官來斬我？你出來，你出來！我與你到閻君處折辯折辯！」他扯住太宗，再三嚷鬧不放。太宗箝口難言，只掙得汗流遍體。正在那難分難解之時，只見正南上香雲繚繞，彩霧飄颻，有一個女真人上前，將楊柳枝用手一擺，那沒頭的龍，悲悲啼啼，逕往西北而去。原來這是觀音菩薩，領佛旨，上東土，尋取經人，此住長安城都土地廟裏，夜聞鬼泣神號，特來喝退業龍，救脫皇帝。那龍逕到陰司地獄具告不題。

卻說太宗甦醒回來，只叫：「有鬼！有鬼！」慌得那三宮皇后，六院嬪妃，與近侍太監，戰兢兢，一夜無眠。不覺五更三點，那滿朝文武多官，都在朝門外候朝。等到天明，猶不見臨朝，諕得一個個驚懼躊躇，及日上三竿，方有旨意出來道：「朕心不快，眾官免朝。」不覺倏五七日，眾官憂惶，都正要撞門見駕問安，只見太后有旨，召醫官入宮用藥。眾人在朝門等候討信。少時，醫官出來，眾問何疾。醫官道：「皇上脈氣不正，虛而又數，狂言見鬼；又診得十動一代，五臟無氣，恐不諱只在七日之內矣。」眾官聞言，大驚失色。

正愴惶間，又聽得太宗有旨宣徐茂功、護國公、尉遲公見駕。三公奉旨，急入到分宮樓下。拜畢，太宗正色強言道：「賢卿，寡人十九歲領兵，南征北伐，東擋西除，苦歷數載，更不曾見半點邪祟，今日卻反見鬼！」尉遲公道：「創立江山，殺人無數，何怕鬼乎？」太宗道：「卿是不信。朕這寢宮門外，入夜就拋磚弄瓦，鬼魅呼號，著然難處。白日猶可，昏夜難禁。」叔寶道：「陛下寬心，今晚臣與敬德把守宮門，看有什麼鬼祟。」太宗准奏。茂功謝恩而出。當日天晚，各取披掛，他兩個介冑整齊，執金瓜鉞斧，在宮門外把守。好將軍！你看他怎生打扮：

頭戴金盔光爍爍，身披鎧甲龍鱗。護心寶鏡幌祥雲，獅蠻收緊扣，繡帶彩霞新。
這一個鳳眼朝天星斗怕，那一個環睛映電月光浮。
他本是英雄豪傑舊勳臣，只落得千年稱戶尉，萬古作門神。

二將軍侍立門旁，一夜天晚，更不曾見一點邪祟。是夜，太宗在宮，安寢無事，曉來宣二將軍，重重賞勞道：「朕自得疾，數日不能得睡，今夜仗二將軍威勢甚安。卿且請出安息安息，待晚間再一護衛。」二將謝恩而出。遂此二三夜把守俱安。只是御膳減損，病轉覺重。太宗又不忍二將辛苦，又宣叔寶、敬德與杜、房諸公入宮，吩咐道：「這兩日朕雖得安，卻只難為秦、胡二將軍徹夜辛苦。朕欲召巧手丹青，傳二將軍真容，貼於門上，免得勞他，如何？」眾臣即依旨，選兩個會寫真的，著胡、秦二公依前披掛，照樣畫了，貼在門上。夜間也即無事。

如此二三日，又聽得後宰門，乒乒乓乓，磚瓦亂響，曉來急宣眾臣曰：「連日前門幸喜無事，今夜後門又響，卻不又驚殺寡人也！」茂功進前奏道：「前門不安，是敬德、叔寶護衛；後門不安，該著魏徵護衛。」太宗准奏，又宣魏徵今夜把守後門。徵領旨，當夜結束整齊，提著那誅龍的寶劍，侍立在後宰門前，真個的好英雄也！他怎生打扮：

熟絹青巾抹額，錦袍玉帶垂腰。兜風氅袖采霜飄，壓賽壘荼神貌。
腳踏烏靴坐折，手持利刃凶驍。圓睜兩眼四邊瞧，那個邪神敢到？

一夜通明，也無鬼魅。雖是前後門無事，只是身體漸重。一日，太后又傳旨，召眾臣商議殯殮後事。太宗又宣徐茂功，吩咐國家大事，叮囑倣劉蜀主托孤之意。言畢，沐浴更衣，待時而已。旁閃魏徵，手扯龍衣，奏道：「陛下寬心，臣有一事，管保陛下長生。」太宗道：「病勢已入膏肓，命將危矣，如何保得？」徵云：「臣有書一封，進與陛下，捎去到冥司，付酆都判官崔珏。」太宗道：「崔珏是誰？」徵云：「崔珏乃是太上先皇帝駕前之臣，先受茲洲令，後陞禮部侍郎。在日與臣八拜為交，相知甚厚。他如今已死，現在陰司做掌生死文簿的酆都判官，夢中常與臣相會。此去若將此書付與他，他念微臣薄分，必然放陛下回來。管教魂魄還陽世，定取龍顏轉帝都。」太宗聞言，接在手中，籠入袖裏，遂瞑目而亡。那三宮六院、皇后嬪妃、侍長儲君及兩班文武，俱舉哀戴孝；又在白虎殿上，停著梓宮不題。

卻說太宗渺渺茫茫，魂靈逕出五鳳樓前，只見那御林軍馬，請大駕出朝採獵。太宗欣然從之，縹渺而去。行多時，人馬俱無。獨自個散步荒郊草野之間。正驚惶難尋道路，只見那一邊，有一人高聲大叫道：「大唐皇帝，往這裏來！往這裏來！」太宗聞言，抬頭觀看，只見那人：

頭頂烏紗，腰圍犀角。頭頂烏紗飄軟帶，腰圍犀角顯金廂。
手擎牙笏凝祥靄，身著羅袍隱瑞光。

腳踏一雙粉底靴，登雲促霧；懷揣一本生死簿，注定存亡。
鬢髮蓬鬆飄耳上，鬍鬚飛舞繞腮旁。
昔日曾為唐國相，如今掌案侍閻王。

太宗行到那邊，只見他跪拜路旁，口稱：「陛下，赦臣失誤遠迎之罪！」太宗問曰：「你是何人？因甚事前來接拜？」那人道：「微臣半月前，在森羅殿上，見涇河鬼龍告陛下許救反誅之故，第一殿秦廣大王即差鬼使催請陛下，要三曹對案。臣已知之，故來此間候接。不期今日來遲，望乞恕罪，恕罪。」太宗道：「你姓甚名誰？是何官職？」那人道：「微臣存日，在陽曹侍先君駕前，為茲洲令，後拜禮部侍郎，姓崔名珏。今在陰司，得受酆都掌案判官。」太宗大喜，近前來，御手忙攙道：「先生遠勞。朕駕前魏徵有書一封，正寄與先生，卻好相遇。」判官謝恩，問書在何處。太宗即向袖中取出，遞與崔珏。珏拜接了，拆封而看。其書曰：

辱愛弟魏徵，頓首書拜大都案契兄崔老先生臺下：
憶昔交遊，音容如在。倏爾數載，不聞清教。
常只是遇節令，設蔬品奉祭，未卜享否？又承不棄，夢中臨示，始知我兄長大人高遷。
奈何陰陽兩隔，天各一方，不能面覿。
今因我太宗文皇帝倏然而故，料是對案三曹，必然得與兄長相會。
萬祈俯念生日交情，方便一二，放我陛下回陽，殊為愛也。
容再修謝。不盡。

那判官看了書，滿心歡喜道：「魏人曹前日夢斬老龍一事，臣已早知，甚是誇獎不盡。又蒙他早晚看顧臣的子孫，今日既有書來，陛下寬心，微臣管送陛下還陽，重登玉闕。」太宗稱謝了。

二人正說間，只見那邊有一對青衣童子，執幢幡寶蓋，高叫道：「閻王有請，有請。」太宗遂與崔判官並二童子舉步前進。忽見一座城，城門上掛著一面大牌，上寫著「幽冥地府鬼門關」七個大金字。那青衣將幢幡搖動，引太宗逕入城中，順街而走。只見那街旁邊有先主李淵，先兄建成，故弟元吉，上前道：「世民來了！世民來了！」那建成、元吉就來揪打索命。太宗躲閃不及，被他扯住。幸有崔判官喚一青面獠牙鬼使，喝退了建成、元吉，太宗方得脫身而去。行不數里，見一座碧瓦樓臺，真個壯麗。但見：

飄飄萬疊彩霞堆，隱隱千條紅霧現。耿耿簷飛怪獸頭，輝輝瓦迭鴛鴦片。門鑽幾路赤金釘，檻設一橫白玉段。窗牖近光放曉烟，簾櫳幌亮穿紅電。樓臺高聳接青霄，廊廡平排連寶院。獸鼎香雲襲御衣，絳紗燈火明宮扇。左邊猛烈擺牛頭，右下崢嶸羅馬面。接亡送鬼轉金牌，引魄招魂垂素練。喚作陰司總會門，下方閻老森羅殿。

太宗正在外面觀看，只見那壁廂環珮叮噹，仙香奇異，外有兩對提燭，後面卻是十代閻王降階而至。是那十代閻君：秦廣王、楚江王、宋帝王、仵官王、閻羅王、平等王、泰山王、都市王、卞城王、轉輪王。十王出在森羅寶殿，控背躬身，迎迓太宗。太宗謙下，不敢前行。十王道：「陛下是陽間人王，我等是陰間鬼王，分所當然，何須過讓？」太宗道：「朕得罪麾下，豈敢論陰陽人鬼之道？」遜之不已。太宗前行，逕入森羅殿上，與十王禮畢，分賓主坐定。

約有片時，秦廣王拱手而進言曰：「涇河鬼龍告陛下許救而反殺之，何也？」太宗道：「朕曾夜夢老龍求救，實是允他無事；不期他犯罪當刑，該我那人曹官魏徵處斬。朕宣魏徵在殿著棋，不知他一夢而斬。這是那人曹官出沒神機，又是那龍王犯罪當死，豈是朕之過也？」十王聞言，伏禮道：「自那龍未生之前，南斗星死簿上已註定該遭殺於人曹之手，我等早已知之。但只是他在此折辯，定要陛下來此，三曹對案，是我等將他送入輪藏，轉生去了。今又有勞陛下降臨，望乞恕我催促之罪。」言畢，命掌生死簿判官：「急取簿子來，看陛下陽壽天祿該有幾何。」

崔判官急轉司房，將天下萬國國王天祿總簿，先逐一檢閱。只見南贍部洲大唐太宗皇帝註定貞觀一十三年。崔判官吃了一驚，急取濃墨大筆，將「一」字上添了兩畫，卻將簿子呈上。十王從頭看時，見太宗名下註定三十三年，閻王驚問：「陛下登基多少年了？」太宗道：「朕即位，今一十三年了。」閻王道：「陛下寬心勿慮，還有二十年陽壽。此一來已是對案明白，請返本還陽。」太宗聞言，躬身稱謝。十閻王差崔判官、朱太尉二人，送太宗還魂。太宗出森羅殿，又起手問十王道：「朕宮中老少安否如何？」十王道：「俱安，但恐御妹，壽似不永。」太宗又再拜啓謝：「朕回陽世，無物可酬謝，惟答瓜果而已。」十王喜曰：「我處頗有東瓜、西瓜，只少南瓜。」太宗道：「朕回去即送來，即送來。」從此遂相揖而別。

那太尉執一首引魂幡，在前引路。崔判官隨後保著太宗，逕出幽司。太宗舉目而看，不是舊路，問判官曰：「此路差矣？」判官道：「不差。陰司裏是這般，有去路，無來路。如今送陛下自『轉輪藏』出身：一則請陛下遊觀地府，一則教陛下轉托超生。」太宗只得隨他兩個，引路前來。逕行數里，忽見一座高山，陰雲垂地，黑霧迷空。太宗道：「崔先生，那廂是什麼山？」判官道：「乃幽冥背陰山。」太宗悚懼道：「朕如何去得？」判官道：「陛下寬心，有臣等引領。」太宗戰戰兢兢，相隨二人，上得山巖，抬頭觀看。只見：

形多凸凹，勢更崎嶇。峻如蜀嶺，高似廬巖。非陽世之名山，實陰司之險地。
荊棘叢叢藏鬼怪，石崖磷磷隱邪魔。耳畔不聞獸鳥噪，眼前惟見鬼妖行。
陰風颯颯，黑霧漫漫。
陰風颯颯，是神兵口內哨來烟；黑霧漫漫，是鬼祟暗中噴出氣。
一望高低無景色，相看左右盡猖亡。

那裏山也有，峰也有，嶺也有，洞也有，澗也有；
只是山不生草，峰不插天，嶺不行客，洞不納雲，澗不流水。
岸前皆魍魎，嶺下盡神魔。洞中收野鬼，澗底隱邪魂。
山前山後，牛頭馬面亂喧呼；半掩半藏，餓鬼窮魂時對泣。
催命的判官，急急忙忙傳信票；追魂的太尉，吆吆喝喝趲公文。
急腳子，旋風滾滾；勾司人，黑霧紛紛。

太宗全靠著那判官保護，過了陰山。前進，又歷了許多衙門，一處處俱是悲聲振耳，惡怪驚心。太宗又道：「此是何處？」判官道：「此是陰山背後『一十八層地獄』。」太宗道：「是那十八層？」判官道：「你聽我說：

吊筋獄、幽枉獄、火坑獄，寂寂寥寥，煩煩惱惱，盡皆是生前作下千般業，死後通來受罪名。
酆都獄、拔舌獄、剝皮獄，哭哭啼啼，淒淒慘慘，只因不忠不孝傷天理，佛口蛇心墮此門。
磨捱獄、碓搗獄、車崩獄，皮開肉綻，抹嘴咨牙，乃是瞞心昧己不公道，巧語花言暗損人。
寒冰獄、脫殼獄、抽腸獄，垢面蓬頭，愁眉皺眼，都是大斗小秤欺癡蠢，致使災屯累自身。
油鍋獄、黑暗獄、刀山獄，戰戰兢兢，悲悲切切，皆因強暴欺良善，藏頭縮頸苦伶仃。
血池獄、阿鼻獄、秤杆獄，脫皮露骨，折臂斷筋，也只為謀財害命，宰畜屠生，墮落千年難解釋，沈淪永世不翻身。

一個個緊縛牢栓，繩纏索綁，差些赤髮鬼、黑臉鬼，長槍短劍；牛頭鬼、馬面鬼，鐵簡銅鎚；只打得皺眉苦面血淋淋，叫地叫天無救應。——正是人生卻莫把心欺，神鬼昭彰放過誰？善惡到頭終有報，只爭來早與來遲。」

太宗聽說，心中驚慘。進前又走不多時，見一夥鬼卒，各執幢幡，路旁跪下道：「橋梁使者來接。」判官喝令起去，上前引著太宗，從金橋而過。太宗又見那一邊有一座銀橋，橋上行幾個忠孝賢良之輩，公平正大之人，亦有幢幡接引；那壁廂又有一橋，寒風滾滾，血浪滔滔，號泣之聲不絕。太宗問道：「那座橋是何名色？」判官道：「陛下，那叫做奈河橋。若到陽間，切須傳記。那橋下都是些：

奔流浩浩之水，險峻窄窄之路。儼如疋練搭長江，卻似火坑浮上界。陰氣逼人寒透骨，腥風撲鼻味鑽心。波翻浪滾，往來並沒渡人船；赤腳蓬頭，出入盡皆作業鬼。橋長數里，闊只三僉，高有百尺，深卻千重。上無扶手欄杆，下有搶人惡怪。枷杻纏身，打上奈河險路。你看那橋邊神將甚凶頑，河內孽魂真苦惱。椏杈樹上，掛的是青紅黃紫色絲衣；壁斗崖前，蹲的是毀罵公婆淫潑婦。銅蛇鐵狗任爭餐，永墮奈河無出路。」

詩曰：

時聞鬼哭與神號，血水渾波萬丈高。

無數牛頭並馬面，猙獰把守奈河橋。

正說間，那幾個橋梁使者，早已回去了。太宗心又驚惶，點頭暗嘆，默默悲傷，相隨著判官、太尉，早過了奈河惡水，血盆苦界。前又到枉死城，只聽哄哄人嚷，分明說「李世民來了！李世民來了！」太宗聽叫，心驚膽戰。見一夥拖腰折臂、有足無頭的鬼魅，上前攔住，都叫道：還我命來！還我命來！」慌得那太宗藏藏躲躲，只叫：「崔先生救我！崔先生救我！」判官道：「陛下，那些人都是那六十四處烟塵，七十二處草寇，眾王子、眾頭目的鬼魂；儘是枉死的冤業，無收無管，不得超生，又無錢鈔盤纏，都是孤寒餓鬼。陛下得些錢鈔與他，我才救得哩。」太宗道：「寡人空身到此，卻那裏得有錢鈔？」判官道：「陛下，陽間有一人，金銀若干，在我這陰司裏寄放。陛下可出名立一約，小判可作保，且借他一庫，給散這些餓鬼，方得過去。」

太宗問曰：「此人是誰？」判官道：「他是河南開封府人氏，姓相名良，他有十三庫金銀在此。陛下若借用過他的，到陽間還他便了。」太宗甚喜，情願出名借用。遂立了文書與判官，借他金銀一庫，著太尉盡行給散。判官復吩咐道：「這些金銀，汝等可均分用度，放你大唐爺爺過去。他的陽壽還早哩。我領了十王鈞語，送他還魂，教他到陽間做一個『水陸大會』，度汝等超生，再休生事。」眾鬼聞言，得了金銀，俱唯唯而退。判官令太尉搖動引魂幡，領太宗出離了枉死城中，奔上平陽大路，飄飄蕩蕩而去。畢竟不知從那條路出身，且聽下回分解。

# 第十一回　還受生唐王遵善果　度孤魂蕭瑀正空門

詩曰：

百歲光陰似水流，一生事業等浮漚。
昨朝面上桃花色，今日頭邊雪片浮。
白蟻陣殘方是幻，子規聲切想回頭。
古來陰隲能延壽，善不求憐天自周。

卻說唐太宗隨著崔判官、朱太尉，自脫了冤家債主，前進多時，卻來到「六道輪迴」之所，又見那騰雲的，身披霞帔；受籙的，腰掛金魚；僧尼道俗，走獸飛禽，魑魅魍魎，滔滔都奔走那輪迴之下，各進其道。唐王問曰：「此意何如？」判官道：「陛下明心見性，是必記了，傳與陽間人知。這喚做『六道輪迴』：行善的，昇化仙道；盡忠的，超生貴道；行孝的，再生福道；公平的，還生人道；積德的，轉生富道；惡毒的，沈淪鬼道。」唐王聽說，點頭嘆曰：「

善哉，真善哉！作善果無災！善心常切切，善道大開開。
莫教興惡念，是必少刁乖。休言不報應，神鬼有安排。」

判官送唐王直至那『超生貴道門』，拜呼唐王道：「陛下呵，此間乃出頭之處，小判告回，著朱太尉再送一程。」唐王謝道：「有勞先生遠跡。」判官道：「陛下到陽間，千萬做個『水陸大會』，超度那無主的冤魂，切勿忘了。若是陰司裏無抱怨之聲，陽世間方得享太平之慶。凡百不善之處，俱可一一改過。普諭世人為善，管教你後代綿長，江山永固。」唐王一一准奏，辭了崔判官，隨著朱太尉，同入門來。那太尉見門裏有一匹海騮馬，鞍轡齊備，急請唐王上馬，太尉左右扶持。馬行如箭，早到了渭水河邊，只見那水面上有一對金色鯉魚在河裏翻波跳鬬。唐王見了心喜，兜馬貪看不捨。太尉道：「陛下，趲動些，趁早趕時辰進城去也。」那唐王只管貪看，不肯前行，被太尉撮著腳，高呼道：「還不走，等甚！」撲的一聲，望那渭河推下馬去，卻就脫了陰司，逕回陽世。

卻說那唐朝駕下有徐茂功、秦叔寶、胡敬德、段志賢、馬三寶、程咬金、高士廉、李世勣、房玄齡、杜如晦、蕭瑀、傅奕、張道源、張士衡、王珏等兩班文武，俱保著那東宮太子與皇后、嬪妃、宮娥、侍長，都在那白虎殿上舉哀。一壁廂議傳哀詔，要曉諭天下，欲扶太子登基。時有魏徵在旁道：「列位且住。不可！不可！假若驚動州縣，恐生不測。且再按候一日，我主必還魂也。」下邊閃上許敬宗道：「魏丞相言之甚謬。自古云：『潑水難收，人逝不返。』你怎麼還說這等虛言，惑亂人心，是何道理！」魏徵道：「不瞞許先生說，下官自幼得授仙術，推算最明，管取陛下不死。」

正講處，只聽得棺中連聲大叫道：「渰殺我耶！渰殺我耶！」諕得個文官武將心慌，皇后嬪妃膽戰。一個個：

面如秋後黃桑葉，腰似春前嫩柳條。
儲君腳軟，難扶喪杖盡哀儀；
侍長魂飛，怎戴梁冠遵孝禮？
嬪妃打跌，綵女敧斜。
嬪妃打跌，卻如狂風吹倒敗芙蓉；
綵女敧斜，好似驟雨沖歪嬌菡萏。

眾臣悚懼，骨軟筋麻。戰戰兢兢，癡癡痘痘。
把一座白虎殿卻像斷梁橋；鬧喪臺就如倒塌寺。

此時眾宮人走得精光，那個敢近靈扶柩。多虧了正直的徐茂功，理烈的魏丞相，有膽量的秦瓊，忒猛撞的敬德，上前來扶著棺材，叫道：「陛下有什麼放不下心處，說與我等，不要弄鬼，驚駭了眷族。」魏徵道：「不是弄鬼，此乃陛下還魂也。快取器械來！」打開棺蓋，果見太宗坐在裏面，還叫：「渰死我了！是誰救撈？」茂功等上前扶起道：「陛下甦醒莫怕，臣等都在此護駕哩。」唐王方才開眼道：「朕適才好苦，躲過陰司惡鬼難，又遭水面喪身災。」眾臣道：「陛下寬心勿懼，有甚水災來？」唐王道：「朕騎著馬，正行至渭水河邊，見雙頭魚戲；被朱太尉欺心，將朕推下馬來，跌落河中，幾乎渰死。」魏徵道：「陛下鬼氣尚未解。」急著太醫院進安神定魄湯藥，又安排粥膳。連服一二次，方才反本還原，知得人事。一計唐王死去，已三晝夜，復回陽間為君。詩曰：

萬古江山幾變更，歷來數代敗和成。
周秦漢晉多奇事，誰似唐王死復生？

當日天色已晚，眾臣請王歸寢，各各散訖。次早，脫卻孝衣，換了彩服，一個個紅袍烏帽，一個個紫綬金章，在那朝門外等候宣召。

卻說太宗自服了安神定魄之劑，連進了數次粥湯，被眾臣扶入寢室，一夜穩睡，保養精神，直至天明方起，抖擻威儀，你看他怎生打扮：

戴一頂沖天冠，穿一領赭黃袍。繫一條藍田碧玉帶，踏一對創業無憂履。

貌堂堂，賽過當朝；威烈烈，重興今日。
好一個清平有道的大唐王，起死回生的李陛下！

唐王上金鑾寶殿，聚集兩班文武，山呼已畢，依品分班。只聽得傳旨道：「有事出班來奏，無事退朝。」那東廂閃過徐茂功、魏徵、王珪、杜如晦、房玄齡、袁天罡、李淳風、許敬宗等；西廂閃過殷開山、劉洪基、馬三寶、段志賢、程咬金、秦叔寶、胡敬德、薛仁貴等；一齊上前，在白玉階前，俯伏啓奏道：「陛下前朝一夢，如何許久方覺？」太宗道：「日前接得魏徵書，朕覺神魂出殿，只見羽林軍請朕出獵。正行時，人馬無踪，又見那先君父王與先兄弟爭嚷。正難解處，見一人烏帽皂袍，乃是判官崔珏，喝退先兄弟。朕將魏徵書傳遞與他。正看時，又見青衣者，執幢幡，引朕入內，到森羅殿上，與十代閻王敘坐。他說那涇河龍誣告我許救轉殺之事，是朕將前言陳具一遍。他說已三曹對過案了，急命取生死文簿，檢看我的陽壽。時有崔判官傳上簿子。閻王看了，道寡人有三十三年天祿，才過得一十三年，還該我二十年陽壽，即著朱太尉、崔判官、送朕回來。朕與十王作別，允了送他瓜果謝恩。自出了森羅殿，見那陰司裏，不忠不孝、非禮非義、作踐五穀、明欺暗騙、大斗小秤、姦盜詐偽、淫邪欺罔之徒，受那些磨燒舂銼之苦，煎熬吊剝之刑，有千千萬萬，看之不足。又過著枉死城中，有無數的冤魂，盡都是六十四處烟塵的草寇，七十二處叛賊的魂靈，擋住了朕之來路。幸虧崔判官作保，借得河南相老兒的金銀一庫，買轉鬼魂，方得前行。崔判官教朕回陽世，千萬作一場『水陸大會』，超度那無主的孤魂，將此言叮嚀分別。出了那『六道輪迴』之下，有朱太尉請朕上馬，飛也相似。行到渭水河邊，我看見那水面上有雙頭魚戲。正歡喜處，他將我撮著腳，推下水中，朕方得還魂也。」眾臣聞此言，無不稱賀，遂此編行傳報，天下各府縣官員，上表稱慶不題。

卻說太宗又傳旨赦天下罪人，又查獄中重犯。時有審官將刑部絞斬罪人，查有四百餘名呈上。太宗放赦回家，拜辭父母兄弟，托產與親戚子侄，明年今日赴曹，仍領應得之罪。眾犯謝恩而退。

又出恤孤榜文，又查宮中老幼綵女共有三千人，出旨配軍。自此，內外俱善。有詩為證：

大國唐王恩德洪，道過堯舜萬民豐。
死囚四百皆離獄，怨女三千放出宮。
天下多官稱上壽，朝中眾宰賀元龍。
善心一念天應佑，福蔭應傳十七宗。

太宗既放宮女，出死囚已畢；又出御制榜文，遍傳天下。榜曰：

乾坤浩大，日月照鑒分明；宇宙寬洪，天地不容奸黨。使心用術，果報只在今生；善布淺求，獲福休言後世。千般巧計，不如本分為人；萬種強徒，怎似隨緣節儉。心行慈善，何須努力看經？意欲損人，空讀如來一藏！

自此時，蓋天下無一人不行善者。一壁廂又出招賢榜，招人進瓜果到陰司裏去；一壁廂將寶藏庫金銀一庫，差鄂國公胡敬德上河南開封府，訪相良還債。榜張數日，有一赴命進瓜果的賢者，本是均州人，姓劉名全，家有萬貫之資。只因妻李翠蓮在門首拔金釵齋僧，劉全罵了她幾句，說她不遵婦道，擅出閨門。李氏忍氣不過，自縊而死。撇下一雙兒女年幼，晝夜悲啼。劉全又不忍見，無奈，遂捨了性命，棄了家緣，撇了兒女，情願以死進瓜，將皇榜揭了，來見唐王。王傳旨意，教他去金亭館裏，頭頂一對南瓜，袖帶黃錢，口噙藥物。

那劉全果服毒而死——一點魂靈，頂著瓜果，早到鬼門關上。把門的鬼使喝道：「你是甚人，敢來此處？」劉全道：「我奉大唐太宗皇帝欽差，特進瓜果與十代閻王受用的。」那鬼使欣然接引。劉全逕至森羅寶殿，見了閻王，將瓜果進上道：「奉唐王旨意，遠進瓜果，以謝十王寬宥之恩。」閻王大喜道：「好一個有信有德的太宗皇帝！」遂此收了瓜果，便問那進瓜的人姓名，那方人氏。劉全道：「小人是均州城民籍。姓劉名全。因妻李氏縊死，撇下兒女，無人看管，小人情願捨家棄子，捐軀報國，特與我王進貢瓜果，謝眾大王厚恩。」

十王聞言，即命查勘劉全妻李氏。那鬼使速取來，在森羅殿下，與劉全夫妻相會。訴罷前言，回謝十王恩宥。那閻王卻檢生死簿子看時，他們夫妻都有登仙之壽，急差鬼使送回。鬼使啓上道：「李翠蓮歸陰日久，屍首無存，魂將何附？」閻王道：「唐御妹李玉英，今該促死；你可借他屍首，教他還魂去也。」那鬼使領命，即將劉全夫妻二人還魂。帶定出了陰司，那陰風繞繞，逕到了長安大國，將劉全的魂靈，推入金亭館裏；將翠蓮的魂靈，帶進皇宮內院，只見那玉英宮主，正在花陰下，徐步綠苔而行，被鬼使撲個滿懷，推倒在地，活捉了他魂；卻將翠蓮的魂靈，推入玉英身內。鬼使回轉陰司不題。

卻說宮院中的大小侍婢，見玉英跌死，急走金鑾殿，報與三宮皇后道：「宮主娘娘跌死也！」皇后大驚，隨報太宗。太宗聞言點頭嘆曰：「此事信有之也。朕曾問十代閻君：『老幼安乎？』他道：『俱安，但恐御妹壽促。』果中其言。」闔宮人都來悲切，盡到花陰下看時，只見那宮主微微有氣。唐王道：「莫哭！莫哭！休驚了他。」遂上前將御手扶起頭來，叫道：「御妹甦醒甦醒。」那宮主忽的翻身，叫：「丈夫慢行，等我一等！」太宗道：「御妹，是我等在此。」

宮主抬頭睜眼觀看道：「你是誰人，敢來扯我？」太宗道：「是你皇兄、皇嫂。」宮主道：「我那裏得個什麼皇兄、皇嫂！我娘家姓李，我的乳名喚做李翠蓮；我丈夫姓劉名全，兩口兒都是均州人氏。因為我三個月前，拔金釵在門首齋僧，我丈夫怪我擅出內門，不遵婦道，罵了我幾句，是我氣塞胸膛，將白綾帶懸梁縊死，撇下一雙兒女，晝夜悲啼。今因我丈夫被唐王欽差，赴陰司進瓜果，閻王憐憫，放我夫妻回來。他在前走，因我來遲，趕不上他，我絆了一跌。你等無禮！不知姓名，怎敢扯我！」太宗聞言，與眾宮人道：「想是御妹跌昏了，胡說哩。」傳旨教太醫院進湯藥，將玉英扶入宮中。

唐王當殿，忽有當駕官奏道：「萬歲，今有進瓜果人劉全還魂，在朝門外等旨。」唐王大驚，急傳旨將劉全召進，俯伏丹墀。太宗問道：「進瓜果之事何如？」劉全道：「臣頂瓜果，逕至鬼門關，引上森羅殿，見了那十代閻君，將瓜果奉上，備言我王慇懃致謝之意。閻君甚喜，多多拜上我王道：『真是個有信有德的太宗皇帝！』」唐王道：「你在陰司見些什麼來？」劉全道：「臣不曾遠行，沒見甚的，只聞得閻王問臣鄉貫、姓名。臣將棄家捨子、因妻縊死、願來進瓜之事，說了一遍。他急差鬼使，引過我妻，就在森羅殿下相會。一壁廂又檢看死生文簿，說我夫妻都有登仙之壽，便差鬼使送回。臣在前走，我妻後行，幸得還魂。但不知妻投何所。」唐王驚問道：「那閻王可曾說你妻什麼？」劉全道：「閻王不曾說什麼，只聽得鬼使說，『李翠蓮歸陰日久，屍首無存。』閻王道：『唐御妹李玉英今該促死，教翠蓮即借玉英屍還魂去罷。』臣不知唐御妹是甚地方，家居何處，我還未曾得去找尋哩。」

唐王聞奏，滿心歡喜，當對多官道：「朕別閻君，曾問宮中之事；他言老幼俱安，但恐御妹壽促。卻才御妹玉英，花陰下跌死，朕急扶看，須臾甦醒，口叫：『丈夫慢行，等我一等！』朕只道是她跌昏了胡言。又問她詳細，她說的話，與劉全一般。」魏徵奏道：「御妹偶爾壽促，少甦醒即說此言，此是劉全妻借屍還魂之事。此事也有。可請宮主出來，看她有甚話說。」唐王道：「朕才命太醫院去進藥，不知何如。」便教妃嬪入宮去請。那宮主在裏面亂嚷道：「我吃什麼藥？這裏那是我家！我家是清涼瓦屋，不像這個害黃病的房子，花狸狐哨的門扇！放我出去！放我出去！」

正嚷處，只見四五個女官，兩三個太監，扶著她，直至殿上。唐王道：「妳可認得妳丈夫麼？」玉英道：「說那裏話！我兩個從小兒的結髮夫妻，與他生男育女，怎的不認得？」唐王叫內官攙他下去。那宮主下了寶殿，直至白玉階前，見了劉全，一把扯住道：「丈夫，你往那裏去，就不等我一等！我跌了一跤，被那些沒道理的人圍住我嚷，這是怎的說！」那劉全聽他說的話是妻之言，觀其人非妻之面，不敢相認。唐王道：「這正是山崩地裂有人見，捉生替死卻難逢！」好一個有道的君王：即將御妹的妝奩、衣物、首飾，盡賞賜了劉全，就如陪嫁一般，又賜與他永免差徭的御旨，著他帶領御妹回去。他夫妻兩個，便在階前謝了恩，歡歡喜喜還鄉。有詩為證：

人生人死是前緣，短短長長各有年。
劉全進瓜回陽世，借屍還魂李翠蓮。

他兩個辭了君王，逕來均州城裏，見舊家業兒女俱好，兩口兒宣揚善果不題。

卻說那尉遲公將金銀一庫，上河南開封府訪看相良，原來賣水為活，同妻張氏在門首販賣烏盆瓦器營生，但賺得些錢兒，只以盤纏為足，其多少齋僧布施，買金銀紙錠，記庫焚燒，故有此善果臻身。陽世間是一條好善的窮漢，那世裏卻是個積玉堆金的長者。尉遲公將金銀送上他門，諕得那相公、相婆魂飛魄散；又兼有本府官員，茅舍外車馬駢集，那老兩口子如癡如啞，跪在地下，只是磕頭禮拜。

尉遲公道：「老人家請起。我雖是個欽差官，卻賫著我王的金銀送來還你。」他戰兢兢的答道：「小的沒有什麼金銀放債，如何敢受這不明之財？」尉遲公道：「我也訪得你是個窮漢；只是你齋僧布施，盡其所用，就買辦金銀紙錠，燒記陰司，陰司裏有你積下的錢鈔。是我太宗皇帝死去三日，還魂復生，曾在那陰司裏借了你一庫金銀，今此照數送還與你。你可一一收下，等我好去回旨。」那相良兩口兒只是朝天禮拜，那裏敢受，道：「小的若受了這些金銀，就死得快了。雖然是燒紙記庫，此乃冥冥之事；況萬歲爺爺那世裏借了金銀，有何憑據？我決不敢受。」尉遲公道：「陛下說，借你的東西，有崔判官作保可證，你收下罷。」相良道：「就死也是不敢受的。」

尉遲公見他苦苦推辭，只得具本差人啓奏。太宗見了本，知相良不受金銀，道：「此誠為善良長者！」即傳旨教胡敬德將金銀與他修理寺院，起蓋生祠，請僧作善，就當還他一般。旨意到日，敬德望闕謝恩，宣旨眾皆知之。遂將金銀買到城裏軍民無礙的地基一段，周圍有五十畝寬闊，在上興工，起蓋寺院，名「敕建相國寺」。左有相公相婆的生祠，鐫碑刻石，上寫著「尉遲公監造」。即今大相國寺是也。

工完回奏，太宗甚喜。卻又聚集多官，出榜招僧，修建『水陸大會』，超度冥府孤魂。榜行天下，著各處官員推選有道的高僧，上長安做會。那消個月之期，天下多僧俱到。唐王傳旨，著太史丞傅奕選舉高僧，修建佛事。傅奕聞旨，即上疏止浮圖，以言無佛。表曰：

> 西域之法，無君臣父子，以三塗六道，蒙誘愚蠢；追既往之罪，窺將來之福；口誦梵言，以圖偷免。且生死壽夭，本諸自然；刑德威福，係之人主。今聞俗徒矯托，皆云由佛。自五帝、三王，未有佛法；君明臣忠，年祚長久。至漢明帝始立胡神，然惟西域桑門，自傳其教。實乃夷狄中國，不足為信。

太宗聞言，遂將此表擲付群臣議之。時有宰相蕭瑀，出班俯顖奏曰：「佛法興自屢朝，弘善遏惡，冥助國家，理無廢棄。佛，聖人也。非聖者無法，請寘嚴刑。」傅奕與蕭瑀論辨，言禮本於事親事君，而佛背親出家，以匹夫抗天子，以繼體悖所親；蕭瑀不生於空桑，乃遵無父之教，正所謂非孝者無親。蕭瑀但合掌曰：「地獄之設，正為是人。」太宗召太僕卿張道源，中書令張士衡，問佛事營福，其應何如。二臣對曰：「佛在清淨仁恕，果正佛空。周武帝以三教分次：大慧禪師有贊幽遠，歷眾供養而無不顯；五祖投胎，達摩現象。自古以來，皆云三教至尊而不可毀，不可廢。伏乞陛下聖鑒明裁。」太宗甚喜道：「卿之言合理。再有所陳者，罪之。」遂著魏徵與蕭瑀、張道源，邀請諸佛，選舉一名有大德行者作壇主，設建道場。眾皆頓首謝恩而退。自此時出了法律：但有毀僧謗佛者，斷其臂。

次日，三位朝臣聚眾僧，在那山川壇裏，逐一從頭查選。內中選得一名有德行的高僧。你道他是誰人？

靈通本諱號金蟬：只為無心聽佛講，轉托塵凡苦受磨，降生世俗遭羅網。
投胎落地就逢凶，未出之前臨惡黨。父是海州陳狀元，外公總管當朝長。
出身命犯落江星，順水隨波逐浪泱。海島金山有大緣，遷安和尚將他養。
年方十八認親娘，特赴京都求外長。總管開山調大軍，洪州剿寇誅凶黨。
狀元光蕊脫天羅，子父相逢堪賀獎。復謁當今受主恩，凌烟閣上賢名響。
恩官不受願為僧，洪福沙門將道訪。小字江流古佛兒，法名喚做陳玄奘。

當日對眾舉出玄奘法師。這個人自幼為僧，出娘胎，就持齋受戒。他外公見是當朝一路總管殷開山。他父親陳光蕊，中狀元，官拜文淵殿大學士。一心不愛榮華，只喜修持寂滅。查得他根源又好，德行又高；千經萬典，無所不通；佛號仙音，無般不會。當時三位引至御前，揚塵舞蹈。拜罷奏曰：「臣瑀等，蒙聖旨，選得高僧一名陳玄奘。」太宗聞其名，沈思良久道：「可是學士陳光蕊之兒玄奘否？」江流兒叩頭曰：「臣正是。」太宗喜道：「果然舉之不錯。誠為有德行有禪心的和尚。朕賜你左僧綱，右僧綱，天下大闡都僧綱之職。」玄奘頓首謝恩，受了大闡官爵。又賜五彩織金袈裟一件，毘盧帽一頂。教他用心再拜明僧，排次闍黎班首；書辦旨意，前赴化生寺，擇定吉日良時，開演經法。

玄奘再拜領旨而出，遂到化生寺裏，聚集多僧，打造禪榻，裝修功德，整理音樂。選得大小明僧共計一千二百名，分派上中下三堂。諸所佛前，物件皆齊，頭頭有次。選到本年九月初三日，黃道良辰，開啟做七七四十九日「水陸大會」。即具表申奏，太宗及文武國戚皇親，俱至期赴會，拈香聽講。畢竟不知聖意如何，且聽下回分解。

# 第十二回　玄奘秉誠建大會　觀音顯像化金蟬

詩曰：

龍集貞觀正十三，王宣大眾把經談。道場開演無量法，雲霧光乘大願龕。
御敕垂恩修上剎，金蟬脫殼化西涵。普施善果超沈沒，秉教宣揚前後三。

貞觀十三年，歲次己巳，九月甲戌，初三日，癸卯良辰。陳玄奘大闡法師，聚集一千二百名高僧，都在長安城化生寺開演諸品妙經。那皇帝早朝已畢，帥文武多官，乘鳳輦龍車，出離金鑾寶殿，逕上寺來拈香。怎見那鑾駕？真個是：

一天瑞氣，萬道祥光。仁風輕淡蕩，化日麗非常。
千官環佩分前後，五衛旌旗列兩旁。
執金瓜，擎斧鉞，雙雙對對；絳紗燭，御爐香，靄靄堂堂。
龍飛鳳舞，鶚薦鷹揚。聖明天子正，忠義大臣良。
介福千年過舜禹，昇平萬代賽堯湯。又見那：
曲柄傘，滾龍袍，輝光相射；玉連環，彩鳳扇，瑞靄飄揚。
珠冠玉帶，紫綬金章。護駕軍千隊，扶輿將兩行。
這皇帝沐浴虔誠尊敬佛，皈依善果喜拈香。

唐王大駕，早到寺前，吩咐住了音樂響器。下了車輦，引著多官，拜佛拈香。三匝已畢，抬頭觀看，果然好座道場，但見：

幢幡飄舞，寶蓋飛輝。幢幡飄舞，凝空道道彩霞搖；寶蓋飛輝，映日翩翩紅電徹。世尊金象貌臻臻，羅漢玉容威烈烈。瓶插仙花，爐焚檀降。瓶插仙花，錦樹輝輝漫寶剎；爐焚檀降，香雲靄靄透清霄。時新果品砌朱盤，奇樣糖酥堆彩案。高僧羅列誦真經，願拔孤魂離苦難。

太宗文武俱各拈香，拜了佛祖金身，參了羅漢。又見那大闡都綱陳玄奘法師引眾僧羅拜唐王。禮畢，分班各安禪位。法師獻上濟孤榜文與太宗看。榜曰：

至德渺茫，禪宗寂滅。清淨靈通，周流三界。千變萬化，統攝陰陽。體用真常，無窮極矣。觀彼孤魂，深宜哀愍。此奉太宗聖命：選集諸僧，參禪講法。大開方便門庭，廣運慈悲舟楫，普濟苦海群生，脫免沈痾六趣。引歸真路，普玩鴻濛；動止無為，混成純素。仗此良因，邀賞清都絳闕，乘吾勝會，脫離地獄凡籠，早登極樂任逍遙，來往西方隨自在。

詩曰：

一爐永壽香，幾卷超生籙。無邊妙法宣，無際天恩沐。

冤孽盡消除，孤魂皆出獄。願保我邦家，清平萬咸福。

太宗看了，滿心歡喜，對眾僧道：「汝等秉立丹衷，切休怠慢佛事。待後功成完備，各各福有所歸，朕當重賞，決不空勞。」那一千二百僧，一齊頓首稱謝。當日三齋已畢，唐王駕回。待七日正會，復請拈香。時天色將晚，各官俱退。怎見得好晚？你看那：

萬里長空淡落暉，歸鴉數點下棲遲。
滿城燈火人烟靜，正是禪僧入定時。

一宿晚景題過。次早，法師又昇坐，聚眾誦經不題。

卻說南海普陀山觀世音菩薩，自領了如來佛旨，在長安城訪察取經的善人，日久未逢真實有德行者。忽聞得太宗宣揚善果，選舉高僧，開建大會，又見得法師壇主，乃是江流兒和尚，正是極樂中降來的佛子，又是他原引送投胎的長老，菩薩十分歡喜，就將佛賜的寶貝，捧上長街，與木叉貨賣。你道他是何寶貝？有一件錦襴異寶袈裟、九環錫杖。還有那金緊禁三個箍兒，密密藏收，以俟後用。只將袈裟、錫杖出賣。

長安城裏，有那選不中的愚僧，倒有幾貫村鈔，見菩薩變化個疥癩形容，身穿破衲，赤腳光頭，將袈裟捧定，豔豔生光，他上前問道：「那癩和尚，你的袈裟要賣多少價錢？」菩薩道：「袈裟價值五千兩，錫杖價值二千兩。」那愚僧笑道：「這兩個癩和尚是瘋子！是傻子！這兩件粗物，就賣得七千兩銀子，只是除非穿上身長生不老，就得成佛作祖，也值不得這許多！拿了去！賣不成！」那菩薩更不爭吵，與木叉往前又走。

行勾多時，來到東華門前，正撞著宰相蕭瑀散朝而回，眾頭踏喝開街道。那菩薩公然不避，當街上拿著袈裟，逕迎著宰相。宰相勒馬觀看，見袈裟豔豔生光，著手下人問那賣袈裟的要價幾何。菩薩道：「袈裟要五千兩，錫杖要二千兩。」蕭瑀道：「有何好處，值這般高價？」菩薩道：「袈裟有好處，有不好處；有要錢處，有不要錢處。」蕭瑀道：「何為好？何為不好？」菩薩道：「著了我袈裟，不入沈淪，不墮地獄，不遭惡毒之難，不遇虎狼之災，便是好處；若貪淫樂禍的愚僧，不齋不戒的和尚，毀經謗佛的凡夫，難見我袈裟之面，這便是不好處。」又問道：「何為要錢不要錢？」菩薩道：「不遵佛法，不敬三寶，強買袈裟、錫杖，定要賣他七千兩，這便是要錢；若敬重三寶，見善隨喜，皈依我佛，承受得起，我將袈裟、錫杖，情願送他，與我結個善緣，這便是不要錢。」

蕭瑀聞言，倍添春色，知他是個好人。即便下馬，與菩薩以禮相見，口稱：「大法長老，恕我蕭瑀之罪。我大唐皇帝十分好善，滿朝的文武，無不奉行。即今起建『水陸大會』，這袈裟正好與大都闡陳玄奘法師穿用。我和你入朝見駕去來。」菩薩欣然從之，拽轉步，逕進東華門裏。黃門官轉奏，蒙旨宣至寶殿。見蕭瑀引著兩個疥癩僧人，立於階下，唐王問曰：「蕭瑀來奏何事？」蕭瑀俯伏階前道：「臣出了東華門前，偶遇二僧，乃賣袈裟與錫杖者。臣思法師玄奘可著此服，故領僧人啓見。」太宗大喜，便問那袈裟價值幾何。菩薩與木叉侍立階下，更不行禮，因問袈裟之價，答道：「袈裟五千兩，錫杖二千兩。」太宗道：「那袈裟有何好處，就值許多？」菩薩道：「

這袈裟，龍披一縷，免大鵬吞噬之災；鶴掛一絲，得超凡入聖之妙。但坐處，有萬神朝禮；凡舉動，有七佛隨身。

這袈裟是冰蠶造練抽絲，巧匠翻騰為線。仙娥織就，神女機成，方方簇幅繡花縫，片片相幫堆錦簇。玲瓏散碎鬪妝花，色亮飄光噴寶豔。穿上滿身紅霧繞，脫來一段彩雲飛。三天門外透玄光，五嶽山前生寶氣。重重嵌就西番蓮，灼灼懸珠星斗象。四角上有夜明珠，攢頂間一顆祖母綠。雖無全照原本體，也有生光八寶攢。

這袈裟，閒時折疊，遇聖才穿。閒時折疊，千層包裹透虹霓；遇聖才穿，驚動諸天神鬼怕。上邊有如意珠、摩尼珠、辟塵珠、定風珠；又有那紅瑪瑙、紫珊瑚、夜明珠、舍利子。偷月沁白，與日爭紅。條條仙氣盈空，朵朵祥光捧聖。條條仙氣盈空，照徹了天關；朵朵祥光捧聖，影遍了世界。照山川，驚虎豹；影海島，動魚龍。沿邊兩道銷金鎖，叩領連環白玉琮。

詩曰：

三寶巍巍道可尊，四生六道盡評論。明心解養人天法，見性能傳智慧燈。
護體莊嚴金世界，身心清淨玉壺冰。自從佛製袈裟後，萬劫誰能敢斷僧？」

唐王在那寶殿上聞言，十分歡喜，又問：「那和尚，九環杖有甚好處？」菩薩道：「我這錫杖，是那：

銅鑲鐵造九連環，九節仙藤永駐顏。入手厭看青骨瘦，下山輕帶白雲還。
摩訶五祖遊天闕，羅卜尋娘破地關。不染紅塵些子穢，喜伴神僧上玉山。」

唐王聞言，即命展開袈裟，從頭細看，果然是件好物，道：「大法長老，實不瞞你。朕今大開善教，廣種福田，見在那化生寺聚集多僧，敷演經法。內中有一個大有德行者，法名玄奘。朕買你這兩件寶物，賜他受用。你端的要價幾何？」菩薩聞言，與木叉合掌皈依，道聲佛號，躬身上啓道：「既有德行，貧僧情願送他，決不要錢。」說罷，抽身便走。唐王急著蕭瑀扯住，欠身立於殿上，問曰：「你原說袈裟五千兩，錫杖二千兩，你見朕要買，就不要錢，敢是說朕心倚恃君位，強要你的物件？——更無此理。朕照你原價奉償，卻不可推避。」菩薩起手道：「貧僧有願在前，原說果有敬重三寶，見善隨喜，皈依我佛，不要錢，願送與他。今見陛下明德止善，敬我佛門，況又高僧有德有行，宣揚大法，理當奉上，決不要錢。貧僧願留下此物告回。」唐王見他這等懃懇，甚喜，隨命光祿寺大排素宴酬謝。菩薩又堅辭不受，暢然而去，依舊望都土地廟中，隱避不題。

卻說太宗設午朝，著魏徵齎旨，宣玄奘入朝。那法師正聚眾登壇，諷經誦偈，一聞有旨，隨下壇整衣，與魏徵同往見駕。太宗道：「求證善事，有勞法師，無物酬謝。早間蕭瑀迎著二僧，願送錦襴異寶袈裟一件，九環錫杖一條。今特召法師領去受用。」玄奘叩頭謝恩。太宗道：「法師如不棄，可穿上與朕看看。」長老遂將袈裟抖開，披在身上，手持錫杖，侍立階前。君臣個個欣然。誠為如來佛子，你看他：

凜凜威顏多雅秀，佛衣可體如裁就。暉光豔豔滿乾坤，結綵紛紛凝宇宙。
朗朗明珠上下排，層層金線穿前後。兜羅四面錦沿邊，萬樣稀奇鋪綺繡。
八寶妝花縛鈕絲，金環束領攀絨扣。佛天大小列高低，星象尊卑分左右。
玄奘法師大有緣，現前此物堪承受。渾如極樂活阿羅，賽過西方真覺秀。
錫杖叮噹鬬九環，毘盧帽映多豐厚。誠為佛子不虛傳，勝似菩提無詐謬。

當時文武階前喝采，太宗喜之不勝，即著法師穿了袈裟，持了寶杖；又賜兩隊儀從，著多官送出朝門，教他上大街行道，往寺裏去，就如中狀元誇官的一般。這位玄奘再拜謝恩，在那大街上，烈烈轟轟，搖搖擺擺。你看那長安城裏，行商坐賈、公子王孫、墨客文人、大男小女，無不爭看誇獎，俱道：「好個法師！真是個活羅漢下降，活菩薩臨凡。」玄奘直至寺裏，僧人下榻來迎。一見他披此袈裟，執此錫杖，都道是地藏王來了，各各歸依，侍於左右。玄奘上殿，炷香禮佛，又對眾感述聖恩已畢，各歸禪座。又不覺紅輪西墜，正是那：

日落烟迷草樹，帝都鐘鼓初鳴。叮叮三響斷人行，前後御前寂靜。
上刹暉煌燈火，孤村冷落無聲。禪僧入定理殘經，正好練魔養性。

光陰撚指，卻當七日正會。玄奘又具表，請唐王拈香。此時善聲遍滿天下。太宗即排駕，率文武多官，后妃國戚，早赴寺裏。那一城人，無論大小尊卑，俱詣寺聽講。當有菩薩與木叉道：「今日是水陸正會，以一七繼七七，可矣了。我和你雜在眾人叢中，一則看他那會何如，二則看金蟬子可有福穿我的寶貝，三則也聽他講的是那一門經法。」兩人隨投寺裏。正是有緣得遇舊相識，般若還歸本道場。入到寺裏觀看，真個是天朝大國，果勝裟婆；賽過祇園舍衛，也不亞上刹招提。那一派仙音響亮，佛號喧嘩。這菩薩直至多寶臺邊，果然是明智金蟬之相。詩曰：

萬象澄明絕點埃，大典玄奘坐高臺。超生孤魂暗中到，聽法高流市上來。
施物應機心路遠，出生隨意藏門開。對看講出無量法，老幼人人放喜懷。

又詩曰：

因遊法界講堂中，逢見相知不俗同。盡說目前千萬事，又談塵劫許多功。
法雲容曳舒群嶽，教網張羅滿太空。檢點人生歸善念，紛紛天雨落花紅。

那法師在臺上，念一會《受生度亡經》，談一會《安邦天寶篆》，又宣一會《勸修功卷》。這菩薩近前來，拍著寶臺，厲聲高叫道：「那和尚，你只會談『小乘教法』可會談『大乘』麼？」

玄奘聞言，心中大喜，翻身跳下臺來，對菩薩起手道：「老師父，弟子失瞻，多罪。見前的蓋眾僧人，都講的是『小乘教法』，卻不知『大乘教法』如何。」菩薩道：「你這小乘教法，度不得亡者超昇，只可渾俗和光而已；我有大乘佛法三藏，能超亡者昇天，能度難人脫苦，能修無量壽身，能作無來無去。」

正講處，有那司香巡堂官急奏唐王道：「法師正講談妙法，被兩個疥癩遊僧，扯下來亂說胡話。」王令擒來，只見許多人將二僧推擁進後法堂。見了太宗，那僧人手也不起，拜也不拜，仰面道：「陛下問我何事？」唐王卻認得他，道：「你是前日送袈裟的和尚？」菩薩道：「正是。」太宗道：「你既來此處聽講，只該吃些齋便了，為何與我法師亂講，擾亂經堂，誤我佛事？」菩薩道：「你那法師講的是小乘教法，度不得亡者昇天。我有大乘佛法三藏，可以度亡脫苦，壽身無壞。」太宗正色喜問道：「你那大乘佛法，在於何處？」菩薩道：「在大西天天竺國大雷音寺我佛如來處，能解百冤之結，能消無妄之災。」太宗道：「你可記得麼？」菩薩道：「我記得。」太宗大喜道：「教法師引去，請上臺開講。」

那菩薩帶了木叉，飛上高臺，遂踏祥雲，直至九霄，現出救苦原身，托了淨瓶楊柳。左邊是木叉惠岸，執著棍，抖擻精神。喜的個唐王朝天禮拜，眾文武跪地焚香。滿寺中僧尼道俗，士人工賈，無一人不拜禱道：「好菩薩！好菩薩！」有詞為證。但見那：

瑞靄散繽紛，祥光護法身。九霄華漢裏，現出女真人。那菩薩，
頭上戴一頂：金葉紐，翠花鋪，放金光，生銳氣的垂珠纓絡；
身上穿一領：淡淡色，淺淺妝，盤金龍，飛綵鳳的結素藍袍；
胸前掛一面：對月明，舞清風，雜寶珠，攢翠玉的砌香環珮；
腰間繫一條：冰蠶絲，織金邊，登彩雲，促瑤海的錦繡絨裙；
面前又領一個飛東洋，遊普世，感恩行孝，黃毛紅嘴白鸚哥；

手內托著一個施恩濟世的寶瓶，瓶內插著一枝灑青霄，撒大惡，掃開殘霧垂楊柳。

玉環穿繡扣，金蓮足下深。三天許出入，這才是救苦救難觀世音。

喜的個唐太宗，忘了江山；愛的那文武官，失卻朝禮；蓋眾多人，都念「南無觀世音菩薩」。太宗即傳旨，教巧手丹青，描下菩薩真像。旨意一聲，選出個圖神寫聖遠見高明的吳道子。——此人即後圖功臣於凌烟閣者。——當時展開妙筆。圖寫真形。那菩薩祥雲漸遠，霎時間不見了金光。只見那半空中，滴溜溜落下一張簡帖，上有幾句頌子，寫得明白。頌曰：

禮上大唐君，西方有妙文。程途十萬八千里，大乘進慇懃。

此經回上國，能超鬼出群。若有肯去者，求正果金身。

太宗見了頌子，即命眾僧：「且收勝會，待我差人取得『大乘經』來，再秉丹誠，重修善果。」眾官無不遵依。當時在寺中問曰：「誰肯領朕旨意，上西天拜佛求經？」問不了，旁邊閃過法師，帝前施禮道：「貧僧不才，願效犬馬之勞，與陛下求取真經，祈保我王江山永固。」唐王大喜，上前將御手扶起道：「法師果能盡此忠賢，不怕程途遙遠，跋涉山川，朕情願與你拜為兄弟。」玄奘頓首謝恩。唐王果是十分賢德，就去那寺裏佛前，與玄奘拜了四拜，口稱「御弟聖僧」。玄奘感謝不盡道：「陛下，貧僧有何德何能，敢蒙天恩眷顧如此？我這一去，定要捐軀努力，直至西天；如不到西天，不得真經，即死也不敢回國，永墮沈淪地獄。」隨在佛前拈香，以此為誓。唐王甚喜，即命回鑾，待選良利日辰，發牒出行，遂此駕回各散。

玄奘亦回洪福寺裏。那本寺多僧與幾個徒弟，早聞取經之事，都來相見；因問：「發誓願上西天，實否？」玄奘道：「是實。」他徒弟道：「師父呵，嘗聞人言，西天路遠，更多虎豹妖魔；只怕有去無回，難保身命。」玄奘道：「我已發了弘誓大願，不取真經，永墮沈淪地獄。大抵是受王恩寵，不得不盡忠以報國耳。我此去真是渺渺茫茫，吉凶難定。」又道：「徒弟們，我去之後，或三二年，或五七年，但看那山門裏松枝頭向東，我即回來；不然，斷不回矣。」眾徒將此言切切而記。

次早，太宗設朝，聚集文武，寫了取經文牒，用了通行寶印。有欽天監奏曰：「今日是人專吉星，堪宜出行遠路。」唐王大喜。又見黃門官奏道：「御弟法師朝門外候旨。」隨即宣上寶殿道：「御弟，今日是出行吉日。這是通關文牒。朕又有一個紫金鉢盂，送你途中化齋而用。再選兩個長行的從者，又銀騘的馬一匹，送為遠行腳力。你可就此行程。」玄奘大喜，即便謝了恩，領了物事，更無留滯之意。唐王排駕，與多官同送至關外，只見那洪福寺僧與諸徒將玄奘的冬夏衣服，俱送在關外相等。唐王見了，先教收拾行囊、馬匹，然後著官人執壺酌酒。

太宗舉爵，又問曰：「御弟雅號甚稱？」玄奘道：「貧僧出家人，未敢稱號。」太宗道：「當時菩薩說，西天有經三藏。御弟可指經取號，號作『三藏』何如？」玄奘又謝恩，接了御酒道：「陛下，酒乃僧家頭一戒，貧僧自為人，不會飲酒。」太宗道：「今日之行，比他事不同。此乃素酒，只飲此一杯，以盡朕奉餞之意。」三藏不敢不受。接了酒，方待要飲，只見太宗低頭，將御指拾一撮塵土，彈入酒中。三藏不解其意。太宗笑道：「御弟呵，這一去，到西天，幾時可回？」三藏道：「只在三年，逕回上國。」太宗道：「日久年深，山遙路遠，御弟可進此酒：寧戀本鄉一捻土，莫愛他鄉萬兩金。」三藏方悟捻土之意，復謝恩飲盡，辭謝出關而去。唐王駕回。畢竟不知此去何如，且聽下回分解。

# 第十三回 陷虎穴金星解厄 雙叉嶺伯欽留僧

詩曰：

大有唐王降敕封，欽差玄奘問禪宗。
堅心磨琢尋龍穴，著意修持上鷲峰。
邊界遠遊多少國，雲山前度萬千重。
自今別駕投西去，秉教迦持悟大空。

卻說三藏自貞觀十三年九月望前三日，蒙唐王與多官送出長安關外。一二日馬不停蹄，早至法門寺。本寺住持上房長老，帶領眾僧有五百餘人，兩邊羅列，接至裏面，相見獻茶。茶罷進齋，齋後不覺天晚，正是那：

影動星河近，月明無點塵。雁聲鳴遠漢，砧韻響西鄰。
歸鳥棲枯樹，禪僧講梵音。蒲團一榻上，坐到夜將分。

眾僧們燈下議論佛門定旨，上西天取經的原由。有的說水遠山高，有的說路多虎豹；有的說峻嶺陡崖難度，有的說毒魔惡怪難降。三藏箝口不言，但以手指自心，點頭幾度。眾僧們莫解其意，合掌請問道：「法師指心點頭者，何也？」三藏答曰：「心生，種種魔生；心滅，種種魔滅。我弟子曾在化生寺對佛設下洪誓大願，不由我不盡此心。這一去，定要到西天，見佛求經，使我們法輪迴轉，願聖主皇圖永固。」眾僧聞得此言，人人稱羨，個個宣揚，都叫一聲：「忠心赤膽大闡法師！」誇讚不盡，請師入榻安寐。

早又是竹敲殘月落，雞唱曉雲生。那眾僧起來，收拾茶水早齋。玄奘遂穿了袈裟，上正殿，佛前禮拜道：「弟子陳玄奘，前往西天取經，但肉眼愚迷，不識活佛真形。今願立誓：路中逢廟燒香，遇佛拜佛，遇塔掃塔。但願我佛慈悲，早現丈六金身，賜真經，留傳東土。」祝罷，回方丈進齋。齋畢，那二從者整頓了鞍馬，促趲行程。三藏出了山門，辭別眾僧。眾僧不忍分別，直送有十里之遙，噙淚而返。三藏遂直西前進。正是那季秋天氣。但見：

數村木落蘆花碎，幾樹楓楊紅葉墜。
路途烟雨故人稀，黃菊麗，山骨細，水寒荷破人憔悴。
白蘋紅蓼霜天雪，落霞孤鶩長空墜。
依稀黯淡野雲飛，玄鳥去，賓鴻至，嘹嘹嚦嚦聲宵碎。

師徒們行了數日，到了鞏州城。早有鞏州合屬官吏人等，迎接入城中。安歇一夜，次早出城前去。一路飢餐渴飲。夜住曉行。兩三日，又至河州衛。此乃是大唐的山河邊界。早有鎮邊的總兵與本處僧道，聞得是欽差御弟法師，上西方見佛，無不恭敬；接至裏面供給了，著僧綱請往福原寺安歇。本寺僧人，一一參見，安排晚齋。齋畢，吩咐二從者飽餵馬匹，天不明就行。及雞方鳴，隨喚從者，卻又驚動寺僧，整治茶湯齋供。齋罷，出離邊界。

這長老心忙，太起早了。原來此時秋深時節，雞鳴得早，只好有四更天氣。一行三人，連馬四口，迎著清霜，看著明月，行有數十里遠近，見一山嶺，只得撥草尋路，說不盡崎嶇難走，又恐走錯了路徑。正疑思之間，忽然失足，三人連馬都跌落坑坎之中。三藏心慌，從者膽戰。卻才悚懼，又聞得裏面哮吼高呼，叫：「拿將來！拿將來！」只見狂風滾滾，擁出五六十個妖邪，將三藏、從者揪了上去。這法師戰戰兢兢的，偷眼觀看，上面坐的那魔王，十分凶惡。真個是：

雄威身凜凜，猛氣貌堂堂。電目飛光豔，雷聲振四方。
鋸牙舒口外，鑿齒露腮旁。錦繡圍身體，文斑裹脊梁。
鋼鬚稀見肉，鈎爪利如霜。東海黃公懼，南山白額王。

諕得個三藏魂飛魄散，二從者骨軟筋麻。魔王喝令綁了，眾妖一齊將三人用繩索綁縛。正要安排吞食，只聽得外面喧嘩，有人來報：「熊山君與特處士二位來也。」三藏聞言，抬頭觀看，前走的是一條黑漢。你道他是怎生模樣：

雄豪多膽量，輕健夯身軀。涉水惟兇力，跑林逞怒威。
向來符吉夢，今獨露英姿。綠樹能攀折，知寒善諭時。
準靈惟顯處，故此號山君。

又見那後邊來的是一條胖漢。你道怎生模樣：

嵯峨雙角冠，端肅聳肩背。性服青衣穩，蹄步多遲滯。
宗名父作牯，原號母稱牸。能為田者功，因名特處士。

這兩個搖搖擺擺，走入裏面，慌得那魔王奔出迎接。熊山君道：「寅將軍，一向得意，可賀！可賀！」特處士道：「寅將軍丰姿勝常，真可喜！真可喜！」魔王道：「二公連日如何？」山君道：「惟守素耳。」處士道：「惟隨時耳。」三個敘罷，各坐談笑。

只見那從者綁得痛切悲啼。那黑漢道：「此三者何來？」魔王道：「自送上門來者。」處士笑云：「可能待客否？」魔王道：「奉承！奉承！」山君道：「不可盡用，食其二，留其一可也。」魔王領諾，即呼左左，將二從者剖腹剜心，剁碎其屍，將首級與心肝奉獻二客，將四肢自食，其餘骨肉，分給各妖。只聽得嘓啅之聲，真似虎啖羊羔，霎時食盡。把一個長老，幾乎諕死。這才是初出長安第一場苦難。

正愴慌之間，漸漸的東方發白。那二怪至天曉方散，俱道：「今日厚擾，容日竭誠奉酬。」方一擁而退。不一時，紅日高昇。三藏昏昏沈沈，也辨不得東西南北。正在那不得命處，忽然見一老叟，手持拄杖而來。走上前，用手一拂，繩索皆斷，對面吹了一口氣，三藏方甦。跪拜於地道：「多謝老公公搭救貧僧性命！」老叟答禮道：「你起來。你可曾疏失了什麼東西？」三藏道：「貧僧的從人已是被怪食了，只不知行李、馬匹在於何處？」老叟用杖指道：「那廂不是一匹馬、兩個包袱？」三藏回頭看時，果是他的物件，並不曾失落，心才略放下些，問老叟曰：「老公公，此處是甚所在？公公何由在此？」老叟道：「此是雙叉嶺，乃虎狼巢穴處。你為何墮此？」三藏道：「貧僧雞鳴時，出河州衛界，不料起得早了，冒霜撥露，忽失落此地。見一魔王，兇頑太甚，將貧僧與二從者綁了。又見一條黑漢，稱是熊山君；一條胖漢，稱是特處士；走進來，稱那魔王是寅將軍。他三個把我二從者吃了，天光才散。不想我是那裏有這大緣大分，感得老公公來此救我？」老叟道：「處士者是個野牛精，山君者是個熊羆精，寅將軍者是個老虎精。左右妖邪，盡都是山精樹鬼，怪獸蒼狼。只因你的本性元明，所以吃不得你。你跟我來，引你上路。」

三藏不勝感激，將包袱捎在馬上，牽著繮繩，相隨老叟逕出了坑坎之中，走上大路。卻將馬拴在道旁草頭上，轉身拜謝那公公，那公公遂化作一陣清風，跨一隻朱頂白鶴，騰空而去。只見風飄飄遺下一張簡帖，書上四句頌子，頌子云：

吾乃西天太白星，特來搭救汝生靈。
前行自有神徒助，莫為艱難抱怨經。

三藏看了，對天禮拜道：「多謝金星，度脫此難。」拜畢，牽了馬匹，獨自個孤孤淒淒，往前苦進。這嶺上，真個是：

寒颯颯雨林風，響潺潺澗下水。香馥馥野花開，密叢叢亂石磊。
鬧嚷嚷鹿與猿，一隊隊獐和麂。喧雜雜鳥聲多，靜悄悄人事靡。
那長老，戰兢兢心不寧；這馬兒，力怯怯蹄難進。

三藏捨身拚命。上了那峻嶺之間。行經半日，更不見個人烟村舍。一則腹中飢了，二則路又不平，正在危急之際，只見前面有兩隻猛虎咆哮，後邊有幾條長蛇盤繞。左有毒蟲，右有怪獸。三藏孤身無策，只得放下身心，聽天所命。又無奈那馬腰軟蹄彎，即便跪下，伏倒在地，打又打不起，牽又牽不動。苦得個法師襯身無地，真個有萬分悽楚，已自分必死，莫可奈何。卻說他雖有災迍，卻有救應。正在那不得命處，忽然見毒蟲奔走，妖獸飛逃；猛虎潛踪，長蛇隱跡。三藏抬頭看時，只見一人，手執鋼叉，腰懸弓箭，自那山坡前轉出，果然是一條好漢。你看他：

頭上戴一頂，艾葉花斑豹皮帽；
身上穿一領，羊絨織錦叵羅衣；
腰間束一條獅蠻帶；腳下躧一對麂皮靴。
環眼圓睛如吊客，圈鬚亂擾似河奎。
懸一囊毒藥弓矢，拿一桿點鋼大叉。
雷聲震破山蟲膽，勇猛驚殘野雉魂。

三藏見他來得漸近，跪在路旁，合掌高叫道：「大王救命！大王救命！」那條漢到跟前，放下鋼叉，用手攙起道：「長老休怕。我不是歹人，我是這山中的獵戶，姓劉名伯欽，綽號鎮山太保。我才自來，要尋兩隻山蟲食用，不期遇著你，多有衝撞。」三藏道：「貧僧是大唐駕下欽差往西天拜佛求經的和尚。適間來到此處，遇著些狼虎蛇蟲，四邊圍繞，不能前進。忽見太保來，眾獸皆走，救了貧僧性命，多謝！多謝！」伯欽道：「我在這裏住人，專倚打些狼虎為生，捉些蛇蟲過活，故此眾獸怕我走了。你既是唐朝來的，與我都是鄉里。此間還是大唐的地界，我也是唐朝的百姓，我和你同食皇王的水土，誠然是一國之人。你休怕，跟我來，到我舍下歇馬，明朝我送你上路。」三藏聞言，滿心歡喜，謝了伯欽，牽馬隨行。

過了山坡，又聽得呼呼風響。伯欽道：「長老休走，坐在此間。風響處，是個山貓來了。等我拿他家去管待你。」三藏見說，又膽戰心驚，不敢舉步。那太保執了鋼叉，拽開步，迎將上去。只見一隻斑爛虎，對面撞見。他看見伯欽，急回頭就步。這太保霹靂一聲，咄道：「那業畜！那裏走！」那虎見趕得急，轉身掄爪撲來。這太保三股叉舉手迎敵，諕得個三藏軟癱在草地。這和尚自出娘肚皮，那曾見這樣凶險的勾當？太保與那虎在那山坡下，人虎相持，果是一場好鬪。但見：

怒氣紛紛，狂風滾滾。
怒氣紛紛，太保衝冠多膂力；狂風滾滾，斑彪逞勢噴紅塵。
那一個張牙舞爪，這一個轉步回身。
三股叉擎天幌日，千花尾擾霧飛雲。
這一個當胸亂刺，那一個劈面來吞。
閃過的再生人道，撞著的定見閻君。
只聽得那斑彪哮吼，太保聲哏。
斑彪哮吼，振裂山川驚鳥獸；太保聲哏，喝開天府現星辰。

那一個金睛怒出，這一個壯膽生嗔。
可愛鎮山劉太保，堪誇據地獸之君。
人虎貪生爭勝負，些兒有慢喪三魂。

他兩個鬪了有一個時辰，只見那虎爪慢腰鬆，被太保舉叉平胸刺倒，可憐呵，鋼叉尖穿透心肝，霎時間血流滿地；揪著耳朵，拖上路來。好男子！氣不連喘，面不改色，對三藏道：「造化！造化！這隻山貓，夠長老食用一日。」三藏誇讚不盡，道：「太保真山神也！」伯欽道：「有何本事，敢勞過獎？這個是長老的洪福。去來！趕早兒剝了皮，煮些肉，管待你也。」他一隻手執著叉，一隻手拖著虎，在前引路。三藏牽著馬，隨後而行，迤邐行過山坡，忽見一座山莊。那門前真個是：

參天古樹，漫路荒藤。萬壑風塵冷，千崖氣象奇。
一徑野花香襲體，數竿幽竹綠依依。
草門樓，籬笆院，堪描堪畫；石板橋，白土壁，真樂真稀。
秋容蕭索，爽氣孤高。道旁黃葉落，嶺上白雲飄。
疏林內山禽聒聒，莊門外細犬嘹嘹。

伯欽到了門首，將死虎擲下，叫：「小的們何在？」只見走出三四個家僮，都是怪形惡相之類，上前拖拖拉拉，把隻虎扛將進去。伯欽吩咐教趕早剝了皮，安排將來待客，復回頭迎接三藏進內，彼此相見。三藏又拜謝伯欽厚恩，憐憫救命，伯欽道：「同鄉之人，何勞致謝。」坐定茶罷，有一老嫗，領著一個媳婦，對三藏進禮。伯欽道：「此是家母、小妻。」三藏道：「請令堂上坐，貧僧奉拜。」老嫗道：「長老遠客，各請自珍，不勞拜罷。」伯欽道：「母親呵，他是唐王駕下，差往西天見佛求經者。適間在嶺頭上遇著孩兒，孩兒念一國之人，請他來家歇馬，明日送他上路。」老嫗聞言，十分歡喜道：「好！好！好！就是請他，不得這般恰好。明日你父親周忌，就浼長老做些好事，念卷經文，到後日送他去罷。」這劉伯欽，雖是一個殺虎手，鎮山的太保，他卻有些孝順之心，聞得母言，就要安排香紙，留住三藏。

說話間，不覺的天色將晚。小的們排開桌凳，拿幾盤爛熟虎肉，熱騰騰的放在上面。伯欽請三藏權用，再另辦飯。三藏合掌當胸道：「善哉！貧僧不瞞太保說，自出娘胎，就做和尚，更不曉得吃葷。」伯欽聞得此說，沈吟了半晌道：「長老，寒家歷代以來，不曉得吃素；就是有些竹筍，採些木耳，尋些乾菜，做些豆腐，也都是獐鹿虎豹的油煎，卻無甚素處。有兩眼鍋竈，也都是油膩透了，這等奈何？反是我請長老的不是。」三藏道：「太保不必多心，請自受用。我貧僧就是三五日不吃飯，也可忍餓，只是不敢破了齋戒。」伯欽道：「倘或餓死，卻如之何？」三藏道：「感得太保天恩，搭救出虎狼叢裏，就是餓死，也強如餵虎。」

伯欽的母親聞說，叫道：「孩兒不要與長老閒講，我自有素物，可以管待。」伯欽道：「素物何來？」母親道：「你莫管我，我自有素的。」叫媳婦將小鍋取下，著火燒了油膩，刷了又刷，洗了又洗，卻仍安在竈上。先燒半鍋滾水：別用，卻又將些山地榆葉子，著水煎作茶湯；然後將些黃糧粟米，煮起飯來；又把些乾菜煮熟；盛了兩碗，拿出來鋪在桌上。老母對著三藏道：「長老請齋。這是老身與兒婦，親自動手整理的些極潔極淨的茶飯。」三藏下來謝了，方才上坐。那伯欽另設一處，鋪排些沒鹽沒醬的老虎肉、香獐肉、蟒蛇肉、狐狸肉、兔肉，點剁鹿肉乾巴，滿盤滿碗的，陪著三藏吃齋。方坐下，心欲舉筯，只見三藏合掌誦經，諕得個伯欽不敢動著，急起身立在旁邊。三藏念不數句，卻教：「請齋。」伯欽道：「你是個念短頭經的和尚？」三藏道：「此非是經，乃是一卷揭齋之咒。」伯欽道：「你們出家人，偏有許多計較，吃飯便也念誦念誦。」

吃了齋飯，收了盤碗，漸漸天晚。伯欽引著三藏出中宅，到後邊走走。穿過夾道，有一座草亭。推開門，入到裏面，只見那四壁上掛幾張強弓硬弩，插幾壺箭；過梁上搭兩塊血腥的虎皮；牆根頭插著許多槍刀叉棒；正中間設兩張坐器。伯欽請三藏坐坐。三藏見這般兇險醃臟，不敢久坐，遂出了草亭。又往後再行，是一座大園子，卻看不盡那叢叢菊蕊堆黃，樹樹楓楊掛赤。又見呼的一聲，跑出十來隻肥鹿，一大陣黃獐，見了人，呢呢癡癡，更不恐懼。三藏道：「這獐鹿想是太保養家了的？」伯欽道：「似你那長安城中人家，有錢的集財寶，有莊的集聚稻糧；似我們這打獵的，只得聚養些野獸，備天陰耳。」他兩個說話閒行，不覺黃昏，復轉前宅安歇。

次早，那合家老小都起來，就整素齋，管待長老，請開啓念經。這長老淨了手，同太保家堂前拈了香，拜了家堂。三藏方敲響木魚，先念了淨口業的真言，又念了淨身心的神咒，然後開《度亡經》一卷。誦畢，伯欽又請寫薦亡疏一道，再開念《金剛經》、《觀音經》。一一朗音高誦。誦畢，吃了午齋，又念《法華經》、《彌陀經》。各誦幾卷，又念一卷《孔雀經》，及談苾蒭洗業的故事，早又天晚。獻過了種種香火，化了眾神紙馬，燒了薦亡文疏，佛事已畢，又各安寢。

卻說那伯欽的父親之靈，超薦得沈淪鬼魂兒，早來到東家宅內，托一夢與合宅長幼道：「我在陰司裏苦難難脫，日久不得超生。今幸得聖僧，念了經卷，消了我的罪業。閻王差人送我上中華富地，長者人家托生去了。你們可好生謝送長老，不要怠慢、不要怠慢。我去也。」這才是：萬法莊嚴端有意，薦亡離苦出沈淪。那闔家兒夢醒，又早太陽東上。伯欽的娘子道：「太保，我今夜夢見公公來家，說他在陰司苦難難脫，日久不得超生。今幸得聖僧念了經卷，消了他的罪業，閻王差人送他上中華富地，長者人家托生去，教我們好生謝那長老，不得怠慢他。說罷，逕出門，徉徜去了。我們叫他不應，留他不住，醒來卻是一夢。」伯欽道：「我也是那等一夢，與你一般。我們起去，對母親說去。」

他兩口子正欲去說，只見老母叫道：「伯欽孩兒，你來，我與你說話。」二人至前，老母坐在牀上道：「兒呵，我今夜得了個喜夢，夢見你父親來家，說多虧了長老超度，已消了罪業，上中華富地，長者家去托生。」夫妻們俱呵呵大笑道：「我與媳婦皆有此夢，正來告稟，不期母親呼喚，也是此夢。」遂叫一家大小起來，安排謝意，替他收拾馬匹，都至前拜謝道：「多謝長老超薦我亡父脫難超生，報答不盡！」三藏道：「貧僧有何能處，敢勞致謝？」

伯欽把三口兒的夢話，對三藏陳訴一遍，三藏也喜。早供給了素齋，又具白銀一兩為謝。三藏分文不受。一家兒又懇懇拜央，三藏畢竟分文未受，但道：「是你肯發慈悲送我一程，足感至愛。」伯欽與母妻無奈，急做了些粗面燒餅乾糧，叫伯欽遠送。三藏歡喜收納。太保領了母命，又喚兩三個家僮，各帶捕獵的器械，同上大路。看不盡那山中野景，嶺上風光。

行經半日，只見對面處，有一座大山，真個是高接青霄，崔巍險峻。三藏不一時，到了邊前。那太保登此山如行平地。正走到半山之中，伯欽回身，立於路下道：「長老，你自前進，我卻告回。」三藏聞言，滾鞍下馬道：「千萬敢勞太保再送一程！」伯欽道：「長老不知。此山喚做兩界山，東半邊屬我大唐所管，西半邊乃是韃靼的地界。那廂狼虎，不伏我降，我卻也不能過界，你自去罷。」三藏心驚，掄開手，牽衣執袂，滴淚難分。正在那叮嚀拜別之際，只聽得山腳下叫喊如雷道：「我師父來也！我師父來也！」諕得個三藏癡獃，伯欽打掙。畢竟不知是甚人叫喊，且聽下回分解。

# 第十四回　心猿歸正　六賊無踪

佛即心兮心即佛，心佛從來皆要物。
若知無物又無心，便是真如法身佛。
法身佛，沒模樣，一顆圓光涵萬象。
無體之體即真體，無相之相即實相。
非色非空非不空，不來不向不回向。
無異無同無有無，難捨難取難聽望。
內外靈光到處同，一佛國在一沙中。
一粒沙含大千界，一個身心萬法同。
知之須會無心訣，不染不滯為淨業。
善惡千端無所為，便是南無釋迦葉。

卻說那劉伯欽與唐三藏驚驚慌慌，又聞得叫聲：「師父來也。」眾家僮道：「這叫的必是那山腳下石匣中老猿。」太保道：「是他！是他！」三藏問：「是什麼老猿？」太保道：「這山舊名五行山；因我大唐王征西定國，改名兩界山。先年間曾聞得老人家說：『王莽篡漢之時，天降此山，下壓著一個神猴，不怕寒暑，不吃飲食，自有土神監押，教他飢餐鐵丸，渴飲銅汁；自昔到今，凍餓不死。』這叫必定是他。長老莫怕。我們下山去看來。」三藏只得依從，牽馬下山。行不數里，只見那石匣之間，果有一猴，露著頭，伸著手，亂招手道：「師父，你怎麼此時才來？來得好！來得好！救我出來，我保你上西天去也！」這長老近前細看，你道他是怎生模樣：

尖嘴縮腮，金睛火眼。頭上堆苔蘚，耳中生薜蘿。
鬢邊少發多青草，頷下無鬚有綠莎。
眉間土，鼻凹泥，十分狼狽，指頭粗，手掌厚，塵垢餘多。
還喜得眼睛轉動，猴舌聲和。語言雖利便，身體莫能那。
正是五百年前孫大聖，今朝難滿脫天羅。

劉太保誠然膽大，走上前來，與他拔去了鬢邊草，頷下莎，問道：「你有什麼說話？」那猴道：「我沒話說，教那個師父上來，我問他一問。」三藏道：「你問我什麼？」那猴道：「你可是東土大王差往西天取經去的麼？」三藏道：「我正是，你問怎麼？」那猴道：「我是五百年前大鬧天宮的齊天大聖；只因犯了誑上之罪，被佛祖壓於此處。前者有個觀音菩薩，領佛旨意，上東土尋取經人。我教他救我一救，他勸我再莫行凶，歸依佛法，盡慇懃保護取經人，往西方拜佛，功成後自有好處。故此晝夜提心，晨昏弔膽，只等師父來救我脫身。我願保你取經，與你做個徒弟。」三藏聞言，滿心歡喜道：「你雖有此善心，又蒙菩薩教誨，願入沙門，只是我又沒斧鑿，如何救得你出？」那猴道：「不用斧鑿，你但肯救我，我自出來也。」三藏道：「我自救你，你怎得出來？」那猴道：「這山頂上有我佛如來的金字壓帖。你只上山去將帖兒揭起，我就出來了。」三藏依言，回頭央浼劉伯欽道：「太保啊，我與你上山走一遭。」伯欽道：「不知真假何如！」那猴高叫道：「是真！決不敢虛謬！」

伯欽只得呼喚家僮，牽了馬匹。他卻扶著三藏，復上高山，攀藤附葛，只行到那極巔之處，果然見金光萬道，瑞氣千條，有塊四方大石，石上貼著一封皮，卻是「唵、嘛、呢、叭、𠺗、吽」六個金字。三藏近前跪下，朝石頭，看著金字，拜了幾拜，望西禱祝道：「弟子陳玄奘，特奉旨意求經，果有徒弟之分，揭得金字，救出神猴，同證靈山；若無徒弟之分，此輩是個凶頑怪物，哄賺弟子，不成吉慶，便揭不得起。」祝罷，又拜。拜畢，上前將六個金字，輕輕揭下。只聞得一陣香風，劈手把「壓帖兒」刮在空中，叫道：「吾乃監押大聖者。今日他的難滿，吾等回見如來，繳此封皮去也。」嚇得個三藏與伯欽一行人，望空禮拜。逕下高山，又至石匣邊，對那猴道：「揭了壓帖矣，你出來麼。」那猴歡喜，叫道：「師父，你請走開些，我好出來。莫驚了你。」

伯欽聽說，領著三藏，一行人回東即走。走了五七里遠近，又聽得那猴高叫道：「再走！再走！」三藏又行了許遠，下了山，只聞得一聲響亮，真個是地裂山崩。眾人盡皆悚懼，只見那猴早到了三藏的馬前，赤淋淋跪下，道聲：「師父，我出來也！」對三藏拜了四拜，急起身，與伯欽唱個大喏道：「有勞大哥送我師父，又承大哥替我臉上薅草。」謝畢，就去收拾行李，扣背馬匹。那馬見了他，腰軟蹄矬，戰兢兢的立站不住。蓋因那猴原是弼馬溫，在天上看養龍馬的，有些法則，故此凡馬見他害怕。

三藏見他意思，實有好心，真個像沙門中的人物，便叫：「徒弟啊，你姓什麼？」猴王道：「我姓孫。」三藏道：「我與你起個法名，卻好呼喚。」猴王道：「不勞師父盛意，我原有個法名，叫做孫悟空。」三藏歡喜道：「也正合我們的宗派。你這個模樣，就像那小頭陀一般，我再與你起個混名，稱為行者，好麼？」悟空道：「好！好！好！」自此時又稱為孫行者。

那伯欽見孫行者一心收拾要行，卻轉身對三藏唱個喏道：「長老，你幸此間收得個好徒，甚喜甚喜！此人果然去得。我卻告回。」三藏躬身作禮相謝道：「多有拖步，感激不勝。回府多多致意令堂老夫人，令荊夫人，貧僧在府多擾，容回時踵謝。」伯欽回禮，遂此兩下分別。

卻說那孫行者請三藏上馬，他在前邊，背著行李，赤條條，拐步而行。不多時，過了兩界山，忽然見一隻猛虎，咆哮剪尾而來。三藏在馬上驚心。行者在路旁歡喜道：「師父莫怕他。他是送衣服與我的。」放下行李，耳朵裏拔出一個針兒，迎著風，幌一幌，原來是個碗來粗細一條鐵棒。他拿在手中，笑道：「這寶貝，五百餘年不曾用著他，今日拿出來掙件衣服兒穿穿。」你看他拽開步，迎著猛虎，道聲：「業畜！那裏去！」那隻虎蹲著身，伏在塵埃，動也不敢動。卻被他照頭一棒，就打得腦漿迸萬點桃紅，牙齒噴幾珠玉塊。諕得那陳玄奘滾鞍落馬，咬指道聲：「天哪！

天哪！劉太保前日打的斑斕虎，還與他鬪了半日；今日孫悟空不用爭持，把這虎一棒打得稀爛，正是『強中更有強中手』！」

行者拖將虎來，道：「師父略坐一坐，等我脫下他的衣服來，穿了走路。」三藏道：「他那裏有甚衣服？」行者道：「師父莫管我，我自有處置。」好猴王，把毫毛拔下一根，吹口仙氣，叫「變」變作一把牛耳尖刀，從那虎腹上挑開皮，往下一剝，剝下個囫圇皮來；剁去了爪甲，割下頭來，割個四四方方一塊虎皮，提起來，量了一量道：「闊了些兒。一幅可作兩幅。」拿過刀來，又裁為兩幅；收起一幅，把一幅圍在腰間，路旁揪了一條葛藤，緊緊束定，遮了下體道：「師父，且去！且去！到了人家，借些針線，再縫不遲。」他把條鐵棒，捻一捻，依舊像個針兒，收在耳裏，背著行李，請師父上馬。

兩個前進，長老在馬上問道：「悟空，你才打虎的鐵棒，如何不見？」行者笑道：「師父，你不曉得。我這棍，本是東洋大海龍宮裏得來的，喚做『天河鎮底神珍鐵』，又喚做『如意金箍棒』。當年大反天宮，甚是虧他。隨身變化，要大就大，要小就小。剛才變做一個繡花針兒模樣，收在耳內矣。但用時，方可取出。」三藏聞言暗喜。又問道：「方才那只虎見了你，怎麼就不動動，讓你自在打他，何說？」悟空道：「不瞞師父說：莫道是隻虎，就是一條龍，見了我也不敢無禮。我老孫，頗有降龍伏虎的手段，翻江攪海的神通；見貌辨色，聆音察理；大之則量於宇宙，小之則攝於毫毛；變化無端，隱顯莫測。剝這個虎皮，何為稀罕？見到那疑難處，看展本事麼！」三藏聞得此言，愈加放懷無慮，策馬前行。師徒兩個走著路，說著話，不覺得太陽星墜。但見：

焰焰斜暉返照，天涯海角歸雲。千山鳥雀噪聲頻，覓宿投林成陣。
野獸雙雙對對，回窩族族群群。一鉤新月破黃昏，萬點明星光暈。

行者道：「師父走動些，天色晚了。那壁廂樹木森森，想必是人家莊院，我們趕早投宿去來。」三藏果策馬而行，逕奔人家，到了莊院前下馬。行者撇了行李，走上前，叫聲：「開門！開門！」那裏面有一老者，扶筇而出；唿喇的開了門，看見行者這般惡相，腰繫著一塊虎皮，好似個雷公模樣，諕得腳軟身麻，口出譫語道：「鬼來了！鬼來了！」三藏近前攙住，叫道：「老施主，休怕。他是我貧僧的徒弟，不是鬼怪。」

老者抬頭，見了三藏的面貌清奇，方才立定，問道：「你是那寺裏來的和尚，帶這惡人上我門來？」三藏道：「我貧僧是唐朝來的，往西天拜佛求經。適路過此間，天晚，特造檀府借宿一宵，明早不犯天光就行。萬望方便一二。」老者道：「你雖是個唐人，那個惡的，卻非唐人。」悟空厲聲高呼道：「你這個老兒全沒眼色！唐人是我師父，我是他徒弟！我也不是甚『糖人』、『蜜人』，我是齊天大聖。你們這裏人家，也有認得我的，我也曾見你來。」那老者道：「你在那裏見我？」悟空道：「你小時不曾在我面前扒柴？不曾在我臉上挑菜？」老者道：「這廝胡說！你在那裏住？我在那裏住？我來你面前扒柴，挑菜！」悟空道：「我兒子便胡說！你是認不得我了，我本是這兩界山石匣中的大聖。你再認認看。」老者方才省悟道：「你倒有些像他；但你是怎麼得出來的？」悟空將菩薩勸善，令我等待唐僧揭貼脫身之事，對那老者細說了一遍。

老者卻才下拜，將唐僧請到裏面，即喚老妻與兒女都來相見，具言前事，個個欣喜；又命看茶。茶罷，問悟空道：「大聖啊，你也有年紀了？」悟空道：「你今年幾歲了？」老者道：「我癡長一百三十歲了。」行者道：「還是我重子重孫哩！我那生身的年紀，我不記得是幾時；但只在這山腳下，已五百餘年了。」老者道：「是有，是有。我曾記得祖公公說，此山乃從天降下，就壓了一個神猴。只到如今，你才脫體。我那小時見你，是你頭上有草，臉上有泥，還不怕你；如今臉上無了泥，頭上無了草，卻像瘦了些，腰間又苫了一塊大虎皮，與鬼怪能差多少？」

一家兒聽得這般話說，都呵呵大笑。這老兒頗賢，即今安排齋飯。飯後，悟空道：「你家姓甚？」老者道：「舍下姓陳。」三藏聞言，即下來起手道：「老施主，與貧僧是華宗。」行者道：「師父，你是唐姓，怎的和他是華宗？」三藏道：「我俗家也姓陳，乃是唐朝海州弘農郡聚賢莊人氏。我的法名叫做陳玄奘。只因我大唐太宗皇帝賜我做御弟三藏，指唐為姓，故名唐僧也。」那老者見說同姓，又十分歡喜。行者道：「老陳，左右打攪你家。我有五百多年不洗澡了，你可去燒些湯來，與我師徒們洗浴洗浴，一發臨行謝你。」那老兒即令燒湯拿盆，掌上燈火。

師徒浴罷，坐在燈前。行者道：「老陳，還有一事累你，有針線借我用用。」那老兒道：「有，有，有。」即教媽媽取針線來，遞與行者。行者又有眼色：見師父洗浴，脫下一件白布短小直裰未穿，他即扯過來披在身上，卻將那虎皮脫下，聯接一處，打一個馬面樣的摺子，圍在腰間，勒了藤條，走到師父面前道：「老孫今日這等打扮，比昨日如何？」三藏道：「好！好！好！這等樣，才像個行者。」三藏道：「徒弟，你不嫌殘舊，那件直裰兒，你就穿了罷。」悟空唱個喏道：「承賜！承賜！」他又去尋些草料餵了馬。此時各各事畢，師徒與那老兒，亦各歸寢。

次早，悟空起來，請師父走路。三藏著衣，教行者收拾鋪蓋行李。正欲告辭，只見那老兒，早具臉湯，又具齋飯。齋罷，方才起身。三藏上馬，行者引路。不覺飢餐渴飲，夜宿曉行，又值初冬時候，但見那：

霜凋紅葉千林瘦，嶺上幾株松柏秀。未開梅蕊散香幽，暖短晝，小春候。
菊殘荷盡山茶茂，寒橋古樹爭枝鬪。曲澗涓涓泉水溜，淡雲欲雪滿天浮。
朔風驟，牽衣袖，向晚寒威人怎受？

師徒們正走多時，忽見路旁唿哨一聲，闖出六個人來，各執長槍短劍，利刃強弓，大咤一聲道：「那和尚！那裏走！趕早留下馬匹，放下行李，饒你性命過去！」諕得那三藏魂飛魄散，跌下馬來，不能言語。行者用手扶起道：「師父放心，沒些兒事，這都是送衣服送盤纏與我們的。」三藏道：「悟空，你想有些耳閉？他說教我們留馬匹、行李，你倒問他要什麼衣服、盤纏？」行者道：「你管守著衣服、行李、馬匹，待老孫與他爭持一場，看是何如。」三藏道：「好手不敵雙拳，雙拳不如四手。他那裏六條大漢，你這般小小的一個人兒，怎麼敢與他爭持？」

行者的膽量原大，那容分說，走上前來，叉手當胸，對那六個人施禮道：「列位有什麼緣故，阻我貧僧的去路？」那人道：「我等是剪徑的大王，行好心的山主。大名久播，你量不知。早早的留下東西，放你過去；若道半個『不』字，教你碎屍粉骨！」行者道：「我也是祖傳的大王，積年的山主，卻不曾聞得列位有甚大名。」那人道：「你是不知，我說與你聽：一個喚做眼看喜，一個喚做耳聽怒，一個喚做鼻嗅愛，一個喚作舌嘗思，一個喚作意見慾，一個喚作身本憂。」悟空笑道：「原來是六個毛賊！你卻不認得我這出家人是你的主人公，你倒來擋路。把那打劫的珍寶拿出來，我與你作七分兒均分，饒了你罷！」

那賊聞言，喜的喜、怒的怒、愛的愛、思的思、慾的慾、憂的憂，一齊上前亂嚷道：「這和尚無禮！你的東西全然沒有，轉來和我等要分東西！」他掄槍舞劍，一擁前來，照行者劈頭亂砍，乒乒乓乓，砍有七八十下。悟空停立中間，只當不知。那賊道：「好和尚！真個的頭硬！」行者笑道：「將就看得過罷了！你們也打得手困了，卻該老孫取出個針兒來耍耍。」那賊道：「這和尚是一個行針灸的郎中變的。我們又無病症，說什麼動針的話！」

行者伸手去耳朵裏拔出一根繡花針兒，迎風一幌，卻是一條鐵棒，足有碗來粗細，拿在手中道：「不要走！也讓老孫打一棍兒試試手！」諕得這六個賊四散逃走。被他拽開步，團團趕上，一個個盡皆打死，剝了他的衣服，奪了他的盤纏，笑吟吟走將來道：「師父請行，那賊已被老孫剿了。」三藏道：「你十分撞禍！他雖是剪徑的強徒，就是拿到官司，也不該死罪；你縱有手段，只可退他去便了，怎麼就都打死？這卻是無故傷人的性命，如何做得和尚？出家人『掃地恐傷螻蟻命，愛惜飛蛾紗罩燈。』你怎麼不分皂白，一頓打死？全無一點慈悲好善之心！早還是山野中無人查考；若到城市，倘有人一時衝撞了你，你也行凶，執著棍子，亂打傷人，我可做得白客，怎能脫身？」悟空道：「師父，我若不打死他，他卻要打死你哩。」

三藏道：「我這出家人，寧死決不敢行凶。我就死，也只是一身，你卻殺了他六人，如何理說？此事若告到官，就是你老子做官，也說不過去。」行者道：「不瞞師父說：我老孫五百年前，據花果山稱王為怪的時節，也不知打死多少人；假似你說這般到官，我就做不到齊天大聖了。」三藏道：「只因你沒收沒管，暴橫人間，欺天誑上，才受這五百年前之難。今既入了沙門，若是還像當時行凶，一味傷生，去不得西天，做不得和尚！忒惡！忒惡！」

原來這猴子一生受不得人氣。他見三藏只管緒緒叨叨，按不住心頭火發道：「你既是這等說我做不得和尚，上不得西天，不必恁般絮聒惡我，我回去便了！」那三藏卻不曾答應，他就使一個性子，將身一縱，說一聲：「老孫去也！」三藏急抬頭，早已不見，只聞得呼的一聲，回東而去。撇得那長老孤孤零零，點頭自嘆，悲怨不已，道：「這廝！這等不受教誨！我但說他幾句，他怎麼就無形無影的，逕回去了？罷！罷！罷！也是我命裏不該招徒弟，進人口！如今欲尋他無處尋，欲叫他叫不應，去來！去來！」正是捨身拚命歸西去，莫倚旁人自主張。

那長老只得收拾行李，捎在馬上，也不騎馬，一隻手拄著錫杖，一隻手揪著韁繩，淒淒涼涼，往西前進。行不多時，只見山路前面，有一個年高的老母，捧一件綿衣，綿衣上有一頂花帽。三藏見他來得至近，慌忙牽馬，立於右側讓行。那老母問道：「你是那裏來的長老，孤孤淒淒獨行於此？」三藏道：「弟子乃東土大唐奉聖旨往西天拜活佛求真經者。」老母道：「西方佛乃大雷音寺天竺國界，此去有十萬八千里路。你這等單人獨馬，又無個伴侶，又無個徒弟，你如何去得！」三藏道：「弟子日前收得一個徒弟，他性潑凶頑，是我說了他幾句，他不受教，遂渺然而去也。」老母道：「我有這一領綿布直裰，一頂嵌金花帽。原是我兒子用的。他只做了三日和尚，不幸命短身亡。我才去他寺裏，哭了一場，辭了他師父，將這兩件衣帽拿來，做個憶念。長老啊，你既有徒弟，我把這衣帽送了你罷。」三藏道：「承老母盛賜；但只是我徒弟已走了，不敢領受。」

老母道：「他那廂去了？」三藏道：「我聽得呼的一聲，他回東去了。」老母道：「東邊不遠，就是我家，想必往我家去了。我那裏還有一篇咒兒，喚做『定心真言』；又名做『緊箍兒咒』

你可暗暗的念熟，牢記心頭，再莫洩漏一人知道。我去趕上他，叫他還來跟你，你卻將此衣帽與他穿戴。他若不伏你使喚，你就默念此咒，他再不敢行凶，也再不敢去了。」

三藏聞言，低頭拜謝。那老母化一道金光，回東而去。三藏情知是觀音菩薩授此真言，急忙撮土焚香，望東懇懇禮拜。拜罷，收了衣帽，藏在包袱中間，卻坐於路旁，誦習那《定心真言》。來回念了幾遍，念得爛熟，牢記心胸不題。

卻說那悟空別了師父，一觔斗雲，逕轉東洋大海。按住雲頭，分開水道，逕至水晶宮前。早驚動龍王出來迎接。接至宮裏坐下，禮畢、龍王道：「近聞得大聖難滿，失賀！想必是重整仙山，復歸古洞矣。」悟空道：「我也有此心性；只是又做了和尚了。」龍王道：「做甚和尚？」行者道：「我虧了南海菩薩勸善，教我正果，隨東土唐僧上西方拜佛，皈依沙門，又喚為行者了。」龍王道：「這等真是可賀！可賀！這才叫做改邪歸正，懲創善心。既如此，怎麼不西去，復東回何也？」行者笑道：「那是唐僧不識人性。有幾個毛賊翦徑，是我將他打死，唐僧就緒緒叨叨，說了我若干的不是。你想老孫，可是受得悶氣的？是我撇了他，欲回本山，故此先來望你一望，求鍾茶吃。」龍王道：「承降！承降！」當時龍子、龍孫即捧香茶來獻。

茶畢，行者回頭一看，見後壁上掛著一幅「圯橋進履」的畫兒。行者道：「這是什麼景致？」龍王道：「大聖在先，此事在後，故你不認得。這叫做『圯橋三進履』。」行者道：「怎的是『三進履』？」龍王道：「此仙乃是黃石公。此子乃是漢世張良。石公坐在圯橋上，忽然失履於橋下，遂喚張良取來。此子即忙取來，跪獻於前。如此三度，張良略無一毫倨傲怠慢之心，石公遂愛他勤謹，夜授天書，著他扶漢。後果然運籌帷幄之中，決勝千里之外。太平後，棄職歸山，從赤松子遊，悟成仙道。大聖，你若不保唐僧，不盡勤勞，不受教誨，到底是個妖仙，休想得成正果。」悟空聞言，沈吟半晌不語。龍王道：「大聖自當裁處，不可圖自在，誤了前程。」悟空道：「莫多話，老孫還去保他便了。」龍王欣喜道：「既如此，不敢久留，請大聖早發慈悲，莫要疏久了你師父。」行者見他催促請行，急聳身，出離海藏，駕著雲，別了龍王。

正走，卻遇著南海菩薩。菩薩道：「孫悟空，你怎麼不受教誨，不保唐僧，來此處何幹？」慌得個行者在雲端裏施禮道：「向蒙菩薩善言，果有唐朝僧到，揭了壓帖，救了我命，跟他做了徒弟。他卻怪我凶頑，我才閃了他一閃，如今就去保他也。」菩薩道：「趕早去，莫錯過了念頭。」言畢，各回。

這行者，須臾間看見唐僧在路旁悶坐。他上前道：「師父！怎麼不走路？還在此做甚？」三藏抬頭道：「你往那裏去來？教我行又不敢行，動又不敢動，只管在此等你。」行者道：「我往東洋大海老龍王家討茶吃吃。」三藏道：「徒弟啊，出家人不要說謊。你離了我，沒多一個時辰，就說到龍王家吃茶？」行者笑道：「不瞞師父說，我會駕觔斗雲，一個觔斗有十萬八千里路，故此得即去即來。」三藏道：「我略略的言語重了些兒，你就怪我，使個性子丟了我去。像你這有本事的，討得茶吃；像我這去不得的，只管在此忍餓。你也過意不去呀！」行者道：「師父，你若餓了，我便去與你化些齋吃。」三藏道：「不用化齋。我那包袱裏，還有些乾糧，是劉太保母親送的，你去拿鉢盂尋些水來，等我吃些兒走路罷。」

行者去解開包袱，在那包裹中間見有幾個粗面燒餅，拿出來遞與師父。又見那光豔豔的一領綿布直裰，一頂嵌金花帽，行者道：「這衣帽是東土帶來的？」三藏就順口兒答應道：「是我小時穿戴的。這帽子若戴了，不用教經，就會念經；這衣服若穿了，不用演禮，就會行禮。」行者道：「好師父，把與我穿戴了罷。」三藏道：「只怕長短不一，你若穿得，就穿了罷。」行者遂脫下舊白布直裰，將綿布直裰穿上，也就是比量著身體裁的一般，把帽兒戴上。三藏見他戴上帽子，就不吃乾糧，卻默默的念那《緊箍咒》一遍。

行者叫道：「頭痛！頭痛！」那師父不住的又念了幾遍，把那行者痛得打滾，抓破了嵌金的花帽。三藏又恐怕扯斷金箍，住了口不念。不念時，他就不痛了。伸手去頭上摸摸，似一條金線兒模樣，緊緊的勒在上面，取不下，揪不斷，已此生了根了。他就耳裏取出針兒來，撞入箍裏，往外亂捎。三藏又恐怕他捎斷了，口中又念起來，他依舊生痛，痛得豎蜻蜓，翻觔斗，耳紅面赤，眼脹身麻。那師父見他這等，又不忍不捨，復住了口，他的頭又不痛了。行者道：「我這頭，原來是師父咒我的。」三藏道：「我念的是《緊箍經》，何曾咒你？」行者道：「你再念念看。」三藏真個又念。行者真個又痛，只教：「莫念！莫念！念動我就痛了！這是怎麼說？」三藏道：「你今番可聽我教誨了？」行者道：「聽教了！」「你再可無禮了？」行者道：「不敢了！」

他口裏雖然答應，心上還懷不善，把那針兒幌一幌，碗來粗細，望唐僧就欲下手，慌得長老口中又念了兩三遍，這猴子跌倒在地，丟了鐵棒，不能舉手，只教：「師父！我曉得了！再莫念！再莫念！」三藏道：「你怎麼欺心，就敢打我？」行者道：「我不曾敢打，我問師父，你這法兒是誰教你的？」三藏道：「是適間一個老母傳授我的。」行者大怒道：「不消講了！這個老母，坐定是那個觀世音！他怎麼那等害我！等我上南海打他去！」三藏道：「此法既是他授與我，他必然先曉得了。你若尋他，他念起來，你卻不是死了？」行者見說得有理，真個不敢動身，只得回心，跪下哀告道：「師父！這是他奈何我的法兒，教我隨你西去。我也不去惹他，你也莫當常言，只管念誦。我願保你，再無退悔之意了。」三藏道：「既如此，伏侍我上馬去也。」那行者才死心塌地，抖擻精神，束一束綿布直裰，扣背馬匹，收拾行李，奔西而進。畢竟這一去，後面又有甚話說，且聽下回分解。

# 第十五回　蛇盤山諸神暗佑　鷹愁澗意馬收韁

卻說行者伏侍唐僧西進，行經數日，正是那臘月寒天，朔風凜凜，滑凍淩淩；去的是些懸崖峭壁崎嶇路，疊嶺層巒險峻山。三藏在馬上，遙聞唿喇喇水聲聒耳，回頭叫：「悟空，是那裏水響？」行者道：「我記得此處叫做蛇盤山鷹愁澗，想必是澗裏水響。」說不了，馬到澗邊，三藏勒韁觀看，但見：

涓涓寒脈穿雲過，湛湛清波映日紅。聲搖夜雨聞幽谷，彩發朝霞眩太空。
千仞浪飛噴碎玉，一泓水響吼清風。流歸萬頃烟波去，鷗鷺相忘沒釣逢。

師徒兩個正然看處，只見那澗當中響一聲，鑽出一條龍來，推波掀浪，攛出崖山，就搶長老。慌得個行者丟了行李，把師父抱下馬來，回頭便走。那條龍就趕不上，把他的白馬連鞍轡一口吞下肚去，依然伏水潛蹤。行者把師父送在那高阜上坐了，卻來牽馬挑擔，只存得一擔行李，不見了馬匹。他將行李擔送到師父面前道：「師父，那孽龍也不見蹤影，只是驚走我的馬了。」三藏道：「徒弟啊，卻怎生尋得馬著麼？」行者道：「放心，放心，等我去看來。」

他打個唿哨，跳在空中，火眼金睛，用手搭涼篷，四下裏觀看，更不見馬的蹤跡。按落雲頭，報道：「師父，我們的馬斷乎是那龍吃了，四下裏再看不見。」三藏道：「徒弟呀，那廝能有多大口，卻將那匹大馬連鞍轡都吃了？想是驚張溜韁，走在那山凹之中。你再仔細看看。」行者道：「你也不知我的本事。我這雙眼，白日裏常看一千里路的吉凶。像那千里之內，蜻蜓兒展翅，我也看見，何期那匹大馬，我就不見！」三藏道：「既是他吃了，我如何前進！可憐啊！這千山萬水，怎生走得！」說著話，淚如雨落。行者見他哭將起來，他那裏忍得住暴躁，發聲喊道：「師父莫要這等膿包形麼！你坐著！坐著！等老孫去尋著那廝，教他還我馬匹便了。」三藏卻才扯住道：「徒弟啊，你那裏去尋他？只怕他暗地裏攛將出來，卻不又連我都害了？那時節人馬兩亡，怎生是好！」行者聞得這話，越加嗔怒，就叫喊如雷道：「你忒不濟！不濟！又要馬騎，又不放我去，似這般看著行李，坐到老罷！」

哏哏的吆喝，正難息怒，只聽得空中有人言語，叫道：「孫大聖莫惱，唐御弟休哭。我等是觀音菩薩差來的一路神祇，特來暗中保取經者。」那長老聞言，慌忙禮拜。行者道：「你等是那幾個，可報名來，我好點卯。」眾神道：「我等是六丁六甲、五方揭諦、四值功曹、一十八位護教伽藍，各各輪流值日聽候。」行者道：「今日先從誰起？」眾揭諦道：「丁甲、功曹、伽藍輪次。我五方揭諦，惟金頭揭諦晝夜不離左右。」行者道：「既如此，不當值者且退，留下六丁神將與日值功曹和眾揭諦保守著我師父。等老孫尋那澗中的孽龍，教他還我馬來。」眾神遵令。三藏才放下心，坐在石崖之上，吩咐行者仔細。行者道：「只管寬心。」好猴王，束一束綿布直裰，撩起虎皮裙子，揝著金箍鐵棒，抖擻精神，逕臨澗壑，半雲半霧的，在那水面上高叫道：「潑泥鰍，還我馬來！還我馬來！」

卻說那龍吃了三藏的白馬，伏在那澗底中間，潛靈養性。只聽得有人叫罵索馬，他按不住心中火發，急縱身躍浪翻波，跳將上來道：「是那個敢在這裏海口傷吾？」行者見了他，大吒一聲：「休走！還我馬來！」掄著棍，劈頭就打。那條龍張牙舞爪來抓。他兩個在澗邊前這一場賭鬪，果是驍雄。但見那：

龍舒利爪，猴舉金箍。
那個鬚垂白玉線，這個服幌赤金燈。
那個鬚下明珠噴彩霧，這個手中鐵棒舞狂風。
那個是迷爺娘的業子，這個是欺天將的妖精。

他兩個都因有難遭磨折，今要成功各顯能。

來來往往，戰罷多時，盤旋良久，那條龍力軟筋麻，不能抵敵，打一個轉身，又攛於水內，深潛澗底，再不出頭。被猴王罵詈不絕，他也只推耳聾。

行者沒及奈何，只得回見三藏道：「師父，這個怪被老孫罵將出來，他與我賭鬬多時，怯戰而走，只躲在水中間，再不出來了。」三藏道：「不知端的可是他吃了我馬？」行者道：「你看你說的話！不是他吃了，他還肯出來招聲，與老孫犯對？」三藏道：「你前日打虎時，曾說有降龍伏虎的手段，今日如何便不能降他？」原來那猴子吃不得人急他。見三藏搶白了他這一句，他就發起神威道：「不要說！不要說！等我與他再見個上下！」

這猴王拽開步，跳到澗邊，使出那翻江攪海的神通，把一條鷹愁陡澗澈底澄清的水，攪得似那九曲黃河泛漲的波。那孽龍在於深澗中，坐臥不寧，心中思想道：「這才是福無雙降，禍不單行。我才脫了天條死難，不上一年，在此隨緣度日，又撞著這般個潑魔，他來害我！」你看他越思越惱，受不得屈氣，咬著牙，跳將出去，罵道：「你是那裏來的潑魔，這等欺我！」行者道：「你莫管我那裏不那裏，你只還了馬，我就饒你性命！」那龍道：「你的馬是我吞下肚去，如何吐得出來？不還你，便待怎的！」行者道：「不還馬時看棍！只打殺你，償了我馬的性命便罷！」他兩個又在那山崖下苦鬬。鬬不數合，小龍委實難搪，將身一幌，變作一條水蛇兒，鑽入草科中去了。

猴王拿著棍，趕上前來，撥草尋蛇，那裏得些影響。急得他三尸神咋，七竅烟生，念了一聲「唵」字咒語，即喚出當坊土地、本處山神，一齊來跪下道：「山神、土地來見。」行者道：「伸過孤拐來，各打五棍見面，與老孫散散心！」二神叩頭哀告道：「望大聖方便，容小神訴告。」行者道：「你說什麼？」二神道：「大聖一向久困，小神不知幾時出來，所以不曾接得，萬望恕罪。」行者道：「既如此，我且不打你。我問你：鷹愁澗裏，是那方來的怪龍？他怎麼搶了我師父的白馬吃了？」二神道：「大聖自來不曾有師父，原來是個不伏天不伏地混元上真，如何得有什麼師父的馬來？」行者道：「你等是也不知。我只為那誑上的勾當，整受了這五百年的苦難。今蒙觀音菩薩勸善，著唐朝駕下真僧救出我來，教我跟他做徒弟，往西天去拜佛求經。因路過此處，失了我師父的白馬。」

二神道：「原來是如此。這澗中自來無邪，只是深陡寬闊，水光澈底澄清，鴉鵲不敢飛過；因水清照見自己的形影，便認做同群之鳥，往往身擲於水內，故名『鷹愁陡澗』。只是向年間，觀音菩薩因為尋訪取經人去，救了一條玉龍，送他在此，教他等候那取經人，不許為非作歹，他只是飢了時，上岸來撲些鳥鵲吃，或是捉些獐鹿食用。不知他怎麼無知，今日衝撞了大聖。」行者道：「先一次，他還與老孫侮手，盤旋了幾合；後一次，是老孫叫罵，他再不出。因此使了一個翻江攪海的法兒，攪混了他澗水，他就攛將上來，還要爭持。不知老孫的棍重，他遮架不住，就變做一條水蛇，鑽在草裏。我趕來尋他，卻無踪跡。」土地道：「大聖不知。這條澗千萬個孔竅相通，故此這波瀾深遠。想是此間也有一孔，他鑽將下去。也不須大聖發怒，在此找尋；要擒此物，只消請將觀世音來，自然伏了。」

行者見說，喚山神、土地，同來見了三藏，具言前事。三藏道：「若要去請菩薩，幾時才得回來？我貧僧飢寒怎忍！」說不了，只聽得暗空中有金頭揭諦叫道：「大聖，你不須動身，小神去請菩薩來也。」行者大喜，道聲：「有累，有累！快行，快行！」那揭諦急縱雲頭，逕上南海。行者吩咐山神、土地守護師父，日值功曹去尋齋供，他又去澗邊巡繞不題。

卻說金頭揭諦，一駕雲，早到了南海。按祥光，直至落伽山紫竹林中，托那金甲諸天與木叉惠岸轉達，得見菩薩。菩薩道：「汝來何幹？」揭諦道：「唐僧在蛇盤山鷹愁陡澗失了馬，急得孫大聖進退兩難。及問本處土神，說是菩薩送在澗裏的孽龍吞了。那大聖著小神來告請菩薩降這孽龍，還他馬匹。」菩薩聞言道：「這廝本是西海敖閏之子。他為縱火燒了殿上明珠，他父告他忤逆，天庭上犯了死罪，是我親見玉帝，討他下來，教他與唐僧做個腳力。他怎麼反吃了唐僧的馬？這等說，等我去來。」那菩薩降蓮臺，逕離仙洞，與揭諦駕著祥光，過了南海而來。有詩為證，詩曰：

佛說蜜多三藏經，菩薩揚善滿長城。
摩訶妙語通天地，般若真言救鬼靈。
致使金蟬重脫殼，故令玄奘再修行。
只因路阻鷹愁澗，龍子歸真化馬形。

那菩薩與揭諦，不多時，到了蛇盤山。卻在那半空裏留住祥雲，低頭觀看。只見孫行者正在澗邊叫罵。菩薩著揭諦喚他來。那揭諦按落雲頭，不經由三藏，直至澗邊，對行者道：「菩薩來也。」行者聞得，急縱雲跳到空中，對他大叫道：「你這個七佛之師，慈悲的教主！你怎麼生方法兒害我！」菩薩道：「我把你這個大膽的馬流，村愚的赤尻！我倒再三盡意，度得個取經人來，叮嚀教他救你性命，你怎麼不來謝我活命之恩，反來與我嚷鬧？」行者道：「你弄得我好哩！你既放我出來，讓我逍遙自在耍子便了；你前日在海上迎著我，傷了我幾句，教我來盡心竭力，伏侍唐僧便罷了；你怎麼送他一頂花帽，哄我戴在頭上受苦？把這個箍子長在老孫頭上，又教他念一卷什麼『緊箍兒咒』，著那老和尚念了又念，教我這頭上疼了又疼，這不是你害我也？」

菩薩笑道：「你這猴了！你不遵教令，不受正果，若不如此拘係你，你又誑上欺天，知甚好歹！再似從前撞出禍來，有誰收管？——須是得這個魔頭，你才肯入我瑜伽之門路哩！」行者道：「這樁事，作做是我的魔頭罷；你怎麼又把那有罪的孽龍，送在此處成精，教他吃了我師父的馬匹？此又是縱放歹人為惡，太不善也！」菩薩道：「那條龍，是我親奏玉帝，討他在此，專為求經人做個腳力。你想那東土來的凡馬，怎歷得這萬水千山？怎到得那靈山佛地？須是得這個龍馬，方才去得。」行者道：「像他這般懼怕老孫，潛躲不出，如之奈何？」

菩薩叫揭諦道：「你去澗邊叫一聲：『敖閏龍王玉龍三太子，你出來，有南海菩薩在此。』他就出來了。」那揭諦果去澗邊叫了兩遍。那小龍翻波跳浪，跳出水來，變作一個人相，踏了雲頭，到空中對菩薩禮拜道：「向蒙菩薩解脫活命之恩，在此久等，更不聞取經人的音信。」菩薩指著行者道：「這不是取經人的大徒弟？」小龍見了道：「菩薩，這是我的對頭。我昨日腹中飢餒，果然吃了他的馬匹。他倚著有些力量，將我鬪得力怯而回；又罵得我閉門不敢出來，他更不曾提著一個『取經』的字樣。」行者道：「你又不曾問我姓甚名誰，我怎麼就說？」小龍道：「我不曾問你是那裏來的潑魔？你嚷道：『管什麼那裏不那裏，只還我馬來！』何曾說出半個『唐』字！」菩薩道：「那猴頭，專倚自強，那肯稱讚別人？今番前去，還有歸順的哩，若問時，先提起『取經』的字來，卻也不用勞心，自然拱伏。」

行者歡喜領教。菩薩上前，把那小龍的項下明珠摘了，將楊柳枝蘸出甘露，往他身上拂了一拂，吹口仙氣，喝聲叫：「變！」那龍即變做他原來的馬匹毛片。又將言語吩咐道：「你須用心了還業障；功成後，超越凡龍，還你個金身正果。」那小龍口啣著橫骨，心心領諾。菩薩教悟空領他去見三藏，「我回海上去也。」行者扯住菩薩不放道：「我不去了！我不去了！西方路這等崎嶇，保這個凡僧，幾時得到？似這等多磨多折，老孫的性命也難全，如何成得什麼功果！我不去了！我不去了！」菩薩道：「你當年未成人道，且肯盡心修悟；你今日脫了天災，怎麼倒生懶惰？我門中以寂滅成真，須是要信心正果。假若到了那傷身苦磨之處，我許你叫天天應，叫地地靈。十分再到那難脫之際，我也親來救你。你過來，我再贈你一般本事。」菩薩將楊柳葉兒摘下三個，放在行者的腦後，喝聲「變」，即變做三根救命的毫毛，教他：「若到那無濟無主的時節，可以隨機應變，救得你急苦之災。」

行者聞了這許多好言，才謝了大慈大悲的菩薩。那菩薩香風繞繞，彩霧飄飄，逕轉普陀而去。這行者才按落雲頭，揪著那龍馬的頂鬃，來見三藏道：「師父，馬有了也。」三藏一見大喜道：「徒弟，這馬怎麼比前反肥盛了些？在何處尋著的？」行者道：「師父，你還做夢哩！卻才是金頭揭諦請了菩薩來，把那澗裏龍化作我們的白馬。其毛片相同，只是少了鞍轡，著老孫揪將來也。」三藏大驚道：「菩薩何在？待我去拜謝他。」行者道：「菩薩此時已到南海，不耐煩矣。」三藏就撮土焚香，望南禮拜。拜罷，起身即與行者收拾前進。行者喝退了山神、土地，吩咐了揭諦、功曹，卻請師父上馬。三藏道：「那無鞍轡的馬，怎生騎得？且待尋船渡過澗去，再作區處。」行者道：「這個師父好不知時務！這個曠野山中，船從何來？這匹馬，他在此久住，必知水勢，就騎著他做個船兒過去罷。」三藏無奈，只得依言，跨了剗馬。行者挑著行囊，到了澗邊。

只見那上流頭，有一個漁翁，撐著一個枯木的杈子，順流而下。行者見了，用手招呼道：「那老漁，你來，你來。我是東土取經去的，我師父到此難過，你來渡他一渡。」漁翁聞言，即忙撐攏。行者請師父下了馬，扶持左右。三藏上了杈子，揪上馬匹，安了行李。那老漁撐開杈子，如風似箭，不覺的過了鷹愁陡澗，上了西岸。三藏教行者解開包袱，取出大唐的幾文錢鈔，送與老漁。老漁把杈子一篙撐開道：「不要錢，不要錢。」向中流渺渺茫茫而去。

三藏甚不過意，只管合掌稱謝。行者道：「師父休致意了。你不認得他？他是此澗裏的水神。不曾來接得我老孫，老孫還要打他哩。只如今免打就夠了他的，怎敢要錢！」那師父也似信不信，只得又跨著剗馬，隨著行者，逕投大路，奔西而去。這正是：廣大真如登彼岸，誠心了性上靈山。同師前進，不覺的紅日沉西，天光漸晚，但見：

淡雲撩亂，山月昏蒙。滿天霜色生寒，四面風聲透體。
孤鳥去時蒼渚闊，落霞明處遠山低。疏林千樹吼，空嶺獨猿啼。
長途不見行人跡，萬里歸舟入夜時。

三藏在馬上遙觀，忽見路旁一座莊院。三藏道：「悟空，前面人家，可以借宿，明早再行。」行者抬頭看見道：「師父，不是人家莊院。」三藏道：「如何不是？」行者道：「人家莊院，卻沒飛魚穩獸之脊，這斷是個廟宇菴院。」

師徒們說著話，早已到了門首。三藏下了馬，只見那門上有三個大字，乃「里社祠」，遂入門裏。那裏邊有一個老者，項掛著數珠兒，合掌來迎，叫聲：「師父請坐。」三藏慌忙答禮，上殿去參拜了聖像。那老者即呼童子獻茶。茶罷，三藏問老者道：「此廟何為『里社』？」老者道：「敝處乃西番哈咇國界。這廟後有一莊人家，共發虔心，立此廟宇。里者，乃一鄉里地；社者，乃一社土神。每遇春耕、夏耘、秋收、冬藏之日，各辦三牲花果，來此祭社，以保四時清吉、五穀豐登、六畜茂盛故也。」三藏聞言，點頭誇讚：「正是『離家三里遠，別是一鄉風。』我那裏人家，更無此善。」老者卻問：「師父仙鄉是何處？」三藏道：「貧僧是東土大唐國，奉旨意，上西天拜佛求經的。路過寶坊，天色將晚，特投聖祠，告宿一宵，天光即行。」那老者十分歡喜，道了幾聲「失迎」，又叫童子辦飯。三藏吃畢，謝了。

行者的眼乖，見他房檐下，有一條搭衣的繩子，走將去，一把扯斷，將馬腳繫住。那老者笑道：「這馬是那裏偷來的？」行者怒道：「你那老頭子，說話不知高低！我們是拜佛的聖僧，又會偷馬？」老兒笑道：「不是偷的，如何沒有鞍轡韁繩，卻來扯斷我曬衣的索子？」三藏賠禮道：「這個頑皮，只是性躁。你要拴馬，好生問老人家討條繩子，如何就扯斷他的衣索？——老先，休怪，休怪。我這馬，實不瞞你說，不是偷的：昨日東來，至鷹愁陡澗，原有騎的一匹白馬，鞍轡俱全。不期那澗裏有條孽龍，在彼成精，他把我的馬，連鞍轡一口吞之。幸虧我徒弟有些本事，又感得觀音菩薩來澗邊擒住那龍，教他就變做我原騎的白馬，毛片俱同，馱我上西天拜佛。今此過澗，未經一日，卻到了老先的聖祠，還不曾置得鞍轡哩。」

那老者道：「師父休怪，我老漢作笑耍子，誰知你高徒認真。我小時也有幾個村錢，也好騎匹駿馬；只因累歲屯邅，遭喪失火，到此沒了下梢，故充為廟祝，侍奉香火。幸虧這後莊施主家募化度日。我那裏倒還有一副鞍轡，是我平日心愛之物，就是這等貧窮，也不曾捨得賣了。才聽老師父之言，菩薩尚且救護神龍，教他化馬馱你，我老漢卻不能少有周濟，明日將那鞍轡取來，願送老師父，扣背前去，乞為笑納。」三藏聞言，稱謝不盡。早又見童子拿出晚齋，齋罷，掌上燈，安了鋪，各各寢歇。

至次早，行者起來道：「師父，那廟祝老兒，昨晚許我們鞍轡，問他要，不要饒他。」說未了，只見那老兒果擎著一副鞍轡、襯屜韁籠之類，凡馬上一切用的，無不全備，放在廊下道：「師父，鞍轡奉上。」三藏見了，歡喜領受。教行者拿了，背上馬看，可相稱否。行者走上前，一件件的取起看了，果然是些好物。有詩為證，詩曰：

雕鞍彩晃束銀星，寶凳光飛金線明。
襯屜幾層絨苫疊，牽韁三股紫絲繩。
轡頭皮剳團花粲，雲扇描金舞獸形。
環嚼叩成磨煉鐵，兩垂蘸水結毛纓。

行者心中暗喜，將鞍轡背在馬上，就似量著做的一般。三藏拜謝那老，那老慌忙攙起道：「惶恐！惶恐！何勞致謝？」那老者也不再留，請三藏上馬。那長老出得門來，攀鞍上馬。行者擔著行李。那老兒復袖中取出一條鞭兒來，卻是皮丁兒寸劄的香藤柄子，虎筋絲穿結的梢兒，在路旁拱手奉上道：「聖僧，我還有一條挽手兒，一發送了你罷。」那三藏在馬上接了道：「多承布施！多承布施！」

正打問訊，卻早不見了那老兒。及回看那里社祠，是一片光地。只聽得半空中有人言語道：「聖僧，多簡慢你。我是落伽山山神、土地，蒙菩薩差送鞍轡與汝等的。汝等可努力西行，卻莫一時怠慢。」慌得個三藏滾鞍下馬，望空禮拜道：「弟子肉眼凡胎，不識尊神尊面，望乞恕罪。煩轉達菩薩，深蒙恩佑。」你看他只管朝天磕頭，也不計其數，路旁邊活活的笑倒個孫大聖，孜孜的喜壞個美猴王，上前來扯住唐僧道：「師父，你起來罷，他已去得遠了，聽不見你禱祝，看不見你磕頭。只管拜怎的？」長老道：「徒弟呀，我這等磕頭，你也就不拜他一拜，且立在旁邊，只管哂笑，是何道理？」行者道：「你那裏知道，像他這個藏頭露尾的，本該打他一頓，只為看菩薩面上，饒他打儘夠了，他還敢受我老孫之拜？老孫自小兒做好漢，不曉得拜人，就是見了玉皇大帝、太上老君，我也只是唱個喏便罷了。」三藏道：「不當人子！莫說這空頭話！快起來，莫誤了走路。」那師父才起來收拾投西而去。

此去行有兩個月太平之路，相遇的都是些羅羅、回回，狼蟲虎豹。光陰迅速，又值早春時候，但見山林錦翠色，草木發青芽；梅英落盡，柳眼初開。師徒們行玩春光，又見太陽西墜。三藏勒馬遙觀，山凹裏，有樓臺影影，殿閣沈沈。三藏道：「悟空，你看那裏是什麼去處？」行者抬頭看了道：「不是殿宇，定是寺院。我們趕起些，那裏借宿去。」三藏欣然從之，放開龍馬，逕奔前來。畢竟不知此去是甚麼去處，且聽下回分解。

# 第十六回 觀音院僧謀寶貝 黑風山怪竊袈裟

卻說他師徒兩個，策馬前來，直至山門首觀看，果然是一座寺院。但見那：

層層殿閣，疊疊廊房。三山門外，巍巍萬道彩雲遮；五福堂前，豔豔千條紅霧繞。兩路松篁，一林檜柏。兩路松篁，無年無紀自清幽；一林檜柏，有色有顏隨傲麗。又見那鐘鼓樓高，浮屠塔峻。安禪僧定性，啼樹鳥音閒。寂寞無塵真寂寞，清虛有道果清虛。

詩曰：

上剎祇園隱翠窩，招提勝景賽娑婆。
果然淨土人間少，天下名山僧占多。

長老下了馬，行者歇了擔，正欲進門，只見那門裏走出一眾僧來。你看他怎生模樣：

頭戴左笄帽，身穿無垢衣。銅環雙墜耳，絹帶束腰圍。
草履行來穩，木魚手內提。口中常作念，般若總皈依。

三藏見了，侍立門旁，道個問訊。那和尚連忙答禮，笑道：「失瞻。」問：「是那裏來的？

請入方丈獻茶。」三藏道：「我弟子乃東土欽差，上雷音寺拜佛求經。至此處天色將晚，欲借上剎一宵。」那和尚道：「請進裏坐，請進裏坐。」三藏方喚行者牽馬進來。那和尚忽見行者相貌，有些害怕，便問：「那牽馬的是個什麼東西？」三藏道：「悄言！悄言！他的性急，若聽見你說是什麼東西，他就惱了。──他是我的徒弟。」那和尚打了個寒噤，咬著指頭道：「這般一個醜頭怪腦的，好招他做徒弟！」三藏道：「你看不出來哩，醜自醜，甚是有用。」

那和尚只得同三藏與行者進了山門。山門裏，又見那正殿上書四個大字，是「觀音禪院」。三藏又大喜道：「弟子屢感菩薩聖恩，未及叩謝；今遇禪院，就如見菩薩一般，甚好拜謝。」那和尚聞言，即命道人開了殿門，請三藏朝拜。那行者拴了馬，丟了行李，同三藏上殿。三藏展背舒身，鋪胸納地，望金像叩頭。那和尚便去打鼓，行者就去撞鐘。三藏俯伏臺前，傾心禱祝。祝拜已畢，那和尚住了鼓，行者還只管撞鐘不歇，或緊或慢，撞了許久。那道人道：「拜已畢了，還撞鐘怎麼？」行者方丟了鐘杵，笑道：「你那裏曉得，我這是『做一日和尚，撞一日鐘』的。」此時卻驚動那寺裏大小僧人、上下房長老，聽得鐘聲亂響，一齊擁出道：「那個野人在這裏亂敲鐘鼓？」行者跳將出來，咄的一聲道：「是你孫外公撞了耍子的！」那些和尚一見了，諕得跌跌滾滾，都爬在地下道：「雷公爺爺！」行者道：「雷公是我的重孫兒哩！起來，起來，不要怕，我們是東土大唐來的老爺。」眾僧方才禮拜，見了三藏，都才放心不怕。內有本寺院主請道：「老爺們到後方丈中奉茶。」遂而解韁牽馬，抬了行李，轉過正殿，逕入後房，序了坐次。

那院主獻了茶，又安排齋供。天光尚早，三藏稱謝未畢，只見那後面有兩個小童，攙著一個老僧出來。看他怎生打扮：

頭上戴一頂毘盧方帽，貓睛石的寶頂光輝；
身上穿一領錦絨褊衫，翡翠毛的金邊晃亮。
一對僧鞋攢八寶，一根拄杖嵌雲星。

滿面皺痕，好似驪山老母；一雙昏眼，卻如東海龍君。
口不關風因齒落，腰駝背屈為筋攣。

眾僧道：「師祖來了。」三藏躬身施禮迎接道：「老院主，弟子拜揖。」那老僧還了禮，又各敘坐。老僧道：「適間小的們說，東土唐朝來的老爺，我才出來奉見。」三藏道：「輕造寶山，不知好歹，恕罪！恕罪！」老僧道：「不敢！不敢！」因問：「老爺，東土到此，有多少路程？」三藏道：「出長安邊界，有五千餘里；過兩界山，收了一眾小徒，一路來，行過西番哈咇國，經兩個月，又有五六千里，才到了貴處。」老僧道：「也有萬里之遙了。我弟子虛度一生，山門也不曾出去，誠所謂『坐井觀天』，樗朽之輩。」三藏又問：「老院主高壽幾何？」老僧道：「癡長二百七十歲了。」行者聽見道：「這還是我萬代孫兒哩？」三藏瞅了他一眼道：「謹言！莫要不識高低，衝撞人。」那和尚便問：「老爺，你有多少年紀了？」行者道：「不敢說。」

那老僧也只當一句瘋話，便不介意，也不再回，只叫獻茶。有一個小幸童，拿出一個羊脂玉的盤兒，有三個法藍鑲金的茶鍾；又一童，提一把白銅壺兒，斟了三杯香茶。真個是色欺榴蕊豔，味勝桂花香。三藏見了，誇愛不盡道：「好物件！好物件！真是美食美器！」那老僧道：「污眼！污眼！老爺乃天朝上國，廣覽奇珍，似這般器具，何足過獎？老爺自上邦來，可有什麼寶貝，借與弟子一觀？」三藏道：「可憐！我那東土，無甚寶貝；就有時，路程遙遠，也不能帶得。」

行者在旁道：「師父，我前日在包袱裏，曾見那領袈裟，不是件寶貝？拿與他看看如何？」眾僧聽說袈裟，一個個冷笑。行者道：「你笑怎的？」院主道：「老爺才說袈裟是件寶貝，言實可笑。若說袈裟，似我等輩者，不只二三十件；若論我師祖，在此處做了二百五六十年和尚，足有七八百件！」叫：「拿出來看看。」那老和尚也是他一時賣弄，便叫道人開庫房，頭陀抬櫃子，就抬出十二櫃，放在天井中，開了鎖，兩邊設下衣架，四圍牽了繩子，將袈裟一件件抖開掛起，請三藏觀看。果然是滿堂綺繡，四壁綾羅！

行者一一觀之，都是些穿花納錦，刺繡銷金之物，笑道：「好，好，好，收起！收起！把我們的也取出來看看。」三藏把行者扯住，悄悄的道：「徒弟，莫要與人鬪富。你我是單身在外，只恐有錯。」行者道：「看看袈裟，有何差錯？」三藏道：「你不曾理會得。古人有云：『珍奇玩好之物，不可使見貪婪奸偽之人。』倘若一經入目，必動其心；既動其心，必生其計。汝是個畏禍的，索之而必應其求，可也；不然，則殞身滅命，皆起於此，事不小矣。」行者道：「放心！放心！都在老孫身上！」你看他不由分說，急急的走了去，把個包袱解開，早有霞光迸進；尚有兩層油紙裹定，去了紙，取出袈裟，抖開時，紅光滿室，彩氣盈庭。眾僧見了，無一個不心歡口讚。真個好袈裟！上頭有：

千般巧妙明珠墜，萬樣稀奇佛寶攢。上下龍鬚鋪彩綺，兜羅四面錦沿邊。
體掛魍魎從此滅，身披魑魅入黃泉。托化天仙親手製，不是真僧不敢穿。

那老和尚見了這般寶貝，果然動了奸心，走上前，對三藏跪下，眼中垂淚道：「我弟子真是沒緣！」三藏攙起道：「老院師有何話說？」他道：「老爺這件寶貝方才展開，天色晚了，奈何眼目昏花，不能看得明白，豈不是無緣！」三藏教：「掌上燈來，讓你再看。」那老僧道：「爺爺的寶貝，已是光亮；再點了燈，一發晃眼，莫想看得仔細。」行者道：「你要怎的看才好？」老僧道：「老爺若是寬恩放心，教弟子拿到後房，細細的看一夜，明早送還老爺西去，不知尊意何如？」三藏聽說，吃了一驚，埋怨行者道：「都是你！都是你！」行者笑道：「怕他怎的？等我包起來，教他拿了去看。但有疏虞，儘是老孫包管。」那三藏阻擋不住，他把袈裟遞與老僧道：「憑你看去；只是明早照舊還我，不得損污些許。」老僧喜喜歡歡，著幸童將袈裟拿進去，卻吩咐眾僧，將前面禪堂掃淨，取兩張藤牀，安設鋪蓋，請二位老爺安歇；一壁廂又教安排明早齋送行，遂而各散。師徒們關了禪堂，睡下不題。

卻說那和尚把袈裟騙到手，拿在後房燈下，對袈裟號啕痛哭，慌得那本寺僧，不敢先睡。小幸童也不知為何，卻去報與眾僧道：「公公哭到二更時候，還不歇聲。」有兩個徒孫，是他心愛之人，上前問道：「師公，你哭怎的？」老僧道：「我哭無緣，看不得唐僧寶貝！」小和尚道：「公公年紀高大，發過了，他的袈裟，放在你面前，你只消解開看便罷了，何須痛哭？」老僧道：「看的不長久。我今年二百七十歲，空掙了幾百件袈裟。怎麼得有他這一件？怎麼得做個唐僧？」小和尚道：「師公差了。唐僧乃是離鄉背井的一個行腳僧。你這等年高享用也夠了，倒要像他做行腳僧，何也？」老僧道：「我雖是坐家自在，樂乎晚景，卻不得他這袈裟穿穿。若教我穿得一日兒，就死也閉眼，——也是我來陽世間為僧一場！」眾僧道：「好沒正經！你要穿他的，有何難處？我們明日留他住一日，你就穿他一日；留他住十日，你就穿他十日，便罷了。何苦這般痛哭？」老僧道：「縱然留他住了半載，也只穿得半載，到底也不得氣長。他要去時，只得與他去，怎生留得長遠？」

正說話處，有一個小和尚，名喚廣智，出頭道：「公公，要得長遠，也容易。」老僧聞言，就歡喜起來道：「我兒，你有什麼高見？」廣智道：「那唐僧兩個是走路的人，辛苦之甚，如今已睡著了。我們想幾個有力量的，拿了槍刀，打開禪堂，將他殺了，把屍首埋在後園，只我一家知道，卻又謀了他的白馬、行囊，卻把那袈裟留下，以為傳家之寶，豈非子孫長久之計耶？」老和尚見說，滿心歡喜，卻才揩了眼淚道：「好！好！好！此計絕妙！」即便收拾槍刀。

內中又有一個小和尚，名喚廣謀，就是那廣智的師弟，上前來道：「此計不妙。若要殺他，須要看看動靜。那個白臉的似易，那個毛臉的似難；萬一殺他不得，卻不反招己禍？我有一個不動刀槍之法，不知你尊意如何？」老僧道：「我兒，你有何法？」廣謀道：「依小孫之見，如今喚聚東山大小房頭，每人要乾柴一束，捨了那三間禪堂，放起火來，教他欲走無門，連馬一火焚之。就是山前山後人家看見，只說是他自不小心，走了火，將我禪堂都燒了。那兩個和尚，卻不都燒死？又好掩人耳目。袈裟豈不是我們傳家之寶？」那些和尚聞言，無不歡喜，都道：「強！

強！強！此計更妙！更妙！」遂教各房頭搬柴來。唉！這一計，正是弄得個高壽老僧該命盡，觀音禪院化為塵！原來他那寺裏，有七八十個房頭，大小有二百餘眾。當夜一擁搬柴，把個禪堂，前前後後，四面圍繞不通，安排放火不題。

卻說三藏師徒，安歇已定。那行者卻是個靈猴，雖然睡下，只是存神煉氣，朦朧著醒眼。忽聽得外面不住的人走，揸揸的柴響風生。他心疑惑道：「此時夜靜，如何有人行得腳步之聲？莫敢是賊盜，謀害我們的？……」他就一骨碌跳起，欲要開門出看，又恐驚醒師父。你看他弄個精神，搖身一變，變做一個蜜蜂兒。真個是：

口甜尾毒，腰細身輕。穿花度柳飛如箭，粘絮尋香似落星。
小小微軀能負重，囂囂薄翅會乘風。卻自椽棱下，鑽出看分明。

只見那眾僧們，搬柴運草，已圍住禪堂放火哩。行者暗笑道：「果依我師父之言！他要害我們性命，謀我的袈裟，故起這等毒心。我待要拿棍打他啊，可憐又不禁打，一頓棍都打死了，師父又怪我行凶。——罷，罷，罷！與他個『順手牽羊，將計就計』教他住不成罷！」好行者，一觔斗跳上南天門裏，諕得個龐、劉、茍、畢躬身，馬、趙、溫、關控背，俱道：「不好了！不好了！那鬧天宮的主子又來了！」行者搖著手道：「列位免禮，休驚，我來尋廣目天王的。」

說不了，卻遇天王早到，迎著行者道：「久闊，久闊。前聞得觀音菩薩來見玉帝，借了四值功曹、六丁六甲並揭諦等，保護唐僧往西天取經去，說你與他做了徒弟，今日怎麼得閒到此？」行者道：「且休敘闊。唐僧路遇歹人，放火燒他，事在萬分緊急，特來尋你借『辟火罩兒』，救他一救。快些拿來使使，即刻返上。」天王道：「你差了；既是歹人放火，只該借水救他，如何要辟火罩？」行者道：「你那裏曉得就裏。借水救之，卻燒不起來，倒相應了他；只是借此罩，護住了唐僧無傷，其餘管他，盡他燒去，快些！快些！此時恐已無及。莫誤了我下邊幹事！」那天王笑道：「這猴子還是這等起不善之心，只顧了自家，就不管別人。」行者道：「快著快著，莫要調嘴，害了大事！」那天王不敢不借，遂將罩兒遞與行者。

行者拿了，按著雲頭，逕到禪堂房脊上，罩住了唐僧與白馬、行李。他卻去那後面老和尚住的方丈房上頭坐著，保護那袈裟。看那些人放起火來，他轉捻訣念咒，望巽地上吸一口氣吹將去，一陣風起，把那火轉吹得烘烘亂著。好火！好火！但見：

黑烟漠漠，紅焰騰騰。
黑烟漠漠，長空不見一天星；
紅焰騰騰，大地有光千里赤。
起初時，灼灼金蛇；次後來，威威血馬。
南方三炁逞英雄，回祿大神施法力。
燥乾柴燒烈火性，說甚麼燧人鑽木；
熟油門前飄彩焰，賽過了老祖開爐。
正是那無情火發，怎禁這有意行凶；不去弭災，反行助虐。
風隨火勢，焰飛有千丈餘高；火逞風威，灰迸上九霄雲外。
乒乒乓乓，好便似殘年爆竹；潑潑喇喇，卻就如軍中炮聲。
燒得那當場佛像莫能逃，東院伽藍無處躲。
勝如赤壁夜鏖兵，賽過阿房宮內火！

這正是星星之火，能燎萬頃之田，須臾間，風狂火盛，把一座觀音院，處處通紅。你看那眾和尚，搬箱抬籠，搶桌端鍋，滿院裏叫苦連天。孫行者護住了後邊方丈，辟火罩罩住了前面禪堂，其餘前後火光大發，真個是照天紅焰輝煌，透壁金光照耀！

不期火起之時，驚動了一山獸怪。這觀音院正南二十里遠近，有座黑風山，山中有一個黑風洞，洞中有一個妖精，正在睡醒翻身。只見那窗門透亮，只道是天明。起來看時，卻是正北下的火光晃亮。妖精大驚道：「呀！這必是觀音院裏失了火！這些和尚好不小心！我看時，與他救一救來。」好妖精，縱起雲頭，即至烟火之下，果然沖天之火，前面殿宇皆空，兩廊烟火方灼。他大拽步，撞將進去，正呼喚叫取水來，只見那後房無火，房脊上有一人放風。他卻情知如此，急入裏面看時，見那方丈中間有些霞光彩氣，臺案上有一個青氈包袱。他解開一看，見是一領錦襴袈裟，乃佛門之異寶。正是財動人心，他也不救火，他也不叫水，拿著那袈裟，趁哄打劫，拽回雲步，逕轉東山而去。

那場火只燒到五更天明，方才滅息。你看那眾僧們，赤赤精精，啼啼哭哭，都去那灰內尋銅鐵，撥腐炭，撲金銀。有的在牆筐裏，苫搭窩棚；有的赤壁根頭，支鍋造飯。叫冤叫屈，亂嚷亂鬧不題。

卻說行者取了辟火罩，一觔斗送上南天門，交與廣目天王道：「謝借！謝借！」天王收了道：「大聖至誠了。我正愁你不還我的寶貝，無處尋討，且喜就送來也。」行者道：「老孫可是那當面騙物之人？這叫做『好借好還，再借不難。』」天王道：「許久不面，請到宮少坐一時，何如？」行者道：「老孫比在前不同，『爛板凳，高談闊論』了；如今保唐僧，不得身閒。容敘！容敘！」急辭別墜雲，又見那太陽星上。逕來到禪堂前，搖身一變，變做個蜜蜂兒，飛將進去，現了本相看時，那師父還沈睡哩。

行者叫道：「師父，天亮了，起來罷。」三藏才醒覺，翻身道：「正是。」穿了衣服，開門出來，忽抬頭，只見些倒壁紅牆，不見了樓臺殿宇，大驚道：「呀！怎麼這殿宇俱無？都是紅牆，何也？」行者道：「你還做夢哩！今夜走了火的。」三藏道：「我怎不知？」行者道：「是老孫護了禪堂，見師父濃睡，不曾驚動。」三藏道：「你有本事護了禪堂，如何就不救別房之火？」行者笑道：「好教師父得知。果然依你昨日之言，他愛上我們的袈裟，算計要燒殺我們。若不是老孫知覺，到如今皆成灰骨矣！」

三藏聞言，害怕道：「是他們放的火麼？」行者道：「不是他是誰？」三藏道：「莫不是怠慢了你，你幹的這個勾當？」行者道：「老孫是這等憊懶之人，幹這等不良之事？實實是他家放的。老孫見他心毒，果是不曾與他救火，只是與他略略助些風的。」三藏道：「天那！天那！火起時，只該助水，怎轉助風？」行者道：「你可知古人云：『人沒傷虎心，虎有傷人意。』他不弄火，我怎肯弄風？」三藏道：「袈裟何在？敢莫是燒壞了也？」行者道：「沒事！沒事！燒不壞！那放袈裟的方丈無火。」三藏恨道：「我不管你！但是有些兒傷損，我只把那話兒念動念動，你就是死了！」行者慌了道：「師父，莫念！莫念！管尋還你袈裟就是了。等我去拿來走路。」三藏才牽著馬，行者挑了擔，出了禪堂，逕往後方丈去。

卻說那些和尚正悲切間，忽的看見他師徒牽馬挑擔而來，諕得一個個魂飛魄散道：「冤魂索命來了！」行者喝道：「什麼冤魂索命？快還我袈裟來！」眾僧一齊跪倒叩，頭道：「爺爺呀！冤有冤家，債有債主。要索命不干我們事，都是廣謀與老和尚定計害你的，莫問我們討命。」行者咄的一聲道：「我把你這些該死的畜生！那個問你討什麼命！只拿袈裟來還我走路！」其間有兩個膽量大的和尚道：「老爺，你們在禪堂裏已燒死了，如今又來討袈裟，端的還是人，是鬼？」行者笑道：「這夥孽畜！那裏有什麼火來？你去前面看看禪堂，再來說話！」眾僧們爬起來往前觀看，那禪堂外面的門窗槅扇，更不曾燎灼了半分。眾人悚懼，才認得三藏是種神僧，行者是尊護法，一齊上前叩頭道：「我等有眼無珠，不識真人下界！你的袈裟在後面方丈中老師祖處哩。」三藏行過了三五層敗壁破牆，嗟嘆不已。只見方丈果然無火，眾僧搶入裏面，叫道：「公公！唐僧乃是神人，未曾燒死，如今反害了自己家當！趁早拿出袈裟，還他去也。」

原來這老和尚尋不見袈裟，又燒了本寺的房屋，正在萬分煩惱焦躁之處，一聞此言，怎敢答應？因尋思無計，進退無方，拽開步，躬著腰，往那牆上著實撞了一頭，可憐只撞得腦破血流魂魄散，咽喉氣斷染紅沙！有詩為證。詩曰：

堪嘆老衲性愚蒙，枉作人間一壽翁。
欲得袈裟傳遠世，豈知佛寶不凡同！
但將容易為長久，定是蕭條取敗功。
廣智廣謀成甚用，損人利己一場空！

慌得個眾僧哭道：「師公已撞殺了，又不見袈裟，怎生是好？」行者道：「想是汝等盜藏起也！都出來！開具花名手本，等老孫逐一查點！」那上下房的院主，將本寺和尚、頭陀、幸童、道人盡行開具手本二張，大小人等，共計二百三十名。行者請師父高坐，他卻一一從頭唱名搜檢，都要解放衣襟，分明點過，更無袈裟。又將那各房頭搬搶出去的箱籠物件，從頭細細尋遍，那裏得有踪跡。三藏心中煩惱，懊恨行者不盡，卻坐在上面念動那咒。行者撲的跌倒在地，抱著頭，十分難禁，只教：「莫念！莫念！管尋還了袈裟！」那眾僧見了，一個個戰兢兢的，上前跪下勸解，三藏才合口不念。行者一骨碌跳起來，耳朵裏掣出鐵棒，要打那些和尚，被三藏喝住道：「這猴頭！你頭痛還不怕，還要無禮？休動手！且莫傷人！再與我審問一問！」眾僧們磕頭禮拜，哀告三藏道：「老爺饒命！我等委實的不曾看見。這都是那老死鬼的不是。他昨晚看著你的袈裟，只哭到更深時候，看也不曾敢看，思量要圖長久，做個傳家之寶，設計定策，要燒殺老爺；自火起之候，狂風大作，各人只顧救火，搬搶物件，更不知袈裟去向。」

行者大怒，走進方丈屋裏，把那觸死鬼屍首抬出，選剝了細看，渾身更無那件寶貝；就把個方丈掘地三尺，也無踪影。行者忖量半晌，問道：「你這裏可有什麼妖怪成精麼？」院主道：「老爺不問，莫想得知。我這裏正東南有座黑風山。黑風洞內有一個黑大王。我這老死鬼常與他講道。他便是個妖精。別無甚物。」行者道：「那山離此有多遠近？」院主道：「只有二十里，那望見山頭的就是。」行者笑道：「師父放心，不須講了，一定是那黑怪偷去無疑。」三藏道：「他那廂離此有二十里，如何就斷得是他？」行者道：「你不曾見夜間那火，光騰萬里，亮透三天，且休說二十里，就是二百里也照見了！坐定是他見火光焜耀，趁著機會，暗暗的來到這裏，看見我們袈裟是件寶貝，必然趁哄擄去也。等老孫去尋他一尋。」三藏道：「你去了時，我卻何倚？」行者道：「這個放心，暗中自有神靈保護，明中等我叫那些和尚伏侍。」即喚眾和尚過來，道：「汝等著幾個去埋那老鬼，著幾個伏侍我師父，看守我白馬！」眾僧領諾。

行者又道：「汝等莫順口兒答應，等我去了，你就不來奉承。看師父的，要怡顏悅色；養白馬的，要水草調勻；假有一毫兒差了，照依這個樣棍，與你們看看！」他掣出棍子，照那火燒的磚牆上，撲的一下，把那牆打得粉碎，又震倒了有七八層牆。眾僧見了，個個骨軟身麻，跪著磕頭滴淚道：「爺爺寬心前去，我等竭力虔心，供奉老爺，決不敢一毫怠慢！」好行者，急縱觔斗雲，逕上黑風山，尋找這袈裟。正是那：

金禪求正出京畿，仗錫投西涉翠微。
虎豹狼蟲行處有，工商士客見時稀。
路逢異國愚僧妒，全仗齊天大聖威。
火發風生禪院廢，黑熊夜盜錦襴衣。

畢竟此去不知袈裟有無，吉凶如何，且聽下回分解。

## 第十七回　孫行者大鬧黑風山　觀世音收伏熊羆怪

話說孫行者一觔斗跳將起去，諕得那觀音院大小和尚並頭陀、幸童、道人等一個個朝天禮拜道：「爺爺呀！原來是騰雲駕霧的神聖下界！怪道火不能傷！恨我那個不識人的老剁皮，使心用心，今日反害了自己！」三藏道：「列位請起，不須恨了。這去尋著袈裟，萬事皆休；但恐找尋不著，我那徒弟性子有些不好，汝等性命不知如何，恐一人不能脫也。」眾僧聞得此言，一個個提心吊膽，告天許願，只要尋得袈裟，各全性命不題。

卻說孫大聖到空中，把腰兒扭了一扭，早來到黑風山上。住了雲頭，仔細看，果然是座好山。況正值春光時節，但見：

萬壑爭流，千崖競秀。鳥啼人不見，花落樹猶香。
雨過天連青壁潤，風來松捲翠屏張。
山草發，野花開，懸崖峭嶂；薜蘿生，佳木麗，峻嶺平崗。
不遇幽人，那尋樵子？澗邊雙鶴飲，石上野猿狂。
矗矗堆螺排黛色，巍巍擁翠弄嵐光。

那行者正觀山景，忽聽得芳草坡前，有人言語。他卻輕步潛踪，閃在那石崖之下，偷睛觀看。原來是三個妖魔，席地而坐：上首的是一條黑漢，左首下是一個道人，右首下是一個白衣秀士。都在那裏高談闊論。講的是立鼎安爐，摶砂煉汞；白雪黃芽，旁門外道。正說中間，那黑漢笑道：「後日是我母難之日，二公可光顧光顧？」白衣秀士道：「年年與大王上壽，今年豈有不來之理？」黑漢道：「我夜來得了一件寶貝，名喚錦襴佛衣，誠然是件玩好之物。我明日就以它為壽，大開筵宴，邀請各山道官，慶賀佛衣，就稱為『佛衣會』如何？」道人笑道：「妙！妙！妙！我明日先來拜壽，後日再來赴宴。」行者聞得佛衣之言，定以為是他寶貝。他就忍不住怒氣，跳出石崖，雙手舉起金箍棒，高叫道：「我把你這夥賊怪！你偷了我的袈裟，要做什麼『佛衣會』！趁早兒將來還我！」喝一聲：「休走！」掄起棒，照頭一下，慌得那黑漢化風而逃，道人駕雲而走；只把個白衣秀士，一棒打死。拖將過來看處，卻是一條白花蛇怪。索性提起來，捽做五七段，逕入深山，找尋那個黑漢。轉過尖峰，抹過峻嶺，又見那壁陡崖前，聳出一座洞府，但見那：

烟霞渺渺，松柏森森。烟霞渺渺采盈門，松柏森森青繞戶。
橋踏枯槎木，峰巔繞薜蘿。鳥啣紅蕊來雲壑，鹿踐芳叢上石臺。
那門前時催花發，風送花香。臨堤綠柳轉黃鸝，傍岸夭桃翻粉蝶。
雖然曠野不堪誇，卻賽蓬萊山下景。

行者到於門首，又見那兩扇石門，關得甚緊。門上有一橫石板，明書六個大字，乃「黑風山黑風洞」，即便掄棒，叫聲：「開門！」那裏面有把門的小妖，開了門出來，問道：「你是何人，敢來擊吾仙洞？」行者罵道：「你個作死的孽畜！什麼個去處，敢稱仙洞！『仙』字是你稱的？快進去報與你那黑漢，教他快送老爺的袈裟出來，饒你一窩性命！」小妖急急跑到裏面，報道：「大王！『佛衣會』做不成了！門外有一個毛臉雷公嘴的和尚，來討袈裟哩！」那黑漢被行者在芳草坡前趕將來，卻才關了門，坐還未穩，又聽得那話，心中暗想道：「這廝不知是那裏來的，這般無禮，他敢嚷上我的門來！」教取披掛隨結束了，綽一桿黑纓槍，走出門來。這行者閃在門外，執著鐵棒，睜睛觀看，只見那怪果生得凶險：

碗子鐵盔火漆光，烏金鎧甲亮輝煌。皂羅袍罩風兜袖，黑綠絲絛軃穗長。

手執黑纓槍一桿，足踏烏皮靴一雙。眼幌金睛如掣電，正是山中黑風王。

行者暗笑道：「這廝真個如燒窰的一般，築煤的無二！想必是在此處刷炭為生，怎麼這等一身烏黑？」那怪厲聲高叫道：「你是個什麼和尚，敢在我這裏大膽？」行者執鐵棒，撞至面前，大咤一聲道：「不要閒講！快還你老外公的袈裟來！」那怪道：「你是那寺裏和尚？你的袈裟在那裏失落了，敢來我這裏索取？」行者道：「我的袈裟，在直北觀音院後方丈裏放著；只因那院裏失了火，你這廝趁哄擄掠，盜了來，要做『佛衣會』慶壽，怎敢抵賴？快快還我，饒你性命！若牙迸半個『不』字，我推倒了黑風山，躧平了黑風洞，把你這一洞妖邪，都碾為齏粉！」

那怪聞言，呵呵冷笑道：「你這個潑物！原來昨夜那火就是你放的！你在那方丈屋上，行凶招風，是我把一件袈裟拿來了，你待怎麼！你是那裏來的？姓甚名誰？有多大手段，敢那等海口浪言！」行者道：「是你也認不得你老外公哩！你老外公乃大唐上國駕前御弟三藏法師之徒弟，姓孫，名悟空行者。若問老孫的手段，說出來，教你魂飛魄散，死在眼前！」那怪道：「我不曾會你，你有什麼手段，說來我聽。」行者笑道：「我兒子，你站穩著，仔細聽了！我：

自小神通手段高，隨風變化逞英豪。養性修真熬日月，跳出輪迴把命逃。
一點誠心曾訪道，靈臺山上採藥苗。那山有個老仙長，壽年十萬八千高。
老孫拜他為師父，指我長生路一條。他說身內有丹藥，外邊採取枉徒勞。
得傳大品天仙訣，若無根本實難熬。回光內照寧心坐，身中日月坎離交。
萬事不思全寡慾，六根清淨體堅牢。返老還童容易得，超凡入聖路非遙。
三年無漏成仙體，不同俗輩受煎熬。十洲三島還遊戲，海角天涯轉一遭。
活該三百多餘歲，不得飛昇上九霄。下海降龍真寶貝，才有金箍棒一條。
花果山前為帥首，水簾洞裏聚群妖。玉皇大帝傳宣詔，封我齊天極品高。

幾番大鬧靈霄殿，數次曾偷王母桃。天兵十萬來降我，層層密密布槍刀。
戰退天王歸上界，哪吒負痛領兵逃。顯聖真君能變化，老孫硬賭跌平交。
道祖觀音同玉帝，南天門上看降妖。卻被老君助一陣，二郎擒我到天曹。
將身綁在降妖柱，即命神兵把首梟。刀砍鎚敲不得壞，又教雷打火來燒。
老孫其實有手段，全然不怕半分毫。送在老君爐裏煉，六丁神火慢煎熬。
日滿開爐我跳出，手持鐵棒繞天跑。縱橫到處無遮擋，三十三天鬧一遭。
我佛如來施法力，五行山壓老孫腰。整整壓該五百載，幸逢三藏出唐朝。
吾今皈正西方去，轉上雷音見玉毫。你去乾坤四海問一問，我是歷代馳名第一妖！」

那怪聞言笑道：「你原來是那鬧天宮的弼馬溫麼？」行者最惱的是人叫他弼馬溫；聽見這一聲，心中大怒，罵道：「你這賊怪！偷了袈裟不還，倒傷老爺！不要走！看棍！」那黑漢側身躲過，綽長槍，劈手來迎。兩家這場好殺：

如意棒，黑纓槍，二人洞口逞剛強。
分心劈臉刺，著臂照頭傷。
這個橫丟陰棍手，那個直撚急三槍。
白虎爬山來探爪，黃龍臥道轉身忙。
噴彩霧，吐毫光，兩個妖仙不可量：
一個是修正齊天聖，一個是成精黑大王。
這場山裏相爭處，只為袈裟各不良。

那怪與行者鬪了十數回合，不分勝負。漸漸紅日當午，那黑漢舉槍架住鐵棒道：「孫行者，咱兩個且收兵，等我進了膳來，再與你賭鬬。」行者道：「你這個孽畜，教做漢子？好漢子，半日兒就要吃飯？似老孫在山根下，整壓了五百餘年，也未曾嘗些湯水，那裏便餓哩？莫推故！休走！還我袈裟來，方讓你去吃飯！」那怪虛幌一槍，撤身入洞，關了石門，收回小怪，且安排筵宴，書寫請帖，邀請各山魔王慶會不題。

卻說行者攻門不開，也只得回觀音院。那本寺僧人已葬埋了那老和尚，都在方丈裏伏侍唐僧。早齋已畢，又擺上午齋，正那裏添湯換水，只見行者從空降下，眾僧禮拜，接入方丈，見了三藏。三藏道：「悟空，你來了，袈裟如何？」行者道：「已有了根由。早是不曾冤了這些和尚。原來是那黑風山妖怪偷了。老孫去暗暗的尋他，只見他與一個白衣秀士，一個老道人，坐在那芳草坡前講話。也是個不打自招的怪物，他忽然說出道：後日是他母難之日，邀請諸邪來做生日；夜來得了一件錦襴佛衣，要以此為壽，作一大宴，喚做『慶賞佛衣會』。是老孫搶到面前，打了一棍，那黑漢化風而走。道人也不見了，只把個白衣秀士打死，乃是一條白花蛇成精。我又急急趕到他洞口，叫他出來，與他賭鬬。他已承認了，是他拿回。戰夠這半日，不分勝負。那怪回洞，卻要吃飯，關了石門，懼戰不出。老孫卻來回看師父，先報此信。已是有了袈裟的下落，不怕他不還我。」

眾僧聞言，合掌的合掌，磕頭的磕頭，都念聲：「南無阿彌陀佛！今日尋著下落，我等方有了性命矣！」行者道：「你且休喜歡暢快，我還未曾到手，師父還未曾出門哩。只等有了袈裟，打發得我師父好好的出門，才是你們的安樂處；若稍有些許不虞，老孫可是好惹的主子！可曾有好茶飯與我師父吃？可曾有好草料餵馬？」眾僧俱滿口答應道：「有！有！有！有！更不曾一毫有怠慢了老爺。」三藏道：「自你去了這半日，我已吃過了三次茶湯，兩餐齋供了。他俱不曾敢慢我。但只是你還盡心竭力去尋取袈裟回來。」行者道：「莫忙！既有下落，管情拿住這廝，還你原物。放心，放心！」

正說處，那上房院主，又整治素供，請孫老爺吃齋。行者卻吃了些許，復駕祥雲，又去找尋。正行間，只見一個小怪，左脅下夾著一個花梨木匣兒，從大路而來。行者度他匣內必有什麼柬札，舉起棒，劈頭一下，可憐不禁打，就打得似個肉餅一般；卻拖在路旁，揭開匣兒觀看，果然是一封請帖。帖上寫著：

侍生熊羆頓首拜，啟上大闡金池老上人丹房：屢承佳惠，感激淵深。夜觀回祿之難，有失救護，諒仙機必無他害。生偶得佛衣一件，欲作雅會，謹具花酌，奉扳清賞。至期，千乞仙從過臨一敘。是荷。先二日具。

行者見了，呵呵大笑道：「那個老剝皮，死得他一毫兒也不虧！他原來與妖精結黨！怪道他也活了二百七十歲。想是那個妖精，傳他些什麼服氣的小法兒，故有此壽。老孫還記得他的模樣，等我就變做那和尚，往他洞裏走走，看我那袈裟放在何處。假若得手，即便拿回，卻也省力。」

好大聖，念動咒語，迎著風一變，果然就像那老和尚一般，藏了鐵棒，拽開步，逕來洞口，叫聲：「開門。」那小妖開了門，見是這般模樣，急轉身報道：「大王，金池長老來了。」那怪大驚道：「剛才差了小的去下簡帖請他，這時候還未到那裏哩，如何他就來得這等迅速？想是小的不曾撞著他，斷是孫行者呼他來討袈裟的。管事的，可把佛衣藏了，莫教他看見。」

行者進了前門，但見那天井中，松篁交翠，桃李爭妍，叢叢花發，簇簇蘭香，卻也是個洞天之處。又見那二門上有一聯對子，寫著：「靜隱深山無俗慮，幽居仙洞樂天真。」行者暗道：「這廝也是個脫垢離塵、知命的怪物。」入門裏，往前又進，到於三層門裏，都是些畫棟雕梁，明窗彩戶。只見那黑漢子，穿的是黑綠紵絲袢襖，罩一領鴉青花綾披風，戴一頂烏角軟巾，穿一雙麂皮皂靴；見行者進來，整頓衣巾，降階迎接道：「金池老友，連日欠親。請坐，請坐。」行者以禮相見。見畢而坐，坐定而茶。茶罷，妖精欠身道：「適有小簡奉啓，後日一敘，何老友今日就下顧也？」行者道：「正來進拜，不期路遇華翰，見有『佛衣雅會』，故此急急奔來，願求見見。」那怪笑道：「老友差矣。這袈裟本是唐僧的，他在你處住札，你豈不曾看見，反來就我看看？」行者道：「貧僧借來，因夜晚還不曾展看，不期被大王取來。又被火燒了荒山，失落了家私。那唐僧的徒弟，又有些驍勇，亂忙中，四下裏都尋覓不見。原來是大王的洪福收來，故特來一見。」

正講處，只見有一個巡山的小妖來報道：「大王！禍事了！下請書的小校，被孫行者打死在大路旁邊，他綽著經兒，變化做金池長老，來騙佛衣也！」那怪聞言，暗道：「我說那長老怎麼今日就來，又來得迅速，果然是他！」急縱身，拿過槍來，就刺行者。行者耳朵裏急掣出棍子，現了本相，架住槍尖，就在他那中廳裏跳出，自天井中，鬪到前門外，唬得那洞裏群魔都喪膽，家間老幼盡無魂。這場在山頭好賭鬪，比前番更是不同。好殺：

那猴王膽大充和尚，這黑漢心靈隱佛衣。語去言來機會巧，隨機應變不差池。
袈裟欲見無由見，寶貝玄微真妙微。小怪尋山言禍事，老妖發怒顯神威。
翻身打出黑風洞，槍棒爭持辨是非。棒架長槍聲響亮，槍迎鐵棒放光輝。
悟空變化人間少，妖怪神通世上稀。這個要把佛衣來慶壽，那個不得袈裟肯善歸？
這番苦戰難分手，就是活佛臨凡也解不得圍。

他兩個從洞口打上山頭，自山頭殺在雲外，吐霧噴風，飛砂走石，只鬪到紅日沈西，不分勝敗。那怪道：「姓孫的，你且住了手。今日天晚，不好相持。你去，你去！待明早來，與你定個死活。」行者叫道：「兒子莫走！要戰便像個戰的，不可以天晚相推。」看他沒頭沒臉的，只情使棍子打來，這黑漢又化陣清風，轉回本洞，緊閉石門不出。

行者卻無計策奈何，只得也回觀音院裏。按落雲頭，道聲：「師父。」那三藏眼兒巴巴的，正望他哩，忽見到了面前，甚喜；又見他手裏沒有袈裟，又懼；問道：「怎麼這番還不曾有袈裟來？」行者袖中取出個簡帖兒來，遞與三藏道：「師父，那怪物與這死的老剝皮，原是朋友。他著一個小妖送此帖來，還請他去赴『佛衣會』。是老孫就把那小妖打死，變做那老和尚，進他洞去，騙了一鍾茶吃。欲問他討袈裟看看，他不肯拿出。正坐間，忽被一個什麼巡山的，走了風信，他就與我打將起來。只鬭到這早晚，不分上下。他見天晚，閃回洞去，緊閉石門。老孫無奈，也暫回來。」三藏道：「你手段比他何如？」行者道：「我也硬不多兒，只戰個手平。」

三藏才看了簡帖，又遞與那院主道：「你師父敢莫也是妖精麼？」那院主慌忙跪下道：「老爺，我師父是人；只因那黑大王修成人道，常來寺裏與我師父講經，他傳了我師父些養神服氣之術，故以朋友相稱。」行者道：「這夥和尚沒甚妖氣，他一個個頭圓頂天，足方履地，但比老孫肥胖長大些兒，非妖精也。你看那帖兒上寫著『侍生熊羆』，此物必定是個黑熊成精。」三藏道：「我聞得古人云：『熊與猩猩相類。』都是獸類，他卻怎麼成精？」行者笑道：「老孫是獸類，見做了齊天大聖，與他何異？大抵世間之物，凡有九竅者，皆可以修行成仙。」三藏又道：「你才說他本事與你手平。你卻怎生得勝，取我袈裟回來？」行者道：「莫管，莫管，我有處治。」

正商議間，眾僧擺上晚齋，請他師徒們吃了。三藏教掌燈，仍去前面禪堂安歇。眾僧都挨牆倚壁，苫搭窩棚，各各睡下，只把個後方丈讓與那上下院主安身。此時夜靜，但見：

銀河現影，玉宇無塵。滿天星燦爛，一水浪收痕。
萬籟聲寧，千山鳥絕。溪邊漁火息，塔上佛燈昏。
昨夜闍黎鐘鼓響，今宵一遍哭聲聞。

是夜在禪堂歇宿。那三藏想著袈裟，那裏得穩睡？忽翻身見窗外透白，急起來叫道：「悟空，天明了，快尋袈裟去。」行者一骨碌跳將起來。早見眾僧侍立，供奉湯水，行者道：「你等用心伏侍我師父，老孫去也。」三藏下牀，扯住道：「你往那裏去？」行者道：「我想這樁事都是觀音菩薩沒理，他有這個禪院在此，受了這裏人家香火，又容那妖精鄰住。我去南海尋他，與他講一講，教他親來問妖精討袈裟還我。」三藏道：「你這去，幾時回來？」行者道：「時少只在飯罷，時多只在晌午，就成功了。那些和尚，可好伏侍，老孫去也。」說聲去，早已無蹤，須臾間，到了南海。停雲觀看，但見那：

汪洋海遠，水勢連天。祥光籠宇宙，瑞氣照山川。
千層雪浪吼青霄，萬疊烟波滔白晝。
水飛四野，浪滾週遭。水飛四野振轟雷，浪滾週遭鳴霹靂。
休言水勢，且看中間。五色朦朧寶疊山，紅黃紫皂綠和藍。
才見觀音真勝境，試看南海落伽山。
好去處！山峰高聳，頂透虛空。
中間有千樣奇花，百般瑞草。風搖寶樹，日映金蓮。
觀音殿瓦蓋琉璃，潮音洞門鋪玳瑁。
綠楊影裏語鸚哥，紫竹林中啼孔雀。
羅紋石上，護法威嚴；瑪瑙灘前，木叉雄壯。

這行者觀不盡那異景非常，逕直按雲頭，到竹林之下。早有諸天迎接道：「菩薩前者對眾言大聖歸善，甚是宣揚。今保唐僧，如何得暇到此？」行者道：「因保唐僧，路逢一事，特見菩薩，煩為通報。」諸天遂來洞口報知。菩薩喚入。行者遵法而行，至寶蓮臺下拜了。菩薩問曰：「你來何幹？」行者道：「我師父路遇你的禪院，你受了人間香火，容一個黑熊精在那裏鄰住，著他偷了我師父袈裟，屢次取討不與，今特來問你要的。」菩薩道：「這猴子說話，這等無狀！既是熊精偷了你的袈裟，你怎來問我取討？都是你這個孽猴大膽，將寶貝賣弄，拿與小人看見，你卻又行凶，喚風發火，燒了我的留雲下院，反來我處放刁！」行者見菩薩說出這話，知他曉得過去未來之事，慌忙禮拜道：「菩薩，乞恕弟子之罪，果是這般這等。但恨那怪物不肯與我袈裟，師父又要念那話兒咒語，老孫忍不得頭疼，故此來拜煩菩薩。望菩薩慈悲之心，助我去拿那妖精，取衣西進也。」菩薩道：「那怪物有許多神通，卻也不亞於你。也罷，我看唐僧面上，和你去走一遭。」行者聞言，謝恩再拜。即請菩薩出門，遂同駕祥雲，早到黑風山。墜落雲頭，依路找洞。

正行處，只見那山坡前，走出一個道人，手拿著一個玻璃盤兒，盤內安著兩粒仙丹，往前正走；被行者撞個滿懷，掣出棒，就照頭一下，打得腦裏漿流出，腔中血迸攛。菩薩大驚道：「你這個猴子，還是這等放潑！他又不曾偷你袈裟，又不與你相識，又無甚冤仇，你怎麼就將他打死？」行者道：「菩薩，你認他不得。他是那黑熊精的朋友。他昨日和一個白衣秀士，都在芳草坡前坐講。後日是黑熊精的生日，請他們來慶『佛衣會』。今日他先來拜壽，明日來慶『佛衣會』，所以我認得。定是今日替那妖去上壽。」菩薩說：「既是這等說來，也罷。」行者才去把那道人提起來看，卻是一隻蒼狼。旁邊那個盤兒底下卻有字，刻道：「凌虛子製」。

行者見了，笑道：「造化！造化！老孫也是便益，菩薩也是省力。這怪叫做不打自招，那怪教他今日了劣。」菩薩說道：「悟空，這教怎麼說？」行者道：「菩薩，我悟空有一句話兒，叫做將計就計，不知菩薩可肯依我？」菩薩道：「你說。」行者說道：「菩薩，你看這盤兒中是兩粒仙丹，便是我們與那妖魔的贄見；這盤兒後面刻的四個字，說『凌虛子製』，便是我們與那妖魔的勾頭。菩薩若要依得我時，我好替你作個計較，也就不須動得干戈，也不須勞得征戰，妖魔眼下遭瘟，佛衣眼下出現；菩薩要不依我時，菩薩往西，我悟空往東，佛衣只當相送，唐三藏只當落空。」菩薩笑道：「這猴熟嘴！」行者道：「不敢，倒是一個計較。」菩薩說：「你這計較怎說？」行者道：「這盤上刻那『凌虛子製』，想這道人就叫做凌虛子。菩薩，你要依我時，可就變做這個道人，我把這丹吃了一粒，變上一粒，略大些兒。菩薩你就捧了這個盤兒兩顆仙丹，去與那妖上壽，把這丸大些的讓與那妖。待那妖一口吞之，老孫便於中取事，他若不肯獻出佛衣，老孫將他肚腸，就也織將　件出來。」

菩薩沒法，只得也點點頭兒。行者笑道：「如何？」爾時菩薩乃以廣大慈悲，無邊法力，億萬化身，以心會意，以意會身，恍惚之間，變作凌虛仙子：

鶴氅仙風颯，飄颻欲步虛。蒼顏松柏老，秀色古今無。
去去還無住，如如自有殊。總來歸一法，只是隔邪軀。

行者看道：「妙啊！妙啊！還是妖精菩薩，還是菩薩妖精？」菩薩笑道：「悟空，菩薩、妖精，總是一念；若論本來，皆屬無有。」行者心下頓悟，轉身卻就變做一粒仙丹：

走盤無不定，圓明未有方。三三勾漏合，六六少翁商。
瓦鑠黃金焰，牟尼白晝光。外邊鉛與汞，未許易論量。

行者變了那顆丹，終是略大些兒。菩薩認定，拿了那個玻璃盤兒，逕到妖洞門口，看時，果然是：

崖深岫險，雲生嶺上；柏蒼松翠，風颯林間。
崖深岫險，果是妖邪出沒人烟少；
柏蒼松翠，也可仙真修隱道情多。
山有澗，澗有泉，潺潺流水咽鳴琴，便堪洗耳；
崖有鹿，林有鶴，幽幽仙籟動間岑，亦可賞心。
這是妖仙有分降菩提，弘誓無邊垂惻隱。

菩薩看了，心中暗喜道：「這孽畜占了這座山洞，卻是也有些道分。」因此心中已此有個慈悲。走到洞口，只見守洞小妖，都有些認得道：「凌虛仙長來了。」一邊傳報，一邊接引。那妖早已迎出門來道：「凌虛，有勞仙駕珍顧，蓬蓽有輝。」菩薩道：「小道敬獻一粒仙丹，敢稱千壽。」他二人拜畢，方才坐定，又敘起他昨日之事。菩薩不答，連忙拿丹盤道：「大王，且見小道鄙意。」覷定一粒大的，推與那妖道：「願大王千壽！」那妖亦推一粒，遞與菩薩道：「願與凌虛子同之。」讓畢，那妖才待要咽，那藥順口兒一直滾下。現了本相，理起四平，那妖滾倒在地。菩薩現相，問妖取了佛衣，行者早已從鼻孔中出去。菩薩又怕那妖無禮，卻把一個箍兒，丟在那妖頭上。那妖起來，提槍要刺，行者、菩薩早已起在空中，菩薩將真言念起。那怪依舊頭疼，丟了槍，滿地亂滾。半空裏笑倒個美猴王，平地下滾壞個黑熊怪。

菩薩道：「孽畜！你如今可皈依麼？」那怪滿口道：「心願皈依，只望饒命！」行者恐耽擱了工夫，意欲就打。菩薩急止住道：「休傷他命。我有用他處哩。」行者道：「這樣怪物，不打死他，反留他在何處用哩？」菩薩道：「我那落伽山後，無人看管，我要帶他去做個守山大神。」行者笑道：「誠然是個救苦慈尊，一靈不損。若是老孫有這樣咒語，就念上他娘千遍！這回兒就有許多黑熊，都教他了帳！」卻說那怪甦醒多時，公道難禁疼痛，只得跪在地下哀告道：「但饒性命，願皈正果！」菩薩方墜落祥光，又與他摩頂受戒，教他執了長槍，跟隨左右。那黑熊才一片野心今日定，無窮頑性此時收。菩薩吩咐道：「悟空，你回去罷。好生伏侍唐僧，以後再休懈惰生事。」行者道：「深感菩薩遠來，弟子還當回送回送。」菩薩道：「免送。」行者才捧著袈裟，叩頭而別。菩薩亦帶了熊羆，逕回大海。有詩為證：

祥光靄靄凝金像，萬道繽紛實可誇。普濟世人垂憫恤，遍觀法界現金蓮。
今來多為傳經意，此去原無落點瑕。降怪成真歸大海，空門復得錦袈裟。

畢竟不知向後事情如何，且聽下回分解。

# 第十八回 觀音院唐僧脫難 高老莊行者降魔

行者辭了菩薩，按落雲頭，將袈裟掛在香楠樹上，掣出棒來，打入黑風洞裏。那洞裏那得一個小妖？原來是他見菩薩出現，降得那老怪就地打滾，急急都散走了。行者一發行凶，將他那幾層門上，都積了乾柴，前前後後，一齊發火，把個黑風洞燒做個「紅風洞」，卻拿了袈裟，駕祥光，轉回直北。

話說那三藏望行者急忙不來，心甚疑惑，不知是請菩薩不至，不知是行者托故而逃。正在那胡猜亂想之中，只見半空中彩霧燦燦，行者忽墜階前跪道：「師父，袈裟來了。」三藏大喜。眾僧亦無不歡悅道：「好了！好了！我等性命，今日方才得全了。」三藏接了袈裟道：「悟空，你早間去時，原約到飯罷晌午，如何此時日西方回？」行者將那請菩薩施變化降妖的事情，備陳了一遍。三藏聞言，遂設香案，朝南禮拜罷，道：「徒弟啊，既然有了佛衣，可快收拾包裹去也。」行者道：「莫忙，莫忙。今日將晚，不是走路的時候，且待明日早行。」眾僧們一齊跪下道：「孫老爺說得是。一則天晚，二來我等有些願心兒，今幸平安，有了寶貝，待我還了願，請老爺散了福，明早再送西行。」行者道：「正是，正是。」你看那些和尚，都傾囊倒底，把那火裏搶出的餘資，各出所有，整頓了些齋供，燒了些平安無事的紙，念了幾卷消災解厄的經。當晚事畢。

次早方刷扮了馬匹，包裹了行囊出門。眾僧遠送方回。行者引路而去，正是那春融時節，但見那：

草襯玉驄蹄跡軟，柳搖金線露華新。
桃杏滿林爭豔麗，薜蘿繞徑放精神。
沙堤日暖鴛鴦睡，山澗花香蛺蝶馴。

這般秋去冬殘春過半，不知何年行滿得真文。

師徒們行了五七日荒路，忽一日天色將晚，遠遠的望見一村人家。三藏道：「悟空，你看那壁廂有座山莊相近，我們去告宿一宵，明日再行何如？」行者道：「且等老孫去看看吉凶，再作區處。」那師父挽住絲韁，這行者定睛觀看，真個是：

竹籬密密，茅屋重重。參天野樹迎門，曲水溪橋映戶。道旁楊柳綠依依，園內花開香馥馥。此時那夕照沉西，處處山林喧鳥雀；晚烟出爨，條條道徑轉牛羊。又見那食飽雞豚眠屋角，醉酣鄰叟唱歌來。

行者看罷道：「師父請行。定是一村好人家，正可借宿。」那長老催動白馬，早到街衢之口。又見一個少年，頭裹綿布，身穿藍襖，持傘背包，斂裩箚褲，腳踏著一雙三耳草鞋，雄糾糾的，出街忙步。行者順手一把扯住道：「那裏去？我問你一個信兒：此間是什麼地方？」那個人只管苦掙，口裏嚷道：「我莊上沒人，只是我好問信？」行者陪著笑道：「施主莫惱。『與人方便，自己方便。』你就與我說說地名何害？我也可解得你的煩惱。」那人掙不脫手，氣得亂跳道：「蹭蹬！蹭蹬！家長的屈氣受不了，又撞著這個光頭，受他的清氣！」行者道：「你有本事，劈開我的手，你便就去了也罷。」那人左扭右扭，那裏扭得動，卻似一把鐵鈐鉗住一般，氣得他丟了包袱，撇了傘，兩隻手雨點似來抓行者。行者把一隻手扶著行李，一隻手抵住那人，憑他怎麼支吾，只是不能抓著。行者愈加不放，急得暴躁如雷。三藏道：「悟空，那裏不有人來了？你再問那人就是，只管扯住他怎的？放他去罷。」行者笑道：「師父不知，若是問了別人沒趣，須是問他，才有買賣。」那人被行者扯住不放，只得說出道：「此處乃是烏斯藏國界之地，喚做高老莊。一莊人家有大半姓高，故此喚做高老莊。你放了我去罷。」行者又道：「你這樣行裝，不是個走近路的。你實與我說，你要往那裏去，端的所幹何事，我才放你。」

這人無奈，只得以實情告訴道：「我是高太公的家人，名叫高才。我那太公有個老女兒，年方二十歲，更不曾配人，三年前被一個妖精占了。那妖整做了這三年女婿，我太公不悅，說道：『女兒招了妖精，不是長法：一則敗壞家門，二則沒個親家來往。』一向要退這妖精。那妖精那裏肯退，轉把女兒關在他後宅，將有半年，再不放出與家內人相見。我太公與了我幾兩銀子，教我尋訪法師，拿那妖怪。我這些時不曾住腳，前前後後，請了有三四個人，都是不濟的和尚，膿包的道士，降不得那妖精。剛才罵了我一場，說我不會幹事，又與了我五錢銀子做盤纏，教我再去請好法師降他。不期撞著你這個紇刺星扯住，誤了我走路，故此裏外受氣。我無奈，才與你叫喊。不想你又有些拿法，我掙不過你，所以說此實情。你放我走罷。」

行者道：「你的造化，我有營生。這才是湊四合六的勾當。你也不須遠行，莫要花費了銀子。我們不是那不濟的和尚，膿包的道士，其實有些手段，慣會拿妖。這正是『一來照顧郎中，二來又醫得眼好。』煩你回去上覆你那家主，說我們是東土駕下差來的御弟聖僧，往西天拜佛求經者，善能降妖縛怪。」高才道：「你莫誤了我。我是一肚子氣的人，你錯哄了我，沒甚手段，拿不住那妖精，卻不又帶累我來受氣？」行者道：「管教不誤了你。你引我到你家門首去來。」那人也無計奈何，真個提著包袱，拿了傘，轉步回身，領他師徒到於門首道：「二位長老，你且在馬臺上略坐坐，等我進去報主人知道。」行者才放了手，落擔牽馬，師徒們坐立門旁等候。

那高才入了大門，逕往中堂上走，可可的撞見高太公。太公罵道：「你那個蠻皮畜生，怎麼不去尋人，又回來做甚？」高才放下包傘道：「上告主人公得知，小人才行出街口，忽撞見兩個和尚：一個騎馬，一個挑擔。他扯住我不放，問我那裏去。我再三不曾與他說及，他纏得沒奈何，不得脫手，遂將主人公的事情，一一說與他知。他卻十分歡喜，要與我們拿那妖怪哩。」高老道：「是那裏來的？」高才道：「他說是東土駕下差來的御弟聖僧，前往西天拜佛求經的。」太公道：「既是遠來的和尚，怕不真有些手段。他如今在那裏？」高才道：「現在門外等候。」

那太公即忙換了衣服，與高才出來迎接，叫聲：「長老。」三藏聽見，急轉身，早已到了面前。那老者戴一頂烏綾巾，穿一領蔥白蜀錦衣，踏一雙糙米皮的犢子靴，繫一條黑綠縧子，出來笑語相迎，便叫：「二位長老，作揖了。」三藏還了禮，行者站著不動。那老者見他相貌凶醜，便就不敢與他作揖。行者道：「怎麼不唱老孫喏？」那老兒有幾分害怕，叫高才道：「你這小廝卻不弄殺我也？家裏現有一個醜頭怪腦的女婿打發不開，怎麼又引這個雷公來害我？」行者道：「老高，你空長了許大年紀，還不省事！若專以相貌取人，乾淨錯了。我老孫醜自醜，卻有些本事。替你家擒得妖精，捉得鬼魅，拿住你那女婿，還了你女兒，便是好事，何必諄諄以相貌為言！」太公見說，戰兢兢的，只得強打精神，叫聲：「請進。」這行者見請，才牽了白馬，教高才挑著行李，與三藏進去。他也不管好歹，就把馬拴在敞廳柱上，扯過一張退光漆交椅，叫師父坐下。他又扯過一張椅子，坐在旁邊。那高老道：「這個小長老，倒也家懷。」行者道：「你若肯留我住得半年，還家懷哩。」

坐定，高老問道：「適間小价說，二位長老是東土來的？」三藏道：「便是。貧僧奉朝命往西天拜佛求經，因過寶莊，特借一宿，明日早行。」高老道：「二位原是借宿的，怎麼說會拿怪？」行者道：「因是借宿，順便拿幾個妖怪兒耍耍的。動問府上有多少妖怪？」高老道：「天哪！還吃得有多少哩！只這一個妖怪女婿，也被他磨慌了！」行者道：「你把那妖怪的始末，有多大手段，從頭兒說說我聽，我好替你拿他。」高老道：「我們這莊上，自古至今，也不曉得有什麼鬼祟魍魎，邪魔作耗，只是老拙不幸，不曾有子，只生三個女兒：大的喚名香蘭，第二的名玉蘭，第三的名翠蘭。那兩個從小兒配與本莊人家，只有小的個，要招個女婿，企望他與我同家過活，做個養老女婿，撐門抵戶，做活當差。不期三年前，有一個漢子，模樣兒倒也精緻，他說是福陵山上人家，姓豬，上無父母，下無兄弟，願與人家做個女婿。我老拙見是這般一個無羈無絆的人，就招了他。一進門時，倒也勤謹：耕田耙地，不用牛具；收割田禾，不用刀杖。昏去明來，其實也好，只是一件，有些會變嘴臉。」

行者道：「怎麼變麼？」高老道：「初來時，是一條黑胖漢，後來就變做一個長嘴大耳朵的獃子，腦後又有一溜鬃毛，身體粗糙怕人，頭臉就像個豬的模樣。食腸卻又甚大：一頓要吃三五斗米飯，早間點心，也得百十個燒餅才夠。喜得還吃齋素，若再吃葷酒，便是老拙這些家業田產之類，不上半年，就吃個罄淨！」三藏道：「只因他做得，所以吃得。」高老道：「吃還是件小事，他如今又會弄風，雲來霧去，走石飛砂，諕得我一家並左鄰右舍，俱不得安生。又把那翠蘭小女關在後宅子裏，一發半年也不曾見面，更不知死活如何。因此知他是個妖怪，要請個法師與他去退，去退。」行者道：「這個何難？老兒你管放心，今夜管情與你拿住，教他寫了退親文書，還你女兒如何？」高老大喜道：「我為招了他不打緊，壞了我多少清名，疏了我多少親眷；但得拿住他，要什麼文書？就煩與我除了根罷。」行者道：「容易，容易！入夜之時，就見好歹。」

老兒十分歡喜，才教展抹桌椅，擺列齋供。齋罷，將晚，老兒問道：「要甚兵器？要多少人隨？趁早好備。」行者道：「兵器我自有。」老兒道：「二位只是那根錫杖，錫杖怎麼打得妖精？」行者隨於耳內取出一個繡花針來，捻在手中，迎風幌了一幌，就是碗來粗細的一根金箍鐵棒，對著高老道：「你看這條棍子，比你家兵器如何？可打得這怪否？」高老又道：「既有兵器，可要人跟？」行者道：「我不用人，只是要幾個年高有德的老兒，陪我師父清坐閒敘，我好撇他而去。等我把那妖精拿來，對眾取供，替你除了根罷。」那老兒即喚家僮，請了幾個親故朋友。一時都到。相見已畢，行者道：「師父，你放心穩坐，老孫去也。」

你看他揝著鐵棒，扯著高老道：「你引我去後宅子裏，妖精的住處看看。」高老遂引他到後宅門首。行者道：「你去取鑰匙來。」高老道：「你且看看。若是用得鑰匙，卻不請你了。」行者笑道：「你那老兒，年紀雖大，卻不識耍。我把這話兒哄你一哄，你就當真。」走上前，摸了一摸，原來是銅汁灌的鎖子。狠得他將金箍棒一搗，搗開門扇，裏面卻黑洞洞的。行者道：「老高，你去叫你女兒一聲，看他可在裏面。」那老兒硬著膽叫道：「三姐姐。」那女兒認得是他父親的聲音，才少氣無力的應了一聲道：「爹爹，我在這裏哩。」行者閃金睛，向黑影裏仔細看時，你道他怎生模樣？但見那：

雲鬢亂堆無掠，玉容未洗塵淄。一片蘭心依舊，十分嬌態傾頹。
櫻唇全無氣血，腰肢屈屈偎偎。愁蹙蹙，蛾眉淡；瘦怯怯，語聲低。

他走來看見高老，一把扯住，抱頭大哭。行者道：「且莫哭！且莫哭！我問你，妖怪往那裏去了？」女子道：「不知往那裏走。這些時，天明就去，入夜方來。雲雲霧霧，往回不知何所。因是曉得父親要祛退他，他也常常防備，故此昏來朝去。」行者道：「不消說了，老兒，你帶令嬡往前邊宅裏，慢慢的敘闊，讓老孫在此等他。他若不來，你卻莫怪；他若來了，定與你剪草除根。」那老高歡歡喜喜的，把女兒帶將前去。

行者卻弄神通，搖身一變，變得就如那女子一般，獨自個坐在房裏等那妖精。不多時，一陣風來，真個是走石飛砂。好風：

起初時微微蕩蕩，向後來渺渺茫茫。微微蕩蕩乾坤大，渺渺茫茫無阻礙。
凋花折柳勝摁麻，倒樹摧林如拔菜。翻江攪海鬼神愁，裂石崩山天地怪。
啣花麋鹿失來踪，摘果猿猴迷在外。七層鐵塔侵佛頭，八面幢幡傷寶蓋。
金梁玉柱起根搖，房上瓦飛如燕塊。舉棹梢公許願心，開船忙把豬羊賽。
當坊土地棄祠堂，四海龍王朝上拜。海邊撞損夜叉船，長城刮倒半邊塞。

那陣狂風過處，只見半空裏來了一個妖精，果然生得醜陋：黑臉短毛，長喙大耳；穿一領青不青、藍不藍的梭布直裰，繫一條花布手巾。行者暗笑道：「原來是這個買賣！」好行者，卻不迎他，也不問他，且睡在牀上推病，口裏哼哼嘖嘖的不絕。那怪不識真假，走進房，一把摟住，就要親嘴。行者暗笑道：「真個要來弄老孫哩！」即使個拿法，托著那怪的長嘴，叫做個小跌。漫頭一料，撲的攛下牀來。那怪爬起來，扶著牀邊道：「姐姐，妳怎麼今日有些怪我？想是我來得遲了？」行者道：「不怪！不怪！」那妖道：「既不怪我，怎麼就丟我這一跌？」行者道：「你怎麼就這等樣小家子，就摟我親嘴？我因今日有些不自在，若每常好時，便起來開門等你了。你可脫了衣服睡是。」那怪不解其意，真個就去脫衣。行者跳起來，坐在淨桶上。

那怪依舊復來牀上摸一把，摸不著人，叫道：「姐姐，妳往那裏去了？請脫衣服睡罷。」行者道：「你先睡，等我出個恭來。」那怪果先解衣上牀。行者忽然嘆口氣，道聲：「造化低了！」那怪道：「妳惱怎的？造化怎麼得低的？我得到了妳家，雖是吃了些茶飯，卻也不曾白吃妳的：我也曾替妳家掃地通溝，搬磚運瓦，築土打牆，耕田耙地，種麥插秧，創家立業。如今妳身上穿的錦，戴的金，四時有花果享用，八節有蔬菜烹煎，妳還有那些兒不趁心處，這般短嘆長吁，說什麼造化低了？」行者道：「不是這等說。今日我的父母，隔著牆，丟磚料瓦的，甚是打我罵我哩。」那怪道：「他打罵妳怎的？」行者道：「他說我和你做了夫妻，你是他門下一個女婿，全沒些兒禮體。這樣個醜嘴臉的人，又會不得姨夫，又見不得親戚，又不知你雲來霧去，端的是那裏人家，姓甚名誰，敗壞他清德，玷辱他門風，故此這般打罵，所以煩惱。」那怪道：「我雖是有些兒醜陋，若要俊，卻也不難。我一來時，曾與他講過，他願意方才招我，今日怎麼又說起這話！我家住在福陵山雲棧洞。我以相貌為姓，故姓豬，官名叫做豬剛鬣。他若再來問妳，妳就以此話與他說便了。」

行者暗喜道：「那怪卻也老實，不用動刑，就供得這等明白。既有了地方姓名，不管怎的也拿住他。」行者道：「他要請法師來拿你哩。」那怪笑道：「睡著！睡著！莫睬他！我有天罡數的變化，九齒的釘鈀，怕什麼法師、和尚、道士？就是你老子有虔心，請下九天蕩魔祖師下界，我也曾與他做過相識，他也不敢怎的我。」行者道：「他說請一個五百年前大鬧天宮姓孫的齊天大聖，要來拿你哩。」那怪聞得這個名頭，就有三分害怕道：「既是這等說，我去了罷。兩口子做不成了。」行者道：「你怎的就去？」那怪道：「你不知道，那鬧天宮的弼馬溫，有些本事，只恐我弄他不過，低了名頭，不像模樣。」說罷，套上衣服，開了門，往外就走；被行者一把扯住，將自己臉上抹了一抹，現出原身，喝道：「好妖怪，那裏走！你抬頭看看我是那個？」

那怪轉過眼來，看見行者呲牙咧嘴，火眼金睛，磕頭毛臉，就是個活雷公相似，慌得他手麻腳軟，劃剌的一聲，掙破了衣服，化狂風脫身而去。行者急上前，掣鐵棒，望風打了一下。那怪化萬道火光，逕轉本山而去。行者駕雲，隨後趕來，叫聲：「那裏走！你若上天，我就趕到斗牛宮！你若入地，我就追至枉死獄！」咦！畢竟不知這一去趕至何方，有何勝敗，且聽下回分解。

# 第十九回　雲棧洞悟空收八戒　浮屠山玄奘受心經

卻說那怪的火光前走，這大聖的彩霞隨後。正行處，忽見一座高山，那怪把紅光結聚，現了本相，撞入洞裏，取出一柄九齒釘鈀來戰。行者喝一聲道：「潑怪！你是那裏來的邪魔？怎麼知道我老孫的名號？你有什麼本事，實實供來，饒你性命！」那怪道：「是你也不知我的手段！上前來站穩著，我說與你聽：我

自小生來心性拙，貪閒愛懶無休歇。不曾養性與修真，混沌迷心熬日月。
忽然閒裏遇真仙，就把寒溫坐下說。勸我回心莫墮凡，傷生造下無邊孽。
有朝大限命終時，八難三途悔不喋。聽言意轉要修行，聞語心回求妙訣。
有緣立地拜為師，指示天關並地闕。得傳九轉大還丹，工夫晝夜無時輟。
上至頂門泥丸宮，下至腳板湧泉穴。周流腎水入華池，丹田補得溫溫熱。
嬰兒姹女配陰陽，鉛汞相投分日月。離龍坎虎用調和，靈龜吸盡金烏血。
三花聚頂得歸根，五氣朝元通透徹。功圓行滿卻飛昇，天仙對對來迎接。
朗然足下彩雲生，身輕體健朝金闕。玉皇設宴會群仙，各分品級排班列。
敕封元帥管天河，總督水兵稱憲節。只因王母會蟠桃，開宴瑤池邀眾客。
那時酒醉意昏沈，東倒西歪亂撒潑。逞雄撞入廣寒宮，風流仙子來相接。
見他容貌挾人魂，舊日凡心難得滅。全無上下失尊卑，扯住嫦娥要陪歇。
再三再四不依從，東躲西藏心不悅。色膽如天叫似雷，險些震倒天關闕。
糾察靈官奏玉皇，那日吾當命運拙。廣寒圍困不通風，進退無門難得脫。
卻被諸神拿住我，酒在心頭還不怯。押赴靈霄見玉皇，依律問成該處決。

多虧太白李金星，出班俯顖親言說。改刑重責二千鎚，肉綻皮開骨將折。
放生遭貶出天關，福陵山下圖家業。我因有罪錯投胎，俗名喚做豬剛鬣。」

行者聞言道：「你這廝原來是天蓬水神下界。怪道知我老孫名號。」那怪道聲：「哏！你這誑上的弼馬溫，當年撞那禍時，不知帶累我等多少，今日又來此欺人！不要無禮，吃我一鈀！」行者怎肯容情，舉起棒，當頭就打。他兩個在那半山之中，黑夜裏賭鬥。好殺：

行者金睛似閃電，妖魔環眼似銀花。這一個口噴彩霧，那一個氣吐紅霞。
氣吐紅霞昏處亮，口噴彩霧夜光華。金箍棒，九齒鈀，兩個英雄實可誇：
一個是大聖臨凡世，一個是元帥降天涯。
那個因失威儀成怪物，這個幸逃苦難拜僧家。
鈀去好似龍伸爪，棒迎渾若鳳穿花。
那個道：「你破人親事如殺父！」
這個道：「你強姦幼女正該拿！」
閒言語，亂喧嘩，往往來來棒架鈀。
看看戰到天將曉，那妖精兩膊覺酸麻。

他兩個自二更時分，直鬥到東方發白。那怪不能迎敵，敗陣而逃，依然又化狂風，逕回洞裏，把門緊閉，再不出頭。行者在這洞門外看有一座石碣，上書「雲棧洞」三字；見那怪不出，天又大明，心卻思量：「恐師父等候，且回去見他一見，再來捉此怪不遲。」隨踏雲點一點，早到高老莊。

卻說三藏與那諸老談今論古，一夜無眠，正想行者不來，只見天井裏，忽然站下行者。行者收藏鐵棒，整衣上廳，叫道：「師父，我來了。」慌得那諸老一齊下拜，謝道：「多勞！多勞！」三藏問道：「悟空，你去這一夜，拿得妖精在那裏？」行者道：「師父，那妖不是凡間的邪祟，也不是山間的怪獸。他本是天蓬元帥臨凡，只因錯投了胎，嘴臉像個野豬模樣，其實性靈尚存。他說以相為姓，喚名豬剛鬣。是老孫從後宅裏掣棒就打，他化一陣狂風走了。被老孫著風一棒，他就化道火光，逕轉他那本山洞裏，取出一柄九齒釘鈀，與老孫戰了一夜。適才天色將明，他怯戰而走，把洞門緊閉不出。老孫還要打開那門，與他見個好歹，恐師父在此疑慮盼望，故先來回個信息。」

說罷，那老高上前跪下道：「長老，沒及奈何，你雖趕得去了，他等你去後復來，卻怎區處？索性累你與我拿住，除了根，才無後患。我老夫不敢怠慢，自有重謝：將這家財田地，憑眾親友寫立文書，與長老平分。只是要剪草除根，莫教壞了我高門清德。」行者笑道：「你這老兒不知分限。那怪也曾對我說，他雖是食腸大，吃了你家些茶飯，也與你幹了許多好事。這幾年掙了許多家貲，皆是他之力量。他不曾白吃了你東西，問你袪他怎的。據他說，他是一個天神下界，替你把家做活，又未曾害了你家女兒。想這等一個女婿，也門當戶對，不怎麼壞了家聲，辱了行止。當真的留他也罷。」老高道：「長老，雖是不傷風化，但名聲不甚好聽。動不動著人就說：『高家招了一個妖怪女婿！』這句話兒教人怎當？」三藏道：「悟空，你既是與他做了一場，一發與他做個結局，才見始終。」行者道：「我才試他一試耍子。此去一定拿來與你們看。且莫憂愁。」叫：「老高，你還好生管待我師父，我去也。」

說聲去，就無形無影的，跳到他那山上，來到洞口，一頓鐵棍，把兩扇門打得粉碎，口裏罵道：「那饢糠的夯貨，快出來與老孫打麼！」那怪王喘噓噓的，睡在洞裏，聽見打得門響，又聽見罵饢糠的夯貨，他卻惱怒難禁，只得拖著鈀，抖擻精神，跑將出來，厲聲罵道：「你這個弼馬溫，著實憊懶！與你有甚相干，你把我大門打破？你且去看看律條，打進大門而入，該個雜犯死罪哩！」行者笑道：「這個獃子！我就打了大門，還有個辨處。像你強占人家女子，又沒個三媒六證，又無些茶紅酒禮，該問個真犯斬罪哩！」那怪道：「且休閒講，看老豬這鈀！」行者使棒支住道：「你這鈀可是與高老家做長工築地種菜的？有何好處怕你！」那怪道：「你錯認了！這鈀豈是凡間之物？你且聽我道來：

此是鍛煉神冰鐵，磨琢成工光皎潔。老君自己動鈴鎚，熒惑親身添炭屑。
五方五帝用心機，六丁六甲費周折。造成九齒玉垂牙，鑄就雙環金墜葉。
身妝六曜排五星，體按四時依八節。短長上下定乾坤，左右陰陽分日月。
六爻神將按天條，八卦星辰依斗列。名為上寶沁金鈀，進與玉皇鎮丹闕。
因我修成大羅仙，為吾養就長生客。敕封元帥號天蓬，欽賜釘鈀為御節。
舉起烈焰並毫光，落下猛風飄瑞雪。天曹神將盡皆驚，地府閻羅心膽怯。
人間那有這般兵，世上更無此等鐵。隨身變化可心懷，任意翻騰依口訣。
相攜數載未曾離，伴我幾年無日別。日食三餐並不丟，夜眠一宿渾無撇。
也曾佩去赴蟠桃，也曾帶他朝帝闕。皆因仗酒卻行凶，只為倚強便撒潑。
上天貶我降凡塵，下世儘我作罪孽。石洞心邪曾吃人，高莊情喜婚姻結。
這鈀下海掀翻龍鼉窩，上山抓碎虎狼穴。諸般兵刃且休題，惟有吾當鈀最切。
相持取勝有何難，賭鬪求功不用說。何怕你銅頭鐵腦一身鋼，鈀到魂消神氣洩！」

行者聞言，收了鐵棒道：「獃子不要說嘴！老孫把這頭伸在那裏，你且築一下兒，看可能魂消氣泄？」那怪真個舉起鈀，著氣力築將來。撲的一下，鑽起鈀的火光焰焰，更不曾築動一些兒頭皮。諕得他手麻腳軟，道聲：「好頭！好頭！」行者道：「你是也不知。老孫因為鬧天宮，偷了仙丹，盜了蟠桃，竊了御酒，被小聖二郎擒住，押在斗牛宮前，眾天神把老孫斧剁鎚敲，刀砍劍刺，火燒雷打，也不曾損動分毫。又被那太上老君拿了我去，放在八卦爐中，將神火煅煉，煉做個火眼金睛，銅頭鐵臂。不信，你再築幾下，看看疼與不疼？」那怪道：「你這猴子，我記得你鬧天宮時，家住在東勝神洲敖來國花果山水簾洞裏，到如今久不聞名，你怎麼來到這裏，上門子欺我？莫敢是我丈人去那裏請你來的？」行者道：「你丈人不曾去請我。因是老孫改邪歸正，棄道從僧，保護一個東土大唐駕下御弟，叫做三藏法師，往西天拜佛求經，路過高莊借宿。那高老兒因話說起，就請我救他女兒，拿你這饢糠的夯貨！」

那怪一聞此言，丟了釘鈀，唱個大喏道：「那取經人在那裏？累煩你引見，引見。」行者道：「你要見他怎的？」那怪道：「我本是觀世音菩薩勸善，受了他的戒行，這裏持齋把素，教我跟隨那取經人往西天拜佛求經，將功折罪，還得正果。教我等他，這幾年不聞消息。今日既是你與他做了徒弟，何不早說取經之事，只倚凶強，上門打我？」行者道：「你莫詭詐欺心軟我，欲為脫身之計。果然是要保護唐僧，略無虛假，你可朝天發誓，我才帶你去見我師父。」那怪撲的跪下，望空似搗碓的一般，只管磕頭道：「阿彌陀佛，南無佛，我若不是真心實意，還教我犯了天條，劈屍萬段！」

行者見他賭咒發願，道：「既然如此，你點把火來燒了你這住處，我方帶你去。」那怪真個搬些蘆葦荊棘，點著一把火，將那雲棧洞燒得像個破瓦窯，對行者道：「我今已無罣礙了，你卻引我去罷。」行者道：「你把釘鈀與我拿著。」那怪就把鈀遞與行者。行者又拔了一根毫毛，吹口仙氣，叫：「變！」即變做一條三股麻繩，走過來，把手背綁剪了。那怪真個倒背著手，憑他怎麼綁縛。卻又揪著耳朵，拉著他，叫：「快走！快走！」那怪道：「輕著些兒！你的手重，揪得我耳根子疼。」行者道：「輕不成，顧你不得！常言道：『善豬惡拿。』只等見了我師父，果有真心，方才放你。」他兩個半雲半霧的，逕轉高家莊來。有詩為證：

金性剛強能剋木，心猿降得木龍歸。金從木順皆為一，木戀金仁總發揮。
一主一賓無間隔，三交三合有玄微。性情並喜貞元聚，同證西方話不違。

頃刻間，到了莊前。行者拑著他的鈀，揪著他的耳道：「你看那廳堂上端坐的是誰？乃吾師也。」那高氏諸親友與老高，忽見行者把那怪背綁揪耳而來，一個個欣然迎到天井中，道聲：「長老！長老！他正是我家的女婿！」那怪走上前，雙膝跪下，背著手，對三藏叩頭，高叫道：「師父，弟子失迎。早知是師父住在我丈人家，我就來拜接，怎麼又受到許多波折？」三藏道：「悟空，你怎麼降得他來拜我？」行者才放了手，拿釘鈀柄兒打著，喝道：「獃子！你說麼！」那怪把菩薩勸善事情，細陳了一遍。

三藏大喜，便叫：「高太公，取個香案用用。」老高即忙抬出香案。三藏淨了手焚香，望南禮拜道：「多蒙菩薩聖恩！」那幾個老兒也一齊添香禮拜。拜罷，三藏上廳高坐，教悟空放了他繩。行者才把身抖了一抖，收上身來，其縛自解。那怪從新禮拜三藏，願隨西去。又與行者拜了，以先進者為兄，遂稱行者為師兄。三藏道：「既從吾善果，要做徒弟，我與你起個法名，早晚好呼喚。」他道：「師父，我是菩薩已與我摩頂受戒，起了法名，叫做豬悟能也。」三藏笑道：「好！好！你師兄叫做悟空，你叫做悟能，其實是我法門中的宗派。」悟能道：「師父，我受了菩薩戒行，斷了五葷三厭，在我丈人家持齋把素，更不曾動葷。今日見了師父，我開了齋罷。」三藏道：「不可！不可！你既是不吃五葷三厭，我再與你起個別名，喚為八戒。」那獃子歡歡喜喜道：「謹遵師命。」因此又叫做豬八戒。

高老見這等去邪歸正，更十分喜悅，遂命家僮安排筵宴，酬謝唐僧。八戒上前扯住老高道：「爺，請我拙荊出來拜見公公、伯伯，如何？」行者笑道：「賢弟，你既入了沙門，做了和尚，從今後，再莫題起那『拙荊』的話說。世間只有個火居道士，那裏有個火居的和尚？我們且來敘了坐次，吃頓齋飯，趕早兒往西天走路。」高老兒擺了桌席，請三藏上坐。行者與八戒，坐於左右兩旁。諸親下坐。高老把素酒開樽，滿斟一杯，奠了天地，然後奉與三藏。

三藏道：「不瞞太公說，貧僧是胎裏素，自幼兒不吃葷。」老高道：「因知老師清素，不曾敢動葷。此酒也是素的，請一杯不妨。」三藏道：「也不敢用酒，酒是我僧家第一戒者。」悟能慌了道：「師父，我自持齋，卻不曾斷酒。」悟空道：「老孫雖量窄，吃不上壜把，卻也不曾斷酒。」三藏道：「既如此，你兄弟們吃些素酒也罷。只是不許醉飲誤事。」遂而他兩個接了頭鍾。各人俱照舊坐下，擺下素齋，說不盡那杯盤之盛，品物之豐。

師徒們宴罷，老高將一紅漆丹盤，拿出二百兩散碎金銀，奉三位長老為途中之費；又將三領綿布褊衫，為上蓋之衣。三藏道：「我們是行腳僧，遇莊化飯，逢處求齋，怎敢受金銀財帛？」行者近前，掄開手，抓了一把，叫：「高才，昨日累你引我師父，今日招了一個徒弟，無物謝你，把這些碎金碎銀，權作帶領錢，拿了去買草鞋穿。以後但有妖精，多作成我幾個，還有謝你處哩。」高才接了，叩頭謝賞。老高又道：「師父們既不受金銀，望將這粗衣笑納，聊表寸心。」三藏又道：「我出家人，若受了一絲之賄，千劫難修。只是把席上吃不了的餅果，帶些去做乾糧足矣。」八戒在旁邊道：「師父、師兄，你們不要便罷，我與他家做了這幾年女婿，就是掛腳糧也該三石哩。——丈人啊，我的直裰，昨晚被師兄扯破了，與我一件青錦袈裟，鞋子綻了，與我一雙好新鞋子。」高老聞言，不敢不與，隨買一雙新鞋，將一領褊衫，換下舊時衣物。

那八戒搖搖擺擺，對高老唱個喏道：「上覆丈母、大姨、二姨並姨夫、姑舅諸親：我今日去做和尚了，不及面辭，休怪。丈人啊，你還好生看待我渾家，只怕我們取不成經時，好來還俗，照舊與你做女婿過活。」行者喝道：「夯貨，卻莫胡說！」八戒道：「不是胡說，只恐一時間有些兒差池，卻不是和尚誤了做，老婆誤了娶，兩下裏都耽擱了？」三藏道：「少題閒話，我們趕早兒去來。」遂此收拾了一擔行李，八戒擔著；背了白馬，三藏騎著；行者肩擔鐵棒，前面引路。一行三眾，辭別高老及眾親友，投西而去。有詩為證。詩曰：

滿地烟霞樹色高，唐朝佛子苦勞勞。
飢餐一缽千家飯，寒著千針一衲袍。
意馬胸頭休放蕩，心猿乖劣莫教嚎。

情和性定諸緣合，月滿金華是伐毛。

三眾進西路途，有個月平穩。行過了烏斯藏界，猛抬頭見一座高山。三藏停鞭勒馬道：「悟空、悟能，前面山高，須索仔細，仔細。」八戒道：「沒事。這山喚做浮屠山，山中有一個烏巢禪師，在此修行，老豬也曾會他。」三藏道：「他有些什麼勾當？」八戒道：「他倒也有些道行。他曾勸我跟他修行，我不曾去罷了。」師徒們說著話，不多時，到了山上。好山！但見那：

山南有青松碧檜，山北有綠柳紅桃。
鬧聒聒，山禽對語；舞翩翩，仙鶴齊飛。
香馥馥，諸花千樣色；青冉冉，雜草萬般奇。
澗下有滔滔綠水，崖前有朵朵祥雲。
真個是景致非常幽雅處，寂然不見往來人。

那師父在馬上遙觀，見香檜樹前，有一柴草窩。左邊有麋鹿啣花，右邊有山猴獻果。樹梢頭，有青鸞彩鳳齊鳴，玄鶴錦雞咸集。八戒指道：「那不是烏巢禪師！」三藏縱馬加鞭，直至樹下。

卻說那禪師見他三眾前來，即便離了巢穴，跳下樹來。三藏下馬奉拜，那禪師用手攙道：「聖僧請起。失迎，失迎。」八戒道：「老禪師，作揖了。」禪師驚問道：「你是福陵山豬剛鬣，怎麼有此大緣，得與聖僧同行？」八戒道：「前年蒙觀音菩薩勸善，願隨他做個徒弟。」禪師大喜道：「好，好，好！」又指定行者，問道：「此位是誰？」行者笑道：「這老禪怎麼認得他，倒不認得我？」禪師道：「因少識耳。」三藏道：「他是我的大徒弟孫悟空。」禪師陪笑道：「欠禮，欠禮。」

三藏再拜，請問西天大雷音寺還在那裏。禪師道：「遠哩！遠哩！只是路多虎豹，難行。」

三藏慇懃致意，再回：「路途果有多遠？」禪師道：「路途雖遠，終須有到之日，卻只是魔瘴難消。我有《多心經》一卷，凡五十四句，共計二百七十字。若遇魔瘴之處，但念此經，自無傷害。」三藏拜伏於地懇求。那禪師遂口誦傳之。經云：「

《摩訶般若波羅蜜多心經》，觀自在菩薩，行深般若波羅蜜多，時照見五蘊皆空，度一切苦厄。舍利子，色不異空，空不異色；色即是空，空即是色。受想行識，亦復如是。舍利子，是諸佛空相，不生不滅，不垢不淨，不增不減。是故空中，無色無受想行識，無眼耳鼻舌身意，無色聲香味觸法，無眼界，乃至無意識界，無無明，亦無無明盡。乃至無老死，亦無老死盡。無苦寂滅道，無智亦無得。以無所得故，菩提薩埵。依般若波羅蜜多故，心無罣礙；無罣礙，故無有恐怖；遠離顛倒夢想，究竟涅槃，三世諸佛，依般若波羅蜜多，故得阿耨多羅三藐三菩提。故知般若波羅蜜多，是大神咒，是大明咒，是無上咒，是無等等咒，能除一切苦，真實不虛。故說般若波羅蜜多咒，即說咒曰：『揭諦！揭諦！波羅揭諦！波羅僧揭諦！菩提薩婆訶！』」

此時唐朝法師本有根源，耳聞一遍《多心經》，即能記憶，至今傳世。此乃修真之總經，作佛之會門也。那禪師傳了經文，踏雲光，要上烏巢而去；被三藏又扯住奉告，定要問個西去的路程端的。那禪師笑云：「

道路不難行，試聽我吩咐：
千山千水深，多瘴多魔處。若遇接天崖，放心休恐怖。
行來摩耳巖，側著腳踪步。仔細黑松林，妖狐多截路。
精靈滿國城，魔主盈山住。老虎坐琴堂，蒼狼為主簿。

獅象盡稱王，虎豹皆作御。野豬挑擔子，水怪前頭遇。
多年老石猴，那裏懷嗔怒。你問那相識，他知西去路。」

行者聞言，冷笑道：「我們去，不必問他，問我便了。」三藏還不解其意。那禪師化作金光，逕上烏巢而去。長老往上拜謝。行者心中大怒，舉鐵棒望上亂搗，只見蓮花生萬朵，祥霧護千層。行者縱有攪海翻江力，莫想挽著烏巢一縷藤。三藏見了，扯住行者道：「悟空，這樣一個菩薩，你搗他窩巢怎的？」行者道：「他罵了我兄弟兩個一場去了。」三藏道：「他講的西天路徑，何嘗罵你？」行者道：「你那裏曉得？他說『野豬挑擔子』是罵的八戒；『多年老石猴』是罵的老孫。你怎麼解得此意？」八戒道：「師兄息怒。這禪師也曉得過去未來之事，但看他『水怪前頭遇』這句話，不知驗否。饒他去罷。」行者見蓮花祥霧，近那巢邊，只得請師父上馬，下山往西而去。那一去：管教清福人間少，致使災魔山裏多。畢竟不知前程端的如何，且聽下回分解。

## 第二十回　黃風嶺唐僧有難　半山中八戒爭先

法本從心生，還是從心滅。生滅盡由誰，請君自辨別。既然皆己心，何用別人說？
只須下苦功，扭出鐵中血。絨繩著鼻穿，挽定虛空結。拴在無為樹，不使他顛劣。
莫認賊為子，心法都忘絕。休教他瞞我，一拳先打徹。現心亦無心，現法法也輟。
人牛不見時，碧天光皎潔。秋月一般圓，彼此難分別。

這一篇偈子，乃是玄奘法師悟徹了《多心經》，打開了門戶。那長老常念常存，一點靈光自透。且說他三眾，在路餐風宿水，戴月披星，早又至夏景炎天。但見那：

花盡蝶無情敘，樹高蟬有聲喧。
野蠶成繭火榴妍，沼內新荷出現。

那日正行時，忽然天晚，又見山路旁邊，有一村舍。三藏道：「悟空，你看那日落西山藏火鏡，月昇東海現冰輪。幸而道旁有一人家，我們且借宿一宵，明日再走。」八戒道：「說得是，我老豬也有些餓了，且到人家化些齋吃，有力氣，好挑行李。」行者道：「這個戀家鬼！你離了家幾日，就生抱怨！」八戒道：「哥啊，比不得你這喝風呵烟的人。我從跟了師父這幾日，長忍半肚飢，你可曉得？」三藏聞之道：「悟能，你若是在家心重呵，不是個出家的了，你還回去罷。」那獃子慌得跪下道：「師父，你莫聽師兄之言。他有些贓埋人。我不曾抱怨甚的，他就說我抱怨。我是個直腸的癡漢，我說道肚內飢了，好尋個人家化齋，他就罵我是戀家鬼。師父啊，我受了菩薩的戒行，又承師父憐憫，情願要伏侍師父往西天去，誓無退悔。這叫做『恨苦修行』，怎的說不是出家的話！」三藏道：「既是如此，你且起來。」

那獃子縱身跳起，口裏絮絮叨叨的，挑著擔子，只得死心塌地，跟著前來。早到了路旁人家門首。三藏下馬，行者接了韁繩，八戒歇了行李，都佇立綠蔭之下。三藏拄著九環錫杖，按按藤纏篾織斗篷，先奔門前，只見一老者，斜倚竹牀之上，口裏嚶嚶的念佛。三藏不敢高言，慢慢的叫一聲：「施主，問訊了。」那老者一骨碌跳將起來，忙斂衣襟，出門還禮道：「長老，失迎。你自那方來的？到我寒門何故？」三藏道：「貧僧是東土大唐和尚，奉聖旨上雷音寺拜佛求經。適至寶方天晚，意投檀府告借一宵，萬祈方便方便。」那老兒擺手搖頭道：「去不得。西天難取經。要取經，往東天去罷。」三藏口中不語，意下沈吟：「菩薩指道西去，怎麼此老說往東行？東邊那得有經？……」靦腆難言，半晌不答。

卻說行者索性凶頑，忍不住，上前高叫道：「那老兒，你這們大年紀，全不曉事。我出家人遠來借宿，就把這厭鈍的話虎諕我。十分你家窄狹，沒處睡時，我們在樹底下，好道也坐一夜，不打攪你。」那老者扯住三藏道：「師父，你倒不言語，你那個徒弟，那般拐子臉、別頦腮，雷公嘴，紅眼睛，一個癆病魔鬼，怎麼反衝撞我這年老之人！」行者笑道：「你這個老兒，忒也沒眼色！似那俊刮些兒的，叫做中看不中吃。想我老孫雖小，頗結實，皮裏一團筋哩。」

那老者道：「你想必有些手段。」行者道：「不敢誇言，也將就看得過。」老者道：「你家居何處？因甚事削髮為僧？」行者道：「老孫祖貫東勝神洲海東傲來國花果山水簾洞居住。自小兒學做妖怪，稱名悟空。憑本事，做了一個齊天大聖。只因不受天籙，大反天宮，惹了一場災愆。如今脫難消災，轉拜沙門，前求正果，保我這唐朝駕下的師父，上西天拜佛走遭，怕什麼山高路險，水闊波狂！我老孫也捉得怪，降得魔，伏虎擒龍，踢天弄井，都曉得些兒。倘若府上有什麼丟磚打瓦，鍋叫門開，老孫便能安鎮。」

那老兒聽得這篇言語，哈哈笑道：「原來是個撞頭化緣的熟嘴兒和尚。」行者道：「你兒子便是熟嘴！我這些時，只因跟我師父走路辛苦，還懶說話哩。」那老兒道：「若是你不辛苦，不懶說話，好道活活的聒殺我！你既有這樣手段，西方也還去得，去得。你一行幾眾？請至茅舍裏安宿。」三藏道：「多蒙老施主不叱之恩，我一行三眾。」老者道：「那一眾在那裏？」行者指著道：「這老兒眼花，那綠蔭下站的不是？」老兒果然眼花，忽抬頭細看，一見八戒這般嘴臉，就諕得一步一跌，往屋裏亂跑，只叫：「關門！關門！妖怪來了！」行者趕上扯住道：「老兒莫怕，他不是妖怪，是我師弟。」老者戰兢兢的道：「好！好！好！一個醜似一個的和尚！」八戒上前道：「老官兒，你若以相貌取人，乾淨差了。我們醜自醜，卻都有用。」

那老者正在門前與三個和尚相講，只見那莊南邊有兩個少年人，帶著一個老媽媽，三四個小男女，斂衣赤腳，插秧而回。他看見一匹白馬，一擔行李，都在他家門首喧嘩，不知是甚來歷，都一擁上前問道：「做什麼的？」八戒調過頭來，把耳朵擺了幾擺，長嘴伸了一伸，嚇得那些人東倒西歪，亂蹡亂跌。慌得那三藏滿口招呼道：「莫怕！莫怕！我們不是歹人，我們是取經的和尚。」那老兒才出了門，攙著媽媽道：「婆婆起來，少要驚恐。這師父是唐朝來的，只是他徒弟臉嘴醜些，卻也面惡人善。帶男女們家去。」那媽媽才扯著老兒，二少年領著兒女進去。

三藏卻坐在他們樓裏竹牀之上，埋怨道：「徒弟呀，你兩個相貌既醜，言語又粗，把這一家兒嚇得七損八傷，都替我身造罪哩！」八戒道：「不瞞師父說，老豬自從跟了你，這些時俊了許多哩。若像往常在高老莊走時，把嘴朝前一掬，把耳兩頭一擺，常嚇殺二三十人哩。」行者笑道：「獃子不要亂說，把那醜也收拾起些。」三藏道：「你看悟空說的話。相貌是生成的，你教他怎麼收拾？」行者道：「把那個耙子嘴揣在懷裏，莫拿出來；把那蒲扇耳貼在後面，不要搖動，這就是收拾了。」那八戒真個把嘴揣了，把耳貼了，拱著頭，立於左右。行者將行李拿入門裏，將白馬拴在樁上。

只見那老兒才引個少年，拿一個板盤兒，托三杯清茶來獻。茶罷，又吩咐辦齋。那少年又拿一張有窟窿無漆水的舊桌，端兩條破頭折腳的凳子，放在天井中，請三眾涼處坐下。三藏方問道：「老施主，高姓？」老者道：「在下姓王。」「有幾位令嗣？」道：「有兩個小兒，三個小孫。」

三藏道：「恭喜，恭喜。」又問：「年壽幾何？」道：「癡長六十一歲。」行者道：「好！好！好！花甲重逢矣。」三藏復問道：「老施主，始初說西天經難取者，何也？」老者道：「經非難取，只是道中艱澀難行。我們這向西去，只有三十里遠近，有一座山，叫做八百里黃風嶺。那山中多有妖怪。故言難取者，此也。若論此位小長老，說有許多手段，卻也去得。」行者道：「不妨！不妨！有了老孫與我這師弟，任他是什麼妖怪，不敢惹我。」

正說處，又見兒子拿將飯來，擺在桌上，道聲：「請齋。」三藏就合掌諷起齋經。八戒早已吞了一碗。長老的幾句經還未了，那獃子又吃夠三碗。行者道：「這個饢糠的！好道撞著餓鬼了！」那老王倒也知趣，見他吃得快，道：「這個長老，想著實餓了，快添飯來。」那獃子真個食腸大：看他不抬頭，一連就吃有十數碗。三藏、行者俱各吃不上兩碗，獃子不住，便還吃哩。老王道：「倉卒無食，不敢苦勸，請再進一筋。」三藏、行者俱道：「夠了。」八戒道：「老兒滴答什麼，誰和你發課，說什麼五爻六爻！有飯只管添將來就是。」獃子一頓，把他一家子飯都吃得罄盡，還只說才得半飽。卻才收了傢伙，在那門樓下，安排了竹牀板鋪睡下。

次日天曉，行者去背馬，八戒去整擔，老王又教媽媽整治些點心湯水管待，三眾方致謝告行。老者道：「此去倘路間有甚不虞，是必還來茅舍。」行者道：「老兒，莫說哈話。我們出家人，不走回頭路。」遂此策馬挑擔西行。噫！這一去，果無好路朝西域，定有邪魔降大災。三眾前來，不上半日，果逢一座高山，說起來，十分險峻。三藏馬到臨崖，斜挑寶鐙觀看，果然那：

高的是山，峻的是嶺；陡的是崖，深的是壑；響的是泉，鮮的是花。
那山高不高，頂上接青霄；這澗深不深，底中見地府。
山前面，有骨都都白雲，屹嶝嶝怪石，說不盡千丈萬丈挾魂崖。
崖後有彎彎曲曲藏龍洞，洞中有叮叮噹噹滴水巖。
又見些丫丫叉叉帶角鹿，泥泥癡癡看人獐；盤盤曲曲紅鱗蟒，耍耍頑頑白面猿。

至晚巴山尋穴虎，帶曉翻波出水龍，登的洞門唿喇喇響。草裏飛禽，撲轤轤起；林中走獸，掬嗥嗥行。猛然一陣狼蟲過，嚇得人心趷蹬蹬驚。正是那：當倒洞當當倒洞，洞當當倒洞當山。青岱染成千丈玉，碧紗籠罩萬堆烟。

那師父緩促銀驄，孫大聖停雲慢步，豬悟能磨擔徐行。正看那山，忽聞得一陣旋風大作。三藏在馬上心驚，道：「悟空，風起了！」行者道：「風卻怕他怎的！此乃天家四時之氣，有何懼哉！」三藏道：「此風其惡，比那天風不同。」行者道：「怎見得不比天風？」三藏道：「你看這風：

巍巍蕩蕩颯飄飄，渺渺茫茫出碧霄。過嶺只聞千樹吼，入林但見萬竿搖。
岸邊擺柳連根動，園內吹花帶葉飄。收網漁舟皆緊纜，落篷客艇盡拋錨。
途半征夫迷失路，山中樵子擔難挑。仙果林間猴子散，奇花叢內鹿兒逃。
崖前檜柏棵棵倒，澗下松篁葉葉凋。播土揚塵沙迸迸，翻江攪海浪濤濤。」

八戒上前，一把扯住行者道：「師兄，十分風大！我們且躲一躲兒乾淨。」行者笑道：「兄弟不濟！風大時就躲。倘或親面撞見妖精，怎的是好？」八戒道：「哥啊，你不曾聞得『避色如避仇，避風如避箭』哩！我們躲一躲，也不虧人。」行者道：「且莫言語，等我把這風抓一把來聞一聞看。」八戒笑道：「師兄又扯空頭謊了，風又好抓得過來聞？就是抓得來，使也鑽了去了。」行者道：「兄弟，你不知道老孫有個『抓風』之法。」好大聖，讓過風頭，把那風尾抓過來聞了一聞，有些腥氣，道：「果然不是好風！這風的味道不是虎風，定是怪風，斷乎有些蹊蹺。」

說不了，只見那山坡下，剪尾跑蹄，跳出一隻斑斕猛虎，慌得那三藏坐不穩雕鞍，翻根頭跌下白馬，斜倚在路旁，真個是魂飛魄散。八戒丟了行李，掣釘鈀，不讓行者走上前，大喝一聲道：「孽畜！那裏走！」趕將去，劈頭就築。那隻虎直挺挺站將起來，把那前左爪掄起，摳住自家的胸膛，往下一抓，滑刺的一聲，把個皮剝將下來，站立道旁。你看他怎生惡相！咦，那模樣：

血津津的赤剝身軀，紅媸媸的彎環腿足。
火焰焰的兩鬢蓬鬆，硬搠搠的雙眉直豎。
白森森的四個鋼牙，光耀耀的一雙金眼。
氣昂昂的努力大哮，雄糾糾的厲聲高喊。

喊道：「慢來！慢來！吾當不是別人，乃是黃風大王部下的前路先鋒。今奉大王嚴命，在山巡邏，要拿幾個凡夫去做案酒。你是那裏來的和尚，敢擅動兵器傷我？」八戒罵道：「我把你這個孽畜！你是認不得我！我等不是那過路的凡夫，乃東土大唐御弟三藏之弟子，奉旨上西方拜佛求經者。你早早的遠避他方，讓開人路，休驚了我師父，饒你性命；若似前猖獗，鈀舉處，卻不留情！」

那妖精那容分說，急近步，丟一個架子，望八戒劈臉來抓。這八戒忙閃過，掄鈀就築。那怪手無兵器，回身就走，八戒隨後趕來。那怪到了山坡下，亂石叢中，取出兩口赤銅刀，急掄起，轉身來迎。兩個在這坡前，一往一來，一衝一撞的賭鬥。那孫行者攙起唐僧道：「師父，你莫害怕，且坐住，等老孫去助助八戒，打倒那怪好走。」三藏才坐將起來，戰兢兢的，口裏念著《多心經》不題。

那行者掣了鐵棒，喝聲叫：「拿了！」此時八戒抖擻精神，那怪敗下陣去。行者道：「莫饒他！務要趕上！」他兩個掄起鈀，舉鐵棒，趕下山來。那怪慌了手腳，使個「金蟬脫殼計」，打個滾，現了原身，依然是一隻猛虎。行者與八戒那裏肯捨，趕著那虎，定要除根。那怪見他趕得至近，卻又摳著胸膛，剝下皮來，苫蓋在那臥虎石上，脫真身，化一陣狂風，逕回路口。忽見那師父正念《多心經》，被他一把拿住，駕長風攝將去了。可憐那三藏啊！江流注定多磨折，寂滅門中功行難。

那怪把唐僧擒來洞口，按住狂風，對把門的道：「你去報大王說，前路虎先鋒拿了一個和尚，在門外聽令。」那洞主傳令，教他進來。那虎先鋒，腰插著兩口赤銅刀，雙手捧著唐僧，上前跪下道：「大王，小將不才，蒙鈞令差往山上巡邏，忽遇一個和尚，他是東土大唐駕下御弟三藏法師，上西方拜佛求經，被我擒來奉上，聊具一饌。」

那洞主聞得此言，吃了一驚道：「我聞得前後有人傳說：三藏法師乃大唐奉旨意取經的神僧；他手下有一個徒弟，名喚孫行者，神通廣大，智力高強。你怎麼能彀捉得他來？」先鋒道：「他有兩個徒弟：先來的，使一柄九齒釘鈀，他生得嘴長耳大；又一個，使一根金箍鐵棒，他生得火眼金睛。正趕著小將爭持，被小將使一個『金蟬脫殼』之計，撤身得空，把這和尚拿來，奉獻大王，聊表一餐之敬。」洞主道：「且莫吃他哩。」先鋒道：「大王，見食不食，呼為劣蹶。」洞主道：「你不曉得。吃了他不打緊，只恐怕他那兩個徒弟上門吵鬧，未為穩便。且把他綁在後園定風樁上，待三五日，他兩個不來攪擾，那時節，一則圖他身子乾淨，二來不動口舌，卻不任我們心意？或煮或蒸，或煎或炒，慢慢的自在受用不遲。」先鋒大喜道：「大王深謀遠慮，說得有理。」教：「小的們，拿了去。」

旁邊擁上七八個綁縛手，將唐僧拿去，好便似鷹拿燕雀，索綁繩纏。這的是苦命江流思行者，遇難神僧想悟能，道聲：「徒弟啊！不知你在那山擒怪，何處降妖，我卻被魔頭拿來，遭此毒害，幾時再得相見？好苦啊！你們若早些兒來，還救得我命；若十分遲了，斷然不能保矣！」一邊嗟嘆，一邊淚落如雨。

卻說那行者、八戒，趕那虎下山坡，只見那虎跑倒了，塌伏在崖前。行者舉棒，盡力一打，轉振得自己手疼。八戒復築了一鈀，亦將鈀齒迸起。原來是一張虎皮，蓋著一塊臥虎石。行者大驚道：「不好了！不好了！中了他計也！」八戒道：「中他甚計？」行者道：「這個叫做『金蟬脫殼計』：他將虎皮蓋在此，他卻走了。我們且回去看看師父，莫遭毒手。」兩個急急轉來，早已不見了三藏。行者大叫如雷道：「怎的好！師父已被他擒去了。」八戒即便牽著馬，眼中滴淚道：「天那！天那！卻往那裏找尋！」行者抬著頭跳道：「莫哭！莫哭！一哭就挫了銳氣。橫豎想只在此山，我們尋尋去來。」他兩個果奔入山中，穿崗越嶺，行夠多時，只見那石崖之下，聳出一座洞府。兩人定步觀瞻，果然凶險，但見那：

疊障尖峰，回巒古道。青松翠竹依依，綠柳碧梧冉冉。崖前有怪石雙雙，林內有幽禽對對。澗水遠流沖石壁，山泉細滴漫沙堤。野雲片片，瑤草芊芊。妖狐狡兔亂攛梭，角鹿香獐齊鬬勇。劈崖斜掛萬年藤，深壑半懸千歲柏。奕奕巍巍欺華嶽，落花啼鳥賽天臺。

行者道：「賢弟，你可將行李歇在藏風山凹之間，撒放馬匹，不要出頭。等老孫去他門首，與他賭鬪。必須拿住妖精，方才救得師父。」八戒道：「不消吩咐，請快去。」行者整一整直裰，束一束虎裙，掣了棒，撞至門前，只見那門上有六個大字，乃「黃風嶺黃風洞」，卻便丁字腳站定，執著棒，高叫道：「妖怪！趁早兒送我師父出來，省得掀翻了你窩巢，躧平了你住處！」

那小怪聞言，一個個害怕，戰兢兢的，跑入裏面報道：「大王！禍事了！」那黃風怪正坐間，問：「有何事？」小妖道：「洞門外來了一個雷公嘴毛臉的和尚，手持著一根許大粗的鐵棒，要他師父哩！」那洞主驚張，即喚虎先鋒道：「我教你去巡山，只該拿些山牛、野彘、肥鹿、胡羊，怎麼拿那唐僧來！卻惹他那徒弟來此鬧吵，怎生區處？」先鋒道：「大王放心穩便，高枕勿憂。小將不才，願帶領五十個小校出去，把那什麼孫行者拿來湊吃。」洞主道：「我這裏除了大小頭目，還有五七百名小校，憑你選擇，領多少去。只要拿住那行者，我們才自自在在吃那和尚一塊肉，情願與你拜為兄弟；但恐拿他不得，反傷了你，那時休得埋怨我也。」

虎怪道：「放心！放心！等我去來。」果然點起五十名精壯小妖，擂鼓搖旗，纏兩口赤銅刀，騰出門來，厲聲高叫道：「你是那裏來的個猴和尚？敢在此間大呼小叫的做甚？」行者罵道：「你這個剝皮的畜生！你弄什麼脫殼法兒，把我師父攝了，倒轉問我做甚！趁早好好送我師父出來，還饒你這個性命！」虎怪道：「你師父是我拿了，要與我大王做頓下飯。你識起倒，回去罷！不然，拿住你，一齊湊吃，卻不是『買一個又饒一個』？」行者聞言，心中大怒。扢迸迸，鋼牙錯嚙；滴流流，火眼睜圓；掣鐵棒喝道：「你多大手段，敢說這等大話！休走！看棍！」那先鋒急持刀按住。這一場果然不善，他兩個各顯威能。好殺：

那怪是個真鵝卵，悟空是個鵝卵石。赤銅刀架美猴王，渾如壘卵來擊石。
鳥鵲怎與鳳凰爭？鵓鴿敢和鷹鷂敵？那怪噴風灰滿山，悟空吐霧雲迷日。
來往不禁三五回，先鋒腰軟全無力。轉身敗了要逃生，卻被悟空抵死逼。

那虎怪抵架不住，回頭就走。他原來在那洞主面前說了嘴，不敢回洞，逕往山坡上逃生。行者那裏肯放，執著棒，只情趕來，呼呼吼吼，喊聲不絕，卻趕到那藏風山凹之間。正抬頭，見八戒在那裏放馬。八戒忽聽見呼呼聲喊，回頭觀看，乃是行者趕敗的虎怪，就丟了馬，舉起鈀，刺斜著頭一築。可憐那先鋒，脫身要跳黃絲網，豈知又遇罩魚人。卻被八戒一鈀，築得九個窟窿鮮血冒，一頭腦髓盡流乾。有詩為證。詩曰：

三五年前歸正宗，持齋把素悟真空。
誠心要保唐三藏，初秉沙門立此功。

那獃子一腳踩住他的脊背，兩手掄鈀又築。行者見了，大喜道：「兄弟，正是這等！他領了幾十個小妖，敢與老孫賭鬪，被我打敗了，他轉不往洞跑，卻跑來這裏尋死。虧你接著；不然，又走了。」八戒道：「弄風攝師父去的可是他？」行者道：「正是，正是。」八戒道：「你可曾問他師父的下落麼？」行者道：「這怪把師父拿在洞裏，要與他什麼鳥大王做下飯，是老孫惱了，就與他鬪將這裏來，卻被你送了性命。兄弟啊，這個功勞算你的。你可還守著馬與行李，等我把這死怪拖了去，再到那洞口索戰。須是拿得那老妖，方才救得師父。」八戒道：「哥哥說得有理。你去，你去。若是打敗了這老妖，還趕將這裏來，等老豬截住殺他。」好行者，一隻手提著鐵棒，一隻手拖著死虎，逕至他洞口。正是：法師有難逢妖怪，情性相和伏亂魔。畢竟不知此去可降得妖怪，救得唐僧，且聽下回分解。

# 第二十一回　護法設莊留大聖　須彌靈吉定風魔

卻說那五十個敗殘的小妖，拿著些破旗、破鼓，撞入洞裏，報道：「大王，虎先鋒戰不過那毛臉和尚，被他趕下東山坡去了。」老妖聞說，十分煩惱。正低頭不語，默思計策，又有把前門的小妖道：「大王，虎先鋒被那毛臉和尚打殺了，拖在門口罵戰哩。」那老妖聞言，愈加煩惱道：「這廝卻也無知！我倒不曾吃他師父，他轉打殺我家先鋒，可恨！可恨！」叫：「取披掛來。我也只聞得講什麼孫行者，等我出去，看是個什麼九頭八尾的和尚。拿他進來，與我虎先鋒對命。」眾小妖急急抬出披掛。老妖結束齊整，綽一桿三股鋼叉，帥群妖跳出本洞。那大聖停立門外，見那妖走將出來，著實驍勇。看他怎生打扮，但見那：

金盔晃日，金甲凝光。盔上纓飄山雉尾，羅袍罩甲淡鵝黃。
勒甲絛盤龍耀彩，護心鏡繞眼輝煌。
鹿皮靴，槐花染色；錦圍裙，柳葉絨妝。
手持三股鋼叉利，不亞當年顯聖郎。

那老妖出得門來，厲聲高叫道：「那個是孫行者？」這行者腳躧著虎怪的皮囊，手執著如意的鐵棒，答道：「你孫外公在此，送出我師父來！」那妖仔細觀看，見行者身軀鄙猥，面容羸瘦，不滿四尺，笑道：「可憐！可憐！我只道是怎麼樣扳翻不倒的好漢，原來是這般一個骷髏的病鬼！」行者笑道：「你這個兒子，忒沒眼色！你外公雖是小小的，你若肯照頭打一叉柄，就長三尺。」那怪道：「你硬著頭，吃吾一柄。」大聖公然不懼。那怪果打一下來，他把腰躬一躬，足長了六尺，有一丈長短，慌得那妖把鋼叉按住，喝道：「孫行者，你怎麼把這護身的變化法兒，拿來我門前使喚！莫弄虛頭！走上來，我與你見見手段！」行者笑道：「兒子啊！常言道：『留情不舉手，舉手不留情。』你外公手兒重重的，只怕你捱不起這一棒！」那怪那容分說，捻轉鋼叉，望行者當胸就刺。這大聖正是會家不忙，忙家不會，理開鐵棒，使一個「烏龍掠地勢」，撥開鋼叉，又照頭便打。他二人在那黃風洞口，這一場好殺：

妖王發怒，大聖施威。
妖王發怒，要拿行者抵先鋒；
大聖施威，欲捉精靈救長老。叉來棒架，棒去叉迎。
一個是鎮山都總帥，一個是護法美猴王。
初時還在塵埃戰，後來各起在中央。
點鋼叉，尖明銳利；如意棒，身黑箍黃。
戳著的魂歸冥府，打著的定見閻王。
全憑著手疾眼快，必須要力壯身強。
兩家捨死忘生戰，不知那個平安那個傷！

那老妖與大聖鬪經三十回合，不分勝敗。這行者要見功績，使一個「身外身」的手段：把毫毛揪下一把，用口嚼得粉碎，望上一噴，叫聲：「變！」變有百十個行者，都是一樣打扮，各執一根鐵棒，把那怪圍在空中。那怪害怕，也使一般本事：急回頭，望著巽地上，把口張了三張，呼的一口氣，吹將出去，忽然間，一陣黃風，從空刮起。好風！真個利害：

冷冷颼颼天地變，無影無形黃沙旋。穿林折嶺倒松梅，播土揚塵崩嶺坫。
黃河浪潑徹底渾，湘江水湧翻波轉。碧天振動斗牛宮，爭些刮倒森羅殿。

五百羅漢鬧喧天，八大金剛齊嚷亂。文殊走了青毛獅，普賢白象難尋見。
真武龜蛇失了群，梓橦騾子飄其轞。行商喊叫告蒼天，梢公拜許諸般願。
烟波性命浪中流，名利殘生隨水辦。仙山洞府黑攸攸，海島蓬萊昏暗暗。
老君難顧煉丹爐，壽星收了龍鬚扇。王母正去赴蟠桃，一風吹亂裙腰釧。
二郎迷失灌州城，哪吒難取匣中劍。天王不見手心塔，魯班吊了金頭鑽。
雷音寶闕倒三層，趙州石橋崩兩斷。一輪紅日蕩無光，滿天星斗皆昏亂。
南山鳥往北山飛，東湖水向西湖漫。雌雄拆對不相呼，子母分離難叫喚。
龍王遍海找夜叉，雷公到處尋閃電。十代閻王覓判官，地府牛頭追馬面。
這風吹倒普陀山，捲起觀音經一卷。白蓮花卸海邊飛，吹倒菩薩十二院。
盤古至今曾見風，不似這風來不善。唿喇喇，乾坤險不炸崩開，萬里江山都是顫！

那妖怪使出這陣狂風，就把孫大聖毫毛變的小行者刮得在那半空中，卻似紡車兒一般亂轉，莫想掄得棒，如何攏得身？慌得行者將毫毛一抖，收上身來，獨自個舉著鐵棒，上前來打，又被那怪劈臉噴了一口黃風，把兩隻火眼金睛，刮得緊緊閉合，莫能睜開；因此難使鐵棒，遂敗下陣來。那妖收風回洞不題。

卻說豬八戒見那黃風大作，天地無光，牽著馬，守著擔，伏在山凹之間，也不敢睜眼，不敢抬頭，口裏不住的念佛許願，又不知行者勝負何如，師父死活如何？正在那疑思之時，卻早風定天晴。忽抬頭往那洞門前看處，卻也不見兵戈，不聞鑼鼓。獃子又不敢上他門，又沒人看守馬匹、行李，果是進退兩難，愴惶不已。憂慮間，只聽得孫大聖從西邊吆喝而來，他才欠身迎著道：「哥哥，好大風啊！你從那裏走來？」行者擺手道：「利害！利害！我老孫自為人，不曾見這大風。那老妖使一柄三股鋼叉，來與老孫交戰；戰到有三十餘合，是老孫使一個身外身的本事，把他圍打。他甚著急，故弄出這陣風來，果是兇惡，刮得我站立不住，收了本事，冒風而逃。——哏，好風！哏，好風！老孫也會呼風，也會喚雨，不曾似這個妖精的風惡！」八戒道：「師兄，那妖精的武藝如何？」行者道：「也看得過。叉法兒倒也齊整，與老孫也戰個手平。卻只是風惡了，難得贏他。」八戒道：「似這般怎生救得師父？」行者道：「救師父且等再處，不知這裏可有眼科先生，且教他把我眼醫治醫治。」八戒道：「你眼怎的來？」行者道：「我被那怪一口風噴將來，吹得我眼珠酸痛，這會子冷淚常流。」八戒道：「哥啊，這半山中，天色又晚，且莫說要什麼眼科，連宿處也沒有了！」行者道：「要宿處不難。我料著那妖精還不敢傷我師父。我們且找上大路，尋個人家住下，過此一宵，明日天光，再來降妖罷。」八戒道：「正是，正是。」

他卻牽了馬，挑了擔，出山凹，行上路口。此時漸漸黃昏，只聽得那路南山坡下，有犬吠之聲。二人停身觀看，乃是一家莊院，影影的有燈火光明。他兩個也不管有路無路，漫草而行，直至那家門首。但見：

紫芝翳翳，白石蒼蒼。紫芝翳翳多青草，白石蒼蒼半綠苔。
數點小螢光灼灼，一林野樹密排排。香蘭馥郁，嫩竹新栽。
清泉流曲澗，古柏倚深崖。地僻更無遊客到，門前惟有野花開。

他兩個不敢擅入，只得叫一聲：「開門，開門！」那裏有一老者，帶幾個年幼的農夫，叉鈀掃箒齊來，問道：「什麼人？什麼人？」行者躬身道：「我們是東土大唐聖僧的徒弟。因往西方拜佛求經，路過此山，被黃風大王拿了我師父去了，我們還未曾救得。天色已晚，特來府上告借一宵，萬望方便方便。」那老者答禮道：「失迎，失迎。此間乃雲多人少之處，卻才聞得叫門，恐怕是妖狐、老虎，及山中強盜等類，故此小价愚頑，多有衝撞。不知是二位長老。請進，請進。」他兄弟們牽馬挑擔而入，逕至裏邊，拴馬歇擔，與莊老拜見敘坐，又有蒼頭獻茶。茶罷，捧出幾碗胡麻飯。飯畢，命設鋪就寢。行者道：「不睡還可，敢問善人，貴地可有賣眼藥的？」老者道：「是那位長老害眼？」行者道：「不瞞你老人家說，我們出家人，自來無病，從不曉得害眼。」老人道：「既不害眼，如何討藥？」行者道：「我們今日在黃風洞口救我師父，不期被那怪將一口風噴來，吹得我眼珠酸痛；今有些眼淚汪汪，故此要尋眼藥。」

那老者道：「善哉！善哉！你這個長老，小小的年紀，怎麼說謊？那黃風大王，風最利害。他那風，比不得什麼春秋風、松竹風與那東西南北風。」八戒道：「想必是夾腦風、羊耳風、大麻風、偏正頭風？」長者道：「不是，不是。他叫做『三昧神風』。」行者道：「怎見得？」老者道：「那風，能吹天地暗，善刮鬼神愁。裂石崩崖惡，吹人命即休。你們若遇著他那風吹了時，還想得活哩！只除是神仙，方可得無事。」行者道：「果然！果然！我們雖不是神仙，神仙還是我的晚輩。這條命急切難休，卻只是吹得我眼珠酸痛！」那老者道：「既如此說，也是個有來頭的人。我這敝處卻無賣眼藥的。老漢也有些迎風冷淚，曾遇異人，傳了一方，名喚『三花九子膏』，能治一切風眼。」行者聞言，低頭唱喏道：「願求些兒，點試，點試。」

那老者應承，即走進去，取出一個瑪瑙石的小罐兒來，拔開塞口，用玉簪兒蘸出少許，與行者點上，教他不得睜開，寧心睡覺，明早就好。點畢，收了石罐，逕領小价們退於裏面。八戒解包袱，展開鋪蓋，請行者安置。行者閉著眼亂摸。八戒笑道：「先生，你的明杖兒呢？」行者道：「你這個饢糟的獃子！你照顧我做瞎子哩！」那獃子啞啞的暗笑而睡。行者坐在鋪上，轉運神功，直到有三更後，方才睡下。

不覺又是五更將曉，行者抹抹臉，睜開眼道：「果然好藥！比常更有百分光明！」卻轉頭後邊望望，呀！那裏得甚房舍窗門，但只見些老槐高柳，兄弟們都睡在那綠莎茵上。那八戒醒來道：「哥哥，你嚷怎的？」行者道：「你睜開眼看看。」獃子忽抬頭，見沒了人家，慌得一骨碌爬將起來道：「我的馬哩？」行者道：「樹上拴的不是？」「行李呢？」行者道：「你頭邊放的不是？」八戒道：「這家子憊懶。他搬了，怎麼就不叫我們一聲？通得老豬知道，也好與你送些茶果。想是躲門戶的，恐怕里長曉得，卻就連夜搬了。噫！我們也忒睡得死！怎麼他家拆房子，響也不聽見響響？」行者嘻嘻的笑道：「獃子，不要亂嚷。你看那樹上是個什麼紙帖兒。」八戒走上前，用手揭了。原來上面四句頌子云：

莊居非是俗人居，護法伽藍點化廬。
妙藥與君醫眼痛，盡心降怪莫躊躇。

行者道：「這夥強神，自換了龍馬，一向不曾點他，他倒又來弄虛頭！」八戒道：「哥哥莫扯架子。他怎麼伏你點札？」行者道：「兄弟，你還不知哩。這護教伽藍、六丁六甲、五方揭諦、四值功曹，奉菩薩的法旨，暗保我師父者。自那日報了名，只為這一向有了你，再不曾用他們，故不曾點札罷了。」八戒道：「哥哥，他既奉法旨，暗保師父，所以不能現身明顯，故此點化仙莊。你莫怪他，昨日也虧他與你點眼，又虧他管了我們一頓齋飯，亦可謂盡心矣。你莫怪他，我們且去救師父來。」行者道：「兄弟說得是。此處到那黃風洞口不遠，你且莫動身，只在林子裏看馬守擔，等老孫去洞裏打聽打聽，看師父下落如何，再與他爭戰。」八戒道：「正是這等。討一個死活的實信。假若師父死了，各人好尋頭幹事；若是未死，我們好竭力盡心。」行者道：「莫亂談，我去也！」他將身一縱，逕到他門首，門尚關著睡覺。行者不叫門，且不驚動妖怪，捻著訣，念個咒語，搖身一變，變做一個花腳蚊蟲，真個小巧！有詩為證：

擾擾微形利喙，嚶嚶聲細如雷。蘭房紗帳善通隨，正愛炎天暖氣。
只怕薰烟撲扇，偏憐燈火光輝。輕輕小小忒鑽疾，飛入妖精洞裏。

只見那把門的小妖，正打鼾睡。行者往他臉上叮了一口，那小妖翻身醒了，道：「我爺呀！

好大蚊子！一口就叮了一個大疙瘩！」忽睜眼道：「天亮了。」又聽得吱的一聲，二門開了。行者嚶嚶的飛將進去，只見那老妖吩咐各門上謹慎，一壁廂收拾兵器：「只怕昨日那陣風不曾刮死孫行者，他今日必定還來。來時定教他一命休矣。」

行者聽說，又飛過那廳堂，逕來後面。但見層門，關得甚緊。行者漫門縫兒鑽將進去，原來是個大空園子，那壁廂定風樁上，繩纏索綁著唐僧哩。那師父紛紛淚落，心心只念著悟空、悟能，不知都在何處。行者停翅，叮在他光頭上，叫聲：「師父。」那長老認得他的聲音，道：「悟空啊，想殺我也！你在那裏叫我哩？」行者道：「師父，我在你頭上哩。你莫要心焦，少得煩惱，我們務必拿住妖精，方才救得你的性命。」唐僧道：「徒弟啊，幾時才拿得妖精麼？」行者道：「拿你的那虎怪，已被八戒打死了。只是老妖的風勢利害。料著只在今日，管取拿他。你放心莫哭，我去呀。」說聲去，嚶嚶的飛到前面，只見那老妖坐在上面，正點札各路頭目；又見那洞前有一個小妖，把個令字旗磨一磨，撞上廳來報道：「大王，小的巡山，才出門，見一個長嘴大耳朵的和尚坐在林裏；若不是我跑得快些，幾乎被他捉住。卻不見昨日那個毛臉和尚。」老妖道：「孫行者不在，想必是風吹死也。再不便去那裏求救兵去了！」眾妖道：「大王，若果吹殺了他，是我們的造化；只恐吹不死他，他去請些神兵來，卻怎生是好？」老妖道：「怕那什麼神兵！若還定得我的風勢，只除了靈吉菩薩來是，其餘何足懼也！」

行者在屋梁上，只聽得他這一句言語，不勝歡喜，即抽身飛出，現本相來至林中，叫聲：「兄弟！」八戒道：「哥，你往那裏去來？剛才一個打令字旗的妖精，被我趕了去也。」行者笑道：「虧你！虧你！老孫變做蚊蟲兒，進他洞去探看師父，原來師父被他綁在定風樁上哭哩。是老孫吩咐，教他莫哭，又飛在屋梁上聽了一聽。只見那拿令字旗的，喘噓噓的，走進去報道：只是被你趕他，卻不見我。老妖亂猜亂說，說老孫是風吹殺了，又說是請神兵去了。他卻自家供出一個人來，甚妙！甚妙！」八戒道：「他供的是誰？」行者道：「他說怕什麼神兵，那個能定他的風勢，只除是靈吉菩薩來是。但不知靈吉住在何處？……」正商議處，只見大路旁走出一個老公公來。你看他怎生模樣：

身健不扶拐杖，冰髯雪鬢蓬蓬。金花耀眼意朦朧，瘦骨衰筋強硬。
屈背低頭緩步，龐眉赤臉如童。看他容貌是人稱，卻似壽星出洞。

八戒望見大喜道：「師兄，常言道：『要知山下路，須問去來人。』你上前問他一聲，何如？」真個大聖藏了鐵棒，放下衣襟，上前叫道：「老公公，問訊了。」那老者半答不答的，還了個禮道：「你是那裏和尚？這曠野處，有何事幹？」行者道：「我們是取經的聖僧。昨日在此失了師父，特來動問公公一聲：靈吉菩薩在那裏住？」老者道：「靈吉在直南上。到那裏，還有三千里路。有一山，名小須彌山。山中有個道場，乃是菩薩講經禪院。汝等是取他的經去了？」行者道：「不是取他的經。我有一事煩他，不知從那條路去。」老者用手向南指道：「這條羊腸路就是了。」哄得那孫大聖回頭看路，那公公化作清風，寂然不見。只是路旁留下一張簡帖，上有四句頌子云：

上覆齊天大聖聽：老人乃是李長庚。
須彌山有飛龍杖，靈吉當年受佛兵。

行者執了帖兒，轉身下路。八戒道：「哥啊，我們連日造化低了。這兩日白日裏見鬼！那個化風去的老兒是誰？」行者把帖兒遞與八戒，念了一遍道：「李長庚是那個？」行者道：「是西方太白金星的名號。」八戒慌得望空下拜道：「恩人！恩人！老豬若不虧金星奏准玉帝呵，性命也不知化作甚的了！」行者道：「兄弟，你卻也知感恩。但莫要出頭，只藏在這樹林深處，仔細看守行李、馬匹，等老孫尋須彌山，請菩薩去耶。」八戒道：「曉得！曉得！你只管快快前去！

老豬學得個烏龜法，得縮頭時且縮頭。」

孫大聖跳在空中，縱觔斗雲，逕往直南上去，果然速快。他點頭經過三千里，扭腰八百有餘程。須臾，見一座高山，半中間有祥雲出現，瑞靄紛紛，山凹裏果有一座禪院，只聽得鐘磬悠揚，又見那香烟縹緲。大聖直至門前，見一道人，項掛數珠，口中念佛。行者道：「道人作揖。」那道人躬身答禮道：「那裏來的老爺？」行者道：「這可是靈吉菩薩講經處麼？」道人道：「此間正是，有何話說？」行者道：「累煩你老人家與我傳答傳答：我是東土大唐駕下御弟三藏法師的徒弟，齊天大聖孫悟空行者。今有一事，要見菩薩。」道人笑道：「老爺字多話多，我不能全記。」行者道：「你只說是唐僧徒弟孫悟空來了。」道人依言，上講堂傳報。那菩薩即穿袈裟，添香迎接。這大聖才舉步入門，往裏觀看，只見那：

滿堂錦繡，一屋威嚴。眾門人齊誦《法華經》，老班首輕敲金鑄磬。
佛前供養，儘是仙果仙花；案上安排，皆是素餚素品。
輝煌寶燭，條條金焰射虹霓；馥郁真香，道道玉烟飛彩霧。
正是那講罷心閒方入定，白雲片片繞松梢。
靜收慧劍魔頭絕，般若波羅善會高。

那菩薩整衣出迓。行者登堂，坐了客位。隨命看茶。行者道：「茶不勞賜，但我師父在黃風山有難，特請菩薩施大法力降怪救師。」菩薩道：「我受了如來法令，在此鎮押黃風怪。如來賜了我一顆『定風丹』，一柄『飛龍寶杖』。當時被我拿住，饒了他的性命，放他去隱性歸山，不許傷生造孽，不知他今日欲害令師。有違教令，我之罪也。」那菩薩欲留行者，治齋相敘，行者懇辭，隨取了飛龍杖，與大聖一齊駕雲。

不多時，至黃風山上。菩薩道：「大聖，這妖怪有些怕我，我只在雲端裏住定，你下去與他索戰，誘他出來，我好施法力。」行者依言，按落雲頭，不容分說，掣鐵棒把他洞門打破，叫道：「妖怪，還我師父來也！」慌得那把門小妖，急忙傳報。那怪道：「這潑猴著實無禮！再不伏善，反打破我門！這一出去，使陣神風，定要把他吹死！」仍前披掛，手綽鋼叉，又走出門來；見了行者，更不打話，撚叉當胸就刺。大聖側身躲過，舉棒對面相還。戰不數合，那怪吊回頭，望巽地上，才待要張口呼風，只見那半空裏，靈吉菩薩將飛龍寶杖丟將下來，不知念了些什麼咒語，卻是一條八爪金龍，撥喇的掄開兩爪，一把抓住妖精，提著頭，兩三捽，捽在山石崖邊，現了本相，卻是一個黃毛貂鼠。

行者趕上，舉棒就打，被菩薩攔住道：「大聖，莫傷他命。我還要帶他去見如來。」對行者道：「他本是靈山腳下的得道老鼠；因為偷了琉璃盞內的清油，燈火昏暗，恐怕金剛拿他，故此走了，卻在此處成精作怪。如來照見了他，不該死罪，故著我轄押。但他傷生造孽，拿上靈山；今又衝撞大聖，陷害唐僧。我拿他去見如來，明正其罪，才算這場功績哩。」行者聞言，卻謝了菩薩。菩薩西歸不題。

卻說豬八戒在那林內，正思量行者，只聽得山坡下叫聲：「悟能兄弟，牽馬挑擔來耶。」那獃子認得是行者聲音，急收拾跑出林外，見了行者道：「哥哥，怎的幹事來？」行者道：「請靈吉菩薩使一條飛龍杖，拿住妖精，原來是個黃毛貂鼠成精，被他帶去靈山見如來去了。我和你洞裏去救師父。」那獃子才歡歡喜喜。

二人撞入裏面，把那窩狡兔、妖狐、香獐、角鹿，一頓釘鈀鐵棒，盡情打死，卻往後園拜救師父。師父出得門來，問道：「你兩人怎生捉得妖精？如何方救得我？」行者將那請靈吉降妖的事情，陳了一遍，師父謝之不盡。他兄弟們把洞中素物，安排些茶飯吃了，方才出門，找大路向西而去。畢竟不知向後如何，且聽下回分解。

# 第二十二回　八戒大戰流沙河　木叉奉法收悟淨

話說唐僧師徒三眾，脫難前來，不一日，行過了黃風嶺，進西卻是一脈平陽之地。光陰迅速，歷夏經秋，見了些寒蟬鳴敗柳，大火向西流。正行處，只見一道大水狂瀾，渾波湧浪。三藏在馬上忙呼道：「徒弟，你看那前邊水勢寬闊，怎不見船隻來往，我們從那裏過去？」八戒見了道：「果是狂瀾，無舟可渡。」那行者跳在空中，用手搭涼篷而看。他也心驚道：「師父啊，真個是難，真個是難！這條河若論老孫去時，只消把腰兒扭一扭，就過去了；若師父，誠千分難渡，萬載難行。」三藏道：「我這裏一望無邊，端的有多少寬闊？」行者道：「經過有八百里遠近。」八戒道：「哥哥怎的定得個遠近之數？」行者道：「不瞞賢弟說，老孫這雙眼，白日裏常看得千里路上的吉凶。卻才在空中看出：此河上下不知多遠，但只見這徑過足有八百里。」長老憂嗟煩惱，兜回馬，忽見岸上有一通石碑。三眾齊來看時，見上有三個篆字，乃「流沙河」；腹上有小小的四行真字云：

八百流沙界，三千弱水深。鵝毛飄不起，蘆花定底沈。

師徒們正看碑文，只聽得那浪湧如山，波翻若嶺，河當中滑辣的鑽出一個妖精，十分凶醜：

一頭紅焰髮蓬鬆，兩隻圓睛亮似燈。不黑不青藍靛臉，如雷如鼓老龍聲。
身披一領鵝黃氅，腰束雙攢露白藤。項下骷髏懸九個，手持寶杖甚崢嶸。

那怪一個旋風，奔上岸來，逕搶唐僧。慌得行者把師父抱住，急登高岸，回身走脫。那八戒放下擔子，掣出鐵鈀，望妖精便築。那怪使寶杖架住。他兩個在流沙河岸，各逞英雄。這一場好鬪：

九齒鈀，降妖杖，二人相敵河岸上。這個是總督大天蓬，那個是謫下捲簾將。
昔年曾會在靈霄，今日爭持賭猛壯。這一個鈀去探爪龍，那一個杖架磨牙象。
伸開大四平，鑽入迎風戧。這個沒頭沒臉抓，那個無亂無空放。
一個是久占流沙界吃人精，一個是秉教迦持修行將。

他兩個來來往往，戰經二十回合，不分勝負。那大聖護了唐僧，牽著馬，守定行李，見八戒與那怪交戰，就恨得咬牙切齒，擦掌摩拳，忍不住要去打他，掣出棒來道：「師父，你坐著，莫怕。等老孫和他耍耍兒來。」那師父苦留不住。他打個唿哨，跳到前邊。原來那怪與八戒正戰到好處，難解難分，被行者掄起鐵棒，望那怪著頭一下，那怪急轉身，慌忙躲過，逕鑽入流沙河裏。氣得個八戒亂跳道：「哥啊！誰著你來的！那怪漸漸手慢，難架我鈀，再不上三五合，我就擒住他了！他見你凶險，敗陣而逃，怎生是好！」行者笑道：「兄弟，實不瞞你說，自從降了黃風怪，下山來，這個把月不曾耍棍。我見你和他戰得甜美，我就忍不住腳癢，故就跳將來耍耍的。──那知那怪不識耍，就走了。」

他兩個攙著手，說說笑笑，轉回見了唐僧。唐僧道：「可曾捉得妖怪？」行者道：「那妖怪不奈戰，敗回鑽入水去也。」三藏道：「徒弟，這怪久住於此，他知道淺深；似這般無邊的弱水，又沒了舟楫，須是得個知水性的，引領引領才好哩。」行者道：「正是這等說。常言道：『近朱者赤，近墨者黑。』那怪在此，斷知水性。我們如今拿住他，且不要打殺，只教他送師父過河，再做理會。」八戒道：「哥哥不必遲疑，讓你先去拿他，等老豬看守師父。」行者笑道：「賢弟呀，這椿兒我不敢說嘴。水裏勾當，老孫不大十分熟。若是空走，還要捻訣，又念念『避水咒』，方才走得；不然，就要變化做什麼魚蝦蟹鱉之類，我才去得。若論賭手段，憑你在高山雲裏，幹什麼蹊蹺異樣事兒，老孫都會，只是水裏的買賣，有些兒榔杭。」八戒道：「老豬當年總督天河，掌管了八萬水兵大眾，倒學得知些水性，——卻只怕那水裏有什麼眷族老小，七窩八代的都來，我就弄他不過，一時不被他撈去，卻怎麼好？」行者道：「你若到他水中與他交戰，卻不要戀戰，許敗不許勝，把他引將出來，等老孫下手助你。」八戒道：「言得是，我去耶。」說聲去，就剝了青錦直裰，脫了鞋，雙手舞鈀，分開水路，使出那當年的舊手段，躍浪翻波，撞將進去，逕至水底之下，往前正走。

卻說那怪敗了陣回，方才喘定，又聽得有人推得水響，忽起身觀看，原來是八戒執了鈀推水。那怪舉杖當面高呼道：「那和尚！那裏走！仔細看打！」八戒使鈀架住道：「你是個什麼妖精，敢在此間擋路？」那妖道：「你是也不認得我。我不是那妖魔鬼怪，也不是少姓無名。」八戒道：「你既不是邪妖鬼怪，卻怎生在此傷生？你端的什麼姓名，實實說來，我饒你性命。」那怪道：「我

自小生來神氣壯，乾坤萬里曾遊蕩。英雄天下顯威名，豪傑人家做模樣。
萬國九州任我行，五湖四海從吾撞。皆因學道蕩天涯，只為尋師遊地曠。
常年衣鉢謹隨身，每日心神不可放。沿地雲遊數十遭，到處閒行百餘趟。
因此才得遇真人，引開大道金光亮。先將嬰兒姹女收，後把木母金公放。
明堂腎水入華池，重樓肝火投心臟。三千功滿拜天顏，志心朝禮明華向。
玉皇大帝便加陞，親口封為捲簾將。南天門裏我為尊，靈霄殿前吾稱上。
腰間懸掛虎頭牌，手中執定降妖杖。頭頂金盔晃日光，身披鎧甲明霞亮。
往來護駕我當先，出入隨朝予在上。只因王母降蟠桃，設宴瑤池邀眾將。
失手打破玉玻璃，天神個個魂飛喪。玉皇即便怒生嗔，卻合掌朝左輔相：

卸冠脫甲摘官銜，將身推在殺場上。多虧赤腳大天仙，越班啓奏將吾放。
饒死回生不典刑，遭貶流沙東岸上。飽時困臥此河中，餓去翻波尋食餉。
樵子逢吾命不存，漁翁見我身皆喪。來來往往吃人多，翻翻覆覆傷生瘴。
你敢行凶到我門，今日肚皮有所望。莫言粗糙不堪嘗，拿住消停剁鮓醬！」

八戒聞言大怒，罵道：「你這潑物，全沒一些兒眼力！我老豬還掐出水沫兒來哩，你怎敢說我粗糙，要剁鮓醬！看起來，你把我認做個老走硝哩。休得無禮！吃你祖宗這一鈀！」那怪見鈀來，使一個「鳳點頭」躲過。兩個在水中打出水面，各人踏浪登波。這一場賭鬥，比前不同。你看那：

捲簾將，天蓬帥，各顯神通真可愛。
那個降妖寶杖著頭掄，這個九齒釘鈀隨手快。
躍浪振山川，推波昏世界。凶如太歲撞幢幡，惡似喪門掀寶蓋。
這一個赤心凜凜保唐僧，那一個犯罪滔滔為水怪。
鈀抓一下九條痕，杖打之時魂魄散。努力喜相持，用心要賭賽。
算來只為取經人，怒氣衝天不忍耐。
攪得那鯾鮊鯉鱖退鮮鱗，龜鱉黿鼉傷嫩蓋；
紅蝦紫蟹命皆亡，水府諸神朝上拜。
只聽得波翻浪滾似雷轟，日月無光天地怪。

二人整鬥有兩個時辰，不分勝敗。這才是銅盆逢鐵箒，玉磬對金鐘。卻說那大聖保著唐僧，立於左右，眼巴巴的望著他兩個在水上爭持，只是他不好動手。只見那八戒虛幌一鈀，佯輸詐敗，轉回頭往東岸上走。那怪隨後趕來，將近到了岸邊，這行者忍耐不住，撇了師父，掣鐵棒，跳到河邊，望妖精劈頭就打。那妖物不敢相迎，颼的又鑽入河內。八戒嚷道：「你這弼馬溫，徹是個急猴子！你再緩緩些兒，等我哄他到了高處，你卻阻住河邊，教他不能回首呵，卻不拿住他也；他這進去，幾時又肯出來？」行者笑道：「獃子，莫嚷！莫嚷！我們且回去見師父去來。」

八戒卻同行者到高岸上，見了三藏。三藏欠身道：「徒弟辛苦呀。」八戒道：「且不說辛苦，只是降了妖精，送得你過河，方是萬全之策。」三藏道：「你才與妖精交戰何如？」八戒道：「那妖的手段，與老豬是個對手。正戰處，使一個詐敗，他才趕到岸上。見師兄舉著棍子，他就跑了。」三藏道：「如此怎生奈何？」行者道：「師父放心，且莫焦惱。如今天色又晚，且坐在這崖岸之下，待老孫去化些齋飯來，你吃了睡去，待明日再處。」八戒道：「說得是，你快去快來。」

行者急縱雲跳起去，正到直北下人家化了一鉢素齋，回獻師父。師父見他來得甚快，便叫：「悟空，我們去化齋的人家，求問他一個過河之策，不強似與這怪爭持？」行者笑道：「這家子遠得很哩！相去有五七千里之路。他那裏得知水性？問他何益？」八戒道：「哥哥又來扯謊了。五七千里路，你怎麼這等去來得快？」行者道：「你那裏曉得，老孫的觔斗雲，一縱有十萬八千里。像這五七千路，只消把頭點上兩點，把腰躬上一躬，就是個往回，有何難哉！」八戒道：「哥啊，既是這般容易，你把師父背著，只消點點頭，躬躬腰，跳過去罷了；何必苦苦的與他廝戰？」行者道：「你不會駕雲？你把師父馱過去不是？」八戒道：「師父的凡胎骨肉，重似泰山，我這駕雲的，怎稱得起？須是你的觔斗方可。」行者道：「我的觔斗，好道也是駕雲，只是去的有遠近些兒。你是馱不動，我卻如何馱得動？自古道：『遣泰山輕如芥子，攜凡夫難脫紅塵。』像這潑魔毒怪，使攝法，弄風頭，卻是扯扯拉拉，就地而行，不能帶得空中而去；像那樣法兒，老孫也會使會弄；還有那隱身法、縮地法，老孫件件皆知。但只是師父要窮歷異邦，不能夠超脫苦海，所以寸步難行也。我和你只做得個擁護，保得他身在命在，替不得這些苦惱，也取不得經來；就是有能先去見了佛，那佛也不肯把經善與你我：正叫做『若將容易得，便作等閒看。』」那獃子聞言，喏喏聽受。遂吃了些無菜的素食，師徒們歇在流沙河東，崖次之下。

次早，三藏道：「悟空，今日怎生區處？」行者道：「沒甚區處，還須八戒下水。」八戒道：「哥哥，你要圖乾淨，只作成我下水。」行者道：「賢弟，這番我再不急性了，只讓你引他上來，我攔住河沿，不讓他回去，務要將他擒了。」

好八戒，抹抹臉，抖擻精神，雙手拿鈀，到河沿，分開水路，依然又下至窩巢。那怪方才睡醒，忽聽推得水響，急回頭睜睛觀看，見八戒執鈀下至。他跳出來，當頭阻住，喝道：「慢來！慢來！看杖！」八戒舉鈀架住道：「你是個什麼『哭喪杖』，斷叫你祖宗看杖！」那怪道：「你這廝甚不曉得哩！我這

寶杖原來名譽大，本是月裏梭羅派。吳剛伐下一枝來，魯班製造工夫蓋。
裏邊一條金趁心，外邊萬道珠絲玠。名稱寶杖善降妖，永鎮靈霄能伏怪。
只因官拜大將軍，玉皇賜我隨身帶。或長或短任吾心，要細要粗憑意態。
也曾護駕宴蟠桃，也曾隨朝居上界。值殿曾經眾聖參，捲簾曾見諸仙拜。
養成靈性一神兵，不是人間凡器械。自從遭貶下天門，任意縱橫遊海外。
不當大膽自稱誇，天下槍刀難比賽。看你那個銹釘鈀，只好鋤田與築菜！」

八戒笑道：「我鈀你少打的潑物！且莫管什麼築菜，只怕蕩了一下兒，教你沒處貼膏藥，九個眼子一齊流血！縱然不死，也是個到老的破傷風！」那怪丟開架子，在那水底下，與八戒依然打出水面。這一番鬪，比前果更不同，你看他：

寶杖掄，釘鈀築，言語不通非眷屬。只因木母尅刀圭，致令兩下相戰觸。沒輸贏，無反

覆，翻波淘浪不和睦。這個怒氣怎含容？那個傷心難忍辱。鈀來杖架逞英雄，水滾流沙能惡毒。氣昂昂，勞碌碌，多因三藏朝西域。釘鈀老大凶，寶杖十分熟。這個揪住要往岸上拖，那個抓來就將水裏沃。聲如霹靂動魚龍，雲暗天昏神鬼伏。

這一場，來來往往，鬪經三十回合，不見強弱。八戒又使個佯輸計，拖了鈀走。那怪隨後又趕來，擁波捉浪，趕至崖邊。八戒罵道：「我把你這個潑怪！你上來！這高處，腳踏實地好打！」那妖罵道：「你這廝哄我上去，又教那幫手來哩。你下來，還在水裏相鬪。」原來那妖乖了，再不肯上岸，只在河沿與八戒鬧吵。

卻說行者見他不肯上岸，急得他心焦性爆，恨不得一把捉來。行者道：「師父！你自坐下，等我與他個『餓鷹雕食』。」就縱觔斗，跳在半空，刷的落下來，要抓那妖。那妖正與八戒嚷鬧，忽聽得風響，急回頭，見是行者落下雲來，卻又收了寶杖，一頭淬下水，隱跡潛踪，渺然不見。行者佇立岸上，對八戒說：「兄弟呀，這妖也弄得滑了。他再不肯上岸，如之奈何？」八戒道：「難！難！難！戰不勝他！——就把吃奶的氣力也使盡了，只繃得個手平。」行者道：「且見師父去。」

二人又到高岸，見了唐僧，備言難捉。那長老滿眼下淚道：「似此艱難，怎生得渡！」行者道：「師父莫要煩惱。這怪深潛水底，其實難行。八戒，你只在此保守師父，再莫與他廝鬪，等老孫往南海走走去來。」八戒道：「哥呵，你去南海何幹？」行者道：「這取經的勾當，原是觀音菩薩；及脫解我等，也是觀音菩薩；今日路阻流沙河，不能前進，不得他，怎生處治？等我去請他，還強如和這妖精相鬪。」八戒道：「也是，也是，師兄，你去時，千萬與我上覆一聲：向日多承指教。」三藏道：「悟空，若是去請菩薩，卻也不必遲疑，快去趕來。」

行者即縱觔斗雲，逕上南海。咦！那消半個時辰，早看見普陀山境。須臾間，墜下觔斗，到紫竹林外，又只見那二十四路諸天，上前迎著道：「大聖何來？」行者道：「我師有難，特來謁見菩薩。」諸天道：「請坐，容報。」那輪日的諸天，逕至潮音洞口報道：「孫悟空有事朝見。」菩薩正與捧珠龍女在寶蓮池畔扶欄看花，聞報，即轉雲巖，開門喚入。大聖端肅皈依參拜。

菩薩問曰：「你怎麼不保唐僧？為甚事又來見我？」行者啟上道：「菩薩，我師父前在高老莊，又收了一個徒弟，喚名豬八戒，多蒙菩薩又賜法諱悟能。才行過黃風嶺，今至八百里流沙河，乃是弱水三千，師父已是難渡；河中又有個妖怪，武藝高強，甚虧了悟能與他水面上大戰三次，只是不能取勝，被他攔阻，不能渡河。因此，特告菩薩，望垂憐憫。濟渡他一濟渡。」菩薩道：「你這猴子，又逞自滿，不肯說出保唐僧的話來麼？」行者道：「我們只是要拿住他，教他送我師父渡河。水裏事，我又弄不得精細，只是悟能尋著他窩巢，與他打話。想是不曾說出取經的勾當。」菩薩道：「那流沙河的妖怪，乃是捲簾大將臨凡，也是我勸化的善信，教他保護取經之輩。你若肯說出是東土取經人時，他決不與你爭持，斷然歸順矣。」行者道：「那怪如今怯戰，不肯上崖，只在水裏潛踪，如何得他歸順？我師如何得渡弱水？」

菩薩即喚惠岸，袖中取出一個紅葫蘆兒，吩咐道：「你可將此葫蘆，同孫悟空到流沙河水面上，只叫『悟淨』，他就出來了。先要引他歸依了唐僧；然後把他那九個骷髏穿在一處，按九宮布列，卻把這葫蘆安在當中，就是法船一隻，能渡唐僧過流沙河界。」惠岸聞言，謹遵師命，當時與大聖捧葫蘆出了潮音洞，奉法旨辭了紫竹林。有詩為證：

五行匹配合天真，認得從前舊主人。煉已立基為妙用，辨明邪正見原因。
金來歸性還同類，木去求情共復淪。二土全功成寂寞，調和水火沒纖塵。

他兩個，不多時，按落雲頭，早來到流沙河岸。豬八戒認得是木叉行者，引師父上前迎接。那木叉與三藏禮畢，又與八戒相見。八戒道：「向蒙尊者指示，得見菩薩，我老豬果遵法教，今喜拜了沙門。這一向在途中奔碌，未及致謝，恕罪，恕罪。」行者道：「且莫敘闊。我們叫喚那廝去來。」三藏道：「叫誰？」行者道：「老孫見菩薩，備陳前事。菩薩說：這流沙河的妖怪，乃是捲簾大將臨凡；因為在天有罪，墮落此河，忘形作怪。他曾被菩薩勸化，願歸師父往西天去的。但是我們不曾說出取經的事情，故此苦苦爭鬪，菩薩今差木叉，將此葫蘆，要與這廝結作法船，渡你過去哩。」三藏聞言，頂禮不盡，對木叉作禮道：「萬望尊者作速一行。」那木叉捧定葫蘆，半雲半霧，逕到了流沙河水面上，厲聲高叫道：「悟淨！悟淨！取經人在此久矣，你怎麼還不歸順！」

卻說那怪懼怕猴王，回於水底，正在窩中歇息。只聽得叫他法名，情知是觀音菩薩；又聞得說「取經人在此」，他也不懼斧鉞，急翻波伸出頭來，又認得是木叉行者。你看他笑盈盈，上前作禮道：「尊者失迎。菩薩今在何處？」木叉道：「我師未來，先差我來吩咐你早跟唐僧做個徒弟。叫把你項下掛的骷髏與這個葫蘆，按九宮結做一隻法船，渡他過此弱水。」悟淨道：「取經人卻在那裏？」木叉用手指道：「那東岸上坐的不是？」悟淨看見了八戒道：「他不知是那裏來的個潑物，與我整鬪了這兩日，何曾言著一個取經的字兒？」又看見行者，道：「這個主子，是他的幫手，好不利害！我不去了。」木叉道：「那是豬八戒，這是孫行者，俱是唐僧的徒弟，俱是菩薩勸化的，怕他怎的？我且和你見唐僧去。」

那悟淨才收了寶杖，整一整黃錦直裰，跳上岸來，對唐僧雙膝跪下道：「師父，弟子有眼無珠，不認得師父的尊容，多有衝撞，萬望恕罪。」八戒道：「你這膿包，怎的早不皈依，只管要與我打？是何說話！」行者笑道：「兄弟，你莫怪他，還是我們不曾說出取經的事情與姓名耳。」長老道：「你果肯誠心皈依吾教麼？」悟淨道：「弟子向蒙菩薩教化，指河為姓，與我起了法名，喚做沙悟淨，豈有不從師父之理！」三藏道：「既如此，」叫：「悟空，取戒刀來，與他落了髮。」大聖依言，即將戒刀與他剃了頭。又來拜了三藏，拜了行者與八戒，分了大小。三藏見他行禮，真像個和尚家風，故又叫他做沙和尚。木叉道：「既秉了迦持，不必敘煩，早與作法船來。」

那悟淨不敢怠慢，即將頸項下掛的骷髏取下，用索子結作九宮，把菩薩葫蘆安在當中，請師父下岸。那長老遂登法船，坐於上面，果然穩似輕舟。左有八戒扶持，右有悟淨捧托；孫行者在後面牽了龍馬，半雲半霧相跟；頭直上又有木叉擁護；那師父才飄然穩渡流沙河界，浪靜風平過弱河。真個也如飛似箭，不多時，身登彼岸，得脫洪波；又不拖泥帶水，幸喜腳乾手燥，清淨無為，師徒們腳踏實地。那木叉按祥雲，收了葫蘆，又只見那骷髏一時解化作九股陰風，寂然不見。三藏拜謝了木叉，頂禮了菩薩。正是：木叉逕回東洋海，三藏上馬卻投西。畢竟不知幾時才得正果求經，且聽下回分解。

# 第二十三回　三藏不忘本　四聖試禪心

奉法西來道路賒，秋風淅淅落霜花。乖猿牢鎖繩休解，劣馬勤兜鞭莫加。
木母金公原自合，黃婆赤子本無差。咬開鐵彈真消息，般若波羅到彼家。

這回書，蓋言取經之道，不離了一身務本之道也。卻說他師徒四眾，了悟真如，頓開塵鎖，自跳出性海流沙，渾無罣礙，逕投大路西來。歷遍了青山綠水，看不盡野草閒花。真個也光陰迅速，又值九秋。但見了些：

楓葉滿山紅，黃花耐晚風。老蟬吟漸懶，愁蟋思無窮。
荷破青紈扇，橙香金彈叢。可憐數行鴈，點點遠排空。

正走處，不覺天晚。三藏道：「徒弟，如今天色又晚，卻往那裏安歇？」行者道：「師父說話差了。出家人餐風宿水，臥月眠霜，隨處是家。又問那裏安歇，何也？」豬八戒道：「哥啊，你可知道你走路輕省，那裏管別人累墜？自過了流沙河，這一向爬山過嶺，身挑著重擔，老大難挨也！須是尋個人家，一則化些茶飯，二則養養精神，才是個道理。」行者道：「獃子，你這般言語，似有抱怨之心。還像在高老莊，倚懶不求福的自在，恐不能也。既是秉正沙門，須是要吃辛受苦，才做得徒弟哩。」八戒道：「哥哥，你看這擔行李多重？」行者道：「兄弟，自從有了你與沙僧，我又不曾挑著，那知多重？」八戒道：「哥啊，你看看數兒麼：

四片黃藤蔑，長短八條繩。又要防陰雨，氈包三四層。

匾擔還愁滑，兩頭釘上釘。銅鑲鐵打九環杖，篾絲藤纏大斗篷。

似這般許多行李，難為老豬一個逐日家擔著走，偏你跟師父做徒弟，拿我做長工！」行者笑道：「獃子，你和誰說哩？」八戒道：「哥哥，與你說哩。」行者道：「錯和我說了。老孫只管師父好歹，你與沙僧，專管行李、馬匹。但若怠慢了些兒，孤拐上先是一頓粗棍！」八戒道：「哥啊，不要說打，打就是以力欺人。我曉得你的尊性高傲，你是定不肯挑；但師父騎的馬，那般高大肥盛，只馱著老和尚一個，教他帶幾件兒，也是弟兄之情。」

行者道：「你說他是馬哩！他不是凡馬，本是西海龍王敖閏之子，喚名龍馬三太子。只因縱火燒了殿上明珠，被他父親告了忤逆，身犯天條，多虧觀音菩薩救了他的性命；他在那鷹愁陡澗，久等師父，又幸得菩薩親臨，卻將他退鱗去角，摘了項下珠，才變做這匹馬，願馱師父往西天拜佛。這個都是各人的功果，你莫攀他。」那沙僧聞言道：「哥哥，真個是龍麼？」行者道：「是龍。」八戒道：「哥啊，我聞得古人云：『龍能噴雲噯霧，播土揚沙；有巴山捎嶺的手段，有翻江攪海的神通。』怎麼他今日這等慢慢而走？」行者道：「你要他快走，我教他快走個兒你看。」好大聖，把金箍棒揝一揝，萬道彩雲生。那馬看見拿棒，恐怕打來，慌得四隻蹄疾如飛電，颼的跑將去了。那師父手軟勒不住，儘他劣性，奔上山崖，才大達辿步走。師父喘息定，抬頭遠見一簇松陰，內有幾間房舍，著實軒昂。但見：

門垂翠柏，宅近青山。幾株松冉冉，數莖竹斑斑。
籬邊野菊凝霜豔，橋畔幽蘭映水丹。粉泥牆壁，磚砌圍圜。
高堂多壯麗，大廈甚清安。牛羊不見無雞犬，想是秋收農事閒。

那師父正按轡徐觀，又見悟空兄弟方到。悟淨道：「師父不曾跌下馬來麼？」長老罵道：「悟空這潑猴，他把馬兒驚了，早是我還騎得住哩！」行者陪笑道：「師父莫罵我，都是豬八戒說馬行遲，故此著他快些。」那獃子因趕馬，走急了些兒，喘氣噓噓，口裏唧唧噥噥的鬧道：「罷了！罷了！見自肚，別腰鬆，擔子沈重，挑不上來，又弄我奔奔波波的趕馬！」長老道：「徒弟啊，你且看那壁廂，有一座莊院，我們卻好借宿去也。」行者聞言，急抬頭舉目而看，果見那半空中慶雲籠罩，瑞靄遮盈。情知定是佛仙點化，他卻不敢洩漏天機，只道：「好！好！好！我們借宿去來。」

長老連忙下馬。見一座門樓，乃是垂蓮象鼻，畫棟雕梁。沙僧歇了擔子。八戒牽了馬匹道：「這個人家，是過當的富實之家。」行者就要進去。三藏道：「不可，你我出家人，各自避些嫌疑，切莫擅入。且自等他有人出來，以禮求宿，方可。」八戒拴了馬，斜倚牆根之下。三藏坐在石鼓上。行者、沙僧坐在臺基邊。久無人出，行者性急，跳起身入門裏看處：原來有向南的三間大廳，簾櫳高控。屏門上，掛一軸壽山福海的橫披畫；兩邊金漆柱上，貼著一幅大紅紙的春聯，上寫著：「絲飄弱柳平橋晚，雪點香梅小院春。」正中間，設一張退光黑漆的香几，几上放一個古銅獸爐。上有六張交椅。兩山頭掛著四季吊屏。

行者正然偷看處，忽聽得後門內有腳步之聲，走出一個半老不老的婦人來，嬌聲問道：「是什麼人，擅入我寡婦之門？」慌得個大聖喏喏連聲道：「小僧是東土大唐來的，奉旨向西方拜佛求經。一行四眾，路過寶方，天色已晚。特奔老菩薩檀府，告借一宵。」那婦人笑語相迎道：「長老，那三位在那裏？請來。」行者高聲叫道：「師父，請進來耶。」三藏才與八戒、沙僧牽馬挑擔而入。只見那婦人出廳迎接。八戒餳眼偷看，你道她怎生打扮：

穿一件織錦官綠紵絲襖，上罩著淺紅比甲；
繫一條結彩鵝黃錦繡裙，下映著高底花鞋。
時樣䯼髻皂紗漫，相襯著二色盤龍髮；宮樣牙梳朱翠晃，斜簪著兩股釧金釵。
雲鬢半蒼飛鳳翅，耳環雙墜寶珠排；脂粉不施猶自美，風流還似少年才。

那婦人見了他三眾，更加欣喜，以禮邀入廳房。一一相見禮畢，請各敘坐看茶。那屏風後，忽有一個丫髻垂絲的女童，托著黃金盤、白玉盞，香茶噴暖氣，異果散幽香。那人綽綵袖，春筍纖長；擎玉盞，傳茶上奉，對他們一一拜了。茶畢，又吩咐辦齋。三藏啟手道：「老菩薩，高姓？貴地是甚地名？」婦人道：「此間乃西牛賀洲之地。小婦人娘家姓賈，夫家姓莫。幼年不幸，公姑早亡，與丈夫守承祖業，有家貲萬貫，良田千頃。夫妻們命裏無子，只生了三個女孩兒。前年大不幸，又喪了丈夫。小婦居孀，今歲服滿。空遺下田產家業，再無個眷族親人，只是我娘女們承領。欲嫁他人，又難捨家業。適承長老下降，想是師徒四眾。小婦娘女四人，意欲坐山招夫，四位恰好。不知尊意肯否如何。」三藏聞言，推聾妝啞，瞑目寧心，寂然不答。

那婦人道：「舍下有水田三百餘畝，旱田三百餘頃，山場果木三百餘頃；黃水牛有一千餘隻，騾馬成群，豬羊無數；東南西北，莊堡草場，共有六七十處；家下有八九年用不著的米穀，十來年穿不著的綾羅；一生有使不著的金銀：勝強似那錦帳藏春，說什麼金釵兩行；你師徒們若肯回心轉意，招贅在寒家，自自在在，享用榮華，卻不強如往西勞碌？」那三藏也只是如癡如蠢，默默無言。

那婦人道：「我是丁亥年三月初三日酉時生。故夫比我年大三歲，我今年四十五歲。大女兒名真真，今年二十歲；次女名愛愛，今年十八歲；三小女名憐憐，今年十六歲；俱不曾許配人家。雖是小婦人醜陋，卻幸小女俱有幾分顏色，女工針黹，無所不會。因是先夫無子，即把他們當兒子看養，小時也曾教她讀些儒書，也都曉得些吟詩作對。雖然居住山莊，也不是那十分粗俗之類，料想也配得過列位長老，若肯放開懷抱，長髮留頭，與舍下做個家長，穿綾著錦，勝強如那瓦鉢緇衣，芒鞋雲笠！」

三藏坐在上面，好便似雷驚的孩子，雨淋的蝦蟆；只是呆呆掙掙，翻白眼兒打仰。那八戒聞得這般富貴，這般美色，他卻心癢難撓；坐在那椅子上，一似針戳屁股，左扭右扭的，忍耐不住，走上前，扯了師父一把道：「師父！這娘子告誦你話，你怎麼佯佯不睬？好道也做個理會是。」

有詩為證：

那師父猛抬頭，咄的一聲，喝退了八戒道：「你這個孽畜！我們是個出家人，豈以富貴動心，美色留意，成得個什麼道理！」那婦人笑道：「可憐！可憐！出家人有何好處？」三藏道：「女菩薩，妳在家人，卻有何好處？」那婦人道：「長老請坐，等我把在家人好處，說與你聽。怎見得？

春裁方勝著新羅，夏換輕紗賞綠荷；秋有新蒭香糯酒，冬來暖閣醉顏酡。
四時受用般般有，八節珍羞件件多；襯錦鋪綾花燭夜，強如行腳禮彌陀。」

三藏道：「女菩薩，妳在家人享榮華，受富貴，有可穿，有可吃，兒女團圓，果然是好；但不知我出家的人，也有一段好處。怎見得？有詩為證：

出家立志本非常，推倒從前恩愛堂。外物不生閒口舌，身中自有好陰陽。
功完行滿朝金闕，見性明心返故鄉。勝似在家貪血食，老來墜落臭皮囊。」

那婦人聞言，大怒道：「這潑和尚無禮！我若不看你東土遠來，就該叱出。我倒是個真心實意，要把家緣招贅汝等，你倒反將言語傷我。你就是受了戒，發了願，永不還俗，好道你手下人，我家也招得一個。你怎麼這般執法？」三藏見他發怒，只得者者謙謙，叫道：「悟空，你在這裏罷。」行者道：「我從小兒不曉得幹那般事，教八戒在這裏罷。」八戒道：「哥啊，不要栽人麼。——大家從長計較。」三藏道：「你兩個不肯，便教悟淨在這裏罷。」沙僧道：「你看師父說的話。弟子蒙菩薩勸化，受了戒行，等候師父，自蒙師父收了我，又承教誨；跟著師父還不上兩月，更不曾進得半分功果，怎敢圖此富貴！寧死也要往西天去，決不幹此欺心之事。」

那婦人見他們推辭不肯，急抽身轉進屏風，撲的把腰門關上。師徒們撇在外面，茶飯全無，再沒人出。八戒心中焦躁，埋怨唐僧道：「師父忒不會幹事，把話通說殺了。你好道還活著些腳兒，只含糊答應，哄他些齋飯吃了，今晚落得一宵快活，明日肯與不肯，在乎你我了。似這般關門不出，我們這清灰冷竈，一夜怎過！」悟淨道：「二哥，你在她家做個女婿罷。」八戒道：「兄弟，不要栽人。──從長計較。」行者道：「計較甚的？你要肯，便就教師父與那婦人做個親家，你就做個倒踏門的女婿。她家這等有財有寶，一定倒陪妝奩，整治個會親的筵席。我們也落些受用。你在此間還俗，卻不是兩全其美？」八戒道：「話便也是這等說，卻只是我脫俗又還俗，停妻再娶妻了。」

沙僧道：「二哥原來是有嫂子的？」行者道：「你還不知他哩，他本是烏斯藏高老兒莊高太公的女婿。因被老孫降了，他也曾受菩薩戒行，沒及奈何，被我捉他來做個和尚，所以棄了前妻，投師父往西拜佛。他想是離別得久了，又想起那個勾當。卻才聽見這個勾當，斷然又有此心。獃子，你與這家子做了女婿罷。只是多拜老孫幾拜，我不檢舉你就罷了。」那獃子道：「胡說！胡說！大家都有此心，獨拿老豬出醜。常言道：『和尚是色中餓鬼。』那個不要如此？都這般扭扭捏捏的拿班兒，把好事都弄得裂了。這如今茶水不得見面，燈火也無人管，雖熬了這一夜，但那匹馬明日又要馱人，又要走路，再若餓上這一夜，只好剝皮罷了。你們坐著，等老豬去放放馬來。」那獃子虎急急的，解了韁繩，拉出馬去。行者道：「沙僧，你且陪師父坐這裏，等老孫跟他去，看他往那裏放馬。」三藏道：「悟空，你看便去看他，但只不可只管嘲他了。」行者道：「我曉得。」這大聖走出廳房，搖身一變，變作個紅蜻蜓兒飛出前門，趕上八戒。

那獃子拉著馬，有草處且不教吃草，嗒嗒嗤嗤的，趕著馬，轉到後門首去。只見那婦人，帶了三個女子，在後門外閒立著，看菊花兒耍子。她娘女們看見八戒來時，三個女兒閃將進去。那婦人佇立門首道：「小長老那裏去？」這獃子丟了韁繩，上前唱個喏，道聲：「娘！我來放馬的。」那女人道：「你師父忒弄精細，在我家招了女婿，卻不強似做掛搭僧，往西蹺路？」八戒笑道：「他們是奉了唐王的旨意，不敢有違君命，不肯幹這件事。剛才都在前廳上栽我，我又有些奈上祝下的，只恐娘嫌我嘴長耳大。」那婦人道：「我也不嫌，只是家下無個家長，招一個倒也罷了；但恐小女兒有些兒嫌醜。」八戒道：「娘，你上覆令嬡，不要這等揀漢。想我那唐僧，人才雖俊，其實不中用。我醜自醜，有幾句口號兒。」婦人道：「你怎的說麼？」八戒道：「我

雖然人物醜，勤緊有些功。若言千頃地，不用使牛耕。
只消一頓鈀，佈種及時生。沒雨能求雨，無風會喚風。
房舍若嫌矮，起上二三層。
地下不掃掃一掃，陰溝不通通一通。
家長裏短諸般事，踢天弄井我皆能。」

那婦人道：「既然幹得家事，你再去與你師父商量商量看，不尷尬，便招你罷。」八戒道：「不用商量：他又不是我的生身父母，幹與不幹，都在於我。」婦人道：「也罷，也罷，等我與小女說。」看他閃進去，撲的掩上後門。八戒也不放馬，將馬拉向前來。怎知孫大聖已一一盡知，他轉翅飛來，現了本相，先見唐僧道：「師父，悟能牽馬來了。」長老道：「馬若不牽，恐怕撒歡走了。」行者笑將起來，把那婦人與八戒說的勾當，從頭說了一遍。三藏也似信不信的。

少時間，見獃子拉將馬來拴下。長老道：「你馬放了？」八戒道：「無甚好草，沒處放馬。」行者道：「沒處放馬，可有處牽馬麼？」獃子聞得此言，情知走了消息，也就垂頭扭頸，努嘴皺眉，半晌不言。又聽得呀的一聲，腰門開了，有兩對紅燈，一副提壺，香雲靄靄，環珮叮叮，那婦人帶著三個女兒，走將出來，叫真真、愛愛、憐憐，拜見那取經的人物。那女子排立廳中，朝上禮拜，果然也生得標致。但見她：

一個個蛾眉橫翠，粉面生春。妖嬈傾國色，窈窕動人心。

花鈿顯現多嬌態，繡帶飄颻迴絕塵。半含笑處櫻桃綻，緩步行時蘭麝噴。
滿頭珠翠，顫巍巍無數寶釵簪；遍體幽香，嬌滴滴有花金縷細。
說什麼楚娃美貌，西子嬌容？
真個是九天仙女從天降，月裏嫦娥出廣寒！

那三藏合掌低頭，孫大聖佯佯不睬，這沙僧轉背回身。你看那豬八戒，眼不轉睛，淫心紊亂，色膽縱橫，扭捏出悄語，低聲道：「有勞仙子下降。娘，請姐姐們去耶。」那三個女子，轉入屏風，將一對紗燈留下。婦人道：「四位長老，可肯留心，著那個配我小女麼？」悟淨道：「我們已商議了，著那個姓豬的招贅門下。」八戒道：「兄弟，不要栽我，還從眾計較。」行者道：「還計較什麼？你已是在後門首說合得停停當當，『娘』都叫了，又有什麼計較？師父做個男親家，這婆兒做個女親家，等老孫做個保親，沙僧做個媒人。也不必看通書，今朝是個天恩上吉日，你來拜了師父，進去做了女婿罷。」八戒道：「弄不成！弄不成！那裏好幹這個勾當！」

行者道：「獃子，不要者囂，你那口裏『娘』也不知叫了多少，又是什麼弄不成？快快的應成，帶攜我們吃些喜酒，也是好處。」他一隻手揪著八戒，一隻手扯住婦人道：「親家母，帶妳女婿進去。」那獃子腳兒趄趄的，要往那裏走。那婦人即喚童子：「展抹桌椅，鋪排晚齋，管待三位親家。我領姑夫房裏去也。」一壁廂又吩咐庖丁排筵設宴，明晨會親。那幾個童子，又領命訖。他三眾吃了齋，急急鋪鋪，都在客座裏安歇不題。

卻說那八戒跟著丈母，行入裏面，一層層也不知多少房舍，磕磕撞撞，盡都是門檻絆腳。獃子道：「娘，慢些兒走。我這裏邊路生，妳帶我帶兒。」那婦人道：「這都是倉房、庫房、碾房各房，還不曾到那廚房邊哩。」八戒道：「好大人家！」磕磕撞撞，轉彎抹角，又走了半會，才是內堂房屋。那婦人道：「女婿，你師兄說今朝是天恩上吉日，就教你招進來了；卻只是倉卒間，不曾請得個陰陽，拜堂撒帳，你可朝上拜八拜兒罷。」八戒道：「娘，娘說得是。妳請上坐，等我也拜幾拜，就當拜堂，就當謝親，兩當一兒，卻不省事？」他丈母笑道：「也罷，也罷，果然是個省事幹家的女婿。我坐著，你拜麼。」

咦！滿堂中銀燭輝煌，這獃子朝上禮拜，拜畢，道：「娘，妳把那個姐姐配我哩？」他丈母道：「正是這些兒疑難：我要把大女兒配你，恐二女怪；要把二女配你，恐三女怪；欲將三女配你，又恐大女怪；所以終疑未定。」八戒道：「娘，既怕相爭，都與我罷；省得鬧鬧吵吵，亂了家法。」他丈母道：「豈有此理！你一人就占我三個女兒不成！」八戒道：「你看娘說的話。那個沒有三房四妾？就再多幾個，妳女婿也笑納了。我幼年間，也曾學得個熬戰之法，管情一個個伏侍得他歡喜。」那婦人道：「不好！不好！我這裏有一方手帕，你頂在頭上，遮了臉，撞個天婚，教我女兒從你跟前走過，你伸開手扯倒那個，就把那個配了你罷。」獃子依言，接了手帕，頂在頭上。有詩為證。詩曰：

癡愚不識本原由，色劍傷身暗自休。
從來信有周公禮，今日新郎頂蓋頭。

那獃子頂裹停當，道：「娘，請姐姐們出來麼。」他丈母叫：「真真、愛愛、憐憐，都來撞天婚，配與妳女婿。」只聽得環珮響亮，蘭麝馨香，似有仙子來往。那獃子真個伸手去撈人。兩邊亂撲，左也撞不著，右也撞不著。來來往往，不知有多少女子行動，只是莫想撈著一個。東撲抱著柱科，西撲摸著板壁，兩頭跑暈了，立站不穩，只是打跌。前來蹬著門扇，後去擋著磚牆。磕磕撞撞，跌得嘴腫頭青。坐在地下，喘氣呼呼的道：「娘啊，妳女兒這等乖滑得緊，撈不著一個，奈何！奈何！」

那婦人與他揭了蓋頭道：「女婿，不是我女兒乖滑，她們大家謙讓，不肯招你。」八戒道：「娘啊，既是她們不肯招我啊，妳招了我罷。」那婦人道：「好女婿呀！這等沒大沒小的，連丈母也都要了！我這三個女兒，心性最巧。她一人結了一個珍珠篏錦汗衫兒。你若穿得那個的，就教那個招你罷。」八戒道：「好！好！好！把三件兒都拿來我穿了看；若都穿得，就教都招了罷。」那婦人轉進房裏，只取出一件來，遞與八戒。那獃子脫下青錦布直裰，取過衫兒，就穿在身上；還未曾繫上帶子，撲的一蹻，跌倒在地。原來是幾條繩緊緊綳住，那獃子疼痛難禁，這些人早已不見了。

卻說三藏、行者、沙僧一覺睡醒，不覺的東方發白。忽睜睛抬頭觀看，那裏得那大廈高堂？也不是雕梁畫棟，一個個都睡在松柏林中。慌得那長老忙呼行者。沙僧道：「哥哥，罷了！罷了！我們遇著鬼了！」孫大聖心中明白，微微的笑道：「怎麼說？」長老道：「你看我們睡在那裏耶！」行者道：「這松林下落得快活，但不知那獃子在那裏受罪哩。」長老道：「那個受罪？」行者笑道：「昨日這家子娘女們，不知是那裏菩薩，在此顯化我等，想是半夜裏去了，只苦了豬八戒受罪。」三藏聞言，合掌頂禮。又只見那後邊古柏樹上，飄飄蕩蕩的，掛著一張簡帖兒。沙僧急去取來與師父看時，卻是八句頌子云：

黎山老母不思凡，南海菩薩請下山。普賢文殊皆是客，化成美女在林間。
聖僧有德還無俗，八戒無禪更有凡。從此靜心須改過，若生怠慢路途難！

那長老、行者、沙僧正然唱念此頌，只聽得林深處高聲叫道：「師父啊，綳殺我了！救我一救！下次再不敢了！」三藏道：「悟空，那叫喚的可是悟能麼？」沙僧道：「正是。」行者道：「兄弟，莫睬他，我們去罷。」三藏道：「那獃子雖是心性愚頑，卻只是一味懞直，倒也有些膂力，挑得行李；還看當日菩薩之念，救他隨我們去罷。料他以後，再不敢了。」那沙和尚卻捲起鋪蓋，收拾了擔子；孫大聖解韁牽馬，引唐僧入林尋看。咦！這正是：從正修持須謹慎，掃除愛欲自歸真。畢竟不知那獃子凶吉如何，且聽下回分解。

# 第二十四回　萬壽山大仙留故友　五莊觀行者竊人參

卻說那三人穿林入裏，只見那獃子綳在樹上，聲聲叫喊，痛苦難禁。行者上前笑道：「好女婿呀！這早晚還不起來謝親，又不到師父處報喜，還在這裏賣解兒耍子哩！——咄！你娘呢？你老婆呢？好個綳巴吊拷的女婿呀！」那獃子見他來搶白著羞，咬著牙，忍著疼，不敢叫喊。沙僧見了，老大不忍，放下行李，上前解了繩索救下。獃子對他們只是磕頭禮拜，其實羞恥難當，有《西江月》為證：

色乃傷身之劍，貪之必定遭殃。佳人二八好容妝，更比夜叉凶壯。
只有一個原本，再無微利添囊。好將資本謹收藏，堅守休教放蕩。

那八戒撮土焚香，望空禮拜。行者道：「你可認得那些菩薩麼？」八戒道：「我已此暈倒昏迷，眼花撩亂，那認得是誰？」行者把那簡帖兒遞與八戒。八戒見了是頌子，更加慚愧。沙僧笑道：「二哥有這般好處哩，感得四位菩薩來與你做親！」八戒道：「兄弟再莫題起，不當人子了！從今後，再也不敢妄為。——就是累折骨頭，也只是摩肩壓擔，隨師父西域去也。」三藏道：「既如此說才是。」行者遂領師父上了大路。行罷多時，忽見有高山擋路，三藏勒馬停鞭道：「徒弟，前面一山，必須仔細，恐有妖魔作耗，侵害吾黨。」行者道：「馬前但有我等三人，怕甚妖魔？」因此，長老安心前進。只見那座山，真是好山：

高山峻極，大勢崢嶸。根接崑崙脈，頂摩霄漢中。
白鶴每來棲檜柏，玄猿時復掛藤蘿。

日映晴林，疊疊千條紅霧繞；風生陰壑，飄飄萬道彩雲飛。
幽鳥亂啼青竹裏，錦雞齊鬪野花間。只見那
千年峰、五福峰、芙蓉峰，巍巍凜凜放毫光；
萬歲石、虎牙石、三尖石，突突磷磷生瑞氣。
崖前草秀，嶺上梅香。荊棘密森森，芝蘭清淡淡。
深林鷹鳳聚千禽，古洞麒麟轄萬獸。
澗水有情，曲曲彎彎多繞顧；峰巒不斷，重重疊疊自周迴。又見那
綠的槐，斑的竹，青的松，依依千載鬪穠華；
白的李，紅的桃，翠的柳，灼灼三春爭豔麗。
龍吟虎嘯，鶴舞猿啼。麋鹿從花出，青鸞對日鳴。
乃是仙山真福地，蓬萊閬苑只如然。
又見些花開花謝山頭景，雲去雲來嶺上峰。

三藏在馬上歡喜道：「徒弟，我一向西來，經歷許多山水，都是那嵯峨險峻之處，更不似此山好景，果然的幽趣非常。若是相近雷音不遠路，我們好整肅端嚴見世尊。」行者笑道：「早哩！早哩！正好不得到哩！」沙僧道：「師兄，我們到雷音有多少遠？」行者道：「十萬八千里。十停中還不曾走了一停哩。」八戒道：「哥啊，要走幾年才得到？」行者道：「這些路，若論二位賢弟，便十來日也可到；若論我走，一日也好走五十遭，還見日色；若論師父走，莫想！莫想！」唐僧道：「悟空，你說得幾時方可到？」行者道：「你自小時走到老，老了再小，老小千番也還難；只要你見性志誠，念念回首處，即是靈山。」沙僧道：「師兄，此間雖不是雷音，觀此景致，必有個好人居止。」行者道：「此言卻當。這裏卻無邪祟，一定是個聖僧、仙輩之鄉。我們遊頑慢行。」不題。

卻說這座山名喚萬壽山；山中有一座觀，名喚五莊觀；觀裏有一尊仙，道號鎮元子，混名與世同君。那觀裏出一般異寶，乃是混沌初分，鴻濛始判，天地未開之際，產成這顆靈根。蓋天下四大部洲，惟西牛賀洲五莊觀出此，喚名「草還丹」，又名「人參果」。三千年一開花，三千年一結果，再三千年才得熟，短頭一萬年方得吃。似這萬年，只結得三十個果子。果子的模樣，就如三朝未滿的小孩相似，四肢俱全，五官咸備。人若有緣，得那果子聞了一聞，就活三百六十歲；吃一個，就活四萬七千年。

當日鎮元大仙得元始天尊的簡帖，邀他到上清天上彌羅宮中聽講「混元道果」。大仙門下出的散仙，也不計其數，見如今還有四十八個徒弟，都是得道的全真。當日帶領四十六個上界去聽講，留下兩個絕小的看家：一個喚做清風，一個喚做明月。清風只有一千三百二十歲，明月才交一千二百歲。鎮元子吩咐二童道：「不可違了大天尊的簡帖，要往彌羅宮聽講，你兩個在家仔細。不日有一個故人從此經過，卻莫怠慢了他，可將我人參果打兩個與他吃，權表舊日之情。」二童道：「師父的故人是誰？望說與弟子，好接待。」大仙道：「他是東土大唐駕下的聖僧，道號三藏，今往西天拜佛求經的和尚。」二童笑道：「孔子云：『道不同，不相為謀。』我等是太乙玄門，怎麼與那和尚做甚相識！」大仙道：「你那裏得知。那和尚乃金蟬子轉生，西方聖老如來佛第二個徒弟。五百年前，我與他在『盂蘭盆會』上相識。他曾親手傳茶，佛子敬我，故此是為故人也。」二仙童聞言，謹遵師命。那大仙臨行，又叮嚀囑咐道：「我那果子有數，只許與他兩個，不得多費。」清風道：「開園時，大眾共吃了兩個，還有二十八個在樹，不敢多費。」大仙道：「唐三藏雖是故人，須要防備他手下人囉唣，不可驚動他知。」二童領命訖，那大仙承眾徒弟飛昇，逕朝天界。

卻說唐僧四眾，在山遊頑，忽抬頭見那松篁一簇，樓閣數層。唐僧道：「悟空，你看那裏是什麼去處？」行者看了道：「那所在，不是觀宇，定是寺院。我們走動些，到那廂方知端的。」不一時，來於門首觀看，見那：

松坡冷淡，竹徑清幽。往來白鶴送浮雲，上下猿猴時獻果。
那門前池寬樹影長，石裂苔花破。宮殿森羅紫極高，樓臺縹緲丹霞墮。
真個是福地靈區，蓬萊雲洞。清虛人事少，寂靜道心生。
青鳥每傳王母信，紫鸞常寄老君經。看不盡那巍巍道德之風，果然漠漠神仙之宅。

三藏離鞍下馬。又見那山門左邊有一通碑，碑上有十個大字，乃是：「萬壽山福地，五莊觀洞天」。長老道：「徒弟，真個是一座觀宇。」沙僧道：「師父，觀此景鮮明，觀裏必有好人居住。我們進去看看，若行滿東回，此間也是一景。」行者道：「說得好。」遂都一齊進去。又見那二門上有一對春聯：「長生不老神仙府，與天同壽道人家。」行者笑道：「這道士說大話誆人。我老孫五百年前大鬧天宮時，在那太上老君門首，也不曾見有此話說。」八戒道：「且莫管他，進去！進去！或者這道士有些德行，未可知也。」及至二層門裏，只見那裏面急急忙忙走出兩個小童兒來。看他怎生打扮：

骨清神爽容顏麗，頂結丫髻短髮鬅。道服自然襟繞霧，羽衣偏是袖飄風。
環縧緊束龍頭結，芒履輕纏蠶口絨。丰采異常非俗輩，正是那清風明月二仙童。

那童子控背躬身，出來迎接道：「老師父，失迎，請坐。」長老歡喜，遂與二童子上了正殿觀看。原來是向南的五間大殿，都是上明下暗的雕花格子。那仙童推開格子，請唐僧入殿，只見那壁中間掛著五彩裝成的「天地」二大字，設一張朱紅雕漆的香几，几上有一副黃金爐瓶，爐邊有方便整香。

唐僧上前，以左手捻香注爐，三匝禮拜。拜畢，回頭道：「仙童，你五莊觀真是西方仙界，何不供養三清、四帝、羅天諸宰，只將『天地』二字侍奉香火？」童子笑道：「不瞞老師說。這兩個字，上頭的，禮上還當；下邊的，還受不得我們的香火。是家師父謟佞出來的。」三藏道：「何為謟佞？」童子道：「三清是家師的朋友，四帝是家師的故人；九曜是家師的晚輩，元辰是家師的下賓。」那行者聞言，就笑得打跌。八戒道：「哥啊，你笑怎的？」行者道：「只講老孫會搗鬼，原來這道童會捆風！」三藏道：「令師何在？」童子道：「家師元始天尊降簡請到上清天彌羅宮聽講『混元道果』去了，不在家。」

行者聞言，忍不住喝了一聲道：「這個臊道童！人也不認得，你在那個面前搗鬼，扯什麼空心架子！那彌羅宮有誰是太乙天仙？請你這潑牛蹄子去講什麼！」三藏見他發怒，恐怕那童子回言，鬬起禍來，便道：「悟空，且休爭競。我們既進來就出去，顯得沒了方情。常言道：『鷺鷥不吃鷺鷥肉。』他師既是不在，攪擾他做甚？你去山門前放馬，沙僧看守行李，教八戒解包袱。取些米糧，借他鍋竈，做頓飯吃。待臨行，送他幾文柴錢，便罷了。各依執事，讓我在此歇息歇息，飯畢就行。」他三人果各依執事而去。

那明月、清風，暗自誇稱不盡道：「好和尚！真個是西方愛聖臨凡，真元不昧。師父命我們接待唐僧，將人參果與他吃，以表故舊之情；又教防著他手下人囉唣，果然那三個嘴臉凶頑，性情粗糙。幸得就把他們調開了；若在邊前，卻不與他人參果見面。」清風道：「兄弟，還不知那和尚可是師父的故人。問他一問看，莫要錯了。」二童子又上前道：「啓問老師可是大唐往西天取經的唐三藏？」長老回禮道：「貧僧就是。仙童為何知我賤名？」童子道：「我師臨行，曾吩咐教弟子遠接。不期車駕來促，有失迎迓。老師請坐，待弟子辦茶來奉。」三藏道：「不敢。」那明月急轉本房，取一杯香茶，獻與長老。茶畢，清風道：「兄弟，不可違了師命，我和你去取果子來。」

二童別了三藏，同到房中，一個拿了金擊子，一個拿了丹盤，又多將絲帕墊著盤底，逕到人參園內。那清風爬上樹去，使金擊子敲果；明月在樹下，以丹盤等接。須臾敲下兩個果來，接在盤中，逕至前殿奉獻道：「唐師父，我五莊觀土僻山荒，無物可奉，土儀素果二枚，權為解渴。」那長老見了，戰戰兢兢，遠離三尺道：「善哉！善哉！今歲倒也年豐時稔，怎麼這觀裏作荒吃人？這個是三朝未滿的孩童，如何與我解渴？」清風暗道：「這和尚在那口舌場中，是非海裏，弄得眼肉胎凡，不識我仙家異寶。」明月上前道：「老師，此物叫做『人參果』，吃一個兒不妨。」三藏道：「胡說！胡說！他那父母懷胎，不知受了多少苦楚，方生下。未及三日，怎麼就把他拿來當果子？」清風道：「實是樹上結的。」長老道：「亂談！亂談！樹上又會結出人來？拿過去，不當人子！」那兩個童兒，見千推萬阻不吃，只得拿著盤子，轉回本房。那果子卻也蹺蹊，久放不得；若放多時，即僵了，不中吃。二人到於房中，一家一個，坐在牀邊上，只情吃起。

噫！原來有這般事哩！他那道房，與那廚房緊緊的間壁。這邊悄悄的言語，那邊即便聽見。八戒正在廚房裏做飯，先前聽見說，取金擊子，拿丹盤，他已在心；又聽見他說，唐僧不認得是人參果，即拿在房裏自吃，口裏忍不住流涎道：「怎得一個兒嘗新！」自家身子又狼犺，不能夠得動，只等行者來，與他計較。他在那鍋門前，更無心燒火，不時的伸頭探腦，出來觀看。不多時，見行者牽將馬來，拴在槐樹上，逕往後走。那獃子用手亂招道：「這裏來！這裏來！」

行者轉身到於廚聲門首，道：「獃子，你嚷甚的？想是飯不夠吃。且讓老和尚吃飽，我們前邊大人家，再化吃去罷。」八戒道：「你進來，不是飯少。這觀裏有一件寶貝，你可曉得？」行者道：「什麼寶貝？」八戒笑道：「說與你，你不曾見；拿與你，你不認得。」行者道：「這獃子笑話我老孫。老孫五百年前，因訪仙道時，也曾雲遊在海角天涯。那般兒不曾見？」八戒道：「哥啊，人參果你曾見麼？」行者驚道：「這個真不曾見。但只常聞得人說，人參果乃是草還丹，人吃了極能延壽。如今那裏有得？」八戒道：「他這裏有。那童子拿兩個與師父吃，那老和尚不認得，道是三朝未滿的孩兒，不曾敢吃。那童子老大憊懶，師父既不吃，便該讓我們，他就瞞著我們，才自在這隔壁房裏，一家一個，嘓啅嘓啅的吃了出去，就急得我口裏水泱。——怎麼得一個兒嘗新？我想你有些溜撒，去他那園子裏偷幾個來嘗嘗，如何？」行者道：「這個容易，老孫去手到擒來。」急抽身，往前就走。八戒一把扯住道：「哥啊，我聽得他在這房裏說，要拿什麼金擊子去打哩。須是幹得停當，不可走露風聲。」行者道：「我曉得，我曉得。」

那大聖使一個隱身法，閃進道房看時，原來那兩個道童，吃了果子，上殿與唐僧說話，不在房裏。行者四下裏觀看，看有什麼金擊子，但只見窗櫺上掛著一條赤金：有二尺長短，有指頭粗細；底下是一個蒜疙瘩的頭子；上邊有眼，繫著一根綠絨繩兒。他道：「想必就是此物叫做金擊子。」他卻取下來，出了道房，逕入後邊去，推開兩扇門，抬頭觀看，——呀！卻是一座花園！但見：

朱欄寶檻，曲砌峰山。奇花與麗日爭妍，翠竹共青天鬪碧。
流杯亭外，一彎綠柳似拖烟；賞月臺前，數簇喬松如潑靛。
紅拂拂，錦巢榴；綠依依，繡墩草。
青茸茸，碧砂蘭；悠蕩蕩，臨溪水。
丹桂映金井梧桐，錦槐傍朱欄玉砌。
有或紅或白千葉桃，有或香或黃九秋菊。
荼蘼架，映著牡丹亭；木槿臺，相連芍藥圃。
看不盡傲霜君子竹，欺雪大夫松。
更有那鶴莊鹿宅，方沼圓池；泉流碎玉，地萼堆金；
朔風觸綻梅花白，春來點破海棠紅。
——誠所謂人間第一仙景，西方魁首花叢。

那行者觀看不盡；又見一層門，推開看處，卻是一座菜園：

佈種四時蔬菜，菠芹莙薘姜苔。筍藷瓜瓠茭白，蔥蒜芫荽韭薤。窩蕖童蒿苦蕒，葫蘆茄子須栽。蔓菁蘿蔔羊頭埋，紅莧青菘紫芥。

行者笑道：「他也是個自種自吃的道士。」走過菜園，又見一層門。推開看處，呀！只見那正中間有根大樹，真個是青枝馥郁，綠葉陰森。那葉兒卻似芭蕉模樣，直上去有千尺餘高，根下有七八丈圍圓。那行者倚在樹下，往上一看，只見向南的枝上，露出一個人參果，真個像孩兒一般。原來尾閭上是個扢蒂，看它丁在枝頭，手腳亂動，點頭幌腦，風過處似乎有聲。行者歡喜不盡，暗自誇稱道：「好東西呀！果然罕見！果然罕見！」他倚著樹，颼的一聲，攛將上去。

那猴子原來第一會爬樹偷果子。他把金擊子敲了一下，那果子撲的落將下來。他也隨跳下來跟尋，寂然不見；四下裏草中找尋，更無蹤影。行者道：「蹺蹊！蹺蹊！想是有腳的會走；就走也跳不出牆去。我知道了，想是花園中土地不許老孫偷他果子，他收了去也。」他就唸著訣，念一口「唵」字咒，拘得那花園土地前來，對行者施禮道：「大聖，呼喚小神，有何吩咐？」行者道：「你不知老孫是蓋天下有名的賊頭。我當年偷蟠桃、盜御酒、竊靈丹，也不曾有人敢與我分用；怎麼今日偷他一個果子，你就抽了我的頭分去了！這果子是樹上結的，空中過鳥也該有分，老孫就吃它一個，有何大害？怎麼剛打下來，你就撈了去？」土地道：「大聖，錯怪了小神也。這寶貝乃是地仙之物，小神是個鬼仙，怎麼敢拿去？就是聞也無福聞聞。」行者道：「你既不曾拿去，如何打下來就不見了？」土地道：「大聖只知這寶貝延壽，更不知它的出處哩。」

行者道：「有甚出處？」土地道：「這寶貝三千年一開花，三千年一結果，再三千年方得成熟。短頭一萬年，只結得三十個。有緣的，聞一聞，就活三百六十歲；吃一個，就活四萬七千年。卻是只與五行相畏。」行者道：「怎麼與五行相畏？」土地道：「這果子遇金而落，遇木而枯，遇水而化，遇火而焦，遇土而入。敲時必用金器，方得下來。打下來，卻將盤兒用絲帕襯墊方可；若受些木器，就枯了，就吃也不得延壽。吃它須用磁器，清水化開食用。遇火即焦而無用，遇土而入者。大聖方才打落地上，它即鑽下土去了。這個土有四萬七千年，就是鋼鑽鑽它也鑽不動些許，比生鐵也還硬三四分。人若吃了，所以長生。大聖不信時，可把這地下打打兒看。」行者即掣金箍棒，築了一下，響一聲，迸起棒來，土上更無痕跡。行者道：「果然！果然！我這棍，打石頭如粉碎，撞生鐵也有痕。怎麼這一下打不傷些兒？這等說，我卻錯怪了你了，你回去罷。」那土地即回本廟去訖。

大聖卻有算計：爬上樹，一隻手使擊子，一隻手將錦布直裰的襟兒扯起來做個兜子等住，他卻串枝分葉，敲了三個果，兜在襟中。跳下樹，一直前來，逕到廚房裏去。那八戒笑道：「哥哥，可有麼？」行者道：「這不是？老孫的手到擒來。這個果子，也莫背了沙僧，可叫他一聲。」八戒即招手叫道：「悟淨，你來。」那沙僧撇下行李，跑進廚房道：「哥哥，叫我怎的？」行者放開衣兜道：「兄弟，你看這個是甚的東西？」沙僧見了道：「是人參果。」行者道：「好啊！你倒認得。你曾在那裏吃過的？」沙僧道：「小弟雖不曾吃，但舊時做捲簾大將，扶侍鸞輿赴蟠桃宴，嘗見海外諸仙將此果與王母上壽。見便曾見，卻未曾吃。哥哥，可與我些兒嘗嘗？」行者道：「不消講，兄弟們一家一個。」

他三人將三個果各各受用。那八戒食腸大，口又大，一則是聽見童子吃時，便覺饞蟲拱動，卻才見了果子，拿過來，張開口，骨碌的囫圇吞嚥下肚，卻白著眼胡賴，向行者、沙僧道：「你兩個吃的是什麼？」沙僧道：「人參果。」八戒道：「什麼味道？」行者道：「悟淨，不要睬他！你倒先吃了，又來問誰？」八戒道：「哥哥，吃的忙了些，不像你們細嚼細嚥，嘗出些滋味。我也不知有核無核，就吞下去了。哥啊，為人為徹；已經調動我這饞蟲，再去弄個兒來，老豬細細的吃吃。」行者道：「兄弟，你好不知止足！這個東西，比不得那米食麵食，撞著盡飽。像這一萬年只結得三十個，我們吃它這一個，也是大有緣法，不等小可。罷罷罷！夠了！」他欠起身來，把一個金擊子，瞞窗眼兒，丟進他道房裏，竟不睬他。

那獃子只管絮絮叨叨的唧噥，不期那兩個道童復進房來取茶去獻，只聽得八戒還嚷什麼：「人參果吃得不快活，再得一個兒吃吃才好。」清風聽見，心疑道：「明月，你聽那長嘴和尚講『人參果還要個吃吃』。師父別時叮嚀，教防他手下人囉唣，莫敢是他偷了我們寶貝麼？」明月回頭道：「哥耶，不好了！不好了！金擊子如何落在地下！我們去園裏看看來！」他兩個急急忙忙的走去，只見花園開了。清風道：「這門是我關的，如何開了？」又急轉過花園，只見菜園門也開了。忙入人參園裏，倚在樹下，望上查數，顛倒來往，只得二十二個。明月道：「你可會算帳？」清風道：「我會，你說將來。」明月道：「果子原是三十個。師父開園，分吃了兩個，還有二十八個；適才打兩個與唐僧吃，還有二十六個；如今只剩得二十二個，卻不少了四個？不消講，不消講，定是那夥惡人偷了，我們只罵唐僧去來。」

兩個出了園門，逕來殿上，指著唐僧，禿前禿後，穢語污言，不絕口的亂罵；賊頭鼠腦，臭短臊長，沒好氣的胡嚷。唐僧聽不過道：「仙童啊，你鬧的是什麼？消停些兒；有話慢說不妨，不要胡說散道的。」清風說：「你的耳聾？我是蠻話，你不省得？你偷吃了人參果，怎麼不容我說。」唐僧道：「人參果怎麼模樣？」明月道：「才拿來與你吃，你說像孩童的不是？」唐僧道：「阿彌陀佛！那東西一見，我就心驚膽戰，還敢偷它吃哩！就是害了饞痞，也不敢幹這賊事。不要錯怪了人。」清風道：「你雖不曾吃，還有手下人要偷吃的哩。」三藏道：「這等也說得是，你且莫嚷，等我問他們看。果若是偷了，教他賠你。」明月道：「賠呀！就有錢那裏去買？」三藏道：「縱有錢沒處買呵，常言道：『仁義值千金。』教他陪你個禮，便罷了。——也還不知是他不是他哩。」明月道：「怎的不是他？他那裏分不均，還在那裏嚷哩。」

三藏叫聲：「徒弟，且都來。」沙僧聽見道：「不好了！決撒了！老師父叫我們，小道童胡廝罵，不是舊話兒走了風，卻是甚的？」行者道：「活羞殺人！這個不過是飲食之類。若說出來，就是我們偷嘴了，只是莫認。」八戒道：「正是，正是，昧了罷。」他三人只得出了廚房，走上殿去。咦！畢竟不知怎麼與他抵賴，且聽下回分解。

# 第二十五回　鎮元仙趕捉取經僧　孫行者大鬧五莊觀

卻說他兄弟三眾，到了殿上，對師父道：「飯將熟了，叫我們怎的？」三藏道：「徒弟，不是問飯。他這觀裏，有什麼人參果，似孩子一般的東西，你們是那一個偷他的吃了？」八戒道：「我老實，不曉得，不曾見。」清風道：「笑的就是他！笑的就是他！」行者喝道：「我老孫生的是這個笑容兒，莫成為你不見了什麼果子，就不容我笑？」三藏道：「徒弟息怒。我們是出家人，休打誑語，莫吃昧心食。果然吃了他的，陪他個禮罷。何苦這般抵賴？」

行者見師父說得有理，他就實說道：「師父，不干我事。是八戒隔壁聽見那兩個道童吃什麼人參果，他想一個兒嘗新，著老孫去打了三個，我兄弟各人吃了一個。如今吃也吃了，待要怎麼？」明月道：「偷了我四個，這和尚還說不是賊哩！」八戒道：「阿彌陀佛！既是偷了四個，怎麼只拿出三個來分，預先就打起一個偏手？」那獃子倒轉胡嚷。

二仙童問得是實，越加毀罵。就恨得個大聖鋼牙咬響，火眼睜圓，把條金箍棒揝了又揝，忍了又忍道：「這童子這樣可惡，只說當面打人，也罷，受他些氣兒，等我送他一個『絕後計』，教他大家都吃不成！」好行者，把腦後的毫毛拔了一根，吹口仙氣，叫：「變！」變做個假行者，跟定唐僧，陪著悟能、悟淨，忍受著道童嚷罵，他的真身，出一個神，縱雲頭，跳將起去，逕到人參園裏，掣金箍棒往樹上乒乓一下，又使個推山移嶺的神力，把樹一推推倒。可憐葉落枒開根出土，道人斷絕草還丹！那大聖推倒樹，在枝兒上尋果子，那裏得有半個。原來這寶貝遇金而落，他的棒兩頭是金裹之物，況鐵又是五金之類，所以敲著就振下來；既下來，又遇土而入，因此上邊再沒一個果子。他道：「好！好！好！大家散夥！」他收了鐵棒，逕往前來，把毫毛一抖，收上身來。那些人肉眼凡胎，看不明白。

卻說那仙童罵夠多時，清風道：「明月，這些和尚也受得氣哩，我們就像罵雞一般，罵了這半會，通沒個招聲。想必他不曾偷吃。倘或樹高葉密，數得不明，不要誑罵了他！我和你再去查查。」明月道：「也說得是。」他兩個果又到園中，只見那樹倒枒開，果無葉落。諕得清風腳軟跌根頭，明月腰酥打骸垢。那兩個魂飛魄散。有詩為證。詩曰：

三藏西臨萬壽山，悟空斷送草還丹。
枒開葉落仙根露，明月清風心膽寒。

他兩個倒在塵埃，語言顛倒，只叫：「怎的好！怎的好！害了我五莊觀裏的丹頭，斷絕我仙家的苗裔！師父來家，我兩個怎的回話？」明月道：「師兄莫嚷。我們且整了衣冠，莫要驚張了這幾個和尚。這個沒有別人，定是那個毛臉雷公嘴的那廝，他來出神弄法，壞了我們的寶貝。若是與他分說，那廝畢竟抵賴，定要與他相爭，爭起來，就要交手相打，你想我們兩個，怎麼敵得過他四個？且不如去哄他 哄，只說果子不少，我們錯數了，轉與他陪個不是。他們的飯已熟了，等他吃飯時，再貼他些兒小菜。他一家拿著一個碗，你卻站在門左，我卻站在門右，撲的把門關倒，把鎖鎖住，將這幾層門都鎖了，不要放他。待師父來家，憑他怎的處置。他又是師父的故人，饒了他，也是師父的人情，不饒他，我們也拿住個賊在，庶幾可以免我等之罪。」清風聞言道：「有理！有理！」

他兩個強打精神，勉生歡喜，從後園中逕來殿上，對唐僧控背躬身道：「師父，適間言語粗俗，多有衝撞，莫怪，莫怪。」三藏問道：「怎麼說？」清風道：「果子不少，只因樹高葉密，不曾看得明白；才然又去查查，還是原數。」那八戒就趁腳兒蹻道：「你這個童兒，年幼不知事體，就來亂罵，白口咀咒，枉賴了我們也！不當人子！」行者心上明白，口裏不言，心中暗想道：「是謊，是謊！果子已了了帳，怎的說這般話？……想必有起死回生之法。……」三藏道：「既如此，盛將飯來，我們吃了去罷。」

那八戒便去盛飯，沙僧安放桌椅。二童忙取小菜，卻是些醬瓜、醬茄、糟蘿蔔、醋豆角、醃窩蕖、綽芥菜，共排了七八碟兒，與師徒們吃飯；又提一壺好茶，兩個茶鍾，伺候左右。那師徒四眾，卻才拿起碗來，這童兒一邊一個，撲的把門關上，插上一把兩鐄銅鎖。八戒笑道：「這童子差了。你這裏風俗不好，卻怎的關了門裏吃飯？」明月道：「正是，正是，好歹吃了飯兒開門。」清風罵道：「我把你這個害饞勞、偷嘴的禿賊！你偷吃了我的仙果，已該一個擅食田園瓜果之罪，卻又把我的仙樹推倒，壞了我五莊觀裏仙根，你還要說嘴哩！——若能夠到得西方參佛面，只除是轉背搖車再托生！」三藏聞言，丟下飯碗，把塊石頭放在心上。那童子將那前山門、二山門，通都上了鎖，卻又來正殿門首，惡語惡言，賊前賊後，只罵到天色將晚，才去吃飯。飯畢，歸房去了。

唐僧埋怨行者道：「你這個猴頭，番番撞禍！你偷吃了他的果子，就受他些氣兒，讓他罵幾句便也罷了；怎麼又推倒他的樹！若論這般情由，告起狀來，就是你老子做官，也說不通。」行者道：「師父莫鬧。那童兒都睡去了，只等他睡著了，我們連夜起身。」沙僧道：「哥啊，幾層門都上了鎖，閉得甚緊，如何走麼？」行者笑道：「莫管！莫管！老孫自有法兒。」八戒道：「愁你沒有法兒哩！你一變變什麼蟲蛭兒，瞞格子眼裏就飛將出去，只苦了我們不會變的，便在此頂缸受罪哩！」唐僧道：「他若幹出這個勾當，不同你我出去啊，我就念起舊話經兒，他卻怎生消受！」

八戒聞言，又愁又笑道：「師父，你說的那裏話？我只聽得佛教中有卷《楞嚴經》、《法華經》、《孔雀經》、《觀音經》、《金剛經》，不曾聽見個甚那『舊話兒經』啊。」行者道：「兄弟，你不知道。我頂上戴的這個箍兒，是觀音菩薩賜與我師父的，師父哄我戴了，就如生根的一般，莫想拿得下來；——叫做《緊箍兒咒》，又叫做《緊箍兒經》。他『舊話兒經』，即此是也。但若念動，我就頭疼，故有這個法兒難我。師父，你莫念，我決不負你，管情大家一齊出去。」

說話後，都已天昏，不覺東方月上。行者道：「此時萬籟無聲，水輪明顯，正好走了去罷。」

八戒道：「哥啊，不要搗鬼。門俱鎖閉，往那裏走？」行者道：「你看手段！」把金箍棒捻在手中，使一個「解鎖法」，往門上一指，只聽得突蹡的一聲響，幾層門雙鐄俱落，唿喇的開了門扇。八戒笑道：「好本事！就是叫小爐兒匠使掭子，便也不像這等爽利！」行者道：「這個門兒，有甚稀罕！就是南天門，指一指也開了。」卻請師父出了門，上了馬，八戒挑著擔，沙僧攏著馬，逕投西路而去。行者道：「你們且慢行。等老孫去照顧那兩個童兒睡一個月。」三藏道：「徒弟，不可傷他性命；不然，又一個得財傷人的罪了。」行者道：「我曉得。」行者復進去，來到那童兒睡的房門外。他腰裏有帶的瞌睡蟲兒，原來在東天門與增長天王猜枚耍子贏的。他摸出兩個來，瞞窗眼兒彈將進去，逕奔到那童子臉上，鼾鼾沈睡，再莫想得醒。他才拽開雲步，趕上唐僧，順大路一直西奔。

這一夜馬不停蹄，只行到天曉。三藏道：「這個猴頭弄殺我也！你因為嘴，帶累我一夜無眠！」行者道：「不要只管埋怨。天色明了，你且在這路旁邊樹林中將就歇歇，養養精神再走。」那長老只得下馬，倚松根權作禪牀坐下；沙僧歇了擔子打盹；八戒枕著石睡覺。孫大聖偏有心腸，你看他跳樹扳枝頑耍。四眾歇息不題。

卻說那大仙自元始宮散會，領眾小仙出離兜率，逕下瑤天，墜祥雲，早來到萬壽山五莊觀門首。看時，只見觀門大開，地上乾淨。大仙道：「清風、明月，卻也中用。常時節，日高三丈，腰也不伸；今日我們不在，他倒肯起早，開門掃地。」眾小仙俱悅。行至殿上，香火全無，人蹤俱寂，那裏有明月、清風！眾仙道：「他兩個想是因我們不在，拐了東西走了。」大仙道：「豈有此理！修仙的人，敢有這般壞心的事！想是昨晚忘卻關門，就去睡了，今早還未醒哩。」眾仙到他房門首看處，真個關著房門，鼾鼾沈睡；這外邊打門亂叫，那裏叫得醒來。眾仙撬開門板，著手扯下牀來，也只是不醒。大仙笑道：「好仙童啊！成仙的人，神滿再不思睡，卻怎麼這般困倦？莫不是有人做弄了他也？快取水來。」一童急取水半盞遞與大仙。大仙念動咒語，噀一口水，噴在臉上，隨即解了睡魔。

二人方醒，忽睜睛，抹抹臉，抬頭觀看，認得是仙師與世同君和仙兄等眾，慌得那清風頓首、明月叩頭，道：「師父啊！你的故人，原是『東來的和尚，——一夥強盜』，十分凶狠！」

大仙笑道：「莫驚恐，慢慢的說來。」清風道：「師父啊，當日別後不久，果有個東土唐僧，一行有四個和尚，連馬五口。弟子不敢違了師命，問及來因，將人參果取了兩個奉上。那長老俗眼愚心，不識我們仙家的寶貝。他說是三朝未滿的孩童，再三不吃，是弟子各吃了一個。不期他那手下有三個徒弟，有一個姓孫的，名悟空行者，先偷四個果子吃了。是弟子們向伊理說，實實的言語了幾句。他卻不容，暗自裏弄了個出神的手段，——苦啊！……」二童子說到此處，止不住腮邊淚落。眾仙道：「那和尚打你來？」明月道：「不曾打，只是把我們人參樹打倒了。」大仙聞言，更不惱怒，道：「莫哭！莫哭！你不知那姓孫的，也是個太乙散仙，也曾大鬧天宮，神通廣大。既然打倒了寶樹，你可認得那些和尚？」清風道：「都認得。」大仙道：「既認得，都跟我來。眾徒弟們，都收拾下刑具，等我回來打他。」

眾仙領命。大仙與明月、清風縱起祥光，來趕三藏，頃刻間就有千里之遙。大仙在雲端裏向西觀看，不見唐僧；及轉頭向東看時，倒多趕了九百餘里。原來那長老一夜馬不停蹄，只行了一百二十里路；大仙的雲頭，一縱趕過了九百餘里。仙童道：「師父，那路旁樹下坐的是唐僧。」大仙道：「我已見了。你兩個回去安排下繩索，等我自家拿他。」清風先回不題。那大仙按落雲頭，搖身一變，變作個行腳全真。你道他怎生打扮：

穿一領百衲袍，繫一條呂公絛。手搖麈尾，漁鼓輕敲。

三耳草鞋登腳下，九陽巾子把頭包。飄飄風滿袖，口唱月兒高。

逕直來到樹下，對唐僧高叫道：「長老，貧道起手了。」那長老忙忙答禮道：「失瞻！失瞻！」大仙問：「長老是那方來的？為何在途中打坐？」三藏道：「貧僧乃東土大唐差往西天取經者。

路過此間，權為一歇。」大仙佯訝道：「長老東來，可曾在荒山經過？」長老道：「不知仙宮是何寶山？」大仙道：「萬壽山五莊觀，便是貧道棲止處。」

行者聞言，他心中有物的人，忙答道：「不曾！不曾！我們是打上路來的。」那大仙指定笑道：「我把你這個潑猴！你瞞誰哩？你倒在我觀裏，把我人參果樹打倒，你連夜走在此間，還不招認，遮飾什麼？不要走！趁早去還我樹來！」那行者聞言，心中惱怒，掣鐵棒不容分說，望大仙劈頭就打。大仙側身躲過，踏祥光，逕到空中。行者也騰雲，急趕上去。大仙在半空現了本相，你看他怎生打扮：

頭戴紫金冠，無憂鶴氅穿。履鞋登足下，絲帶束腰間。
體如童子貌，面似美人顏。三鬚飄頷下，鴉翎疊鬢邊。
相迎行者無兵器，只將玉麈手中撚。

那行者沒高沒低的，棍子亂打。大仙把玉麈左遮右擋，奈了他兩三回合，使一個「袖裏乾坤」的手段，在雲端裏，把袍袖迎風輕輕的一展，刷地前來，把四僧連馬一袖子籠住。八戒道：「不好了！我們都裝在褡褳裏了！」行者道：「獃子，不是褡褳，我們被他籠在衣袖中哩。」八戒道：「這個不打緊；等我一頓釘鈀，築他個窟窿，脫將下去，只說他不小心，籠不牢，吊的了罷。」那獃子使鈀亂築，那裏築得動：手撚著雖然是個軟的，築起來就比鐵還硬。

那大仙轉祥雲，逕落五莊觀坐下，叫徒弟拿繩來。眾小仙一一伺候。你看他從袖子裏，卻像撮傀儡一般，把唐僧拿出，縛在正殿簷柱上；又拿出他三個，每一根柱上，綁了一個；將馬也拿出拴在庭下，與他些草料；行李拋在廊下；又道：「徒弟，這和尚是出家人，不可用刀槍，不可加鐵鉞，且與我取出皮鞭來，打他一頓，與我人參果出氣！」眾仙即忙取出一條鞭，——不是什麼牛皮、羊皮、麂皮、犢皮的，原來是龍皮做的七星鞭，著水浸在那裏。令一個有力量的小仙，把鞭執定道：「師父，先打那個？」大仙道：「唐三藏做大不尊，先打他。」

行者聞言，心中暗道：「我那老和尚不禁打；假若一頓鞭打壞了啊，卻不是我造的孽？」他忍不住，開言道：「先生差了。偷果子是我，吃果子是我，推倒樹也是我，怎麼不先打我，打他做甚？」大仙笑道：「這潑猴倒言語膂烈。這等便先打他。」小仙問：「打多少？」大仙道：「照依果數，打三十鞭。」那小仙掄鞭就打。行者恐仙家法大，睜圓眼瞅定，看他打那裏。原來打腿，行者就把腰扭一扭，叫聲：「變！」變作兩條熟鐵腿，看他怎麼打。那小仙一下一下的，打了三十，天早晌午了。

大仙又吩咐道：「還該打三藏訓教不嚴，縱放頑徒撒潑。」那仙又掄鞭來打。行者道：「先生又差了。偷果子時，我師父不知，他在殿上與你二童講話，是我兄弟們做的勾當。縱是有教訓不嚴之罪，我為弟子的，也當替打，再打我罷。」大仙笑道：「這潑猴，雖是狡猾奸頑，卻倒也有些孝意。既這等，還打他罷。」小仙又打了三十。行者低頭看看，兩隻腿似明鏡一般，通打亮了，更不知些疼癢。此時天色將晚。大仙道：「且把鞭子浸在水裏，待明朝再拷打他。」小仙且收鞭去浸，各各歸房。晚齋已畢，盡皆安寢不題。

那長老淚眼雙垂，怨他三個徒弟道：「你等闖出禍來，卻帶累我在此受罪，這是怎的起？」行者道：「且休抱怨，打便先打我。你又不曾吃打，倒轉嗟呀怎的？」唐僧道：「雖然不曾打，卻也綁得身上疼哩。」沙僧道：「師父，還有陪綁的在這裏哩。」行者道：「都不要嚷，再停會兒走路。」八戒道：「哥哥又弄虛頭了。這裏麻繩噴水，緊緊的綁著，還比關在殿上，被你使鎖法搠開門走哩！」行者道：「不是誇口說，那怕他三股的麻繩噴上了水，——就是碗粗的棕纜，也只好當秋風！」正話處，早已萬籟無聲，正是天街人靜。好行者，把身子小一小，脫下索來道：「師父去呀！」沙僧慌了道：「哥哥，也救我們一救！」行者道：「悄言！悄言！」他卻解了三藏，放下八戒、沙僧，整束了褊衫，扣背了馬匹，廊下拿了行李，一齊出了觀門。又教八戒：「你去把那崖邊柳樹伐四顆來。」八戒道：「要他怎的？」行者道：「有用處，快快取來！」

那獃子有些夯力，走了去，一嘴三棵，就拱了四棵，一抱抱來。行者將枝梢折了，將兄弟二人復進去，將原繩照舊綁在柱上。那大聖念動咒語，咬破舌尖，將血噴在樹上，叫：「變！」一根變作長老，一根變作自身，那兩根變作沙僧、八戒；都變得容貌一般，相貌皆同，問他也就說話，叫名也就答應。他兩個卻才放開步，趕上師父。這一夜依舊馬不停蹄，躲離了五莊觀。只走到天明，那長老在馬上搖樁打盹。行者見了，叫道：「師父不濟！出家人怎的這般辛苦？我老孫千夜不眠，也不曉得困倦。且下馬來，莫教走路的人，看見笑你。權在山坡下藏風聚氣處，歇歇再走。」

不說他師徒在路暫住。且說那大仙天明起來，吃了早齋，出在殿上，教拿鞭來：「今日卻該打唐三藏了。」那小仙掄著鞭，望唐僧道：「打你哩。」那柳樹也應道：「打麼。」乒乓打了三十，掄過鞭來，對八戒道：「打你哩。」那柳樹也應道：「打麼。」及打沙僧，也應道：「打麼。」及打到行者，那行者在路，偶然打個寒噤道：「不好了！」三藏問道：「怎麼說？」行者道：「我將四棵柳樹變作我師徒四眾，我只說他昨日打了我兩頓，今日想不打了；卻又打我的化身，所以我真身打噤。收了法罷。」那行者慌忙念咒收法。

你看那些道童害怕，丟了皮鞭，報道：「師父啊，為頭打的是大唐和尚，這一會打的都是柳樹之根！」大仙聞言，呵呵冷笑，誇不盡道：「孫行者，真是一個好猴王！曾聞他大鬧天宮，佈地網天羅，拿他不住，果有此理。——你走了便也罷，卻怎麼綁些柳樹在此，冒名頂替？決莫饒他，趕去來！」那大仙說聲趕，縱起雲頭，往西一望，只見那和尚挑包策馬，正然走路。大仙低下雲頭，叫聲：「孫行者！往那裏走！還我人參樹來！」八戒聽見道：「罷了！對頭又來了！」行者道：「師父，且把善字兒包起，讓我們使些凶惡，一發結果了他，脫身去罷。」唐僧聞言，戰戰兢兢，未曾答應。沙僧掣寶杖，八戒舉釘鈀，大聖使鐵棒，一齊上前，把大仙圍住在空中，亂打亂筑。這場惡鬪，有詩為證：

悟空不識鎮元仙，與世同君妙更玄。三件神兵施猛烈，一根麈尾白飄然。
左遮右擋隨來往，後架前迎任轉旋。夜去朝來難脫體，淹留何日到西天！

他兄弟三眾，各舉神兵，一齊攻打，那大仙只把蠅箒兒演架。那裏有半個時辰，他將袍袖一展，依然將四僧一馬並行李，一袖籠去。返雲頭，又到觀裏。眾仙接著，仙師坐於殿上，卻又在袖兒裏一個個搬出，將唐僧綁在階下矮槐樹上；八戒、沙僧各綁在兩邊樹上；將行者捆倒。行者道：「想是調問哩。」不一時，捆綁停當，教把長頭布取十疋來。行者笑道：「八戒！這先生好意思，拿出布來與我們做中袖哩！——減省些兒，做個一口中罷了。」那小仙將家機布搬將出來。

大仙道：「把唐三藏、豬八戒、沙和尚都使布裹了！」眾仙一齊上前裹了。行者笑道：「好！好！好！夾活兒就大殮了！」須臾，纏裹已畢。又教拿出漆來。眾仙即忙取了些自收自曬的生熟漆，把他三個渾身布裹漆漆了，上留著頭臉在外。八戒道：「先生，上頭倒不打緊，只是下面還留孔兒，我們好出恭。」那大仙又教把大鍋抬出來。行者笑道：「八戒，造化！抬出鍋來，想是煮飯我們吃哩。」八戒道：「也罷了，讓我們吃些飯兒，做個飽死的鬼也好看。」眾仙果抬出一口大鍋支在階下。大仙叫架起乾柴，發起烈火，教：「把清油拗上一鍋，燒得滾了，將孫行者下油鍋扎他一扎，與我人參樹報仇！」

行者聞言，暗喜道：「正可老孫之意。這一向不曾洗澡，有些兒皮膚燥癢，好歹盪盪，足感盛情。」頃刻間，那油鍋將滾。大聖卻又留心：恐他仙法難參，油鍋裏難做手腳，急回頭四顧，只見那臺下東邊是一座日規臺，西邊是一個石獅子。行者將身一縱，滾到西邊，咬破舌尖，把石獅子噴了一口，叫聲：「變！」變作他本身模樣，也這般捆作一團；他卻出了元神，起在雲端裏，低頭看著道士。

只見那小仙報道：「師父，油鍋滾透了。」大仙教：「把孫行者抬下去！」四個仙童抬不動，八個來，也抬不動；又加四個，也抬不動。眾仙道：「這猴子戀土難移，小自小，倒也結實。」卻教二十個小仙，扛將起來，往鍋裏一摜，烹的響了一聲，濺起些滾油點子，把那小道士們臉上燙了幾個燎漿大泡！只聽得燒火的小童喊道：「鍋漏了！鍋漏了！」說不了，油已漏得罄盡，鍋底打破。原來是一個石獅子放在裏面。

大仙大怒道：「這個潑猴，著然無禮！教他當面做了手腳！你走了便罷，怎麼又搗了我的竈？這潑猴枉自也拿他不住；就拿住他，也似摶砂弄汞，捉影捕風。——罷！罷！罷！饒他去罷。且將唐三藏解下，另換新鍋，把他扎一扎，與人參樹報報仇罷。」那小仙真個動手，拆解布漆。

行者在半空裏聽得明白。他想著：「師父不濟：他若到了油鍋裏，一滾就死，二滾就焦，到三五滾，他就弄做個稀爛的和尚了！我還去救他一救。」好大聖，按落雲頭，上前叉手道：「莫要拆壞了布漆，扎我師父，還等我來下油鍋罷。」那大仙驚罵道：「我把你這猢猻！怎麼弄手段搗了我的竈？」行者笑道：「你遇著我就該倒竈，干我甚事？我才自也要領你些油湯油水之愛，但只是大小便急了，若在鍋裏開風，恐怕污了你的熟油，不好調菜吃；如今大小便通乾淨了，才好下鍋。不要扎我師父，還來扎我。」那大仙聞言，呵呵冷笑，走出殿來，一把扯住。畢竟不知有何話說，端的怎麼脫身，且聽下回分解。

# 第二十六回 孫悟空三島求方 觀世音甘泉活樹

詩曰：

處世須存心上刃，修身切記寸邊而。常言刃字為生意，但要三思戒怒欺。
上士無爭傳亙古，聖人懷德繼當時。剛強更有剛強輩，究竟終成空與非。

卻說那鎮元大仙用手攙著行者道：「我也知道你的本事，我也聞得你的英名，只是你今番越理欺心，縱有騰那，脫不得我手。我就和你講到西天，見了你那佛祖，也少不得還我人參果樹。你莫弄神通！」行者笑道：「你這先生，好小家子樣！若要樹活，有甚疑難！早說這話，可不省了一場爭競？」大仙道：「不爭競，我肯善自饒你？」行者道：「你解了我師父，我還你一棵活樹如何？」大仙道：「你若有此神通，醫得樹活，我與你八拜為交，結為兄弟。」行者道：「不打緊，放了他們，老孫管教還你活樹。」

大仙諒他走不脫，即命解放了三藏、八戒、沙僧。沙僧道：「師父啊，不知師兄搗得是什麼鬼哩。」八戒道：「什麼鬼！這叫做『當面人情鬼』！樹死了，又可醫得活！他弄個光皮散兒好看，者著求醫治樹，單單了脫身走路，還顧得你和我哩！」三藏道：「他決不敢撒了我們。我們問他那裏求醫去。」遂叫道：「悟空，你怎麼哄了仙長，解放我等？」行者道：「老孫是真言實語，怎麼哄他？」三藏道：「你往何處去求方？」行者道：「古人云：『方從海上來。』我今要上東洋大海，遍遊三島十洲，訪問仙翁聖老，求一個起死回生之法，管教醫得他樹活。」三藏道：「此去幾時可回？」行者道：「只消三日。」三藏道：「既如此，就依你說，與你三日之限。三日裏來便罷；若三日之外不來，我就念那話兒經了。」行者道：「遵命，遵命。」

你看他急整虎皮裙，出門來對大仙道：「先生放心，我就去就來。你卻要好生伏侍我師父，逐日家三茶六飯，不可欠缺。若少了些兒，老孫回來和你算帳，先搗塌你的鍋底。衣服禳了，與他漿洗漿洗。臉兒黃了些兒，我不要；若瘦了些兒，不出門。」那大仙道：「你去，你去，定不教他忍餓。」好猴王，急縱觔斗雲，別了五莊觀，逕上東洋大海。在半空中，快如掣電，疾如流星，早到蓬萊仙境。按雲頭，往下仔細觀看。真個好去處！有詩為證。詩曰：

大地仙鄉列聖曹，蓬來分合鎮波濤。瑤臺影蘸天心冷，巨闕光浮海面高。
五色烟霞含玉籟，九霄星月射金鰲。西池王母常來此，奉祝三仙幾次桃。

那行者看不盡仙景，逕入蓬萊。正然走處，見白雲洞外，松陰之下，有三個老兒圍碁：觀局者是壽星，對局者是福星、祿星。行者上前叫道：「老弟們，作揖了。」那三星見了，拂退碁枰，回禮道：「大聖何來？」行者道：「特來尋你們耍子。」壽星道：「我聞大聖棄道從釋，脫性命保護唐僧往西天取經，遂日奔波山路，那些兒得閒，卻來耍子？」行者道：「實不瞞列位說。老孫因往西方，行在半路，有些兒阻滯，特來小事欲干，不知肯否？」福星道：「是甚地方？是何阻滯，乞為明示，吾好裁處。」行者道：「因路過萬壽山五莊觀有阻。」三老驚訝道：「五莊觀是鎮元大仙的仙宮。你莫不是把他人參果偷吃了？」行者笑道：「偷吃了能值什麼？」三老道：「你這猴子，不知好歹。那果子聞一聞，活三百六十歲；吃一個，活四萬七千年；叫做『萬壽草還丹』。我們的道，不及他多矣！他得之甚易，就可與天齊壽；我們還要養精、煉氣、存神，調和龍虎，捉坎填離，不知費多少工夫。你怎麼說他的能值甚緊？天下只有此種靈根！」

行者道：「靈根！靈根！我已弄了他個斷根哩！」三老驚道：「怎的斷根？」行者道：「我們前日在他觀裏，那大仙不在家，只有兩個小童，接待了我師父，卻將兩個人參果奉與我師。我師不認得，只說是三朝未滿的孩童，再三不吃。那童子就拿去吃了，不曾讓得我們。是老孫就去偷了他三個，我三兄弟吃了。那童子不知高低，賊前賊後的罵個不住。是老孫惱了，把他樹打了一棍，推倒在地，樹上果子全無，椏開葉落，根出枝傷，已枯死了。不想那童子關住我們，又被老孫扭開鎖走了。次日清晨，那先生回家趕來，問答間，語言不和，遂與他賭鬥，被他閃一閃，把袍袖展開，一袖子都籠去了。繩纏索綁，拷問鞭敲，就打了一日。是夜又逃了，他又趕上，依舊籠去。他身無寸鐵，只是把個麈尾遮架。我兄弟這等三般兵器，莫想打得著他。這一番仍舊擺佈，將布裹漆了我師父與兩師弟，卻將我下油鍋。我又做了個脫身本事走了，把他鍋都打破。他見拿我不住，盡有幾分醋我。是我又與他好講，教他放了我師父、師弟，我與他醫樹管活，兩家才得安寧。我想著『方從海上來』，故此特遊仙境，訪三位老弟。有甚醫樹的方兒，傳我一個，急救唐僧脫苦。」

三星聞言，心中也悶道：「你這猴兒，全不識人。那鎮元子乃地仙之祖；我等乃神仙之宗；你雖得了天仙，還是太乙散數，未入真流，你怎麼脫得他手？若是大聖打殺了走獸飛禽，蜾蟲鱗長，只用我黍米之丹，可以救活。那人參果乃仙木之根，如何醫治？沒方，沒方。」那行者見說無方，卻就眉峰雙鎖，額蹙千痕。福星道：「大聖，此處無方，他處或有，怎麼就生煩惱？」行者道：「無方別訪，果然容易；就是遊遍海角天涯，轉透三十六天，亦是小可；只是我那唐長老法嚴量窄，只與了我三日期限。三日以外不到，他就要念那《緊箍兒咒》哩。」三星笑道：「好！好！好！若不是這個法兒拘束你，你又鑽天了。」壽星道：「大聖放心，不須煩惱。那大仙雖稱上輩，卻也與我等有識。一則久別，不曾拜望；二來是大聖的人情；如今我三人同去望他一望，就與你道達此情，教那唐和尚莫念《緊箍兒咒》，休說三日五日，只等你求得方來，我們才別。」行者道「感激！感激！就請三位老弟行行，我去也。」大聖辭別三星不題。

卻說這三星駕起祥光，即往五莊觀而來。那觀中合眾人等，忽聽得長天鶴唳，原來是三老光臨。但見那：

盈空藹藹祥光簇，霄漢紛紛香馥郁。彩霧千條護羽衣，輕雲一朵擎仙足。
青鸞飛，丹鳳翻，袖引香風滿地撲。拄杖懸龍喜笑生，皓鬚垂玉胸前拂。
童顏歡悅更無憂，壯體雄威多有福。執星籌，添海屋，腰掛葫蘆並寶籙。
萬紀千旬福壽長，十洲三島隨緣宿。常來世上送千祥，每向人間增百福。
概乾坤，榮福祿，福壽無疆今喜得。三老乘祥謁大仙，福堂和氣皆無極。

那仙童看見，即忙報道：「師父，海上三星來了。」鎮元子正與唐僧師弟閒敘，聞報，即降階奉迎。那八戒見了壽星，近前扯住，笑道：「你這肉頭老兒，許久不見，還是這般脫灑，帽兒也不帶個來。」遂把自家一個僧帽，撲的套在他頭上，撲著手呵呵大笑道：「好！好！好！真是『加冠晉祿』也！」那壽星將帽子摜了，罵道：「你這個夯貨，老大不知高低！」八戒道：「我不是夯貨，你等真是奴才！」福星道：「你倒是個夯貨，反敢罵人是奴才！」八戒又笑道：「既不是人家奴才，好道叫做『添壽』、『添福』、『添祿』？」

那三藏喝退了八戒，急整衣拜了三星。那三星以晚輩之禮見了大仙，方才敘坐。坐定，祿星道：「我們一向久闊尊顏，有失恭敬。今因孫大聖攪擾仙山，特來相見。」大仙道：「孫行者到蓬萊去的？」壽星道：「是，因為傷了大仙的丹樹，他來我處求方醫治，我輩無方，他又到別處求訪；但恐違了聖僧三日之限，要念《緊箍兒咒》。我輩一來奉拜，二來討個寬限。」三藏聞言，連聲應道：「不敢念，不敢念。」

正說處，八戒又跑進來，扯住福星，要討果子吃。他去袖裏亂摸，腰裏亂挖，不住的揭他衣服搜檢。三藏笑道：「那八戒是什麼規矩！」八戒道：「不是沒規矩，此叫做『番番是福』。」三藏又叱令出去。那獃子蹡出門，瞅著福星，眼不轉睛的發狠。福星道：「夯貨！我那裏惱了你來，你這等恨我？」八戒道：「不是恨你，這叫『回頭望福』。」那獃子出得門來，只見一個小童，拿了四把茶匙，方去尋鍾取果看茶；被他一把奪過，跑上殿，拿著小磬兒，用手亂敲亂打，兩頭頑耍。大仙道：「這個和尚，越發不尊重了！」八戒笑道：「不是不尊重，這叫做『四時吉慶』。」

且不說八戒打諢亂纏。卻表行者縱祥雲離了蓬萊，又早到方丈仙山。這山真好去處，有詩為證。詩曰：

方丈巍峨別是天，太元宮府會神仙。紫臺光照三清路，花木香浮五色烟。
金鳳自多槃蕊闕，玉膏誰逼灌芝田？碧桃紫李新成熟，又換仙人信萬年。

那行者按落雲頭，無心玩景。正走處，只聞得香風馥馥，玄鶴聲鳴，那壁廂有個神仙，但見：

盈空萬道霞光現，彩霧飄颻光不斷。丹鳳啣花也更鮮，青鸞飛舞聲嬌豔。
福如東海壽如山，貌似小童身體健。壺隱洞天不老丹，腰懸與日長生篆。
人間數次降禎祥，世上幾番消厄願。武帝曾宣加壽齡，瑤池每赴蟠桃宴。
教化眾僧脫俗緣，指開大道明如電。也曾跨海祝千秋，常去靈山參佛面。
聖號東華大帝君，烟霞第一神仙眷。

孫行者覿面相迎，叫聲：「帝君，起手了。」那帝君慌忙回禮道：「大聖，失迎。請荒居奉茶。」遂與行者攙手而入。果然是貝闕仙宮，看不盡瑤池瓊閣。方坐待茶，只見翠屏後轉出一個童兒。他怎生打扮：

身穿道服飄霞爍，腰束絲絛光錯落。頭戴綸巾佈斗星，足登芒履遊仙嶽。
煉元真，脫本殼，功行成時遂意樂。識破原流精氣神，主人認得無虛錯。

逃名今喜壽無疆，甲子周天管不著。轉回廊，登寶閣，天上蟠桃三度摸。
縹緲香雲出翠屏，小仙乃是東方朔。

行者見了，笑道：「這個小賊在這裏啊！帝君處沒有桃子你偷吃！」東方朔朝上進禮，答道：「老賊，你來這裏怎的？我師父沒有仙丹你偷吃。」

帝君叫道：「曼倩休亂言，看茶來也。」曼倩原是東方朔的道名。他急入裏取茶二杯。飲訖，行者道：「老孫此來，有一事奉幹，未知允否？」帝君道：「何事？自當領教。」行者道：「近因保唐僧西行，路過萬壽山五莊觀，因他那小童無狀，是我一時發怒，把他人參果樹推倒，一時阻滯，唐僧不得脫身，特來尊處求賜一方醫治，萬望慨然。」帝君道：「你這猴子，不管一二，到處裏闖禍。那五莊觀鎮元子，聖號與世同君，乃地仙之祖。你怎麼就衝撞出他？他那人參果樹，乃草還丹。你偷吃了，尚說有罪；卻又連樹推倒，他肯干休？」行者道：「正是呢，我們走脫了，被他趕上，把我們就當汗巾兒一般，一袖子都籠了去，所以擱氣。沒奈何，許他求方醫治，故此拜求。」帝君道：「我有一粒『九轉太乙還丹』，但能治世間生靈，卻不能醫樹。樹乃水土之靈，天滋地潤。若是凡間的果木，醫治還可；這萬壽山乃先天福地，五莊觀乃賀洲洞天，人參果又是天開地闢之靈根，如何可治？無方！無方！」行者道：「既然無方，老孫告別。」帝君仍欲留奉玉液一杯，行者道：「急救事緊，不敢久滯。」遂駕雲至瀛洲海島。也好去處，有詩為證，詩曰：

珠樹玲瓏照紫烟，瀛洲宮闕接諸天。青山綠水琪花豔，玉液錕鋘鐵石堅。
五色碧雞啼海日，千年丹鳳吸朱烟。世人罔究壺中景，象外春光億萬年。

那大聖至瀛洲，只見那丹崖珠樹之下，有幾個皓髮皤髯之輩，童顏鶴鬢之仙，在那裏著棋飲酒，談笑謳歌。真個是：

祥雲光滿，瑞靄香浮。彩鸞鳴洞口，玄鶴舞山頭。
碧藕水桃為按酒，交梨火棗壽千秋。
一個個丹詔無聞，仙符有籍；逍遙隨浪蕩，散淡任清幽。
周天甲子難拘管，大地乾坤只自由。
獻果玄猿，對對參隨多美愛；啣花白鹿，雙雙拱伏甚綢繆。

那些老兒，正然洒樂，這行者厲聲高叫道：「帶我耍耍兒便怎的！」眾仙見了，急忙趨步相迎。有詩為證，詩曰：

人參果樹靈根折，大聖訪仙求妙訣。
繚繞丹霞出寶林，瀛洲九老來相接。

行者認得是九老，笑道：「老兄弟們自在哩！」九老道：「大聖當年若存正，不鬧天宮，比我們還自在哩。如今好了，聞你歸真向西拜佛，如何得暇至此？」行者將那醫樹求方之事，具陳了一遍。九老也大驚道：「你也忒惹禍！惹禍！我等實是無方。」行者道：「既是無方，我且奉別。」九老又留他飲瓊漿，食碧藕。行者定不肯坐，只立飲了他一杯漿，吃了一塊藕，急急離了瀛洲，逕轉東洋大海。早望見落伽山不遠，遂落下雲頭，直到普陀巖上，見觀音菩薩在紫竹林中與諸天大神、木叉、龍女，講經說法。有詩為證。詩曰：

海主城高瑞氣濃，更觀奇異事無窮。須知隱約千般外，盡出希微一品中。
四聖授時成正果，六凡聽後脫樊籠。少林別有真滋味，花果馨香滿樹紅。

那菩薩早已看見行者來到，即命守山大神去迎。那大神出林來，叫聲：「孫悟空，那裏去？」行者抬頭喝道：「你這個熊羆！悟空可是你叫的！當初不是老孫饒了你，你已此做了黑風山的屍鬼矣。今日跟了菩薩，受了善果，居此仙山，常聽法教，你叫不得我一聲『老爺』？」那黑熊真個得了正果，在菩薩處鎮守普陀，稱為大神，是也虧了行者。他只得陪笑道：「大聖，古人云：『君子不念舊惡。』只管題他怎的！菩薩著我來迎你哩。」這行者就端肅尊誠，與大神到了紫竹林裏，參拜菩薩。

菩薩道：「悟空，唐僧行到何處也？」行者道：「行到西牛賀洲萬壽山了。」菩薩道：「那萬壽山有座五莊觀。鎮元大仙你曾會他麼？」行者頓首道：「因是在五莊觀，弟子不識鎮元大仙，毀傷了他的人參果樹，衝撞了他，他就困滯了我師父，不得前進。」那菩薩情知，怪道：「你這潑猴，不知好歹！他那人參果樹，乃天開地闢的靈根。鎮元子乃地仙之祖，我也讓他三分；你怎麼就打傷他樹！」行者再拜道：「弟子實是不知。那一日，他不在家，只有兩個仙童，候待我等。是豬悟能曉得他有果子，要一個嘗新，弟子委偷了他三個，兄弟們分吃了。那童子知覺，罵我等無已，是弟子發怒，遂將他樹推倒。他次日回來趕上，將我等一袖子籠去，繩綁鞭抽，拷打了一日。我等當夜走脫，又被他趕上，依然籠了。三番兩次，其實難逃，已允了與他醫樹。卻才自海上求方，遍遊三島，眾神仙都沒有本事。弟子因此志心朝禮，特拜告菩薩。伏望慈憫，俯賜一方，以救唐僧早早西去。」菩薩道：「你怎麼不早來見我，卻往島上去尋找？」

行者聞得此言，心中暗喜道：「造化了！造化了！菩薩一定有方也！」他又上前懇求。菩薩道：「我這淨瓶底的『甘露水』，善治得仙樹靈苗。」行者道：「可曾經驗過麼？」菩薩道：「經驗過的。」行者問：「有何經驗？」菩薩道：「當年太上老君曾與我賭勝：他把我的楊柳枝拔了去，放在煉丹爐裏，炙得焦乾，送來還我。是我拿了插在瓶中，一晝夜，復得青枝綠葉，與舊相同。」行者笑道：「真造化了！真造化了！烘焦了的尚能醫活，況此推倒的，有何難哉！」菩薩吩咐大眾：「看守林中，我去去來。」遂手托淨瓶，白鸚哥前邊巧囀，孫大聖隨後相從。有詩為證。詩曰：

玉毫金像世難論，正是慈悲救苦尊。過去劫逢無垢佛，至今成得有為身。

幾生慾海澄清浪，一片心田絕點塵。甘露久經真妙法，管教寶樹永長生。

卻說那觀裏大仙與三老正然清話，忽見孫大聖按落雲頭，叫道：「菩薩來了，快接，快接！」慌得那三星與鎮元子共三藏師徒，一齊迎出寶殿。菩薩才住了祥雲，先與鎮元子陪了話；後與三星作禮。禮畢上坐。那階前，行者引唐僧、八戒、沙僧都拜了。那觀中諸仙，也來拜見。行者道：「大仙不必遲疑，趁早兒陳設香案，請菩薩替你治那什麼果樹去。」大仙躬身謝菩薩道：「小可的勾當，怎麼敢勞菩薩下降？」菩薩道：「唐僧乃我之弟子，孫悟空衝撞了先生，理當賠償寶樹。」三老道：「既如此，不須謙講了。請菩薩都到園中去看看。」

那大仙即命設具香案，打掃後園，請菩薩先行，三老隨後。三藏師徒與本觀眾仙，都到園內觀看時，那棵樹倒在地下，土開根現，葉落枝枯。菩薩叫：「悟空，伸手來。」那行者將左手伸開。菩薩將楊柳枝，蘸出瓶中甘露，把行者手心裏畫了一道起死回生的符字，教他放在樹根之下，但看水出為度。那行者捏著拳頭，往那樹根底下揣著；須臾，有清泉一汪。菩薩道：「那個水不許犯五行之器，須用玉瓢舀出，扶起樹來，從頭澆下，自然根皮相合，葉長芽生，枝青果出。」行者道：「小道士們，快取玉瓢來。」鎮元子道：「貧道荒山，沒有玉瓢，只有玉茶盞、玉酒杯，可用得麼？」菩薩道：「但是玉器，可舀得水的便罷，取將來看。」

大仙即命小童子取出有二三十個茶盞，四五十個酒盞，卻將那根下清泉舀出。行者、八戒、沙僧，扛起樹來，扶得周正，擁上土，將玉器內甘泉，一甌甌捧與菩薩。菩薩將楊柳枝細細灑上，口中又念著經咒。不多時，灑淨那舀出之水，只見那樹果然依舊青綠葉陰森，上有二十三個人參果。清風、明月二童子道：「前日不見了果子時，顛倒只數得二十二個；今日回生，怎麼又多了一個？」行者道：「『日久見人心。』前日老孫只偷了三個，那一個落下地來，土地說這寶遇土而入，八戒只嚷我打了偏手，故走了風信，只纏到如今，才見明白。」

菩薩道：「我方才不用五行之器者，知道此物與五行相畏故耳。」那大仙十分歡喜，急令取金擊子來，把果子敲下十個，請菩薩與三老復回寶殿，一則謝勞，二來做個「人參果會」。眾小仙遂調開桌椅，鋪設丹盤，請菩薩坐了上面正席，三老左席，唐僧右席，鎮元子前席相陪，各食了一個。有詩為證。詩曰：

萬壽山中古洞天，人參一熟九千年。靈根現出芽枝損，甘露滋生果葉全。
三老喜逢皆舊契，四僧幸遇是前緣。自今會服人參果，儘是長生不老仙。

此時菩薩與三老各吃了一個，唐僧始知是仙家寶貝，也吃了一個。悟空三人亦各吃一個，鎮元子陪了一個。本觀仙眾分吃了一個。行者才謝了菩薩回上普陀巖，送三星逕轉蓬萊島。鎮元子卻又安排蔬酒，與行者結為兄弟。這才是不打不成相識，兩家合了一家。師徒四眾，喜喜歡歡，天晚歇了。那長老才是：有緣吃得草還丹，長壽苦捱妖怪難。畢竟到明日如何作別，且聽下回分解。

# 第二十七回　屍魔三戲唐三藏　聖僧恨逐美猴王

卻說三藏師徒，次日天明，收拾前進。那鎮元子與行者結為兄弟，兩人情投意合，決不肯放；又安排管待，一連住了五六日。那長老自服了草還丹，真是脫胎換骨，神爽體健。他取經心重，那裏肯淹留，無已，遂行。

師徒別了上路，早見一座高山。三藏道：「徒弟，前面有山險峻，恐馬不能前，大家須仔細仔細。」行者道：「師父放心，我等自然理會。」好猴王，他在那馬前，橫擔著棒，剖開山路，上了高崖，看不盡：

峰巖重疊，澗壑灣環。虎狼成陣走，麂鹿作群行。
無數獐犯鑽簇簇，滿山狐兔聚叢叢。
千尺大蟒，萬丈長蛇。大蟒噴愁霧，長蛇吐怪風。
道旁荊棘牽漫，嶺上松柟秀麗。
薜蘿滿目，芳草連天。影落滄溟北，雲開斗柄南。
萬尋古含元氣老，千峰巍列日光寒。

那長老馬上心驚，孫大聖佈施手段，舞著鐵棒，哮吼一聲，諕得那狼蟲顛竄，虎豹奔逃。師徒們入此山，正行到嵯峨之處，三藏道：「悟空，我這一日，肚中飢了，你去那裏化些齋吃？」行者陪笑道：「師父好不聰明。這等半山之中，前不巴村，後不著店，有錢也沒買處，教往那裏尋齋？」三藏心中不快，口裏罵道：「你這猴子！想你在兩界山，被如來壓在石匣之內，口能言，足不能行，也虧我救你性命，摩頂受戒，做了我的徒弟。怎麼不肯努力，常懷懶惰之心！」行者道：「弟子亦頗慇懃，何嘗懶惰？」三藏道：「你既慇懃，何不化齋我吃？我肚飢怎行？況此地山嵐瘴氣，怎麼得上雷音？」行者道：「師父休怪，少要言語。我知你尊性高傲，十分違慢了你，便要念那話兒咒。你下馬穩坐，等我尋那裏有人家處化齋去。」

行者將身一縱，跳上雲端裏，手搭涼篷，睜眼觀看，可憐西方路甚是寂寞，更無莊堡人家；正是多逢樹木，少見人烟去處。看多時，只見正南上有一座高山，那山向陽處，有一片鮮紅的點子。行者按下雲頭道：「師父，有吃的了。」那長老問甚東西，行者道：「這裏沒人家化飯，那南山有一片紅的，想必是熟透了的山桃，我去摘幾個來你充飢。」三藏喜道：「出家人若有桃子吃，就為上分了，快去！」行者取了鉢盂，縱起祥光，你看他觔斗幌幌，冷氣颼颼，須臾間，奔南山摘桃不題。

卻說常言有云：「山高必有怪，嶺峻卻生精。」果然這山上有一個妖精。孫大聖去時，驚動那怪。他在雲端裏，踏著陰風，看見長老坐在地下，就不勝歡喜道：「造化！造化！幾年家人都講東土的唐和尚取『大乘』，他本是金蟬子化身，十世修行的原體。有人吃他一塊肉，長壽長生。真個今日到了。」那妖精上前就要拿他，只見長老左右手下有兩員大將護持，不敢攏身。他說兩員大將是誰？說是八戒、沙僧。八戒、沙僧雖沒什麼大本事，然八戒是天蓬元帥，沙僧是捲簾大將。他的威氣尚不曾洩，故不敢攏身。妖精說：「等我且戲他戲，看怎麼說。」好妖精，停下陰風，在那山凹裏，搖身一變，變做個月貌花容的女兒，說不盡那眉清目秀，齒白脣紅，左手提著一個青砂罐兒，右手提著一個綠瓷瓶兒，從西向東，逕奔唐僧：

聖僧歇馬在山巖，忽見裙釵女近前。翠袖輕搖籠玉筍，湘裙斜拽顯金蓮。
汗流粉面花含露，塵拂蛾眉柳帶烟。仔細定睛觀看處，看看行至到身邊。

三藏見了，叫：「八戒、沙僧，悟空才說這裏曠野無人，你看那裏不走出一個人來了？」八戒道：「師父，你與沙僧坐著，等老豬去看看來。」那獃子放下釘鈀，整整直裰，擺擺搖搖，充作個斯文氣象，一直的覿面相迎。真個是遠看未實，近看分明，那女子生得：

冰肌藏玉骨，衫領露酥胸。柳眉積翠黛，杏眼閃銀星。
月樣容儀俏，天然性格清。體似燕藏柳，聲如鶯囀林。
半放海棠籠曉日，才開芍藥弄春情。

那八戒見她生得俊俏，獃子就動了凡心，忍不住胡言亂語，叫道：「女菩薩，往那裏去？手裏提著是什麼東西？」——分明是個妖怪，他卻不能認得。那女子連聲答應道：「長老，我這青罐裏是香米飯，綠瓶裏是炒麵筋，特來此處無他故，因還誓願要齋僧。」八戒聞言，滿心歡喜，急抽身，就跑了個豬顛風，報與三藏道：「師父！『吉人自有天報！』師父餓了，教師兄去化齋，那猴子不知那裏摘桃兒耍子去了。桃子吃多了，也有些嘈人，又有些下墜。你看那不是個齋僧的來了？」唐僧不信道：「你這個夯貨胡纏！我們走了這向，好人也不曾遇著一個，齋僧的從何而來！」八戒道：「師父，這不到了？」

三藏一見，連忙跳起身來，合掌當胸道：「女菩薩，妳府上在何處住？是甚人家？有甚願心，來此齋僧？」——分明是個妖精，那長老也不認得。那妖精見唐僧問她來歷，她立地就起個虛情，花言巧語，來賺哄道：「師父，此山叫做蛇回獸怕的白虎嶺。正西下面是我家。我父母在堂，看經好善，廣齋方上遠近僧人；只因無子，求神作福；生了奴奴，欲扳門第，配嫁他人，又恐老來無倚，只得將奴招了一個女婿，養老送終。」三藏聞言道：「女菩薩，妳語言差了。聖經云：『父母在，不遠遊，遊必有方。』妳既有父母在堂，又與妳招了女婿，——有願心，教妳男子還，便也罷，怎麼自家在山行走？又沒個侍兒隨從。這個是不遵婦道了。」

那女子笑吟吟，忙陪俏語道：「師父，我丈夫在山北凹裏，帶幾個客子鋤田。這是奴奴煮的午飯，送與那些人吃的。只為五黃六月，無人使喚，父母又年老，所以親身來送。忽遇三位遠來，卻思父母好善，故將此飯齋僧。如不棄嫌，願表芹獻。」三藏道：「善哉！善哉！我有徒弟摘果子去了，就來，我不敢吃；假如我和尚吃了妳飯，妳丈夫曉得，罵妳，卻不罪坐貧僧也？」那女子見唐僧不肯吃，卻又滿面春生道：「師父啊，我父母齋僧，還是小可；我丈夫更是個善人，一生好的是修橋補路，愛老憐貧。但聽見說這飯送與師父吃了，他與我夫妻情上，比尋常更是不同。」三藏也只是不吃，旁邊子惱壞了八戒。那獃子努著嘴，口裏埋怨道：「天下和尚也無數，不曾像我這個老和尚罷軟！現成的飯，三分兒，倒不吃，只等那猴子來，做四分才吃！」他不容分說，一嘴把個罐子拱倒，就要動口。

只見那行者自南山頂上，摘了幾個桃子，托著鉢盂，一觔斗，點將回來；睜火眼金睛觀看，認得那女子是個妖精，放下鉢盂，掣鐵棒，當頭就打。諕得個長老用手扯住道：「悟空！你走將來打誰？」行者道：「師父，你面前這個女子，莫當做個好人；她是個妖精，要來騙你哩。」三藏道：「你這猴頭，當時倒也有些眼力，今日如何亂道！這女菩薩有此善心，將這飯要齋我等，你怎麼說她是個妖精？」行者笑道：「師父，你那裏認得。老孫在水簾洞裏做妖魔時，若想人肉吃，便是這等：或變金銀，或變莊臺，或變醉人，或變女色。有那等癡心的，愛上我，我就迷他到洞內，盡意隨心，或蒸或煮受用；吃不了，還要曬乾了防天陰哩！師父，我若來遲，你定入她套子，遭她毒手！」那唐僧那裏肯信，只說是個好人。行者道：「師父，我知道你了。你見她那等容貌，必然動了凡心。若果有此意，叫八戒伐幾棵樹來，沙僧尋些草來，我做木匠，就在這裏搭個窩鋪，你與她圓房成事，我們大家散了，卻不是件事業？何必又跋涉，取甚經去！」那長老原是個軟善的人，那裏吃得他這句言語，羞得個光頭徹耳通紅。

三藏正在此羞慚，行者又發起性來，掣鐵棒，望妖精劈臉一下。那怪物有些手段，使個「解屍法」，見行者棍子來時，他卻抖擻精神，預先走了，把一個假屍首打死在地下。諕得個長老戰戰兢兢，口中作念道：「這猴著然無禮！屢勸不從，無故傷人性命！」行者道：「師父莫怪，你且來看看這罐子裏是甚東西。」沙僧攙著長老，近前看時，那裏是甚香米飯，卻是一罐子拖尾巴的長蛆；也不是麵筋，卻是幾個青蛙、癩蝦蟆，滿地亂跳。長老才有三分兒信了，怎禁豬八戒氣不忿，在旁漏八分兒唆嘴道：「師父，說起這個女子，她是此間農婦，因為送飯下田，路遇我等，卻怎麼栽她是個妖怪？哥哥的棍重，走將來試手打她一下，不期就打殺了；怕你念什麼《緊箍兒咒》，故意的使個障眼法兒，變做這等樣東西，演幌你眼，使不念咒哩。」

三藏自此一言，就是晦氣到了：果然信那獃子攛唆，手中捻訣，口裏念咒，行者就叫：「頭疼！頭疼！莫念！莫念！有話便說。」唐僧道：「有甚話說！出家人時時常要方便，念念不離善心，掃地恐傷螻蟻命，愛惜飛蛾紗罩燈。你怎麼步步行凶！打死這個無故平人，取將經來何用？你回去罷！」行者道：「師父，你教我回那裏去？」唐僧道：「我不要你做徒弟。」行者道：「你不要我做徒弟，只怕你西天路去不成。」唐僧道：「我命在天，該那個妖精蒸了吃，就是煮了，也算不過。終不然，你救得我的大限？你快回去！」行者道：「師父，我回去便也罷了，只是不曾報得你的恩哩。」唐僧道：「我與你有甚恩？」

那大聖聞言，連忙跪下叩頭道：「老孫因大鬧天宮，致下了傷身之難，被我佛壓在兩界山；幸觀音菩薩與我受了戒行，幸師父救脫吾身；若不與你同上西天，顯得我『知恩不報非君子，萬古千秋作罵名。』」原來這唐僧是個慈憫的聖僧。他見行者哀告，卻也回心轉意道：「既如此說，且饒你這一次，再休無禮。如若仍前作惡，這咒語顛倒就念二十遍！」行者道：「三十遍也由你，只是我不打人了。」卻才伏侍唐僧上馬，又將摘來桃子奉上。唐僧在馬上也吃了幾個，權且充飢。

卻說那妖精，脫命昇空。原來行者那一棒不曾打殺妖精，妖精出神去了。他在那雲端裏，咬牙切齒，暗恨行者道：「幾年只聞得講他手段，今日果然話不虛傳。那唐僧已是不認得我，將要吃飯。若低頭聞一聞兒，我就一把撈住，卻不是我的人了？不期被他走來，弄破我這勾當，又幾乎被他打了一棒。若饒了這個和尚，誠然是勞而無功也，我還下去戲他一戲。」好妖精，按落陰雲，在那前山坡下，搖身一變，變作個老婦人，年滿八旬，手拄著一根彎頭竹杖，一步一聲的哭著走來。八戒見了，大驚道：「師父！不好了！那媽媽兒來尋人了！」唐僧道：「尋甚人？」八戒道：「師兄打殺的，定是她女兒。這個定是她娘，尋將來了。」行者道：「兄弟莫要胡說！那女子十八歲，這老婦有八十歲，怎麼六十多歲還生產？斷乎是個假的，等老孫去看來。」好行者，拽開步，走近前觀看，那怪物：

假變一婆婆，兩鬢如冰雪。走路慢騰騰，行步虛怯怯。
弱體瘦伶仃，臉如枯菜葉。顴骨望上翹，嘴唇往下別。
老年不比少年時，滿臉都是荷包摺。

行者認得他是妖精，更不理論，舉棒照頭便打。那怪見棍子起時，依然抖擻，又出化了元神，脫真兒去了；把個假屍首又打死在路旁之下。唐僧一見，驚下馬來，睡在路旁，更無二話，只是把《緊箍兒咒》顛倒足足念了二十遍。可憐把個行者頭，勒得似個亞腰葫蘆，十分疼痛難忍，滾將來哀告道：「師父莫念了！有甚話說了罷！」唐僧道：「有甚話說！出家人耳聽善言，不墮地獄。我這般勸化你，你怎麼只是行凶？把平人打死一個，又打死一個，此是何說？」行者道：「他是妖精。」唐僧道：「這個猴子胡說！就有這許多妖怪！你是個無心向善之輩，有意作惡之人，你去罷！」行者道：「師父又教我去？回去便也回去了，只是一件不相應。」唐僧道：「你有什麼不相應處？」八戒道：「師父，他要和你分行李哩。跟著你做了這幾年和尚，不成空著手回去？你把那包袱裏的什麼舊褊衫，破帽子，分兩件與他罷。」

行者聞言，氣得暴跳道：「我把你這個尖嘴的夯貨！老孫一向秉教沙門，更無一毫嫉妒之意，貪戀之心，怎麼要分什麼行李？」唐僧道：「你既不嫉妒貪戀，如何不去？」行者道：「實不瞞師父說。老孫五百年前，居花果山水簾洞大展英雄之際，收降七十二洞邪魔，手下有四萬七千小怪，頭戴的是紫金冠，身穿的是赭黃袍，腰繫的是藍田帶，足踏的是步雲履，手執的是如意金箍棒：著實也曾為人。自從涅槃罪度，削髮秉正沙門，跟你做了徒弟，把這個『金箍兒』勒在我頭上，若回去，卻也難見故鄉人。師父果若不要我，把那個《鬆箍兒咒》念一念，退下這個箍子，交付與你，套在別人頭上，我就快活相應了，也是跟你一場。莫不成這些人意兒也沒有了？」唐僧大驚道：「悟空，我當時只是菩薩暗受一卷《緊箍兒咒》，卻沒有什麼《鬆箍兒咒》」行者道：「若無《鬆箍兒咒》，你還帶我去走走罷。」長老又沒奈何道：「你且起來，我再饒你這一次，卻不可再行凶了。」行者道：「再不敢了。再不敢了。」又伏侍師父上馬，剖路前進。

卻說那妖精，原來行者第二棍也不曾打殺他。那怪物在半空中，誇獎不盡道：「好個猴王，著然有眼！我那般變了去，他也還認得我。這些和尚，他去得快，若過此山，西下四十里，就不伏我所管了。若是被別處妖魔撈了去，好道就笑破他人口，使碎自家心。我還下去戲他一戲。」好妖怪，按聳陰風，在山坡下搖身一變，變成一個老公公，真個是：

白髮如彭祖，蒼髯賽壽星。耳中鳴玉磬，眼裏幌金星。
手拄龍頭拐，身穿鶴氅輕。數珠招在手，口誦南無經。

唐僧在馬上見了，心中歡喜道：「阿彌陀佛！西方真是福地！那公公路也走不上來，逼法的還念經哩。」八戒道：「師父，你且莫要誇獎。那個是禍的根哩。」唐僧道：「怎麼是禍根？」八戒道：「師兄打殺他的女兒，又打殺他的婆子，這個正是他的老兒尋將來了。我們若撞在他的懷裏呵，師父，你便償命，該個死罪；把老豬為從，問個充軍；沙僧喝令，問個擺站；那行者使個遁法走了，卻不苦了我們三個頂缸？」

行者聽見道：「這個獃根，這等胡說，可不諕了師父？等老孫再去看看。」他把棍藏在身邊，走上前，迎著怪物，叫聲：「老官兒，往那裏去？怎麼又走路，又念經？」那妖精錯認了定盤星，把孫大聖也當做個等閒的，遂答道：「長老啊，我老漢祖居此地，一生好善齋僧，看經念佛。命裏無兒，只生得一個小女，招了個女婿。今早送飯下田，想是遭逢虎口。老妻先來找尋，也不見回去。全然不知下落，老漢特來尋看。果然是傷殘她命，也沒奈何，將她骸骨收拾回去，安葬塋中。」行者笑道：「我是個做嚽虎的祖宗，你怎麼袖子裏籠了個鬼兒來哄我？你瞞不過我！我認得你是個妖精！」那妖精諕得頓口無言。

行者掣出棒來，自忖思道：「若要不打他，顯得他倒弄個風兒；若要打他，又怕師父念那話兒咒語。」又思量道：「不打殺他，他一時間抄空兒把師父撈了去，卻不又費心勞力去救他？……還打的是！就一棍子打殺他，師父念起那咒，常言道：『虎毒不吃兒。』憑著我巧言花語，嘴伶舌便，哄他一哄，好道也罷了。」好大聖，念動咒語，叫當坊土地、本處山神道：「這妖精三番來戲弄我師父，這一番卻要打殺他。你與我在半空中作證，不許走了。」眾神聽令，誰敢不從？都在雲端裏照應。那大聖棍起處，打倒妖魔，才斷絕了靈光。

那唐僧在馬上，又諕得戰戰兢兢，口不能言。八戒在旁邊又笑道：「好行者！風發了！只行了半日路，倒打死三個人！」唐僧正要念咒，行者急到馬前，叫道：「師父，莫念！莫念！你且來看看他的模樣。」卻是一堆粉骷髏在那裏。唐僧大驚道：「悟空，這個人才死了，怎麼就化作一堆骷髏？」行者道：「他是個潛靈作怪的僵屍，在此迷人敗本；被我打殺，他就現了本相。他那脊梁上有一行字，叫做『白骨夫人。』」唐僧聞說，倒也信了；怎禁那八戒旁邊唆嘴道：「師父，他的手重棍凶，把人打死，只怕你念那話兒，故意變化這個模樣，掩你的眼目哩！」

唐僧果然耳軟，又信了他，隨復念起。行者禁不得疼痛，跪於路旁，只叫：「莫念！莫念！有話快說了罷！」唐僧道：「猴頭！還有甚說話！出家人行善，如春園之草，不見其長，日有所增；行惡之人，如磨刀之石，不見其損，日有所虧。你在這荒郊野外，一連打死三人，還是無人檢舉，沒有對頭；倘到城市之中，人烟湊集之所，你拿了那哭喪棒，一時不知好歹，亂打起人來，撞出大禍，教我怎的脫身？你回去罷！」行者道：「師父錯怪了我也。這廝分明是個妖魔，他實有心害你。我倒打死他，替你除了害，你卻不認得，反信了那獃子讒言冷語，屢次逐我。常言道：

『事不過三』。我若不去，真是個下流無恥之徒。我去！我去！——去便去了，只是你手下無人。」唐僧發怒道：「這潑猴越發無禮！看起來，只你是人，那悟能、悟淨就不是人？」

那大聖一聞得說，他兩個是人，止不住傷情淒慘，對唐僧道聲：「苦啊！你那時節，出了長安，有劉伯欽送你上路；到兩界山，救我出來，投拜你為師，我曾穿古洞，入深林，擒魔捉怪，收八戒，得沙僧，吃盡千辛萬苦；今日昧著惺惺使糊塗，只教我回去：這才是『鳥盡弓藏，兔死狗烹！』——罷！罷！罷！但只是多了那《緊箍兒咒》。」唐僧道：「我再不念了。」行者道：「這個難說：若到那毒魔苦難處不得脫身，八戒、沙僧救不得你，那時節，想起我來，忍不住又念誦起來，就是十萬里路，我的頭也是疼的；假如再來見你，不如不作此意。」

唐僧見他言言語語，越添惱怒，滾鞍下馬來，叫沙僧包袱內取出紙筆，即於澗下取水，石上磨墨，寫了一紙貶書，遞於行者道：「猴頭！執此為照！再不要你做徒弟了！如再與你相見，我就墮了阿鼻地獄！」行者連忙接了貶書道：「師父，不消發誓，老孫去罷。」他將書摺了，留在袖內，卻又軟款唐僧道：「師父，我也是跟你一場，又蒙菩薩指教；今日半途而廢，不曾成得功果。你請坐，受我一拜，我也去得放心。」唐僧轉回身不睬，口裏唧唧噥噥的道：「我是個好和尚，不受你歹人的禮！」大聖見他不睬，又使個身外法，把腦後毫毛拔了三根，吹口仙氣，叫：「變！」即變了三個行者，連本身四個，四面圍住師父下拜。那長老左右躲不脫，好道也受了一拜。

大聖跳起來，把身一抖，收上毫毛，卻又吩咐沙僧道：「賢弟，你是個好人，卻只要留心防著八戒詀言詀語，途中更要仔細。倘一時有妖精拿住師父，你就說老孫是他大徒弟：西方毛怪，聞我的手段，不敢傷我師父。」唐僧道：「我是個好和尚，不題你這歹人的名字。你回去罷。」那大聖見長老三番兩覆，不肯轉意回心，沒奈何才去。你看他：

噙淚叩頭辭長老，含悲留意囑沙僧。一頭拭迸坡前草，兩腳蹬翻地上藤。

上天下地如輪轉，跨海飛山第一能。頃刻之間不見影，霎時疾返舊途程。

你看他忍氣別了師父，縱觔斗雲，逕回花果山水簾洞去了。獨自個淒淒慘慘，忽聞得水聲聒耳。大聖在那半空裏看時，原來是東洋大海潮發的聲響。一見了，又想起唐僧，止不住腮邊淚墜，停雲住步，良久方去。畢竟不知此去反覆何如，且聽下回分解。

# 第二十八回　花果山群妖聚義　黑松林三藏逢魔

卻說那大聖雖被唐僧逐趕，然猶思念，感嘆不已，早望見東洋大海，道：「我不走此路者，已五百年矣！」只見那海水：

烟波蕩蕩，巨浪悠悠。烟波蕩蕩接天河，巨浪悠悠通地脈。潮來洶湧，水浸灣環。潮來洶湧，猶如霹靂吼三春；水浸灣環，卻似狂風吹九夏。乘龍福老，往來必定皺眉行；跨鶴仙童，反復果然憂慮過。近岸無村社，傍水少漁舟。浪捲千年雪，風生六月秋。野禽憑出沒，沙鳥任沈浮。眼前無釣客，耳畔只聞鷗。海底游魚樂，天邊過雁愁。

那行者將身一縱，跳過了東洋大海，早至花果山。按落雲頭，睜睛觀看，那山上花草俱無，烟霞盡絕；峰巖倒塌，林樹焦枯。你道怎麼這等？只因他鬧了天宮，拿上界去。此山被顯聖二郎神，率領那梅山七弟兄，放火燒壞了。這大聖倍加淒慘。有一篇敗山頹景的古風為證。古風云：

回顧仙山兩淚垂，對山淒慘更傷悲。當時只道山無損，今日方知地有虧。
可恨二郎將我滅，堪嗔小聖把人欺。行凶掘你先靈墓，無干破爾祖墳基。
滿天霞霧皆消蕩，遍地風雲盡散稀。東嶺不聞斑虎嘯，西山那見白猿啼。
北谿狐兔無踪跡，南谷獐犯沒影遺。青石燒成千塊土，碧砂化作一堆泥。
洞外喬松皆倚倒，崖前翠柏盡稀少。椿杉槐檜栗檀焦，桃杏李梅梨棗了。

柘絕桑無怎養蠶？柳稀竹少難棲鳥。峰頭巧石化為塵，澗底泉乾都是草。
崖前土黑沒芝蘭，路畔泥紅藤薜攀。往日飛禽飛那處？當時走獸走何山？
豹嫌蟒惡傾頹所，鶴避蛇回敗壞間。想是日前行惡念，致令目下受艱難。

那大聖正當悲切，只聽得那芳草坡前，蔓荊凹內，響一聲，跳出七八個小猴，一擁上前，圍住叩頭，高叫道：「大聖爺爺！今日來家了？」美猴王道：「你們因何不耍不頑，一個個都潛踪隱跡？我來多時了，不見你們形影，何也？」群猴聽說，一個個垂淚告道：「自大聖擒拿上界，我們被獵人之苦，著實難捱！怎禁他硬弩強弓，黃鷹劣犬，網扣槍鉤，故此各惜性命，不敢出頭頑耍；只是深潛洞府，遠避窩巢。飢去坡前偷草食，渴來澗下吸清泉。卻才聽得大聖爺爺聲音，特來接見，伏望扶持。」

那大聖聞得此言，愈加淒慘，便問：「你們還有多少在此山上？」群猴道：「老者，小者，只有千把。」大聖道：「我當時共有四萬七千群妖，如今都往那裏去了？」群猴道：「自從爺爺去後，這山被二郎菩薩點上火，燒殺了大半。我們蹲在井裏，鑽在澗內，藏於鐵板橋下，得了性命。及至火滅烟消，出來時，又沒花果養贍，難以存活，別處又去了一半。我們這一半，捱苦的住在山中。這兩年，又被些打獵的搶了一半去也。」行者道：「他搶你去何幹？」群猴道：「說起這獵戶，可恨！他把我們中箭著槍的，中毒打死的，拿了去剝皮剔骨，醬煮醋蒸，油煎鹽炒，當做下飯食用。或有那遭網的，遇扣的，夾活兒拿去了，教他跳圈做戲，翻觔斗，豎蜻蜓，當街上篩鑼擂鼓，無所不為的頑耍。」

大聖聞此言，更十分惱怒道：「洞中有什麼人執事？」群妖道：「還有馬、流二元帥，奔、巴二將軍管著哩。」大聖道：「你們去報他知道，說我來了。」那些小妖，撞入門裏報道：「大聖爺爺來家了。」那馬、流、奔、巴聞報，忙出門叩頭，迎接進洞。大聖坐在中間，群怪羅拜於前，啓道：「大聖爺爺，近聞得你得了性命，保唐僧往西天取經，如何不走西方，卻回本山？」

大聖道：「小的們，你不知道，那唐三藏不識賢愚：我為他一路上捉怪擒魔，使盡了平生的手段，幾番家打殺妖精；他說我行凶作惡，不要我做徒弟，把我逐趕回來，寫立貶書為照，永不聽用了。」

眾猴鼓掌大笑道：「造化！造化！做什麼和尚，且家來，帶攜我們耍子幾年罷！」叫：「快安排椰子酒來，與爺爺接風。」大聖道：「且莫飲酒，我問你：那打獵的人，幾時來我山上一度？」馬、流道：「大聖，不論什麼時度，他逐日家在這裏纏擾。」大聖道：「他怎麼今日不來？」馬、流道：「看待來耶。」大聖吩咐：「小的們，都出去把那山上燒酥了的碎石頭與我搬將起來堆著。或二三十個一堆，或五六十個一堆，堆著。我有用處。」那些小猴，都是一窩峰，一個個跳天搠地，亂搬了許多堆集。大聖看了，教：「小的們，都往洞內藏躲，讓老孫作法。」

那大聖上了山巔看處，只見那南半邊，鼕鼕鼓響，噹噹鑼鳴，閃上有千餘人馬，都架著鷹犬，持著刀槍。猴王仔細看那些人，來得凶險。好男子，真個驍勇！但見：

狐皮苫肩頂，錦綺裹腰胸。袋插狼牙箭，胯掛寶雕弓。
人似搜山虎，馬如跳澗龍。成群引著犬，滿膀架其鷹。
荊筐抬火炮，帶定海東青。粘竿百十擔，兔叉有千根。
牛頭攔路網，閻王扣子繩。一齊亂吆喝，散撒滿天星。

大聖見那些人佈上他的山來，心中大怒，手裏唸訣，口內念念有詞，往那巽地上吸了一口氣，呼的吹將去，便是一陣狂風。好風！但見：

揚塵播土，倒樹摧林。海浪如山聳，渾波萬疊侵。乾坤昏蕩蕩，日月暗沈沈。
一陣搖松如虎嘯，忽然入竹似龍吟。萬竅怒號天噫氣，飛砂走石亂傷人。

大聖作起這大風，將那碎石，乘風亂飛亂舞，可憐把那些千餘人馬，一個個：

石打烏頭粉碎，沙飛海馬俱傷。人參官桂嶺前忙，血染朱砂地上。
附子難歸故里，檳榔怎得還鄉？屍骸輕粉臥山場，紅娘子家中盼望。

詩曰：

人亡馬死怎歸家？野鬼孤魂亂似麻。
可憐抖擻英雄將，不辨賢愚血染沙。

大聖按落雲頭，鼓掌大笑道：「造化！造化！自從歸順唐僧，做了和尚，他每每勸我話道：『千日行善，善猶不足；一日行惡，惡自有餘。』真有此話！我跟著他，打殺幾個妖精，他就怪我行凶；今日來家，卻結果了這許多獵戶。」叫：「小的們，出來！」那群猴，狂風過去，聽得大聖呼喚，一個個跳將出來。大聖道：「你們去南山下，把那打死的獵戶衣服，剝得來家，洗淨血跡，穿了遮寒；把死人的屍首，都推在那萬丈深潭內；把死倒的馬，拖將來，剝了皮，做靴穿，將肉醃著，慢慢的食用；把那些弓箭槍刀，與你們操演武藝；將那雜色旗號，收來我用。」群猴一個個領諾。

那大聖把旗拆洗，總鬥做一面雜彩花旗，上寫著「重修花果山，復整水簾洞，齊天大聖」十四字。豎起杆子，將旗掛於洞外，逐日招魔聚獸，積草屯糧，不題「和尚」二字。他的人情又大，手段又高，便去四海龍王，借些甘霖仙水，把山洗青了，前栽榆柳，後種松楠，桃李棗梅，無所不備，逍遙自在，樂業安居不題。

卻說唐僧聽信狡性，縱放心猿，攀鞍上馬，八戒前邊開路，沙僧挑著行李西行。過了白虎嶺，忽見一帶林坵，真個是藤攀葛繞，柏翠松青。三藏叫道：「徒弟呀，山路崎嶇，甚是難走，卻又松林叢簇，樹木森羅，切須仔細！恐有妖邪妖獸。」你看那獃子，抖擻精神，叫沙僧帶著馬，他使釘鈀開路，領唐僧逕入松林之內。正行處，那長老兜住馬道：「八戒，我這一日其實飢了，那裏尋些齋飯我吃？」八戒道：「師父請下馬，在此等老豬去尋。」長老下了馬，沙僧歇了擔，取出鉢盂，遞與八戒。八戒道：「我去也。」長老問：「那裏去？」八戒道：「莫管，我這一去，鑽冰取火尋齋至，壓雪求油化飯來。」

你看他出了松林，往西行經十餘里，更不曾撞著一個人家，真是有狼虎無人烟的去處。那獃子走得辛苦，心內沈吟道：「當年行者在日，老和尚要的就有，今日輪到我的身上，誠所謂『當家才知柴米價，養子方曉父娘恩。』公道沒去化處。」卻又走得瞌睡上來，思道：「我若就回去，對老和尚說沒處化齋，他也不信我走了這許多路。須是再多幌個時辰，才好去回話。……也罷，也罷，且往這草科裏睡睡。」獃子就把頭拱在草裏睡下。當時也只說朦朧朦朧就起來，豈知走路辛苦的人，丟倒頭，只管齁齁睡起。

且不言八戒在此睡覺。卻說長老在那林間，耳熱眼跳，身心不安，急回叫沙僧道：「悟能去化齋，怎麼這早晚還不回？」沙僧道：「師父，你還不曉得哩，他見這西方上人家齋僧的多，他肚子又大，他管你？直等他吃飽了才來哩。」三藏道：「正是呀；倘或他在那裏貪著吃齋，我們那裏會他？天色晚了，此間不是個住處，須要尋個下處方好哩。」沙僧道：「不打緊，師父，你且坐在這裏，等我去尋他來。」三藏道：「正是，正是；有齋沒齋罷了，只是尋下處要緊。」沙僧綽了寶杖，逕出松林來找八戒。

長老獨坐林中，十分悶倦，只得強打精神，跳將起來，把行李攢在一處，將馬拴在樹上，取下戴的斗笠，插定了錫杖，整一整緇衣，徐步幽林，權為散悶。那長老看遍了野草山花，聽不得歸巢鳥噪。原來那林子內都是些草深路小的去處，只因他情思紊亂，卻走錯了。他一來也是要散散悶，二來也是要尋八戒、沙僧；不期他兩個走的是直西路，長老轉了一會，卻走向南邊去了。

出得松林，忽抬頭，見那壁廂金光閃爍，彩氣騰騰。仔細看處，原來是一座寶塔，金頂放光。這是那西落的日色，映著那金頂放光。他道：「我弟子卻沒緣法哩！自離東土，發願逢廟燒香，見佛拜佛，遇塔掃塔。那放光的不是一座黃金寶塔？怎麼就不曾走那條路？塔下必有寺院，院內必有僧家，且等我走走。這行李、白馬，料此處無人行走，卻也無事。那裏若有方便處，待徒弟們來，一同借歇。」噫！長老一時晦氣到了。你看他拽開步，竟至塔邊。但見那：

石崖高萬丈，山大接青霄。根連地厚，峰插天高。
兩邊雜樹數千棵，前後藤纏百餘里。花映草梢風有影，水流雲竇月無根。
倒木橫擔深澗，枯藤結掛光峰。石橋下，流滾滾清泉；臺座上，長明明白粉。
遠觀一似三島天堂，近看有如蓬萊勝境。香松紫竹繞山溪，鴉鵲猿猴穿峻嶺。
洞門外，有一來一往的走獸成行；樹林裏，有或出或入的飛禽作隊。
青青香草秀，豔豔野花開。這所在分明是惡境，那長老晦氣撞將來。

那長老舉步進前，才來到塔門之下，只見一個斑竹簾兒，掛在裏面。他破步入門，揭起來，往裏就進，猛抬頭，見那石牀上，側睡著一個妖魔。你道他怎生模樣：

青靛臉，白獠牙，一張大口呀呀。
兩邊亂蓬蓬的鬢毛，卻都是些胭脂染色；
三四紫巍巍的髭髯，恍疑是那荔枝排芽。
鸚嘴般的鼻兒拱拱，曙星樣的眼兒巴巴。
兩個拳頭，和尚鉢盂模樣；一雙藍腳，懸崖榾柮枒槎。
斜披著淡黃袍帳，賽過那織錦袈裟。

拿的一口刀，精光耀映；眠的一塊石，細潤無瑕。
他也曾小妖排蟻陣，他也曾老怪坐蜂衙。
你看他威風凜凜，大家吆喝，叫一聲爺。
他也曾月作三人壺酌酒，他也曾風生兩腋盞傾茶。
你看他神通浩浩，霎著下眼，遊遍天涯。
荒林喧鳥雀，深莽宿龍蛇。仙子種田生白玉，道人伏火養丹砂。
小小洞門，雖到不得那阿鼻地獄；楞楞妖怪，卻就是一個牛頭夜叉。

那長老看見他這般模樣，諕得打了一個倒退，遍體酥麻，兩腿酸軟，即忙得抽身便走。剛剛轉了一個身，那妖魔，他的靈性著實是強大，撐開著一雙金睛鬼眼，叫聲：「小的們，你看門外是什麼人！」一個小妖就伸頭望門外一看，看見是個光頭的長老，連忙跑將進去，報道：「大王，外面是個和尚哩，團頭大面，兩耳垂肩；嫩刮刮的一身肉，細嬌嬌的一張皮：且是好個和尚！」那妖聞言，呵聲笑道：「這叫做個『蛇頭上蒼蠅，自來的衣食。』你眾小的們！疾忙趕上去，與我拿將來！我這裏重重有賞！」那些小妖，就是一窩蜂，齊齊擁上。三藏見了，雖則是一心忙似箭，兩腳走如飛；終是心驚膽顫，腿軟腳麻。況且是山路崎嶇，林深日暮，步兒那裏移得動？被那些小妖，平抬將去，正是：

龍遊淺水遭蝦戲，虎落平原被犬欺。
縱然好事多磨障，誰像唐僧西向時？

你看那眾小妖，抬得長老，放在那竹簾兒外，歡歡喜喜，報聲道：「大王，拿得和尚進來了。」那老妖，他也偷眼瞧一瞧，只見三藏頭直上，貌堂堂，果然好一個和尚，他便心中想道：

「這等好和尚，必是上方人物，不當小可的；若不做個威風，他怎肯伏降哩？」陡然間，就狐假虎威，紅鬚倒豎，血髮朝天，眼睛迸裂，大喝一聲道：「帶那和尚進來！」眾妖們，大家響響的答應了一聲：「是！」就把三藏望裏面只是一推。這是「既在矮簷下，怎敢不低頭！」三藏只得雙手合著，與他見個禮，那妖道：「你是那裏和尚？從那裏來？到那裏去？快快說明！」三藏道：「我本是唐朝僧人，奉大唐皇帝敕命，前往西方訪求經偈。經過貴山，特來塔下謁聖，不期驚動威嚴，望乞恕罪。待往西方取得經回東土，永註高名也。」

那妖聞言，呵呵大笑道：「我說是上邦人物。果然是你。正要吃你哩，卻來得甚好！甚好！不然，卻不錯放過了？你該是我口內的食，自然要撞將來，就放也放不去，就走也走不脫！」叫小妖：「把那和尚拿去綁了！」果然那些小妖，一擁上前，把個長老繩纏索綁，縛在那定魂樁上。

老妖持刀又問道：「和尚，你一行有幾人？終不然一人敢上西天？」三藏見他持刀，又老實說道：「大王，我有兩個徒弟，叫做豬八戒、沙和尚，都出松林化齋去了。還有一擔行李，一匹白馬，都在松林裏放著哩。」老妖道：「又造化了！兩個徒弟，連你三個，連馬四個，夠吃一頓了！」小妖道：「我們去捉他來。」老妖道：「不要出去，把前門關了。他兩個化齋來，一定尋師父吃；尋不著，一定尋著我門上。常言道：『上門的買賣好做。』且等慢慢的捉他。」眾小妖把前門閉了。

且不言三藏逢災。卻說那沙僧出林找八戒，直有十餘里遠近，不曾見個莊村。他卻站在高埠上正然觀看，只聽得草中有人言語，急使杖撥開深草看時，原來是獃子在裏面說夢話哩。被沙僧揪著耳朵，方叫醒了，道：「好獃子啊！師父教你化齋，許你在此睡覺的？」那獃子冒冒失失的醒來道：「兄弟，有甚時候了？」沙僧道：「快起來！師父說有齋沒齋也罷，教你我那裏尋下住處去哩。」

獃子懵懵懂懂的，托著鉢盂，扛著釘鈀，與沙僧逕直回來。到林中看時，不見了師父。沙僧埋怨道：「都是你這獃子化齋不來，必有妖精拿師父也。」八戒笑道：「兄弟，莫要胡說。那林子裏是個清雅的去處，決然沒有妖精。想是老和尚坐不住，往那裏觀風去了。我們尋他去來。」二人只得牽馬挑擔，收拾了斗篷、錫杖，出松林尋找師父。

這一回，也是唐僧不該死。他兩個尋一會不見，忽見那正南下有金光閃灼。八戒道：「兄弟啊，有福的只是有福。你看師父往他家去了，那放光的是座寶塔。誰敢怠慢？一定要安排齋飯，留他在那裏受用。我們還不走動些，也趕上去吃些齋兒。」沙僧道：「哥啊，定不得吉凶哩。我們且去看來。」二人雄糾糾的到了門前，「呀！閉著門哩。」只見那門上橫安了一塊白玉石板，上鐫著六個大字：「碗子山波月洞」。沙僧道：「哥啊，這不是什麼寺院，是一座妖精洞府也。我師父在這裏，也見不得哩。」八戒道：「兄弟莫怕。你且拴下馬匹，守著行李，待我問他的信看。」那獃子舉著鈀，上前高叫：「開門！開門！」

那洞內有把門的小妖，開了門，忽見他兩個的模樣，急抽身，跑入裏面報道：「大王！買賣來了！」老妖道：「那裏買賣？」小妖道：「洞門外有一個長嘴大耳的和尚，與一個晦氣色的和尚，來叫門了！」老妖大喜道：「是豬八戒與沙僧尋將來也！——噫，他也會尋哩！怎麼就尋到我這門上？既然嘴臉兇頑，卻莫要怠慢了他。」叫：「取披掛來！」小妖抬來，就結束了，綽刀在手，逕出門來。

卻說那八戒、沙僧，在門前正等，只見妖魔來得兇險。你道他怎生打扮：

青臉紅鬚赤髮飄，黃金鎧甲亮光饒。裹肚襯腰磲石帶，攀胸勒甲步雲縧。
閒立山前風吼吼，悶遊海外浪滔滔。一雙藍靛焦筋手，執定追魂取命刀。
要知此物名和姓，聲揚二空喚黃袍。

那黃袍老怪，出得門來，便問：「你是那方和尚，在我門首吆喝？」八戒道：「我兒子，你不認得？我是你老爺！我是大唐差往西天去的！我師父是那御弟三藏。若在你家內，趁早送出來，省了我釘鈀築進去！」那怪笑道：「是，是，是有一個唐僧在我家。我也不曾怠慢他，安排些人肉包兒與他吃哩。你們也進去吃一個兒，何如？」這獃子認真就要進去。沙僧一把扯住道：「哥啊，他哄你哩。你幾時又吃人肉哩？」獃子卻才省悟，掣釘鈀，望妖怪劈臉就築。那怪物側身躲過，使鋼刀急架相迎。兩個都顯神通，縱雲頭，跳在空中廝殺。沙僧撇了行李、白馬，舉寶杖，急急幫攻。此時兩個狠和尚，一個潑妖魔，在雲端裏，這一場好殺，正是那：

杖起刀迎，鈀來刀架。一員魔將施威，兩個神僧顯化。
九齒鈀真個英雄，降妖杖誠然凶咤。沒前後左右齊來，那黃袍公然不怕。
你看他蘸鋼刀晃亮如銀，其實的那神通也為廣大。
只殺得滿空中，霧繞雲迷；半山裏，崖崩嶺咋。
一個為聲名，怎肯干休？一個為師父，斷然不怕。

他三個在半空中，往往來來，戰經數十回合，不分勝負。各因性命要緊，其實難解難分。畢竟不知怎救唐僧。且聽下回分解。

# 第二十九回　脫難江流來國土　承恩八戒轉山林

詩曰：

妄想不復強滅，真如何必希求？本原自性佛前修，迷悟豈居前後？
悟即剎那成正，迷而萬劫沈流。若能一念合真修，滅盡恒沙罪垢。

卻說那八戒、沙僧與怪鬪經個三十回合，不分勝負。你道怎麼不分勝負？若論賭手段，莫說兩個和尚，就是二十個，也敵不過那妖精。只為唐僧命不該死，暗中有那護法神祇保著他，空中又有那六丁六甲、五方揭諦、四值功曹、一十八位護教伽藍，助著八戒、沙僧。

且不言他三人戰鬪。卻說那長老在洞裏悲啼，思量他那徒弟，眼中流淚道：「悟能啊，不知你在那個村中逢了善友，貪著齋供；悟淨啊，你又不知在那裏尋他，可能得會？豈知我遇妖魔，在此受難！幾時得會你們，脫了大難，早赴靈山！」正當悲啼煩惱，忽見那洞裏走出一個婦人來，扶著定魂樁，叫道：「那長老，你從何來？為何被他縛在此處？」長老聞言，淚眼偷看，那婦人約有三十年紀，遂道：「女菩薩，不消問了。我已是該死的，走進妳家門來也。要吃就吃了罷，又問怎的？」那婦人道：「我不是吃人的。我家離此西下，有三百餘里。那裏有座城，叫做寶象國。我是那國王的第三個公主，乳名叫做百花羞。只因十三年前八月十五日夜，玩月中間，被這妖魔，一陣狂風攝將來，與他做了十三年夫妻。在此生兒育女，杳無音信回朝。思量我那父母，不能相見。你從何來，被他拿住？」唐僧道：「貧僧乃是差往西天取經者。不期閒步，誤撞在此。如今要拿住我兩個徒弟，一齊蒸吃哩。」那公主陪笑道：「長老寬心。你既是取經的，我救得你。那寶象國是你西方去的大路。你與我捎一封書兒去，拜上我那父母，我就教他饒了你罷。」三藏點頭道：「女菩薩，若還救得貧僧命，願做捎書寄信人。」

那公主急轉後面，即修了一紙家書，封固停當，到椿前解放了唐僧，將書付與。唐僧得解脫，捧書在手道：「女菩薩，多謝妳活命之恩。貧僧這一去，過貴處，定送國王處。只恐日久年深，妳父母不肯相認，奈何？切莫怪我貧僧打了誑語。」公主道：「不妨，我父王無子，只生我三個姊妹，若見此書，必有相看之意。」三藏緊緊袖了家書，謝了公主，就往外走，被公主扯住道：「前門裏你出不去！那些人小妖精，都在門外搖旗吶喊，擂鼓篩鑼，助著大王，與你徒弟廝殺哩。你往後門裏去罷。若是大王拿住，還審問審問；只恐小妖兒捉了，不分好歹，挾生兒傷了你的性命。等我去他面前，說個方便。若是大王放了你啊，待你徒弟討個示下，尋著你一同好走。」三藏聞言，磕了頭，謹依吩咐，辭別公主，躲離後門之外，不敢自行，將身藏在荊棘叢中。

卻說公主娘娘，心生巧計，急往前來，出門外，分開了大小群妖，只聽得叮叮噹噹，兵刃亂響。原來是八戒、沙僧與那怪在半空裏廝殺哩。這公主厲聲高叫道：「黃袍郎！」那妖王聽得公主叫喚，即丟了八戒、沙僧，按落雲頭，揪了鋼刀，攙著公主道：「渾家，有甚話說？」公主道：「郎君啊，我才時睡在羅幃之內，夢魂中，忽見個金甲神人。」妖魔道：「那個金甲神？上我門怎的？」公主道：「是我幼時，在宮內，對神暗許下一樁心願：若得招個賢郎駙馬，上名山，拜仙府，齋僧佈施。自從配了你，夫妻們歡會，到今不曾提起。那金甲神人來討誓願，喝我醒來，卻是南柯一夢。因此，急整容來郎君處訴知，不期那椿上綁著一個僧人。萬望郎君慈憫，看我薄意，饒了那個和尚罷，只當與我齋僧還願。不知郎君肯否？」那怪道：「渾家，你卻多心吶！什麼打緊之事。我要吃人，那裏不撈幾個吃吃？這個把和尚，到得那裏，放他去罷。」公主道：「郎君，放他從後門裏去罷。」妖魔道：「奈煩哩，放他去便罷，又管他什麼後門前門哩。」他遂綽了鋼刀，高叫道：「那豬八戒，你過來。我不是怕你，不與你戰；看著我渾家的分上，饒了你師父也。趁早去後門首，尋著他，往西方去罷。若再來犯我境界，斷乎不饒！」

那八戒與沙僧聞得此言，就如鬼門關上放回來的一般，即忙牽馬挑擔，鼠竄而行。轉過那波月洞，後門之外，叫聲：「師父！」那長老認得聲音，就在那荊棘中答應。沙僧就剖開草徑，攙著師父，慌忙的上馬。這裏：

狠毒險遭青面鬼，殷懃幸有百花羞。
鰲魚脫卻金鈎釣，擺尾搖頭逐浪遊。

八戒當頭領路，沙僧後隨，出了那松林，上了大路。你看他兩個嚌嚌嘈嘈，埋埋怨怨，三藏只是解和。遇晚先投宿，雞鳴早看天。一程一程，長亭短亭，不覺的就走了二百九十九里。猛抬頭，只見一座好城，就是寶象國。真好個處所也：

雲渺渺，路迢迢；地雖千里外，景物一般饒。
瑞靄祥烟籠罩，清風明月招搖。
嵂嵂崒崒的遠山，大開圖畫；
潺潺湲湲的流水，碎濺瓊瑤。
可耕的連阡帶陌，足食的密蕙新苗。漁釣的幾家三澗曲，樵採的一擔兩峰椒。
廓的廓，城的城，金湯鞏固；家的家，戶的戶，只鬪逍遙。
九重的高閣如殿宇，萬丈的層臺似錦標。
也有那太極殿、華蓋殿、燒香殿、觀文殿、宣政殿、延英殿；
一殿殿的玉陛金階，擺列著文冠武弁；
也有那大明宮、昭陽宮、長樂宮、華清宮、建章宮、未央宮；
一宮宮的鐘鼓管籥，撒抹了閨怨春愁。
也有禁苑的，露花勻嫩臉；也有御溝的，風柳舞纖腰。

通衢上，也有個頂冠束帶的，盛儀容，乘五馬；
幽僻中，也有個持弓挾矢的，撥雲霧，貫雙雕。
花柳的巷，管弦的樓，春風不讓洛陽橋。
取經的長老，回首大唐肝膽裂；伴師的徒弟，息肩小驛夢魂消。

看不盡寶象國的景致。師徒三眾，收拾行李、馬匹，安歇館驛中。唐僧步行至朝門外，對閣門大使道：「有唐朝僧人，特來面駕，倒換文牒。乞為轉奏轉奏。」那黃門奏事官，連忙走至白玉階前奏道：「萬歲，唐朝有個高僧，欲求見駕，倒換文牒。」那國王聞知是唐朝大國，且又說是個方上聖僧，心中甚喜，即時准奏，叫：「宣他進來。」把三藏宣至金階，舞蹈山呼禮畢。兩邊文武多官，無不嘆道：「上邦人物，禮樂雍容如此！」那國王道：「長老，你到我國中何事？」三藏道：「小僧是唐朝釋子。承我天子敕旨，前往西方取經；原領有文牒，到陛下上國，理合倒換。故此不識進退，驚動龍顏。」國王道：「既有唐天子文牒，取上來看。」三藏雙手捧上去，展開放在御案上。牒云：

南贍部洲大唐國奉天承運唐天子牒行：切惟朕以涼德，嗣續丕基，事神治民，臨深履薄，朝夕是惴。前者，失救涇河老龍，獲譴於我皇皇后帝，三魂七魄，倏忽陰司，已作無常之客。因有陽壽未絕，感冥君放送回生，廣陳善會，修建度亡道場。感蒙救苦觀世音菩薩，金身出現，指示西方有佛有經，可度幽亡，超脫孤魂。特著法師玄奘，遠歷千山，詢求經偈。倘到西邦諸國，不滅善緣，照牒放行。須至牒者。大唐貞觀一十三年，秋吉日，御前文牒。（上有寶印九顆）

國王見了，取本國玉寶，用了花押，遞與三藏。三藏謝了恩，收了文牒，又奏道：「貧僧一來倒換文牒，二來與陛下寄有家書。」國王大喜道：「有甚書？」三藏道：「陛下第三位公主娘娘，被碗子山波月洞黃袍妖攝將去，貧僧偶爾相遇，故寄書來也。」國王聞言，滿眼垂淚道：「自十三年前，不見了公主，兩班文武官，也不知貶退了多少；宮內宮外，大小婢子、太監，也不知打死了多少；只說是走出皇宮，迷失路徑，無處找尋；滿城中百姓人家，也盤詰了無數，更無下落。怎知道是妖怪攝了去！今日乍聽得這句話，故此傷情流淚。」三藏袖中取出書來獻上。國王接了，見有「平安」二字，一發手軟，拆不開書，傳旨宣翰林院大學士上殿讀書。學士隨即上殿。殿前有文武多官，殿後有后妃宮女，俱側耳聽書。學士拆開朗誦。上寫著：

不孝女百花羞頓首百拜大德父王萬歲龍鳳殿前，暨三宮母后昭陽宮下，及舉朝文武賢卿臺次：拙女幸托坤宮，感激劬勞萬種。不能竭力怡顏，盡心奉孝。乃於十三年前，八月十五日，良夜佳辰，蒙父王恩旨，著各宮排宴，賞玩月華，共樂清霄盛會。正歡娛之間，不覺一陣香風，閃出個金睛藍面青髮魔王，將女擒住；駕祥光，直帶至半野山中無人處。難分難辨，被妖倚強，霸占為妻。是以無奈，捱了一十三年。產下兩個妖兒，儘是妖魔之種。論此真是敗壞人倫，有傷風化，不當傳書玷辱；但恐女死之後，不顯分明。正含怨思憶父母，不期唐朝聖僧，亦被魔王擒住。是女滴淚修書，大膽放脫，特托寄此片楮，以表寸心。伏望父王垂憫，遣上將早至碗子山波月洞捉獲黃袍怪，救女回朝，深為恩念。草草欠恭，面聽不一。

逆女百花羞再頓首頓首。

那學士讀罷家書，國王大哭，三宮滴淚，文武傷情，前前後後，無不哀念。國王哭之許久，便問兩班文武：「那個敢興兵領將，與寡人捉獲妖魔，救我百花公主？」連問數聲，更無一人敢答。真是木雕成的武將，泥塑就的文官。那國王心生煩惱，淚若湧泉。只見那多官齊俯伏奏道：

「陛下且休煩惱。公主已失，至今一十三載無音。偶遇唐朝聖僧，寄書來此，未知的否。況臣等俱是凡人凡馬，習學兵書武略，只可佈陣安營，保國家無侵陵之患。那妖精乃雲來霧去之輩，不得與他覿面相見，何以征救？想東土取經者，乃上邦聖僧。這和尚『道高龍虎伏，德重鬼神欽』

必有降妖之術。自古道：『來說是非者，就是是非人。』可就請這長老降妖邪，救公主，庶為萬全之策。」

那國王聞言，急回頭便請三藏道：「長老若有手段，放法力，捉了妖魔，救我孩兒回朝，也不須上西方拜佛，長髮留頭，朕與你結為兄弟，同坐龍牀，共用富貴如何？」三藏慌忙啓上道：「貧僧粗知念佛，其實不會降妖。」國王道：「你既不會降妖，怎麼敢上西天拜佛？」那長老瞞不過，說出兩個徒弟來了，奏道：「陛下，貧僧一人，實難到此。貧僧有兩個徒弟，善能逢山開路，遇水疊橋，保貧僧到此。」國王怪道：「你這和尚大沒理。既有徒弟，怎麼不與他一同進來見朕？若到朝中，雖無中意賞賜，必有隨分齋供。」三藏道：「貧僧那徒弟醜陋，不敢擅自入朝；但恐驚傷了陛下的龍體。」國王笑道：「你看你這和尚說話，終不然朕當怕他？」三藏道：「不敢說。我那大徒弟姓豬，法名悟能八戒。他生得長嘴獠牙，剛鬃扇耳，身粗肚大，行路生風。第二個徒弟姓沙，法名悟淨和尚。他生得身長丈二，臂闊三停，臉如藍靛，口似血盆，眼光閃灼，牙齒排釘。他都是這等個模樣，所以不敢擅領入朝。」國王道：「你既這等樣說了一遍，寡人怕他怎的？宣進來。」隨即著金牌至館驛相請。

那獃子聽見來請，對沙僧道：「兄弟，你還不教下書哩。這才見了下書的好處。想是師父下了書，國王道：捎書人不可怠慢，一定整治筵宴待他；他的食腸不濟，有你我之心，舉出名來，故此著金牌來請。大家吃一頓，明日好行。」沙僧道：「哥啊，知道是甚緣故，我們且去來。」遂將行李、馬匹俱交付驛丞，各帶隨身兵器，隨金牌入朝。早行到白玉階前，左右立下，朝上唱個喏，再也不動。那文武多官，無人不怕，都說道：「這兩個和尚，貌醜也罷，只是粗俗太甚！怎麼見我王更不下拜，喏畢平身，挺然而立，可怪可怪！」八戒聽見道：「列位，莫要議論。我們是這般。乍看果有些醜；只是看下些時來，卻也耐看。」

那國王見他醜陋，已是心驚；及聽得那獃子說出話來，越發膽顫，就坐不穩，跌下龍牀，幸有近侍官員扶起。慌得個唐僧，跪在殿前，不住的叩頭道：「陛下，貧僧該萬死！萬死！我說徒弟醜陋，不敢朝見，恐傷龍體，果然驚了駕也。」那國王戰兢兢，走近前，攙起道：「長老，還虧你先說過了；若未說，猛然見他，寡人一定諕殺了也！」國王定性多時，便問：「豬長老，沙長老，是那一位善於降妖？」那獃子不知好歹，答道：「老豬會降。」國王道：「怎麼家降？」八戒道：「我乃是天蓬元帥；只因罪犯天條，墮落下世，幸今皈正為僧。自從東土來此，第一會降妖的是我。」國王道：「既是天將臨凡，必然善能變化。」八戒道：「不敢，不敢，也將就曉得幾個變化兒。」國王道：「你試變一個我看看。」八戒道：「請出題目，照依樣子好變。」國王道：「變一個大的罷。」

那八戒他也有三十六般變化，就在階前，賣弄手段，卻便捻訣念咒，喝一聲叫：「長！」把腰一躬，就長了有八九丈長，卻似個開路神一般。嚇得那兩班文武，戰戰兢兢；一國君臣，呆呆掙掙。時有鎮殿將軍問道：「長老，似這等變得身高，必定長到什麼去處，才有止極？」那獃子又說出獃話來道：「看風。東風猶可，西風也將就；若是南風起，把青天也拱個大窟窿！」那國王大驚道：「收了神通罷。曉得是這般變化了。」八戒把身一矬，依然現了本相，侍立階前。

國王又問道：「長老此去，有何兵器與他交戰？」八戒腰裏掣出鈀來道：「老豬使的是釘鈀。」國王笑道：「可敗壞門面！我這裏有的是鞭、簡、瓜、鎚，刀、槍、鉞、斧、劍、戟、矛、鐮。隨你選稱手的拿一件去。那鈀算做什麼兵器？」八戒道：「陛下不知。我這鈀，雖然粗夯，實是自幼隨身之器。曾在天河水府為帥，轄押八萬水兵，全仗此鈀之力。今臨凡世，保護吾師，逢山築破虎狼窩，遇水掀翻龍蜃穴，皆是此鈀。」

國王聞得此言，十分歡喜心信，即命九嬪妃子：「將朕親用的御酒，整瓶取來，權與長老送行。」遂滿斟一爵，奉與八戒道：「長老，這杯酒，聊引奉勞之意；待捉得妖魔，救回小女，自有大宴相酬，千金重謝。」那獃子接杯在手，人物雖是粗魯，行事倒有斯文，對三藏唱個大喏道：「師父，這酒本該從你飲起，但君王賜我，不敢違背，讓老豬先吃了，助助興頭，好捉妖怪。」那獃子一飲而乾，才斟一爵，遞與師父。三藏道：「我不飲酒，你兄弟們吃罷。」沙僧近前接了。八戒就足下生雲，直上空裏。國王見了道：「豬長老又會騰雲！」

獃子去了，沙僧將酒亦一飲而乾，道：「師父！那黃袍怪拿住你時，我兩個與他交戰，只戰個手平。今二哥獨去，恐戰不過他。」三藏道：「正是，徒弟啊，你可去與他幫幫功。」沙僧聞言，也縱雲跳將起去。那國王慌了，扯住唐僧道：「長老，你且陪寡人坐坐，也莫騰雲去了。」唐僧道：「可憐！可憐！我半步兒也去不得！」此時二人在殿上敘話不題。

卻說那沙僧趕上八戒道：「哥哥，我來了。」八戒道：「兄弟，你來怎的？」沙僧道：「師父叫我來幫幫功的。」八戒大喜道：「說得是，來得好。我兩個努力齊心，去捉那怪物；雖不怎的，也在此國揚揚姓名。」你看他：

靉靆祥光辭國界，氤氳瑞氣出京城。
領王旨意來山洞，努力齊心捉怪靈。

他兩個不多時，到了洞口，按落雲頭。八戒掣鈀，往那波月洞的門上，儘力氣一築，把他那石門築了斗來大小的個窟窿。唬得那把門的小妖開門，看見是他兩個，急跑進去報道：「大王，不好了！那長嘴大耳的和尚，與那晦氣臉的和尚，又來把門都打破了！」那怪驚道：「這個還是豬八戒、沙和尚二人。我饒了他師父，怎麼又敢復來打我的門！」小妖道：「想是忘了什麼物件，來取的。」老怪咄的一聲道：「胡纏！忘了物件，就敢打上門來？必有緣故！」急整束了披掛，綽了鋼刀，走出來問道：「那和尚，我既饒了你師父，你怎麼又敢來打上我門？」八戒道：「你這潑怪幹得好事兒！」老魔道：「什麼事？」八戒道：「你把寶象國三公主騙來洞內，倚強霸占為妻，住了一十三載，也該還他了。我奉國王旨意，特來擒你。你快快進去，自家把繩子綁縛出來，還免得老豬動手！」

那老怪聞言，十分發怒。你看他屹迸迸，咬響鋼牙；滴溜溜，睜圓環眼；雄糾糾，舉起刀來；赤淋淋，攔頭便砍。八戒側身躲過，使釘鈀劈面迎來；隨後又有沙僧舉寶杖趕上前齊打。這一場在山頭上賭鬥，比前不同，真個是：

算來只為捎書故，致使僧魔兩不寧。
言差語錯招人惱，意毒情傷怒氣生。
這魔王大鋼刀，著頭便砍；那八戒九齒鈀，對面來迎。
沙悟淨丟開寶杖，那魔王抵架神兵。一猛怪，二神僧，來來往往甚消停。
這個說：「你騙國理該死罪！」那個說：「你羅閒事報不平！」
這個說：「你強婚公主傷國體！」那個說：「不干你事莫閒爭！」

他們在那山坡前，戰經八九個回合，八戒漸漸不濟將來，釘鈀難舉，氣力不加。你道如何這等戰他不過？當時初相戰鬪，有那護法諸神，為唐僧在洞，暗助八戒、沙僧，故僅得個手平；此時諸神都在寶象國護定唐僧，所以二人難敵。

那獃子道：「沙僧，你且上前來與他鬪著，讓老豬出恭來。」他就顧不得沙僧，一溜往那蒿草薜蘿、荊棘葛藤裏，不分好歹，一頓鑽進；那管刮破頭皮，搠傷嘴臉，一骨碌睡倒，再也不敢出來。但留半邊耳朵，聽著梆聲。那怪見八戒走了，就奔沙僧。沙僧措手不及，被怪一把抓住，捉進洞去。小妖將沙僧四馬攢蹄捆住。畢竟不知端的性命如何，且聽下回分解。

# 第三十回　邪魔侵正法　意馬憶心猿

卻說那怪把沙僧捆住，也不來殺他，也不曾打他，罵也不曾罵他一句，綽起鋼刀，心中暗想道：「唐僧乃上邦人物，必知禮義；終不然我饒了他性命，又著他徒弟拿我不成？——噫！這多是我渾家有什麼書信到他那國裏，走了風汛！等我去問他一問。」那怪陡起凶性，要殺公主。

卻說那公主不知，梳妝方畢，移步前來。只見那怪怒目攢眉，咬牙切齒。那公主還陪笑臉迎道：「郎君有何事，這等煩惱？」那怪咄的一聲罵道：「妳這狗心賤婦，全沒人倫！我當初帶妳到此，更無半點兒說話。妳穿的錦，戴的金，缺少東西我去尋。四時受用，每日情深。妳怎麼只想你父母，更無一點夫婦心？」那公主聞說，嚇得跪倒在地，道：「郎君啊，你怎麼今日說起這分離的話？」那怪道：「不知是我分離，是妳分離哩！我把那唐僧拿來，算計要他受用，妳怎麼不先告過我，就放了他？原來是妳暗地裏修了書信，教他替妳傳寄；不然，怎麼這兩個和尚又來打上我門，教還妳回去？這不是妳幹的事？」公主道：「郎君，你差怪我了。我何嘗有甚書去？」

老怪道：「妳還強嘴哩！現拿住一個對頭在此，卻不是證見？」公主道：「是誰？」老妖道：「是唐僧第二個徒弟沙和尚。」——原來人到了死處，誰肯認死，只得與他放賴。公主道：「郎君且息怒，我和你去問他一聲。果然有書，就打死了，我也甘心；假若無書，卻不枉殺了奴奴也？」那怪聞言，不容分說，掄開一隻簸箕大小的藍靛手，抓住那金枝玉葉的髮萬根，把公主揪上前，捽在地下，執著鋼刀，卻來審沙僧，咄的一聲道：「沙和尚！你兩個輒敢擅打上我們門來，可是這女子有書到他那國，國王教你們來的？」

沙僧已捆在那裏，見妖精凶惡之甚，把公主摜倒在地，持刀要殺。他心中暗想道：「分明是她有書去。——救了我師父。此是莫大之恩。我若一口說出，他就把公主殺了，此卻不是恩將仇報？罷！罷！罷！想老沙跟我師父一場，也沒寸功報效；今日已此被縛，就將此性命與師父報了恩罷。」遂喝道：「那妖怪不要無禮！她有什麼書來，你這等枉她，要害她性命！我們來此問你要公主，有個緣故。只因你把我師父捉在洞中，我師父曾看見公主的模樣動靜。及至寶象國，倒換關文，那皇帝將公主畫影圖形，前後訪問。因將公主的形影，問我師父沿途可曾看見，我師父遂將公主說起，他故知是他兒女，賜了我等御酒，教我們來拿你，要他公主還宮。此情是實，何嘗有甚書信？你要殺就殺了我老沙，不可枉害平人，大虧天理！」

那妖見沙僧說得雄壯，遂丟了刀，雙手抱起公主道：「是我一時粗魯，多有衝撞，莫怪，莫怪。」遂與他挽了青絲，扶上寶髻，軟款溫柔，怡顏悅色，撮哄著她進去了，又請上坐陪禮。那公主是婦人家水性，見他錯敬，遂回心轉意道：「郎君啊，你若念夫婦的恩愛，可把那沙僧的繩子略放鬆些兒。」老妖聞言，即命小的們把沙僧解了繩子，鎖在那裏，沙僧見解縛鎖住，立起來，心中暗喜道：「古人云：『與人方便，自己方便。』我若不方便了他，他怎肯教把我鬆放鬆放？」

那老妖又教安排酒席，與公主陪禮壓驚。吃酒到半酣，老妖忽的又換了一件鮮明的衣服，取了一口寶刀，佩在腰裏，轉過手，摸著公主道：「渾家，妳且在家吃酒，看著兩個孩兒，不要放了沙和尚。趁那唐僧在那國裏，我也趕早兒去認認親也。」公主道：「你認甚親？」老妖道：「認妳父王。我是他駙馬，他是我丈人，怎麼不去認認？」公主道：「你去不得。」老妖道：「怎麼去不得？」公主道：「我父王不是馬掙力戰的江山，他本是祖宗遺留的社稷。自幼兒是太子登基，城門也不曾遠出，沒有見你這等凶漢。你這嘴臉相貌，生得這等醜陋，若見了他，恐怕嚇了他，反為不美；卻不如不去認的還好。」老妖道：「既如此說，我變個俊的兒去便罷。」公主道：「你試變來我看看。」好怪物，他在那酒席間，搖身一變，就變做一個俊俏之人。真個生得：

形容典雅，體段崢嶸。言語多官樣，行藏正妙齡。
才如子建成詩易，貌似潘安擲果輕。
頭上戴一頂鵲尾冠，烏雲斂伏；

身上穿一件玉羅褶，廣袖飄迎。
足下烏靴花摺，腰間鸞帶光明。
豐神真是奇男子，聳壑軒昂美俊英。

公主見了，十分歡喜。那妖笑道：「渾家，可是變得好麼？」公主道：「變得好！變得好！你這一進朝啊，我父王是親不滅，一定著文武多官留你飲宴。倘吃酒中間，千千仔細，萬萬個小心，卻莫要現出原嘴臉來，露出馬腳，走了風汛，就不斯文了。」老妖道：「不消吩咐，自有道理。」你看他縱雲頭，早到了寶象國，按落雲光，行至朝門之外，對閣門大使道：「三駙馬特來見駕，乞為轉奏轉奏。」那黃門奏事官來至白玉階前，奏道：「萬歲，有三駙馬來見駕，現在朝門外聽宣。」那國王正與唐僧敘話，忽聽得三駙馬，便問多官道：「寡人只有兩個駙馬，怎麼又有個三駙馬？」多官道：「三駙馬，必定是妖怪來了。」國王道：「可好宣他進來？」那長老心驚道：「陛下，妖精啊，不精者不靈。他能知過去未來，他能騰雲駕霧，宣他也進來，不宣他也進來，倒不如宣他進來，還省些口面。」

國王准奏，叫宣，把妖宣至金階。他一般的也舞蹈山呼的行禮。多官見他生得俊麗，也不敢認他是妖精。他都是些肉眼凡胎，卻當做好人。那國王見他聳壑昂霄，以為濟世之梁棟，便問他：「駙馬，你家在那裏居住？是何方人氏？幾時得我公主配合？怎麼今日才來認親？」那老妖叩頭道：「主公，臣是城東碗子山波月莊人家。」國王道：「你那山離此處多遠？」老妖道：「不遠，只有三百里。」國王道：「三百里路，我公主如何得到那裏，與你匹配？」那妖精巧語花言，虛情假意的答道：「主公，微臣自幼兒好習弓馬，採獵為生。那十三年前，帶領家童數十，放鷹逐犬，忽見一隻斑斕猛虎，身馱著一個女子，往山坡下走。是微臣兜弓一箭，射倒猛虎，將女子帶上本莊，把溫水溫湯灌醒，救了她性命。因問她是那裏人家，她更不曾題『公主』二字。早說是萬歲的三公主，怎敢欺心，擅自配合？當得進上金殿，大小討一個官職榮身。只因她說是民家之女，才被微臣留在莊所。女貌郎才，兩相情願，故配合至此多年。當時配合之後，欲將那虎宰了，邀請諸親，卻是公主娘娘教且莫殺。其不殺之故，有幾句言詞，道得甚好。說道：

托天托地成夫婦，無媒無證配婚姻。
前世赤繩曾繫足，今將老虎做媒人。

臣因此言，故將虎解了索子，饒了他性命。那虎帶著箭傷，跑蹄剪尾而去。不知他得了性命，在那山中，修了這幾年，煉體成精，專一迷人害人。臣聞得昔年也有幾次取經的，都說是大唐來的唐僧；想是這虎害了唐僧，得了他文引，變作那取經的模樣，今在朝中哄騙主公。主公啊，那繡墩上坐的，正是那十三年前馱公主的猛虎，不是真正取經之人！」

你看那水性的君王，愚迷肉眼，不識妖精，轉把他一片虛詞，當了真實，道：「賢駙馬，你怎的認得這和尚是馱公主的老虎？」那妖道：「主公，臣在山中，吃的是老虎，穿的也是老虎，與他同眠同起，怎麼不認得？」國王道：「你既認得，可教他現出本相來看。」怪物道：「借半盞淨水，臣就教他現了本相。」國王命官取水，遞與駙馬。那怪接水在手，縱起身來，走上前，使個「黑眼定身法」，念了咒語，將一口水望唐僧噴去，叫聲：「變！」那長老的真身，隱在殿上，真個變作一隻斑斕猛虎。此時君臣同眼觀看，那隻虎生得：

白額圓頭，花身電目。四隻蹄，挺直崢嶸；二十爪，鉤彎鋒利。
鋸牙包口，尖耳連眉。獰猙壯若大貓形，猛烈雄如黃犢樣。
剛鬚直直插銀條，刺舌騂騂噴惡氣。果然是隻猛斑斕，陣陣威風吹寶殿。

國王一見，魄散魂飛，諕得那多官盡皆躲避。有幾個大膽的武將，領著將軍、校尉一擁上前，使各項兵器亂砍。這一番，不是唐僧該有命不死，就是二十個僧人，也打為肉醬。此時幸有丁甲、揭諦、功曹、護教諸神，暗在半空中護佑，所以那些人，兵器皆不能打傷。眾臣嚷到天晚，才把那虎活活的捉了，用鐵繩鎖了，放在鐵籠裏，收於朝房之內。

那國王卻傳旨，教光祿寺大排筵宴，謝駙馬救拔之恩。不然，險被那和尚害了。當晚眾臣朝散，那妖魔進了銀安殿。又選十八個宮娥彩女，吹彈歌舞，勸妖魔飲酒作樂。那怪物獨坐上席，左右排列的，都是那豔質嬌姿。你看他受用飲酒，至二更時分，醉將上來，忍不住胡為。跳起身，大笑一聲，現了本相，陡發凶心，伸開簸箕大手，把一個彈琵琶的女子，抓將過來，扢咋的把頭咬了一口。嚇得那十七個宮娥，沒命的前後亂跑亂藏。你看那：

宮娥悚懼，彩女忙驚。
宮娥悚懼，一似雨打芙蓉籠夜雨；彩女忙驚，就如風吹芍藥舞春風。
捽碎琵琶顧命，跌傷琴瑟逃生。出門那分南北，離殿不管西東。
磕損玉面，撞破嬌容。人人逃命走，各各奔殘生。

那些人出去，又不敢吆喝。夜深了，又不敢驚駕。都躲在那短牆簷下，戰戰兢兢不題。

卻說那怪物坐在上面，自斟自酌。喝一盞，扳過人來，血淋淋的啃上兩口。他在裏面受用，外面人盡傳道：「唐僧是個虎精！」亂傳亂嚷，嚷到金亭館驛。此時驛裏無人，只有白馬在槽上吃草吃料。他本是西海小龍王，因犯天條，鋸角退鱗，變白馬，馱唐僧往西方取經。忽聞人講唐僧是個虎精，他也心中暗想道：「我師父分明是個好人，必然被怪把他變做虎精，害了師父。怎的好！怎的好？大師兄去得久了；八戒、沙僧，又無音信！」他只捱到二更時分，萬籟無聲，卻才跳將起來道：「我今若不救唐僧，這功果休矣！休矣！」他忍不住，頓絕韁繩，抖鬆鞍轡，急縱身，忙顯化，依然化作龍，駕起烏雲，直上九霄空裏觀看。有詩為證。詩曰：

三藏西來拜世尊，途中偏有惡妖氛。
今宵化虎災難脫，白馬垂韁救主人。

小龍王在半空裏，只見銀安殿內，燈燭輝煌。原來那八個滿堂紅上，點著八根蠟燭。低下雲頭，仔細看處，那妖魔獨自個在上面，逼法的飲酒吃人肉哩。小龍笑道：「這廝不濟！走了馬腳，識破風汛，躧匾秤鉈了。吃人可是個長進的！卻不知我師父下落何如，倒遇著這個潑怪。且等我去戲他一戲。若得手，拿住妖精再救師父不遲。」好龍王，他就搖身一變，也變做個宮娥。真個身體輕盈，儀容嬌媚。忙移步走入裏面，對妖魔道聲萬福：「駙馬啊，你莫傷我性命，我來替你把盞。」那妖道：「斟酒來。」小龍接過壺來，將酒斟在他盞中，酒比鍾高出三五分來，更不漫出。這是小龍使的「逼水法」。

那怪見了不識，心中喜道：「你有這般手段！」小龍道：「還斟得有幾分高哩。」那怪道：「再斟上！再斟上！」他舉著壺，只情斟，那酒只情高，就如十三層寶塔一般，尖尖滿滿，更不漫出些許。那怪物伸過嘴來，吃了一鍾；扳著死人，吃了一口，道：「會唱麼？」小龍道：「也略曉得些兒。」依腔韻唱了一個小曲，又奉了一鍾。那怪道：「你會舞麼？」小龍道：「也略曉得些兒；但只是素手，舞得不好看。」那怪揭起衣服，解下腰間所佩寶劍，掣出鞘來，遞與小龍。小龍接了刀，就留心，在那酒席前，上三下四、左五右六，丟開了花刀法。

那怪看得眼咤，小龍丟了花字，望妖精劈一刀來。好怪物，側身躲過，慌了手腳，舉起一根滿堂紅，架住寶刀。那滿堂紅原是熟鐵打造的，連柄有八九十斤。兩個出了銀安殿，小龍現了本相，卻駕起雲頭，與那妖魔在那半空中相殺。這一場，黑地裏好殺！怎見得：

那一個是碗子山生成的怪物，這一個是西洋海罰下的真龍。
一個放毫光，如噴白電；一個生銳氣，如迸紅雲。

一個好似白牙老象走人間，一個就如金爪狸貓飛下界。
一個是擎天玉柱，一個是架海金梁。
銀龍飛舞，黃鬼翻騰。左右寶刀無怠慢，往來不歇滿堂紅。

他兩個在雲端裏，戰夠八九回合，小龍的手軟筋麻，老魔的身強力壯。小龍抵敵不住，飛起刀去，砍那妖怪，妖怪有接刀之法，一隻手接了寶刀，一隻手拋下滿堂紅便打，小龍措手不及，被他把後腿上著了一下，急慌慌按落雲頭，多虧了御水河救了性命。小龍一頭鑽下水去，那妖魔趕來尋他不見，執了寶刀，拿了滿堂紅，回上銀安殿，照舊吃酒睡覺不題。

卻說那小龍潛於水底，半個時辰聽不見聲息，方才咬著牙，忍著腿疼跳將起去，踏著烏雲，逕轉館驛，還變作依舊馬匹，伏於槽下。可憐渾身是水，腿有傷痕。那時節：

意馬心猿都失散，金公木母盡凋零。
黃婆傷損通分別，道義消疏怎得成！

且不言三藏逢災，小龍敗戰。卻說那豬八戒，從離了沙僧，一頭藏在草科裏，拱了一個豬渾塘。這一覺，直睡到半夜時候才醒。醒來時，又不知是什麼去處，摸摸眼，定了神思，側耳才聽，噫！正是那山深無犬吠，野曠少雞鳴。他見那星移斗轉，約莫有三更時分，心中想道：「我要回救沙僧，誠然是『單絲不線，孤掌難鳴。』……罷！罷！罷！我且進城去見了師父，奏准當今，再選些驍勇人馬，助著老豬明日來救沙僧罷。」

那獃子急縱雲頭，逕回城裏。半霎時，到了館驛。此時人靜月明。兩廊下尋不見師父，只見白馬睡在那廂，渾身水濕，後腿有盤子大小一點青痕。八戒失驚道：「雙晦氣了！這亡人又不曾走路，怎麼身上有汗，腿有青痕？想是歹人打劫師父，把馬打壞了。」那白馬認得是八戒，忽然口吐人言，叫聲：「師兄！」這獃子嚇了一跌，扒起來往外要走，被那馬探探身，一口咬住皁衣，道：「哥啊，你莫怕我。」八戒戰兢兢的道：「兄弟，你怎麼今日說起話來了？你但說話，必有大不祥之事。」小龍道：「你知師父有難麼！」八戒道：「我不知。」小龍道：「你是不知！你與沙僧在皇帝面前弄了本事，思量拿倒妖魔，請功求賞，不想妖魔本領大，你們手段不濟，奈他不過。好道著一個回來，說個信息是，卻更不聞音。那妖精變做一個俊俏文人，撞入朝中，與皇帝認了親眷。把我師父變作一個斑斕猛虎，見被眾臣捉住，鎖在朝房鐵籠裏面。我聽得這般苦惱，心如刀割。你兩日又不在不知，恐一時傷了性命。只得化龍身去救，不期到朝裏，又尋不見師父。及到銀安殿外，遇見妖精，我又變做個宮娥模樣，哄那怪物。那怪叫我舞刀他看，遂爾留心，砍他一刀，早被他閃過，雙手舉個滿堂紅，把我戰敗。我又飛刀砍去，他又把刀接了，捽下滿堂紅，把我後腿上著了一下；故此鑽在御水河，逃得性命。腿上青是他滿堂紅打的。」

八戒聞言道：「真個有這樣事？」小龍道：「莫成我哄你了！」八戒道：「怎的好？怎的好！你可掙得動麼？」小龍道：「我掙得動便怎的？」八戒道：「你掙得動，便掙下海去罷。把行李等老豬挑去高老莊上，回爐做女婿去呀。」小龍聞說，一口咬住他直裰子，那裏肯放，止不住眼中滴淚道：「師兄啊！你千萬休生懶惰！」八戒道：「不懶惰便怎麼？沙兄弟已被他拿住，我是戰不過他，不趁此散夥；還等什麼？」

小龍沈吟半晌，又滴淚道：「師兄啊，莫說散夥的話。若要救得師父，你只去請個人來。」八戒道：「教我請誰麼？」小龍道：「你趁早兒駕雲回上花果山，請大師兄孫行者來。他還有降妖的大法力，管教救了師父，也與你我報得這敗陣之仇。」八戒道：「兄弟，另請一個兒便罷了。那猴子與我有些不睦。前者在白虎嶺上，打殺了那白骨夫人，他怪我攛掇師父念《緊箍兒咒》。我也只當耍子，不想那老和尚當真的念起來，就把他趕逐回去。他不知怎麼樣的惱我。他也決不肯來。倘或言語上，略不相對，他那哭喪棒又重，假若不知高低，撈上幾下，我怎的活得成麼？」小龍道：「他決不打你。他是個有仁有義的猴王。你見了他，且莫說師父有難，只說：『師父想你哩。』把他哄將來，到此處，見這樣個情節，他必然不忿，斷乎要與那妖精比拼。管情拿得那妖精，救得我師父。」八戒道：「也罷，也罷，你倒這等盡心，我若不去，顯得我不盡心了。我這一去，果然行者肯來，我就與他一路來了；他若不來，你卻也不要望我，我也不來了。」小龍道：「你去，你去，管情他來也。」

真個獃子收拾了釘鈀，整束了直裰，跳將起去，踏著雲，逕往東來。這一回，也是唐僧有命。那獃子正遇順風，撐起兩個耳朵，好便似風篷一般，早過了東洋大海，按落雲頭。不覺的太陽星上，他卻入山尋路。

正行之際，忽聞得有人言語。八戒仔細看時，原來是行者在山凹裏，聚集群妖。他坐在一塊石頭崖上，面前有一千二百多猴子，分序排班，口稱：「萬歲！大聖爺爺！」八戒道：「且是好受用！且是好受用！怪道他不肯做和尚，只要來家哩！原來有這些好處，許大的家業，又有這多的小猴伏侍！若是老豬有這一座山場，也不做什麼和尚了。如今既到這裏，卻怎麼好？必定要見他一見是。」那獃子有些怕他，又不敢明明的見他；卻往草崖邊，溜阿溜的，溜在那一千二三百猴子當中擠著，也跟那些猴子磕頭。

不知孫大聖坐得高，眼又乖滑，看得他明白，便問：「那班部中亂拜的是個夷人。是那裏來的？拿上來！」說不了，那些小猴，一窩蜂，把個八戒推將上來，按倒在地。行者道：「你是那裏來的夷人？」八戒低著頭道：「不敢，承問了；不是夷人，是熟人，熟人。」行者道：「我這大聖部下的群猴，都是一般模樣。你這嘴臉生得各樣，相貌有些雷堆，定是別處來的妖魔。既是別處來的，若要投我部下，先來遞個腳色手本，報了名字，我好留你在這隨班點札。若不留你，你敢在這裏亂拜！」八戒低著頭，拱著嘴道：「不羞，就拿出這副嘴臉來了！我和你兄弟也做了幾年，又推認不得，說是什麼夷人！」行者笑道：「抬起頭來我看。」那獃子把嘴往上一伸道：「你看麼！你認不得我，好道認得嘴耶！」行者忍不住笑道：「豬八戒。」他聽見一聲叫，就一骨碌跳將起來道：「正是！正是！我是豬八戒！」他又思量道：「認得就好說話了。」

行者道：「你不跟唐僧取經去，卻來這裏怎的？想是你衝撞了師父，師父也貶你回來了？有甚貶書，拿來我看。」八戒道：「不曾衝撞他。他也沒什麼貶書，也不曾趕我。」行者道：「既無貶書，又不曾趕你，你來我這裏怎的？」八戒道：「師父想你，著我來請你的。」行者道：「他也不請我，他也不想我。他那日對天發誓，親筆寫了貶書，怎麼又肯想我，又肯著你遠來請我？我斷然也是不好去的。」八戒就地扯個謊，忙道：「委是想你！委是想你！」行者道：「他怎的想我來？」八戒道：「師父在馬上正行，叫聲『徒弟』，我不曾聽見，沙僧又推耳聾；師父就想起你來，說我們不濟，說你還是個聰明伶俐之人，常時聲叫聲應，問一答十。因這般想你，專專教我來請你的，萬望你去走走，一則不孤他仰望之心，二來也不負我遠來之意。」行者聞言，跳下崖來，用手攙住八戒道：「賢弟，累你遠來，且和我耍耍兒去。」八戒道：「哥啊，這個所在路遠，恐師父盼望去遲，我不耍子了。」行者道：「你也是到此一場，看看我的山景何如。」那獃子不敢苦辭，只得隨他走走。二人攜手相攙，概眾小妖隨後，上那花果山極巔之處。好山！自是那大聖回家，這幾日，收拾得復舊如新，但見那：

青如削翠，高似摩雲。週迴有虎踞龍蟠，四面多猿啼鶴唳。
朝出雲封山頂，暮觀日掛林間。流水潺潺鳴玉珮，澗泉滴滴奏瑤琴。
山前有崖峰峭壁，山後有花木穠華。上連玉女洗頭盆，下接天河分派水。
乾坤結秀賽蓬萊，清濁育成真洞府。丹青妙筆畫時難，仙子天機描不就。
玲瓏怪石石玲瓏，玲瓏結彩嶺頭峰。日影動千條紫豔，瑞氣搖萬道紅霞。
洞天福地人間有，遍山新樹與新花。

八戒觀之不盡，滿心歡喜道：「哥啊，好去處！果然是天下第一名山！」行者道：「賢弟，可過得日子麼？」八戒笑道：「你看師兄說的話。寶山乃洞天福地之處，怎麼說度日之言也？」

二人談笑多時，下了山。只見路旁有幾個小猴，捧著紫巍巍的葡萄，香噴噴的梨棗，黃森森的枇杷，紅豔豔的楊梅，跪在路旁，叫道：「大聖爺爺，請進早膳。」行者笑道：「我豬弟食腸大，卻不是以果子作膳的。——也罷，也罷；莫嫌菲薄，將就吃個兒當點心罷。」八戒道：「我雖食腸大，卻也隨鄉入鄉。是，拿來，拿來，我也吃幾個兒嘗新。」

二人吃了果子，漸漸日高。那獃子恐怕誤了救唐僧，只管催促道：「哥哥，師父在那裏盼望我和你哩。望你和我早早兒去罷。」行者道：「賢弟，請你往水簾洞裏去耍耍。」八戒堅辭道：「多感老兄盛意。奈何師父久等，不勞進洞罷。」行者道：「既如此，不敢久留，請就此處奉別。」八戒道：「哥哥，你不去了？」行者道：「我往那裏去？我這裏天不收，地不管，自由自在，不耍子兒，做什麼和尚？我是不去，你自去罷。但上覆唐僧：既趕退了，再莫想我。」獃子聞言，不敢苦逼，只恐逼發他性子，一時打上兩棍。無奈，只得喏喏告辭，找路而去。

行者見他去了，即差兩個溜撒的小猴，跟著八戒，聽他說些什麼。真個那獃子下了山，不上三四里路，回頭指著行者，口裏罵道：「這個猴子，不做和尚，倒做妖怪！這個猢猻！我好意來請他，他卻不去！——你不去便罷！」走幾步，又罵幾聲。那兩個小猴，急跑回來報道：「大聖爺爺，那豬八戒不大老實，他走走兒，罵幾聲。」行者大怒，叫：「拿將來！」那眾猴滿地飛來趕上，把個八戒，扛翻倒了，抓鬃扯耳，拉尾揪毛，捉將回去。畢竟不知怎麼處治，性命死活若何，且聽下回分解。

# 第三十一回　豬八戒義激猴王　孫行者智降妖怪

義結孔懷，法歸本性。金順木馴成正果，心猿木母合丹元。
共登極樂世界，同來不二法門。經乃修行之總徑，佛配自己之元神。
兄和弟會成三契，妖與魔色應五行。剪除六門趣，即赴大雷音。

卻說那獃子被一窩猴子捉住了，扛抬扯拉，把一件直裰子揪破。口裏嘮嘮叨叨的，自家念誦道：「罷了！罷了！這一去有個打殺的情了！」不一時，到洞口。那大聖坐在石崖之上，罵道：「你這饢糠的劣貨！你去便罷了，怎麼罵我？」八戒跪在地下道：「哥啊，我不曾罵你；若罵你，就嚼了舌頭根。我只說哥哥不去，我自去報師父便了。怎敢罵你？」行者道：「你怎麼瞞得過我？我這左耳往上一扯，曉得三十三天人說話；我這右耳往下一扯，曉得十代閻王與判官算帳。你今走路把我罵，我豈不聽見？」八戒道：「哥啊，我曉得。你賊頭鼠腦的，一定又變作個什麼東西兒，跟著我聽的。」行者叫：「小的們，選大棍來！先打二十個見面孤拐，再打二十個背花，然後等我使鐵棒與他送行！」八戒慌得磕頭道：「哥哥，千萬看師父面上，饒了我罷！」行者道：「我想那師父好仁義兒哩！」八戒又道：「哥哥，不看師父啊，請看海上菩薩之面，饒了我罷！」

行者見說起菩薩，卻有三分兒轉意道：「兄弟，既這等說，我且不打你。你卻老實說，不要瞞我。那唐僧在那裏有難，你卻來此哄我？」八戒道：「哥哥，沒甚難處，實是想你。」行者罵道：「這個好打的夯貨！你怎麼還要者囂我？老孫身回水簾洞，心逐取經僧。那師父步步有難，處處該災。你趁早兒告誦我，免打！」八戒聞得此言，叩頭上告道：「哥啊，分明要瞞著你，請你去的；不期你這等樣靈。饒我打，放我起來說罷。」行者道：「也罷，起來說。」眾猴撤開手。那獃子跳得起來，兩邊亂張。行者道：「你張什麼？」八戒道：「看看那條路兒空闊，好跑。」

行者道：「你跑到那裏？我就讓你先走三日，老孫自有本事趕轉你來！快早說來，這一惱發我的性子，斷不饒你！」

八戒道：「實不瞞哥哥說。自你回後，我與沙僧保師父前行。只見一座黑松林，師父下馬，教我化齋。我因許遠，無一個人家，辛苦了，略在草裏睡睡。不想沙僧別了師父，又來尋我。你曉得師父沒有坐性，他獨步林間玩景。出得林，見一座黃金寶塔放光，他只當寺院，不期塔下有個妖精，名喚黃袍，被他拿住。後邊我與沙僧回尋，只見白馬、行囊，不見師父，隨尋至洞口，與那怪廝殺。師父在洞，幸虧了一個救星。原是寶象國王第三個公主，被那怪攝來者。他修了一封家書，托師父寄去，遂說方便，解放了師父。到了國中，遞了書子，那國王就請師父降妖，取回公主。哥啊，你曉得。那老和尚可會降妖？我二人復去與戰。不知那怪神通廣大；將沙僧又捉了。我敗陣而走，伏在草中。那怪變做個俊俏文人入朝，與國王認親，把師父變作老虎。又虧了白龍馬夜現龍身，去尋師父。師父倒不曾尋見，卻遇著那怪在銀安殿飲酒。他變一宮娥，與他巡酒、舞刀，欲乘機而砍，反被他用滿堂紅打傷馬腿。就是他教我來請師兄的，說道：『師兄是個有仁有義的君子。君子不念舊惡，一定肯來救師父一難。』萬望哥哥念『一日為師，終身為父』之情，千萬救他一救！」

行者道：「你這個獃子！我臨別之時，曾叮嚀又叮嚀，說道：『若有妖魔捉住師父，你就說老孫是他大徒弟。』怎麼卻不說我？」八戒又思量道：「請將不如激將，等我激他一激。」道：「哥啊，不說你還好哩；只為說你，他一發無狀！」行者道：「怎麼說？」八戒道：「我說：『妖精，你不要無禮，莫害我師父！我還有個大師兄，叫做孫行者。他神通廣大，善能降妖。他來時教你死無葬身之地！』那怪聞言，越加忿怒，罵道：『是個什麼孫行者，我可怕他！他若來，我剝了他皮，抽了他筋，啃了他骨，吃了他心！饒他猴子瘦，我也把他剁鮓著油烹！』」行者聞言，就氣得抓耳撓腮，暴躁亂跳道：「是那個敢這等罵我！」八戒道：「哥哥息怒，是那黃袍怪這等罵來，我故學與你聽也。」行者道：「賢弟，你起來。不是我去不成；既是妖精敢罵我，我就不能不降他。我和你去。老孫五百年前大鬧天宮，普天的神將看見我，一個個控背躬身，口口稱呼大聖。這妖怪無禮，他敢背前面後罵我！我這去，把他拿住，碎屍萬段，以報罵我之仇！報畢，我即回來。」八戒道：「哥哥，正是，你只去拿了妖精，報了你仇，那時來與不來，任從尊意。」

那大聖才跳下崖，撞入洞裏，脫了妖衣，整一整錦直裰，束一束虎皮裙，執了鐵棒，逕出門來。慌得那群猴攔住道：「大聖爺爺，你往那裏去？帶挈我們耍子幾年也好。」行者道：「小的們，你說那裏話！我保唐僧的這樁事，天上地下，都曉得孫悟空是唐僧的徒弟。他倒不是趕我回來，倒是教我來家看看，送我來家自在耍子。如今只因這件事，——你們卻都要仔細看守家業，依時插柳栽松，毋得廢墜。——待我還去保唐僧，取經回東土。功成之後，仍回來與你們共樂天真。」眾猴各各領命。

那大聖才和八戒攜手駕雲，離了洞，過了東洋大海，至西岸，住雲光，叫道：「兄弟，你且在此慢行，等我下海去淨淨身子。」八戒道：「忙忙的走路，且淨什麼身子？」行者道：「你那裏知道。我自從回來，這幾日弄得身上有些妖精氣了。師父是個愛乾淨的，恐怕嫌我。」八戒於此始識得行者是片真心，更無他意。

須臾洗畢，復駕雲西進。只見那金塔放光。八戒指道：「那不是黃袍怪家？沙僧還在他家裏。」行者道：「你在空中，等我下去看看那門前如何，好與妖精見陣。」八戒道：「不要去，妖精不在家。」行者道：「我曉得。」好猴王，按落祥光，逕至洞門外觀看。只見有兩個小孩子，在那裏使彎頭棍，打毛毬，搶窩耍子哩。一個有十來歲，一個有八九歲了。正戲處，被行者趕上前，也不管他是張家李家的，一把抓著頂搭子，提將過來。那孩子吃了諕，口裏夾罵帶哭的亂嚷，驚動那波月洞的小妖，急報與公主道：「奶奶，不知甚人把二位公子搶去也！」原來那兩個孩子是公主與那怪生的。

公主聞言，忙忙走出洞門來。只見行者提著兩個孩子，站在那高崖之上，意欲往下摜。慌得那公主厲聲高叫道：「那漢子，我與你沒甚相干，怎麼把我兒子拿去？他老子利害，有些差錯，決不與你干休！」行者道：「你不認得我？我是那唐僧的大徒弟孫悟空行者。我有個師弟沙和尚在你洞裏。你去放他出來，我把這兩個孩兒還你。似這般兩個換一個，還是你便宜。」那公主聞言，急往裏面，喝退那幾個把門的小妖，親動手把沙僧解了。沙僧道：「公主，你莫解我；恐你那怪來家，問你要人，帶累你受氣。」公主道：「長老啊，你是我的恩人，你替我折辯了家書，救了我一命，我也留心放你；不期洞門之外，你有個大師兄孫悟空來了，叫我放你哩。」

噫！那沙僧一聞孫悟空的三個字，好便似醍醐灌頂，甘露滋心，一面天生喜，滿腔都是春，也不似聞得個人來，就如拾著一方金玉一般。你看他捽手拂衣，走出門來，對行者施禮道：「哥哥，你真是從天而降也！萬乞救我一救！」行者笑道：「你這個沙尼！師父念《緊箍兒咒》，可肯替我方便一聲？都弄嘴施展！要保師父，如何不走西方路，卻在這裏『蹲』什麼？」沙僧道：「哥哥，不必說了。君子既往不咎。我等是個敗軍之將，不可語勇，救我救兒罷！」行者道：「你上來。」沙僧才縱身跳上石崖。

卻說那八戒停立空中，看見沙僧出洞，即按下雲頭，叫聲：「沙兄弟，心忍！心忍！」沙僧見身道：「二哥，你從那裏來？」八戒道：「我昨日敗陣，夜間進城，會了白馬，知師父有難，被黃袍使法，變做個老虎。那白馬與我商議，請師兄來的。」行者道：「獃子，且休敘闊，把這兩個孩子，你抱著一個，先進那寶象城去激那怪來，等我在這裏打他。」沙僧道：「哥啊，怎麼樣激他？」行者道：「你兩個駕起雲，站在那金鑾殿上，莫分好歹，把那孩子往那白玉階前一摜。有人問你是甚人，你便說是黃袍妖精的兒子，被我兩個拿將來也。那怪聽見，管情回來，我卻不須進城與他鬬了。若在城上廝殺，必要噴雲噯霧，播土揚塵，驚擾那朝廷與多官黎庶，俱不安也。」

八戒笑道：「哥哥，你但幹事，就左我們。」行者道：「如何為左你？」八戒道：「這兩個孩子，被你抓來，已此諕破膽了，這一會聲都哭啞，再一會必死無疑。我們拿他往下一摜，摜做個肉胺子，那怪趕上肯放？定要我兩個償命。你卻還不是個乾淨人？——連見證也沒你，你卻不是左我們？」行者道：「他若扯你，你兩個就與他打將這裏來。這裏有戰場寬闊，我在此等候打他。」沙僧道：「正是，正是。大哥說得有理。我們去來。」他兩個才倚仗威風，將孩子拿去。

行者即跳下石崖，到他塔門之下。那公主道：「你這和尚，全無信義：你說放了你師弟，就與我孩兒，怎麼你師弟放去，把我孩兒又留，反來我門首做甚？」行者陪笑道：「公主休怪。你來的日子已久，帶你令郎去認他外公去哩。」公主道：「和尚莫無禮。我那黃袍郎比眾不同。你若諕了我的孩兒，與他柳柳驚是。」行者笑道：「公主啊，為人生在天地之間，怎麼便是得罪？」公主道：「我曉得。」行者道：「你女流家，曉得什麼？」公主道：「我自幼在宮，曾受父母教訓。記得古書云：『五刑之屬三千，而罪莫大於不孝。』」行者道：「你正是個不孝之人。蓋『父兮生我，母兮鞠我。哀哀父母，生我劬勞！』故孝者，百行之原，萬善之本，卻怎麼將身陪伴妖精，更不思念父母？非得不孝之罪，如何？」公主聞此正言，半晌家耳紅面赤，慚愧無地。忽失口道：「長老之言最善。我豈不思念父母？只因這妖精將我攝騙在此，他的法令又謹，我的步履又難，路遠山遙，無人可傳音信。欲要自盡，又恐父母疑我逃走，事終不明。故沒奈何，苟延殘喘，誠為天地間一大罪人也！」說罷，淚如泉湧。

行者道：「公主不必傷悲。豬八戒曾告訴我，說你有一封書，曾救了我師父一命，你書上也有思念父母之意。老孫來，管與你拿了妖精，帶你回朝見駕，別尋個佳偶，侍奉雙親到老，你意如何？」公主道：「和尚啊，你莫要尋死。昨者你兩個師弟，那樣好漢，也不曾打得過我黃袍郎。你這般一個筋多骨少的瘦鬼，一似個螃蟹模樣，骨頭都長在外面，有甚本事，你敢說拿妖魔之話？」行者笑道：「你原來沒眼色，認不得人。俗語云：『尿泡雖大無斤兩，秤鉈雖小壓千斤。』他們相貌，空大無用：走路抗風，穿衣費布，種火心空，頂門腰軟，吃食無功。咱老孫小自小，筋節。」

那公主道：「你真個有手段麼？」行者道：「我的手段，你是也不曾看見。絕會降妖，極能伏怪。」公主道：「你卻莫誤了我耶！」行者道：「決然誤你不得。」公主道：「你既會降妖伏怪，如今卻怎樣拿他？」行者說：「你且迴避迴避，莫在我這眼前：倘他來時，不好動手腳，只恐你與他情濃了，捨不得他。」公主道：「我怎的捨不得他？其稽留於此者，不得已耳！」行者道：「你與他做了十三年夫妻，豈無情意？我若見了他，不與他兒戲，一棍便是一棍，一拳便是一拳，須要打倒他，才得你回朝見駕。」那公主果然依行者之言，往僻靜處躲避。也是她姻緣該盡，故遇著大聖來臨。那猴王把公主藏了，他卻搖身一變，就變做公主一般模樣，回轉洞中，專候那怪。

卻說八戒、沙僧，把兩個孩子拿到寶象國中，往那白玉階前摔下，可憐都摜做個肉餅相似，鮮血迸流，骨骸粉碎。慌得那滿朝多官報道：「不好了！不好了！天上摜下兩個人來了！」八戒厲聲高叫道：「那孩子是黃袍妖精的兒子，被老豬與沙弟拿將來也！」

那怪還在銀安殿，宿酒未醒。正睡夢間，聽得有人叫他名字，他就翻身，抬頭觀看，只見那雲端裏是豬八戒沙和尚二人吆喝。妖怪心中暗想道：「豬八戒便也罷了；沙和尚是我綁在家裏，他怎麼得出來？我的渾家，怎麼肯放他？我的孩兒，怎麼得到他手？這怕是豬八戒不得我出去與他交戰，故將此計來羈我。我若認了這個泛頭，就與他打啊，噫！我卻還害酒哩！假若被他築上一鈀，卻不滅了這個威風，識破了那個關竅？且等我回家看看，是我的兒子不是我的兒子，再與他說話不遲。」

好妖怪，他也不辭王駕，轉山林，逕去洞中查信息。此時朝中已知他是個妖怪了。原來他夜裏吃了一個宮娥，還有十七個脫命去的，五更時，奏了國王，說他如此如此。又因他不辭而去，越發知他是怪。那國王即著多官看守著假老虎不題。

卻說那怪逕回洞口。行者見他來時，設法哄他，把眼擠了一擠，撲簌簌淚如雨落，兒天兒地的，跌腳捶胸，於此洞裏嚎啕痛哭。那怪一時間，那裏認得？上前摟住道：「渾家，你有何事，這般煩惱？」那大聖編成的鬼話，捏出的虛詞，淚汪汪的告道：「郎君啊！常言道：『男子無妻財沒主，婦女無夫身落空！』你昨日進朝認親，怎不回來？今早被豬八戒劫了沙和尚，又把我兩個孩兒搶去，是我苦告，更不肯饒。他說拿去朝中認認外公。這半日不見孩兒，又不知存亡如何，你又不見來家，教我怎生割捨？故此止不住傷心痛哭。」那怪聞言，心中大怒道：「真個是我的兒子？」行者道：「正是，被豬八戒搶去了。」

那妖魔氣得亂跳道：「罷了！罷了！我兒被他摜殺了！已是不可活了！只好拿那和尚來與我兒子償命報仇罷！渾家，你且莫哭。你如今心裏覺道怎麼？且醫治一醫治。」行者道：「我不怎的，只是捨不得孩兒，哭得我有些心疼。」妖魔道：「不打緊；你請起來，我這裏有件寶貝，只在你那疼上摸一摸兒，就不疼了。卻要仔細，休使大指兒彈著；若使大指兒彈著啊，就看出我本相來了。」行者聞言，心中暗笑道：「這潑怪，倒也老實，不動刑法，就自家供了。等他拿出寶貝來，我試彈他一彈，看他是個什麼妖怪。」

那怪攜著行者，一直行到洞裏深遠密閉之處。卻從口中吐出一件寶貝，有雞子大小，是一顆舍利子玲瓏內丹。行者心中暗喜道：「好東西耶！這件物不知打了多少坐工，煉了幾年磨難，配了幾轉雌雄，煉成這顆內丹舍利。今日大有緣法，遇著老孫。」那猴子拿將過來，那裏有什麼疼處，特故意摸了一摸，一指頭彈將去。那妖慌了，劈手來搶。你思量，那猴子好不溜撒，把那寶貝一口吸在肚裏。那妖魔揝著拳頭就打，被行者一手隔住，把臉抹了一抹，現出本相，道聲：「妖怪！不要無禮！你且認認看！我是誰？」

那妖怪見了，大驚道：「呀！渾家，你怎麼拿出這一副嘴臉來耶？」行者罵道：「我把你這個潑怪！誰是你渾家？連你祖宗也還不認得哩？」那怪忽然省悟道：「我像有些認得你哩。」行者道：「我且不打你，你再認認看。」那怪道：「我雖見你眼熟，一時間卻想不起姓名。你果是誰？從那裏來的？你把我渾家估倒在何處，卻來我家詐誘我的寶貝？著實無禮！可惡！」行者道：「你是也不認得我。我是唐僧的大徒弟，叫做孫悟空行者。——我是你五百年前的舊祖宗哩！」那怪道：「沒有這話！沒有這話！我拿住唐僧時，只知他有兩個徒弟，叫做豬八戒、沙和尚，何曾見有人說個姓孫的。你不知是那裏來的個怪物，到此騙我！」行者道：「我不曾同他二人來，

——是我師父因老孫慣打妖怪，殺傷甚多，他是個慈悲好善之人，將我逐回，故不曾同他一路行走。你是不知你祖宗名姓。」

那怪道：「你好不才夫啊！既受了師父趕逐，卻有什麼嘴臉又來見人！」行者道：「你這個潑怪，豈知『一日為師，終身為父』，『父子無隔宿之仇』！你傷害我師父，我怎麼不來救他？你害他便也罷；卻又背前面後罵我，是怎的說？」妖怪道：「我何嘗罵你？」行者道：「是豬八戒說的。」那怪道：「你不要信他。那個豬八戒，尖著嘴，有些會學老婆舌頭，你怎聽他？」行者道：「且不必講此閒話。只說老孫今日到你家裏，你好怠慢了遠客。雖無酒饌款待，頭卻是有的。快快將頭伸過來，等老孫打一棍兒，當茶！」那怪聞得說打，呵呵大笑道：「孫行者，你差了計較了！你既說要打，不該跟我進來。我這裏大小群妖，還有百十。饒你滿身是手，也打不出我的門去。」行者道：「不要胡說！莫說百十個，就有幾千、幾萬，只要一個個查明白了好打，棍棍無空，教你斷根絕跡！」

那怪聞言，急傳號令，把那山前山後群妖，洞裏洞外諸怪，一齊點起，各執器械，把那三四層門，密密攔阻不放。行者見了，滿心歡喜，雙手理棍，喝聲叫：「變！」變得三頭六臂，把金箍棒幌一幌，變做三根金箍棒。你看他六隻手，使著三根棒，一路打將去，好便似虎入羊群，鷹來雞柵。可憐那小怪，湯著的，頭如粉碎；刮著的，血似水流！——往來縱橫，如入無人之境。只剩一個老妖，趕出門來罵道：「你這潑猴，其實憊懶！怎麼上門子欺負人家！」行者急回頭，用手招呼道：「你來！你來！打倒你，才是功績！」

那怪物舉寶刀，分頭便砍。好行者，掣鐵棒，覿面相迎。這一場在那山頂上，半雲半霧的殺哩：

大聖神通大，妖魔本事高。這個橫理生鐵棒，那個斜舉蘸鋼刀。
悠悠刀起明霞亮，輕輕棒架彩雲飄。往來護頂翻多次，反覆渾身轉數遭。

一個隨風更面目，一個立地把身搖。那個大睜火眼伸猿膊，這個明幌金睛折虎腰。你來我去交鋒戰，刀迎棒架不相饒。猴王鐵棍依三略，怪物鋼刀按六韜。一個慣行手段為魔主，一個廣施法力保唐僧。猛烈的猴王添猛烈，英豪的怪物長英豪。死生不顧空中打，都為唐僧拜佛遙。

他兩個戰有五六十合，不分勝負。行者心中暗喜道：「這個潑怪，他那口刀，倒也抵得住老孫的這根棒。等老孫丟個破綻與他，看他可認得。」好猴王，雙手舉棍，使一個「高探馬」的勢子。那怪不識是計，見有空兒，舞著寶刀，逕奔下三路砍；被行者急轉個「大中平」，挑開他那口刀，又使個「葉底偷桃勢」，望妖精頭頂一棍，就打得他無影無踪。急收棍子看處，不見了妖精。行者大驚道：「我兒啊，不禁打，就打得不見了。果是打死，好道也有些膿血，如何沒一毫踪影？想是走了。」急縱身跳在雲端裏看處，四邊更無動靜。「老孫這雙眼睛，不管那裏，一抹都見，卻怎麼走得這等溜撒？我曉得了：那怪說有些兒認得我，想必不是凡間的怪，多是天上來的精。」

那大聖一時忍不住怒發，揝著鐵棒，打個觔斗，只跳到南天門上。慌得那龐、劉、苟、畢、張、陶、鄧、辛等眾，兩邊躬身控背，不敢攔阻，讓他打入天門，直至通明殿下。早有張、葛、許、邱四大天師問道：「大聖何來？」行者道：「因保唐僧至寶象國，有一妖魔，欺騙國女，傷害吾師，老孫與他賭鬥。正鬬間，不見了這怪。想那怪不是凡間之怪，多是天上之精，特來查勘，那一路走了什麼妖神。」天師聞言，即進靈霄殿上啟奏，蒙差查勘九曜星官、十二元辰、東西南北中央五斗、河漢群辰、五嶽四瀆、普天神聖都在天上，更無一個敢離方位。又查那斗牛宮外，二十八宿，顛倒只有二十七位，內獨少了奎星。天師回奏道：「奎木狼下界了。」玉帝道：「多少時不在天了？」天師道：「四卯不到。三日點卯一次，今已十三日了。」玉帝道：「天上十三日，下界已是十三年。」即命本部收他上界。

那二十七宿星員，領了旨意，出了天門，各念咒語，驚動奎星。你道他在那裏躲避？他原來是孫大聖大鬧天宮時打怕了的神將，閃在那山澗裏潛災，被水氣隱住妖雲，所以不曾看見他。他聽得本部星員念咒，方敢出頭，隨眾上界。被大聖攔住天門要打，幸虧眾星勸住，押見玉帝。那怪腰間取出金牌，在殿下叩頭納罪，玉帝道：「奎木狼，上界有無邊的勝景，你不受用，卻私走一方，何也？」奎宿叩頭奏道：「萬歲，赦臣死罪。那寶象國王公主，非凡人也。他本是披香殿侍香的玉女，因欲與臣私通，臣恐點污了天宮勝境，他思凡先下界去，托生於皇宮內院，是臣不負前期，變作妖魔，占了名山，攝他到洞府，與他配了一十三年夫妻。『一飲一啄，莫非前定。』，今被孫大聖到此成功。」

玉帝聞言，收了金牌，貶他去兜率宮與太上老君燒火，帶俸差操，有功復職，無功重加其罪。行者見玉帝如此發放，心中歡喜。朝上唱個大喏，又向眾神道：「列位，起動了。」天師笑道：「那個猴子還是這等村俗。替他收了怪神，也倒不謝天恩，卻就喏喏而退。」玉帝道：「只得他無事，落得天上清平是幸。」

那大聖按落祥光，逕轉碗子山波月洞，尋出公主，將那思凡下界收妖的言語正然陳訴。只聽得半空中八戒、沙僧厲聲高叫道：「師兄，有妖精，留幾個兒我們打耶。」行者道：「妖精已盡絕矣。」沙僧道：「既把妖精打絕，無甚罣礙，將公主引入朝中去罷。不要睜眼，兄弟們，使個縮地法來。」

那公主只聞得耳內風響，霎時間逕回城裏。他三人將公主帶上金鑾殿上。那公主參拜了父王、母后，會了姊妹，各官俱來拜見。那公主才啓奏道：「多虧孫長老法力無邊，降了黃袍怪，救奴回國。」那國王問曰：「黃袍是個甚怪？」行者道：「陛下的駙馬，是上界的奎星；令嬡乃侍香的玉女，因思凡降落人間、不非小可，都因前世前緣，該有這些姻眷。那怪被老孫上天宮啓奏玉帝，玉帝查得他四卯不到、下界十三日，就是十三年了，——蓋天上一日，下界一年。——隨差本部星宿，收他上界，貶在兜率宮立功去訖；老孫卻救得令嬡來也。」那國王謝了行者的恩德，便教：「看你師父去來。」

他三人逕下寶殿，與眾官到朝房裏，抬出鐵籠，將假虎解了鐵索。別人看他是虎，獨行者看他是人。原來那師父被妖術魘住，不能行走，心上明白，只是口眼難開。行者笑道：「師父啊，你是個好和尚，怎麼弄出這般個惡模樣來也？你怪我行凶作惡，趕我回去，你要一心向善，怎麼一旦弄出個這等嘴臉？」八戒道：「哥啊，救他救罷。不要只管揭挑他了。」行者道：「你凡事攛唆，是他個得意的好徒弟，你不救他，又尋老孫怎的？——原與你說來，待降了妖精，報了罵我之仇，就回去的。」沙僧近前跪下道：「哥啊，古人云：『不看僧面看佛面』。兄長既是到此，萬望救他一救。若是我們能救，也不敢許遠的來奉請你也。」行者用手挽起道：「我豈有安心不救之理？快取水來。」那八戒飛星去驛中，取了行李、馬匹，將紫金鉢盂取出，盛水半盂，遞與行者。行者接水在手，念動真言，望那虎劈頭一口噴上，退了妖術，解了虎氣。

長老現了原身，定性睜睛，才認得是行者，一把攙住道：「悟空！你從那裏來也？」沙僧侍立左右，把那請行者，降妖精，救公主，解虎氣，並回朝上項事，備陳了一遍。三藏謝之不盡，道：「賢徒，虧了你也！虧了你也！這一去，早詣西方，逕回東土，奏唐王，你的功勞第一。」行者笑道：「莫說！莫說！但不念那話兒，足感愛厚之情也。」國王聞此言，又勸謝了他四眾。整治素筵，大開東閣。他師徒受了皇恩，辭王西去。國王又率多官遠送。這正是：君回寶殿定江山，僧去雷音參佛祖。畢竟不知此後又有甚事，幾時得到西天，且聽下回分解。

# 第三十二回 平頂山功曹傳信 蓮花洞木母逢災

話說唐僧復得了孫行者，師徒們一心同體，共詣西方。自寶象國救了公主，承君臣送出城西。說不盡沿路飢餐渴飲，夜住曉行，卻又值三春景候。那時節：

輕風吹柳綠如絲，佳景最堪題。時催鳥語，暖烘花發，遍地芳菲。
海棠庭院來雙燕，正是賞春時。紅塵紫陌，綺羅弦管，鬬草傳卮。

師徒們正行賞間，又見一山擋路。唐僧道：「徒弟們仔細。前遇山高，恐有虎狼阻擋。」行者道：「師父，出家人莫說在家話。你記得那烏巢和尚的《心經》云『心無罣礙；無罣礙，方無恐怖，遠離顛倒夢想』之言？但只是『掃除心上垢，洗淨耳邊塵。不受苦中苦，難為人上人。』你莫生憂慮，但有老孫，就是塌下天來，可保無事。怕什麼虎狼！」長老勒回馬道：「我

當年奉旨出長安，只憶西來拜佛顏。舍利國中金像彩，浮屠塔裏玉毫斑。
尋窮天下無名水，歷遍人間不到山。逐逐煙波重疊疊，幾時能夠此身閒？」

行者聞說，笑呵呵道：「師要身閒，有何難事？若功成之後，萬緣都罷，諸法皆空。那時節，自然而然，卻不是身閒也？」長老聞言，只得樂以忘憂，放轡催銀騣，兜韁趲玉龍。師徒們上得山來，十分險峻，真個嵯峨。好山：

巍巍峻嶺，削削尖峰。灣環深澗下，孤峻陡崖邊。

灣環深澗下，只聽得唿喇喇戲水蟒翻身；
孤峻陡崖邊，但見那崒嵂嵂出林虎剪尾。
往上看，巒頭突兀透青霄；
回眼觀，壑下深沈鄰碧落。
上高來，似梯似凳；下低行，如塹如坑。
真個是古怪巔峰嶺，果然是連尖削壁崖。
巔峰嶺上，採藥人尋思怕走；
削壁崖前，打柴夫寸步難行。
胡羊野馬亂攛梭，狡兔山牛如佈陣。
山高蔽日遮星斗，時逢妖獸與蒼狼。
草徑迷漫難進馬，怎得雷音見佛王？

長老勒馬觀山，正在難行之處。只見那綠莎坡上，佇立著一個樵夫。你道他怎生打扮：

頭戴一頂老藍氈笠，身穿一領毛皂衲衣。
老藍氈笠，遮烟蓋日果稀奇；毛皂衲衣，樂以忘憂真罕見。
手持鋼斧快磨明，刀伐乾柴收束緊。
擔頭春色，幽然四序融融；
身外閒情，常是三星澹澹。
到老只於隨分過，有何榮辱暫關山？

那樵子：

正在坡前伐朽柴，忽逢長老自東來。
停柯住斧出林外，趨步將身上石崖。

對長老厲聲高叫道：「那西進的長老！暫停片時。我有一言奉告：此山有一夥毒魔狠怪，專吃你東來西去的人哩。」長老聞言，魂飛魄散，戰兢兢坐不穩雕鞍，急回頭，忙呼徒弟道：「你聽那樵夫報道此山有毒魔狠怪，誰敢去細問他一問？」行者道：「師父放心，等老孫去問他一個端的。」

好行者，拽開步，逕上山來，對樵子叫聲：「大哥，道個問訊。」樵夫答禮道：「長老啊，你們有何緣故來此？」行者道：「不瞞大哥說，我們是東土差來西天取經的。那馬上是我的師父，他有些膽小。適蒙見教，說有什麼毒魔狠怪，故此我來奉問一聲：那魔是幾年之魔，怪是幾年之怪？還是個把勢，還是個雛兒？煩大哥老實說說，我好著山神、土地遞解他起身。」樵子聞言，仰天大笑道：「你原來是個瘋和尚。」行者道：「我不瘋啊，這是老實話。」樵子道：「你說是老實，便怎敢說把他遞解起身？」行者道：「你這等長他那威風，胡言亂語的攔路報信，莫不是與他有親？不親必鄰，不鄰必友。」樵子笑道：「你這個瘋潑和尚，忒沒道理。我倒是好意，特來報與你們。教你們走路時，早晚間防備，你倒轉賴在我身上。且莫說我不曉得妖魔出處，就曉得啊，你敢把他怎麼的遞解？解往何處？」行者道：「若是天魔，解與玉帝；若是土魔，解與土府。西方的歸佛，東方的歸聖。北方的解與真武，南方的解與火德。是蛟精解與海主，是鬼祟解與閻王。各有地頭方向。我老孫到處裏人熟，發一張批文，把他連夜解著飛跑。」

那樵子止不住呵呵冷笑道：「你這個瘋潑和尚，想是在方上雲遊，學了些書符咒水的法術，只可驅邪縛鬼，還不曾撞見這等狠毒的怪哩。」行者道：「怎見他狠毒？」樵子道：「此山徑過有六百里遠近，名喚平頂山。山中有一洞，名喚蓮花洞。洞裏有兩個魔頭，他畫影圖形，要捉和尚；抄名訪姓，要吃唐僧。你若別處來的還好，但犯了一個『唐』字兒，莫想去得，去得！」行者道：「我們正是唐朝來的。」樵子道：「他正要吃你們哩。」行者道：「造化！造化！但不知他怎的樣吃哩？」樵子道：「你要他怎的吃？」行者道：「若是先吃頭，還好耍子；若是先吃腳，就難為了。」樵子道：「先吃頭怎麼說？先吃腳怎麼說？」行者道：「你還不曾經著哩。若是先吃頭，一口將他咬下，我已死了，憑他怎麼煎炒熬煮，我也不知疼痛。若是先吃腳，他啃了孤拐，嚼了腿亭，吃到腰截骨，我還急忙不死，卻不是零零碎碎受苦？此所以難為也。」

樵子道：「和尚，他那裏有這許多工夫？只是把你拿住，捆在籠裏，囫圇蒸吃了。」行者笑道：「這個更好！更好！疼倒不忍疼，只是受些悶氣罷了。」樵子道：「和尚不要調嘴。那妖怪隨身有五件寶貝，神通極大極廣。就是擎天的玉柱，架海的金梁，若保得唐朝和尚去，也須要發發昏是。」行者道：「發幾個昏麼？」樵子道：「要發三四個昏是。」行者道：「不打緊，不打緊。我們一年，常發七八百個昏兒，這三四個昏兒易得發，發發兒就過去了。」

好大聖，全然無懼，一心只是要保唐僧，捽脫樵夫，拽步而轉。逕至山坡馬頭前道：「師父，沒甚大事。有便有個把妖精兒，只是這裏人膽小，放他在心上。有我哩，怕他怎的？走路！走路！」長老見說，只得放懷隨行。

正行處，早不見了那樵夫。長老道：「那報信的樵子如何就不見了？」八戒道：「我們造化低，撞見日裏鬼了。」行者道：「想是他鑽進林子裏尋柴去了。等我看看來。」好大聖，睜開火眼金睛，漫山越嶺的望處，卻無蹤跡。忽抬頭往雲端裏一看，看見是日值功曹。他就縱雲趕上，罵了幾聲「毛鬼」，道：「你怎麼有話不來直說，卻那般變化了，演樣老孫？」慌得那功曹施禮道：「大聖，報信來遲，勿罪，勿罪。那怪果然神通廣大，變化多端。只看你騰那乖巧，運動神機，仔細保你師父；假若怠慢了些兒，西天路莫想去得。」

行者聞言，把功曹叱退，切切在心。按雲頭，逕來山上。只見長老與八戒、沙僧，簇擁前進，他卻暗想：「我若把功曹的言語實實告誦師父，師父他不濟事，必就哭了；假若不與他實說，夢著頭，帶著他走，常言道：『乍入蘆圩，不知深淺。』——倘或被妖魔撈去，卻不又要老孫費心？

……且等我照顧八戒一照顧，先著他出頭與那怪打一仗看。若是打得過他，就算他一功；若是沒手段，被怪拿去，等老孫再去救他不遲。卻好顯我本事出名。」正自家計較，以心問心道：「只恐八戒躲懶，便不肯出頭。師父又有些護短。等老孫羈勒他羈勒。」

好大聖，你看他弄個虛頭，把眼揉了一揉，揉出些淚來，迎著師父，往前逕走。八戒看見，連忙叫：「沙和尚，歇下擔子，拿出行李來，我兩個分了罷！」沙僧道：「二哥，分怎的？」八戒道：「分了罷！你往流沙河還做妖怪，老豬往高老莊上盼盼渾家。把白馬賣了，買口棺木，與師父送老，大家散夥。還往西天去哩？」長老在馬上聽見，道：「這個夯貨！正走路，怎麼又胡說了？」八戒道：「你兒子便胡說！你不看見孫行者那裏哭將來了？他是個鑽天入地、斧砍火燒、下油鍋都不怕的好漢，如今戴了個愁帽，淚汪汪的哭來，必是那山險峻，妖怪凶狠。似我們這樣軟弱的人兒，怎麼去得？」長老道：「你且休胡談。待我問他一聲，看是怎麼說話。」問道：「悟空，有甚話，當面計較，你怎麼自家煩惱？這般樣個哭包臉，是虎諕我也！」行者道：「師父啊，剛才那個報信的，是日值功曹。他說妖精凶狠，此處難行，果然的山高路峻，不能前進。改日再去罷。」

長老聞言，恐惶悚懼，扯住他虎皮裙子道：「徒弟呀，我們三停路已走了停半，因何說退悔之言？」行者道：「我沒個不盡心的。但只恐魔多力弱，行勢孤單。『縱然是塊鐵，下爐能打得幾根釘？』」長老道：「徒弟啊，你也說得是。果然一個人也難。兵書云：『寡不可敵眾。』我這裏還有八戒、沙僧，都是徒弟，憑你調度使用，或為護將幫手，協力同心，掃清山徑，領我過山，卻不都還了正果？」

那行者這一場扭捏，只逗出長老這幾句話來。他揾了淚道：「師父啊，若要過得此山，須是豬八戒依得我兩件事兒，才有三分去得；假若不依我言，替不得我手，半分兒也莫想過去。」八戒道：「師兄，不去就散夥罷。不要攀我。」長老道：「徒弟，且問你師兄，看他教你做什麼。」獃子真個對行者說道：「哥哥，你教我做甚事？」行者道：「第一件是看師父，第二件是去巡山。」八戒道：「看師父是坐，巡山去是走；終不然教我坐一會又走，走一會又坐？兩處怎麼顧盼得來？」行者道：「不是教你兩件齊幹，只是領了一件便罷。」

八戒又笑道：「這等也好計較。但不知看師父是怎樣，巡山是怎樣？你先與我講講，等我依個相應些兒的去幹罷。」行者道：「看師父啊：師父去出恭，你伺候；師父要走路，你扶持；師父要吃齋，你化齋。若他餓了些兒，你該打；黃了些兒臉皮，你該打；瘦了些兒形骸，你該打。」八戒慌了道：「這個難！難！難！伺候扶持，通不打緊，就是不離身馱著，也還容易；假若教我去鄉下化齋，他這西方路上，不識我是取經的和尚，只道是那山裏走出來的一個半壯不壯的健豬，夥上許多人，叉鈀掃箒，把老豬圍倒，拿家去宰了，醃著過年，這個卻不就遭瘟了？」行者道：「巡山去罷。」八戒道：「巡山便怎麼樣兒？」行者道：「就入此山，打聽有多少妖怪，是什麼山，是什麼洞，我們好過去。」八戒道：「這個小可，老豬去巡山罷。」那獃子就撒起衣裙，挺著釘鈀，雄糾糾，逕入深山；氣昂昂，奔上大路。

行者在旁，忍不住嘻嘻冷笑。長老罵道：「你這個潑猴！兄弟們全無愛憐之意，常懷嫉妒之心。你做出這樣獐智，巧言令色，撮弄他去什麼巡山，卻又在這裏笑他！」行者道：「不是笑他，我這笑中有味。你看豬八戒這一去，決不巡山，也不敢見妖怪，不知往那裏去躲閃半會，捏出個謊來，哄我們也。」長老道：「你怎麼就曉得他？」行者道：「我估出他是這等。不信，等我跟他去看看，聽他一聽：一則幫副他手段降妖，二來看他可有個誠心拜佛。」長老道：「好！好！好，你卻莫去捉弄他。」行者應諾了，逕直趕上山坡，搖身一變，變作個蟭蟟蟲兒。其實變得輕巧，但見他：

翅薄舞風不用力，腰尖細小如針。穿蒲抹草過花陰，疾似流星還甚。
眼睛明映映，聲氣渺瘖瘖。昆蟲之類惟他小，亭亭款款機深。
幾番閒日歇幽林，一身渾不見，千眼莫能尋。

嚶的一翅飛將去，趕上八戒，釘在他耳朵後面鬃根底下。那獃子只管走路，怎知道身上有人，行有七八里路，把釘鈀撇下，吊轉頭來，望著唐僧，指手畫腳的罵道：「你罷軟的老和尚，捉掐的弼馬溫，面弱的沙和尚！他都在那裏自在，撮弄我老豬來跚路！大家取經，都要望成正果，偏是教我來巡什麼山！哈！哈！哈！曉得有妖怪，躲著些兒走。還不夠一半，卻教我去尋他，這等晦氣哩！我往那裏睡覺去；睡一覺回去，含含糊糊的答應他，只說是巡了山，就了其帳也。」那獃子一時間僥倖，搴著鈀，又走。只見山凹裏一彎紅草坡，他一頭鑽得進去，使釘鈀撲個地鋪，骨碌的睡下，把腰伸了一伸，道聲：「快活！就是那弼馬溫，也不得像我這般自在！」原來行者在他耳根後，句句兒聽著哩；忍不住，飛將起來，又琢弄他一琢弄。又搖身一變，變作個啄木蟲兒。但見：

> 鐵嘴尖尖紅溜，翠翎豔豔光明。一雙鋼爪利如釘，腹餒何妨林靜。
> 最愛枯槎朽爛，偏嫌老樹伶仃。圜睛決尾性丟靈，辟剝之聲堪聽。

這蟲鷖不大不小的，上秤稱，只有二三兩重；紅銅嘴，黑鐵腳，刷刺的一翅飛下來。那八戒丟倒頭，正睡著哩，被他照嘴唇上扢揸的一下。那獃子慌得爬將起來，口裏亂嚷道：「有妖怪！有妖怪！把我戳了一槍去了！嘴上好不疼呀！」伸手摸摸，泱出血來了，他道：「蹭蹬啊！我又沒甚喜事，怎麼嘴上掛了紅耶？」他看著這血手，口裏絮絮叨叨的兩邊亂看，卻不見動靜，道：「無甚妖怪，怎麼戳我一槍麼？」忽抬頭往上看時，原來是個啄木蟲，在半空中飛哩。

獃子咬牙罵道：「這個亡人！弼馬溫欺負我罷了，你也來欺負我！——我曉得了。他一定不認我是個人，只把我嘴當一段黑朽枯爛的樹，內中生了蟲，尋蟲兒吃的，將我啄了這一下也。等我把嘴揣在懷裏睡罷。」那獃子骨碌的依然睡倒。行者又飛來，著耳根後又啄了一下。獃子慌得爬起來道：「這個亡人，卻打攪得我狠！想必這裏是他的窠巢，生蛋佈雛，怕我占了，故此這般打攪。罷！罷！罷！不睡他了！」奪著鈀，逕出紅草坡，找路又走。可不喜壞了孫行者，笑倒個美猴王。行者道：「這夯貨大睜著兩個眼，連自家人也認不得！」

好大聖，搖身又一變，還變做個蟭蟟蟲，釘在他耳朵後面，不離他身上。那獃子入深山，又行有四五里，只見山凹中有桌面大的四四方方三塊青石頭。獃子放下鈀，對石頭唱個大喏。行者暗笑道：「這獃子！石頭又不是人，又不會說話，又不會還禮的，唱他喏怎的，可不是個瞎帳？」原來那獃子把石頭當著唐僧、沙僧、行者三人，朝著他演習哩。他道：「我這回去，見了師父，若問有妖怪，就說有妖怪。他問什麼山，——我若說是泥捏的，土做的，錫打的，銅鑄的，麵蒸的，紙糊的，筆畫的，他們見說我獃哩，若講這話，一發說獃了；我只說是石頭山。他問什麼洞，也只說是石頭洞。他問什麼門，卻說是釘釘的鐵葉門。他問裏邊有多遠，只說入內有三層。——十分再搜尋，問門上釘子多少，只說老豬心忙記不真。此間編造停當，哄那弼馬溫去！」

那獃子捏合了，拖著鈀，逕回本路。怎知行者在耳朵後，一一聽得明白。行者見他回來，即騰兩翅預先回去，現原身見了師父。師父道：「悟空，你來了，悟能怎不見回？」行者笑道：「他在那裏編謊哩，就待來也。」長老道：「他兩個耳朵蓋著眼，愚拙之人也，他會編什麼謊？又是你捏合什麼鬼話賴他哩。」行者道：「師父，你只是這等護短。這是有對問的話。」把他那鑽在草裏睡覺，被啄木蟲叮醒，朝石頭唱喏，編造什麼石頭山、石頭洞、鐵葉門、有妖精的話，預先說了。說畢，不多時，那獃子走將來，又怕忘了那謊，低著頭，口裏溫習。被行者喝了一聲道：「獃子！念什麼哩？」八戒掀起耳朵來看看道：「我到了地頭了！」那獃子上前跪倒。長老攙起道：「徒弟，辛苦啊。」八戒道：「正是。走路的人，爬山的人，第一辛苦了。」長老道：「可有妖怪麼？」八戒道：「有妖怪！有妖怪！一堆妖怪哩！」長老道：「怎麼打發你來？」八戒說：「他叫我做豬祖宗，豬外公，安排些粉湯素食，教我吃了一頓，說道，擺旗鼓送我們過山哩。」行者道：「想是在草裏睡著了，說的是夢話？」獃子聞言，就嚇得矮了二寸道：「爺爺呀！我睡他怎麼曉得？……」行者上前，一把揪住道：「你過來，等我問你。」

獃子又慌了，戰戰兢兢的道：「問便罷了，揪扯怎的？」行者道：「是什麼山？」八戒道：「是石頭山。」「什麼洞？」道：「是石頭洞。」「什麼門？」道：「是釘釘鐵葉門。」「裏邊有多遠？」道：「入內是三層。」行者道：「你不消說了，後半截我記得真。恐師父不信，我替你說了罷。」八戒道：「嘴臉！你又不曾去，你曉得那些兒，要替我說？」行者笑道：「『門上釘子有多少，只說老豬心忙記不真。』可是麼？」那獃子即慌忙跪倒。行者道：「朝著石頭唱喏，當做我三人，對他一問一答。可是麼？又說：『等我編得謊兒停當，哄那弼馬溫去！』可是麼？」那獃子連忙只是磕頭道：「師兄，我去巡山，你莫成跟我去聽的？」行者罵道：「我把你個饢糠的夯貨！這般要緊的所在，教你去巡山，你卻去睡覺！不是啄木蟲叮你醒來，你還在那裏睡哩。及叮醒，又編這樣大謊，可不誤了大事？你快伸過孤拐來，打五棍記心！」

八戒慌了道：「那個哭喪棒重，擦一擦兒皮塌，挽一挽兒筋傷，若打五下，就是死了！」行者道：「你怕打，卻怎麼扯謊？」八戒道：「哥哥呀，只是這一遭兒，以後再不敢了。」行者道：「一遭便打三棍罷。」八戒道：「爺爺呀，半棍兒也禁不得！」獃子沒計奈何，扯住師父道：「你替我說個方便兒。」長老道：「悟空說你編謊，我還不信。今果如此，其實該打。但如今過山少人使喚，悟空，你且饒他，待過了山再打罷。」行者道：「古人云：『順父母言情，呼為大孝』。師父說不打，我就且饒你。你再去與他巡山。若再說謊誤事，我定一下也不饒你！」

那獃子只得爬起來又去。你看他奔上大路，疑心生暗鬼，步步只疑是行者變化了跟住他，故見一物，即疑是行者。走有七八里，見一隻老虎，從山坡上跑過，他也不怕，舉著釘鈀道：「師兄來聽說謊的。這遭不編了。」又走處，那山風來得甚猛，呼的一聲，把顆枯木刮倒，滾至面前，他又跌腳搥胸的道：「哥啊！這是怎的起！一行說不敢編謊罷了，又變什麼樹來打人！」又走向前，只見一個白頸老鴉，當頭喳喳的連叫幾聲，他又道：「哥哥，不羞！不羞！我說不編就不編了，只管又變著老鴉怎的？你來聽麼？」原來這一番行者卻不曾跟他去，他那裏卻自驚自怪，亂疑亂猜，故無往而不疑是行者隨他身也。獃子驚疑且不題。

卻說那山叫做平頂山，那洞叫做蓮花洞。洞裏兩妖：一喚金角大王，一喚銀角大王。金角正坐，對銀角說：「兄弟，我們多少時不巡山了？」銀角道：「有半個月了。」金角道：「兄弟，你今日與我去巡巡。」銀角道：「今日巡山怎的？」金角道：「你不知。近聞得東土唐朝差個御弟唐僧往西方拜佛，一行四眾，叫做孫行者、豬八戒、沙和尚，連馬五口。你看他在那處，與我把他拿來。」銀角道：「我們要吃人，那裏不撈幾個。這和尚到得那裏，讓他去罷。」金角道：「你不曉得。我當年出天界，嘗聞得人言：唐僧乃金蟬長老臨凡，十世修行的好人，一點元陽未洩。有人吃他肉，延壽長生哩。」銀角道：「若是吃了他肉就可以延壽長生，我們打什麼坐，立什麼功，煉什麼龍與虎，配什麼雌與雄？只該吃他去了。等我去拿他來。」金角道：「兄弟，你有些性急，且莫忙著。你若走出門，不管好歹，但是和尚就拿將來，假如不是唐僧，卻也不當人子。我記得他的模樣，曾將他師徒畫了一個影，圖了一個形，你可拿去。但遇著和尚，以此照驗照驗。」又將某人是某名字，一一說了。銀角得了圖像，知道姓名，即出洞，點起三十名小怪，便來山上巡邏。

卻說八戒運拙。正行處，可可的撞見群魔，當面擋住道：「那來的什麼人？」獃子才抬起頭來，掀著耳朵，看見是些妖魔，他就慌了，心中暗道：「我若說是取經的和尚，他就撈了去；只是說走路的。」小妖回報道：「大王，是走路的。」那三十名小怪，中間有認得的，有不認得的，旁邊有聽著指點說話的，道：「大王，這個和尚，像這圖中豬八戒模樣。」叫掛起影神圖來。八戒看見，大驚道：「怪道這些時沒精神哩！原來是他把我的影神傳將來也！」小妖用槍挑著，銀角用手指道：「這騎白馬的是唐僧。這毛臉的是孫行者。」八戒聽見道：「城隍，沒我便也罷了，豬頭三牲，清醮二十四分。……」口裏嘮叨，只管許願。那怪又道：「這黑長的是沙和尚，這長嘴大耳的是豬八戒。」獃子聽見說他，慌得把個嘴揣在懷裏藏了。那怪叫：「和尚，伸出嘴來！」八戒道：「胎裏病，伸不出來。」那怪令小妖使鉤子鉤出來。八戒慌得把個嘴伸出道：「小家形罷了。這不是？你要看便就看，鉤怎的？」

那怪認得是八戒，掣出寶刀，上前就砍。這獃子舉釘鈀按住道：「我的兒，休無禮！看鈀！」那怪笑道：「這和尚是半路出家的。」八戒道：「好兒子！有些靈性！你怎麼就曉得老爺是半路出家的？」那怪道：「你會使這鈀。一定是在人家園圃中築地，把他這鈀偷將來也。」八戒道：「我的兒，你那裏認得老爺這鈀。我不比那築地之鈀。這是：

巨齒鑄來如龍爪，滲金妝就似虎形。若逢對敵寒風灑，但遇相持火焰生。
能替唐僧消障礙，西天路上捉妖精。掄動烟霞遮日月，使起昏雲暗斗星。
築倒泰山老虎怕，掀翻大海老龍驚。饒你這妖有手段，一鈀九個血窟窿！」

那怪聞言，那裏肯讓？使七星劍，丟開解數，與八戒一往一來，在山中賭鬬，有二十回合，不分勝負。八戒發起狠來，捨死的相迎。那怪見他捽耳朵，噴粘涎，舞釘鈀，口裏吆吆喝喝的，也盡有些悚懼，即回頭招呼小怪，一齊動手。若是一個打一個，其實還好。他見那些小妖齊上，慌了手腳，遮架不住，敗了陣，回頭就跑。原來是道路不平，未曾細看，忽被蓏蘿藤絆了個踉蹡。掙起來正走，又被個小妖，睡倒在地，扳著他腳跟，撲的又跌了個狗吃屎；被一群趕上按住，抓鬃毛，揪耳朵，扯著腳，拉著尾，扛扛抬抬，擒進洞去。咦！正是：一身魔發難消滅，萬種災生不易除。畢竟不知豬八戒性命如何，且聽下回分解。

# 第三十三回　外道迷真性　元神助本心

卻說那怪將八戒拿進洞去，道：「哥哥啊，拿將一個來了。」老魔喜道：「拿來我看。」二魔道：「這不是？」老魔道：「兄弟，錯拿了，這個和尚沒用。」八戒就綽經說道：「大王，沒用的和尚，放他出去罷。不當人子！」二魔道：「哥哥，不要放他，雖然沒用，也是唐僧一起的，叫做豬八戒。把他且浸在後邊淨水池中，浸退了毛衣，使鹽醃著，曬乾了，等天陰下酒。」八戒聽言道：「蹭蹬啊！撞著個販醃臘的妖怪了！」那小妖把八戒抬進去，拋在水裏不題。

卻說三藏坐在坡前，耳熱眼跳，身體不安，叫聲：「悟空！怎麼悟能這番巡山，去之久而不來？」行者道：「師父還不曉得他的心哩。」三藏道：「他有甚心？」行者道：「師父啊，此山若是有怪，他半步難行，一定虛張聲勢，跑將回來報我；想是無怪，路途平靜，他一直去了。」三藏道：「假若真個去了，卻在那裏相會？此間乃是山野空闊之處，比不得那店市城井之間。」行者道：「師父莫慮，且請上馬。那獃子有些懶惰，斷然走得遲慢。你把馬打動些兒，我們定趕上他，一同去罷。」真個唐僧上馬，沙僧挑擔，行者前面引路上山。

卻說那老怪又喚二魔道：「兄弟，你既拿了八戒，斷乎就有唐僧。再去巡巡山來，切莫錯過他去。」二魔道：「就行，就行。」你看他急點起五十名小妖，上山巡邏。正走處，只見祥雲縹緲，瑞氣盤旋。二魔道：「唐僧來了。」眾妖道：「唐僧在那裏？」二魔道：「好人頭上祥雲照頂，惡人頭上黑氣沖天。那唐僧原是金蟬長老臨凡，十世修行的好人，所以有這樣雲縹緲。」眾怪都不看見。二魔用手指道：「那不是？」那三藏就在馬上打了一個寒噤；又一指，又打個寒噤。一連指了三指，他就一連打了三個寒噤。心神不寧道：「徒弟啊，我怎麼打寒噤麼？」沙僧道：「打寒噤想是傷食病發了。」行者道：「胡說，師父是走著這深山峻嶺，必然小心虛驚。莫怕！莫怕！等老孫把棒打一路與你壓壓驚。」

好行者，理開棒，在馬前丟幾個解數，上三下四，左五右六，盡按那六韜三略，使起神通。那長老在馬上觀之，真個是寰中少有，世上全無。剖開路一直前行，險些兒不諕倒那怪物。他在山頂上看見，魂飛魄喪。忽失聲道：「幾年間聞說孫行者，今日才知話不虛傳果是真。」眾怪上前道：「大王，怎麼長他人之志氣，滅自己之威風？你誇誰哩？」

二魔道：「孫行者神通廣大，那唐僧吃他不成。」眾怪道：「大王，你沒手段，等我們著幾個去報大大王，教他點起本洞大小兵來，擺開陣勢，合力齊心，怕他走了那裏去！」二魔道：「你們不曾見他那條鐵棒，有萬夫不當之勇。我洞中不過有四五百兵，怎禁得他那一棒？」眾妖道：「這等說，唐僧吃不成，卻不把豬八戒錯拿了？如今送還他罷。」二魔道：「拿便也不曾錯拿，送便也不好輕送。唐僧終是要吃，只是眼下還尚不能。」眾妖道：「這般說，還過幾年麼？」二魔道：「也不消幾年。我看見那唐僧，只可善圖，不可惡取。若要倚勢拿他，聞也不得一聞。只可以善去感他，賺得他心與我心相合，卻就善中取計，可以圖之。」眾妖道：「大王如定計拿他，可用我等？」二魔道：「你們都各回本寨，但不許報與大王知道。若是驚動了他，必然走了風汛，敗了我計策。我自有個神通變化，可以拿他。」眾妖散去。他獨跳下山來，在那道路之旁，搖身一變，變做個年老的道者。真個是怎生打扮？但見他：

星冠晃亮，鶴髮蓬鬆。羽衣圍繡帶，雲履綴黃棕。
神清目朗如仙客，體健身輕似壽翁。
說什麼清牛道士，也強如素券先生。
妝成假像如真像，捏作虛情似實情。

他在那大路旁妝做個跌折腿的道士，腳上血淋津，口裏哼哼的，只叫：「救人！救人！」

卻說這三藏仗著孫大聖與沙僧，歡喜前來。正行處，只聽得叫「師父救人！」三藏聞得，道：

「善哉！善哉！這曠野山中，四下裏更無村舍，是什麼人叫？想必是虎豹狼蟲諕倒的。」這長老兜回俊馬，叫道：「那有難者是甚人？可出來。」這怪從草科裏爬出，對長老馬前，乒乓的只情磕頭。三藏在馬上見他是個道者，卻又年紀高大，甚不過意，連忙下馬攙道：「請起，請起。」那怪道：「疼！疼！疼！」丟了手看處，只見他腳上流血。

三藏驚問道：「先生啊，你從那裏來？因甚傷了尊足？」那怪巧語花言，虛情假意道：「師父啊，此山西去，有一座清幽觀宇。我是那觀裏的道士。」三藏道：「你不在本觀中侍奉香火，演習經法，為何在此閒行？」那魔道：「因前日山南裏施主家，邀道眾禳星散福，來晚，我師徒二人，一路而行。行至深衢，忽遇著一隻斑斕猛虎，將我徒弟銜去。貧道戰兢兢的無奔走，一跤跌在亂石坡上，傷了腿足，不知回路。今日大有天緣，得遇師父，萬望師父大發慈悲，救我一命。若得到觀中，就是典身賣命，一定重謝深恩。」

三藏聞言，認為真實，道：「先生啊，你我都是一命之人，我是僧，你是道，衣冠雖別，修行之理則同。我不救你啊，就不是出家之輩。救便救你，你卻走不得路哩。」那怪道：「立也立不起來，怎生走路？」三藏道：「也罷，也罷。我還走得路，將馬讓與你騎一程，到你上宮，還我馬去罷。」那怪道：「師父，感蒙厚情，只是腿胯跌傷，不能騎馬。」三藏道：「正是。」叫沙和尚：「你把行李捎在我馬上，你馱他一程罷。」沙僧道：「我馱他。」

那怪急回頭，抹了他一眼道：「師父啊，我被那猛虎諕怕了，見這晦氣色臉的師父，愈加驚怕，不敢要他馱。」三藏叫道：「悟空，你馱罷。」行者連聲答應道：「我馱！我馱！」那妖就認定了行者，順順的要他馱，再不言語。沙僧笑道：「這個沒眼色的老道！我馱著不好，顛倒要他馱。他若看不見師父時，三尖石上，把筋都摜斷了你的哩！」行者馱了，口中笑道：「你這個潑魔，怎麼敢來惹我？你也問問老孫是幾年的人兒！你這般鬼話兒，只好瞞唐僧，又好來瞞我？我認得你是這山中的怪物！想是要吃我師父哩。我師父又非是等閒之輩，是你吃的？你要吃他，也須是分多一半與老孫是。」那魔聞得行者口中念誦，道：「師父，我是好人家兒孫，做了道士。

今日不幸，遇著虎狼之厄，我不是妖怪。」行者道：「你既怕虎狼，怎麼不念《北斗經》？」

三藏正然上馬，聞得此言，罵道：「這個潑猴！『救人一命，勝造七級浮屠』。你馱他馱兒便罷了，且講什麼『北斗經』、『南斗經』！」行者聞言道：「這廝造化哩！我那師父是個慈悲好善之人，又有些外好裏枒槎。我待不馱你，他就怪我。馱便馱，須要與你講開：若是大小便，先和我說。若在脊梁上淋下來，臊氣不堪，且污了我的衣服，沒人漿洗。」那怪道：「我這般一把子年紀，豈不知你的話說？」行者才拉將起來，背在身上，同長老、沙僧，奔大路西行。那山上高低不平之處，行者留心慢走，讓唐僧前去。

行不上三五里路，師父與沙僧下了山凹之中，行者卻望不見，心中埋怨道：「師父偌大年紀，再不曉得事體。這等遠路，就是空身子也還嫌手重，恨不得捽了，卻又教我馱著這個妖怪！莫說他是妖怪，就是好人，這麼年紀，也死得著了，摜殺他罷，馱他怎的？」這大聖正算計要摜，原來那怪就知道了，且會遣山，就使一個「移山倒海」的法術，就在行者背上捻訣，念動真言，把一座須彌山遣在空中，劈頭來壓行者。這大聖慌得把頭偏一偏，壓在左肩背上，笑道：「我的兒，你使什麼重身法來壓老孫哩？這個倒也不怕，只是『正擔好挑，偏擔兒難挨。』」那魔道：「一座山壓他不住！」卻又念咒語，把一座峨眉山遣在空中來壓。行者又把頭偏一偏，壓在右肩背上。看他挑著兩座大山，飛星來趕師父！那魔頭看見，就嚇得渾身是汗，遍體生津道：「他卻會擔山！」又整性情，把真言念動，將一座泰山遣在空中，劈頭壓住行者。那大聖力軟觔麻，遭逢他這泰山下頂之法，只壓得三尸神咋，七竅噴紅。

好妖魔，使神通壓倒行者，卻疾駕長風，去趕唐三藏，就於雲端裏伸下手來，馬上撾人。慌得個沙僧丟了行李，掣出降妖棒，當頭擋住。那妖魔舉一口七星劍，對面來迎。這一場好殺：

七星劍，降妖杖，萬映金光如閃亮。
這個圓眼凶如黑殺神，那個鐵臉真是捲簾將。

那怪山前大顯能，一心要捉唐三藏。
這個努力保真僧，一心寧死不肯放。
他兩個噴雲噯霧照天宮，播土揚塵遮斗象。
殺得那一輪紅日淡無光，大地乾坤昏蕩蕩。
來往相持八九回，不期戰敗沙和尚。

那魔十分凶猛，使口寶劍，流星的解數滾來，把個沙僧戰得軟弱難搪，回頭要走；早被他逼住寶杖，掄開大手，撾住沙僧，挾在左脅下，將右手去馬上拿了三藏，腳尖兒鈎著行李，張開口，咬著馬鬃，使起攝法，把他們一陣風，都拿到蓮花洞裏，厲聲高叫道：「哥哥！這和尚都拿來了！」

老魔聞言，大喜道：「拿來我看。」二魔道：「這不是？」老魔道：「賢弟呀，又錯拿來了也。」二魔道：「你說拿唐僧的。」老魔道：「是便就是唐僧，只是還不曾拿住那有手段的孫行者。須是拿住他，才好吃唐僧哩。若不曾拿得他，切莫動他的人。那猴王神通廣大，變化多般。我們若吃了他師父，他肯甘心？來那門前吵鬧，莫想能得安生。」二魔笑道：「哥啊，你也忒會抬舉人。若依你誇獎他，天上少有，地下全無；自我觀之，也只如此，沒甚手段。」老魔道：「你拿住了？」二魔道：「他已被我遣三座大山壓在山下，寸步不能舉移。所以才把唐僧、沙和尚連馬、行李，都攝將來也。」那老魔聞言，滿心歡喜道：「造化！造化！拿住這廝，唐僧才是我們口裏的食哩。」叫小妖：「快安排酒來，且與你二大王奉一個得功的杯兒。」二魔道：「哥哥，且不要吃酒，叫小的們把豬八戒撈上水來吊起。」遂把八戒吊在東廊，沙僧吊在西邊，唐僧吊在中間，白馬送在槽上，行李收將進去。

老魔笑道：「賢弟好手段！兩次捉了三個和尚。但孫行者雖是有山壓住，也須要作個法，怎麼拿他來湊蒸，才好哩。」二魔道：「兄長請坐。若要拿孫行者，不消我們動身，只教兩個小妖，拿兩件寶貝，把他裝將來罷。」老魔道：「拿什麼寶貝去？」二魔道：「拿我的『紫金紅葫蘆』，你的『羊脂玉淨瓶』。」老魔將寶貝取出道：「差那兩個去？」二魔道：「差精細鬼、伶俐蟲二人去。」吩咐道：「你兩個拿著這寶貝，逕至高山絕頂，將底兒朝天，口兒朝地，叫一聲：『孫行者！』他若應了，就已裝在裏面，隨即貼上『太上老君急急如律令奉敕』的帖兒。他就一時三刻化為膿了。」二小妖叩頭，將寶貝領出去拿行者不題。

卻說那大聖被魔使法壓住在山根之下，遇苦思三藏，逢災念聖僧，厲聲叫道：「師父啊！想當時你到兩界山，揭了壓帖，老孫脫了大難，秉教沙門；感菩薩賜與法旨，我和你同住同修，同緣同相，同見同知，乍想到了此處，遭逢魔障，又被他遣山壓了。可憐！可憐！你死該當，只難為沙僧、八戒與那小龍化馬一場！這正是樹大招風風撼樹，人為名高名喪人！」嘆罷，那珠淚如雨。

早驚了山神、土地與五方揭諦神眾。會金頭揭諦道：「這山是誰的？」土地道：「是我們的。」「你山下壓的是誰？」土地道：「不知是誰。」揭諦道：「你等原來不知。這壓的是五百年前大鬧天宮的齊天大聖孫悟空行者。如今皈依正果，跟唐僧做了徒弟。你怎麼把山借與妖魔壓他？你們是死了。他若有一日脫身出來，他肯饒你！就是從輕，土地也問個擺站，山神也問個充軍，我們也領個大不應是。」那山神、土地才怕道：「委實不知，不知。只聽得那魔頭念起遣山咒法，我們就把山移將來了。誰曉得是孫大聖？」揭諦道：「你且休怕。律上有云：『不知者不坐罪。』我與你計較，放他出來，不要教他動手打你們。」土地道：「就沒理了，既放出來又打？」揭諦道：「你不知。他有一條如意金箍棒，十分利害：打著的就死，挽著的就傷；磕一磕兒觔斷，擦一擦兒皮塌哩！」

那土地、山神心中恐懼，與五方揭諦商議了，卻來到三山門外叫道：「大聖！山神、土地、五方揭諦來見。」好行者，他虎瘦雄心還在，自然的氣象昂昂，聲音朗朗道：「見我怎的？」土地道：「告大聖得知。遣開山，請大聖出來，赦小神不恭之罪。」行者道：「遣開山，不打你。」

喝聲：「起去！」就如官府發放一般。那眾神念動真言咒語，把山仍遣歸本位，放起行者。行者跳將起來，抖抖土，束束裙，耳後掣出棒來，叫山神、土地：「都伸過孤拐來，每人先打兩下，與老孫散散悶！」眾神大驚道：「剛才大聖已吩咐，恕我等之罪；怎麼出來就變了言語要打？」行者道：「好土地！好山神！你道不怕老孫，卻怕妖怪！」土地道：「那魔神通廣大，法術高強，念動真言咒語，拘喚我等在他洞裏，一日一個輪流當值哩！」

行者聽見「當值」二字，卻也心驚，仰面朝天，高聲大叫道：「蒼天！蒼天！自那混沌初分，天開地闢，花果山生了我，我也曾遍訪明師，傳授長生秘訣。想我那隨風變化，伏虎降龍，大鬧天宮，名稱大聖。更不曾把山神、土地欺心使喚。今日這個妖魔無狀，怎敢把山神、土地喚為奴僕，替他輪流當值？天啊！既生老孫，怎麼又生此輩？」

那大聖正感嘆間，又見山凹裏霞光焰焰而來。行者道：「山神、土地，你既在這洞中當值，那放光的是甚物件？」土地道：「那是妖魔的寶貝放光，想是有妖精拿寶貝來降你。」行者道：「這個卻好耍子兒啊！我且問你，他這洞中有甚人與他相往？」土地道：「他愛的是燒丹煉藥，喜的是全真道人。」行者道：「怪道他變個老道士，把我師父騙去了。既這等，你都且記打，回去罷。等老孫自家拿他。」那眾神俱騰空而散。這大聖搖身一變，變做個老真人。你道他怎生打扮：

頭挽雙髽髻，身穿百衲衣。手敲漁鼓簡，腰繫呂公絛。
斜倚大路下，專候小魔妖。頃刻妖來到，猴王暗放刁。

不多時，那兩個小妖到了。行者將金箍棒伸開，那妖不曾防備，絆著腳，撲的一跌。爬起來，才看見行者，口裏嚷道：「憊懶！憊懶！若不是我大王敬重你這行人，就和比較起來。」行者陪笑道：「比較什麼？道人見道人，都是一家人。」那怪道：「你怎麼睡在這裏，絆我一跌？」行者道：「小道童見我這老道人，要跌一跤兒做見面錢。」那妖道：「我大王見面錢只要幾兩銀子，你怎麼跌一跤兒做見面錢？你別是一鄉風，決不是我這裏道士。」行者道：「我當真不是。我是蓬萊山來的。」那妖道：「蓬萊山是海島神仙境界。」行者道：「我不是神仙，誰是神仙？」那妖卻回嗔作喜，上前道：「老神仙，老神仙！我等肉眼凡胎，不能識認，言語衝撞，莫怪，莫怪。」行者道：「我不怪你。常言道：『仙體不踏凡地』，你怎知之？我今日到你山上，要度一個成仙了道的好人。那個肯跟我去？」精細鬼道：「師父，我跟你去。」伶俐蟲道：「師父，我跟你去。」

行者明知故問道：「你二位從那裏來的？」那怪道：「自蓮花洞來的。——要往那裏去？」那怪道：「奉我大王教命，拿孫行者去的。」行者道：「拿那個？」那怪又道：「拿孫行者。」孫行者道：「可是跟唐僧取經的那個孫行者麼？」那妖道：「正是，正是。你也認得他？」行者道：「那猴子有些無禮。我認得他。我也有些惱他，我與你同拿他去，就當與你助功。」那怪道：「師父，不須你助功，我二大王有些法術，遣了三座大山把他壓在山下，寸步難移，教我兩個拿寶貝來裝他的。」行者道：「是甚寶貝？」精細鬼道：「我的是『紅葫蘆』，他的是『玉淨瓶』。」行者道：「怎麼樣裝他？」小妖道：「把這寶貝的底兒朝天，口兒朝地，叫他一聲，他若應了，就裝在裏面；貼上一張『太上老君急急如律令奉敕』的帖子，他就一時三刻，化為膿了。」行者見說，心中暗驚道：「利害！利害！當時日值功曹報信，說有五件寶貝，這是兩件了；不知那三件又是什麼東西？」行者笑道：「二位，你把寶貝借我看看。」那小妖那知什麼訣竅，就於袖中取出兩件寶貝，雙手遞與行者。行者見了，心中暗喜道：「好東西！好東西！我若把尾子一抉，颼的跳起走了，只當是送老孫。」忽又思道：「不好！不好！搶便搶去，只是壞了老孫的名頭。這叫做白日搶奪了。」復遞與他去道：「你還不曾見我的寶貝哩。」那怪道：「師父有甚寶貝？也借與我凡人看看壓災。」

好行者，伸下手，把尾上毫毛，拔了一根，捻一捻，叫「變」，即變做一個一尺七寸長的大紫金紅葫蘆，自腰裏拿將出來道：「你看我的葫蘆麼？」那伶俐蟲接在手，看了道：「師父，你這葫蘆長大，有樣範，好看，——卻只是不中用。」行者道：「怎的不中用？」那怪道：「我這兩件寶貝，每一個可裝千人哩。」行者道：「你這裝人的，何足稀罕？我這葫蘆，連天都裝在裏面哩！」那怪道：「就可以裝天？」行者道：「當真的裝天。」那怪道：「只怕是謊。就裝與我們看看才信，不然決不信你。」行者道：「天若惱著我，一月之間，常裝他七八遭；不惱著我，就半年也不裝他一次。」伶俐蟲道：「哥啊，裝天的寶貝，與他換了罷。」精細鬼道：「他裝天的，怎肯與我裝人的相換？」伶俐蟲道：「若不肯啊，貼他這個淨瓶也罷。」行者心中暗喜道：「葫蘆換葫蘆，餘外貼淨瓶：一件換兩件，其實甚相應！」即上前扯住那伶俐蟲道：「裝天可換麼？」那怪道：「但裝天就換；不換我是你的兒子！」行者道：「也罷，也罷，我裝與你們看看。」

好大聖，低頭捻訣，念個咒語，叫那日遊神、夜遊神、五方揭諦神：「即去與我奏上玉帝，說老孫皈依正果，保唐僧去西天取經，路阻高山，師逢苦厄。妖魔那寶，吾欲誘他換之，萬千拜上，將天借與老孫裝閉半個時辰，以助成功。若道半聲不肯，即上靈霄殿，動起刀兵！」

那日遊神逕至南天門裏，靈霄殿下，啓奏玉帝，備言前事。玉帝道：「這潑猴頭，出言無狀。前者觀音來說放了他，保護唐僧，朕這裏又差五方揭諦、四值功曹，輪流護持。如今又借天裝，天可裝乎？」才說裝不得，那班中閃出哪吒三太子，奏道：「萬歲，天也裝得。」玉帝道：「天怎樣裝？」哪吒道：「自混沌初分，以輕清為天，重濁為地。天是一團清氣而扶托瑤天宮闕，以理論之，其實難裝；但只孫行者保唐僧西去取經，誠所謂泰山之福緣，海深之善慶，今日當助他成功。」玉帝道：「卿有何助？」哪吒道：「請降旨意，往北天門問真武借皂雕旗在南天門上一展，把那日月星辰閉了，對面不見人，捉白不見黑，哄那怪道，只說裝了天，以助行者成功。」玉帝聞言：「依卿所奏。」那太子奉旨，前來北天門，見真武，備言前事。那祖師隨將旗付太子。

早有遊神急降大聖耳邊道：「哪吒太子來助功了。」行者仰面觀之，只見祥雲繚繞，果是有神。卻回頭對小妖道：「裝天罷。」小妖道：「要裝就裝，只管『阿綿花屎』怎的？」行者道：「我方才運神念咒來。」那小妖都睜著眼，看他怎麼樣裝天。這行者將一個假葫蘆兒拋將上去。你想，這是一根毫毛變的，能有多重？被那山頂上風吹去，飄飄蕩蕩，足有半個時辰，方才落下。只見那南天門上，哪吒太子把皂旗撥喇喇展開，把日月星辰俱遮閉了。真是乾坤墨染就，宇宙靛裝成。二小妖大驚道：「才說話時，只好晌午，卻怎麼就黃昏了？」行者道：「天既裝了，不辨時候，怎不黃昏！」「如何又這等樣黑？」行者道：「日月星辰都裝在裏面，外卻無光，怎麼不黑！」小妖道：「師父，你在那廂說話哩？」行者道：「我在你面前不是？」小妖伸手摸著道：「只見說話，更不見面目，師父，此間是什麼去處？」行者又哄他道：「不要動腳，此間乃是渤海岸上。若塌了腳，落下去啊，七八日還不得到底哩！」小妖大驚道：「罷！罷！罷！放了天罷。我們曉得是這樣裝了。若弄一會子，落下海去，不得歸家！」

好行者，見他認了真實，又念咒語，驚動太子，把旗捲起，卻早見日光正午。小妖笑道：「妙啊！妙啊！這樣好寶貝，若不換啊，誠為不是養家的兒子！」那精細鬼交了葫蘆，伶俐蟲拿出淨瓶，一齊兒遞與行者，行者卻將假葫蘆兒遞與那怪。行者既換了寶貝，卻又幹事找絕：臍下拔一根毫毛，吹口仙氣，變作一個銅錢。叫道：「小童，你拿這個錢去買張紙來。」小妖道：「何用？」行者道：「我與你寫個合同文書。你將這兩件裝人的寶貝換了我一件裝天的寶貝，恐人心不平，向後去日久年深，有甚反悔不便，故寫此各執為照。」小妖道：「此間又無筆墨，寫甚文書？我與你賭個咒罷。」行者道：「怎麼樣賭？」小妖道：「我兩件裝人之寶，貼換你一件裝天之寶，若有反悔，一年四季遭瘟。」行者笑道：「我是決不反悔；如有反悔，也照你四季遭瘟。」說了誓，將身一縱，把尾子趟了一趟，跳在南天門前，謝了哪吒太子麾旗相助之功。太子回宮繳旨，將旗送還真武不題。這行者佇立霄漢之間，觀看那個小妖。畢竟不知怎生區處，且聽下回分解。

# 第三十四回 魔王巧算困心猿 大聖騰那騙寶貝

卻說那兩個小妖，將假葫蘆拿在手中，爭看一會，忽抬頭不見了行者。伶俐蟲道：「哥啊，神仙也會打誑語。他說換了寶貝，度我等成仙，怎麼不辭就去了？」精細鬼道：「我們相應便宜的多哩，他敢去得成？拿過葫蘆來，等我裝裝天，也試演試演看。」真個把葫蘆往上一拋，撲的就落將下來。慌得個伶俐蟲道：「怎麼不裝！不裝！莫是孫行者假變神仙，將假葫蘆換了我們的真的去耶？」精細鬼道：「不要胡說！孫行者是那三座山壓住了，怎生得出？拿過來，等我念他那幾句咒兒裝了看。」這怪也把葫蘆兒望空丟起，口中念道：「若有半聲不肯，就上靈霄殿上，動起刀兵！」念不了，撲的又落將下來。兩妖道：「不裝！不裝！一定是個假的。」

正嚷處，孫大聖在半空裏聽得明白，看得真實，恐怕他弄得時辰多了，緊要處走了風汛，將身一抖，把那變葫蘆的毫毛，收上身來，弄得那兩妖四手皆空。精細鬼道：「兄弟，拿葫蘆來。」伶俐蟲道：「你拿著的。——天呀！怎麼不見了？」都去地下亂摸，草裏胡尋，吞袖子，揣腰間，那裏得有？二妖唬得呆呆掙掙道：「怎的好！怎的好！當時大王將寶貝付與我們，教拿孫行者，今行者既不曾拿得，連寶貝都不見了。我們怎敢去回話？這一頓直直的打死了也！怎的好！怎的好！」伶俐蟲道：「我們走了罷。」精細鬼道：「往那裏走麼？」伶俐蟲道：「不管那裏走罷。若回去說沒寶貝，斷然是送命了。」精細鬼道：「不要走，還回去。二大王平日看你甚好，我推一句兒在你身上。他若肯將就，留得性命；說不過，就打死，還在此間。莫弄得兩頭不著。去來！去來！」那怪商議了，轉步回山。

行者在半空中見他回去，又搖身一變，變作蒼蠅兒飛下去，跟著小妖。你道他既變了蒼蠅，那寶貝卻放在何處？如丟在路上，藏在草裏，被人看見拿去，卻不是勞而無功？他還帶在身上。帶在身上啊，蒼蠅不過豆粒大小，如何容得？原來他那寶貝，與他金箍棒相同；叫做如意佛寶，隨身變化，可以大，可以小，故身上亦可容得。他嚶的一聲飛下去，跟定那怪。不一時，到了洞裏。只見那兩個魔頭，坐在那裏飲酒。小妖朝上跪下，行者就釘在那門櫺上，側耳聽著。

小妖道：「大王。」二老魔即停杯道：「你們來了？」小妖道：「來了。」又問：「拿著孫行者否？」小妖叩頭，不敢聲言。老魔又問，又不敢應，只是叩頭。問之再三，小妖俯伏在地：「赦小的萬千死罪！赦小的萬千死罪！我等執著寶貝，走到半山之中，忽遇著蓬萊山一個神仙。他問我們那裏去，我們答道，拿孫行者去。那神仙聽見說孫行者，他也惱他，要與我們幫工。是我們不曾叫他幫工，卻將拿寶貝裝人的情由，與他說了。那神仙也有個葫蘆，善能裝天。我們也是妄想之心，養家之意：他的裝天，我的裝人，與他換了罷。原說葫蘆換葫蘆，伶俐蟲又貼他個淨瓶。誰想他仙家之物，近不得凡人之手。正試演處，就連人都不見了。萬望饒小的們死罪！」老魔聽說，暴躁如雷道：「罷了！罷了！這就是孫行者假妝神仙騙哄去了！那猴頭神通廣大，處處人熟，不知那個毛神，放他出來，騙去寶貝！」

二魔道：「兄長息怒。叵耐那猴頭著然無禮。既有手段，便走了也罷，怎麼又騙寶貝？我若沒本事拿他，永不在西方路上為怪！」老魔道：「怎生拿他？」二魔道：「我們有五件寶貝，去了兩件，還有三件，務要拿住他。」老魔道：「還有那三件？」二魔道：「還有『七星劍』與『芭蕉扇』在我身邊；那一條『幌金繩』，在壓龍山壓龍洞老母親那裏收著哩。如今差兩個小妖去請母親來吃唐僧肉，就教他帶幌金繩來拿孫行者。」老魔道：「差那個去？」二魔道：「不差這樣廢物去！」將精細鬼、伶俐蟲一聲喝起。二人道：「造化！造化！打也不曾打，罵也不曾罵，卻就饒了。」二魔道：「叫那常隨的伴當巴山虎、倚海龍來。」二人跪下。二魔吩咐道：「你卻要小心。」俱應道：「小心。」「卻要仔細。」俱應道：「仔細。」又問道：「你認得老奶奶家麼？」又俱應道：「認得。」「你既認得，你快早走動，到老奶奶處，多多拜上，說請吃唐僧肉哩；就著帶幌金繩來，要拿孫行者。」

二怪領命疾走，怎知那行者在旁，一一聽得明白。他展開翅，飛將去，趕上巴山虎，釘在他身上。行經二三里，就要打殺他兩個，又思道：「打死他，有何難事？但他奶奶身邊有那幌金索，又不知住在何處。等我且問他一問再打。」好行者，嚶的一聲，躲離小妖，讓他先行有百十步，卻又搖身一變，也變做個小妖兒，戴一頂狐皮帽子，將虎皮裙子倒插上來勒住，趕上道：「走路的，等我一等。」那倚海龍回頭問道：「是那裏來的？」行者道：「好哥啊，連自家人也認不得？」小妖道：「我家沒有你。」行者道：「怎麼沒我？你再認認我。」小妖道：「面生，面生，不曾相會。」行者道：「正是。你們不曾會著我，我是外班的。」小妖道：「外班長官，是不曾會。你往那裏去？」行者道：「大王說差你二位請老奶奶來吃唐僧肉，教他就帶幌金繩來，拿孫行者。恐你二位走得緩，有些貪頑，誤了正事，又差我來催你們快去。」小妖見說著海底眼，更不疑惑，把行者果認做一家人。急急忙忙，往前飛跑。一氣又跑有八九里。

行者道：「忒走快了些。我們離家有多少路了？」小怪道：「有十五六里了。」行者道：「還有多遠？」倚海龍用手一指道：「烏林子裏就是。」行者抬頭見一帶黑林不遠，料得那老怪只在林子裏外。卻立定步，讓那小怪前走，即取出鐵棒，走上前，著腳後一刮；可憐忒不禁打，就把兩個小妖刮做一團肉餅。卻拖著腳，藏在路旁深草科裏。即便拔下一根毫毛，吹口仙氣，叫「變」，變做個巴山虎，自身卻變做個倚海龍，假妝做兩個小妖，逕往那壓龍洞請老奶奶。這叫做七十二變神通大，指物騰那手段高。

三五步，跳到林子裏，正找尋處，只見有兩扇石門，半開半掩，不敢擅入，只得洋叫一聲：「開門！開門！」早驚動那把門的一個女怪，將那半扇兒開了，道：「你是那裏來的？」行者道：「我是平頂山蓮花洞裏差來請老奶奶的。」那女怪道：「進去。」到了二層門下，閃著頭，往裏觀看，又見那正當中高坐著一個老媽媽兒。你道她怎生模樣？但見：

雪鬢蓬鬆，星光晃亮。臉皮紅潤皺紋多，牙齒稀疏神氣壯。

貌似菊殘霜裏色，形如松老雨餘顏。頭纏白練攢絲帕，耳墜黃金嵌寶環。

孫大聖見了，不敢進去，只在二門外仵著臉，脫脫的哭起來。——你道他哭怎的，莫成是怕他？就怕也便不哭。況先哄了他的寶貝，又打死他的小妖，卻為何而哭？他當時曾下九鼎油鍋，就煠了七八日也不曾有一點淚兒。只為想起唐僧取經的苦惱，他就淚出痛腸，放眼便哭。——心卻想道：「老孫既顯手段，變做小妖，來請這老怪，沒有個直直的站了說話之理，一定見他磕頭才是。我為人做了一場好漢，只拜了三個人：西天拜佛祖；南海拜觀音；兩界山師父救了我，我拜了他四拜。為他使碎六葉連肝肺，用盡三毛七孔心。一卷經能值幾何？今日卻教我去拜此怪。若不跪拜，必定走了風汛。苦啊！算來只為師父受困，故使我受辱於人！」到此際也沒及奈何，撞將進去，朝上跪下道：「奶奶磕頭。」

那怪道：「我兒，起來。」行者暗道：「好！好！好！叫得結實！」老怪問道：「你是那裏來的？」行者道：「平頂山蓮花洞，蒙二位大王有令，差來請奶奶去吃唐僧肉；教帶幌金繩，要拿孫行者哩。」老怪大喜道：「好孝順的兒子！」就去叫抬出轎來。行者道：「我的兒啊！妖精也抬轎！」後壁廂即有兩個女怪，抬出一頂香藤轎，放在門外，掛上青絹緯幔。老怪起身出洞，坐在轎裏。後有幾個小女怪，捧著減妝，端著鏡架，提著手巾，托著香盒，跟隨左右。那老怪道：「你們來怎的？我往自家兒子去處，愁那裏沒人伏侍，要你們去獻勤塌嘴？都回去！關了門看家！」那幾個小妖果俱回去，只有兩個抬轎的。老怪問道：「那差來的叫做什麼名字？」行者連忙答應道：「他叫做巴山虎，我叫做倚海龍。」老怪道：「你兩個前走，與我開路。」行者暗想道：「可是晦氣！經倒不曾取得，且來替他做皂隸！」卻又不敢抵強，只得向前引路，大四聲喝起。

行了五六里遠近，他就坐在石崖上。等候那抬轎的到了，行者道：「略歇歇如何？壓得肩頭疼啊。」小怪那知什麼訣竅，就把轎子歇下。行者在轎後，胸脯上拔下一根毫毛，變做一個大燒餅，抱著啃。轎夫道：「長官，你吃的是什麼？」行者道：「不好說。這遠的路，來請奶奶，沒些兒賞賜，肚裏飢了，原帶來的乾糧，等我吃些兒再走。」轎夫道：「把些兒我們吃吃。」行者笑道：「來麼，都是一家人，怎麼計較？」那小妖不知好歹，圍著行者，分其乾糧，被行者掣出棒，著頭一磨，一個搪著的，打得稀爛；一個擦著的，不死還哼。

那老怪聽得人哼，轎子裏伸出頭來看時，被行者跳到轎前，劈頭一棍，打了個窟窿，腦漿迸流，鮮血直冒。拖出轎來看處，原是個九尾狐狸。行者笑道：「造孽畜！叫什麼老奶奶！你叫老奶奶，就該稱老孫做上太祖公公是！」好猴王，把他那幌金繩搜出來，籠在袖裏，歡喜道：「那潑魔縱有手段，已此三件兒寶貝姓孫了！」卻又拔兩根毫毛變做個巴山虎、倚海龍；又拔兩根變做兩個抬轎的；他卻變做老奶奶模樣，坐在轎裏。將轎子抬起，逕回本路。

不多時，到了蓮花洞口。那毫毛變的小妖，俱在前道：「開門！開門！」內有把門的小妖，開了門——道：「巴山虎、倚海龍來了？」毫毛道：「來了。」——「你們請的奶奶呢？」毫毛用手指道：「那轎內的不是？」小怪道：「你且住，等我進去先報。」報道：「大王，奶奶來耶。」兩個魔頭聞說，即命排香案來接。行者聽得暗喜道：「造化！也輪到我為人了！我先變小妖，去請老怪，磕了他一個頭；這番來，我變老怪，是他母親，定行四拜之禮。雖不怎的，好道也賺他兩個頭兒！」好大聖，下了轎子，抖抖衣服，把那四根毫毛收在身上。那把門的小妖，把空轎抬入門裏。他卻隨後徐行。那般嬌嬌啻啻，扭扭捏捏，就像那老怪的行動，逕自進去。又只見大小群妖，都來跪接。鼓樂簫韶，一派響喨；博山爐裏，靄靄香烟。他到正廳中，南面坐下。兩個魔頭，雙膝跪倒，朝上叩頭，叫道：「母親，孩兒拜揖。」行者道：「我兒起來。」

卻說豬八戒吊在梁上，哈哈的笑了一聲。沙僧道：「二哥，好啊！吊出笑來也！」八戒道：「兄弟，我笑中有故。」沙僧道：「甚故？」八戒道：「我們只怕是奶奶來了，就要蒸吃；原來不是奶奶，是舊話來了。」沙僧道：「什麼舊話？」八戒笑道：「弼馬溫來了。」沙僧道：「你怎麼認得是他？」八戒道：「彎倒腰，叫『我兒起來』，那後面就掬起猴尾巴子。我比你吊得高，所以看得明也。」沙僧道：「且不要言語，聽他說什麼話。」八戒道：「正是，正是。」

那孫大聖坐在中間問道：「我兒，請我來有何事幹？」魔頭道：「母親啊，連日兒等少禮，不曾孝順得。今早愚兄弟拿得東土唐僧，不敢擅吃，請母親來獻獻生，好蒸與母親吃了延壽。」行者道：「我兒，唐僧的肉，我倒不吃；聽見有個豬八戒的耳朵甚好，可割將下來整治整治我下酒。」那八戒聽見，慌了道：「遭瘟的！你來為割我耳朵的！我喊出來不好聽啊！」

噫，只為獃子一句通情話，走了猴王變化的風。那裏有幾個巡山的小怪，把門的眾妖，都撞將進來，報道：「大王，禍事了！孫行者打殺奶奶，他妝來耶！」魔頭聞此言，那容分說，掣七星寶劍，望行者劈臉砍來。好大聖，將身一幌，只見滿洞紅光，預先走了。似這般手段，著實好耍子。正是那聚則成形，散則成氣。諕得個老魔頭魂飛魄散，眾群精噬指搖頭。老魔道：「兄弟，把唐僧與沙僧、八戒、白馬、行李都送還那孫行者，閉了是非之門罷。」二魔道：「哥哥，你說那裏話？我不知費了多少辛勤，施這計策，將那和尚都攝將來；如今似你這等怕懼孫行者的詭譎，就俱送去還他，真所謂畏刀避劍之人，豈大丈夫之所為也？你且請坐勿懼。我聞你說孫行者神通廣大，我雖與他相會一場，卻不曾與他比試。取披掛來，等我尋他交戰三合。假若他三合勝我不過，唐僧還是我們之食；如三戰我不能勝他，那時再送唐僧與他未遲。」老魔道：「賢弟說得是。」教取披掛。

眾妖抬出披掛。二魔結束齊整，執寶劍，出門外，叫聲：「孫行者！你往那裏走了？」此時大聖已在雲端裏，聞得叫他名字，急回頭觀看。原來是那二魔。你看他怎生打扮：

頭戴鳳盔欺臘雪，身披戰甲幌鑌鐵。腰間帶是蟒龍觔，粉皮靴靿梅花摺。
顏如灌口活真君，貌比巨靈無二別。七星寶劍手中擎，怒氣沖霄威烈烈。

二魔高叫道：「孫行者！快還我寶貝與我母親來，我饒你唐僧取經去！」大聖忍不住罵道：「這潑怪物，錯認了你孫外公！趕早兒送還我師父、師弟、白馬、行囊，仍打發我些盤纏，往西走路。若牙縫裏道半個『不』字，就自家搓根繩兒去罷，也免得你外公動手。」二魔聞言，急縱雲，跳在空中，掄寶劍來刺。行者掣鐵棒，劈手相迎。他兩個在半空中，這場好殺：

棋逢對手，將遇良才。棋逢對手難藏興，將遇良才可用功。那兩員神將相交，好便似南山虎鬭，北海龍爭。龍爭處，鱗甲生輝；虎鬭時，爪牙亂落。爪牙亂落撒銀鈎，鱗甲生輝支鐵葉。這一個翻翻覆覆，有千般解數；那一個來來往往，無半點放閒。金箍棒，離頂門只隔三分；七星劍，向心窩惟爭一蹍。那個威風逼得斗牛寒，這個怒氣勝如雷電險。

他兩個戰了有三十回合，不分勝負。行者暗喜道：「這潑怪倒也架得住老孫的鐵棒！我已得了他三件寶貝，卻這般苦苦的與他廝殺，可不誤了我的工夫？不若拿葫蘆或淨瓶裝他去，多少是好。」又想道：「不好！不好！常言道：『物隨主便。』倘若我叫他不答應，卻又不誤了事業？且使幌金繩扣頭罷。」好大聖，一隻手使棒，架住他的寶貝；一隻手把那繩拋起，刷喇的扣了魔頭。原來那魔頭有個《緊繩咒》，有個《鬆繩咒》。若扣住別人，就念《緊繩咒》，莫能得脫；若扣住自家人，就念《鬆繩咒》，不得傷身。他認得是自家的寶貝，即念《鬆繩咒》，把繩鬆動，便脫出來，反望行者拋將去，卻早扣住了大聖。大聖正要使「瘦身法」，想要脫身，卻被那魔念動《緊繩咒》，緊緊扣住，怎能得脫？褪至頸項之下，原是一個金圈子套住。那怪將繩一扯，扯將下來，照光頭上砍了七八寶劍，行者頭皮兒也不曾紅了一紅。

那魔道：「這猴子，你這等頭硬，我不砍你；且帶你回去，再打你。將我那兩件寶貝趁早還我！」行者道：「我拿你什麼寶貝，你問我要？」那魔頭將身上細細搜檢，卻將那葫蘆、淨瓶都搜出來；又把繩子牽著，帶至洞裏道：「兄長，拿將來了。」老魔道：「拿了誰來？」二魔道：「孫行者。你來看，你來看。」老魔一見，認得是行者，滿面歡喜道：「是他！是他！把他長長的繩兒拴在柱科上耍子！」真個把行者拴住。兩個魔頭，卻進後面堂裏飲酒。

那大聖在柱根下爬蹉，忽驚動八戒。那獃子吊在梁上，哈哈的笑道：「哥哥啊，耳朵吃不成了！」行者道：「獃子！可吊得自在麼？我如今就出去，管情救了你們。」八戒道：「不羞！不羞！本身難脫，還想救人，罷！罷！罷！師徒們都在一處死了，好到陰司裏問路！」行者道：「不要胡說！你看我出去。」八戒道：「我看你怎麼出去。」那大聖口裏與八戒說話，眼裏卻抹著那兩個妖怪，見他在裏邊吃酒，有幾個小妖拿盤拿盞，執壺釃酒，不住的兩頭亂跑，關防的略鬆了些兒。他見面前無人，就弄神通：順出棒來，吹口仙氣，叫：「變！」即變做一個純鋼的銼兒，扳過那頸項的圈子，三五銼，銼做兩段；扳開銼口，脫將出來，拔了一根毫毛，叫變做一個假身，拴在那裏，真身卻幌一幌，變做個小妖，立在旁邊。八戒又在梁上喊道：「不好了！不好了！拴的是假貨，吊的是正身！」老魔停杯便問：「那豬八戒吆喝的是什麼？」行者已變做小妖，上前道：「豬八戒攛道孫行者，教變化走了罷，他不肯走，在那裏吆喝哩。」二魔道：「還說豬八戒老實！原來這等不老實！該打二十多嘴棍！」

這行者就去拿條棍來打。八戒道：「你打輕些兒；若重了些兒，我又喊起。我認得你！」行者道：「老孫變化，也只為你們。你怎麼倒走了風息？這一洞裏妖精，都認不得，怎的偏你認得？」八戒道：「你雖變了頭臉，還不曾變得屁股。那屁股上兩塊紅不是？我因此認得是你。」行者隨往後面，演到廚中，鍋底上摸了一把，將兩臀擦黑，行至前邊。八戒看見又笑道：「那個猴子去那裏混了這一會，弄做個黑屁股來了。」

行者仍站在跟前，要偷他寶貝；真個甚有見識：走上廳，對那怪扯個腿子道：「大王，你看那孫行者拴在柱上，左右爬蹉，磨壞那根金繩，得一根粗壯些的繩子換將下來才好。」老魔道：「說得是。」即將腰間的獅蠻帶解下，遞與行者。行者接了帶，把假妝的行者拴住。換下那條繩子，一窩兒窩兒籠在袖內；又拔一根毫毛，吹口仙氣，變作一根假幌金繩，雙手送與那怪。那怪只因貪酒，那曾細看，就便收下。這個是大聖騰那弄本事，毫毛又換幌金繩。得了這件寶貝，急轉身跳出門外，現了原身，高叫：「妖怪！」那把門的小妖問道：「你是甚人，在此呼喝？」行者道：「你快早進去報與你那潑魔，說『者行孫』來了。」

那小妖如言報告。老魔大驚道：「拿住孫行者，又怎麼有個者行孫？」二魔道：「哥哥，怕他怎的？寶貝都在我手裏，等我拿那葫蘆出去，把他裝將來。」老魔道：「兄弟仔細。」二魔拿了葫蘆，走出山門，忽看見與孫行者模樣一般，只是略矮些兒，問道：「你是那裏來的？」行者道：「我是孫行者的兄弟。聞說你拿了我家兄，卻來與你尋事的。」二魔道：「是我拿了，鎖在洞中。你今既來，必要索戰；我也不與你交兵，我且叫你一聲，你敢應我麼？」行者道：「可怕你叫上千聲，我就答應你萬聲！」那魔執了寶貝，跳在空中，把底兒朝天，口兒朝地，叫聲：「者行孫。」行者卻不敢答應，心中暗想道：「若是應了，就裝進去哩。」那魔道：「你怎麼不應我？」行者道：「我有些耳閉，不曾聽見。你高叫。」那怪物又叫聲：「者行孫。」行者在底下掐著指頭算了一算，道：「我真名字叫做孫行者，起的鬼名字叫做者行孫。真名字可以裝得，鬼名字好道裝不得。」卻就忍不住，應了他一聲。嗖的被他吸進葫蘆去，貼上帖兒。原來那寶貝，那管什麼名字真假，但綽個應的氣兒，就裝了去也。

大聖到他葫蘆裏，渾然烏黑。把頭往上一頂，那裏頂得動，且是塞得甚緊，卻才心中焦躁道：「當時我在山上，遇著那兩個小妖，他曾告誦我說：不拘葫蘆、淨瓶，把人裝在裏面，只消一時三刻，就化為膿了，敢莫化了我麼？」一條心又想著道：「沒事！化不得！我老孫五百年前大鬧天宮，被太上老君放在八卦爐中煉了四十九日，煉成個金子心肝，銀子肺腑，銅頭鐵背，火眼金睛，那裏一時三刻就化得我？且跟他進去，看他怎的！」

二魔拿入裏面道：「哥哥，拿來了。」老魔道：「拿了誰？」二魔道：「者行孫是我裝在葫蘆裏也。」老魔歡喜道：「賢弟，請坐。不要動，只等搖得響再揭帖兒。」行者聽得道：「我這般一個身子，怎麼便搖得響？只除化成稀汁，才搖得響是。等我撒泡溺罷，他若搖得響時，一定揭帖起蓋，我乘空走他娘罷！」又思道，「不好！不好！溺雖可響，只是污了這直裰。等他搖時，我但聚些唾津漱口，稀溜呼喇的，哄他揭開，老孫再走罷。」大聖作了準備。那怪貪酒不搖。大聖作個法，意思只是哄他來搖，忽然叫道：「天呀！孤拐都化了！」那魔也不搖。大聖又叫道：「娘啊！連腰截骨都化了！」老魔道：「化至腰時，都化盡矣。揭起帖兒看看。」

那大聖聞言，就拔了一根毫毛。叫：「變！」變作個半截的身子，在葫蘆底上。真身卻變做個蟭蟟蟲兒，釘在那葫蘆口邊。只見那二魔揭起帖子看時，大聖早已飛出。打個滾，又變做個倚海龍。倚海龍卻是原去請老奶奶的那個小妖，他變了，站在旁邊。那老魔扳著葫蘆口，張了一張，見是個半截身子動耽。他也不認真假，慌忙叫：「兄弟，蓋上！蓋上！還不曾化得了哩！」二魔依舊貼上。大聖在旁暗笑道：「不知老孫已在此矣！」

那老魔拿了壺，滿滿的斟了一杯酒，近前雙手遞與二魔道：「賢弟，我與你遞個鍾兒。」二魔道：「兄長，我們已吃了這半會酒，又遞甚鍾？」老魔道：「你拿住唐僧、八戒、沙僧猶可；又索了孫行者，裝了者行孫，如此功勞，該與你多遞幾鍾。」二魔見哥哥恭敬，怎敢不接？但一隻手托著葫蘆，一隻手不敢去接，卻把葫蘆遞與倚海龍，雙手去接杯，不知那倚海龍是孫行者變的。你看他端葫蘆，慇懃奉侍。二魔接酒吃了，也要回奉一杯。老魔道：「不消回酒，我這裏陪你一杯罷。」兩人只管謙遜。行者頂著葫蘆，眼不轉睛，看他兩個左右傳杯，全無計較，他就把個葫蘆揌入衣袖，拔根毫毛，變個假葫蘆，一樣無二，捧在手中。那魔遞了一會酒，也不看真假，一把接過寶貝，各上席，安然坐下，依然飲酒。孫大聖撤身走過，得了寶貝，心中暗喜道：「饒這魔頭有手段，畢竟葫蘆還姓孫！」畢竟不知向後怎樣施為，方得救師滅怪，且聽下回分解。

# 第三十五回　外道施威欺正性　心猿獲寶伏邪魔

本性圓明道自通，翻身跳出網羅中。修成變化非容易，煉就長生豈俗同？
清濁幾番隨運轉，闢開數劫任西東。逍遙萬億年無計，一點神光永注空。

此詩暗合孫大聖的道妙。他自得了那魔真寶，籠在袖中，喜道：「潑魔苦苦用心拿我，誠所謂水中撈月；老孫若要擒你，就好似火上弄冰。」藏著葫蘆，密密的溜出門外，現了本相，厲聲高叫道：「精怪開門！」旁有小妖道：「你又是甚人，敢來吆喝？」行者道：「快報與你那老潑魔，吾乃『行者孫』來也。」

那小妖急入裏報道：「大王，門外有個什麼行者孫來了。」老魔大驚道：「賢弟，不好了！惹動他一窩風了！幌金繩現拴著孫行者，葫蘆裏現裝著者行孫，怎麼又有個什麼行者孫？想是他幾個兄弟都來了。」二魔道：「兄長放心，我這葫蘆裝下一千人哩。我才裝了者行孫一個，又怕那什麼行者孫！等我出去看看，一發裝來。」老魔道：「兄弟仔細。」你看那二魔拿著個假葫蘆，還像前番，雄糾糾、氣昂昂，走出門高呼道：「你是那裏人氏，敢在此間吆喝？」行者道：「你認不得我？

家居花果山，祖貫水簾洞。只為鬧天宮，多時罷爭競。
如今幸脫災，棄道從僧用。秉教上雷音，求經歸覺正。
相逢野潑魔，卻把神通弄。還我大唐僧，上西參佛聖。
兩家罷戰爭，各守平安境。休惹老孫焦，傷殘老性命！」

那魔道：「你且過來，我不與你相打，但我叫你一聲，你敢應麼？」行者笑道：「你叫我，我就應了；我若叫你，你可應麼？」那魔道：「我叫你，是我有個寶貝葫蘆，可以裝人；你叫我，卻有何物？」行者道：「我也有個葫蘆兒。」那魔道：「既有，拿出來我看。」行者就於袖中取出葫蘆道：「潑魔，你看！」幌一幌，復藏在袖中，恐他來搶。

那魔見了大驚道：「他葫蘆是那裏來的？怎麼就與我的一般？……縱是一根藤上結的，也有個大小不同，偏正不一，卻怎麼一般無二？」他便正色叫道：「行者孫，你那葫蘆是那裏來的？」行者委的不知來歷，接過口來，就問他一句道：「你那葫蘆是那裏來的？」那魔不知是個見識，只道是句老實言語，就將根本從頭說出道：「我這葫蘆是混沌初分，天開地闢，有一位太上老祖，解化女媧之名，煉石補天，普救閻浮世界；補到乾宮缺地，見一座崑崙山腳下，有一縷仙藤，上結著這個紫金紅葫蘆，卻便是老君留下到如今。」大聖聞言，就綽了他口氣道：「我的葫蘆，也是那裏來的。」魔頭道：「怎見得？」大聖道：「自清濁初開，天不滿西北，地不滿東南，太上道祖解化女媧，補完天缺，行至崑崙山下，有根仙藤，藤結有兩個葫蘆。我得一個是雄的，你那個卻是雌的。」那怪道：「莫說雌雄；但只裝得人的，就是好寶貝。」大聖道：「你也說得是，我就讓你先裝。」

那怪甚喜，急縱身跳將起去，到空中，執著葫蘆，叫一聲：「行者孫。」大聖聽得，卻就不歇氣，連應了八九聲，只是不能裝去。那魔墜將下來，跌腳捶胸道：「天那！只說世情不改變哩！這樣個寶貝，也怕老公，雌見了雄，就不敢裝了！」行者笑道：「你且收起，輪到老孫該叫你哩。」急縱觔斗，跳起去，將葫蘆底兒朝天，口兒朝地，照定妖魔，叫聲：「銀角大王。」那怪不敢閉口，只得應了一聲，倏的裝在裏面，被行者貼上「太上老君急急如律令奉敕」的帖子，心中暗喜道：「我的兒，你今日也來試試新了！」

他就按落雲頭，拿著葫蘆，心心念念，只是要救師父，又往蓮花洞口而來。那山上都是窪踏不平之路，況他又是個圈盤腿，拐呀拐的走著，搖的那葫蘆裏漷漷索索，響聲不絕。你道他怎麼便有響聲？原來孫大聖是熬煉過的身體，急切化他不得；那怪雖也能騰雲駕霧，不過是些法術，大端是凡胎未脫，到於寶貝裏就化了。行者還不當他就化了，笑道：「我兒子啊，不知是撒尿耶，不知是漱口哩？這是老孫幹過的買賣。不等到七八日，化成稀汁，我也不揭蓋來看。忙怎的？有甚要緊？想著我出來的容易，就該千年不看才好！」他拿著葫蘆，說著話，不覺的到了洞口，把那葫蘆搖搖，一發響了。他道：「這個像發課的筒子響，倒好發課。等老孫發一課，看師父什麼時才得出門。」你看他手裏不住的搖，口裏不住的念道：「周易文王、孔子聖人、桃花女先生、鬼谷子先生。」

那洞裏小妖看見道：「大王，禍事了！行者孫把二大王爺爺裝在葫蘆裏發課哩！」那老魔聞得此言，諕得魂飛魄散，骨軟觔麻，撲的跌倒在地，放聲大哭道：「賢弟呀！我和你私離上界，轉托塵凡，指望同享榮華，永為山洞之主；怎知為這和尚，傷了你的性命，斷吾手足之情！」滿洞群妖，一齊痛哭。

豬八戒吊在梁上，聽得他一家子齊哭，忍不住叫道：「妖精，你且莫哭，等老豬講與你聽。先來的孫行者，次來的者行孫，後來的行者孫，返復三字，都是我師兄一人。他有七十二變化，騰那進來，盜了寶貝，裝了令弟。令弟已是死了，不必這等扛喪，快些兒刷淨鍋竈，辦些香蕈、蘑菇、茶芽、竹筍、豆腐、麵筋、木耳、蔬菜，請我師徒們下來，與你令弟念卷『受生經』。」那老魔聞言，心中大怒道：「只說豬八戒老實，原來甚不老實！他倒作笑話兒打覷我！」叫小妖：「且休舉哀，把豬八戒解下來，蒸得稀爛，等我吃飽了，再去拿孫行者報仇。」沙僧埋怨八戒道：「好麼！我說教你莫多話，多話的要先蒸吃哩！」那獃子也盡有幾分悚懼。旁一小妖道：「大王，豬八戒不好蒸。」八戒道：「阿彌陀佛！是那位哥哥積陰德的？果是不好蒸。」又有一個妖道：「將他皮剝了，就好蒸。」八戒慌了道：「好蒸！好蒸！皮骨雖然粗糙，湯滾就爛。棬戶！棬戶！」

正嚷處，只見前門外一個小妖報道：「行者孫又罵上門來了！」那老魔又大驚道：「這廝輕我無人！」叫：「小的們，且把豬八戒照舊吊起，查一查還有幾件寶貝。」管家的小妖道：「洞中還有三件寶貝哩。」老魔問：「是那三件？」管家的道：「還有『七星劍』、『芭蕉扇』與『淨瓶』。」老魔道：「那瓶子不中用：原是叫人，人應了就裝得，轉把個口訣兒教了那孫行者，倒把自家兄弟裝去了。不用他，放在家裏，快將劍與扇子拿來。」那管家的即將兩件寶貝獻與老魔。老魔將芭蕉扇插在後項衣領，把七星劍提在手中，又點起大小群妖，有三百多名，都教一個個拈槍弄棒，理索掄刀。這老魔卻頂盔貫甲，罩一領赤焰焰的絲袍。群妖擺出陣去，要拿孫大聖。那孫大聖早已知二魔化在葫蘆裏面，卻將他緊緊拴扣停當，撒在腰間，手持著金箍棒，準備廝殺。只見那老妖紅旗招展，跳出門來。卻怎生打扮？

頭上盔纓光焰焰，腰間帶束彩霞鮮。身穿鎧甲龍鱗砌，上罩紅袍烈火然。
圓眼睜開光掣電，鋼鬚飄起亂飛烟。七星寶劍輕提手，芭蕉扇子半遮肩。
行似流雲離海嶽，聲如霹靂震山川。威風凜凜欺天將，怒帥群妖出洞前。

那老魔急令小妖擺開陣勢，罵道：「你這猴子，十分無禮！害我兄弟，傷我手足，著然可恨！」行者罵道：「你這討死的怪物！你一個妖精的性命捨不得，似我師父、師弟、連馬四個生靈，平白的吊在洞裏，我心何忍！情理何甘！快快的送將出來還我，多多貼些盤費，喜喜歡歡打發老孫起身，還饒了你這個老妖的狗命！」那怪那容分說，舉寶劍劈頭就砍。這大聖使鐵棒舉手相迎。這一場在洞門外好殺！咦！

金箍棒與七星劍，對撞霞光如閃電。悠悠冷氣逼人寒，蕩蕩昏雲遮嶺堰。
那個皆因手足情，些兒不放善；這個只為取經僧，毫釐不容緩。
兩家各恨一般仇，二處每懷生怒怨。只殺得天昏地暗鬼神驚，日淡烟濃龍虎戰。

這個咬牙銼玉釘，那個怒目飛金焰。一來一往逞英雄，不住翻騰棒與劍。

這老魔與大聖戰經二十回合，不分勝負。他把那劍梢一指，叫聲：「小妖齊來！」那三百餘精，一齊擁上，把行者圍在垓心。好大聖，公然無懼，使一條棒，左衝右撞，後抵前遮。那小妖都有手段，越打越上，一似綿絮纏身，摟腰扯腿，莫肯退後。大聖慌了，即使個身外身法，將左脅下毫毛，拔了一把，嚼碎噴去，喝聲叫：「變！」一根根都變做行者。你看他長的使棒，短的掄拳，再小的沒處下手，抱著孤拐啃觔，把那小妖都打得星落雲散，齊聲喊道：「大王啊，事不諧矣！難矣乎哉！滿地盈山，皆是孫行者了！」被這身外法把群妖打退，只撇得老魔圍困中間，趕得東奔西走，出路無門。

那魔慌了，將左手擎著寶劍，右手伸於項後，取出芭蕉扇子，望東南丙丁火，正對離宮，唿喇的一扇子。搧將下來，只見那就地上，火光焰焰。原來這般寶貝，平白地搧出火來。那怪物著實無情：一連搧了七八扇子，熯天熾地，烈火飛騰。好火：

那火不是天上火，不是爐中火，也不是山頭火，也不是竈底火，
乃是五行中自然取出的一點靈光火。
這扇也不是凡間常有之物，也不是人工造就之物，
乃是自開闢混沌以來產成的真寶之物。
用此扇，搧此火，煌煌燁燁，就如電掣紅綃；灼灼輝輝，卻似霞飛絳綺。
更無一縷青烟，盡是滿山赤焰。只燒得嶺上松翻成火樹，崖前柏變作燈籠。
那窩中走獸貪性命，西撞東奔；這林內飛禽惜羽毛，高飛遠舉。
這場神火飄空燎，只燒得石爛溪乾遍地紅！

大聖見此惡火，卻也心驚膽顫，道聲：「不好了！我本身可處，毫毛不濟：一落這火中，豈不真如燎毛之易？」將身一抖，遂將毫毛收上身來，只將一根變作假身子，避火逃災，他的真身，捻著避火訣，縱觔斗，跳將起去，脫離了大火之中，逕奔他蓮花洞裏，想著要救師父。急到門前，把雲頭按落。又見那洞門外有百十個小妖，都破頭折腳，肉綻皮開。原來都是他分身法打傷了的，都在這裏聲聲喚喚，忍疼而立。大聖見了，按不住惡性凶頑，掄起鐵棒，一路打將進去。可憐把那苦煉人身的功果息，依然是塊舊皮毛！

那大聖打絕了小妖，撞入洞裏，要解師父，又見那內面有火光焰焰，諕得他手慌腳忙道：「罷了！罷了！這火從後門口燒起來，老孫卻難救師父也！」正悚懼處，仔細看時，呀！原來不是火光，卻是一道金光。他正了性，往裏視之，乃羊脂玉淨瓶放光，卻自心中歡喜道：「好寶貝耶！那瓶子曾是那小妖拿在山上放光，老孫得了，不想那怪又復搜去；今日藏在這裏，原來也放光。」你看他竊了這瓶子，喜喜歡歡，且不救師父，急抽身往洞外而走。才出門，只見那妖魔提著寶劍，拿著扇子，從南而來。孫大聖迴避不及，被那老魔舉劍劈頭就砍。大聖急縱觔斗雲，跳將起去，無影無蹤的逃了不題。

卻說那怪到得門口，但見屍橫滿地，——就是他手下的群精，——慌得仰天長嘆，止不住放聲大哭道：「苦哉！痛哉！」有詩為證。詩曰：

可恨猿乖馬劣頑，靈胎轉托降塵凡。只因錯念離天闕，致使忘形落此山。
鴻鴈失群情切切，妖兵絕族淚潸潸。何時孽滿開愆鎖，返本還原上御關？

那老魔慚惶不已，一步一聲，哭入洞內。只見那甚物傢伙俱在，只落得靜悄悄，沒個人形；悲切切，愈加淒慘。獨自個坐在洞中，蹋伏在那石案之上，將寶劍斜倚案邊，把扇子插於肩後，昏昏默默睡著了。這正是：人逢喜事精神爽，悶上心來瞌睡多。

話說孫大聖撥轉觔斗雲，佇立山前，想著要救師父，把那淨瓶兒牢扣腰間，逕來洞口打探。見那門開兩扇，靜悄悄的不聞消耗，隨即輕輕移步，潛入裏邊。只見那魔斜倚石案，呼呼睡著，芭蕉扇褪出肩衣，半蓋著腦後，七星劍還斜倚案邊，卻被他輕輕的走上前拔了扇子，急回頭，呼的一聲，跑將出去。原來這扇柄兒刮著那怪的頭髮，早驚醒他。抬頭看時，是孫行者偷了，急慌忙執劍來趕。那大聖早已跳出門前，將扇子撒在腰間，雙手掄開鐵棒，與那魔抵敵。這一場好殺：

惱壞潑妖王，怒髮衝冠志。恨不過撾來囫圇吞，難解心頭氣。惡口罵猢猻：「你老大將人戲！傷我若干生，還來偷寶貝。這場決不容，定見存亡計！」大聖喝妖魔：「你好不知趣！徒弟要與老孫爭，累卵焉能擊石碎？」寶劍來，鐵棒去，兩家更不留仁義。一翻二復賭輸贏，三轉四回施武藝。蓋為取經僧，靈山參佛位，致令金火不相投，五行撥亂傷和氣；揚威耀武顯神通，走石飛沙弄本事。交鋒漸漸日將晡，魔頭力怯先迴避。

那老魔與大聖戰經三四十合，天將晚矣，抵敵不住，敗下陣來。逕往西南上，投奔壓龍洞去不題。

這大聖才按落雲頭，闖入蓮花洞裏，解下唐僧與八戒、沙和尚來。他三人脫得災危，謝了行者，卻問：「妖魔那裏去了？」行者道：「二魔已裝在葫蘆裏，想是這會子已化了；大魔才然一陣戰敗，往西南壓龍山去訖。概洞小妖，被老孫分身法打死一半，還有些敗殘回的，又被老孫殺絕，方才得入此處，解放你們。」唐僧謝之不盡道：「徒弟啊，多虧你受了勞苦！」行者笑道：「誠然勞苦。你們還只是吊著受疼，我老孫再不曾住腳，比急遞鋪的鋪兵還甚，反覆裏外，奔波無已。因是偷了他的寶貝，方能平退妖魔。」豬八戒道：「師兄，你把那葫蘆兒拿出來與我們看看。只怕那二魔已化了也。」大聖先將淨瓶解下，又將金繩與扇子取出，然後把葫蘆兒拿在手道：

「莫看莫看！他先曾裝了老孫，被老孫漱口，哄得他揚開蓋子，老孫方得走了。我等切莫揭蓋，只怕他也會弄喧走了。」師徒們喜喜歡歡，將他那洞中的米麵菜蔬尋出，燒刷了鍋竈，安排些素齋吃了。飽餐一頓，安寢洞中，一夜無詞。早又天曉。

卻說那老魔逕投壓龍山，會聚了大小女怪，備言打殺母親，裝了兄弟，絕滅妖兵，偷騙寶貝之事。眾女怪一齊大哭。哀痛多時，道：「你等且休凄慘。我身邊還有這口七星劍，欲會汝等女兵，都去壓龍山後，會借外家親戚，斷要拿住那孫行者報仇。」說不了，有門外小妖報道：「大王，山後老舅爺帥領若干兵卒來也。」老魔聞言，急換了縞素孝服，躬身迎接。原來那老舅爺是他母親之弟，名喚狐阿七大王。因聞得哨山的妖兵報道，他姐姐被孫行者打死，假變姐形，盜了外甥寶貝，連日在平頂山拒敵。他卻帥本洞妖兵二百餘名，特來助陣；故此先攏姐家問信。才進門，見老魔掛了孝服，二人大哭。哭久，老魔拜下，備言前事。那阿七大怒，即命老魔換了孝服，提了寶劍，盡點女妖，合同一處，縱風雲，逕投東北而來。

這大聖卻教沙僧整頓早齋，吃了走路。忽聽得風聲，走出門看，乃是一夥妖兵，自西南上來。行者大驚，急抽身，忙呼八戒道：「兄弟，妖精又請救兵來也。」三藏聞言，驚恐失色道：「徒弟，似此如何？」行者笑道：「放心！放心！把他這寶貝都拿來與我。」大聖將葫蘆、淨瓶繫在腰間，金繩籠於袖內，芭蕉扇插在肩後，雙手掄著鐵棒，教沙僧保守師父，穩坐洞中；著八戒執釘鈀，同出洞外迎敵。

那怪物擺開陣勢，只見當頭的是阿七大王。他生得玉面長髯，鋼眉刀耳；頭戴金煉盔，身穿鎖子甲，手執方天戟，高聲罵道：「我把你個大膽的潑猴！怎敢這等欺人！偷了寶貝，傷了眷族，殺了妖兵，又敢久占洞府！趕早兒一個個引頸受死，雪我姐家之仇！」行者罵道：「你這夥作死的毛團，不識你孫外公的手段！不要走！領吾一棒！」那怪物側身躲過，使方天戟劈面相迎。兩個在山頭一來一往，戰經二四回合，那怪力軟，敗陣回走。行者趕來，卻被老魔接住。又鬥了三合，只見那狐阿七復轉來攻。這壁廂八戒見了，急掣九齒鈀擋住。一個抵一個，戰經多時，不分勝敗。那老魔喝了一聲，眾妖兵一齊圍上。

卻說那三藏坐在蓮花洞裏，聽得喊聲振地，便叫：「沙和尚，你出去看你師兄勝負如何。」沙僧果舉降妖杖出來，喝一聲，撞將出去，打退群妖。阿七見事勢不利，回頭就走；被八戒趕上，照背後一鈀，就築得九點鮮紅往外冒，可憐一靈真性赴前程。急拖來剝了衣服看處，原來也是個狐狸精。

那老魔見傷了他老舅，丟了行者，提寶劍，就劈八戒。八戒使鈀架住。正賭鬪間，沙僧撞近前來，舉杖便打。那妖抵敵不住，縱風雲，往南逃走。八戒、沙僧緊緊趕來。大聖見了，急縱雲跳在空中，解下淨瓶，罩定老魔，叫聲：「金角大王！」那怪只道是自家敗殘的小妖呼叫，就回頭應了一聲，颼的裝將進去，被行者貼上「太上老君急急如律令奉敕」的帖子。只見那七星劍墜落塵埃，也歸了行者。八戒迎著道：「哥哥，寶劍你得了，精怪何在？」行者笑道：「了了！已裝在我這瓶兒裏也。」沙僧聽說，與八戒十分歡喜。

當時通掃淨諸邪，回至洞裏，與三藏報喜道：「山已淨，妖已無矣，請師父上馬走路。」三藏喜不自勝。師徒們吃了早齋，收拾了行李、馬匹，奔西找路。正行處，猛見路旁閃出一個瞽者，走上前，扯住三藏馬道：「和尚，那裏去？還我寶貝來！」八戒大驚道：「罷了！這是老妖來討寶貝了！」

行者仔細觀看，原來是太上李老君，慌得近前施禮道：「老官兒，那裏去？」那老祖急昇玉局寶座，九霄空裏佇立，叫：「孫行者，還我寶貝。」大聖起到空中道：「什麼寶貝？」老君道：「葫蘆是我盛丹的，淨瓶是我盛水的，寶劍是我煉魔的，扇子是我搧火的，繩子是我一根勒袍的帶。那兩個怪：一個是我看金爐的童子，一個是我看銀爐的童子。只因他偷了我的寶貝，走下界來，正無覓處，卻是你今拿住，得了功績。」大聖道：「你這老官兒，著實無禮。縱放家屬為邪，該問個鈐束不嚴的罪名。」老君道：「不干我事，不可錯怪了人。此乃海上菩薩問我借了三次，送他在此，托化妖魔，看你師徒可有真心往西去也。」

大聖聞言，心中作念道：「這菩薩也老大憊懶！當時解脫老孫，教保唐僧西去取經。我說路途艱澀難行，他曾許我到急難處，親來相救；如今反使精邪掯害，語言不的，該他一世無夫！若不是老官兒親來，我決不與他。既是你這等說，拿去罷。」那老君收得五件寶貝，揭開葫蘆與淨瓶蓋口，倒出兩股仙氣，用手一指，仍化為金銀二童子，相隨左右。只見那霞光萬道。咦！縹緲同歸兜率院，逍遙直上大羅天。畢竟不知此後又有甚事，孫大聖怎生保護唐僧，幾時得到西天，且聽下回分解。

# 第三十六回 心猿正處諸緣伏 劈破傍門見月明

卻說孫行者按落雲頭，對師父備言菩薩借童子、老君收去寶貝之事。三藏稱謝不已，死心塌地，辦虔誠，捨命投西，攀鞍上馬，豬八戒挑著行李，沙和尚攏著馬頭，孫行者執了鐵棒，剖開路，徑下高山前進。說不盡那水宿風餐，披霜冒露。師徒們行罷多時，前又一山阻路。三藏在那馬上高叫：「徒弟啊，你看那裏山勢崔巍，須是要仔細提防，恐又有魔障侵身也。」行者道：「師父休要胡思亂想，只要定性存神，自然無事。」三藏道：「徒弟呀，西天怎麼這等難行？我記得離了長安城，在路上春盡夏來，秋殘冬至，有四五個年頭，怎麼還不能得到？」

行者聞言，呵呵笑道：「早哩！早哩！還不曾出大門哩！」八戒道：「哥哥不要扯謊。人間就有這般大門？」行者道：「兄弟，我們還在堂屋裏轉哩！」沙僧笑道：「師兄，少說大話嚇我。那裏就有這般大堂屋，卻也沒處買這般大過梁啊。」行者道：「兄弟，若依老孫看時，把這青天為屋瓦，日月作窗欞，四山五嶽為梁柱，天地猶如一敞廳！」八戒聽說道：「罷了！罷了！我們只當轉些時回去罷。」行者道：「不必亂談，只管跟著老孫走路。」好大聖，橫擔了鐵棒，領定了唐僧，剖開山路，一直前進。那師父在馬上遙觀，好一座山景，真個是：

山頂嵯峨摩斗柄，樹梢彷彿接雲霄。
青烟堆裏，時聞得谷口猿啼；亂翠陰中，每聽得松間鶴唳。
嘯風山魅立溪間，戲弄樵夫；成器狐狸坐崖畔，驚張獵戶。
好山！看那八面崖巍，四圍險峻。
古怪喬松盤翠蓋，枯摧老樹掛藤蘿。
泉水飛流，寒氣透人毛髮冷；巔峰屹立，清風射眼夢魂驚。

時聽大蟲哮吼，每聞山鳥時鳴。
麂鹿成群穿荊棘，往來跳躍；獐犯結黨尋野食，前後奔跑。
佇立草坡，一望並無客旅；行來深凹，四邊俱有豺狼。
應非佛祖修行處，盡是飛禽走獸場。

那師父戰戰兢兢，進此深山，心中淒慘，兜住馬，叫聲：「悟空啊！我自從益智登山盟，王不留行送出城。路上相逢三稜子，途中催趲馬兜鈴。尋坡轉澗求荊芥，邁嶺登山拜茯苓。防己一身如竹瀝，茴香何日拜朝廷？」

孫大聖聞言，呵呵冷笑道：「師父不必掛念，少要心焦。且自放心前進，還你個『功到自然成』也。」師徒們玩著山景，信步行時，早不覺紅輪西墜。正是：

十里長亭無客走，九重天上現星辰。八河船隻皆收港，七千州縣盡關門。
六宮五府回官宰，四海三江罷釣綸。兩座樓頭鐘鼓響，一輪明月滿乾坤。

那長老在馬上遙觀，只見那山凹裏有樓臺疊疊，殿閣重重。三藏道：「徒弟，此時天色已晚，幸得那壁廂有樓閣不遠，想必是菴觀寺院。我們都到那裏借宿一宵，明日再行罷。」行者道：「師父說的是。不要忙，等我且看好歹如何。」那大聖跳在空中，仔細觀看，果然是座山門，但見：

八字磚牆泥紅粉，兩邊門上釘金釘。疊疊樓臺藏嶺畔，層層宮闕隱山中。
萬佛閣對如來殿，朝陽樓應大雄門。七層塔屯雲宿霧，三尊佛神現光榮。

文殊臺對伽藍舍，彌勒殿靠大慈廳。看山樓外青光舞，步虛閣上紫雲生。
松關竹院依依綠，方丈禪堂處處清。雅雅幽幽供樂事，川川道道喜迴迎。
參禪處有禪僧講，演樂房多樂器鳴。妙高臺上曇花墜，說法壇前貝葉生。
正是那林遮三寶地，山擁梵王宮。半壁燈烟光閃灼，一行香靄霧朦朧。

孫大聖按下雲頭，報與三藏道：「師父，果然是一座寺院，卻好借宿，我們去來。」這長老放開馬，一直前來，逕到了山門之外。行者道：「師父，這一座是什麼寺？」三藏道：「我的馬蹄才然停住，腳尖還未出鐙，就問我是什麼寺，好沒分曉！」行者道：「你老人家自幼為僧，須曾講過儒書，方才去演經法；文理皆通，然後受唐王的恩宥；門上有那般大字，如何不認得？」長老罵道：「潑猢猻！說話無知！我才面西催馬，被那太陽影射，奈何門雖有字，又被塵垢朦朧，所以未曾看見。」

行者聞言，把腰兒躬一躬，長了二丈餘高，用手展去灰塵道：「師父，請看。」上有五個大字，乃是「敕建寶林寺」。行者收了法身，道：「師父，這寺裏誰進去借宿？」三藏道：「我進去。你們的嘴臉醜陋，言語粗疏，性剛氣傲，倘或衝撞了本處僧人，不容借宿，反為不美。」行者道：「既如此，請師父進去，不必多言。」那長老卻丟了錫杖，解下斗篷，整衣合掌，逕入山門。只見兩邊紅漆欄杆裏面，高坐著一對金剛，裝塑得威儀惡醜：

一個鐵面鋼鬚似活容，一個燥眉圜眼若玲瓏。
左邊的拳頭骨突如生鐵，右邊的手掌崚嶒賽赤銅。
金甲連環光燦爛，明盔繡帶映飄風。
西方真個多供佛，石鼎中間香火紅。

三藏見了，點頭長嘆道：「我那東土，若有人也將泥胎塑這等大菩薩，燒香供養啊，我弟子也不往西天去矣。」正嘆息處，又到了二層山門之內。見有四大天王之相，乃是持國、多聞、增長、廣目，按東北西南風調雨順之意。進了二層門裏，又見有喬松四樹，一樹樹翠蓋蓬蓬，卻如傘狀。忽抬頭，乃是大雄寶殿。那長老合掌皈依，舒身下拜。拜罷起來，轉過佛臺，到於後門之下。又見有倒座觀音普度南海之相。那壁上都是良工巧匠裝塑的那些蝦、魚、蟹、鱉，出頭露尾，跳海水波潮耍子。長老又點頭三五度，感嘆萬千聲道：「可憐啊！鱗甲眾生都拜佛，為人何不肯修行！」

正讚嘆間，又見三門裏走出一個道人。那道人忽見三藏相貌稀奇，丰姿非俗，急趨步上前施禮道：「師父那裏來的？」三藏道：「弟子是東土大唐駕下差來，上西天拜佛求經的。今到寶方，天色將晚，告借一宿。」那道人道：「師父莫怪，我做不得主。我是這裏掃地撞鐘打勤勞的道人。裏面還有個管家的老師父哩，待我進去稟他一聲。他若留你，我就出來奉請；若不留你，我卻不敢羈遲。」三藏道：「累及你了。」

那道人急到方丈報道：「老爺，外面有個人來了。」那僧官即起身，換了衣服，按一按毘盧帽，披上袈裟，急開門迎接，問道人：「那裏人來？」道人用手指定道：「那正殿後邊不是一個人？」那三藏光著一個頭，穿一領二十五條達摩衣，足下登一雙拖泥帶水的達公鞋，斜倚在那後門首。僧官見了，大怒道：「道人少打！你豈不知我是僧官，但只有城上來的士夫降香，我方出來迎接。這等個和尚，你怎麼多虛少實，報我接他！看他那嘴臉，不是個誠實的，多是雲遊方上僧，今日天晚，想是要來借宿。我們方丈中，豈容他打攪！教他往前廊下蹲罷了，報我怎麼！」抽身轉去。

長老聞言，滿眼垂淚道：「可憐！可憐！這才是『人離鄉賤』！我弟子從小兒出家，做了和尚，又不曾拜懺吃葷生歹意，看經懷怒壞禪心；又不曾丟瓦拋磚傷佛殿，阿羅臉上剝真金。噫！可憐啊！不知是那世裏觸傷天地，教我今生常遇不良人！——和尚，你不留我們宿便罷了，怎麼又說這等儯懶話，教我們在前道廊下去『蹲』？此話不與行者說還好，若說了，那猴子進來，一頓鐵棒，把孤拐都打斷你的！」長老道：「也罷，也罷。常言道：『人將禮樂為先。』我且進去問他一聲，看意下如何。」

那師父踏腳跡，跟他進方丈門裏。只見那僧官脫了衣服，氣呼呼的坐在那裏，不知是念經，又不知是與人家寫法事，見那桌案上有些紙札堆積。唐僧不敢深入，就立於天井裏，躬身高叫道：「老院主，弟子問訊了！」那和尚就有些不耐煩他進裏邊來的意思，半答不答的還了個禮，道：「你是那裏來的？」三藏道：「弟子乃東土大唐駕下差來，上西天拜活佛求經的。經過寶方，天晚，求借一宿，明日不犯天光就行了。萬望老院主方便，方便。」那僧官才欠起身來道：「你是那唐三藏麼？」三藏道：「不敢，弟子便是。」僧官道：「你既往西天取經，怎麼路也不會走？」三藏道：「弟子更不曾走貴處的路。」他道：「正西去，只有四五里遠近，有一座三十里店，店上有賣飯的人家，方便好宿。我這裏不便，不好留你們遠來的僧。」三藏合掌道：「院主，古人有云：『菴觀寺院，都是我方上人的館驛，見山門就有三升米分。』你怎麼不留我，卻是何情？」

僧官怒聲叫道：「你這遊方的和尚，便是有些油嘴油舌的說話！」三藏道：「何為油嘴油舌？」僧官道：「古人云：『老虎進了城，家家都閉門。雖然不咬人，日前壞了名。』」三藏道：「怎麼『日前壞了名』？」他道：「向年有幾眾行腳僧，來於山門口坐下，是我見他寒薄，一個個衣破鞋無，光頭赤腳。我嘆他那般襤褸，即忙請入方丈，延之上坐。款待了齋飯，又將故衣各借一件與他，就留他住了幾日。怎知他貪圖自在衣食，更不思量起身，就住了七八個年頭。住便也罷，又幹出許多不公的事來。」三藏道：「有什麼不公的事？」僧官道：「你聽我說：

閒時沿牆拋瓦，悶來壁上扳釘。冷天向火折窗櫺，夏日拖門攔徑。
旛布扯為腳帶，牙香偷換蔓菁。常將琉璃把油傾，奪碗奪鍋賭勝。」

三藏聽言，心中暗道：「可憐啊！我弟子可是那等樣沒脊骨的和尚？」欲待要哭，又恐那寺裏的老和尚笑他；但暗暗扯衣揩淚，忍氣吞聲，急走出去，見了三個徒弟。那行者見師父面上含怒，向前問：「師父，寺裏和尚打你來？」唐僧道：「不曾打。」八戒說：「一定打來。不是，怎麼還有些哭包聲？」那行者道：「罵你來？」唐僧道：「也不曾罵。」行者道：「既不曾打，又不曾罵，你這般苦惱怎麼？好道是思鄉哩？」唐僧道：「徒弟，他這裏不方便。」行者笑道：「這裏想是道士？」唐僧怒道：「觀裏才有道士，寺裏只是和尚。」行者道：「你不濟事；但是和尚，即與我們一般。常言道：『既在佛會下，都是有緣人。』你且坐，等我進去看看。」

好行者，按一按頂上金箍，束一束腰間裙子，執著鐵棒，逕到大雄寶殿上，指著那三尊佛像道：「你本是泥塑金裝假像，內裏豈無感應？我老孫保領大唐聖僧往西天拜佛求取真經，今晚特來此處投宿，趁早與我報名！假若不留我等，就一頓棍打碎金身，教你還現本相泥土！」這大聖正在前邊發狠，搗叉子亂說，只見一個燒晚香的道人，點了幾枝香，來佛前爐裏插；被行者咄的一聲，諕了一跌；爬起來看見臉，又是一跌；嚇得滾滾蹡蹡，跑入方丈裏，報道：「老爺！外面有個和尚來了！」那僧官道：「你這夥道人都少打！一行說教他往前廊下去『蹲』，又報什麼！再說打二十！」道人說：「老爺，這個和尚，比那個和尚不同：生得惡躁，沒脊骨。」僧官道：「怎的模樣？」道人道：「是個圓眼睛，查耳朵，滿面毛，雷公嘴。手執一根棍子，咬牙恨恨的，要尋人打哩。」僧官道：「等我出去看。」

他即開門，只見行者撞進來了。真個生得醜陋：七高八低孤拐臉，兩隻黃眼睛，一個磕額頭；獠牙往外生，就像屬螃蟹的，肉在裏面，骨在外面。那老和尚慌得把方丈門關了。行者趕上，撲的打破門扇，道：「趕早將乾淨房子打掃一千間，老孫睡覺！」僧官躲在房裏，對道人說：「怪他生得醜麼？原來是說大話，折作的這般嘴臉。我這裏連方丈、佛殿、鐘鼓樓、兩廊，共總也不上三百間，他卻要一千間睡覺。卻打那裏來？」道人說：「師父，我也是嚇破膽的人了，憑你怎麼答應他罷。」那僧官戰索索的高叫道：「那借宿的長老，我這小荒山不方便，不敢奉留，往別處去宿罷。」

行者將棍子變得盆來粗細，直壁壁的豎在天井裏，道：「和尚，不方便，你就搬出去！」僧官道：「我們從小兒住的寺，師公傳與師父，師父傳與我輩，我輩要遠繼兒孫。他不知是那裏勾當，冒冒實實的，教我們搬哩。」道人說：「老爺，十分不尷尬，搬出去也罷。──扛子打進門來了。」僧官道：「你莫胡說！我們老少眾大四五百名和尚，往那裏搬？搬出去，卻也沒處住。」行者聽見道：「和尚，沒處搬，便著一個出來打樣棍！」老和尚叫：「道人你出去與我打個樣棍來。」那道人慌了，道：「爺爺呀！那等個大扛子，教我去打樣棍！」老和尚道：「『養軍千日，用軍一朝。』你怎麼不出去？」道人說：「那扛子莫說打來，若倒下來，壓也壓個肉泥！」老和尚道：「也莫要說壓，只道豎在天井裏，夜晚間走路，不記得啊，一頭也撞個大窟窿！」道人說：「師父，你曉得這般重，卻教我出去打什麼樣棍？」他自家裏面轉鬧起來。

行者聽見道：「是也禁不得。假若就一棍打殺一個，我師父又怪我行凶了。且等我另尋一個什麼打與你看看。」忽抬頭，只見方丈門外有一個石獅子，卻就舉起棍來，乒乓一下，打得粉亂麻碎。那和尚在窗眼兒裏看見，就嚇得骨軟觔麻，慌忙往牀下拱；道人就往鍋門裏鑽；口中不住叫：「爺爺！棍重，棍重！禁不得！方便，方便！」行者道：「和尚，我不打你。我問你：這寺裏有多少和尚？」僧官戰索索的道：「前後是二百八十五房頭，共有五百個有度牒的和尚。」行者道：「你快去把那五百個和尚都點得齊齊整整，穿了長衣服出去，把我那唐朝的師父接進來，就不打你了。」僧官道：「爺爺，若是不打，便抬也抬進來。」行者道：「趁早去！」僧官叫：「你莫說嚇破了膽，就是嚇破了心，便也去與我叫這些人來接唐僧老爺爺來。」

那道人沒奈何，捨了性命，不敢撞門，從後邊狗洞裏鑽將出去，逕到正殿上，東邊打鼓，西邊撞鐘。鐘鼓一齊響處，驚動了兩廊大小僧眾，上殿問道：「這早還不晚哩，撞鐘打鼓做甚？」道人說：「快換衣服，隨老師父排班，出山門外，迎接唐朝來的老爺。」那眾和尚，真個齊齊整整，擺班出門迎接。有的披了袈裟；有的著了褊衫；無的穿著個一口鍾直裰；十分窮的，沒有長衣服，就把腰裙接起兩條披在身上。行者看見道：「和尚，你穿的是什麼衣服？」和尚見他醜惡，道：「爺爺，不要打，等我說。——這是我們城中化的布。此間沒有裁縫，是自家做的個『一裹窮』。」

行者聞言暗笑，押著眾僧，出山門下跪下。那僧官磕頭高叫道：「唐老爺，請方丈裏坐。」八戒看見道：「師父老大不濟事，你進去時，淚汪汪，嘴上掛得油瓶。師兄怎麼就有此獐智，教他們磕頭來接？」三藏道：「你這個獃子，好不曉禮！常言道：『鬼也怕惡人哩。』」唐僧見他們磕頭禮拜，甚是不過意，上前叫：「列位請起。」眾僧叩頭道：「老爺若和你徒弟說聲方便，不動扛子，就跪一個月也罷。」唐僧叫：「悟空，莫要打他。」行者道：「不曾打；若打，這會已打斷了根矣。」那些和尚卻才起身，牽馬的牽馬，挑擔的挑擔，抬著唐僧，馱著八戒，挽著沙僧，一齊都進山門裏去。卻到後面方丈中，依敘坐下。

眾僧卻又禮拜。三藏道：「院主請起，再不必行禮，作踐貧僧。我和你都是佛門弟子。」僧官道：「老爺是上國欽差，小和尚有失迎接。今到荒山，奈何俗眼不識尊儀，與老爺邂逅相逢。動問老爺：一路上是吃素？是吃葷？我們好去辦飯。」三藏道：「吃素。」僧官道：「徒弟，這個爺爺好的吃葷。」行者道：「我們也吃素，都是胎裏素。」那和尚道：「爺爺呀，這等凶漢也吃素！」有一個膽量大的和尚，近前又問：「老爺既然吃素，煮多少米的飯方夠吃？」八戒道：「小家子和尚！問什麼！一家煮上一石米。」那和尚都慌了，便去刷洗鍋竈，各房中安排茶飯。高掌明燈，調開桌椅，管待唐僧。

師徒們都吃罷了晚齋，眾僧收拾了傢伙，三藏稱謝道：「老院主，打攪寶山了。」僧官道：「不敢，不敢。怠慢，怠慢。」三藏道：「我師徒卻在那裏安歇？」僧官道：「老爺不要忙，小和尚自有區處。」叫道人：「那壁廂有幾個人聽使令的？」道人說：「師父，有。」僧官吩咐道：「你們著兩個去安排草料，與唐老爺餵馬；著幾個去前面把那三間禪堂打掃乾淨，鋪設牀帳，快請老爺安歇。」

那些道人聽命，各各整頓齊備，卻來請唐老爺安寢。他師徒們牽馬挑擔，出方丈，逕至禪堂門首看處，只見那裏面燈火光明，兩梢間鋪著四張藤屜牀。行者見了，喚那辦草料的道人，將草料抬來，放在禪堂裏面，拴下白馬，教道人都出去。三藏坐在中間。燈下，兩班兒，立五百個和尚，都伺候著不敢側離。三藏欠身道：「列位請回，貧僧好自在安寢也。」眾僧決不敢退。僧官上前吩咐大眾：「伏侍老爺安置了再回。」三藏道：「即此就是安置了，都就請回。」眾人卻才敢散去訖。

唐僧舉步出門小解，只見明月當天，叫：「徒弟。」行者、八戒，沙僧都出來侍立。因感這月清光皎潔，玉宇深沈，真是一輪高照，大地分明。對月懷歸，口占一首古風長篇。詩云：「

皓魄當空寶鏡懸，山河搖影十分全。瓊樓玉宇清光滿，冰鑒銀盤爽氣旋。
萬里此時同皎潔，一年今夜最明鮮。渾如霜餅離滄海，卻似冰輪掛碧天。
別館寒窗孤客悶，山村野店老翁眠。乍臨漢苑驚秋鬢，才到秦樓促晚奩。
庾亮有詩傳晉史，袁宏不寐泛江船。光浮杯面寒無力，清映庭中健有仙。
處處窗軒吟白雪，家家院宇弄冰弦。今宵靜玩來山寺，何日相同返故園？」

行者聞言，近前答曰：「師父啊，你只知月色光華，心懷故里，更不知月中之意，乃先天法象之規繩也。月至三十日，陽魂之金散盡，陰魄之水盈輪，故純黑而無光，乃曰『晦』。此時與日相交，在晦朔兩日之間，感陽光而有孕。至初三日一陽現，初八日二陽生，魄中魂半，其平如繩，故曰『上弦』。至今十五日，三陽備足，是以團圓，故曰『望』。至十六日一陰生，二十二日二陰生，此時魂中魄半，其平如繩，故曰『下弦』。至三十日三陰備足，亦當晦。此乃先天採煉之意。我等若能溫養二八，九九成功，那時節，見佛容易，返故田亦易也。詩曰：

前弦之後後弦前，藥味平平氣象全。

採得歸來爐裏煉，志心功果即西天。」

那長老聽說，一時解悟，明徹真言，滿心歡喜，稱謝了悟空。沙僧在旁笑道：「師兄此言雖當，只說的是弦前屬陽，弦後屬陰，陰中陽半，得水之金；更不道：

水火相攙各有緣，全憑土母配如然。
三家同會無爭競，水在長江月在天。」

那長老聞得，亦開茅塞。正是理明一竅通千竅，說破無生即是仙。八戒上前扯住長老道：「師父，莫聽亂講，誤了睡覺。這月啊：

缺之不久又團圓，似我生來不十全。吃飯嫌我肚子大，拿碗又說有黏涎。
他都伶俐修來福，我自癡愚積下緣。我說你取經還滿三塗業，擺尾搖頭直上天！」

三藏道：「也罷，徒弟們走路辛苦，先去睡下。等我把這卷經來念一念。」行者道：「師父差了，你自幼出家，做了和尚，小時的經文，那本不熟？卻又領了唐王旨意，上西天見佛，求取『大乘真典』。如今功未完成，佛未得見，經未曾取，你念的是那卷經兒？」三藏道：「我自出長安，朝朝跋涉，日日奔波，小時的經文恐怕生了；幸今夜得閒，等我溫習溫習。」行者道：「既這等說，我們先去睡也。」他三人各往一張藤牀上睡下。長老掩上禪堂門，高剔銀缸，鋪開經本，默默看念。正是那：樓頭初鼓人烟靜，野浦漁舟火滅時。畢竟不知那長老怎麼樣離寺，且聽下回分解。

# 第三十七回　鬼王夜謁唐三藏　悟空神化引嬰兒

卻說三藏坐於寶林寺禪堂中，燈下念一會《梁皇水懺》，看一會《孔雀真經》，只坐到三更時候，卻才把經本包在囊裏。正欲起身去睡，只聽得門外撲剌剌一聲響喨，淅零零刮陣怪風。那長老恐吹滅了燈，慌忙將褊衫袖子遮住。又見那燈或明或暗，便覺有些心驚膽戰。此時又困倦上來，伏在經案上盹睡。雖是闔眼朦朧，卻還心中明白。耳內嚶嚶聽著那窗外陰風颯颯。好風，真個那：

淅淅瀟瀟，飄飄蕩蕩。淅淅瀟瀟飛落葉，飄飄蕩蕩捲浮雲。
滿天星斗皆昏昧，遍地塵沙盡灑紛。一陣家猛，一陣家純。
純時松竹敲清韻，猛處江湖波浪渾。刮得那山鳥難棲聲哽哽，海魚不定跳噴噴。
東西館閣門窗脫，前後房廊神鬼瞋。佛殿花瓶吹墮地，琉璃搖落慧燈昏。
香爐攲倒香灰迸，燭架歪斜燭焰橫。幢幡寶蓋都搖拆，鐘鼓樓臺撼動根。

那長老昏夢中聽著風聲一時過處，又聞得禪堂外，隱隱的叫一聲：「師父！」忽抬頭夢中觀看，門外站著一條漢子：渾身上下，水淋淋的，眼中垂淚，口裏不住叫：「師父！師父！」三藏欠身道：「你莫是魍魎妖魅，神怪邪魔，至夜深時，來此戲我？我卻不是那貪慾貪嗔之類。我本是個光明正大之僧，奉東土大唐旨意，上西天拜佛求經者。我手下有三個徒弟，都是降龍伏虎之英豪，掃怪除魔之壯士。他若見了你，碎屍粉骨，化作微塵。此是我大慈悲之意，方便之心。你趁早兒潛身遠遁，莫上我的禪門來。」那人倚定禪堂道：「師父，我不是妖魔鬼怪，亦不是魍魎邪神。」三藏道：「你既不是此類，卻深夜來此何為？」那人道：「師父，你捨眼看我一看。」

長老果仔細定睛看處，——呀！只見他：

頭戴一頂沖天冠，腰束一條碧玉帶；身穿一領飛龍舞鳳赭黃袍，足踏一雙雲頭繡口無憂履，手執一柄列斗羅星白玉珪。面如東嶽長生帝，形似文昌開化君。

三藏見了，大驚失色，急躬身厲聲高叫道：「是那一朝陛下？請坐。」用手忙攙，撲了個空虛，回身坐定。再看處，還是那個人。長老便問：「陛下，你是那裏皇帝？何邦帝主？想必是國土不寧，讒臣欺虐，半夜逃生至此。有何話說，說與我聽。」這人才淚滴腮邊談舊事，愁攢眉上訴前因，道：「師父啊，我家住在正西，離此只有四十里遠近。那廂有座城池，便是興基之處。」三藏道：「叫做什麼地名？」那人道：「不瞞師父說，便是朕當時創立家邦，改號烏雞國。」三藏道：「陛下這等驚慌，卻因甚事至此？」那人道：「師父啊，我這裏五年前，天年乾旱，草子不生，民皆飢死，甚是傷情。」

三藏聞言，點頭嘆道：「陛下啊，古人云：『國正天心順。』想必是你不慈恤萬民。既遭荒歉，怎麼就躲離城郭？且去開了倉庫，賑濟黎民；悔過前非，重興今善，放赦了那枉法冤人；自然天心和合，雨順風調。」那人道：「我國中倉廩空虛，錢糧盡絕。文武兩班停俸祿，寡人膳食亦無葷。仿效禹王治水，與萬民同受甘苦，沐浴齋戒，晝夜焚香祈禱。如此三年，只乾得河枯井涸。正都在危急之處，忽然鍾南山來了一個全真，能呼風喚雨，點石成金。先見我文武多官，後來見朕，當即請他登壇祈禱，果然有應，只見令牌響處，頃刻間大雨滂沱。寡人只望三尺雨足矣，他說久旱不能潤澤，又多下了二寸。朕見他如此尚義，就與他八拜為交，以『兄弟』稱之。」

三藏道：「此陛下萬千之喜也。」那人道：「喜自何來？」三藏道：「那全真既有這等本事，若要雨時，就教他下雨；若要金時，就教他點金。還有那些不足，卻離了城闕來此？」那人道：「朕與他同寢食者，只得二年。又遇著陽春天氣，紅杏夭桃，開花綻蕊，家家士女，處處王孫，俱去遊春賞玩。那時節，文武歸衙，嬪妃轉院。朕與那全真攜手緩步，至御花園裏，忽行到八角琉璃井邊，不知他拋下些什麼物件，井中有萬道金光。哄朕到井邊看什麼寶貝，他陡起凶心，撲通的把寡人推下井內；將石板蓋住井口，擁上泥土，移一株芭蕉栽在上面。可憐我啊，已死去三年，是一個落井傷生的冤屈之鬼也！」

唐僧見說是鬼，諕得觔力酥軟，毛骨聳然。沒奈何，只得將言又問他道：「陛下，你說的這話，全不在理。既死三年，那文武多官，三宮皇后，遇三朝見駕殿上，怎麼就不尋你？」那人道：「師父啊，說起他的本事，果然世間罕有！自從害了朕，他當時在花園內搖身一變，就變做朕的模樣，更無差別。現今占了我的江山，暗侵了我的國土。他把我兩班文武，四百朝官，三宮皇后，六院嬪妃，盡屬了他矣。」三藏道：「陛下，你忒也懦。」那人道：「何懦？」三藏道：「陛下，那怪倒有些神通，變作你的模樣，侵占你的乾坤，文武不能識，后妃不能曉，只有你死得明白；你何不在陰司閻王處具告？把你的屈情伸訴，伸訴？」那人道：「他的神通廣大，官吏情熟，——都城隍常與他會酒，海龍王盡與他有親；東嶽天齊是他的好朋友，十代閻羅是他的異兄弟。——因此這般，我也無門投告。」

三藏道：「陛下，你陰司裏既沒本事告他，卻來我陽世間作甚？」那人道：「師父啊，我這一點冤魂，怎敢上你的門來？山門前有那護法諸天、六丁六甲、五方揭諦、四值功曹、一十八位護教伽藍，緊隨鞍馬。卻才被夜遊神一陣神風，把我送將進來。他說我三年水災該滿，著我來拜謁師父。他說你手下有一個大徒弟，是齊天大聖，極能斬怪降魔。今來志心拜懇，千乞到我國中，拿住妖魔，辨明邪正。朕當結草銜環，報酬師恩也！」三藏道：「陛下，你此來是請我徒弟與你去除卻那妖怪麼？」那人道：「正是！正是！」三藏道：「我徒弟幹別的事不濟，但說降妖捉怪，正合他宜。陛下啊，雖是著他拿怪，但恐理上難行。」那人道：「怎麼難行？」三藏道：「那怪既神通廣大，變得與你相同；滿朝文武，一個個言和心順；三宮妃嬪，一個個意合情投；我徒弟縱有手段，決不敢輕動干戈。倘被多官拿住，說我們欺邦滅國，問一款大逆之罪，困陷城中，卻不是畫虎刻鵠也？」

那人道：「我朝中還有人哩。」三藏道：「卻好！卻好！想必是一代親王侍長，發付何處鎮守去了？」那人道：「不是；我本宮有個太子，是我親生的儲君。」三藏道：「那太子想必被妖魔貶了？」那人道：「不曾。他只在金鑾殿上，五鳳樓中，或與學士講書，或共全真登位。自此三年，禁太子不入皇宮，不能夠與娘娘相見。」三藏道：「此是何故？」那人道：「此是妖怪使下的計策。只恐他母子相見，閒中論出長短，怕走了消息；故此兩不會面，他得永住常存也。」三藏道：「你的災屯，想應天付，卻與我相類。當時我父曾被水賊傷生。我母被水賊欺占，經三個月，分娩了我。我在水中逃了性命，幸金山寺恩師，救養成人。記得我幼年無父母，此間那太子失雙親，真個可憐！」又問道：「你縱有太子在朝，我怎的與他相見？」

那人道：「如何不得見？」三藏道：「他被妖魔拘轄，連一個生身之母尚不得見，我一個和尚，欲見何由？」那人道：「他明早出朝來也。」三藏問：「出朝作甚？」那人道：「明日早朝，領三千人馬，架鷹犬，出城採獵，師父斷得與他相見。見時肯將我的言語說與他，他便信了。」三藏道：「他本是肉眼凡胎，被妖魔哄在殿上，那一日不叫他幾聲父王？他怎肯信我的言語？」那人道：「既恐他不信，我留下一件表記與你罷。」三藏問：「是何物件？」那人把手中執的金廂白玉珪放下道：「此物可以為記。」三藏道：「此物何如？」那人道：「全真自從變作我的模樣，只是少變了這件寶貝。他到宮中，說那求雨的全真拐了此珪去了。自此三年，還沒此物。我太子若看見，他睹物思人，此仇必報。」三藏道：「也罷，等我留下，著徒弟與你處置。——卻在那裏等麼？」那人道：「我也不敢等。我這去，還央求夜遊神再使一陣神風，把我送進皇宮內院，托一夢與我那正宮皇后，教他母子們合意，你師徒們同心。」三藏點頭應承道：「你去罷。」

那冤魂叩頭拜別，舉步相送，不知怎麼踢了腳，跌了一個觔斗，把三藏驚醒，卻原來是南柯一夢。慌得對著那盞昏燈，連忙叫：「徒弟！徒弟！」八戒醒來道：「什麼『土地土地』？——當時我做好漢，專一吃人度日，受用腥羶，其實快活；偏你出家，教我們保護你跑路！原說只做和尚，如今拿做奴才，日間挑包袱牽馬，夜間提尿瓶務腳！這早晚不睡，又叫徒弟作甚？」三藏道：「徒弟，我剛才伏在案上打盹，做了一個怪夢。」行者跳將起來道：「師父，夢從想中來。你未曾上山，先怕妖怪；又愁雷音路遠，不能得到；思念長安，不知何日回程，所以心多夢多。似老孫一點真心，專要西方見佛，更無一個夢兒到我。」三藏道：「徒弟，我這一夢，不是思鄉之夢。才然闔眼，見一陣狂風過處，禪房門外有一朝皇帝，自言是烏雞國王。渾身水濕，滿眼淚垂。」這等這等，如此如此，將那夢中話一一的說與行者。

行者笑道：「不消說了，他來托夢與你，分明是照顧老孫一場生意。必然是個妖怪在那裏篡位謀國。等我與他辨個真假。想那妖魔，棍到處，立業成功。」三藏道：「徒弟，他說那怪神通廣大哩。」行者道：「怕他什麼廣大！早知老孫到，教他即走無方！」三藏道：「我又記得留下一件寶貝做表記。」八戒答道：「師父莫要胡纏，做個夢便罷了，怎麼只管當真？」沙僧道：「『不信直中直，須防仁不仁』。我們打起火，開了門，看看如何便是。」

行者果然開門。一齊看處，只見星月光中，階簷上，真個放著一柄金廂白玉珪。八戒近前拿起道：「哥哥，這是什麼東西？」行者道：「這是國王手中執的寶貝，名喚玉珪。師父啊，既有此物，想此事是真。明日拿妖，全都在老孫身上。只是要你三樁兒造化低哩。」八戒道：「好！好！好！做個夢罷了，又告誦他。他那些兒不會作弄人哩？就教你三樁兒造化低。」三藏回入裏面道：「是那三樁？」行者道：「明日要你頂缸、受氣、遭瘟。」八戒笑道：「一樁兒也是難的，三樁兒卻怎麼耽得？」唐僧是個聰明的長老，便問：「徒弟啊，此三事如何講？」行者道：「也不消講，等我先與你二件物。」

好大聖，拔了一根毫毛，吹口仙氣，叫聲：「變！」變做一個紅金漆匣兒，把白玉珪放在內盛著，道：「師父，你將此物捧在手中，到天曉時，穿上錦襴袈裟，去正殿坐著念經，等我去看看他那城池。端的是個妖怪，就打殺他，也在此間立個功績；假若不是，且休撞禍。」三藏道：「正是！正是！」行者道：「那太子不出城便罷；若真個應夢出城來，我定引他來見你。」三藏道：「見了我如何迎答？」行者道：「來到時，我先報知，你把那匣蓋兒扯開些，等我變作二寸長的一個小和尚，放在匣兒裏，你連我捧在手中。那太子進了寺來，必然拜佛；你儘他怎的下拜，只是不睬他。他見你不動身，一定教拿你；你憑他拿下去，打也由他，綁也由他，殺也由他。」

三藏道：「呀！他的軍令大，真個殺了我，怎麼好？」行者道：「沒事，有我哩。若到那緊關處，我自然護你。他若問時，你說是東土欽差上西天拜佛取經進寶的和尚。他道：『有甚寶貝？』你卻把錦襴袈裟對他說一遍，說道：『此是三等寶貝。還有頭一等、第二等的好物哩！』但問處，就說這匣內有一件寶貝，上知五百年，下知五百年，中知五百年，共一千五百年過去未來之事，俱盡曉得。卻把老孫放出來。我將那夢中話告誦那太子。他若肯信，就去拿了那妖魔，一則與他父王報仇，二來我們立個名節；他若不信，再將白玉珪拿與他看。只恐他年幼，還不認得哩。」三藏聞言，大喜道：「徒弟啊，此計絕妙！但說這寶貝，一個叫做錦襴袈裟，一個叫做白玉珪；你變的寶貝卻叫做甚名？」行者道：「就叫做『立帝貨』罷。」三藏依言，記在心上。師徒們一夜那曾得睡。盼到天明，恨不得點頭喚出扶桑日，噴氣吹散滿天星。

不多時，東方發白。行者又吩咐了八戒、沙僧，教他兩個：「不可攪擾僧人，出來亂走。待我成功之後，共汝等同行。」才別了唐僧，唿哨一觔斗，跳在空中。睜火眼平西看處，果見有一座城池。你道怎麼就看見了？當時說那城池離寺只有四十里，故此憑高就望見了。行者近前仔細看處，又見那怪霧愁雲漠漠，妖風怨氣紛紛。行者在空中讚嘆道：

若是真王登寶座，自有祥光五色雲；
只因妖怪侵龍位，騰騰黑氣鎖金門。

行者正然感嘆。忽聽得炮聲響喨，又只見東門開處，閃出一路人馬，真個是採獵之軍，果然勢勇，但見：

曉出禁城東，分圍淺草中。彩旗開映日，白馬驟迎風。鼉鼓鼕鼕擂，標槍對對衝。架鷹軍猛烈，牽犬將驍雄。火炮連天振，黏竿映日紅。人人支弩箭，個個挎雕弓。張網山坡下，鋪繩小徑中。一聲驚霹靂，千騎擁貔熊。狡兔身難保，乖獐智亦窮。狐狸該命盡，麋鹿喪當終。山雉難飛脫，野雞怎避凶？他都要撿占山場擒猛獸，摧殘林木射飛蟲。

那些人出得城來，散步東郊，不多時，有二十里向高田地，又只見中軍營裏，有小小的一個將軍：頂著盔，貫著甲，果肚花，十八札，手執青鋒寶劍，坐下黃驃馬，腰帶滿弦弓。真個是：

隱隱君王像，昂昂帝主容。規模非小輩，行動顯真龍。

行者在空暗喜道：「不須說，那個就是皇帝的太子了。等我戲他一戲。」好大聖，按落雲頭，撞入軍中太子馬前，搖身一變，變作一個白兔兒，只在太子馬前亂跑。太子看見，正合歡心，拈起箭，拽滿弓，一箭正中了那兔兒。

原來是那大聖故意教他中了，卻眼乖手疾，一把接住那箭頭，把箭翎花落在前邊，丟開腳步跑了。那太子見箭中了玉兔，兜開馬，獨自爭先來趕。不知馬行得快，行者如風；馬行得遲，行者慢走；只在他面前不遠。看他一程一程，將太子哄到寶林寺山門之下，行者現了本身，——不見兔兒，只見一枝箭插在門檻上。逕撞進去，見唐僧道：「師父，來了！來了！」卻又一變，變做二寸長短的小和尚兒，鑽在紅匣之內。

卻說那太子趕到山門前，不見了白兔，只見門檻上插住一枝雕翎箭。太子大驚失色道：「怪哉！怪哉！分明我箭中了玉兔，玉兔怎麼不見，只見箭在此間！想是年多日久，成了精魅也。」拔了箭，抬頭看處，山門上有五個大字，寫著「敕建寶林寺」。太子道：「我知之矣。向年間曾記得我父王在金鑾殿上，差官齎些金帛與這和尚修理佛殿佛像，不期今日到此。正是『因過道院逢僧話，又得浮生半日閒』，我且進去走走。」

那太子跳下馬來，正要進去，只見那保駕的官將與三千人馬趕上，簇簇擁擁，都入山門裏面。慌得那本寺眾僧，都來叩頭拜接，接入正殿中間，參拜佛像。卻才舉目觀瞻，又欲遊廊玩景，忽見正當中坐著一個和尚，太子大怒道：「這個和尚無禮！我今半朝鑾駕進山，雖無旨意知會，不當遠接，此時軍馬臨門，也該起身；怎麼還坐著不動？」教：「拿下來！」說聲「拿」字，兩邊校尉，一齊下手，把唐僧抓將下來，急理繩索便捆。行者在匣裏默默的念咒，教道：「護法諸天、六丁六甲，我今設法降妖，這太子不能知識，將繩要綑我師父，汝等即早護持；若真綑了，汝等都該有罪！」那大聖暗中吩咐，誰敢不遵，卻將三藏護持定了：有些人摸也摸不著他光頭，好似一壁牆擋住，難攏其身。

那太子道：「你是那方來的，使這般隱身法欺我！」三藏上前施禮道：「貧僧無隱身法，乃是東土唐僧，上雷音寺拜佛求經進寶的和尚。」太子道：「你那東土雖是中原，其窮無比，有甚寶貝，你說來我聽。」三藏道：「我身上穿的這袈裟，是第三樣寶貝。還有第一等第二等更好的物哩！」太子道：「你那衣服，半邊苫身，半邊露臂，能值多少物，敢稱寶貝！」三藏道：「這袈裟雖不全體，有詩幾句。詩曰：

佛衣偏袒不須論，內隱真如脫世塵。萬線千針成正果，九珠八寶合元神。

仙娥聖女恭修製，遺賜禪僧靜垢身。見駕不迎猶自可，你的父冤未報枉為人！」

太子聞言，心中大怒道：「這潑和尚胡說！你那半片衣，憑著你口能舌便，誇好誇強。我的父冤從何未報，你說來我聽。」三藏進前一步，合掌問道：「殿下，為人生在天地之間，能有幾恩？」太子道：「有四恩。」三藏道：「那四恩？」太子道：「感天地蓋載之恩，日月照臨之恩，國王水土之恩，父母養育之恩。」三藏笑曰：「殿下言之有失。人只有天地蓋載，日月照臨，國王水土，那得個父母養育來？」太子怒道：「和尚是那遊手遊食削髮逆君之徒！人不得父母養育，身從何來？」三藏道：「殿下，貧僧不知；但只這紅匣內有一件寶貝，叫做『立帝貨』，他上知五百年，中知五百年，下知五百年，共知一千五百年過去未來之事，便知無父母養育之恩，令貧僧在此久等多時矣。」

太子聞說，教：「拿來我看。」三藏扯開匣蓋兒，那行者跳將出來，鈸呀鈸的，兩邊亂走。太子道：「這星星小人兒，能知甚事？」行者聞言嫌小，卻就使個神通，把腰伸一伸，就長了有三尺四五寸。眾軍士吃驚道：「若是這般快長，不消幾日，就撐破天也。」行者長到原身，就不長了。太子才問道：「立帝貨，這老和尚說你能知未來過去吉凶，你卻有龜作卜？有蓍作筮？憑書句斷人禍福？」行者道：「我一毫不用，只是全憑三寸舌，萬事盡皆知。」太子道：「這廝又是胡說。自古以來，《周易》之書，極其玄妙，斷盡天下吉凶，使人知所趨避；故龜所以卜，蓍所以筮。聽汝之言，憑據何理？妄言禍福，扇惑人心！」

行者道：「殿下且莫忙，等我說與你聽。你本是烏雞國王的太子。你那裏五年前，年程荒旱，萬民遭苦。你家皇帝共臣子，秉心祈禱。正無點雨之時，鍾南山來了一個道士，他善呼風喚雨，點石為金。君王忒也愛小，就與他拜為兄弟。這樁事有麼？」太子道：「有有有！你再說說。」行者道：「後三年不見全真，稱孤的卻是誰？」太子道：「果是有個全真，父王與他拜為兄弟，食則同食，寢則同寢。三年前在御花園裏玩景，被他一陣神風，把父王手中金廂白玉珪，攝回鍾南山去了。至今父王還思慕他。因不見他，遂無心賞玩，把花園緊閉了已三年矣。做皇帝的，非我父王而何？」行者聞言，哂笑不絕。太子再問不答，只是哂笑。

太子怒道：「這廝當言不言，如何這等哂笑？」行者又道：「還有許多話哩；奈何左右人眾，不是說處。」太子見他言語有因，將袍袖一展，教軍士且退。那駕上官將急傳令，將三千人馬，都出門外住紮。此時殿上無人，太子坐在上面，長老立在前邊，左手旁立著行者。本寺諸僧皆退。

行者才正色上前道：「殿下，化風去的是你生身之父母，見坐位的，是那祈雨之全真。」太子道：「胡說！胡說！我父自全真去後，風調雨順，國泰民安。照依你說，就不是我父王了。還是我年懦，容得你；若我父王聽見你這番話，拿了去，碎屍萬段！」把行者咄的喝下來。

行者對唐僧道：「何如？我說他不信。果然！果然！如今卻拿那寶貝進與他，倒換關文，往西方去罷。」三藏即將紅匣子遞與行者。行者接過來，將身一抖，那匣兒卒不見了，——原是他毫毛變的，被他收上身去。——卻將白玉珪雙手捧上，獻與太子。太子見了道：「好和尚！好和尚！你五年前本是個全真，來騙了我家的寶貝，如今又妝做和尚來進獻！」叫：「拿了！」一聲傳令，把長老諕得慌忙指著行者道：「你這弼馬溫！專撞空頭禍，帶累我哩！」行者近前一齊攔住道：「休嚷！莫走了風！我不叫做立帝貨，還有真名哩。」

太子怒道：「你上來！我問你個真名字，好送法司定罪！」行者道：「我是那長老的大徒弟，名喚悟空孫行者。因與我師父上西天取經，昨宵到此覓宿。我師父夜讀經卷，至三更時分，得一夢。夢見你父王道，他被那全真欺害，推在御花園八角琉璃井內，全真變作他的模樣。滿朝官不能知，你年幼亦無分曉，禁你入宮，關了花園，大端怕漏了消息。你父王今夜特來請我降魔，我恐不是妖邪；自空中看了，果然是個妖精。正要動手拿他，不期你出城打獵。你箭中的玉兔，就是老孫。老孫把你引到寺裏，見師父，訴此衷腸，句句是實。你既然認得白玉珪，怎麼不念鞠養恩情，替親報仇？」

那太子聞言，心中慘慼，暗自傷愁道：「若不信此言語，他卻有三分兒真實；若信了，怎奈殿上見是我父王？」這才是進退兩難心問口，三思忍耐口問心。行者見他疑惑不定，又上前道：「殿下不必心疑。請殿下駕回本國，問你國母娘娘一聲，看他夫妻恩愛之情，比三年前如何。只此一問，便知真假矣。」

那太子回心道：「正是！且待我問我母親去來。」他跳起身，籠了玉珪就走。行者扯住道：「你這些人馬都回，卻不走漏消息，我難成功？但要你單人獨馬進城，不可揚名賣弄。莫入正陽門，須從後宰門進去。到宮中見你母親，切莫高聲大氣，須是悄語低言：恐那怪神通廣大，一時走了消息，你娘兒們性命俱難保也。」太子謹遵教命，出山門吩咐將官：「穩在此紮營，不得移動。我有一事，待我去了就來一同進城。」看他：指揮號令屯軍士，上馬如飛即轉城。這一去，不知見了娘娘，有何話說，且聽下回分解。

# 第三十八回 嬰兒問母知邪正 金木參玄見假真

逢君只說受生因，便作如來會上人。一念靜觀塵世佛，十方同看降威神。
欲知今日真明主，須問當年嫡母身。別有世間曾未見，一行一步一花新。

卻說那烏雞國王太子，自別大聖，不多時，回至城中。果然不奔朝門，不敢報傳宣詔，逕至後宰門首，見幾個太監在那裏把守。——見太子來，不敢阻滯，讓他進去了。好太子，夾一夾馬，撞入裏面，忽至錦香亭下，只見那正宮娘娘坐在錦香亭上，兩邊有數十個嬪妃掌扇，那娘娘倚雕欄兒流淚哩。你道他流淚怎的？原來他四更時也做了一夢，記得一半，含糊了一半，沈沈思想。這太子下馬，跪於亭下。叫：「母親！」那娘娘強整歡容，叫聲：「孩兒，喜呀！喜呀！這二三年在前殿與你父王開講，不得相見，我甚思量；今日如何得暇來看我一面？誠萬千之喜！誠萬千之喜！孩兒，你怎麼聲音悲慘？你父王年紀高邁，有一日龍歸碧海，鳳返丹霄，你就傳了帝位，還有什麼不悅？」太子叩頭道：「母親，我問你：即位登龍是那個？稱孤道寡果何人？」娘娘聞言道：「這孩兒發瘋了！做皇帝的是你父王，你問怎的？」太子叩頭道：「萬望母親赦子無罪，敢問；不赦，不敢問。」娘娘道：「子母家有何罪？赦你，赦你，快快說來。」太子道：「母親，我問你三年前夫妻宮裏之事與後三年恩愛同否，如何？」

娘娘見說，魂飄魄散，急下亭抱起，緊摟在懷，眼中滴淚道：「孩兒！我與你久不相見，怎麼今日來宮問此？」太子發怒道：「母親有話早說；不說時，且誤了大事。」娘娘才喝退左右，淚眼低聲道：「這樁事，孩兒不問，我到九泉之下，也不得明白。既問時，聽我說：

三載之前溫又暖，三年之後冷如冰。

枕邊切切將言問，他說老邁身衰事不與！」

太子聞言，撒手脫身，攀鞍上馬。那娘娘一把扯住道：「孩兒，你有甚事，話不終就走？」太子跪在面前道：「母親，不敢說。今日早朝，蒙欽差架鷹逐犬，出城打獵，偶遇東土駕下來的個取經聖僧，有大徒弟乃孫行者，極善降妖。原來我父王死在御花園八角琉璃井內，這全真假變父王，侵了龍位。今夜三更，父王托夢，請他到城捉怪。孩兒不敢盡信，特來問母。母親才說出這等言語，必然是個妖精。」那娘娘道：「兒啊，外人之言，你怎麼就信為實？」太子道：「兒還不敢認實，父王遺下表記與他了。」娘娘問是何物，太子袖中取出那金廂白玉珪，遞與娘娘。

那娘娘認得是當時國王之寶，止不住淚如泉湧，叫聲：「主公！你怎麼死去三年，不來見我，卻先見聖僧，後來見我？」太子道：「母親，這話是怎的說？」娘娘道：「兒啊，我四更時分，也做了一夢，夢見你父王水淋淋的，站在我跟前，親說他死了，鬼魂兒拜請了唐僧，降假皇帝，救他前身。記便記得是這等言語，只是一半兒不得分明，正在這裏胡疑，怎知今日你又來說這話，又將寶貝拿出。我且收下，你且去請那聖僧急急為之。果然掃蕩妖氛，辨明邪正，庶報你父王養育之恩也。」

太子急忙上馬，出後宰門，躲離城池。真個是噙淚叩頭辭國母，含悲頓首復唐僧。不多時，出了城門，逕至寶林寺山門前下馬。眾軍士接著太子，又見紅輪將墜。太子傳令，不許軍士亂動。他又獨自個入了山門，整束衣冠，拜請行者。只見那猴王從正殿搖搖擺擺走來。那太子雙膝跪下道：「師父，我來了。」行者上前攙住道：「請起。你到城中，可曾問誰麼？」太子道：「問母親來。」將前言盡說了一遍。行者微微笑道：「若是那般冷啊，想是個什麼冰冷的東西變的。不打緊！不打緊！等我老孫與你掃蕩。卻只是今日晚了，不好行事。你先回去，待明早我來。」

太子跪地叩拜道：「師父，我只在此，伺候到明日，同師父一路去罷。」行者道：「不好！不好！若是與你一同入城，那怪物生疑，不說是我撞著你，卻說是你請老孫，卻不惹他反怪你尋下些等你。」

也？」太子道：「我如今進城，他也怪我。」行者道：「怪你怎麼？」太子道：「我自早朝蒙差，帶領若干人馬鷹犬出城，今一日更無一件野物，怎麼見駕？若問我個不才之罪，監陷羑里，你明日進城，卻將何倚？況那班部中，更沒個相知人也。」行者道：「這甚打緊？你肯早說時，卻不尋下些等你。」

好大聖！你看他就在太子面前，顯個手段，將身一縱，跳在雲端裏，捻著訣，念一聲「唵藍淨法界」的真言，拘得那山神、土地在半空中施禮道：「大聖，呼喚小神，有何使令？」行者道：「老孫保護唐僧到此，欲拿邪魔。奈何那太子打獵無物，不敢回朝；問汝等討個人情，快將獐犯鹿兔、走獸飛禽，各尋些來，打發他回去。」山神、土地聞言，敢不承命？又問各要幾何。大聖道：「不拘多少，取些來便罷。」那各神即著本處陰兵，刮一陣聚獸陰風，捉了些野雞山雉，角鹿肥獐，狐獾狢兔，虎豹狼蟲，共有百千餘隻，獻與行者。行者道：「老孫不要。你可把他都捻就了觔，單擺在那四十里路上兩旁，教那些人不縱鷹犬，拿回城去，算了汝等之功。」眾神依言，散了陰風，擺在左右。

行者才按雲頭，對太子道：「殿下請回，路上已有物了，你自收去。」太子見他在半空中弄此神通，如何不信，只得叩頭拜別。出山門傳了令，教軍士們回城。只見那路旁果有無限的野物。軍士們不放鷹犬，一個個俱著手擒捉、喝采，俱道是千歲殿下的洪福，怎知是老孫的神功？你聽凱歌聲唱，一擁回城。

這行者保護了三藏。那本寺中的和尚，見他們與太子這樣綢繆，怎不恭敬？卻又安排齋供，管待了唐僧，依然還歇在禪堂裏。將近有一更時分，行者心中有事，急睡不著。他一骨碌爬起來，到唐僧牀前，叫：「師父。」此時長老還未睡哩。他曉得行者會失驚打怪的，推睡不應。行者摸著他的光頭，亂搖道：「師父怎睡著了？」唐僧怒道：「這個頑皮！這早晚還不睡，吆喝什麼？」行者道：「師父，有一樁事兒，和你計較計較。」長老道：「什麼事？」行者道：「我日間與那太子誇口，說我的手段比山還高，比海還深，拿那妖精如探囊取物一般，伸了手去就拿將轉來，

——卻也睡不著，想起來，有些難哩。」唐僧道：「你說難，便就不拿了罷。」

行者道：「拿是還要拿，只是理上不順。」唐僧道：「這猴頭亂說！妖精奪了人君位，怎麼叫做理上不順！」行者道：「你老人家只知念經拜佛，打坐參禪，那曾見那蕭何的律法？常言道：『拿賊拿贓。』那怪物做了三年皇帝，又不曾走了馬腳，漏了風聲。他與三宮妃后同眠，又和兩班文武共樂，我老孫就有本事拿住他，也不好定個罪名。」唐僧道：「怎麼不好定罪？」行者道：「他就是個沒嘴的葫蘆，也與你滾上幾滾。他敢道：『我是烏雞國王。有甚逆天之事，你來拿我？』將甚執照與他折辯？」唐僧道：「憑你怎生裁處？」

行者笑道：「老孫的計已成了。只是干礙著你老人家，有些兒護短。」唐僧道：「我怎麼護短？」行者道：「八戒生得夯，你有些兒偏向他。」唐僧道：「我怎麼向他？」行者道：「你若不向他啊，且如今把膽放大些，與沙僧只在這裏。待老孫與八戒趁此時先入那烏雞國城中，尋著御花園，打開琉璃井，把那皇帝屍首撈將上來，包在我們包袱裏。明日進城，且不管什麼倒換文牒，見了那怪，掣棍子就打。他但有言語，就將骨櫬與他看，說：『你殺的是這個人！』卻教太子上來哭父，皇后出來認夫，文武多官見主，我老孫與兄弟們動手：這才是有對頭的官事，好打。」唐僧聞言，暗喜道：「只怕八戒不肯去。」行者笑道：「如何？我說你護短。你怎麼就知他不肯去？你只像我叫你時不答應，半個時辰便了！我這去，但憑三寸不爛之舌，莫說是豬八戒，就是『豬九戒』，也有本事教他跟著我走。」唐僧道：「也罷，隨你去叫他。」

行者離了師父，徑到八戒牀邊，叫：「八戒！八戒！」那獃子是走路辛苦的人，丟倒頭，只情打鼾，那裏叫得醒。行者揪著耳朵，抓著鬃，把他一拉，拉起來，叫聲：「八戒。」那獃子還打棱掙。行者又叫一聲，獃子道：「睡了罷，莫頑！明日要走路哩！」行者道：「不是頑，有一樁買賣，我和你做去。」八戒道：「什麼買賣？」行者道：「你可曾聽得那太子說麼？」八戒道：「我不曾見面，不曾聽見說什麼。」

行者說：「那太子告誦我說，那妖精有件寶貝，萬夫不當之勇。我們明日進朝，不免與他爭敵；倘那怪執了寶貝，降倒我們，卻不反成不美？我想著打人不過，不如先下手。我和你去偷他的來，卻不是好？」八戒道：「哥哥，你哄我去做賊哩。這個買賣，我也去得，果是曉得實實的幫寸，我也與你講個明白：偷了寶貝，降了妖精，我卻不奈煩什麼小家罕氣的分寶貝，我就要了。」行者道：「你要作甚？」八戒道：「我不如你們乖巧能言，人面前化得出齋來；老豬身子又夯，言語又粗，不能念經，若到那無濟無生處，可好換齋吃麼！」行者道：「老孫只要圖名，那裏圖甚寶貝，就與你罷便了。」那獃子聽見說都與他，他就滿心歡喜，一骨碌爬將起來，套上衣服，就和行者走路。這正是清酒紅人面，黃金動道心。兩個密密的開了門，躲離三藏，縱祥光，逕奔那城。

不多時到了，按落雲頭，只聽得樓頭方二鼓矣。行者道：「兄弟，二更時分了。」八戒道：「正好！正好！人都在頭覺裏正濃睡也。」二人不奔正陽門，逕到後宰門首，只聽得梆鈴聲響。行者道：「兄弟，前後門皆緊急，如何得入？」八戒道：「那見做賊的從門裏走麼？瞞牆跳過便罷。」行者依言，將身一縱，跳上里羅城牆。八戒也跳上去。二人潛入裏面，找著門路，逕尋那御花園。

正行時，只見有一座三簷白簇的門樓，上有三個亮灼灼的大字，映著那星月光輝，乃是「御花園」。行者近前看了，有幾重封皮，公然將鎖門銹住了，即命八戒動手。那獃子掣鐵鈀，盡力一築，把門築得粉碎。行者先舉步跁入，忍不住跳將起來，大呼小叫。諕得八戒上前扯住道：「哥呀，害殺我也！那見做賊的這般吆喝！驚醒了人，把我們拿住，發到官司，就不該死罪，也要解回原籍充軍。」行者道：「兄弟啊，你說我發急為何？你看這：

彩畫雕欄狼狽，寶妝亭閣攲歪。莎江蓼岸盡塵埋，芍藥荼蘼俱敗。
茉莉玫瑰香暗，牡丹百合空開。芙蓉木槿草垓垓，異卉奇葩壅壞。
巧石山峰俱倒，池塘水涸魚衰。青松紫竹似乾柴，滿路茸茸蒿艾。

丹桂碧桃枝損，海榴棠棣根歪。橋頭曲徑有蒼苔，冷落花園境界！」

八戒道：「且嘆他做甚？快幹我們的買賣去來！」行者雖然感慨，卻留心想起唐僧的夢來，說：「芭蕉樹下方是井。」正行走，果見一株芭蕉，生得茂盛，比眾花木不同，真是：

一種靈苗秀，天生體性空。枝枝抽片紙，葉葉捲芳叢。翠縷千條細，丹心一點紅。淒涼愁夜雨，憔悴怯秋風。長養元丁力，栽培造化工。緘書成妙用，揮灑有奇功。鳳翎寧得似，鸞尾迥相同。薄露瀼瀼滴，輕烟淡淡籠。青陰遮戶牖，碧影上簾櫳。不許棲鴻鴈，何堪繫玉驄。霜天形槁悴，月夜色朦朧。僅可消炎暑，猶宜避日烘。愧無桃李色，冷落粉牆東。

行者道：「八戒，動手麼！寶貝在芭蕉樹下埋著哩。」那獃子雙手舉鈀，築倒了芭蕉，然後用嘴一拱，拱了有三四尺深，見一塊石板蓋住。獃子歡喜道：「哥呀！造化了！果有寶貝！是一片石板蓋著哩！不知是罈兒盛著，是櫃兒裝著哩。」行者道：「你掀起來看看。」那獃子果又一嘴，拱開看處，又見有霞光灼灼，白氣明明。八戒笑道：「造化！造化！寶貝放光哩！」又近前細看時，呀！原來是星月之光，映得那井中水亮。八戒道：「哥呀，你但幹事，便要留根。」行者道：「我怎留根？」八戒道：「這是一眼井。你在寺裏，早說是井中有寶貝，我卻帶將兩條捆包袱的繩來，怎麼作個法兒，把老豬放下去；如今空手，這裏面東西，怎麼得下去上來耶？」行者道：「你下去麼？」八戒道：「正是要下去，只是沒繩索。」行者笑道：「你脫了衣服，我與你個手段。」八戒道：「有什麼好衣服？解了這直裰子就是了。」

好大聖，把金箍棒拿出來，兩頭一扯，叫「長」，足有七八丈長。教：「八戒，你抱著一頭兒，把你放下井去。」八戒道：「哥呀，放便放下去，若到水邊，就住了罷。」行者道：「我曉得。」那獃子抱著鐵棒，被行者輕輕提將起來，將他放下去。不多時，放至水邊。八戒道：「到水了！」行者聽見他說，卻將棒往下一按。那獃子撲通的一個沒頭蹲，丟了鐵棒，便就負水，口裏哺哺的嚷道：「這天殺的！我說到水莫放，他卻就把我一按！」行者掣上棒來。笑道：「兄弟，可有寶貝麼？」八戒道：「見什麼寶貝，只是一井水！」行者道：「寶貝沈在水底下哩，你下去摸一摸來。」獃子真個深知水性，卻就打個猛子，淬將下去。呀！那井底深得緊！他卻著實又一淬，忽睜眼，見有一座牌樓，上有『水晶宮』三個字。八戒大驚道：「罷了！罷了！錯走了路了！蹡下海來也！海內有個水晶宮，井裏如何有之？」原來八戒不知此是井龍王的水晶宮。

八戒正敘話處，早有一個巡水的夜叉，開了門，看見他的模樣，急抽身進去報道：「大王，禍事了！井上落一個長嘴大耳的和尚來了！赤淋淋的，衣服全無，還不死，逼法說話哩。」那井龍王忽聞此言，心中大驚道：「這是天蓬元帥來也。昨夜夜遊神奉上敕旨，來取烏雞國王魂靈去拜見唐僧，請齊天大聖降妖。這怕是齊天大聖、天蓬元帥來了。卻不可怠慢他，快接他去也。」

那龍王整衣冠，領眾水族，出門來厲聲高叫道：「天蓬元帥，請裏面坐。」八戒卻才歡喜道：「原來是個故知。」那獃子不管好歹，逕入水晶宮裏。其實不知上下，赤淋淋的，就坐在上面。龍王道：「元帥，近聞你得了性命，皈依釋教，保唐僧西天取經，如何得到此處？」八戒道：「正為此說。我師兄孫悟空多多拜上，著我來問你取什麼寶貝哩。」龍王道：「可憐，我這裏怎麼得個寶貝！比不得那江、河、淮、濟的龍王，飛騰變化，便有寶貝。我久困於此，日月且不能長見，寶貝果何自而來也？」八戒道：「不要推辭，有便拿出來罷。」龍王道：「有便有一件寶貝，只是拿不出來；就元帥親自來看看，何如？」八戒道：「妙！妙！妙！須是看看來也。」

那龍王前走，這獃子隨後。轉過了水晶宮殿，只見廊廡下，橫躺著一個六尺長軀。龍王用手指定道：「元帥，那廂就是寶貝了。」八戒上前看了，呀！原來是個死皇帝，戴著沖天冠，穿著赭黃袍，踏著無憂履，繫著藍田帶，直挺挺睡在那廂。八戒笑道：「難！難！難！算不得寶貝！想老豬在山為怪時，時常將此物當飯；且莫說見得多少，吃也吃夠無數，那裏叫做什麼寶貝！」

龍王道：「元帥原來不知。他本是烏雞國王的屍首；自到井中，我與他定顏珠定住，不曾得壞。你若肯馱他出去，見了齊天大聖，假有起死回生之意啊，莫說寶貝，憑你要什麼東西都有。」八戒道：「既這等說，我與你馱出去，只說把多少燒埋錢與我？」龍王道：「其實無錢。」八戒道：「你好白使人？果然沒錢，不馱！」龍王道：「不馱，請行。」八戒就走。龍王差兩個有力量的夜叉，把屍抬將出去，送到水晶宮門外，丟在那廂，摘了闢水珠，就有水響。

八戒急回頭看，不見水晶宮門，一把摸著那皇帝的屍首，慌得他腳軟筋麻，攛出水面，扳著井牆，叫道：「師兄！伸下棒來救我一救！」行者道：「可有寶貝麼？」八戒道：「那裏有！只是水底下有一個井龍王，教我馱死人；我不曾馱，他就把我送出門來，就不見那水晶宮了，只摸著那個屍首，諕得我手軟筋麻，掙搓不動了！哥呀！好歹救我救兒！」行者道：「那個就是寶貝，如何不馱上來？」八戒道：「知他死了多少時了，我馱他怎的？」行者道：「你不馱，我回去耶。」八戒道：「你回那裏去？」行者道：「我回寺中，同師父睡覺去。」八戒道：「我就不去了？」行者道：「你爬得上來，便帶你去；爬不上來便罷。」

八戒慌了，怎生爬得動，叫：「你想！城牆也難上，這井肚子大，口兒小，壁陡的圈牆，又是幾年不曾打水的井，團團都長的是苔痕，好不滑也，教我怎爬？哥哥，不要失了兄弟們和氣，等我馱上來罷。」行者道：「正是！快快馱上來，我同你回去睡覺。」那獃子又一個猛子，淬將下去，摸著屍首，拽過來，背在身上，攛出水面，扶井牆道：「哥哥，馱上來了。」那行者睜睛看處，真個的背在身上，卻才把金箍棒伸下井底。那獃子著了惱的人，張開口，咬著鐵棒，被行者輕輕的提將出來。

八戒將屍放下，撈過衣服穿了。行者看時，那皇帝容顏依舊，似生時未改分毫。行者道：「兄弟啊，這人死了三年，怎麼還容顏不壞？」八戒道：「你不知之。這井龍王對我說，他使了定顏珠定住了，屍首未曾壞得。」行者道：「造化！造化！一則是他的冤仇未報，二來該我們成功。兄弟快把他馱了去。」八戒道：「馱往那裏去？」行者道：「馱了去見師父。」八戒口中作念道：

「怎的起！怎的起！好好睡覺的人，被這猢猻花言巧語，哄我教做什麼買賣，如今卻幹這等事，教我馱死人！馱著他，腌臢臭水淋將下來，污了衣服，沒人與我漿洗。上面有幾個補丁，天陰發潮，如何穿麼？」行者道：「你只管馱了去，到寺裏，我與你換衣服。」八戒道：「不羞！連你穿的也沒有，又替我換！」行者道：「這般弄嘴，便不馱罷！」八戒道：「不馱！」行者道：「便伸過孤拐來，打二十棒！」八戒慌了道：「哥哥，那棒子重，若是打上二十，我與這皇帝一般了。」行者道：「怕打時，趁早兒馱著走路！」八戒果然怕打，沒好氣，把屍首拽將過來，背在身上，拽步出園就走。

好大聖，捻著訣，念聲咒語，往巽地上吸一口氣，吹將去，就是一陣狂風，把八戒撮出皇宮內院，躲離了城池，息了風頭，二人落地，徐徐卻走將來。那獃子心中暗惱，算計要報恨行者，道：「這猴子捉弄我，我到寺裏也捉弄他捉弄，攛道師父，只說他醫得活；醫不活，教師父念《緊箍兒咒》，把這猴子的腦漿勒出來，方趁我心！」走著路，再再尋思道：「不好！不好！若教他醫人，卻是容易：他去閻王家討將魂靈兒來，就醫活了。只說不許赴陰司，陽世間就能醫活，這法兒才好。」

說不了，卻到了山門前，逕直進去，將屍首丟在那禪堂門前，道：「師父，起來看邪。」那唐僧睡不著，正與沙僧講行者哄了八戒去久不回之事。忽聽得他來叫了一聲，唐僧連忙起身道：「徒弟，看什麼？」八戒道：「行者的外公，教老豬馱將來了。」行者道：「你這饢糠的獃子！我那裏有什麼外公？」八戒道：「哥，不是你外公，卻教老豬馱他來怎麼？也不知費了多少力了！」

那唐僧與沙僧開門看處，那皇帝容顏未改，似活的一般。長老忽然慘淒道：「陛下，你不知那世裏冤家，今生遇著他，暗喪其身，拋妻別子，致令文武不知，多官不曉！可憐你妻子昏蒙，誰曾見焚香獻茶？」忽失聲，淚如雨下。八戒笑道：「師父，他死了可干你事？又不是你家父祖，哭他怎的！」三藏道：「徒弟啊，出家人慈悲為本，方便為門。你怎的這等心硬！」八戒道：「不是心硬。師兄和我說來，他能醫得活。若是醫不活，我也不馱他來了。」

那長老原來是一頭水的，被那獃子搖動了，他就叫：「悟空，若果有手段醫活這個皇帝，正是『救人一命，勝造七級浮屠。』我等也強似靈山拜佛。」行者道：「師父，你怎麼信這獃子亂談！人若死了，或三七五七，盡七七日，受滿了陽間罪過，就轉生去了。如今已死三年，如何救得！」三藏聞其言道：「也罷了。」八戒苦恨不息，道：「師父，你莫被他瞞了。他有些夾腦風。你只念念那話兒，管他還你一個活人。」真個唐僧就念《緊箍兒咒》，勒得那猴子眼脹頭疼。畢竟不知怎生醫救，且聽下回分解。

# 第三十九回　一粒金丹天上得　三年故主世間生

話說那孫大聖頭痛難禁，哀告道：「師父，莫念！莫念！等我醫罷！」長老問：「怎麼醫？」行者道：「只除過陰司，查勘那個閻王家有他魂靈，請將來救他。」八戒道：「師父莫信他。他原說不用過陰司，陽世間就能醫活，方見手段哩。」那長老信邪風，又念《緊箍兒咒》，慌得行者滿口招承道：「陽世間醫罷！陽世間醫罷！」八戒道：「莫要住！只管念！只管念！」行者罵道：「你這獃孽畜，攛道師父咒我哩！」八戒笑得打跌道：「哥耶！哥耶！你只曉得捉弄我，不曉得我也捉弄捉弄你！」行者道：「師父，莫念！莫念！待老孫陽世間醫罷。」三藏道：「陽世間怎麼醫？」行者道：「我如今一觔斗雲，撞入南天門裏，不進斗牛宮，不入靈霄殿，逕到那三十三天之上，離恨天宮兜率院內，見太上老君，把他『九轉還魂丹』求得一粒來，管取救活他也。」

三藏聞言，大喜道：「就去快來。」行者道：「如今有三更時候罷了，投到回來，好天明了。只是這個人睡在這裏，冷淡冷淡，不像個模樣；須得舉哀人看著他哭，便才好哩。」八戒道：「不消講，這猴子一定是要我哭哩。」行者道：「怕你不哭！你若不哭，我也醫不成！」八戒道：「哥哥，你自去，我自哭罷了。」行者道：「哭有幾樣：若乾著口喊，謂之嚎；扭搜出些眼淚兒來，謂之啕。又要哭得有眼淚，又要哭得有心腸，才算著嚎啕痛哭哩。」八戒道：「我且哭個樣子你看看。」他不知那裏扯個紙條，撚作一個紙撚兒，往鼻孔裏通了兩通，打了幾個噴嚏，你看他眼淚汪汪，黏涎答答的，哭將起來。口裏不住的絮絮叨叨，數黃道黑，真個像死了人的一般。哭到那傷情之處，唐長老也淚滴心酸。行者笑道：「正是那樣哀痛，再不許住聲。你這獃子哄得我去了，你就不哭，我還聽哩！若是這等哭便罷，若略住住聲兒，定打二十個孤拐！」八戒笑道：「你去！你去！我這一哭動頭，有兩日哭哩。」沙僧見他數落，便去尋幾枝香來燒獻。行者笑道：

「好！好！好！一家兒都有些敬意，老孫才好用功。」

好大聖，此時有半夜時分，別了他師徒三眾，縱觔斗雲，只入南天門裏。果然也不謁靈霄寶殿，不上那斗牛天宮，一路雲光，逕來到三十三天離恨天兜率宮中。才入門，只見那太上老君正坐在那丹房中，與眾仙童執芭蕉扇，搧火煉丹哩。他見行者來時，即吩咐看丹的童兒：「各要仔細。偷丹的賊又來也。」行者作禮笑道：「老官兒，這等沒搭撒，防備我怎的？我如今不幹那樣事了。」老君道：「你那猴子，五百年前大鬧天宮，把我靈丹偷吃無數，著小聖二郎捉拿上界，送在我丹爐煉了四十九日，炭也不知費了多少。你如今幸得脫身，皈依佛果，保唐僧往西天取經。前者在平頂山上降魔，弄刁難，不與我寶貝，今日又來做甚？」行者道：「前日事，老孫更沒稽遲，將你那五件寶貝當時交還，你反疑心怪我？」

老君道：「你不走路，潛入吾宮怎的？」行者道：「自別後，西遇一方，名烏雞國。那國王被一妖精假道士，呼風喚雨，陰害了國王，那妖假變國王相貌，現坐金鑾殿上。是我師父夜坐寶林寺看經，那國王鬼魂參拜我師，敦請老孫與他降妖，辨明邪正。正是老孫思無指實，與弟八戒，夜入園中，打破花園，尋著埋藏之所，乃是一眼八角琉璃井內。撈上他的屍首，容顏不改。到寺中見了我師，他發慈悲，著老孫醫救，不許去赴陰司裏求索靈魂，只教在陽世間救治。我想著無處回生，特來參謁。萬望道祖垂憐，把『九轉還魂丹』借得一千丸兒，與我老孫，搭救他也。」老君道：「這猴子胡說！什麼一千丸，二千丸！當飯吃哩！是那裏土塊挼的，這等容易？咄！快去！沒有！」行者笑道：「百十丸兒也罷。」老君道：「也沒有。」行者道：「十來丸也罷。」老君怒道：「這潑猴卻也纏帳！沒有，沒有！出去，出去！」行者笑道：「真個沒有，我問別處去救罷。」老君喝道：「去！去！去！」這大聖拽轉步，往前就走。

老君忽的尋思道：「這猴子憊懶哩，說去就去，只怕溜進來就偷。」即命仙童叫回來道：「你這猴子，手腳不穩，我把這『還魂丹』送你一丸罷。」行者道：「老官兒，既然曉得老孫的手段，快把金丹拿出來，與我四六分分，還是你的造化哩；不然，就送你個『皮笊籬，──一撈個罄盡』。」那老祖取過葫蘆來，倒吊過底子，傾出一粒金丹，遞與行者道：「只有此了。拿去，拿去！送你這一粒，醫活那皇帝，只算你的功果罷。」行者接了道：「且休忙，等我嘗嘗看。只怕是假的，莫被他哄了。」撲的往口裏一丟。慌得那老祖上前扯住，一把揪著頂瓜皮，揝著拳頭，罵道：「這潑猴，若要嚥下去，就直打殺了！」行者笑道：「嘴臉！小家子樣！那個吃你的哩！能值幾個錢！虛多實少的，在這裏不是？」原來那猴子頦下有嗉袋兒，他把那金丹噙在嗉袋裏，被老祖捻著道：「去罷！去罷！再休來此纏繞！」這大聖才謝了老祖，出離了兜率天宮。

你看他千條瑞靄離瑤闕，萬道祥雲降世塵。須臾間，下了南天門，回到東觀，早見那太陽星上。按雲頭，逕至寶林寺山門外，只聽得八戒還哭哩。忽近前叫聲：「師父。」三藏喜道：「悟空來了，可有丹藥？」行者道：「有。」八戒道：「怎麼得沒有？他偷也去偷人家些來！」行者笑道：「兄弟，你過去罷，用不著你了。你揩揩眼淚，別處哭去。」教：「沙和尚，取些水來我用。」沙僧急忙往後面井上，有個方便吊桶，即將半鉢盂水遞與行者。行者接了水，口中吐出丹來，安在那皇帝唇裏；兩手扳開牙齒，用一口清水，把金丹沖灌下肚。有半個時辰，只聽他肚裏呼呼的亂響，只是身體不能轉移。

行者道：「師父，弄我金丹也不能救活，可是掯殺老孫麼！」三藏道：「豈有不活之理。似這般久死之屍，如何吞得水下？此乃金丹之仙力也。自金丹入腹，卻就腸鳴了；腸鳴乃血脈和動，但氣絕不能迴伸。莫說人在井裏浸了三年，就是生鐵也上銹了。只是元氣盡絕，得個人度他一口氣便好。」那八戒上前就要度氣，三藏一把扯住道：「使不得！還教悟空來。」那師父甚有主張：原來豬八戒自幼兒傷生作孽吃人，是一口濁氣；惟行者從小修持，咬松嚼柏，吃桃果為生，是一口清氣。這大聖上前，把個雷公嘴，噙著那皇帝口唇，呼的一口氣，吹入咽喉，度下重樓，轉明堂，逕至丹田，從湧泉倒返泥垣宮。呼的一聲響喨，那君王氣聚神歸，便翻身，掄拳曲足，叫了一聲：「師父！」雙膝跪在塵埃道：「記得昨夜鬼魂拜謁，怎知道今朝天曉返陽神！」三藏慌忙攙起道：「陛下，不干我事，你且謝我徒弟。」行者笑道：「師父說那裏話？常言道：『家無二主。』你受他一拜兒不虧。」

三藏甚不過意，攙起那皇帝來，同入禪堂。又與八戒、行者、沙僧拜見了，方才按座。只見那本寺的僧人，整頓了早齋，卻欲來奉獻；忽見那個水衣皇帝，個個驚張，人人疑說。孫行者跳出來道：「那和尚，不要這等驚疑。這本是烏雞國王，乃汝之真主也。三年前被怪害了性命，是老孫今夜救活，如今進他城去，要辨明邪正。若有了齋，擺將來，等我們吃了走路。」眾僧即奉獻湯水，與他洗了面，換了衣服。把那皇帝赭黃袍脫了，本寺僧官，將兩領布直裰，與他穿了；解下藍田帶，將一條黃絲縧子與他繫了；褪下無憂履，與他一雙舊僧鞋撒了；卻才都吃了早齋，扣背馬匹。

行者問：「八戒，你行李有多重？」八戒道：「哥哥，這行李日逐挑著，倒也不知有多重。」行者道：「你把那一擔兒分為兩擔，將一擔兒你挑著，將一擔兒與這皇帝挑。我們趕早進城幹事。」八戒歡喜道：「造化！造化！當時馱他來，不知費了多少力；如今醫活了，原來是個替身。」那獃子就弄玄虛，將行李分開，就問寺中取條匾擔，輕些的自己挑了，重些的教那皇帝挑著。行者笑道：「陛下，著你那般打扮，挑著擔子，跟我們走走，可虧你麼？」那國王慌忙跪下道：「師父，你是我重生父母一般，莫說挑擔，情願執鞭墜鐙，伏侍老爺，同行上西天去也。」行者道：「不要你去西天。我內中有個緣故。你只挑得四十里進城。待捉了妖精，你還做你的皇帝，我們還取我們的經也。」

八戒聽言道：「這等說，他只挑四十里路，我老豬還是長工！」行者道：「兄弟，不要胡說，趁早外邊引路。」真個八戒領那皇帝前行，沙僧伏侍師父上馬，行者隨後。只見那本寺五百僧人，齊齊整整，吹打著細樂，都送出山門之外。行者笑道：「和尚們不必遠送；但恐官家有人知覺，洩漏我的事機，反為不美。快回去！快回去！但把那皇帝的衣服冠帶，整頓乾淨，或是今晚明早，送進城來，我討些封贍賞賜謝你。」眾僧依命各回訖。行者攙開大步，趕上師父，一直前來。正是：

西方有訣好尋真，金木和同卻煉神。丹母空懷懞懂夢，嬰兒長恨杌樗身。
必須井底求明主，還要天堂拜老君。悟得色空還本性，誠為佛度有緣人。

師徒們在路上，那消半日，早望見城池相近。三藏道：「悟空，前面想是烏雞國了。」行者道：「正是，我們快趕進城幹事。」那師徒進得城來，只見街市上人物齊整，風光鬧熱，早又見鳳閣龍樓，十分壯麗。有詩為證。詩曰：

海外宮樓如上邦，人間歌舞若前唐。花迎寶扇紅雲繞，日照鮮袍翠霧光。
孔雀屏開香靄出，珍珠簾捲彩旗張。太平景像真堪賀，靜列多官沒奏章。

三藏下馬道：「徒弟啊，我們就此進朝倒換關文，省得又攏那個衙門費事。」行者道：「說得有理。我兄弟們都進去，人多才好說話。」唐僧道：「都進去，莫要撒村，先行了君臣禮，然後再講。」行者道：「行君臣禮，就要下拜哩。」三藏道：「正是，要行五拜三叩頭的大禮。」行者笑道：「師父不濟。若是對他行禮，誠為不智。你且讓我先走到裏邊，自有處置。等他若有言語，讓我對答。我若拜，你們也拜；我若蹲，你們也蹲。」你看那惹禍的猴王，引至朝門，與閣門大使言道：「我等是東土大唐駕下差來上西天拜佛求經者。今到此倒換關文，煩大人轉達，是謂不誤善果。」那黃門官即入端門，跪下丹墀，啟奏道：「朝門外有五眾僧人，言是東土唐國欽差上西天拜佛求經。今至此倒換關文，不敢擅入，現在門外聽宣。」

那魔王即令傳宣。唐僧卻同入朝門裏面。那回生的國主隨行。正行，忍不住腮邊墮淚，心中暗道：「可憐！我的銅斗兒江山，鐵圍的社稷，誰知被他陰占了！」行者道：「陛下切莫傷感，恐走漏消息。這棍子在我耳朵裏跳哩，如今決要見功。管取打殺妖魔，掃蕩邪物。這江山不久就還歸你也。」那君王不敢違言，只得扯衣揩淚，捨死相從，逕來到金鑾殿下。

又見那兩班文武，四百朝官，一個個威嚴端肅，相貌軒昂。這行者引唐僧站立在白玉階前，挺身不動。那階下眾官，無不悚懼，道：「這和尚十分愚濁！怎麼見我王便不下拜，亦不開言呼祝？喏也不唱一個，好大膽無禮！」說不了，只聽得那魔王開口問道：「那和尚是那方來的？」行者昂然答道：「我是南贍部洲東土大唐國奉欽差前往西域天竺國大雷音寺拜活佛求真經者。今到此方，不敢空度，特來倒換通關文牒。」那魔王聞說，心中作怒道：「你東土便怎麼！我不在你朝進貢，不與你國相通，你怎麼見吾抗禮，不行參拜！」行者笑道：「我東土古立天朝，久稱上國，汝等乃下土邊邦。自古道：『上邦皇帝，為父為君；下邦皇帝，為臣為子。』你倒未曾接我，且敢爭我不拜？」那魔王大怒，教文武官：「拿下這野和尚去！」說聲叫「拿」，你看那多官一齊踴躍。這行者喝了一聲，用手一指，教：「莫來！」那一指，就使個定身法，眾官俱莫能行動，真個是校尉階前如木偶，將軍殿上似泥人。

那魔王見他定住了文武多官，急縱身，跳下龍牀，就要來拿。猴王暗喜道：「好！正合老孫之意。這一來就是個生鐵鑄的頭，湯著棍子，也打個窟窿！」正動身，不期旁邊轉出一個救命星來。你道是誰，原來是烏雞國王的太子，急上前扯住那魔王的朝服，跪在面前道：「父王息怒。」妖精問：「孩兒怎麼說？」太子道：「啓父王得知。三年前聞得人說，有個東土唐朝駕下欽差聖僧往西天拜佛求經，不期今日才來到我邦。父王尊性威烈，若將這和尚拿去斬首，只恐大唐有日得此消息，必生嗔怒。你想那李世民自稱王位，一統江山，心尚未足，又興過海征伐；若知我王害了他御弟聖僧，一定興兵發馬，來與我王爭敵。奈何兵少將微，那時悔之晚矣。父王依兒所奏，且把那四個和尚，問他個來歷分明，先定他一段不參王駕，然後方可問罪。」

這一篇，原來是太子小心，恐怕來傷了唐僧，故意留住妖魔，更不知行者安排著要打。那魔王果信其言，立在龍牀前面，大喝一聲道：「那和尚是幾時離了東土？唐王因甚事著你求經？」行者昂然而答道：「我師父乃唐王御弟，號曰三藏。因唐王駕下有一丞相，姓魏名徵，奉天條夢斬涇河老龍。大唐王夢遊陰司地府，復得回生之後，大開水陸道場，普度冤魂孽鬼。因我師父敷演經文，廣運慈悲，忽得南海觀世音菩薩指教來西。我師父大發弘願，情欣意美，報國盡忠，蒙唐王賜與文牒。那時正是大唐貞觀十三年九月望前三日。離了東土，前至兩界山，收了我做大徒弟，姓孫，名悟空行者；又到烏斯國界高家莊，收了二徒弟，姓豬，名悟能八戒；流沙河界，又收了三徒弟，姓沙，名悟淨和尚；前日在敕建寶林寺，又新收個挑擔的行童道人。」

魔王聞說，又沒法搜檢那唐僧，弄巧計盤詰行者，怒目問道：「那和尚，你起初時，一個人離東土，又收了四眾，那三僧可讓，這一道難容。那行童斷然是拐來的。他叫做什麼名字？有度牒是無度牒？拿他上來取供。」諕得那皇帝戰戰兢兢道：「師父啊！我卻怎的供？」孫行者捻他一把道：「你休怕，等我替你供。」

好大聖，趨步上前，對怪物厲聲高叫道：「陛下，這老道是一個喑啞之人，卻又有些耳聾。只因他年幼間曾走過西天，認得道路。他的一節兒起落根本，我盡知之，望陛下寬恕，待我替他供罷。」魔王道：「趁早實實的替他供來，免得取罪。」行者道：「

供罪行童年且邁，癡聾瘖瘂家私壞。祖居原是此間人，五載之前遭破敗。
天無雨，民乾壞，君土黎庶都齋戒。焚香沐浴告天公，萬里全無雲靉靆。
百姓飢荒若倒懸，鍾南忽降全真怪。呼風喚雨顯神通，然後暗將他命害。
推下花園水井中，陰侵龍位人難解。幸吾來，功果大，起死回生無罣礙。
情願皈依作行童，與僧同去朝西界。假變君王是道人，道人轉是真王代。」

那魔王在金鑾殿上，聞得這一篇言語，諕得他心頭撞小鹿，面上起紅雲，急抽身就要走路，奈何手內無一兵器；轉回頭。只見一個鎮殿將軍，腰挎一口寶刀，被行者使了定身法，直挺挺如癡如啞，立在那裏。他近前，奪了這寶刀，就駕雲頭望空而去。氣得沙和尚暴躁如雷，豬八戒高聲喊叫，埋怨行者是一個急猴子：「你就慢說些兒，卻不穩住他了？如今他駕雲逃走，卻往何處追尋？」行者笑道：「兄弟們且莫亂嚷。我等叫那太子下來拜父，嬪后出來拜夫。」卻又念個咒語，解了定身法，「教那多官甦醒回來拜君，方知是真實皇帝。教訴前情，才見分曉，我再去尋他。」好大聖，吩咐八戒、沙僧：「好生保護他君臣父子嬪后，與我師父！」只聽說聲去，就不見形影。

他原來跳在九霄雲裏，睜眼四望，看那魔王哩。只見那畜果逃了性命，逕往東北上走哩。行者趕得將近，喝道：「那怪物，那裏去！老孫來了也！」那魔王急回頭，掣出寶刀，高叫道：「孫行者，你好憊懶！我來占別人的帝位，與你無干，你怎麼來抱不平，洩漏我的機密！」行者呵呵笑道：「我把你大膽的潑怪！皇帝又許你做？你既知我是老孫，就該遠遁；怎麼還刁難我師父，要取什麼供狀！適才那供狀是也不是？你不要走！好漢吃我老孫這一棒！」那魔側身躲過，掣寶刀劈面相還。他兩個搭上手，這一場好殺，真是：

猴王猛，魔王強，刀迎棒架敢相當。
一天雲霧迷三界，只為當朝立帝王。

他兩個戰經數合，那妖魔抵不住猴王，急回頭。復從舊路跳入城裏，闖在白玉階前兩班文武叢中，搖身一變，即變得與唐三藏一般模樣，並攙手，立在階前。這大聖趕上，就欲舉棒來打。那怪道：「徒弟莫打，是我！」急掣棒要打那個唐僧，卻又道：「徒弟莫打，是我！」一樣兩個唐僧，實難辨認。——「倘若一棒打殺妖怪變的唐僧，這個也成了功果；假若一棒打殺我的真實師父，卻怎麼好！……」只得停手，叫八戒、沙僧問道：「果然那一個是怪，那一個是我的師父？你指與我，我好打他。」八戒道：「你在半空中相打相嚷，我瞥瞥眼就見兩個師父，也不知誰真誰假。」

行者聞言，捻訣念聲咒語，叫那護法諸天、六丁六甲、五方揭諦、四值功曹、一十八位護駕伽藍、當坊土地、本境山神道：「老孫至此降妖，妖魔變作我師父，氣體相同，實難辨認。汝等暗中知會者，請師父上殿，讓我擒魔。」原來那妖怪善騰雲霧，聽得行者言語，急撒手跳上金鑾寶殿。這行者舉起棒望唐僧就打。可憐！若不是喚那幾位神來，這一下，就是二十個唐僧，也打為肉醬！多虧眾神架住鐵棒道：「大聖，那怪會騰雲，先上殿去了。」行者趕上殿，他又跳將下來扯住唐僧，在人叢裏又混了一混，依然難認。

行者心中不快，又見那八戒在旁冷笑。行者大怒道：「你這夯貨怎的？如今有兩個師父，你有得叫，有得應，有得伏侍哩，你這般歡喜得緊！」八戒笑道：「哥啊，說我獃，你比我又獃哩！師父既不認得，何勞費力？你且忍些頭疼，叫我師父念念那話兒，我與沙僧各攙一個聽著。若不會念的，必是妖怪，有何難也？」行者道：「兄弟，虧你也，正是，那話兒只有三人記得。原是我佛如來心苗上所發，傳與觀世音菩薩，菩薩又傳與我師父，便再沒人知道——。也罷，師父，念念。」真個那唐僧就念起來。那魔王怎麼知得，口裏胡哼亂哼。八戒道：「這哼的卻是妖怪了！」他放了手，舉鈀就築。那魔王縱身跳起，踏著雲頭便走。

好八戒，喝一聲，也駕雲頭趕上，慌得那沙和尚丟了唐僧，也掣出寶杖來打。唐僧才停了咒語。孫大聖忍著頭疼，揝著鐵棒，趕在空中。呀！這一場，三個狠和尚，圍住一個潑妖魔。那魔王被八戒、沙僧使釘鈀寶杖左右攻住了。行者笑道：「我要再去，當面打他，他卻有些怕我，只恐他又走了；等我老孫跳高些，與他個搗蒜打，結果了他罷。」

這大聖縱祥光，起在九霄，正欲下個切手，只見那東北上，一朵彩雲裏面，厲聲叫道：「孫悟空，且休下手！」行者回頭看處，原來文殊菩薩。急收棒，上前施禮道：「菩薩，那裏去？」文殊道：「我來替你收這個妖怪的。」行者謝道：「累煩了。」那菩薩袖中取出照妖鏡，照住了那怪的原身。行者才招呼八戒、沙僧齊來見了菩薩。卻將鏡子裏看處，那魔王生得好不凶惡：

眼似琉璃盞，頭若煉炒缸。渾身三伏靛，四爪九秋霜。

搭拉兩個耳，一尾掃箒長。青毛生銳氣，紅眼放金光。
匾牙排玉板，圓鬚挺硬槍。鏡裏觀真像，原是個文殊獅猁王。

行者道：「菩薩，這是你坐下的一個青毛獅子，卻怎麼走將來成精，你就不收服他？」菩薩道：「悟空，他不曾走，他是佛旨差來的。」行者道：「這畜類成精，侵奪帝位，還奉佛旨差來。似老孫保唐僧受苦，就該領幾道敕書！」菩薩道：「你不知道，當初這烏雞國王，好善齋僧，佛差我來度他歸西，早證金身羅漢。因是不可原身相見，變做一種凡僧，問他化些齋供，被吾幾句言語相難。他不識我是個好人，把我一條繩捆了，送在那御水河中，浸了我三日三夜。多虧六甲金身救我歸西，奏與如來，如來將此怪令到此處推他下井，浸他三年，以報吾三日水災之恨。『一飲一啄，莫非前定。』今得汝等來此，成了功績。」

行者道：「你雖報了什麼『一飲一啄』的私仇，但那怪物不知害了多少人也。」菩薩道：「也不曾害人。自他到後，這三年間，風調雨順，國泰民安，何害人之有？」行者道：「固然如此，但只三宮娘娘，與他同眠同起，點污了他的身體，壞了多少綱常倫理，還叫做不曾害人？」菩薩道：「點污他不得，他是個騸了的獅子。」八戒聞言，走近前，就摸了一把，笑道：「這妖精真個是『糟鼻子不吃酒——枉擔其名』了！」行者道：「既如此，收了去罷。若不是菩薩親來，決不饒他性命。」那菩薩卻念個咒，喝道：「畜生，還不皈正，更待何時！」那魔王才現了原身。菩薩放蓮花罩定妖魔，坐在背上，踏祥光辭了行者。咦！逕轉五台山上去，寶蓮座下聽談經。畢竟不知那唐僧師徒怎的出城，且聽下回分解。

# 第四十回 嬰兒戲化禪心亂 猿馬刀歸木母空

卻說那孫大聖，兄弟三人，按下雲頭，逕至朝內。只見那君臣儲后，幾班兒拜接謝恩。行者將菩薩降魔收怪的那一節，陳訴與他君臣聽了，一個個頂禮不盡。正都在賀喜之間，又聽得黃門官來奏：「主公，外面又有四個和尚來也。」八戒慌了道：「哥哥，莫是妖精弄法，假捏文殊菩薩，哄了我等，卻又變作和尚，來與我們鬬智哩？」行者道：「豈有此理！」即命宣進來看。

眾文武傳令，著他進來。行者看時，原來是那寶林寺僧人，捧著那沖天冠、碧玉帶、赭黃袍、無憂履進得來也。行者大喜道：「來得好！來得好！」且教道人過來，摘下包巾，戴上沖天冠；脫了布衣，穿上赭黃袍；解了絛子，繫上碧玉帶；褪了僧鞋，登上無憂履；教太子拿出白玉珪來，與他執在手裏，早請上殿稱孤。正是自古道：「朝廷不可一日無君。」

那皇帝那裏肯坐，哭啼啼，跪在階心道：「我已死三年，今蒙師父救我回生，怎麼又敢妄自稱尊？請那一位師父為君，我情願領妻子城外為民足矣。」那三藏那裏肯受，一心只是要拜佛求經。又請行者，行者笑道：「不瞞列位說。老孫若肯做皇帝，天下萬國九州皇帝，都做遍了。只是我們做慣了和尚，是這般懶散。若做了皇帝，就要留頭長髮，黃昏不睡，五鼓不眠；聽有邊報，心神不安；見有災荒，憂愁無奈。我們怎麼弄得慣？你還做你的皇帝，我還做我的和尚，修功行去也。」那國王苦讓不過，只得上了寶殿，南面稱孤，大赦天下，封贈了寶林寺僧人回去。卻才開東閣，筵宴唐僧。一壁廂傳旨宣召丹青，寫下唐師徒四位喜容，供養在金鑾殿上。

那師徒們安了邦國，不肯久停，欲辭王駕投西。那皇帝與三宮妃后、太子、諸臣，將鎮國的寶貝，金銀緞帛，獻與師父酬恩。那三藏分毫不受，只是倒換關文，催悟空等背馬早行。那國王甚不過意，擺整朝鑾駕請唐僧上坐，著兩班文武引導，他與三宮妃后並太子一家兒，捧轂推輪，送出城廓，卻才下龍輦，與眾相別。國王道：「師父啊，到西天經回之日，是必還到寡人界內一顧。」三藏道：「弟子領命。」那皇帝閣淚汪汪，遂與眾臣回去了。那唐僧一行四僧，上了羊腸大路，一心裏專拜靈山。正值秋盡冬初時節，但見：

霜凋紅葉林林瘦，雨熟黃粱處處盈。
日暖嶺梅開曉色，風搖山竹動寒聲。

師徒們離了烏雞國，夜住曉行，將半月有餘。忽又見一座高山，真個是摩天礙日。三藏馬上心驚，急兜韁，忙呼行者。行者道：「師父有何吩咐？」三藏道：「你看前面又有大山峻嶺，須要仔細提防，恐一時又有邪物來侵我也。」行者笑道：「只管走路，莫再多心。老孫自有防護。」那長老只得寬懷，加鞭策馬，奔至山巖，果然也十分險峻。但見得：

高不高，頂上接青霄；深不深，澗中如地府。山前常見骨都都白雲，扢騰騰黑霧。紅梅翠竹，綠柏青松。山後有千萬丈挾魂靈臺，臺後有古古怪怪藏魔洞。洞中有叮叮噹噹滴水泉，泉下更有彎彎曲曲流水澗。又見那跳天搠地獻果猿，丫丫叉叉帶角鹿，呢呢癡癡看人獐。至晚巴山尋穴虎，待曉翻波出水龍。登得洞門唿喇的響，驚得飛禽撲魯的起。看那林中走獸鞠律律的行。見此一夥禽和獸，嚇得人心扢磴磴驚。堂倒洞堂堂倒洞，洞當當倒洞當仙。青石染成千塊玉，碧紗籠罩萬堆烟。

師徒們正當悚懼，又只見那山凹裏有一朵紅雲，直冒到九霄空內，結聚了一團火氣。行者大驚，走近前，把唐僧搊著腳，推下馬來，叫：「兄弟們，不要走了，妖怪來矣。」慌得個八戒急掣釘鈀，沙僧忙掄寶杖，把唐僧圍護在當中。

話分兩頭。卻說紅光裏，真是個妖精。他數年前，聞得人講：「東土唐僧往西天取經，乃是金蟬長老轉生，十世修行的好人。有人吃他一塊肉，延生長壽，與天地同休。」他朝朝在山間等候，不期今日到了。他在那半空裏，正然觀看，只見三個徒弟，把唐僧圍護在馬上，各各準備。這精靈誇讚不盡道：「好和尚！我才看著一個白面胖和尚騎了馬，真是那唐朝聖僧，卻怎麼被三個醜和尚護持住了！一個個伸拳斂袖，各執兵器，似乎要與人打的一般。——噫！不知是那個有眼力的，想應認得我了，似此模樣，莫想得那唐僧的肉吃。」沈吟半晌，以心問心的，自家商量道：「若要倚勢而擒，莫能得近；或者以善迷他，卻到得手。但哄得他心迷惑，待我在善內生機，斷然拿了。且下去戲他一戲。」好妖怪，即散紅光，按雲頭落下，去那山坡裏，搖身一變，變作七歲頑童，赤條條的，身上無衣，將麻繩綑了手足，高吊在那松樹梢頭。口口聲聲，只叫：「救人！救人！」

卻說那孫大聖忽抬頭再看處，只見那紅雲散盡，火氣全無，便叫：「師父，請上馬走路。」唐僧道：「你說妖怪來了，怎麼又敢走路？」行者道：「我才然間，見一朵紅雲從地而起，到空中結做一團火氣，斷然是妖精。這一會紅雲散了，想是個過路的妖精，不敢傷人。我們去耶！」八戒笑道：「師兄說話最巧，妖精又有個什麼過路的？」行者道：「你那裏知道。若是那山那洞的魔王設宴，邀請那諸山各洞之精赴會，卻就有東西南北四路的精靈都來赴會；故此他只有心赴會，無意傷人。此乃過路之妖精也。」

三藏聞言，也似信不信的，只得攀鞍在馬，順路奔山前進。正行時，只聽得叫聲：「救人！」長老大驚道：「徒弟呀，這半山中，是那裏什麼人叫？」行者上前道：「師父只管走路，莫纏什麼『人轎』、『騾轎』、『明轎』、『睡轎』。這所在，就有轎，也沒個人抬你。」唐僧道：「不是扛抬之轎，乃是叫喚之叫。」行者笑道：「我曉得，莫管閒事，且走路。」

三藏依言，策馬又進。行不上一里之遙，又聽得叫聲：「救人！」長老道：「徒弟，這個叫聲，不是鬼魅妖邪；若是鬼魅妖邪，但有出聲，無有回聲。你聽他叫一聲，又叫一聲，想必是個有難之人。我們可去救他一救。」行者道：「師父，今日且把這慈悲心略收起收起，待過了此山，再發慈悲罷。這去處凶多吉少，你知道那倚草附木之說，是物可以成精。諸般還可，只有一般蟒蛇，但修得年遠日深，成了精魅，善能知人小名兒。他若在草科裏，或山凹中，叫人一聲，人不答應還可；若答應一聲，他就把人元神綽去，當夜跟來，斷然傷人性命。且走！且走！古人云：『脫得去，謝神明。』切不可聽他。」

長老只得依他，又加鞭催馬而去。行者心中暗想：「這潑怪不知在那裏，只管叫啊叫的；等我老孫送他一個『卯酉星法』，教他兩不見面。」好大聖，叫沙和尚前來：「攏著馬，慢慢走著，讓老孫解解手。」你看他讓唐僧先行幾步，卻念個咒語，使個移山縮地之法，把金箍棒往後一指，他師徒過此峰頭，往前走了，卻把那怪物撇下。他再拽開步，趕上唐僧，一路奔山。只見那三藏又聽得那山背後叫聲：「救人！」長老道：「徒弟呀，那有難的人，大沒緣法，不曾得遇著我們。我們走過他了；你聽他在山後叫哩。」八戒道：「在便還在山前，只是如今風轉了也。」行者道：「管他什麼轉風不轉風，且走路。」因此，遂都無言語，恨不得一步撥過此山，不題話下。

卻說那妖精在山坡裏，連叫了三四聲，更無人到。他心中思量道：「我等唐僧在此，望見他離不上三里，卻怎麼這半晌還不到？……想是抄下路去了。」他抖一抖身軀，脫了繩索，又縱紅光，上空再看。不覺孫大聖仰面回觀，識得是妖怪，又把唐僧撮著腳推下馬來道：「兄弟們，仔細！仔細！那妖精又來也！」慌得那八戒、沙僧各持鈀棍，將唐僧又圍護在中間。

那精靈見了，在半空中稱羡不已道：「好和尚！我才見那白面和尚坐在馬上，卻怎麼又被他三人藏了？這一去見面方知。先把那有眼力的弄倒了，方才捉得唐僧。不然啊，徒費心機難獲物，枉勞情興總成空。」卻又按下雲頭，恰似前番變化，高吊在松樹稍頭等候。這番卻不上半里之地。

卻說那孫大聖抬頭再看，只見那紅雲又散，復請師父上馬前行。三藏道：「你說妖精又來，如何又請走路？」行者道：「這還是個過路的妖精，不敢惹我們。」長老又懷怒道：「這個潑猴，十分弄我！正當有妖魔，卻說無事；似這般清平之所，卻又恐嚇我，不時的嚷道有什麼妖精。虛多實少，不管輕重，將我摜著腳，捽下馬來，如今卻解說什麼過路的妖精。假若跌傷了我，卻也過意不去！這等，這等！……」行者道：「師父莫怪。若是跌傷了你的手足，卻還好醫治；若是被妖精撈了去，卻何處跟尋？」三藏大怒，哏哏的，要念《緊箍兒咒》，卻是沙僧苦勸，只得上馬又行。

還未曾坐得穩，只聽又叫：「師父救人啊！」長老抬頭看時，原來是個小孩童，赤條條的，吊在那樹上，兜住轡，便罵行者道：「這潑猴多大憊懶！全無有一些兒善良之意，心心只是要撒潑行凶哩！我那般說叫喚的是個人聲，他就千言萬語，只嚷是妖怪！你看那樹上吊的不是個人麼？」大聖見師父怪下來了，卻又覿面看見模樣，一則做不得手腳，二來又怕念《緊箍兒咒》，低著頭，再也不敢回言，讓唐僧到了樹下。那長老將鞭梢指著問道：「你是那家孩兒？因有甚事，吊在此間？說與我，好救你。」噫！分明他是個精靈，變化得這等，那師父卻是個肉眼凡胎，不能相識。

那妖魔見他下問，越弄虛頭，眼中噙淚，叫道：「師父呀，山西去有一條枯松澗，澗那邊有一莊村。我是那裏人家。我祖公公姓紅，只因廣積金銀，家私巨萬，混名喚做紅百萬。年老歸世已久，家產遺與我父。近來人事奢侈，家私漸廢，改名喚做紅十萬，專一結交四路豪傑，將金銀借放，希圖利息。怎知那無籍之人，設騙了去啊，本利無歸。我父發了洪誓，分文不借。那借金銀人，身貧無計，結成凶黨，明火執杖，白日殺上我門，將我財帛盡情劫擄，把我父親殺了；見我母親有些顏色，拐將去做什麼壓寨夫人。那時節，我母親捨不得我，把我抱在懷裏，哭哀哀，戰兢兢，跟隨賊寇；不期到此山中，又要殺我。多虧我母親哀告，免教我刀下身亡，卻將繩子吊我在樹上，只教凍餓而死。那些賊將我母親不知掠往那裏去了。我在此已吊三日三夜，更沒一個人來行走。不知那世裏修積，今生得遇老師父。若肯捨大慈悲，救我一命回家，就典身賣命，也酬謝師恩。致使黃沙蓋面，更不敢忘也。」

三藏聞言，認了真實，就教八戒解放繩索，救他下來。那獃子也不識人，便要上前動手。行者在旁，忍不住喝了一聲道：「那潑物！有認得你的在這裏哩！莫要只管架空搗鬼，說謊哄人！你既家私被劫，父被賊傷，母被人擄，救你去交與誰人？你將何物與我作謝？這謊脫節了耶！」那怪聞言，心中害怕，就知大聖是個能人，暗將他放在心上。卻又戰戰兢兢，滴淚而言曰：「師父，雖然我父母空亡，家財盡絕，還有些田產未動，親戚皆存。」行者道：「你有什麼親戚？」妖怪道：「我外公家在山南，姑娘住居嶺北。澗頭李四，是我姨夫；林內紅三，是我族伯。還有堂叔、堂兄都住在本莊左右。老師父若肯救我，到了莊上，見了諸親，將老師父拯救之恩，一一對眾言說，典賣些田產，重重酬謝也。」

八戒聽說，扛住行者道：「哥哥，這等一個小孩子家，你只管盤詰他怎的！他說得是強盜，只打劫他些浮財，莫成連房屋田產也劫得去？若與他親戚們說了，我們縱有廣大食腸，也吃不了他十畝田價。救他下來罷。」獃子只是想著吃食，那裏管什麼好歹，使戒刀挑斷繩索，放下怪來。那怪對唐僧馬下淚汪汪，只情磕頭。長老心慈，便叫：「孩兒，你上馬來，我帶你去。」那怪道：「師父啊，我手腳都吊麻了，腰胯疼痛，一則是鄉下人家，不慣騎馬。」唐僧叫八戒馱著。那妖怪抹了一眼道：「師父，我的皮膚都凍熟了，不敢要這位師父馱。他的嘴長耳大，腦後鬃硬，搠得我慌。」唐僧道：「教沙和尚馱著。」那怪也抹了一眼道：「師父，那些賊來打劫我家時，一個個都搽了花臉，帶假鬍子，拿刀弄杖的。我被他諕怕了，見這位晦氣臉的師父，一發沒了魂了，也不敢要他馱。」唐僧教孫行者馱著。行者呵呵笑道：「我馱！我馱！」

那怪物暗自歡喜。順順當當的要行者馱他。行者把他扯在路旁邊，試了一試，只好有三斤十來兩重。行者笑道：「你這個潑怪物，今日該死了；怎麼在老孫面前搗鬼！我認得你是個『那話兒』。」妖怪道：「師父，我是好人家兒女，不幸遭此大難，怎麼是個什麼『那話兒』？」行者道：「你既是好人家兒女，怎麼這等骨頭輕？」妖怪道：「我骨格兒小。」行者道：「你今年幾歲了？」那妖怪道：「我七歲了。」行者笑道：「一歲長一斤，也該七斤。你怎麼不滿四斤重麼？」那怪道：「我小時失乳。」行者說：「也罷，我馱著你；若要尿尿把把，須和我說。」三藏才與八戒、沙僧前走，行者背著孩兒隨後，一行逕投西去。有詩為證。詩曰：

道德高隆魔障高，禪機本靜靜生妖。心君正直行中道，木母癡頑躧外趫。
意馬不言懷愛慾，黃婆無語自憂焦。客邪得志空歡喜，畢竟還從正處消。

孫大聖馱著妖魔，心中埋怨唐僧，不知艱苦：「行此險峻山場，空身也難走，卻教老孫馱人。這廝莫說他是妖怪，就是好人，他沒了父母，不知將他馱與何人，倒不如摜殺他罷。」那怪物卻早知覺了，便就使個神通，往四下裏吸了四口氣，吹在行者背上，便覺重有千斤。行者笑道：「我兒啊，你弄重身法壓我老爺哩！」那怪聞言，恐怕大聖傷他，卻就解屍，出了元神，跳將起去，佇立在九霄空裏。這行者背上越重了。猴王發怒，抓過他來，往那路旁邊賴石頭上滑辣的一摜，將屍骸摜得像個肉餅一般，還恐他又無禮，索性將四肢扯下，丟在路兩邊，俱粉碎了。

那物在空中，明明看著，忍不住心頭火起道：「這猴和尚，十分憊懶！就作我是個妖魔，要害你師父，卻還不曾見怎麼下手哩，你怎麼就把我這等傷損！早是我有算計，出神走了。不然，是無故傷生也。若不趁此時拿了唐僧，再讓一番，越教他停留長智。」好怪物，就在半空裏弄了一陣旋風，走石揚沙，誠然凶狠。好風：

淘淘怒捲水雲腥，黑氣騰騰閉日明。嶺樹連根通拔盡，野梅帶幹悉皆平。
黃沙迷目人難走，怪石傷殘路怎平。滾滾團團平地暗，遍山禽獸發哮聲。

刮得那三藏馬上難存，八戒不敢仰視，沙僧低頭掩面。孫大聖情知是怪物弄風，急縱步來趕時，那怪已騁風頭，將唐僧攝去了。無踪無影，不知攝向何方，無處跟尋。

一時間，風聲暫息，日色光明。行者上前觀看，只見白龍馬戰兢兢發喊聲嘶，行李擔丟在路下，八戒伏於崖下呻吟，沙僧蹲在坡前叫喚。行者喊：「八戒！」那獃子聽見是行者的聲音，卻抬頭看時，狂風已靜。爬起來，扯住行者道：「哥哥，好大風啊！」沙僧卻也上前道：「哥哥，這是一陣旋風。」又問：「師父在那裏？」八戒道：「風來得緊，我們都藏頭遮眼，各自躲風，師父也伏在馬上的。」行者道：「如今卻往那裏去了？」沙僧道：「是個燈草做的，想被一風捲去也。」

行者道：「兄弟們，我等自此就該散了！」八戒道：「正是；趁早散了，各尋頭路，多少是好。那西天路無窮無盡，幾時能到得！」沙僧聞言，打了一個失驚，渾身麻木道：「師兄，你都說的是那裏話，我等因為前生有罪，感蒙觀世音菩薩勸化，與我們摩頂受戒，改換法名，皈依佛果，情願保護唐僧上西方拜佛求經，將功折罪。今日到此，一旦俱休，說出這等各尋頭路的話來，可不違了菩薩的善果，壞了自己的德行，惹人恥笑，說我們有始無終也！」行者道：「兄弟，你說的也是。奈何師父不聽人說。我老孫火眼金睛，認得好歹。才然這風，是那樹上吊的孩兒弄的。我認得他是個妖精，你們不識，那師父也不識，認作是好人家兒女，教我馱著他走。是老孫算計要擺佈他，他就弄個重身法壓我。是我把他摜得粉碎。他想是又使解屍之法，弄陣旋風，把我師父攝去也。因此上怪他每每不聽我說，故我意懶心灰，說各人散了。既是賢弟有此誠意，教老孫進退兩難。——八戒，你端的要怎的處？」八戒道：「我才自失口亂說了幾句，其實也不該散。哥哥，沒及奈何，還信沙弟之言，去尋那妖怪救師父去。」行者卻回嗔作喜道：「兄弟們，還要來結同心，收拾了行李、馬匹，上山找尋怪物，搭救師父去。」

三個人附葛扳藤，尋坡轉澗，行經有五七十里，卻也沒個音信。那山上飛禽走獸全無，老柏喬松常見。孫大聖著實心焦，將身一縱，跳上那巔險峰頭，喝一聲叫：「變！」變作三頭六臂，似那大鬧天宮的本相。將金箍棒，幌一幌，變作三根金箍棒，劈哩撲辣的，往東打一路，往西打一路，兩邊不住的亂打。八戒見了道：「沙和尚，不好了，師兄是尋不著師父，惱出氣心風來了。」

那行者打了一會，打出一夥窮神來，都披一片，掛一片，裩無襠，褲無口的，跪在山前，叫：「大聖，山神、土地來見。」行者道：「怎麼就有許多山神、土地？」眾神叩頭道：「上告大聖。此山喚做『六百里鑽頭號山』。我等是十里一山神，十里一土地，共該三十名山神，三十名土地。昨日已此聞大聖來了，只因一時會不齊，故此接遲，致令大聖發怒。萬望恕罪。」行者道：「我且饒你罪名。我問你，這山上有多少妖精？」眾神道：「爺爺呀，只有得一個妖精，把我們頭也摩光了；弄得我們少香沒紙，血食全無，一個個衣不充身，食不充口，還吃得有多少妖精哩！」

行者道：「這妖精在山前住，是山後住？」眾神道：「他也不在山前山後。這山中有一條澗，叫做枯松澗。澗邊有一座洞，叫做火雲洞。那洞裏有一個魔王，神通廣大，常常的把我們山神、土地拿了去，燒火頂門，黑夜與他提鈴喝號。小妖兒又討什麼常例錢。」行者道：「汝等乃是陰鬼之仙，有何錢鈔？」眾神道：「正是沒錢與他，只得捉幾個山獐、野鹿，早晚間打點群精；若是沒物相送，就要來拆廟宇、剝衣裳，攪得我等不得安生！萬望大聖與我等剿除此怪，拯救山上生靈。」行者道：「你等既受他節制，常在他洞下，可知他是那裏妖精，叫做什麼名字？」眾神道：「說起他來，或者大聖也知道。他是牛魔王的兒子，羅剎女養的。他曾在火焰山修行了三百年，煉成『三昧真火』，卻也神通廣大。牛魔王使他來鎮守號山，乳名叫做紅孩兒，號叫做聖嬰大王。」

行者聞言，滿心歡喜，喝退了土地、山神，卻現了本相，跳下峰頭，對八戒、沙僧道：「兄弟們放心，再不須思念。師父決不傷生。妖精與老孫有親。」八戒笑道：「哥哥，莫要說謊。你在東勝神洲，他這裏是西牛賀洲，路程遙遠，隔著萬水千山，海洋也有兩道，怎的與你有親？」行者道：「剛才這夥人都是本境土地、山神。我問他妖怪的原因，他道是牛魔王的兒子，羅剎女養的，名字喚做紅孩兒，號聖嬰大王。想我老孫五百年前大鬧天宮時，遍遊天下名山，尋訪大地豪傑，那牛魔王曾與老孫結七弟兄。一般五六個魔王，只有老孫生得小巧，故此把牛魔王稱為大哥。這妖精是牛魔王的兒子，我與他父親相識，若論將起來，還是他老叔哩。他怎敢害我師父？

我們趁早去來。」沙和尚笑道：「哥啊，常言道：『三年不上門，當親也不親』哩。你與他相別五六百年，又不曾往還杯酒，又沒有個節禮相邀，他那裏與你認什麼親耶？」行者道：「你怎麼這等量人！常言道：『一葉浮萍歸大海，為人何處不相逢！』縱然他不認親，好道也不傷我師父。不望他相留酒席，必定也還我個囫圇唐僧。」三兄弟各辦虔心，牽著白馬，馬上馱著行李，找大路一直前進。

無分晝夜，行了百十里遠近，忽見一松林，林中有一條曲澗，澗下有碧澄澄的活水飛流。那澗梢頭有一座石板橋，通著那廂洞府。行者道：「兄弟，你看那壁廂有石崖磷磷，想必是妖精住處了。我等從眾商議：那個管看守行李、馬匹，那個肯跟我過去降妖？」八戒道：「哥哥，老豬沒甚坐性，我隨你去罷。」行者道：「好！好！」教：「沙僧，將馬匹、行李俱潛在樹林深處，小心守護，待我兩個上門去尋師父耶。」那沙僧依命，八戒相隨，與行者各持兵器前來。正是：未煉嬰兒邪火勝，心猿木母共扶持。畢竟不知這一去吉凶何如，且聽下回分解。

# 第四十一回　心猿遭火敗　木母被魔擒

善惡一時忘念，榮枯都不關心。晦明隱現任浮沈，隨分飢餐渴飲。
神靜湛然常寂，昏冥便有魔侵。五行蹬蹭破禪林，風動必然寒凜。

卻說那孫大聖引八戒別了沙僧，跳過枯松澗，逕來到那怪石崖前。果見有一座洞府，真個也景致非凡。但見：

迴鑾古道幽還靜，風月也聽玄鶴弄。白雲透出滿川光，流水過橋仙意興。
猿嘯鳥啼花木奇，藤蘿石蹬芝蘭勝。蒼搖崖壑散烟霞，翠染松篁招彩鳳。
遠列巔峰似插屏，山朝澗繞真仙洞。崑崙地脈發來龍，有分有緣方受用。

將近行到門前，見有一座石碣，上鐫八個大字，乃是「號山枯松澗火雲洞」。那壁廂一群小妖，在那裏掄槍舞劍的，跳風頑耍。孫大聖厲聲高叫道：「那小的們，趁早去報與洞主知道，教他送出我唐僧師父來，免你這一洞精靈的性命！牙迸半個『不』字，我就掀翻了你的山場，躧平了你的洞府！」那些小妖，聞得此言，慌忙急轉身，各歸洞裏，關了兩扇石門，到裏邊來報：「大王，禍事了！」

卻說那怪自把三藏拿到洞中，選剝了衣服，四馬攢蹄，綑在後院裏，著小妖打乾淨水刷洗，要上籠蒸吃哩。急聽得報聲禍事，且不刷洗，便來前庭上問：「有何禍事？」小妖道：「有個毛臉雷公嘴的和尚，帶一個長嘴大耳的和尚，在門前要什麼唐僧師父哩。但若牙迸半個『不』字，就要掀翻山場，躧平洞府。」魔王微微冷笑道：「這是孫行者與豬八戒。他卻也會尋哩。我拿他師父，自半山中到此，有百五十里，卻怎麼就尋上門來？」教：「小的們，把管車的，推出車去！」那一班幾個小妖，推出五輛小車兒來，開了前門。八戒望見道：「哥哥，這妖精想是怕我們，推出車子，往那廂搬哩。」行者道：「不是，且看他放在那裏。」只見那小妖將車子按金、木、水、火、土安下，著五個看著，五個進去通報。那魔王問：「停當了？」答應：「停當了。」教：「取過槍來。」有那一夥管兵器的小妖，著兩個抬出一桿丈八長的火尖槍，遞與妖王。妖王掄槍拽步，也無什麼盔甲，只是腰間束一條錦繡戰裙，赤著腳，走出門前。行者與八戒抬頭觀看，但見那怪物：

面如傅粉三分白，唇若塗朱一表才。鬢挽青雲欺靛染，眉分新月似刀裁。
戰裙巧繡盤龍鳳，形比哪吒更富胎。雙手綽槍威凜冽，祥光護體出門來。
哏聲響若春雷吼，暴眼明如掣電乖。要識此魔真姓氏，名揚千古喚紅孩。

那紅孩兒怪出得門來，高叫道：「是什麼人，在我這裏吆喝！」行者近前笑道：「我賢侄，莫弄虛頭。你今早在山路旁，高吊在松樹梢頭，是那般一個瘦怯怯的黃病孩兒，哄了我師父。我倒好意馱著你，你就弄風兒把我師父攝將來。你如今又弄這個樣子，我豈不認得你？趁早送出我師父，不要白了面皮，失了親情；恐你令尊知道，怪我老孫以長欺幼，不像模樣。」

那怪聞言，心中大怒，咄的一聲喝道：「那潑猴頭！我與你有甚親情？你在這裏滿口胡柴，綽甚聲經兒！那個是你賢侄？」行者道：「哥哥，是你也不曉得。當年我與你令尊做弟兄時，你還不知在那裏哩。」那怪道：「這猴子一發胡說！你是那裏人，我是那裏人，怎麼得與我父親做兄弟？」行者道：「你是不知。我乃五百年前大鬧天宮的齊天大聖孫悟空是也。我當初未鬧天宮時，遍遊海角天涯，四大部洲，無方不到。那時節，專慕豪傑。你令尊叫做牛魔王，稱為平天大聖，與我老孫結為七弟兄，讓他做了大哥；還有個蛟魔王，稱為覆海大聖，做了二哥；又有個大鵬魔王，稱為混天大聖，做了三哥；又有個獅狔王，稱為移山大聖，做了四哥；又有個獼猴王，稱為通風大聖，做了五哥；又有個禺狨王，稱為驅神大聖，做了六哥；惟有老孫身小，稱為齊天大聖，排行第七。我老弟兄們，那時節耍子時，還不曾生你哩！」

那怪物聞言，那裏肯信，舉起火尖槍就刺。行者正是那會家不忙，又使了一個身法，閃過槍頭，掄起鐵棒，罵道：「你這小畜生，不識高低！看棍！」那妖精也使身法，讓過鐵棒道：「潑猢猻，不達時務！看槍！」他兩個也不論親情，一齊變臉，各使神通，跳在雲端裏，好殺：

行者名聲大，魔王手段強。一個橫舉金箍棒，一個直挺火尖槍。
吐霧遮三界，噴雲照四方。一天殺氣凶聲吼，日月星辰不見光。
語言無遜讓，情意兩乖張。那一個欺心失禮儀，這一個變臉沒綱常。
棒架威風長，槍來野性狂。一個是混元真大聖，一個是正果善財郎。
二人努力爭強勝，只為唐僧拜法王。

那妖魔與孫大聖戰經二十合，不分勝敗。豬八戒在旁邊看得明白：妖精雖不敗降，卻只是遮攔隔架，全無攻殺之能；行者縱不贏他，棒法精強，來往只在那妖精頭上，不離了左右。八戒暗想道：「不好啊，行者溜撒，一時間丟個破綻，哄那妖魔鑽進來，一鐵棒打倒就沒了我的功勞。……」你看他抖擻精神，舉著九齒鈀，在空裏，望妖精劈頭就築。那怪見了心驚，急拖槍敗下陣來。行者喝教八戒：「趕上！趕上！」

二人趕到他洞門前，只見妖精，一隻手舉著火尖槍，站在那中間一輛小車兒上；一隻手捏著拳頭，往自家鼻子上搥了兩拳。八戒笑道：「這廝放賴不羞！你好道搥破鼻子，淌出些血來，搽紅了臉，往那裏告我們去耶？」那妖魔搥了兩拳，念個咒語，口裏噴出火來，鼻子裏濃烟迸出，閘閘眼，火焰齊生。那五輛車子上，火光湧出。連噴了幾口，只見那紅焰焰、大火燒空，把一座火雲洞，被那烟火迷漫，真個是熯天熾地。八戒慌了道：「哥哥，不停當！這一鑽在火裏，莫想得活；把老豬弄做個燒熟的，加上香料，盡他受用哩！快走！快走！」說聲走，他也不顧行者，跑過澗去了。

這行者神通廣大，捏著避火訣，撞入火中，尋那妖怪。那妖怪見行者來，又吐上幾口，那火比前更勝。好火：

炎炎烈烈盈空燎，赫赫威威遍地紅。卻似火輪飛上下，猶如炭屑舞西東。
這火不是燧人鑽木，又不是老子炮丹，非天火，非野火，
乃是妖魔修煉成真三昧火。五輛車兒合五行，五行生化火煎成。
肝木能生心火旺，心火致令脾土平。脾土生金金化水，水能生木徹通靈。
生生化化皆因火，火徧長空萬物榮。妖邪久悟呼三昧，永鎮西方第一名。

行者被他烟火飛騰，不能尋怪，看不見他洞門前路徑，抽身跳出火中。那妖精在門首，看得明白。他見行者走了，卻才收了火具，帥群妖，轉於洞內，閉了石門，以為得勝，著小的排宴奏樂，歡笑不題。

卻說行者跳過枯松澗，按下雲頭，只聽得八戒與沙僧朗朗的在松間講話。行者上前喝八戒道：「你這獃子，全無人氣！你就懼怕妖火，敗走逃生，卻把老孫丟下。早是我有些南北哩！」八戒笑道：「哥啊，你被那妖精說著了，果然不達時務。古人云：『識得時務者，呼為俊傑』。那妖精不與你親，你強要認親；既與你賭鬪，放出那般無情的火來，又不走，還要與他戀戰哩！」行者道：「那怪物的手段比我何如？」八戒道：「不濟。」「槍法比我何如？」八戒道：「也不濟。老豬見他撐持不住，卻來助你一鈀，不期他不識耍，就敗下陣來，沒天理，就放火了。」行者道：「正是你不該來。我再與他鬪幾合，我取巧兒撈他一棒，卻不是好？」他兩個只管論那妖精的手

段，講那妖精的火毒。沙和尚倚著松根，笑得騃了。

行者看見道：「兄弟，你笑怎麼？你好道有甚手段，擒得那妖魔，破得那火陣？這樁事，也是大家有益的事。常言道：『眾毛攢毬。』你若拿得妖魔，救了師父，也是你的一件大功績。」沙僧道：「我也沒甚手段，也不能降妖。我笑你兩個都著了忙也。」行者道：「我怎麼著忙？」沙僧道：「那妖精手段不如你，槍法不如你。只是多了些火勢，故不能取勝。若依小弟說，以相生相剋拿他，有甚難處？」行者聞言，呵呵笑道：「兄弟說得有理。果然我們著忙了，忘了這事。若以相生相剋之理論之，須是以水剋火；卻往那裏尋些水來，潑滅這妖火，可不救了師父？」沙僧道：「正是這般。不必遲疑。」行者道：「你兩個只在此間，莫與他索戰，待老孫去東洋大海求借龍兵，將些水來，潑息妖火，捉這潑怪。」八戒道：「哥哥放心前去，我等理會得。」

好大聖，縱雲離此地，頃刻到東洋，卻也無心看玩海景，使個逼水法，分開波浪。正行時，見一個巡海夜叉相撞，看見是孫大聖，急回到水晶宮裏，報知那老龍王。敖廣即率龍子、龍孫、蝦兵、蟹卒一齊出門迎接，請裏面坐。坐定，禮畢，告茶。行者道：「不勞茶，有一事相煩。我因師父唐僧往西天拜佛取經，經過號山枯松澗火雲洞，有個紅孩兒妖精，號聖嬰大王，把我師父拿了去。是老孫尋到洞邊，與他交戰，他卻放出火來。我們禁不得他，想著水能剋火，特來問你求些水去，與我下場大雨，潑滅了那火，救唐僧一難。」那龍王道：「大聖差了。若要求取雨水，不該來問我。」

行者道：「你是四海龍王，主司雨澤，不來問你，卻去問誰？」龍王道：「我雖司雨，不敢擅專；須得玉帝旨意，吩咐在那地方，要幾尺幾寸，什麼時辰起住，還要三官舉筆，太乙移文，會定了雷公、電母、風伯、雲童。俗語云：『龍無雲而不行』哩。」行者道：「我也不用著風雲雷電，只是要些雨水滅火。」龍王道：「大聖不用風雲雷電，但我一人也不能助力；著舍弟們同助大聖一功如何？」行者道：「令弟何在？」龍王道：「南海龍王敖欽、北海龍王敖閏、西海龍王敖順。」行者笑道：「我若再遊過三海，不如上界去求玉帝旨意了。」龍王道：「不消大聖去，只我這裏撞動鐵鼓、金鐘，他自頃刻而至。」行者聞其言道：「老龍王，快撞鐘鼓。」須臾間，三海龍王擁至，問：「大哥，有何事命弟等？」敖廣道：「孫大聖在這裏借雨助力降妖。」三弟即引進見畢，行者備言借水之事。眾神個個歡從，即點起：

鯊魚驍勇為前部，鱯癡口大作先鋒。鯉元帥翻波跳浪，鯾提督吐霧噴風。鯖太尉東方打哨，鮊都司西路催征。紅眼馬郎南面舞，黑甲將軍北下衝。鱑把總中軍掌號，五方兵處處英雄。縱橫機巧黿樞密，妙算玄微龜相公。有謀有智鼉丞相，多變多能鱉總戎。橫行蟹士掄長劍，直跳蝦婆扯硬弓。鮎外郎查明文簿，點龍兵出離波中。

有詩為證。詩曰：

四海龍王喜助功，齊天大聖請相從。
只因三藏途中難，借水前來滅火紅。

那行者領著龍兵，不多時，早到號山枯松澗上。行者道：「敖氏昆玉，有煩遠踄。此間乃妖魔之處，汝等且停於空中，不要出頭露面。讓老孫與他賭鬥，若贏了他，不須列位捉拿；若輸與他，也不用列位助陣；只是他但放火時，可聽我呼喚，一齊噴雨。」龍王俱如號令。

行者卻按雲頭，入松林裏，見了八戒、沙僧，叫聲：「兄弟。」八戒道：「哥哥來得快啊！可曾請得龍王來？」行者道：「俱來了。你兩個切須仔細，只怕雨大，莫濕了行李，待老孫與他打去。」沙僧道：「師兄放心前去，我等俱理會得了。」

行者跳過澗，到了門首，叫聲：「開門！」那些小妖，又去報道：「孫行者又來了。」紅孩仰面笑道：「那猴子想是火中不曾燒了他，故此又來。這一來切莫饒他，斷然燒個皮焦肉爛才罷！」急縱身，挺著長槍，教：「小的們，推出火車子來！」他出門前，對行者道：「你又來怎的？」行者道：「還我師父來。」那怪道：「你這猴頭，忒不通變。那唐僧與你做得師父，也與我做得按酒，你還思量要他哩。莫想！莫想！」行者聞言，十分惱怒，掣金箍棒，劈頭就打。那妖精，使火尖槍，急架相迎。這一場賭鬭，比前不同。好殺：

怒髮潑妖魔，惱急猴王將。這一個專救取經僧，那一個要吃唐三藏。心變沒親情，情疏無義讓。這個恨不得捉住活剝皮，那個恨不得拿來生蘸醬。真個忒英雄，果然多猛壯。棒來槍架賭輸贏，槍去棒迎爭下上。舉手相掄二十回，兩家本事一般樣。

那妖王與行者戰經二十回合，見得不能取勝，虛幌一槍，急抽身，捏著拳頭，又將鼻子搥了兩下，卻就噴出火來。那門前車子上，烟火迸起；口眼中，赤焰飛騰。孫大聖回頭叫道：「龍王何在？」那龍王兄弟，帥眾水族，望妖精火光裏噴下雨來。好雨！真個是：

瀟瀟灑灑，密密沈沈。瀟瀟灑灑，如天邊墜落星辰；密密沈沈，似海口倒懸浪滾。起初時如拳大小，次後來甕潑盆傾。滿地澆流鴨頂綠，高山洗出佛頭青。溝壑水飛千丈玉，澗泉波漲萬條銀。三叉路口看看滿，九曲溪中漸漸平。這個是唐僧有難神龍助，扳倒天河往下傾。

那雨淙淙大小，莫能止息那妖精的火勢。原來龍王私雨，只好潑得凡火；妖精的三昧真火，如何潑得？好一似火上澆油，越潑越灼。大聖道：「等我捻著訣，鑽入火中！」掄鐵棒，尋妖要打。那妖見他來到，將一口烟，劈臉噴來。行者急回頭，熰得眼花雀亂，忍不住淚落如雨。原來這大聖不怕火，只怕烟。當年因大鬧天宮時，被老君放在八卦爐中，煅過一番。他幸在那巽位安身，不曾燒壞。只是風攪得煙來，把他熰做火眼金睛，故至今只是怕烟。那妖又噴一口，行者當不得，縱雲頭走了。那妖王卻又收了火具，回歸洞府。

這大聖一身烟火，炮燥難禁，逕投於澗水內救火。怎知被冷水一逼，弄得火氣攻心，三魂出舍。可憐氣塞胸堂喉舌冷，魂飛魄散喪殘生！慌得那四海龍王在半空裏，收了雨澤，高聲大叫：「天蓬元帥！捲簾將軍！休在林中藏隱，且尋你師兄出來！」

八戒與沙僧聽得呼他聖號，急忙解了馬、挑著擔，奔出林來，也不顧泥濘，順澗邊找尋。只見那上溜頭，翻波滾浪，急流中淌下一個人來。沙僧見了，連衣跳下水中，抱上岸來，卻是孫大聖身軀。噫！你看他蜷踡四肢伸不得，渾身上下冷如冰。沙和尚滿眼垂淚道：「師兄！可惜了你，億萬年不老長生客，如今化作個中途短命人！」八戒笑道：「兄弟莫哭。這猴子佯推死，嚇我們哩。你摸他摸，胸前還有一點熱氣沒有？」沙僧道：「渾身都冷了，就有一點兒熱氣，怎的就得回生？」八戒道：「他有七十二般變化，就有七十二條性命。你扯著腳，等我擺佈他。」

真個那沙僧扯著腳，八戒扶著頭，把他拽個直，推上腳來，盤膝坐定。八戒將兩手搓熱，摀住他的七竅，使一個按摩禪法。原來那行者被冷水逼了，氣阻丹田，不能出聲。卻幸得八戒按摸揉擦，須臾間，氣透三關，轉明堂，沖開孔竅，叫了一聲：「師父啊！」沙僧道：「哥啊，你生為師父，死也還在口裏。且甦醒，我們在這裏哩。」行者睜開眼道：「兄弟們在這裏？老孫吃了虧也！」八戒笑道：「你才子發昏的，若不是老豬救你啊，已此了帳了，還不謝我哩！」行者卻才起身，仰面道：「敖氏弟兄何在？」那四海龍王在半空中答應道：「小龍在此伺候。」行者道：「累你遠勞，不曾成得功果，且請回去，改日再謝。」龍王帥水族，泱泱而回，不在話下。

沙僧攙著行者，一同到松林之下坐定。少時間，卻定神順氣，止不住淚滴腮邊，又叫：「師父啊！

憶昔當年出大唐，巖前救我脫災殃。三山六水遭魔障，萬苦千辛割寸腸。
托鉢朝餐隨厚薄，參禪暮宿或林莊。一心指望成功果，今日安知痛受傷！」

沙僧道：「哥哥，且休煩惱。我們早安計策，去那裏請兵助力，搭救師父耶。」行者道：「那裏請救麼？」沙僧道：「當初菩薩吩咐，著我等保護唐僧，他曾許我們，叫天天應，叫地地應。那裏請救去？」行者道：「想老孫大鬧天宮時，那些神兵，都禁不得我。這妖精神通不小，須是比老孫手段大些的，才降得他哩。天神不濟，地煞不能，若要拿此妖魔，須是去請觀音菩薩才好。奈何我皮肉酸麻，腰膝疼痛，駕不起觔斗雲，怎生請得？」八戒道：「有甚話吩咐，等我去請。」行者笑道：「也罷，你是去得。若見了菩薩，切休仰視，只可低頭禮拜。等他問時，你卻將地名、妖名說與他，再請教師父之事。他若肯來，定取擒了怪物。」八戒聞言，即便駕了雲霧，向南而去。

卻說那個妖王在洞裏歡喜道：「小的們，孫行者吃了虧去了。這一陣雖不得他死，好道也發個大昏。——咦，只怕他又請救兵來也。快開門，等我去看他請誰。」眾妖開了門，妖精就跳在空裏觀看，只見八戒往南去了。妖精想著南邊再無他處，斷然是請觀音菩薩，急按下雲，叫：「小的們，把我那皮袋尋出來。多時不用，只恐口繩不牢，與我換上一條，放在二門之下，等我去把八戒賺將回來，裝於袋內，蒸得稀爛，犒勞你們。」原來那妖精有一個如意的皮袋。眾小妖拿出來，換了口繩，安於洞門內不題。

卻說那妖王久居於此，俱是熟遊之地。他曉得那條路上南海去近，那條去遠。他從那近路上，一駕雲頭，趕過了八戒。端坐在壁巖之上，變作一個「假觀世音」模樣，等候著八戒。

那獃子正縱雲行處，忽然望見菩薩。他那裏識得真假？這才是見像作佛。獃子停雲下拜道：「菩薩，弟子豬悟能叩頭。」妖精道：「你不保唐僧去取經，卻見我有何事幹？」八戒道：「弟子因與師父行至中途，遇著號山枯松澗火雲洞，有個紅孩兒妖精，他把我師父攝了去。是弟子與師兄等，尋上他門，與他交戰。他原來會放火，頭一陣，不曾得贏；第二陣，請龍王助雨，也不能滅火。師兄被他燒壞了，不能行動，著弟子來請菩薩。萬望垂慈，救我師父一難！」妖精道：「那火雲洞洞主，不是個傷生的；一定是你們衝撞了他也。」八戒道：「我不曾衝撞他，是師兄悟空衝撞他的。他變作一個小孩子，吊在樹上，試我師父。師父甚有善心，教我解下來，著師兄馱他一程。是師兄摜了他一摜，他就弄風兒，把師父攝去了。」妖精道：「你起來，跟我進那洞裏見洞主，與你說個人情，你陪一個禮，把你師父討出來罷。」八戒道：「菩薩呀，若肯還我師父，就磕他一個頭也罷。」

妖王道：「你跟來。」那獃子不知好歹，就跟著他，逕回舊路，卻不向南洋海，隨赴火雲門。頃刻間，到了門首。妖精進去道：「你休疑忌。他是我的故人，你進來。」獃子只得舉步入門。眾妖一齊吶喊，將八戒捉倒，裝於袋內，束緊了口繩，高吊在馱梁之上。妖精現了本相，坐在當中道：「豬八戒，你有什麼手段，就敢保唐僧取經，就敢請菩薩降我？你大睜著兩個眼，還不認得我是聖嬰大王哩！如今拿你，吊得三五日，蒸熟了賞賜小妖，權為案酒！」八戒聽言，在裏面罵道：「潑怪物！十分無禮！若論你百計千方，騙了我吃，管教你一個個遭膿頭天瘟！」獃子罵了又罵，嚷了又嚷，不題。

卻說孫大聖與沙僧正坐，只見一陣腥風，刮面而過，他就打了一個噴嚏道：「不好！不好！這陣風，凶多吉少。想是豬八戒走錯路也。」沙僧道：「他錯了路，不會問人？」行者道：「想必撞見妖精了。」沙僧道：「撞見妖精，他不會跑回？」行者道：「不停當。你坐在這裏看守，等我跑過澗去打聽打聽。」沙僧道：「師兄腰疼，只恐又著他手，等小弟去罷。」行者道：「你不濟事，還讓我去。」

好行者，咬著牙，忍著疼，捻著鐵棒，走過澗，到那火雲洞前，叫聲：「潑怪！」那把門的小妖，又急入裏報：「孫行者又在門首叫哩！」那妖王傳令叫拿，那夥小妖，槍刀簇擁，齊聲吶喊，即開門，都道：「拿住！拿住！」行者果然疲倦，不敢相迎，將身鑽在路旁，念個咒語叫：「變！」即變做一個銷金包袱。小妖看見取了進去，報道：「大王，孫行者怕了，只見說一聲

『拿』字，慌得把包袱丟下，走了。」妖王笑道：「那包袱也無什麼值錢之物，左右是和尚的破褊衫、舊帽子，背進來拆洗做補襯。」一個小妖，果將包袱背進，不知是行者變的。行者道：「好了！這個銷金包袱，背著了！」那妖精不以為事，丟在門內。

好行者，假中又假，虛裏還虛：即拔一根毫毛，吹口仙氣，變作個包袱一樣；他的真身，卻又變作一個蒼蠅兒，釘在門樞上。只聽得八戒在那裏哼哩哼的，聲音不清，卻似一個瘟豬。行者嚶的飛了去尋時，原來他吊在皮袋裏也。行者釘在皮袋，又聽得他惡言惡語罵道，妖怪長，妖怪短，「你怎麼假變作個觀音菩薩，哄我回來，吊我在此，還說要吃我！有一日我師兄：

大展齊天無量法，滿山潑怪登時擒！
解開皮袋放我出，築你千鈀方趁心！」

行者聞言，暗笑道：「這獃子雖然在這裏面受悶氣，卻還不倒了旗槍。老孫一定要拿了此怪，若不如此，怎生雪恨！」正欲設法拯救八戒出來，只聽那妖王叫道：「六健將何在？」時有六個小妖，是他知己的精靈，封為健將，都有名字：一個叫做雲裏霧，一個叫做霧裏雲；一個叫做急如火，一個叫做快如風，一個叫做興烘掀，一個叫做掀烘興。六健將上前跪下。妖王道：「你們認得老大王家麼？」六健將道：「認得。」妖王道：「你與我星夜去請老大王來，說我這裏捉唐僧蒸與他吃，壽延千紀。」六怪領命，一個個廝拖廝扯，逕出門去了。行者嚶的一聲，飛下袋來，跟定那六怪，躲離洞中。畢竟不知怎的請來，且聽下回分解。

# 第四十二回　大聖殷勤拜南海　觀音慈善縛紅孩

話說那六健將出洞門，逕往西南上，依路而走。行者心中暗想道：「他要請老大王吃我師父，老大王斷是牛魔王。我老孫當年與他相會，真個意合情投，交遊甚厚。至如今我歸正道，他還是邪魔。雖則久別，還記得他模樣，且等老孫變作牛魔王，哄他一哄，看是何如。」好行者，躲離了六個小妖，展開翅，飛向前邊，離小妖有十數里遠近，搖身一變，變作個牛魔王；拔下幾根毫毛，叫：「變！」即變作幾個小妖，在那山凹裏，駕鷹牽犬，搭弩張弓，充作打圍的樣子，等候那六健將。那一夥廝拖廝扯，正行時，忽然看見牛魔王坐在中間，慌得興烘掀、掀烘興撲的跪下道：「老大王爺爺在這裏也。」那雲裏霧、霧裏雲、急如火、快如風都是肉眼凡胎，那裏認得真假，也就一同跪倒，磕頭道：「爺爺！小的們是火雲洞聖嬰大王處差來，請老大王爺爺去吃唐僧肉，壽延千紀哩。」行者借口答道：「孩兒們起來，同我回家去，換了衣服來也。」小妖叩頭道：「望爺爺方便，不消回府罷。路程遙遠，恐我大王見責。小的們就此請行。」行者笑道：「好乖兒女。也罷，也罷，向前開路，我和你去來。」六怪抖擻精神，向前喝路。大聖隨後而來。

不多時，早到了本處。快如風、急如火撞進洞裏：「報大王，老大王爺爺來了。」妖王歡喜道：「你們卻中用，這等來得快。」即便叫各路頭目，擺隊伍，開旗鼓，迎接老大王爺爺。滿洞群妖，遵依旨令，齊齊整整，擺將出去。這行者昂昂烈烈，挺著胸脯，把身子抖了一抖，卻將那架鷹犬的毫毛，都收回身上。拽開大步，逕走入門裏，坐在南面當中。紅孩兒當面跪下，朝上叩頭道：「父王，孩兒拜揖。」行者道：「孩兒免禮。」那妖王四大拜拜畢，立於下手。行者道：「我兒，請我來有何事？」妖王躬身道：「孩兒不才，昨日獲得一人，乃東土大唐和尚。常聽得人講，他是一個十世修行之人，有人吃他一塊肉，壽似蓬瀛不老仙。愚男不敢自食，特請父王同享唐僧之肉，壽延千紀。」行者聞言，打了個失驚道：「我兒，是那個唐僧？」妖王道：

「是往西天取經的人也。」行者道：「我兒，可是孫行者師父麼？」妖王道：「正是。」

行者擺手搖頭道：「莫惹他！莫惹他！別的還好惹，孫行者是那樣人哩，我賢郎，你不曾會他？那猴子神通廣大，變化多端。他曾大鬧天宮。玉皇上帝差十萬天兵，佈下天羅地網，也不曾捉得他。你怎麼敢吃他師父！快早送出去還他，不要惹那猴子。他若打聽著你吃了他師父，他也不來和你打，他只把那金箍棒往山腰裏搠個窟窿，連山都掬了去。我兒，弄得你何處安身，教我倚靠何人養老！」妖王道：「父王說那裏話，長他人志氣，滅孩兒的威風。那孫行者共有兄弟三人，領唐僧在我半山之中，被我使個變化，將他師父攝來。他與那豬八戒當時尋到我的門前，講什麼攀親托熟之言，被我怒髮沖天，與他交戰幾合，也只如此，不見什麼高作。那豬八戒刺邪裏就來助戰，是孩兒吐出三昧真火，把他燒敗了一陣。慌得他去請四海龍王助雨，又不能滅得我三昧真火；被我燒了一個小發昏，連忙著豬八戒去請南海觀音菩薩。是我假變觀音，把豬八戒賺來，見吊在如意袋中，也要蒸他與眾小的們吃哩。那行者今早又來我的門首吆喝，我傳令教拿他，慌得他把包袱都丟下，走了。卻才去請父王來看看唐僧活像，方可蒸與你吃，延壽長生不老也。」

行者笑道：「我賢郎啊，你只知有三昧火贏得他，不知他有七十二般變化哩！」妖王道：「憑他怎麼變化，我也認得。諒他決不敢進我門來。」行者道：「我兒，你雖然認得他，他卻不變大的，如狼犺大像，恐進不得你門；他若變作小的，你卻難認。」妖王道：「憑他變甚小的。我這裏每一層門上，有四五個小妖把守，他怎生得入！」行者道：「你是不知。他會變蒼蠅、蚊子、虼蚤，或是蜜蜂、蝴蝶並蟭蟟蟲等項，又會變我模樣，你卻那裏認得？」妖王道：「勿慮；他就是鐵膽銅心，也不敢近我門來也。」

行者道：「既如此說，賢郎甚有手段，實是敵得他過，方來請我吃唐僧的肉；奈何我今日還不吃哩。」妖王道：「如何不吃？」行者道：「我近來年老，你母親常勸我作些善事。我想無甚作善，且持些齋戒。」妖王道：「不知父王是長齋，是月齋？」行者道：「也不是長齋，也不是月齋，喚做『雷齋』。每月只該四日。」妖王問：「是那四日？」行者道：「三辛逢初六。今朝是辛酉日，一則當齋，二來酉不會客。且等明日，我去親自刷洗蒸他，與兒等同享罷。」

那妖王聞言，心中暗想道：「我父王平日吃人為生，今活夠有一千餘歲，怎麼如今又吃起齋來了？想當初作惡多端，這三四日齋戒，那裏就積得過來。此言有假，可疑！可疑！」即抽身走出二門之下，叫六健將來問：「你們老大王是那裏請來的？」小妖道：「是半路請來的。」妖王道：「我說你們來得快。不曾到家麼？」小妖道：「是，不曾到家。」妖王道：「不好了！著他假也！這不是老大王！」小妖一齊跪下道：「大王，自家父親，也認不得？」妖王道：「觀其形容動靜都像，只是言語不像。只怕著了他假，吃了人虧。你們都要仔細：會使刀的，刀要出鞘；會使槍的，槍要磨明；會使棍的，使棍，會使繩的，使繩。待我再去問他，看他言語如何。若果是老大王，莫說今日不吃，明日不吃，便遲個月何妨！假若言語不對，只聽我哏的一聲，就一齊下手。」群魔各各領命訖。

這妖王復轉身到於裏面，對行者當面又拜。行者道：「孩兒，家無常禮，不須拜；但有甚話，只管說來。」妖王伏於地下道：「愚男一則請來奉獻唐僧之肉，二來有句話兒上請。我前日閒行，駕祥光，直至九霄空內，忽逢著祖延道齡張先生。」行者道：「可是做天師的張道齡麼？」妖王道：「正是。」行者問曰：「有甚話說？」妖王道：「他見孩兒生得五官周正，三停平等，他問我是幾年、那月、那日、那時出世。兒因年幼，記得不真。先生子平精熟，要與我推看五星。今請父王，正欲問此。倘或下次再得會他，好煩他推算。」

行者聞言，坐在上面暗笑道：「好妖怪呀！老孫自歸佛果，保唐師父，一路上也捉了幾個妖精，不似這廝克剝。他問我什麼家長禮短，少米無柴的話說，我也好信口捏膿答他。他如今問我生年月日，我卻怎麼知道！……」好猴王，也十分乖巧，巍巍端坐中間，也無一些兒懼色，面上反喜盈盈的笑道：「賢郎請起。我因年老，連日有事不遂心懷，把你生時果偶然忘了。且等到明日回家，問你母親便知。」妖王道：「父王把我八個字時常不離口論說，說我有同天不老之壽，怎麼今日一旦忘了！豈有此理！必是假的！」哏的一聲，群妖槍刀簇擁，望行者沒頭沒臉的箚來。

這大聖使金箍棒架住了，現出本相，對妖精道：「賢郎，你卻沒理。那裏兒子好打爺的？」那妖王滿面羞慚，不敢回視。行者化金光，走出他的洞府。小妖道：「大王，孫行者走了。」妖王道：「罷！罷！罷！罷！讓他走了罷！我吃他這一場虧也！且關了門，莫與他打話，只來刷洗唐僧，蒸吃便罷。」

卻說那行者搴著鐵棒，呵呵大笑，自澗那邊而來。沙僧聽見，急出林迎著道：「哥啊，這半日方回，如何這等哂笑，想救出師父來也？」行者道：「兄弟，雖不曾救得師父，老孫卻得個上風來了。」沙僧道：「什麼上風？」行者道：「原來豬八戒被那怪假變觀音哄將回來，吊於皮袋之內。我欲設法救援，不期他著什麼六健將去請老大王來吃師父肉。是老孫想著他老大王必是牛魔王，就變了他的模樣，充將進去，坐在中間。他叫父王，我就應他；他便叩頭，我就直受。著實快活！果然得了上風！」沙僧道：「哥啊，你便圖這般小便宜，恐師父性命難保。」行者道：「不須慮，等我去請菩薩來。」沙僧道：「你還腰疼哩。」行者道：「我不疼了。古人云：『人逢喜事精神爽。』你看著行李、馬匹，等我去。」沙僧道：「你置下仇了，恐他害我師父。你須快去快來。」行者道：「我來得快，只消頓飯時，就回來矣。」

好大聖，說話間躲離了沙僧，縱觔斗雲，逕投南海。在那半空裏，那消半個時辰，望見普陀山景。須臾，按下雲頭，直至落伽崖上，端肅正行。只見二十四路諸天迎著道：「大聖，那裏去？」行者作禮畢，道：「要見菩薩。」諸天道：「少停，容通報。」時有鬼子母諸天來潮音洞外報道：「菩薩得知，孫悟空特來參見。」菩薩聞報，即命進去。大聖斂衣皈命，捉定步逕入裏邊，見菩薩倒身下拜。菩薩道：「悟空，你不領金蟬子西方求經去，卻來此何幹？」行者道：「上告菩薩。弟子保護唐僧前行，至一方，乃號山枯松澗火雲洞。有一個紅孩兒妖精，喚作聖嬰大王，把我師父攝去。是弟子與豬悟能等尋至門前，與他交戰。他放出三昧火來，我等不能取勝，救不出師父。急上東洋大海，請到四海龍王，施雨水，又不能勝火，把弟子都熏壞了，幾乎喪了殘生。」菩薩道：「既他是三昧火，神通廣大，怎麼去請龍王，不來請我？」行者道：「本欲來的，只是弟子被煙熏了，不能駕雲，卻教豬八戒來請菩薩。」菩薩道：「悟能不曾來呀。」行者道：「正是。未曾到得寶山，被那妖精假變做菩薩模樣，把豬八戒又賺入洞中，現吊在一個皮袋裏，也要蒸吃哩。」

菩薩聽說，心中大怒道：「那潑妖敢變我的模樣！」恨了一聲，將手中寶珠淨瓶往海心裏撲的一摜，唬得那行者毛骨竦然，即起身侍立下面，道：「這菩薩火性不退，好是怪老孫說的話不好，壞了他的德行，就把淨瓶摜了。可惜！可惜！早知送了我老孫，卻不是一件大人事？」說不了，只見那海當中，翻波跳浪，鑽出個瓶來。原來是一個怪物馱著出來。行者仔細看那馱瓶的怪物，怎生模樣：

根源出處號幫泥，水底增光獨顯威。世隱能知天地性，安藏偏曉鬼神機。
藏身一縮無頭尾，展足能行快似飛。文王畫卦曾元卜，常納庭臺伴伏羲。
雲龍透出千般俏，號水推波把浪吹。條條金線穿成甲，點點裝成彩玳瑁。
九宮八卦袍披定，散碎鋪遮綠燦衣。生前好勇龍王幸，死後還馱佛祖碑。
要知此物名和姓，興風作浪惡烏龜。

那龜馱著淨瓶，爬上崖邊，對菩薩點頭二十四點，權為二十四拜。行者見了，暗笑道：「原來是看瓶的。想是不見瓶，就問他要。」菩薩道：「悟空，你在下面說什麼？」行者道：「沒說什麼。」菩薩教：「拿上瓶來。」這行者即去拿瓶，——唉！莫想拿得他動。好便似蜻蜓撼石柱，怎生搖得半分毫？行者上前跪下道：「菩薩，弟子拿不動。」菩薩道：「你這猴頭，只會說嘴。瓶兒你也拿不動，怎麼去降妖縛怪？」行者道：「不瞞菩薩說。平日拿得動，今日拿不動。想是吃了妖精虧，觔力弱了。」菩薩道：「常時是個空瓶；如今是淨瓶拋下海去，這一時間，轉過了三江五湖，八海四瀆，溪源潭洞之間，共借了一海水在裏面。你那裏有架海的斤量，此所以拿不動也。」行者合掌道：「是，弟子不知。」

那菩薩走上前，將右手輕輕的提起淨瓶，托在左手掌上。只見那龜點點頭，攢下水去了。行者道：「原來是個養家看瓶的夯貨！」菩薩坐定道：「悟空，我這瓶中甘露水漿，比那龍王的私雨不同；能滅那妖精的三昧火。待要與你拿了去，你卻拿不動；待要著善財龍女與你同去，你卻又不是好心，專一只會騙人。你見我這龍女貌美，淨瓶又是個寶物，你假若騙了去，卻那有工夫又來尋你？你須是留些什麼東西作當。」行者道：「可憐！菩薩這等多心。我弟子自秉沙門，一向不幹那樣事了。你教我留些當頭，卻將何物？我身上這件綿布直裰，還是你老人家賜的。這條虎皮裙子，能值幾個銅錢？這根鐵棒，早晚卻要護身。但只是頭上這個箍兒，是個金的，卻又被你弄了個方法兒長在我頭上，取不下來。你今要當頭，情願將此為當，你念個《鬆箍兒咒》，將此除去罷；不然，將何物為當？」菩薩道：「你好自在啊！我也不要你的衣服、鐵棒、金箍，只將你那腦後救命的毫毛拔一根與我作當罷。」行者道：「這毫毛，也是你老人家與我的。但恐拔下一根，就拆破群了，又不能救我性命。」菩薩罵道：「你這猴子！你便一毛也不拔，教我這善財也難捨。」行者笑道：「菩薩，你卻也多疑。正是『不看僧面看佛面』。千萬救我師父一難罷！」那菩薩：

逍遙欣喜下蓮臺，雲步香飄上石崖。只為聖僧遭障害，要降妖怪救回來。

孫大聖十分歡喜，請觀音出了潮音仙洞。諸天大神都列在普陀巖上。菩薩道：「悟空，過海。」行者躬身道：「請菩薩先行。」菩薩道：「你先過去。」行者磕頭道：「弟子不敢在菩薩面前施展。若駕觔斗雲啊，掀露身體，恐菩薩怪我不敬。」菩薩聞言，即著善財龍女去蓮花池裏，劈一瓣蓮花，拖在石巖下邊水上，教行者：「你上那蓮花瓣兒，我渡你過海。」行者見了道：「菩薩，這花瓣兒，又輕又薄，如何載得我起！這一躧翻跌下水去，卻不濕了虎皮裙？走了硝，天冷怎穿！」菩薩喝道：「你且上去看！」行者不敢推辭，捨命往上跳，果然先見輕小，到上面比海船還大三分。行者歡喜道：「菩薩，載得我了。」菩薩道：「既載得，如何不過去？」行者道：「又沒了篙、槳、篷、桅，怎生得過？」菩薩道：「不用。」只把他一口氣吹開吸攏，又著實一口氣，吹過南洋苦海，得登彼岸。行者卻腳躧實地，笑道：「這菩薩賣弄神通，把老孫這等呼來喝去，全不費力也！」

那菩薩吩咐概眾諸天各守仙境，著善財龍女閉了洞門，他卻縱祥雲，躲離普陀巖，到那邊叫：「惠岸何在？」惠岸——乃托塔李天王第二個太子，俗名木叉是也。——乃菩薩親傳授的徒弟，不離左右，稱為護法惠岸行者。惠岸即對菩薩合掌伺候。菩薩道：「你快上界去，見你父王，問他借天罡刀來一用。」惠岸道：「師父用著幾何？」菩薩道：「全副都要。」

惠岸領命，即駕雲頭，逕入南天門裏，到雲樓宮殿，見父王下拜。天王見了，問：「兒從何來？」木叉道：「師父是孫悟空請來降妖，著兒拜上父王，將天罡刀借了一用。」天王即喚哪吒將刀取三十六把，遞與木叉。木叉對哪吒說：「兄弟，你回去多拜上母親：我事緊急，等送刀來再磕頭罷。」忙忙相別，按落祥光，逕至南海，將刀捧與菩薩。菩薩接在手中，拋將去，念個咒語，只見那刀化作一座千葉蓮臺。菩薩縱身上去，端坐在中間。行者在旁暗笑道：「這菩薩省使儉用。那蓮花池裏有五色寶蓮臺，捨不得坐將來，卻又問別人去借。」菩薩道：「悟空，休言語，跟我來也。」卻才都駕著雲頭，離了海上。白鸚哥展翅前飛，孫大聖與惠岸隨後。

頃刻間，早見一座山頭。行者道：「這山就是號山了。從此處到那妖精門首，約摸有四百餘里。」菩薩聞言，即命住下祥雲，在那山頭上念一聲「唵」字咒語，只見那山左山右，走出許多神鬼，卻乃是本山土地眾神，都到菩薩寶蓮座下磕頭。菩薩道：「汝等俱莫驚張。我今來擒此魔王。你與我把這團圍打掃乾淨，要三百里遠近地方，不許一個生靈在地。將那窩中小獸，窟內雛蟲，都送在巔峰之上安生。」眾神遵依而退。須臾間，又來回復。菩薩道：「既然乾淨，俱各回祠。」遂把淨瓶扳倒，唿喇喇傾出水來，就如雷響。真個是：

漫過山頭，沖開石壁。漫過山頭如海勢，沖開石壁似汪洋。
黑霧漲天全水氣，滄波影日幌寒光。徧崖沖玉浪，滿海長金蓮。
菩薩大展降魔法，袖中取出定身禪。化做落伽仙景界，真如南海一般般。
秀蒲挺出曇花嫩，香草舒開貝葉鮮。紫竹幾竿鸚鵡歇，青松數簇鷓鴣喧。
萬疊波濤蓮四野，只聞風吼水漫天。

孫大聖見了，暗中讚嘆道：「果然是一個大慈大悲的菩薩！若老孫有此法力，將瓶兒望山一倒，管什麼禽獸蛇蟲哩！」菩薩叫：「悟空，伸手過來。」行者即忙斂袖，將左手伸出。菩薩拔楊柳枝，蘸甘露，把他手心裏寫一個「迷」字，教他：「捏著拳頭，快去與那妖精索戰，許敗不許勝。敗將來我這跟前，我自有法力收他。」行者領命。返雲光，逕來至洞口，一隻手使拳，一隻手使棒，高叫道：「妖怪開門！」那些小妖，又進去報道：「孫行者又來了！」妖王道：「緊關了門！莫睬他！」行者叫道：「好兒子！把老子趕在門外，還不開門！」小妖又報道：「孫行者罵出那話兒來了！」妖王只教：「莫睬他！」行者叫兩次，見不開門，心中大怒，舉鐵棒，將門一下，打了一個窟窿。慌得那小妖跌將進去道：「孫行者打破門了！」妖王見報幾次，又聽說打破前門，急縱身，跳將出去，挺長槍，對行者罵道：「這猴子，老大不識起倒！我讓你得些便宜，你還不知盡足，又來欺我！打破我門，你該個什麼罪名？」行者道：「我兒，你趕老子出門，你該個什麼罪名？」

那妖王羞怒，綽長槍，劈胸便刺；這行者，舉鐵棒，架隔相還。一番搭上手，鬬經四五個回合，行者捏著拳頭，拖著棒，敗將下來。那妖王立在山前道：「我要刷洗唐僧去哩！」行者道：「好兒子，天看著你哩！你來！」那妖精聞言，愈加嗔怒，喝一聲，趕到面前，挺槍又刺。這行者掄棒，又戰幾合，敗陣又走。那妖王罵道：「猴子，你在前有二三十合的本事，你怎麼如今正鬬時就要走了，何也？」行者笑道：「賢郎，老子怕你放火。」妖精道：「我不放火了，你上來。」行者道：「既不放火，走開些。好漢子莫在家門前打人。」那妖精不知是詐，真個舉槍又趕。行者拖了棒，放了拳頭。那妖王著了迷亂，只情追趕。前走的如流星過度，後走的如弩箭離絃。

不一時，望見那菩薩了。行者道：「妖精，我怕你了，你饒我罷。你如今趕至南海觀音菩薩處，怎麼還不回去？」那妖王不信，咬著牙，只管趕來。行者將身一幌，藏在那菩薩的神光影裏。這妖精見沒了行者，走近前，睜圓眼，對菩薩道：「你是孫行者請來的救兵麼？」菩薩不答應。妖王撚轉長槍，喝道：「咄！你是孫行者請來的救兵麼？」菩薩也不答應。妖精望菩薩劈心刺一槍來。那菩薩化道金光，逕走上九霄空內。行者跟定道：「菩薩，你好欺伏我罷了！那妖精再三問你，你怎麼推聾裝啞，不敢做聲，被他一槍搠走了，卻把那個蓮臺都丟下耶！」菩薩只教：「莫言語，看他再要怎的。」

此時行者與木叉俱在空中，並肩同看。只見那妖呵呵冷笑道：「潑猴頭，錯認了我也！他不知把我聖嬰當作個甚人。幾番家戰我不過，又去請個什麼膿包菩薩來，卻被我一槍，搠得無形無影去了；又把個寶蓮臺兒丟了，且等我上去坐坐。」好妖精，他也學菩薩，盤手盤腳的，坐在當中。行者看見道：「好！好！好！蓮花臺兒好送人了！」菩薩道：「悟空，你又說什麼？」行者道：「說甚！說甚！蓮臺送了人了！那妖精坐放臀下，終不得你還要哩？」菩薩道：「正要他坐哩。」行者道：「他的身軀小巧，比你還坐得穩當。」菩薩叫：「莫言語，且看法力。」

他將楊柳枝往下指定，叫一聲：「退！」只見那蓮臺花彩俱無，祥光盡散，原來那妖王坐在刀尖之上。即命木叉：「使降妖杵，把刀柄兒打打去來。」那木叉按下雲頭，將降魔杵，如築牆一般，築了有千百餘下。那妖精，穿通兩腿刀尖出，血注成汪皮肉開。好怪物，你看他咬著牙，忍著痛，且丟了長槍，用手將刀亂拔。行者卻道：「菩薩啊，那怪物不怕痛，還拔刀哩。」菩薩見了，喚上木叉，「且莫傷他生命。」卻又把楊柳枝垂下，念聲「唵」字咒語，那天罡刀都變做倒鬚鉤兒，狼牙一般，莫能褪得。那妖精卻才慌了，扳著刀尖，痛聲苦告道：「菩薩，我弟子有眼無珠，不識你廣大法力。千乞垂慈，饒我性命！再不敢恃惡，願入法門戒行也。」

菩薩聞言，卻與二行者、白鸚哥低下金光，到了妖精面前，問道：「你可受吾戒行麼？」妖王點頭滴淚道：「若饒性命，願受戒行。」菩薩道：「你可入我門麼？」妖王道：「果饒性命，願入法門。」菩薩道：「既如此，我與你摩頂受戒。」就袖中取出一把金剃頭刀兒，近前去，把那怪分頂剃了幾刀，剃作一個太山壓頂，與他留下三個頂搭，挽起三個窩角揪兒。行者在旁笑道：「這妖精大晦氣！弄得不男不女，不知像個什麼東西！」菩薩道：「你今既受我戒，我卻也不慢你，稱你做善財童子，如何？」那妖點頭受持，只望饒命。菩薩卻用手一指，叫聲：「退！」撞的一聲，天罡刀都脫落塵埃，那童子身軀不損。菩薩叫：「惠岸，你將刀送上天宮，還你父王，莫來接我，先到普陀巖會眾諸天等候。」那木叉領命，送刀上界，回海不題。

卻說那童子野性不定，見那腿疼處不疼，臀破處不破，頭挽了三個揪兒，他走去綽起長槍，望菩薩道：「那裏有甚真法力降我！原來是個掩樣術法兒！不受甚戒！看槍！」望菩薩劈臉刺來。恨得個行者掄鐵棒要打。菩薩只叫：「莫打，我自有懲治。」卻又袖中取出一個金箍兒來道：「這寶貝原是我佛如來賜我往東土尋取經人的『金緊禁』三個箍兒。緊箍兒，先與你戴了；禁箍兒，收了守山大神；這個金箍兒，未曾捨得與人，今觀此怪無禮，與他罷。」

好菩薩，將箍兒迎風一幌，叫聲：「變！」即變作五個箍兒，望童子身上拋了去，喝聲：「著！」一個套在他頭頂上，兩個套在他左右手上，兩個套在他左右腳上。菩薩道：「悟空，走開些，等我念念《金箍兒咒》。」行者慌了道：「菩薩呀，請你來此降妖，如何卻要咒我？」菩薩道：「這篇咒，不是《緊箍兒咒》，咒你的；是《金箍兒咒》，咒那童子的。」行者卻才放心，緊隨左右，聽得他念咒。菩薩捻著訣，默默的念了幾遍，那妖精搓耳揉腮，攢蹄打滾。正是：一句能通遍沙界，廣大無邊地力深。畢竟不知那童子怎的皈依，且聽下回分解。

## 第四十三回　黑河妖孽擒僧去　西洋龍子捉鼉回

卻說那菩薩念了幾遍，卻才住口，那妖精就不疼了。又正性起身看處，頸項裏與手足上都是金箍，勒得疼痛，便就除那箍兒時，莫想褪得動分毫。這寶貝已此是見肉生根，越抹越痛。行者笑道：「我那乖乖，菩薩恐你養不大，與你戴個頸圈鐲頭哩。」那童子聞此言，又生煩惱，就此綽起槍來，望行者亂刺。行者急閃身，立在菩薩後面，叫：「念咒！念咒！」

那菩薩將楊柳枝兒，蘸了一點甘露，灑將去，叫聲：「合！」只見他丟了槍，一雙手合掌當胸，再也不能開放。至今留了一個「觀音扭」，即此意也。那童子開不得手，拿不得槍，方知是法力深微，沒奈何，才納頭下拜。

菩薩念動真言，把淨瓶敧倒，將那一海水，依然收去，更無半點存留，對行者道：「悟空，這妖精已是降了，卻只是野心不定，等我教他一步一拜，只拜到落伽山，方才收法。你如今快早去洞中，救你師父去來！」行者轉身叩頭道：「有勞菩薩遠涉，弟子當送一程。」菩薩道：「你不消送，恐怕誤了你師父性命。」行者聞言，歡喜叩別。那妖精早歸了正果，五十三參，參拜觀音。

且不題善菩薩收了童子。卻說那沙僧久坐林間，盼望行者不到，將行李捎在馬上，一隻手執著降妖寶杖，一隻手牽著韁繩，出松林向南觀看。只見行者欣喜而來。沙僧迎著道：「哥哥，你怎麼去請菩薩，此時才來！焦殺我也！」行者道：「你還做夢哩。老孫已請了菩薩，降了妖怪。」行者卻將菩薩的法力，備陳了一遍。沙僧十分歡喜道：「救師父去也！」他兩個才跳過澗去，撞到門前，拴下馬匹，舉兵器齊打入洞裏，剿淨了群妖，解下皮袋，放出八戒來。那獃子謝了行者道：「哥哥，那妖精在那裏？等我去築他幾鈀，出出氣來！」行者道：「且尋師父去。」

三人逕至後邊，只見師父赤條條，綑在院中哭哩。沙僧連忙解繩，行者即取衣服穿上。三人跪在面前道：「師父吃苦了。」三藏謝道：「賢徒啊，多累你等。怎生降得妖魔也？」行者又將請菩薩收童子之言，備陳一遍。三藏聽得，即忙跪下，朝南禮拜。行者道：「不消謝他，轉是我們與他作福，收了一個童子。」——如今說童子拜觀音，五十三參，三參見佛，即此是也。——教沙僧，將洞內寶物收了。且尋米糧，安排齋飯，管待了師父。那長老得性命，全虧孫大聖；取真經，只靠美猴精。師徒們出洞來，攀鞍上馬，找大路，篤志投西。

行經一個多月，忽聽得水聲振耳。三藏大驚道：「徒弟呀，又是那裏水聲？」行者笑道：「你這老師父，忒也多疑，做不得和尚。我們一同四眾，偏你聽見什麼水聲。你把那《多心經》又忘了也？」唐僧道：「《多心經》乃浮屠山烏巢禪師口授，共五十四句，二百七十個字。我當時耳傳，至今常念，你知我忘了那句兒？」行者道：「老師父，你忘了『無眼耳鼻舌身意』。我等出家之人，眼不視色，耳不聽聲，鼻不嗅香，舌不嘗味，身不知寒暑，意不存妄想，如此謂之祛褪六賊。你如今為求經，念念在意；怕妖魔，不肯捨身；要齋吃，動舌；喜香甜，嗅鼻；聞聲音，驚耳；睹事物，凝眸；招來這六賊紛紛，怎生得西天見佛？」三藏聞言，默然沈慮道：「徒弟啊，我

一自當年別聖君，奔波晝夜甚慇懃。芒鞋踏破山頭霧，竹笠沖開嶺上雲。

夜靜猿啼殊可嘆，月明鳥噪不堪聞。何時滿足三三行，得取如來妙法文！」

行者聽畢，忍不住鼓掌大笑道：「這師父原來只是思鄉難息！若要那三三行滿，有何難哉！常言道：『功到自然成』哩。」八戒回頭道：「哥啊，若照依這般魔障凶高，就走上一千年也不得成功！」沙僧道：「二哥，你和我一般，拙口鈍腮，不要惹大哥熱擦。且只捱肩磨擔，終須有日成功也。」

師徒們正話間，腳走不停，馬蹄正疾，見前面有一道黑水滔天，馬不能進。四眾停立岸邊，

仔細觀看，但見那：

層層濃浪，疊疊渾波。層層濃浪翻烏潦，疊疊渾波捲黑油。近觀不照人身影，遠望難尋樹木形。滾滾一地墨，滔滔千里灰。水沫浮來如積炭，浪花飄起似翻煤。牛羊不飲，鴉鵲難飛。牛羊不飲嫌深黑，鴉鵲難飛怕渺瀰。只是岸上蘆蘋知節令，灘頭花草鬪青奇。湖泊江河天下有，溪源澤洞世間多。人生皆有相逢處，誰見西方黑水河！

唐僧下馬道：「徒弟，這水怎麼如此渾黑？」八戒道：「是那家潑了靛缸了。」沙僧道：「不然，是誰家洗筆硯哩。」行者道：「你們且休胡猜亂道，且設法保師父過去。」八戒道：「這河若是老豬過去不難；或是駕了雲頭，或是下河負水，不消頓飯時，我就過去了。」沙僧道：「若教我老沙，也只消縱雲躡水，頃刻而過。」行者道：「我等容易，只是師父難哩。」三藏道：「徒弟啊，這河有多少寬麼？」八戒道：「約摸有十來里寬。」三藏道：「你三個計較，著那個馱我過去罷。」行者道：「八戒馱得。」八戒道：「不好馱。若是馱著騰雲，三尺也不能離地。常言道：『背凡人重若丘山。』若是馱著負水，轉連我墜下水去了。」

師徒們在河邊，正都商議，只見那上溜頭有一人，掉下一隻小船兒來。唐僧喜道：「徒弟，有船來了。叫他渡我們過去。」沙僧厲聲高叫道：「掉船的，來渡人！來渡人！」船上人道：「我不是渡船，如何渡人？」沙僧道：「天上人間，方便第一。你雖不是渡船，我們也不是常來打攪你的。我等是東土欽差取經的佛子，你可方便方便，渡我們過去。謝你。」那人聞言，卻把船兒掉近岸邊，扶著槳道：「師父啊，我這船小，你們人多，怎能全渡？」三藏近前看了，那船兒原來是一段木頭刻的，中間只有一個艙口，只好坐下兩個人。三藏道：「怎生是好？」沙僧道：「這船啊，兩遭兒渡罷。」八戒就使心術，要躲懶討乖，道：「悟淨，你與大哥在這邊看著行李、馬匹，等我保師父先過去，卻再來渡馬。教大哥跳過去罷。」行者點頭道：「你說的是。」那獃子扶著唐僧，那梢公撐開船，舉棹沖流，一直而去。方才行到中間，只聽得一聲響喨，捲浪翻波，遮天迷日。那陣狂風十分利害！好風：

當空一片炮雲起，中溜千層黑浪高。兩岸飛沙迷日色，四邊樹倒振天號。
翻江攪海龍神怕，播土揚塵花木凋。呼呼響若春雷吼，陣陣凶如餓虎哮。
蟹鼇魚蝦朝上拜，飛禽走獸失窩巢。五湖船戶皆遭難，四海人家命不牢。
溪內漁翁難把鈎，河間梢子怎撐篙？揭瓦翻磚房屋倒，驚天動地泰山搖。

這陣風，原來就是那掉船人弄的。他本是黑水河中怪物。眼看著那唐僧與豬八戒，連船兒淬在水裏，無影無形，不知攝了那方去也。

這岸上，沙僧與行者心慌道：「怎麼好？老師父步步逢災，才脫了魔障，幸得這一路平安，又遇著黑水迍邅！」沙僧道：「莫是翻了船，我們往下溜頭找尋去。」行者道：「不是翻船；若翻船，八戒會水，他必然保師父，負水而出。我才見那個掉船的有些不正氣，想必就是這廝弄風，把師父拖下水去了。」沙僧聞言道：「哥哥何不早說！你看著馬與行李，等我下水找尋去來。」行者道：「這水色不正，恐你不能去。」沙僧道：「這水比我那流沙河如何？去得！去得！」

好和尚，脫了褊衫，紥抹了手腳，掄著降妖寶杖，撲的一聲，分開水路，鑽入波中，大搭步行將進去。正走處，只聽得有人言語。沙僧閃在旁邊，偷睛觀看，那壁廂有一座亭臺，臺門外橫封了八個大字，乃是「衡陽峪黑水河神府」。又聽得那怪物坐在上面道：「一向辛苦，今日方能得物。這和尚乃十世修行的好人，但得吃他一塊肉，便做長生不老人。我為他也等夠多時，今朝卻不負我志。」教：「小的們！快把鐵籠抬出來，將這兩個和尚囫圇蒸熟，具柬去請二舅爺來，與他暖壽。」沙僧聞言，按不住心頭火起，掣寶杖，將門亂打，口中罵道：「那潑物，快送我唐僧師父與八戒師兄出來！」諕得那門內妖邪，急跑去報：「禍事了！」老怪問：「什麼禍事？」小妖道：「外面有一個晦氣色臉的和尚，打著前門，罵要人哩。」

那怪聞言，即喚取披掛。小妖抬出披掛，老妖結束整齊，手提一根竹節鋼鞭，走出門來，真個是凶頑毒相。但見：

方面圜睛霞彩亮，捲唇巨口血盆紅。幾根鐵線稀髯擺，兩鬢朱砂亂髮蓬。
形似顯靈真太歲，貌如發怒狠雷公。身披鐵甲團花燦，頭戴金盔嵌寶濃。
竹節鋼鞭提手內，行時滾滾拽狂風。生來本是波中物，脫去原流變化凶。
要問妖邪真姓字，前身喚做小鼉龍。

那怪喝道：「是甚人在此打我門哩？」沙僧道：「我䆀你個無知的潑怪！你怎麼弄玄虛，變作梢公，架船將我師父攝來？快早送還，饒你性命！」那怪呵呵笑道：「這和尚不知死活！你師父是我拿了，如今要蒸熟了請人哩！你上來，與我見個雌雄！三合敵得我啊，還你師父；如三合敵不得，連你一發都蒸吃了，休想西天去也！」沙僧聞言大怒，掄寶杖，劈頭就打。那怪舉鋼鞭，急架相迎。兩個在水底下，這場好殺：

降妖杖與竹節鞭，二人怒發各爭先。
一個是黑水河中千載怪，一個是靈霄殿外舊時仙。
那個因貪三藏肉中吃，這個為保唐僧命可憐。
都來水底相爭鬪，各要功成兩不然。
殺得蝦魚對對搖頭躲，蟹鱉雙雙縮首潛。
只聽水府群妖齊擂鼓，門前眾怪亂爭喧。

好個沙門真悟淨，單身獨力展威權！
躍浪翻波無勝敗，鞭迎杖架兩牽連。
算來只為唐和尚，欲取真經拜佛天。

他二人戰經三十回合，不見高低。沙僧暗想道：「這怪物是我的對手，枉自不能取勝，且引他出去，教師兄打他。」這沙僧虛丟了個架子，拖著寶杖就走。那妖精更不趕來，道：「你去罷，我不與你鬪了。我且具柬帖兒去請客哩。」

沙僧氣呼呼跳出水來，見了行者道：「哥哥，這怪物無禮。」行者問：「你下去許多時才出來，端的是甚妖邪？可曾尋見師父？」沙僧道：「他這裏邊，有一座亭臺；臺門外橫書八個大字，喚做『衡陽峪黑水河神府』。我閃在旁邊，聽著他在裏面說話，教小的們刷洗鐵籠，待要把師父與八戒蒸熟了，去請他舅爺來暖壽。是我發起怒來，就去打門。那怪物提一條竹節鋼鞭走出來，與我鬪了這半日，約有三十合，不分勝負。我卻使個佯輸法，要引他出來，著你助陣。那怪物乖得緊，他不來趕我，只要回去具柬請客，我才上來了。」行者道：「不知是個什麼妖邪？」沙僧道：「那模樣像一個大鱉；不然，便是個鼉龍也。」行者道：「不知那個是他舅爺？」

說不了，只見那下灣裏走出一個老人，遠遠的跪下，叫：「大聖，黑水河河神叩頭。」行者道：「你莫是那掉船的妖邪，又來騙我麼？」那老人磕頭滴淚道：「大聖，我不是妖邪，我是這河內真神。那妖精舊年五月間，從西洋海，趁大潮來於此處，就與小神交鬪。奈我年邁身衰，敵他不過，把我坐的那衡陽峪黑水河神府，就占奪去住了，又傷了我許多水族。我卻沒奈何，逕往海內告他。原來西海龍王是他的母舅，不准我的狀子，教我讓與他住。我欲啟奏上天，奈何神微職小，不能得見玉帝。今聞得大聖到此，特來參拜投生。萬望大聖與我出力報冤！」行者聞言道：「這等說，四海龍王都該有罪。他如今攝了我師父與師弟，揚言要蒸熟了，去請他舅爺暖壽，我正要拿他，幸得你來報信。這等，河神，你陪著沙僧在此看守，等我去海中，先把那龍王捉來，教他擒此怪物。」河神道：「深感大聖大恩！」

行者即駕雲，逕至西洋大海，按觔斗，捻了避水訣，分開波浪；正然走處，撞見一個黑魚精捧著一個渾金的請書匣兒，從下流頭似箭如梭鑽將上來，被行者撲個滿面，掣鐵棒分頂一下，可憐就打得腦漿迸出，腮骨查開，嗗都的一聲，飄出水面。他卻揭開匣兒看處，裏邊有一張簡帖，上寫著：

> 愚甥鼉潔，頓首百拜，啓上二舅爺敖老大人臺下：向承佳惠，感感。今因獲得二物，乃東土僧人，實為世間之罕物，甥不敢自用。因念舅爺聖誕在邇，特設菲筵，預祝千壽。萬望車駕速臨，是荷！

行者笑道：「這廝都把供狀先遞與老孫也！」正才袖了帖子，往前再行。早有一個探海的夜叉，望見行者，急抽身撞上水晶宮報大王：「齊天大聖孫爺爺來了！」那龍王敖順，即領眾水族，出宮迎接道：「大聖，請入小宮少座，獻茶。」行者道：「我還不曾吃你的茶，你倒先吃了我的酒也！」龍王笑道：「大聖一向皈依佛門，不動葷酒，卻幾時請我吃酒來？」行者道：「你便不曾去吃酒，只是惹下一個吃酒的罪名了。」敖順大驚道：「小龍為何有罪？」行者袖中取出簡帖兒，遞與龍王。

龍王見了，魂飛魄散，慌忙跪下，叩頭道：「大聖恕罪！那廝是舍妹第九個兒子。因妹夫錯行了風雨，刻減了雨數，被天曹降旨，著人曹官魏征丞相，夢裏斬了。舍妹無處安身，是小龍帶他到此，恩養成人。前年不幸，舍妹疾故，惟他無方居住，我著他在黑水河養性修真。不期他作此惡孽，小龍即差人去擒他來也。」行者道：「你令妹共有幾個賢郎？都在那裏作怪？」龍王道：「舍妹有九個兒子。那八個都是好的。第一個小黃龍，見居淮瀆；第二個小驪龍，見住濟瀆；第三個青背龍，占了江瀆；第四個赤髯龍，鎮守河瀆；第五個徒勞龍，與佛祖司鍾；第六個穩獸龍，與神官鎮脊；第七個敬仲龍，與玉帝守擎天華表；第八個蜃龍，在大家兄處，砥據太岳。此乃第九個鼉龍，因年幼無甚執事，自舊年才著他居黑水河養性，待成名，別遷調用；誰知他不遵吾旨，衝撞大聖也。」

行者聞言，笑道：「你妹妹有幾個妹丈？」敖順道：「只嫁得一個妹丈，乃涇河龍王。向年已此被斬，舍妹孀居於此，前年疾故了。」行者道：「一夫一妻，如何生這幾個雜種？」敖順道：「此正謂『龍生九種，九種各別』。」行者道：「我才心中煩惱，欲將簡帖為證，上奏天庭，問你個通同作怪，搶奪人口之罪；據你所言，是那廝不遵教誨，我且饒你這次：一則是看你昆玉分上，二來只該怪那廝年幼無知，你也不甚知情。你快差人擒來，救我師父，再作區處。」敖順即喚太子摩昂：「快點五百蝦魚壯兵，將小鼉捉來問罪。一壁廂安排酒席，與大聖陪禮。」行者道：「龍王再勿多心，既講開饒了你便罷，又何須辦酒？我今須與你令郎同去：一則老師父遭愆，二則我師弟盼望。」

那老龍苦留不住，又見龍女捧茶來獻。行者立飲他一盞香茶，別了老龍，隨與摩昂領兵，離了西海。早到黑水河中。行者道：「賢太子，好生捉怪，我上岸去也。」摩昂道：「大聖寬心，小龍子將他拿上來先見了大聖，懲治了他罪名，把師父送上來，才敢帶回海內，見我家父。」行者欣然相別，捏了避水訣，跳出波津，逕到了東邊崖上。沙僧與那河神迎著道：「師兄，你去時從空而去，怎麼回來卻自河內而回？」行者把那打死魚精，得簡帖，見龍王，與太子同領兵來之事，備陳了一遍。沙僧十分歡喜，都立在岸邊，候接師父不題。

卻說那摩昂太子著介士先到他水府門前，報與妖怪道：「西海老龍王太子摩昂來也。」那怪正坐，忽聞摩昂來，心中疑惑道：「我差黑魚精投簡帖拜請二舅爺，這早晚不見回話，怎麼舅爺不來，卻是表兄來耶？」正說間，只見那巡河的小怪又來報：「大王，河內有一支兵，屯於水府之西，旗號上書著『西海儲君摩昂小帥』。」妖怪道：「這表兄卻也狂妄：想是舅爺不得來，命他來赴宴；既是赴宴，如何又領兵勞士？——咳！但恐其間有故。」教：「小的們，將我的披掛鋼鞭伺候，恐一時變暴。待我且出去迎他，看是何如。」眾妖領命，一個個擦掌摩拳準備。這鼉龍出得門來，真個見一支海兵劄營在右。只見：

征旗飄繡帶，畫戟列明霞。寶劍凝光彩，長槍纓繞花。
弓彎如月小，箭插似狼牙。大刀光燦燦，短棍硬沙沙。
鯨鼇並蛤蚌，蟹鱉共魚蝦。大小齊齊擺，干戈似密蔴。
不是元戎令，誰敢亂爬蹅！

鼉怪見了，逕至那營門前，厲聲高叫：「大表兄，小弟在此拱候，有請。」有一個巡營的螺螺，急至中軍帳，「報千歲殿下，外有鼉龍叫請哩。」太子按一按頂上金盔，束一束腰間寶帶，手提一根三棱簡，拽開步，跑出營去，道：「你來請我怎麼？」鼉龍進禮道：「小弟今早有簡帖拜請舅爺，想是舅爺見棄，著表兄來的，兄長既來赴席，如何又勞師動眾？不入水府，劄營在此，又貫甲提兵，何也？」太子道：「你請舅爺做甚？」妖怪道：「小弟一向蒙恩賜居於此，久別尊顏，未得孝順。昨日捉得一個東土僧人，我聞他是十世修行的元體，人吃了他，可以延壽，欲請舅爺看過，上鐵籠蒸熟，與舅爺暖壽哩。」太子喝道：「你這廝十分懵懂！你道僧人是誰？」妖怪道：「他是唐朝來的僧人，往西天取經的和尚。」太子道：「你只知他是唐僧，不知他手下徒弟利害哩。」妖怪道：「他有一個長嘴的和尚，喚做個豬八戒，我也把他捉住了，要與唐和尚一同蒸吃。還有一個徒弟，喚做沙和尚，乃是一條黑漢子，晦氣色臉，使一根寶杖。昨日在這門外與我討師父，被我帥出河兵，一頓鋼鞭，戰得他敗陣逃生，也不見怎的利害。」

太子道：「原來是你不知！他還有一個大徒弟，是五百年前大鬧天宮上方太乙金仙齊天大聖；如今保護唐僧往西天拜佛求經，是普陀巖大慈大悲觀音菩薩勸善，與他改名，喚做孫悟空行者。你怎麼沒得做，撞出這件禍來？他又在我海內遇著你的差人，奪了請帖，逕入水晶宮，拿捏我父子們，有『結連妖邪，搶奪人口』之罪。你快把唐僧、八戒送上河邊，交還了孫大聖，憑著我與他陪禮，你還好得性命；若有半個『不』字，休想得全生居於此也！」那怪鼉聞此言，心中大怒道：「我與你嫡親的姑表，你反護他人。聽你所言，就教把唐僧送出！天地間那裏有這等容易事也！你便怕他，莫成我也怕他？他若有手段，敢來我水府門前，與我交戰三合，我才與他師父；若敵不過我，就連他也拿來，一齊蒸熟，也沒什麼親人，也不去請客，自家關了門，教小的們唱唱舞舞，我坐在上面，自自在在，吃他娘不是！」

太子見說，開口罵道：「這潑邪！果然無狀！且不要教孫大聖與你對敵，你敢與我相持麼？」那怪道：「要做好漢，怕什麼相持！」教：「取披掛！」呼喚一聲，眾小妖跟隨左右，獻上披掛，捧上鋼鞭。他兩個變了臉，各逞英雄；傳號令，一齊擂鼓。這一場比與沙僧爭鬥，甚是不同。但見那：

旌旗照耀，戈戟搖光。這壁廂營盤解散，那壁廂門戶開張。
摩昂太子提金簡，鼉怪掄鞭急架償。一聲炮響河兵烈，三棒鑼鳴海士狂。
蝦與蝦爭，蟹與蟹鬬。鯨鰲吞赤鯉，鯿鮊起黃鱨。
鯊鯔吃鮆鯖魚走，牡蠣擒蟶蛤蚌慌。少揚刺硬如鐵棍，鱘司針利似鋒芒。
鱓鱑追白蟮，鱸鱠捉烏鯧。一河水怪爭高下，兩處龍兵定弱強。
混戰多時波浪滾，摩昂太子賽金剛。喝聲金簡當頭重，拿住妖鼉作怪王。

這太子將三棱簡閃了一個破綻，那妖精不知是詐，鑽將進來；被他使個解數，把妖精右臂，只一簡，打了個躘踵；趕上前，又一拍腳，跌倒在地。眾海兵一擁上前，揪翻住，將繩子背綁了雙手，將鐵索穿了琵琶骨，拿上岸來，押至孫行者面前道：「大聖，小龍子捉住妖鼉，請大聖定奪。」

行者與沙僧見了道：「你這廝不遵旨令。你舅爺原著你在此居住，教你養性存身，待你名成之日，別有遷用；你怎麼強占水神之宅，倚勢行凶，欺心誑上，弄玄虛，騙我師父、師弟？我待要打你這一棒，奈何老孫這棒子甚重，略打打兒就了了性命。你將我師父安在何處哩？」那怪叩頭不住道：「大聖，小鼉不知大聖大名。卻才逆了表兄，騁強背理，被表兄把我拿住。今見大聖，幸蒙大聖不殺之恩，感謝不盡。你師父還綑在那水府之間，望大聖解了我的鐵索，放了我手，等我到河中送他出來。」摩昂在旁道：「大聖，這廝是個逆怪，他極奸詐；若放了他，恐生惡念。」沙和尚道：「我認得他那裏，等我尋師父去。」

他兩個跳入水中，逕至水府門前。那裏門扇大開，更無一個小卒。直入亭臺裏面，見唐僧、八戒，赤條條都綑在那裏。沙僧即忙解了師父，河神亦隨解了八戒，一家背著一個，出水面，逕至岸邊。豬八戒見那妖精鎖綁在側，急掣鈀上前就築，口裏罵道：「潑邪畜！你如今不吃我了？」行者扯住道：「兄弟，且饒他死罪罷。看敖順賢父子之情。」摩昂進禮道：「大聖，小龍子不敢久停。既然救得你師父，我帶這廝去見家父；雖大聖饒了他死罪，家父決不饒他活罪，定有發落處置，仍回復大聖謝罪。」行者道：「既如此，你領他去罷。多多拜上令尊，尚容面謝。」那太子押著那妖潑，投水中，帥領海兵，逕轉西洋大海不題。

卻說那黑水河神謝了行者道：「多蒙大聖復得水府之恩！」唐僧道：「徒弟啊，如今還在東岸，如何渡此河也？」河神道：「老爺勿慮，且請上馬，小神開路，引老爺過河。」那師父才騎了白馬，八戒擡著韁繩，沙和尚挑了行李，孫行者扶持左右。只見河神作起阻水的法術，將上流擋住。須臾，下流撤乾，開出一條大路。師徒們行過西邊，謝了河神，登崖上路。這正是：禪僧有救朝西域，徹地無波過黑河。畢竟不知怎生得拜佛求經，且聽下回分解。

# 第四十四回 法身元運逢車力 心正妖邪度脊關

詩曰：

求經脫障向西遊，無數名山不盡休。兔走烏飛催晝夜，鳥啼花落自春秋。
微塵眼底三千界，錫杖頭邊四百州。宿水餐風登紫陌，未期何日是回頭。

話說唐三藏幸虧龍子降妖，黑水河神開路，師徒們過了黑水河，找大路一直西來。真個是迎風冒雪，戴月披星，行夠多時，又值早春天氣。但見：

三陽轉運，萬物生輝。三陽轉運，滿天明媚開圖畫；萬物生輝，遍地芳菲設繡茵。梅殘數點雪，麥漲一川雲。漸開冰解山泉溜，盡放萌芽沒燒痕。正是那：太昊乘震，勾芒御辰；花香風氣暖，雲淡日光新。道旁楊柳舒青眼，膏雨滋生萬象春。

師徒們在路上，遊觀景色，緩馬而行，忽聽得一聲吆喝，好便似千萬人吶喊之聲。唐三藏心中害怕，兜住馬不能前進，急回頭道：「悟空，是那裏這等響振？」八戒道：「好一似地裂山崩。」沙僧道：「也就如雷聲霹靂。」三藏道：「還是人喊馬嘶。」孫行者笑道：「你們都猜不著，且住，待老孫看是何如。」好行者，將身一縱，踏雲光，起在空中，睜眼觀看，遠見一座城池；又近覷，倒也祥光隱隱，不見什麼凶氣紛紛。行者暗自沈吟道：「好去處！如何有響聲振耳？……那城中又無旌旗戈戟，又不是炮聲響振，何以若人馬喧嘩？……」正議間，只見那城門外，有一塊沙灘空地，攢簇了許多和尚，在那裏扯車兒哩。原來是一齊著力打號，齊喊「大力王菩薩」，所以驚動唐僧。

行者漸漸按下雲頭來看處，呀！那車子裝的都是磚瓦木植土坯之類；灘頭上坡坂最高，又有一道夾脊小路，兩座大關；關下路都是直立壁陡之崖，那車兒怎麼拽得上去？雖是天色和暖，那些人卻也衣衫藍縷。看此像十分窘迫，行者心疑道：「想是修蓋寺院，他這裏五穀豐登，尋不出雜工人來，所以這和尚親自努力。……」正自猜疑未定，只見那城門裏，搖搖擺擺，走出兩個少年道士來。你看他怎生打扮。但見他：

頭戴星冠，身披錦繡。頭戴星冠光耀耀，身披錦繡彩霞飄。
足踏雲頭履，腰繫熟絲絲。面如滿月多聰俊，形似瑤天仙客嬌。

那些和尚見道士來，一個個心驚膽戰，加倍著力，恨苦的拽那車子。行者就曉得了：「咦！想必這和尚們怕那道士；不然啊，怎麼這等著力拽扯？我曾聽得人言，西方路上，有個敬道滅僧之處，斷乎此間是也。我待要回報師父，奈何事不明白，返惹他怪，道我這等一個伶俐之人，就不能探個實信。且等下去問得明白，好回師父話。」

你道他來問誰？好大聖，按落雲頭，去郡城腳下，搖身一變，變做個遊方的雲水全真，左臂上掛著一個水火籃兒，手敲著漁鼓，口唱著道情詞，近城門，迎著兩個道士，當面躬身道：「道長，貧道起手。」那道士還禮道：「先生那裏來的？」行者道：「我弟子雲遊於海角，浪蕩在天涯。今朝來此處，欲募善人家。動問二位道長，這城中那條街上好道？那個巷裏好賢？我貧道好去化些齋吃。」那道士笑道：「你這先生，怎麼說這等敗興的話？」行者道：「何為敗興？」道士道：「你要化些齋吃，卻不是敗興？」行者道：「出家人以乞化為由，卻不化齋吃，怎生有錢買？」道士笑道：「你是遠方來的，不知我這城中之事。我這城中，且休說文武官員好道，富民長者愛賢，大男小女見我等拜請奉齋，——這般都不須掛齒，——頭一等就是萬歲君王好道愛賢。」行者道：「我貧道一則年幼，二則是遠方乍來，實是不知。煩二位道長將這裏地名，君王好道愛賢之事，細說一遍，足見同道之情。」道士說：「此城名喚車遲國。寶殿上君王與我們有親。」

行者聞言，呵呵笑道：「想是道士做了皇帝？」他道：「不是。只因這二十年前，民遭亢旱，天無點雨，地絕穀苗，不論君臣黎庶，大小人家，家家沐浴焚香，戶戶拜天求雨。正都在倒懸捱命之處，忽然天降下三個仙長來，俯救生靈。」行者問道：「是那三個仙長？」道士說：「便是我家師父。」行者道：「尊師甚號？」道士云：「我大師父，號做虎力大仙；二師父，鹿力大仙；三師父，羊力大仙。」行者問曰：「三位尊師，有多少法力？」道士云：「我那師父，呼風喚雨，只在翻掌之間；指水為油，點石成金，卻如轉身之易；所以有這般法力，能奪天地之造化，換星斗之玄微，君臣相敬，與我們結為親也。」行者道：「這皇帝十分造化。常言道：『術動公卿』。老師父有這般手段，結了親，其實不虧他。——噫，不知我貧道可有星星緣法，得見那老師父一面哩？」道士笑曰：「你要見我師父，有何難處！我兩個是他靠胸貼肉的徒弟，我師父卻又好道愛賢，只聽見說個『道』字，就也接出大門。若是我兩個引進你，乃吹灰之力。」

行者深深的唱個大喏道：「多承舉薦，就此進去罷。」道士說：「且少待片時，你在這裏坐下，等我兩個把公事幹了來，和你進去。」行者道：「出家人無拘無束，自由自在，有甚公事？」道士用手指定那沙灘上僧人：「他做的是我家生活，恐他躲懶，我們去點他一卯就來。」行者笑道：「道長差了，僧道之輩都是出家人，為何他替我們做活，伏我們點卯？」道士云：「你不知道。因當年求雨之時，僧人在一邊拜佛，道士在一邊告斗，都請朝廷的糧食；誰知那和尚不中用，空念空經，不能濟事。後來我師父一到，喚雨呼風，拔濟了萬民塗炭。卻才惱了朝廷，說那和尚無用，拆了他的山門，毀了他的佛像，追了他的度牒，不放他回鄉，御賜與我們家做活，就當小廝一般。我家裏燒火的，也是他；掃地的，也是他；頂門的，也是他。因為後邊還有住房，未曾完備，著這和尚來拽磚瓦，拖木植，起蓋房宇。只恐他貪頑躲懶，不肯拽車，所以著我兩個去查點查點。」

行者聞言，扯住道士滴淚道：「我說我無緣，真個無緣，不得見老師父尊面！」道士云：「如何不得見面？」行者道：「我貧道在方上雲遊，一則是為性命，二則也為尋親。」道士問：「你有什麼親？」行者道：「我有一個叔父，自幼出家，削髮為僧。向日年程飢饉，也來外面求乞。這幾年不見回家。我念祖上之恩，特來順便尋訪。想必是羈遲在此等地方，不能脫身，未可知也。我怎的尋著他，見一面，才可與你進城。」道士云：「這般卻是容易。我兩個且坐下，即煩你去沙灘上替我一查。只點頭目有五百名數目便罷。看內中那個是你令叔。果若有呀，我們看道中情分，放他去了，卻與你進城好麼？」

行者頂謝不盡，長揖一聲，別了道士，敲著漁鼓，逕往沙灘之上。過了雙關，轉下夾脊，那和尚一齊跪下磕頭道：「爺爺，我等不曾躲懶，五百名半個不少，都在此扯車哩。」行者看見，暗笑道：「這些和尚，被道士打怕了，見我這假道士就這般悚懼。若是個真道士，好道也活不成了。」行者又搖手道：「不要跪，休怕。我不是監工的，我來此是尋親的。」眾僧們聽說認親，就把他圈子陣圍將上來，一個個出頭露面，咳嗽打響，巴不得要認出去，道：「不知那個是他親哩。」行者認了一會，呵呵笑將起來。眾僧道：「老爺不認親，如何發笑？」行者道：「你們知我笑什麼？笑你這些和尚全不長俊！父母生下你來，皆因命犯華蓋，妨爺尅娘，或是不招姊妹，才把你捨斷了出家；你怎的不遵三寶，不敬佛法，不去看經拜懺，卻怎麼與道士傭工，作奴婢使喚？」眾僧道：「老爺，你來羞我們哩！你老人家想是個外邊來的，不知我這裏利害。」行者道：「果是外方來的，其實不知你這裏有甚利害。」

眾僧滴淚道：「我們這一國君王，偏心無道，只喜得是老爺等輩，惱的是我們佛子。」行者道：「為何來？」眾僧道：「只因呼風喚雨，三個仙長來此處，滅了我等；哄信君王，把我們寺拆了，度牒追了，不放歸鄉，亦不許補役當差，賜與那仙長家使用，苦楚難當！但有個遊方道者至此，即請拜王領賞；若是和尚來，不分遠近，就拿來與仙長家傭工。」行者道：「想必那道士還有什麼巧法術，誘了君王？——若只是呼風喚雨，也都是旁門小法術耳，安能動得君心？」眾僧道：「他會摶砂煉汞，打坐存神，點水為油，點石成金。如今興蓋三清觀宇，對天地晝夜看經懺悔，祈君王萬年不老，所以就把君心惑動了。」

行者道：「原來這般。你們都走了便罷。」眾僧道：「老爺，走不脫！那仙長奏准君王，把我們畫了影身圖，四下裏長川張掛。他這車遲國地界也寬，各府州縣鄉村店集之方，都有一張和尚圖，上面是御筆親題。若有官職的，拿得一個和尚，高陞三級；無官職的，拿得一個和尚，就賞白銀五十兩，所以走不脫。——且莫說是和尚，就是剪鬃、禿子、毛稀的，都也難逃。四下裏快手又多，緝事的又廣，憑你怎麼也是難脫。我們沒奈何，只得在此苦捱。」

行者道：「既然如此，你們死了便罷。」眾僧道：「老爺，有死的。到處捉來與本處和尚，也共有二千餘眾。到此熬不得苦楚，受不得爊煎，忍不得寒冷，服不得水土，死了有六七百，自盡了有七八百；只有我這五百個不得死。」行者道：「怎麼不得死？」眾僧道：「懸梁繩斷，刀刎不疼；投河的飄起不沈，服藥的身安不損。」行者道：「你卻造化，天賜汝等長壽哩！」眾僧道：「老爺呀，你少了一個字兒，是『長受罪』哩！我等日食三餐，乃是糙米熬得稀粥。到晚就在沙灘上冒露安身。才閤眼，就有神人擁護。」行者道：「想是累苦了，見鬼麼？」眾僧道：「不是鬼，乃是六丁六甲、護教伽藍，但至夜，就來保護。但有要死的，就保著，不教他死。」行者道：「這些神卻也沒理，只該教你們早死早生天，卻來保護怎的？」眾僧道：「他在夢寐中，勸解我們，教『不要尋死，且苦捱著，等那東土大唐聖僧，往西天取經的羅漢。他手下有個徒弟，乃齊天大聖，神通廣大，專秉忠良之心，與人間報不平之事，濟困扶危，恤孤念寡。只等他來顯神通，滅了道士，還敬你們沙門禪教哩。』」

行者聞得此言，心中暗笑道：「莫說老孫無手段，預先神聖早傳名。」他急抽身，敲著漁鼓，別了眾僧，逕來城門口，見了道士。那道士迎著道：「先生，那一位是令親？」行者道：「五百個都與我有親。」兩個道士笑道：「你怎麼就有許多親？」行者道：「一百個是我左鄰，一百個是我右舍，一百個是我父黨，一百個是我母黨，一百個是我交契。你若肯把這五百人都放了，我便與你進去；不放，我不去了。」道士云：「你想有些風病，一時間就胡說了。那些和尚，乃國王御賜，若放一二名，還要在師父處遞了病狀，然後補個死狀，才了得哩。怎麼說都放了！此理不通！不通！且不要說我家沒人使喚，就是朝廷也要怪他。那裏長要差官查勘，或時御駕也親來點箚，怎麼敢放？」行者道：「不放麼？」道士說：「不放！」行者連問三聲，就怒將起來，把耳朵裏鐵棒取出，迎風捻了一捻，就碗來粗細，幌了一幌，照道士臉上一刮，可憐就打得頭破血流身倒地，皮開頸折腦漿傾！

那灘上僧人，遠遠望見他打殺了兩個道士，丟了車兒，跑將上來道：「不好了！不好了！打殺皇親了！」行者道：「那個是皇親？」眾僧把他簸箕陣圍了，道：「他師父，上殿不參王，下殿不辭主，朝廷常稱做『國師兄長先生』。你怎麼到這裏闖禍？他徒弟出來監工，與你無干，你怎麼把他來打死？那仙長不說是你來打殺，只說是來此監工，我們害了他性命。我等怎了？且與你進城去，會了人命出來。」行者笑道：「列位休嚷。我不是雲水全真，我是來救你們的。」眾僧道：「你倒打殺人，害了我們，添了擔兒，如何是救我們的？」行者道：「我是大唐聖僧徒弟孫悟空行者，特特來此救你們性命。」眾僧道：「不是！不是！那老爺我們認得他。」行者道：「又不曾會他，如何認得？」眾僧道：「我們夢中嘗見一個老者，自言太白金星，常教誨我等，說那孫行者的模樣，莫教錯認了。」行者道：「他和你怎麼說來？」眾僧道：「他說：『那大聖：

磕額金睛幌亮，圓頭毛臉無腮。呲牙尖嘴性情乖，貌比雷公古怪。
慣使金箍鐵棒，曾將天闕攻開。如今皈正保僧來，專救人間災害。』」

行者聞言，又嗔又喜，喜道：「替老孫傳名！」嗔道：「那老賊憊懶，把我的元身都說與這夥凡人！」忽失聲道：「列位誠然認我不是孫行者。我是孫行者的門人，來此處學闖禍耍子的。

那裏不是孫行者來了？」用手向東一指，哄得眾僧回頭，他卻現了本相。眾僧們方才認得，一個個倒身下拜道：「爺爺！我等凡胎肉眼，不知是爺爺顯化。望爺爺與我們雪恨消災，早進城降邪從正也！」行者道：「你們且跟我來。」眾僧緊隨左右。

那大聖逕至沙灘上，使個神通，將車兒拽過兩關，穿過夾脊，提起來，捽得粉碎，把那些磚瓦木植，盡拋下坡坂，喝教眾僧：「散！莫在我手腳邊，等我明日見這皇帝，滅那道士！」眾僧道：「爺爺呀，我等不敢遠走；但恐在官人拿住解來，卻又吃打發贖，返又生災。」行者道：「既如此，我與你個護身法兒。」好大聖，把毫毛拔了一把，嚼得粉碎，每一個和尚與他一截，都教他：「捻在無名指甲裏，捻著拳頭，只情走路。無人敢拿你便罷；若有人拿你，攢緊了拳頭，叫一聲『齊天大聖』，我就來護你。」眾僧道：「爺爺，倘若去得遠了，看不見你，叫你不應，怎麼是好？」行者道：「你只管放心，就是萬里之遙，可保全無事。」

眾僧有膽量大的，捻著拳頭，悄悄的叫聲：「齊天大聖！」只見一個雷公站在面前，手執鐵棒，就是千軍萬馬，也不能近身。此時有百十眾齊叫，足有百十個大聖護持。眾僧叩頭道：「爺爺！果然靈顯！」行者又吩咐：「叫聲『寂』字，還你收了。」真個是叫聲「寂」，依然還是毫毛在那指甲縫裏。眾和尚卻才歡喜逃生，一齊而散。行者道：「不可十分遠遁。聽我城中消息。但有招僧榜出，就進城還我毫毛也。」五百個和尚，東的東，西的西，走的走，立的立，四散不題。

卻說那唐僧在路旁，等不得行者回話，教豬八戒引馬投西，遇著些僧人奔走；將近城邊，見行者還與十數個未散的和尚在那裏。三藏勒馬道：「悟空，你怎麼來打聽個響聲，許久不回？」行者引了十數個和尚，對唐僧馬前施禮，將上項事說了一遍。三藏大驚道：「這般啊，我們怎了？」那十數個和尚道：「老爺放心。孫大聖爺爺乃天神降的，神通廣大，定保老爺無虞。我等是這城裏敕建智淵寺內僧人。因這寺是先王太祖御造的，現有先王太祖神像在內，未曾拆毀。城中寺院，大小盡皆拆了。我等請老爺趕早進城，到我荒山安下。待明日早朝，孫大聖必有處置。」

行者道：「汝等說得是。也罷，趁早進城去來。」

那長老卻才下馬，行到城門之下。此時已太陽西墜。過吊橋，進了三層門裏，街上人見智淵寺的和尚牽馬挑包，盡皆迴避。正行時，卻到山門前。但見那門上高懸著一面金字大匾，乃「敕建智淵寺」。眾僧推開門，穿過金剛殿，把正殿門開了。唐僧取袈裟披起，拜畢金身，方入。眾僧叫：「看家的！」老和尚走出來，看見行者，就拜道：「爺爺！你來了？」行者道：「你認得我是那個爺爺，就是這等呼拜？」那和尚道：「我認得你是齊天大聖孫爺爺。我們夜夜夢中見你。太白金星常常來托夢，說道，只等你來，我們才得性命。今日果見尊顏與夢中無異。爺爺呀，喜得早來！再遲一兩日，我等已俱做鬼矣！」行者笑道：「請起，請起。明日就有分曉。」眾僧安排齋飯，他師徒們吃了。打掃乾淨方丈，安寢一宿。

二更時候，孫大聖心中有事，偏睡不著。只聽那裏吹打，悄悄的爬起來，穿了衣服，跳在空中觀看，原來是正南上燈燭熒煌。低下雲頭仔細再看，卻是三清觀道士禳星哩。但見那：

靈區高殿，福地真堂。靈區高殿，巍巍壯似蓬壺景；福地真堂，隱隱清如化樂宮。兩邊道士奏笙簧，正面高公擎玉簡。宣理《消災懺》，開講《道德經》。揚塵幾度盡傳符，表白一番皆俯伏。咒水發檄，燭焰飄搖沖上界；查罡佈斗，香烟馥郁透清霄。案頭有供獻新鮮，桌上有齋筵豐盛。

殿門前掛一聯黃綾織錦的對句，繡著二十二個大字云：「雨順風調，願祝天尊無量法；河清海晏，祈求萬歲有餘年。」行者見三個老道士，披了法衣，想是那虎力、鹿力、羊力大仙。下面有七八百個散眾，司鼓司鐘，侍香表白，盡都侍立兩邊。行者暗自喜道：「我欲下去與他混一混，奈何『單絲不線，孤掌難鳴。』且回去照顧八戒、沙僧，一同來耍耍。」

按落祥雲，逕至方丈中。原來八戒與沙僧通腳睡著。行者先叫悟淨。沙和尚醒來道：「哥哥，你還不曾睡哩？」行者道：「你且起來，我和你受用些來。」沙僧道：「半夜三更，口枯眼澀，有甚受用？」行者道：「這城裏果有一座三清觀。觀裏道士們修醮，三清殿上有許多供養：饅頭足有斗大，燒果有五六十斤一個，襯飯無數，果品新鮮。和你受用去來！」那豬八戒睡夢裏聽見說吃好東西，就醒了，道：「哥哥，就不帶挈我些兒？」行者道：「兄弟，你要吃東西，不要大呼小叫，驚醒了師父，都跟我去。」

他兩個套上衣服，悄悄的走出門前，隨行者踏了雲頭，跳將起去。那獃子看見燈光，就要下手。行者扯住道：「且休忙。待他散了，方可下去。」八戒道：「他才念到興頭上，卻怎麼肯散？」行者道：「等我弄個法兒，他就散了。」好大聖，捻著訣，念個咒語，往巽地上吸一口氣，呼的吹去，便是一陣狂風，逕直捲進那三清殿上，把他些花瓶燭臺，四壁上懸掛的功德，一齊刮倒，遂而燈火無光。眾道士心驚膽戰。虎力大仙道：「徒弟們且散。這陣神風所過，吹滅了燈燭香花，各人歸寢，明朝早起，多念幾卷經文補數。」眾道士果各退回。

這行者卻引八戒、沙僧，按落雲頭，闖上三清殿。獃子不論生熟，拿過燒果來，張口就啃。行者掣鐵棒，著手便打。八戒縮手躲過道：「還不曾嘗著什麼滋味，就打！」行者道：「莫要小家子行。且敘禮坐下受用。」八戒道：「不羞！偷東西吃，還要敘禮！若是請將來，卻要如何？」行者道：「這上面坐的是什麼菩薩？」八戒笑道：「三清也認不得，卻認做什麼菩薩！」行者道：「那三清？」八戒道：「中間的是元始天尊，左邊的是靈寶道君，右邊的是太上老君。」行者道：「都要變得這般模樣，才吃得安穩哩。」那獃子急了，聞得那香噴噴供養，要吃，爬上高臺，把老君一嘴拱下去道：「老官兒，你也坐得夠了，讓我老豬坐坐。」八戒變做太上老君，行者變做元始天尊，沙僧變作靈寶道君。把原像都推下去。

及坐下時，八戒就搶大饅頭吃。行者道：「莫忙哩！」八戒道：「哥哥，變得如此，還不吃等甚？」行者道：「兄弟呀，吃東西事小，洩漏天機事大。這聖像都推在地下，倘有起早的道士來撞鐘掃地，或絆一個根頭，卻不走漏消息？你把他藏過一邊來。」八戒道：「此處路生，摸門不著，卻那裏藏他？」行者道：「我才進來時，那右手下有一重小門兒，那裏面穢氣畜人，想必是個五穀輪迴之所。你把他送在那裏去罷。」

這獃子有些夯力量，跳下來，把三個聖像，拿在肩膊上，扛將出來；到那廁，用腳登開門看時，原來是個大東廁，笑道：「這個弼馬溫著然會弄嘴弄舌！把個毛坑也與他起個道號，叫做什麼『五穀輪迴之所！』」那獃子扛在肩上且不丟了去，口裏嘓嘓噥噥的禱道：「

三清，三清，我說你聽：遠方到此，慣滅妖精。
欲享供養，無處安寧。借你坐位，略略少停。
你等坐久，也且暫下毛坑。你平日家受用無窮，做個清淨道士；
今日裏不免享些穢物，也做個受臭氣的天尊！」

祝罷，砰的望裏一摔，灒了半衣襟臭水，走上殿來。行者道：「可藏得好麼？」八戒道：「藏便藏得好；只是灒起些水來，污了衣服，有些腌臢臭氣，你休噁心。」行者笑道：「也罷，你且來受用；但不知可得個乾淨身子出門哩。」那獃子還變做老君。三人坐下，盡情受用。先吃了大饅頭，後吃簇盤、襯飯、點心、拖爐、餅錠、油煠、蒸酥，那裏管什麼冷熱，任情吃起。原來孫行者不大吃烟火食，只吃幾個果子，陪他兩個。那一頓如流星趕月，風捲殘雲，吃得罄盡。已此沒得吃了，還不走路，且在那裏閒講，消食耍子。

噫！有這般事！原來那東廊下有一個小道士，才睡下，忽然起來道：「我的手鈴兒忘記在殿上，若失落了，明日師父見責。」與那同睡者道，「你睡著，等我尋去。」急忙中不穿底衣，止扯一領直裰，逕到正殿中尋鈴。摸來摸去，鈴兒摸著了。正欲回頭，只聽得有呼吸之聲。道士害怕，急拽步往外走時，不知怎的，躧著一個荔枝核子，撲的滑了一跌。噹的一聲，把個鈴兒跌得粉碎。豬八戒忍不住呵呵大笑出來，把個小道士諕走了三魂，驚回了七魄，一步一跌，撞到後方丈外，打著門叫：「師公！不好了！禍事了！」三個老道士還未曾睡，即開門問：「有甚禍事？」他戰戰兢兢道：「弟子忘失了手鈴兒，因去殿上尋鈴，只聽得有人呵呵大笑，險些兒諕殺我也！」老道士聞言，即叫：「掌燈來！看是什麼邪物？」一聲傳令，驚動那兩廊的道士，大大小小，都爬起來點燈著火，往正殿上觀看。不知端的何如，且聽下回分解。

# 第四十五回　三清觀大聖留名　車遲國猴王顯法

卻說孫大聖左手把沙和尚捻一把，右手把豬八戒捻一把，他二人卻就省悟，坐在高處，倥著臉，不言不語。憑那些道士點燈著火，前後照看，他三個就如泥塑金裝一般模樣。虎力大仙道：「沒有歹人，如何把供獻都吃了？」鹿力大仙道：「卻像人吃的勾當，有皮的都剝了皮，有核的都吐出核，卻怎麼不見人形？」羊力大仙道：「師兄勿疑。想是我們虔心敬意，在此晝夜誦經，前後申文，又是朝廷名號，斷然驚動天尊。想是三清爺爺聖駕降臨，受用了這些供養。趁今仙從未返，鶴駕在斯，我等可拜告天尊，懇求些聖水金丹，進與陛下，卻不是長生永壽，見我們的功果也？」虎力大仙道：「說的是。」教：「徒弟們動樂誦經！」一壁廂取法衣來，等我步罡拜禱。」那些小道士俱遵命，兩班兒擺列齊整。噹的一聲磬響，齊念一卷《黃庭道德真經》。虎力大仙披了法衣，擎著玉簡，對面前舞蹈揚塵，拜伏於地，朝上啓奏道：「

誠惶誠恐，稽首歸依。臣等興教，仰望清虛。
滅僧鄙俚，敬道光輝。敕修寶殿，御制庭闈。
廣陳供養，高掛龍旗。通宵秉燭，鎮日香焚。
一誠達上，寸敬虔歸。今蒙降駕，未返仙車，
望賜些金丹聖水，進與朝廷，壽比南山。」

八戒聞言，心中忐忑，默對行者道：「這是我們的不是：吃了東西，且不走路，只等這般禱祝。卻怎麼答應？」行者又捻一把，忽地開口，叫聲：「晚輩小仙，且休拜祝。我等自蟠桃會上來的，不曾帶得金丹聖水，待改日再來垂賜。」那些大小道士聽見說出話來，一個個抖衣而戰道：

「爺爺呀！活天尊臨凡，是必莫放，好歹求個長生的法兒！」鹿力大仙上前，又拜云：「

揚塵頓首，謹辦丹誠。微臣歸命，俯仰三清。
自來此界，與道除僧。國王心喜，敬重玄齡。
羅天大醮，徹夜看經。幸天尊之不棄，降聖駕而臨庭。
俯求垂念，仰望恩榮。是必留些聖水，與弟子們延壽長生。」

沙僧捻著行者，默默的道：「哥呀，要得緊，又來禱告了。」行者道：「與他些罷。」八戒寂寂道：「那裏有得？」行者道：「你只看著我；我有時，你們也都有了。」那道士吹打已畢，行者開言道：「那晚輩小仙，不須拜伏。我欲不留些聖水與你們，恐滅了苗裔；若要與你，又忒容易了。」眾道聞言，一齊俯伏叩頭道：「萬望天尊念弟子恭敬之意，千乞喜賜些許。我弟子廣宣道德，奏國王普敬玄門。」行者道：「既如此，取器皿來。」那道士一齊頓首謝恩。虎力大仙愛強，就抬一口大缸，放在殿上；鹿力大仙端一砂盆安在供桌之上；羊力大仙把花瓶摘了花，移在中間。行者道：「你們都出殿前，掩上格子，不可洩了天機，好留與你些聖水。」眾道一齊跪伏丹墀之下，掩了殿門。

那行者立將起來，掀著虎皮裙，撒了一花瓶臊溺。豬八戒見了，歡喜道：「哥啊，我把你做這幾年兄弟，只這些兒不曾弄過。我才吃了些東西，道要幹這個事兒哩。」那獃子揭衣服，唿喇喇，就似呂梁洪倒下板來，沙沙的溺了一砂盆。沙和尚卻也撒了半缸，依舊整衣端坐在上道：「小仙領聖水。」那些道士，推開格子，磕頭禮拜謝恩，抬出缸去，將那瓶盆總歸一處，教：「徒弟，取個鍾子來嘗嘗。」小道士即便拿了一個茶鍾，遞與老道士。道士舀出一鍾來，喝下口去，只情抹唇咂嘴，鹿力大仙道：「師兄好吃麼？」老道士努著嘴道：「不甚好吃，有些酣醰之味。」羊力大仙道：「等我嘗嘗。」也喝了一口，道：「有些豬溺臊氣。」行者坐在上面，聽見說出這話

兒來，已此識破了，道：「我弄個手段，索性留個名罷。」大叫云：「

道號！道號！你好胡思！那個三清，肯降凡基？吾將真姓，說與你知。大唐僧眾，奉旨來西。良宵無事，下降宮闈。吃了供養，閒坐嬉嬉。蒙你叩拜，何以答之？那裏是什麼聖水，你們吃的都是我一溺之尿！」

那道士聞得此言，攔住門，一齊動叉鈀、掃箒、瓦塊、石頭，沒頭沒臉，往裏面亂打。好行者，左手挾了沙僧，右手挾了八戒，闖出門，駕著祥光，逕轉智淵寺方丈。不敢驚動師父，三人又復睡下。早是五鼓三點。——那國王設朝，聚集兩班文武，四百朝官，但見絳紗燈火光明，寶鼎香雲靉靆，——此時唐三藏醒來，叫：「徒弟，徒弟，伏侍我倒換關文去來。」行者與沙僧、八戒急起身，穿了衣服，侍立左右道：「上告師父。這國君信著那些道士，興道滅僧，恐言語差錯，不肯倒換關文；我等護持師父，都進朝去也。」

唐僧大喜，披了錦襴袈裟。行者帶了通關文牒，教悟淨捧著鉢盂，悟能拿了錫杖；將行囊、馬匹，交與智淵寺僧看守。逕到五鳳樓前，對黃門官作禮，報了姓名。言是東土大唐取經的和尚來此倒換關文，煩為轉奏。那閣門大使，進朝俯伏金階，奏曰：「外面有四個和尚，說是東土大唐取經的，欲來倒換關文，現在五鳳樓前候旨。」國王聞奏道：「這和尚沒處尋死，卻來這裏尋死！那巡捕官員，怎麼不拿他解來？」旁邊閃過當駕的太師，啓奏道：「東土大唐，乃南贍部洲，號曰中華大國。到此有萬里之遙，路多妖怪。這和尚一定有些法力，方敢西來。望陛下看中華之遠僧，且召來驗牒放行，庶不失善緣之意。」國王准奏，把唐僧等宣至金鑾殿下。師徒們排列階前，捧關文遞與國王。

國王展開方看，又見黃門官來奏：「三位國師來也。」慌得國王收了關文，急下龍座，著近侍的設了繡墩，躬身迎接。三藏等回頭觀看，見那大仙，搖搖擺擺，後帶著一雙丫髻蓬頭的小童兒，往裏直進。兩班官控背躬身，不敢仰視。他上了金鑾殿，對國王逕不行禮。那國王道：「國師，朕未曾奉請，今日如何肯降？」老道士云：「有一事奉告，故來也。那四個和尚是那國來的？」國王道：「是東土大唐差去西天取經的，來此倒換關文。」那三道士鼓掌大笑道：「我說他走了，原來還在這裏！」國王驚道：「國師有何話說？他才來報了姓名，正欲拿送國師使用，怎奈當駕太師所奏有理，朕因看遠來之意，不滅中華善緣，方才召入驗牒；不期國師有此問。想是他冒犯尊顏，有得罪處也？」道士笑云：「陛下不知。他昨日來的，在東門外打殺了我兩個徒弟，放了五百個囚僧，捽碎車輛，夜間闖進觀來，把三清聖像毀壞，偷吃了御賜的供養。我等被他蒙蔽了，只道是天尊下降；求些聖水金丹，進與陛下，指望延壽長生；不期他遺些小便，哄瞞我等。我等各喝了一口，嘗出滋味，正欲下手擒拿，他卻走了。今日還在此間，正所謂『冤家路兒窄』也！」那國王聞言發怒，欲誅四眾。

孫大聖合掌開言，厲聲高叫道：「陛下暫息雷霆之怒，容僧等啓奏。」國王道：「你衝撞了國師，國師之言，豈有差謬！」行者道：「他說我昨日到城外打殺他兩個徒弟，是誰知證？我等且屈認了，著兩個和尚償命，還放兩個去取經。他又說我捽碎車輛，放了囚僧。此事亦無見證，料不該死，再著一個和尚領罪罷了。他說我毀了三清，鬧了觀宇，這又是栽害我也。」國王道：「怎見栽害？」行者道：「我僧乃東土之人，乍來此處，街道尚且不通，如何夜裏就知他觀中之事？既遺下小便，就該當時捉住，卻這早晚坐名害人，天下假名托姓的無限，怎麼就說是我？望陛下回嗔詳察。」那國王本來昏亂，被行者說了一遍，他就決斷不定。

正疑惑之間，又見黃門官來奏：「陛下，門外有許多鄉老聽宣。」國王道：「有何事幹？」即命宣來。宣至殿前，有三四十名鄉老，朝上磕頭道：「萬歲，今年一春無雨，但恐夏月乾荒，特來啓奏，請那位國師爺爺祈一場甘雨，普濟黎民。」國王道：「鄉老且退，就有雨來也。」鄉老謝恩而出。國王道：「唐朝僧眾，朕敬道滅僧為何？只為當年求雨，我朝僧人，更未嘗求得一點；幸天降國師，拯援塗炭。你今遠來，冒犯國師，本當即時問罪；姑且恕你，敢與我國師賭勝求雨麼？若祈得一場甘雨，濟度萬民，朕即饒你罪名，倒換關文，放你西去。若賭不過，無雨，就將汝等推赴殺場典刑示眾。」行者笑道：「小和尚也曉得些兒求禱。」

國王見說，即命打掃壇場；一壁廂教：「擺駕，寡人親上五鳳樓觀看。」當時多官擺駕。須臾，上樓坐了。唐三藏隨著行者、沙僧、八戒，侍立樓下。那三道士陪國王坐在樓上。少時間，一員官飛馬來報：「壇場諸色皆備，請國師爺爺登壇。」

那虎力大仙欠身拱手，辭了國王，逕下樓來。行者向前攔住道：「先生那裏去？」大仙道：「登壇祈雨。」行者道：「你也忒自重了，更不讓我遠鄉之僧。——也罷，這正是『強龍不壓地頭蛇』。先生先去，必須對君前講開。」大仙道：「講什麼？」行者道：「我與你都上壇祈雨，知雨是你的，是我的？不見是誰的功績了。」國王在上聽見，心中暗喜道：「那小和尚說話，倒有些筋節。」沙僧聽見，暗笑道：「不知他一肚子筋節，還不曾拿出來哩！」大仙道：「不消講，陛下自然知之。」行者道：「雖然知之，奈我遠來之僧，未曾與你相會。那裏彼此混賴，不成勾當。須講開方好行事。」大仙道：「這一上壇，只看我的令牌為號：一聲令牌響，風來；二聲響，雲起；三聲響，雷閃齊鳴；四聲響，雨至；五聲響，雲散雨收。」行者笑道：「妙啊！我僧是不曾見！請了！請了！」

大仙拽開步進前，三藏等隨後，逕到了壇門外。抬頭觀看，那裏有一座高臺，約有三丈多高。臺左右插著二十八宿旗號，頂上放一張桌子，桌上有一個香爐，爐中香烟靄靄。兩邊有兩隻燭臺，臺上風燭煌煌。爐邊靠著一個金牌，牌上鐫的是雷神名號。底下有五個大缸，都注著滿缸清水，水上浮著楊柳枝。楊柳枝上，托著一面鐵牌，牌上書的是雷霆都司的符字。左右有五個大樁，樁上寫著五方蠻雷使者的名錄。每一樁邊，立兩個道士，各執鐵鎚，伺候著打樁。臺後面有許多道士，在那時寫作文書。正中間設一架紙爐，又有幾個像生的人物，都是那執符使者、土地贊教之神。

那大仙走進去，更不謙遜，直上高臺立定。旁邊有個小道士，捧了幾張黃紙書就的符字，一口寶劍，遞與大仙。大仙執著寶劍，念聲咒語，將一道符在燭上燒了。那底下兩三個道士，拿過一個執符的像生，一道文書，亦點火焚之。那上面乒的一聲令牌響，只見那半空裏，悠悠的風色飄來。豬八戒口裏作念道：「不好了！不好了！這道士果然有本事！令牌響了一下，果然就刮風！」行者道：「兄弟悄悄的，你們再莫與我說話，只管護持師父，等我幹事去來。」

好大聖，拔下一根毫毛，吹口仙氣，叫：「變！」就變作一個「假行者」，立在唐僧手下。他的真身，出了元神，趕到半空中，高叫：「那司風的是那個？」慌得那風婆婆捻住布袋，巽二郎札住口繩，上前施禮。行者道：「我保護唐朝聖僧西天取經，路過車遲國，與那妖道賭勝祈雨，你怎麼不助老孫，反助那道士？我且饒你，把風收了。若有一些風兒，把那道士的鬍子吹得動動，各打二十鐵棒！」風婆婆道：「不敢！不敢！」遂而沒些風氣。八戒忍不住，亂嚷道：「那先兒請退！令牌已響，怎麼不見一些風兒？你下來，讓我們上去！」

那道士又執令牌，燒了符檄，撲的又打了一下，只見那空中雲霧遮滿。孫大聖又當頭叫道：「佈雲的是那個？」慌得那推雲童子、佈霧郎君當面施禮。行者又將前事說了一遍。那雲童、霧子也收了雲霧，放出太陽星耀耀，一天萬里更無雲。八戒笑道：「這先兒只好哄這皇帝，搪塞黎民，全沒些真實本事！令牌響了兩個，如何又不見雲生？」

那道士心中焦躁，仗寶劍，解散了頭髮，念著咒，燒了符，再一令牌打將下去，只見那南天門裏，鄧天君領著雷公、電母到當空，迎著行者施禮。行者又將前項事說了一遍，道：「你們怎麼來的志誠！是何法旨？」天君道：「那道士五雷法是個真的。他發了文書，燒了文檄，驚動玉帝，玉帝擲下旨意，逕至『九天應元雷聲普化天尊』府下。我等奉旨前來，助雷電下雨。」行者道：「既如此，且都住了，同候老孫行事。」果然雷也不鳴，電也不灼。

那道士愈加著忙，又添香、燒符、念咒、打下令牌。半空中，又有四海龍王，一齊擁至。行者當頭喝道：「敖廣！那裏去？」那敖廣、敖順、敖欽、敖閏上前施禮。行者又將前項事說了一遍，道：「向日有勞，未曾成功；今日之事，望為助力。」龍王道：「遵命！遵命！」行者又謝了敖順道：「前日虧令郎縛怪，搭救師父。」龍王道：「那廝還鎖在海中，未敢擅便，正欲請大聖發落。」行者道：「憑你怎麼處治了罷，如今且助我一功。那道士四聲令牌已畢，卻輪到老孫下去幹事了。——但我不會發符、燒檄、打甚令牌，你列位卻要助我行行。」

鄧天君道：「大聖吩咐，誰敢不從！但只是得一個號令，方敢依令而行；不然，雷雨亂了，顯得大聖無款也。」行者道：「我將棍子為號罷。」那雷公大驚道：「爺爺呀！我們怎吃得這棍子？」行者道：「不是打你們，但看我這棍子：往上一指，就要刮風。」那風婆婆、巽二郎沒口的答應道：「就放風！」「棍子第二指，就要佈雲。」那推雲童子、佈霧郎君道：「就佈雲！就佈雲！」「棍子第三指，就要雷鳴電灼。」那雷公、電母道：「奉承！奉承！」「棍子第四指，就要下雨。」那龍王道：「遵命！遵命！」「棍子第五指，就要大日天晴，卻莫違誤。」

吩咐已畢，遂按下雲頭，把毫毛一抖，收上身來。那些人肉眼凡胎，那裏曉得？行者遂在旁邊高叫道：「先生請了。四聲令牌俱已響畢，更沒有風雲雷雨，該讓我了。」那道士無奈，不敢久占，只得下了臺讓他，努著嘴，逕往樓上見駕。行者道：「等我跟他去，看他說些甚的。」只聽得那國王問道：「寡人這裏洗耳誠聽，你那裏四聲令響，不見風雨，何也？」道士云：「今日龍神都不在家。」行者厲聲道：「陛下，龍神俱在家；只是這國師法不靈，請他不來。等和尚請來你看。」國王道：「即去登壇，寡人還在此候雨。」

行者得旨，急抽身到壇所，扯著唐僧道：「師父請上臺。」唐僧道：「徒弟，我卻不會祈雨。」八戒笑道：「他害你了。若還沒雨，拿上柴蓬，一把火了帳！」行者道：「你不會求雨，好的會念經。等我助你。」那長老才舉步登壇，到上面，端然坐下，定性歸神，默念那《密多心經》。正坐處，忽見一員官，飛馬來問：「那和尚，怎麼不打令牌，不燒符檄？」行者高聲答道：「不用！不用！我們是靜功祈禱。」那官去回奏不題。

行者聽得老師父經文念盡，卻去耳朵內取出鐵棒，迎風幌了一幌，就有丈二長短，碗來粗細，將棍望空一指。那風婆婆見了，急忙扯開皮袋，巽二郎解放口繩。只聽得呼呼風響，滿城中揭瓦翻磚，揚砂走石。看起來，真個好風，卻比那尋常之風不同。但見：

折柳傷花，摧林倒樹。九重殿損壁崩牆，五鳳樓搖梁撼柱。
天邊紅日無光，地下黃砂有翅。演武廳前武將驚，會文閣內文官懼。
三宮粉黛亂青絲，六院嬪妃蓬寶髻。侯伯金冠落繡纓，宰相烏紗飄展翅。
當駕有言不敢談，黃門執本無由遞。金魚玉帶不依班，象簡羅衫無品敘。
彩閣翠屏盡損傷，綠窗朱戶皆狼狽。金鑾殿瓦走磚飛，錦雲堂門歪槅碎。
這陣狂風果是凶，刮得那君王父子難相會；六街三市沒人蹤，萬戶千門皆緊閉！

正是那狂風大作，孫行者又顯神通，把金箍棒鑽一鑽，望空又一指。只見那：

推雲童子，佈霧郎君。推雲童子顯神威，骨都都觸石垂天；
佈霧郎君施法力，濃漠漠飛烟蓋地。茫茫三市暗，冉冉六街昏。
因風離海上，隨雨出崑崙。頃刻漫天地，須臾蔽世塵。
宛然如混沌，不見鳳樓門。

此時昏霧朦朧，濃雲靉靆。孫行者又把金箍棒鑽一鑽，望空又一指。慌得那：

雷公奮怒，電母生嗔。雷公奮怒，倒騎火獸下天關；電母生嗔，亂掣金蛇離斗府。
唿喇喇施霹靂，振碎了鐵叉山；淅瀝瀝閃紅綃，飛出了東洋海。
呼呼隱隱滾車聲，燁燁煌煌飄稻米。萬萌萬物精神改，多少昆蟲蟄已開。
君臣樓上心驚駭，商賈聞聲膽怯忙。

那沈雷護閃，乒乒乒乒，一似那地裂山崩之勢，諕得那滿城人，戶戶焚香，家家化紙。孫行者高呼：「老鄧！仔細替我看那貪贓壞法之官，忤逆不孝之子，多打死幾個示眾！」那雷越發振響起來。行者卻又把鐵棒望上一指。只見那：

龍施號令，雨漫乾坤。勢如銀漢傾天塹，疾似雲流過海門。
樓頭聲滴滴，窗外響瀟瀟。天上銀河瀉，街前白浪滔。
淙淙如甕撿，滾滾似盆澆。孤莊將漫屋，野岸欲平橋。
真個桑田變滄海，霎時陸岸滾波濤。神龍借此來相助，抬起長江望下澆。

這場雨，自辰時下起，只下到午時前後。下得那車遲城，裏裏外外，水漫了街衢。那國王傳旨道：「雨夠了！雨夠了！十分再多，又渰壞了禾苗，反為不美。」五鳳樓下聽事官策馬冒雨來報：「聖僧，雨夠了。」行者聞言，將金箍棒往上又一指。只見霎時間，雷收風息，雨散雲收。國王滿心歡喜，文武盡皆稱讚道：「好和尚！這正是『強中更有強中手』！就是我國師求雨雖靈，若要晴，細雨兒還下半日，便不清爽；怎麼這和尚要晴就晴，頃刻間杲杲日出，萬里就無雲也？」

國王教回鑾，倒換關文，打發唐僧過去。正用御寶時，又被那三個道士上前阻住道：「陛下，這場雨全非和尚之功，還是我道門之力。」國王道：「你才說龍王不在家，不曾有雨；他走上去，以靜功祈禱，就雨下來，怎麼又與他爭功，何也？」虎力大仙道：「我上壇發了文書，燒了符檄，擊了令牌，那龍王誰敢不來？想是別方召請，風、雲、雷、雨五司俱不在，一聞我令，隨趕而來，適遇著我下他上，一時撞著這個機會，所以就雨。從根算來，還是我請的龍，下的雨，怎麼算作他的功果？」那國王昏亂，聽此言，卻又疑惑未定。

行者近前一步，合掌奏道：「陛下，這些旁門法術，也不成個功果，算不得我的他的；如今有四海龍王，現在空中，我僧未曾發放，他還不敢遽退。那國師若能叫得龍王現身，就算他的功勞。」國王大喜道：「寡人做了二十三年皇帝，更不曾看見活龍是怎麼模樣。你兩家各顯法力，不論僧道，但叫得來的，就是有功；叫不出的，有罪。」那道士怎麼有那樣本事？就叫，那龍王見大聖在此，也不敢出頭。道士云：「我輩不能，你是叫來。」那大聖仰面朝空，厲聲高叫：「敖廣何在？弟兄們都現原身來看！」那龍王聽喚，即忙現了本身。四條龍，在半空中度霧穿雲，飛舞向金鑾殿上。但見：

飛騰變化，繞霧盤雲。玉爪垂鈎白，銀鱗舞鏡明。
髯飄素練根根爽，角聳軒昂挺挺清。磕額崔巍，圓睛幌亮。
隱顯莫能測，飛揚不可評。禱雨隨時佈雨，求晴即便天晴。
這才是有靈有聖真龍像，祥瑞繽紛繞殿庭。

那國王在殿上焚香，眾公卿在階前禮拜。國王道：「有勞貴體降臨，請回。寡人改日醮謝。」行者道：「列位眾神各自歸去，這國王改日醮謝。」那龍王逕自歸海，眾神各各回天。這正是：

廣大無邊真妙法，至真了性劈傍門。畢竟不知怎麼除邪，且聽下回分解。

# 第四十六回　外道弄強欺正法　心猿顯聖滅諸邪

話說那國王見孫行者有呼龍使聖之法，即將關文用了寶印，便要遞與唐僧，放行西路。那三個道士，慌得拜倒在金鑾殿上啓奏。那皇帝即下龍位，御手忙攙道：「國師今日行此大禮，何也？」道士說：「陛下，我等至此，匡扶社稷，保國安民，苦歷二十年來，今日這和尚弄法力，抓了功去，敗了我們聲名。陛下以一場之雨，就恕殺人之罪，可不輕了我等也？望陛下且留住他的關文，讓我兄弟與他再賭一賭，看是何如。」那國王著實昏亂，東說向東，西說向西，真個收了關文，道：「國師，你怎麼與他賭？」虎力大仙道：「我與他賭坐禪。」國王道：「國師差矣。那和尚乃禪教出身，必然先會禪機，才敢奉旨求經；你怎與他賭此？」大仙道：「我這坐禪，比常不同：有一異名，教做『雲梯顯聖』。」國王道：「何為『雲梯顯聖』？」大仙道：「要一百張桌子，五十張作一禪臺，一張一張疊將起去，不許手攀而上，亦不用梯凳而登，各駕一朵雲頭，上臺坐下，約定幾個時辰不動。」

國王見此有些難處，就便傳旨問道：「那和尚，我國師要與你賭『雲梯顯聖』坐禪，那個會麼？」行者聞言，沈吟不答。八戒道：「哥哥，怎麼不言語？」行者道：「兄弟，實不瞞你說。若是踢天弄井，攪海翻江，擔山趕月，換斗移星，諸般巧事，我都幹得；就是砍頭剁腦，剖腹剜心，異樣騰那，卻也不怕；但說坐禪，我就輸了。我那裏有這坐性？你就把我鎖在鐵柱子上，我也要上下爬踏，莫想坐得住。」三藏忽的開言道：「我會坐禪。」行者歡喜道：「卻好！卻好！可坐得多少時？」三藏道：「我幼年遇方上禪僧講道，那性命根本上，定性存神，在死生關裏，也坐二三個年頭。」行者道：「師父若坐二三年，我們就不取經罷；多也不上二三個時辰，就下來了。」三藏道：「徒弟呀，卻是不能上去。」行者道：「你上前答應，我送你上去。」那長老果然合掌當胸道：「貧僧會坐禪。」國王教傳旨，立禪臺。國家有倒山之力，不消半個時辰，就設起兩座臺，在金鑾殿左右。

那虎力大仙下殿，立於階心，將身一縱，踏一朵席雲，逕上西邊臺上坐下。行者拔一根毫毛，變做假像，陪著八戒、沙僧，立於下面，他卻作五色祥雲，把唐僧撮起空中，逕至東邊臺上坐下。他又斂祥光，變作一個蟭蟟蟲，飛在八戒耳朵邊道：「兄弟，仔細看著師父，再莫與老孫替身說話。」那獃子笑道：「理會得！理會得！」

卻說那鹿力大仙在繡墩上坐看多時，他兩個在高臺上，不分勝負，這道士就助他師兄一功：將腦後短髮，拔了一根，捻著一團，彈將上去，逕至唐僧頭上，變作一個大臭蟲，咬住長老。那長老先前覺癢，然後覺疼。原來坐禪的不許動手，動手算輸。一時間疼痛難禁，他縮著頭，就著衣襟擦癢。八戒道：「不好了！師父羊兒風發了。」沙僧道：「不是，是頭風發了。」行者聽見道：「我師父乃志誠君子，他說會坐禪，斷然會坐；說不會，只是不會。君子家，豈有謬乎？你兩個休言，等我上去看看。」好行者，嚶的一聲，飛在唐僧頭上，只見有豆粒大小一個臭蟲叮他師父，慌忙用手捻下，替師父撓撓摸摸。那長老不疼不癢，端坐上面。行者暗想道：「和尚頭光，虱子也安不得一個，如何有此臭蟲？……想是那道士弄的玄虛，害我師父。——哈哈！枉自也不見輸贏，等老孫去弄他一弄！」這行者飛將去，金殿獸頭上落下，搖身一變，變作一條七寸長的蜈蚣，逕來道士鼻凹裏叮了一下。那道士坐不穩，一個觔斗，翻將下去，幾乎喪了性命；幸虧大小官員人多救起。國王大驚，即著當駕太師領他往文華殿裏梳洗去了。行者仍駕祥雲，將師父馱下階前，已是長老得勝。

那國王只教放行。鹿力大仙又奏道：「陛下，我師兄原有暗風疾，因到了高處，冒了天風，舊疾舉發，故令和尚得勝。且留下他，等我與他賭『隔板猜枚』。」國王道：「怎麼叫做『隔板猜枚』？」鹿力道：「貧道有隔板知物之法，看那和尚可能夠。他若猜得過我，讓他出去；猜不著，憑陛下問擬罪名，雪我昆仲之恨，不污了二十年保國之恩也。」

真個那國王十分昏亂，依此讒言，即傳旨，將一硃紅漆的櫃子，命內官抬到宮殿，教娘娘放上件寶貝。須臾抬出，放在白玉階前，教僧道：「你兩家各賭法力，猜那櫃中是何寶貝。」三藏道：「徒弟，櫃中之物，如何得知？」行者斂祥光，還變作蟭蟟蟲，釘在唐僧頭上道：「師父放心，等我去看看來。」好大聖，輕輕飛到櫃上，爬在那櫃腳之下，見有一條板縫兒。他鑽將進去，見一個紅漆丹盤，內放一套宮衣，乃是山河社稷襖，乾坤地理裙。用手拿起來，抖亂了，咬破舌尖上，一口血哨噴將去，叫聲：「變！」，即變作一件破爛流丟一口鐘；臨行又撒上一泡臊溺，卻還從板縫裏鑽出來，飛在唐僧耳朵上道：「師父，你只猜是破爛流丟一口鐘。」三藏道：「他教猜寶貝哩，流丟是甚寶貝？」行者道：「莫管他，只猜著便是。」

唐僧進前一步，正要猜，那鹿力大仙道：「我先猜，那櫃裏是山河社稷襖，乾坤地理裙。」唐僧道：「不是，不是，櫃裏是件破爛流丟一口鐘。」國王道：「這和尚無禮！敢笑我國中無寶，猜什麼流丟一口鐘！」教：「拿了！」那兩班校尉，就要動手，慌得唐僧合掌高呼：「陛下，且赦貧僧一時，待打開櫃看。端的是寶，貧僧領罪；如不是寶，卻不屈了貧僧也？」國王教打開看。當駕官即開了，捧出丹盤來看，果然是件破爛流丟一口鐘。國王大怒道：「是誰放上此物？」龍座後面，閃上三宮皇后道：「我主，是梓童親手放的山河社稷襖，乾坤地理裙，卻不知怎麼變成此物。」國王道：「御妻請退，寡人知之。——宮中所用之物，無非是緞絹綾羅，那有此什麼流丟？」教：「抬上櫃來，等朕親藏一寶貝，再試如何。」

那皇帝即轉後宮，把御花園裏仙桃樹上結得一個大桃子——有碗來大小——摘下，放在櫃內，又抬下叫猜。唐僧道：「徒弟啊，又來猜了。」行者道：「放心，等我再去看看。」又嚶的一聲，飛將去，還從板縫兒鑽進去；見是一個桃子，正合他意，即現了原身，坐在櫃裏，將桃子一頓口啃得乾乾淨淨，連兩邊腮凹兒都啃淨了，將核兒安在裏面。仍變蟭蟟蟲，飛將出去，釘在唐僧耳朵上道：「師父，只猜是個桃核子。」長老道：「徒弟啊，休要弄我。先前不是口快，幾乎拿去典刑。這番須猜寶貝方好，桃核子是甚寶貝？」行者道：「休怕，只管贏他便了。」

三藏正要開言，聽得那羊力大仙道：「貧道先猜，是一顆仙桃。」三藏猜道：「不是桃，是個光桃核子。」那國王喝道：「是朕放的仙桃，如何是核？三國師猜著了。」三藏道：「陛下，打開來看就是。」當駕官又抬上去打開，捧出丹盤，果然是一個核子，皮肉俱無。國王見了，心驚道：「國師，休與他賭鬪了，讓他去罷。寡人親手藏的仙桃，如今只是一核子，是甚人吃了？想是有鬼神暗助他也。」八戒聽說，與沙僧微微冷笑道：「還不知他是會吃桃子的積年哩！」

正話間，只見那虎力大仙從文華殿梳洗了，走上殿前：「陛下，這和尚有搬運抵物之術，抬上櫃來，我破他術法，與他再猜。」國王道：「國師還要猜甚？」虎力道：「術法只抵得物件，卻抵不得人身。將這道童藏在裏面，管教他抵換不得。」這小童果藏在櫃裏，掩上櫃蓋，抬將下去，教：「那和尚再猜，這三番是甚寶貝。」三藏道：「又來了！」行者道：「等我再去看看。」嚶的又飛去，鑽入裏面，見是一個小童兒。好大聖，他卻有見識。果然是騰那天下少，似這伶俐世間稀！

他就搖身一變，變作個老道士一般容貌。進櫃裏叫聲：「徒弟。」童兒道：「師父，你從那裏來的？」行者道：「我使遁法來的。」童兒道：「你來有什麼教誨？」行者道：「那和尚看見你進櫃來了，他若猜個道童，卻不又輸了？是特來和你計較計較，剃了頭，我們猜和尚罷。」童兒道：「但憑師父處治，只要我們贏他便了。若是再輸與他，不但低了聲名，又恐朝廷不敬重了。」行者道：「說得是。我兒過來。贏了他，我重重賞你。」將金箍棒就變作一把剃頭刀，摟抱著那童兒，口裏叫道：「乖乖，忍著疼，莫放聲，等我與你剃頭。」

須臾，剃下髮來，窩作一團，塞在那櫃腳紇絡裏。收了刀兒，摸著他的光頭道：「我兒，頭便像個和尚，只是衣裳不趁。脫下來，我與你變一變。」那道童穿的一領蔥白色雲頭花絹繡錦沿邊的鶴氅，真個脫下來，被行者吹一口仙氣，叫：「變！」即變做一件土黃色的直裰兒，與他穿了。卻又拔下兩根毫毛，變作一個木魚兒，遞在他手裏道：「徒弟，須聽著。但叫道童，千萬莫出去；若叫和尚，你就與我頂開櫃蓋，敲著木魚，念一卷佛經鑽出來，方得成功也。」童兒道：「我只會念《三官經》、《北斗經》、《消災經》，不會念佛家經。」行者道：「你可會念佛？」

童兒道：「阿彌陀佛，那個不會念？」行者道：「也罷，也罷，就念佛，省得我又教你，切記著，我去也。」還變蟭蟟蟲，鑽出去，飛在唐僧耳輪邊道：「師父，你只猜是個和尚。」三藏道：「這番他準贏了。」行者道：「你怎麼定得？」三藏道：「經上有云：『佛、法、僧三寶。』和尚卻也是一寶。」

正說處，只見那虎力大仙道：「陛下，第三番是個道童。」只管叫，他那裏肯出來。三藏合掌道：「是個和尚。」八戒盡力高叫道：「櫃裏是個和尚！」那童兒忽的頂開櫃蓋，敲著木魚，念著佛，鑽出來。喜得那兩班文武，齊聲喝采。諕得那三個道士，鉗口無言。國王道：「這和尚是有鬼神輔佐！怎麼道士入櫃，就變做和尚？縱有待詔跟進去，也只剃得頭便了，如何衣服也能趁體，口裏又會念佛？——國師啊！讓他去罷！」虎力大仙道：「陛下，左右是『棋逢對手，將遇良材』。貧道將鍾南山幼時學的武藝，索性與他賭一賭。」國王道：「有什麼武藝？」虎力道：「弟兄三個，都有些神通。會砍下頭來，又能安上；剖腹剜心，還再長完；滾油鍋裏，又能洗澡。」國王大驚道：「此三事都是尋死之路！」虎力道：「我等有此法力，才敢出此朗言，斷要與他賭個才休。」那國王叫道：「東土的和尚，我國師不肯放你，還要與你賭砍頭剖腹，下滾油鍋洗澡哩。」

行者正變作蟭蟟蟲，往來報事，忽聽此言，即收了毫毛，現出本相，哈哈大笑道：「造化！造化！買賣上門了！」八戒道：「這三件都是喪性命的事，怎麼說買賣上門？」行者道：「你還不知我的本事。」八戒道：「哥哥，你只像這等變化騰那也夠了，怎麼還有這等本事？」行者道：「我啊：

砍下頭來能說話，剁了臂膊打得人。斬去腿腳會走路，剖腹還平妙絕倫。
就似人家包扁食，一捻一個就囫圇。油鍋洗澡更容易，只當溫湯滌垢塵。」

八戒、沙僧聞言，呵呵大笑。行者上前道：「陛下，小和尚會砍頭。」國王道：「你怎麼會砍頭？」行者道：「我當年在寺裏修行，曾遇著一個方上禪和子，教我一個砍頭法，不知好也不好，如今且試試新。」國王笑道：「那和尚年幼不知事。砍頭那裏好試新？頭乃六陽之首，砍下即便死矣。」虎力道：「陛下，正要他如此，方才出得我們之氣。」那昏君信他言語，即傳旨，教設殺場。一聲傳旨，即有羽林軍三千，擺列朝門之外。國王教：「和尚先去砍頭。」行者欣然應道：「我先去！我先去！」拱著手，高呼道：「國師，恕大膽，占先了。」拽回頭，往外就走。唐僧一把扯住道：「徒弟呀，仔細些。那裏不是耍處。」行者道：「怕他怎的！撒了手，等我去來。」

那大聖逕至殺場裏面，被劊子手撾住了，綑做一團，按在那土墩高處，只聽喊一聲：「開刀！」颼的把個頭砍將下來。又被劊子手一腳踢了去，好似滾西瓜一般，滾有三四十步遠近。行者腔子中更不出血，只聽得肚裏叫聲：「頭來！」慌得鹿力大仙見有這般手段，即念咒語，教本坊土地神祇：「將人頭扯住，待我贏了和尚，奏了國王，與你把小祠堂蓋作大廟宇，泥塑像改作正金身。」原來那些土地神祇因他有五雷法，也服他使喚，暗中真個把行者頭按住了。行者又叫聲：「頭來！」那頭一似生根，莫想得動。行者心焦，捻著拳，掙了一掙，將綑的繩子就皆掙斷，喝聲：「長！」颼的腔子內長出一個頭來。諕得那劊子手，個個心驚；羽林軍，人人膽戰。那監斬官急走入朝奏道：「萬歲，那小和尚砍了頭，又長出一顆來了。」八戒冷笑道：「沙僧，那知哥哥還有這般手段。」沙僧道：「他有七十二般變化，就有七十二個頭哩。」

說不了，行者走來，叫聲：「師父。」三藏大喜道：「徒弟，辛苦麼？」行者道：「不辛苦，倒好耍子。」八戒道：「哥哥，可用刀瘡藥麼？」行者道：「你是摸摸看，可有刀痕？」那獃子伸手一摸，就笑得呆呆睜睜道：「妙哉！妙哉！卻也長得完全，截疤兒也沒些兒！」兄弟們正都歡喜，又聽得國王叫領關文．「赦你無罪。快去！快去！」行者道：「關文雖領，必須國師也赴曹砍砍頭，也當試新去來。」國王道：「大國師，那和尚也不肯放你哩。你與他賭勝，且莫諕了寡人。」虎力也只得去，被幾個劊子手，也綑翻在地，幌一幌，把頭砍下，一腳也踢將去，滾了有三十餘步。他腔子裏也不出血，也叫一聲：「頭來！」行者即忙拔下一根毫毛，吹口仙氣，叫：「變！」變作一條黃犬跑入場中，把那道士頭，一口啣來，逕跑到御水河邊丟下不題。

卻說那道士連叫三聲，人頭不到，怎似行者的手段，長不出來，腔子中骨都都紅光迸出。可憐空有喚雨呼風法，怎比長生果正仙？須臾，倒在塵埃。眾人觀看，乃是一隻無頭的黃毛虎。那監斬官又來奏：「萬歲，大國師砍下頭來，不能長出，死在塵埃，是一隻無頭的黃毛虎。」國王聞奏，大驚失色。目不轉睛，看那兩個道士。鹿力起身道：「我師兄已是命倒祿絕了，如何是隻黃虎！這都是那和尚憊懶，使的掩樣法兒，將我師兄變作畜類！我今定不饒他，定要與他賭那剖腹剜心！」

國王聽說，方才定性回神，又叫：「小和尚，二國師還要與你賭哩。」行者道：「小和尚久不吃烟火食，前日西來，忽遇齋公家勸飯，多吃了幾個饝饝；這幾日腹中作痛，想是生蟲，正欲借陛下之刀，剖開肚皮，拿出臟腑，洗淨脾胃，方好上西天見佛。」國王聽說，教：「拿他赴曹。」那許多人，攙的攙，扯的扯。行者展脫手道：「不用人攙，自家走去。——但一件，不許縛手，我好用手洗刷臟腑。」國王傳旨，教：「莫綁他手。」

行者搖搖擺擺，逕至殺場，將身靠著大樁，解開衣帶，露出肚腹。那劊子手將一條繩套在他膊項上，一條繩紮住他腿足，把一口牛耳短刀，幌一幌，著肚皮下一割，搠個窟窿。這行者雙手爬開肚腹，拿出腸臟來，一條條理夠多時，依然安在裏面，照舊盤曲，捻著肚皮，吹口仙氣，叫：「長！」依然長合。國王大驚，將他那關文捧在手中道：「聖僧莫誤西行，與你關文去罷。」行者笑道：「關文小可，也請二國師剖剖剜剜，何如？」國王對鹿力說：「這事不與寡人相干，是你要與他做對頭的。請去，請去。」鹿力道：「寬心，料我決不輸與他。」

你看他也像孫大聖，搖搖擺擺，逕入殺場，被劊子手套上繩，將牛耳短刀，唿喇的一聲，割開肚腹，他也拿出肝腸，用手理弄。行者即拔一根毫毛，吹口仙氣，叫：「變！」即變作一隻餓鷹，展開翅爪，搜的把他五臟心肝，盡情抓去，不知飛向何方受用。這道士弄做一個空腔破肚淋漓鬼，少臟無腸浪蕩魂。那劊子手蹬倒大樁，拖屍來看，呀！原來是一隻白毛角鹿！

慌得那監斬官又來奏道：「二國師晦氣，正剖腹時，被一隻餓鷹將臟腑肝腸都刁去了。死在那裏。原身是個白毛角鹿也。」國王害怕道：「怎麼是個角鹿？」那羊力大仙又奏道：「我師兄既死，如何得現獸形？這都是那和尚弄術法坐害我等。等我與師兄報仇者。」國王道：「你有什麼法力贏他？」羊力道：「我與他賭下滾油鍋洗澡。」國王便教取一口大鍋，滿著香油，教他兩個賭去。行者道：「多承下顧。小和尚一向不曾洗澡，這兩日皮膚燥癢，好歹盪盪去。」

那當駕官果安下油鍋，架起乾柴，燃著烈火，將油燒滾，教和尚先下去。行者合掌道：「不知文洗，武洗？」國王道：「文洗如何？武洗如何？」行者道：「文洗不脫衣服，似這般叉著手，下去打個滾，就起來，不許污壞了衣服，若有一點油膩算輸。武洗要取一張衣架，一條手巾，脫了衣服，跳將下去，任意翻觔斗，豎蜻蜓，當耍子洗也。」國王對羊力說：「你要與他文洗，武洗？」羊力道：「文洗恐他衣服是藥煉過的，隔油。武洗罷。」行者又上前道：「恕大膽，屢次占先了。」你看他脫了佈直裰，褪了虎皮裙，將身一縱，跳在鍋內，翻波鬪浪，就似負水一般頑耍。

八戒見了，咬著指頭，對沙僧道：「我們也錯看了這猴子了！平時間劖言訕語，鬪他耍子，怎知他有這般真實本事！」他兩個唧唧噥噥，誇獎不盡。行者望見，心疑道：「那獃子笑我哩！正是『巧者多勞拙者閒』。老孫這般舞弄，他倒自在。等我作成他綑一繩，看他可怕。」正洗浴，打個水花，淬在油鍋底上，變作個棗核釘兒，再也不起來了。

那監斬官近前又奏：「萬歲，小和尚被滾油烹死了。」國王大喜，教撈上骨骸來看。劊子手將一把鐵笊籬，在油鍋裏撈，原來那笊籬眼稀，行者變得釘小，往往來來，從眼孔漏下去了，那裏撈得著！又奏道：「和尚身微骨嫩，俱劄化了。」

國王教：「拿三個和尚下去！」兩邊校尉，見八戒面凶，先揪翻，把背心綑了。慌得三藏高叫：「陛下，赦貧僧一時。我那個徒弟，自從歸教，歷歷有功；今日衝撞國師，死在油鍋之內，奈何先死者為神，——我貧僧怎敢貪生！正是天下官員也管著天下百姓。陛下若教臣死，臣豈敢不死。——只望寬恩，賜我半盞涼漿水飯，三張紙馬，容到油鍋邊，燒此一陌紙，也表我師徒一念，那時再領罪也。」國王聞言道：「也是，那中華人多有義氣。」命取些漿飯、黃錢與他。果然取了，遞與唐僧。唐僧教沙和尚同去。行至階下，有幾個校尉，把八戒揪著耳朵，拉在鍋邊。三藏對鍋祝曰：「徒弟孫悟空！

自從受戒拜禪林，護我西來恩愛深。指望同時成大道，何期今日你歸陰！
生前只為求經意，死後還存念佛心。萬里英魂須等候，幽冥做鬼上雷音！」

八戒聽見道：「師父，不是這般祝了。——沙和尚，你替我奠漿飯，等我禱。」那獃子綑在地，氣呼呼的道：「

闖禍的潑猴子，無知的弼馬溫！
該死的潑猴子，油烹的弼馬溫！
猴兒了帳，馬溫斷根！」

孫行者在油鍋底上，聽得那獃子亂罵，忍不住現了本相，赤淋淋的，站在油鍋底道：「饢糟的夯貨！你罵那個哩！」唐僧見了道：「徒弟，誠殺我也！」沙僧道：「大哥乾淨推佯死慣了！」慌得那兩班文武，上前來奏道：「萬歲，那和尚不曾死，又在油鍋裏鑽出來了。」監斬官恐怕虛誑朝廷，卻又奏道：「死是死了，只是日期犯凶，小和尚來顯魂哩。」

行者聞言大怒，跳出鍋來，揩了油膩，穿上衣服，掣出棒，撾過監斬官，著頭一下，打做了肉團，道：「我顯什麼魂哩！」諕得多官連忙解了八戒，跪地哀告：「恕罪！恕罪！」國王走下龍座。行者上殿扯住道：「陛下不要走，且教你三國師也下下油鍋去。」那皇帝戰戰兢兢道：「三國師，你救朕之命，快下鍋去，莫教和尚打我。」羊力下殿，照依行者脫了衣服，跳下油鍋，也那般支吾洗浴。

行者放了國王，近油鍋邊，叫燒火的添柴，卻伸手探了一把，——呀！——那滾油都冰冷，心中暗想道：「我洗時滾熱，他洗時卻冷。我曉得了，這不知是那個龍王，在此護持他哩。」急縱身跳在空中，念聲「唵」字咒語，把那北海龍王喚來：「我把你這個帶角的蚯蚓，有鱗的泥鰍！你怎麼助道士冷龍護住鍋底，教他顯聖贏我！」諕得那龍王喏喏連聲道：「敖順不敢相助。大聖原來不知。這個孽畜，苦修行了一場，脫得本殼，卻只是五雷法真受，其餘都躧了傍門，難歸仙道。這個是他在小茅山學來的『大開剝』。那兩個已是大聖破了他法，現了本相。這一個也是他自己煉的冷龍，只好哄瞞世俗之人耍子，怎瞞得大聖！小龍如今收了他冷龍，管教他骨碎皮焦。」行者道：「趁早收了，免打！」那龍王化一陣旋風，到油鍋邊，將冷龍捉下海去不題。

行者下來，與三藏、八戒、沙僧立在殿前，見那道士在滾油鍋裏打掙，爬不出來。滑了一跌，霎時間骨脫皮焦肉爛。監斬官又來奏道：「萬歲，三國師煠化了也。」那國王滿眼垂淚，手撲著御案，放聲大哭道：「

人身難得果然難，不遇真傳莫煉丹。空有驅神咒水術，卻無延壽保生丸。
圓明混，怎涅槃？徒用心機命不安。早覺這般輕折挫，何如秘食穩居山！」

這正是：點金煉汞成何濟，喚雨呼風總是空！畢竟不知師徒們怎的維持，且聽下回分解。

# 第四十七回　聖僧夜阻通天水　金木垂慈救小童

卻說那國王倚著龍牀，淚如泉湧，只哭到天晚不住。行者上前高呼道：「你怎麼這等昏亂！見放著那道士的屍骸，一個是虎，一個是鹿，那羊力是一個羚羊。不信時，撈上骨頭來看。那裏人有那樣骷髏？他本是成精的山獸，同心到此害你。因見氣數還旺，不敢下手。若再過二年，你氣數衰敗，他就害了你性命。把你江山一股兒盡屬他了。幸我等早來，除妖邪救了你命。你還哭甚？哭甚！急打發關文，送我出去。」國王聞此，方才省悟。那文武多官俱奏道：「死者果然是白鹿、黃虎；油鍋裏果是羊骨。聖僧之言，不可不聽。」國王道：「既是這等，感謝聖僧。今日天晚，教太師且請聖僧至智淵寺。明日早朝，大開東閣，教光祿寺安排素淨筵宴酬謝。」果送至寺裏安歇。

次日五更時候，國王設朝，聚集多官，傳旨：「快出招僧榜文，四門各路張掛。」一壁廂大排筵宴，擺駕出朝，至智淵寺門外，請了三藏等，共入東閣赴宴，不在話下。

卻說那脫命的和尚聞有招僧榜，個個欣然，都入城來尋孫大聖，交納毫毛謝恩。這長老散了宴，那國王換了關文，同皇后嬪妃，兩班文武，送出朝門。只見那些和尚跪拜道旁，口稱：「齊天大聖爺爺！我等是沙灘上脫命僧人，聞知爺爺掃除妖孽，救拔我等，又蒙我王出榜招僧，特來交納毫毛，叩謝天恩。」行者笑道：「汝等來了幾何？」僧人道：「五百名，半個不少。」行者將身一抖，收了毫毛，對君臣僧俗人說道：「這些和尚，實是老孫放了。車輛是老孫運轉雙關，穿夾脊，捽碎了。那兩個妖道也是老孫打死了。今日滅了妖邪，方知是禪門有道。向後來，再不可胡為亂信。望你把三教歸一：也敬僧，也敬道，也養育人才。我保你江山永固。」國王依言，感謝不盡，遂送唐僧出城去訖。

這一去，只為慇懃經三藏，努力修持光一元。曉行夜住，渴飲餐食，不覺的春盡夏殘，又是秋光天氣。一日，天色已晚。唐僧勒馬道：「徒弟，今宵何處安身也？」行者道：「師父，出家人莫說那在家人的話。」三藏道：「在家人怎麼？出家人怎麼？」行者道：「在家人，這時候溫牀暖被，懷中抱子，腳後蹬妻，自自在在睡覺；我等出家人，那裏能夠！便是要帶月披星，餐風宿水，有路且行，無路方住。」八戒道：「哥哥，你只知其一，不知其二。如今路多險峻，我挑著重擔，著實難走，須要尋個去處，好眠一覺，養養精神，明日方好捱擔；不然，卻不累倒我也？」行者道：「趁月光再走一程，到有人家之所再住。」師徒們沒奈何，只得相隨行者往前。

又行不多時，只聽得滔滔浪響。八戒道：「罷了！來到盡頭路了！」沙僧道：「是一股水擋住也。」唐僧道：「卻怎生得渡？」八戒道：「等我試之，看深淺何如。」三藏道：「悟能，你休亂談。水之淺深，如何試得？」八戒道：「尋一個鵝卵石，拋在當中。若是濺起水泡來，是淺；若是骨都都沈下有聲，是深。」行者道：「你去試試看。」那獃子在路旁摸了一塊頑石，望水中拋去，只聽得骨都都泛起魚津，沈下水底。他道：「深！深！深！去不得！」唐僧道：「你雖試得深淺，卻不知有多少寬闊。」八戒道：「這個卻不知，不知。」行者道：「等我看看。」好大聖，縱觔斗雲，跳在空中，定睛觀看，但見那：

洋洋光浸月，浩浩影浮天。靈派吞華嶽，長流貫百川。
千層洶浪滾，萬疊峻波顛。岸口無漁火，沙頭有鷺眠。
茫然渾似海，一望更無邊。

急收雲頭，按落河邊道：「師父，寬哩！寬哩！去不得！老孫火眼金睛，白日裏常看千里，凶吉曉得是。夜裏也還看三五百里。如今通看不見邊岸，怎定得寬闊之數？」三藏大驚，口不能言，聲音哽咽道：「徒弟啊，似這等怎了？」沙僧道：「師父莫哭。你看那水邊立的，可不是個人麼。」行者道：「想是扳罾的漁人，等我問他去來。」拿了鐵棒，兩三步，跑到面前看處，呀！

不是人，是一面石碑。碑上有三個篆文大字，下邊兩行，有十個小字。三個大字乃「通天河」，十個小字乃「徑過八百里，亙古少人行」。行者叫：「師父，你來看看。」

三藏看見，滴淚道：「徒弟呀，我當年別了長安，只說西天易走；那知道妖魔阻隔，山水迢遙！」八戒道：「師父，你且聽，是那裏鼓鈸聲音？想是做齋的人家。我們且去趕些齋飯吃，問個渡口尋舡，明日過去罷。」三藏馬上聽得，果然有鼓鈸之聲，「卻不是道家樂器，足是我僧家舉事。我等去來。」行者在前引馬，一行聞響而來。那裏有甚正路，沒高沒低，漫過沙灘，望見一簇人家住處，約摸有四五百家，卻也都住得好。但見：

倚山通路，傍岸臨溪。處處柴扉掩，家家竹院關。
沙頭宿鷺夢魂清，柳外啼鳴喉舌冷。短笛無聲，寒砧不韻。
紅蓼枝搖月，黃蘆葉鬪風。陌頭村犬吠疏籬，渡口老漁眠釣艇。
燈火稀，人烟靜，半空皎月如懸鏡。忽聞一陣白蘋香，卻是西風隔岸送。

三藏下馬，只見那路頭上有一家兒，門外豎一首幢幡，內裏有燈燭熒煌，香烟馥郁。三藏道：「悟空，此處比那山凹河邊，卻是不同。在人間屋簷下，可以遮得冷露，放心穩睡。你都莫來，讓我先到那齋公門首告求。若肯留我，我就招呼汝等；假若不留，你卻休要撒潑。汝等臉嘴醜陋，只恐諕了人，闖出禍來，卻倒無住處矣。」行者道：「說得有理。請師父先去，我們在此守待。」

那長老才摘了斗笠，光著頭，抖抖褊衫，拖著錫杖，逕來到人家門外。見那門半開半掩，三藏不敢擅入。聊站片時，只見裏面走出一個老者，項下掛著數珠，口念阿彌陀佛，逕自來關門，慌得這長老合掌高叫：「老施主，貧僧問訊了。」那老者還禮道：「你這和尚，卻來遲了。」三藏道：「怎麼說？」老者道：「來遲無物了。早來啊，我舍下齋僧，盡飽吃飯，熟米三升，白布一段，銅錢十文。你怎麼這時才來？」三藏躬身道：「老施主，貧僧不是趕齋的。」老者道：「既不趕齋，來此何幹？」三藏道：「我是東土大唐欽差往西天取經者。今到貴處，天色已晚。聽得府上鼓鈸之聲，特來告借一宿，天明就行也。」那老者搖手道：「和尚，出家人休打誑語。東土大唐到我這裏，有五萬四千里路，你這等單身，如何來得？」三藏道：「老施主見得最是。但我還有三個小徒，逢山開路，遇水疊橋，保護貧僧，方得到此。」老者道：「既有徒弟，何不同來？」教：「請，請，我舍下有處安歇。」三藏回頭叫聲：「徒弟，這裏來。」

那行者本來性急，八戒生來粗魯，沙僧卻也莽壯，三個人聽得師父招呼，牽著馬，挑著擔，不問好歹，一陣風闖將進去。那老者看見，諕得跌倒在地，口裏只說是：「妖怪來了！妖怪來了！」三藏攙起道：「施主莫怕，不是妖怪，是我徒弟。」老者戰兢兢道：「這般好俊師父，怎麼尋這樣醜徒弟！」三藏道：「雖然相貌不終，卻倒會降龍伏虎，捉怪擒妖。」老者似信不信的，扶著唐僧慢走。

卻說那三個凶頑，闖入廳房上，拴了馬，丟下行李。那廳中原有幾個和尚念經。八戒掬著長嘴，喝道：「那和尚，念的是什麼經？」那些和尚聽見問了一聲，忽然抬頭：

觀看外來人，嘴長耳朵大，身粗背膊寬，聲響如雷咋。
行者與沙僧，容貌更醜陋。廳堂幾眾僧，無人不害怕。
闍黎還念經，班首教行罷。難顧磬和鈴，佛像且丟下。
一齊吹熄燈，驚散光乍乍。跌跌與爬爬，門限何曾跨！
你頭撞我頭，似倒葫蘆架。清清好道場，翻成大笑話。

這兄弟三人，見那些人跌跌爬爬，鼓著掌哈哈大笑。那些僧越加悚懼，磕頭撞腦，各顧性命，通跑淨了。三藏攙那老者，走上廳堂，燈火全無，三人嘻嘻哈哈的還笑。唐僧罵道：「這潑物，十分不善！我朝朝教誨，口日叮嚀。古人云：『不教而善，非聖而何！教而後善，非賢而何！教亦不善，非愚而何！』汝等這般撒潑，誠為至下至愚之類！走進門不知高低，諕倒了老施主，驚散了念經僧，把人家好事都攪壞了，卻不是墮罪與我？」說得他們不敢回言。那老者方信是他徒弟，急回頭作禮道：「老爺，沒大事，沒大事，才然關了燈，散了花，佛事將收也。」八戒道：「既是了帳，擺出滿散酒飯來，我們吃了睡覺。」老者叫：「掌燈來！掌燈來！」家裏人聽得，大驚小怪道：「廳上念經，有許多香燭，如何又教掌燈？」幾個僮僕出來看時，這個黑洞洞的，即便點火把燈籠，一擁而至。忽抬頭見八戒、沙僧，慌得丟了火把，忽抽身關了中門，往裏嚷道：「妖怪來了！妖怪來了！」

行者拿起火把，點上燈燭，扯過一張交椅，請唐僧坐在上面。他兄弟們坐在兩旁。那老者坐在前面。正敘坐間，只聽得裏面門開處，又走出一個老者，拄著拐杖道：「是什麼邪魔，黑夜裏來我善門之家？」前面坐的老者，急起身迎到屏門後道：「哥哥莫嚷，不是邪魔，乃東土大唐取經的羅漢。徒弟們相貌雖凶，果然是相惡人善。」那老者方才放下拄杖，與他四位行禮。禮畢，也坐了面前叫：「看茶來。排齋。」連叫數聲，幾個僮僕，戰戰兢兢，不敢攏帳。

八戒忍不住問道：「老者，你這盛价，兩邊走怎的？」老者道：「教他們捧齋來侍奉老爺。」八戒道：「幾個人伏侍？」老者道：「八個人。」八戒道：「這八個人伏侍那個？」老者道：「伏侍你四位。」八戒道：「那白面師父，只消一個人；毛臉雷公嘴的，只消兩個人；那晦氣臉的，要八個人；我得二十個人伏侍方夠。」老者道：「這等說，想是你的食腸大些。」八戒道：「也將就看得過。」老者道：「有人，有人。」七大八小，就叫出有三四十人出來。

那和尚與老者一問一答的講話，眾人方才不怕。卻將上面排了一張桌，請唐僧上坐；兩邊擺了三張桌，請他三位坐；前面一張桌，坐了二位老者。先排上素果品菜蔬，然後是麵飯、米飯、閒食、粉湯，排得齊齊整整。唐長老舉起筯來，先念一卷《啓齋經》。那獃子一則有些急吞，二來有些餓了，那裏等唐僧經完，拿過紅漆木碗來，把一碗白米飯，撲的丟下口去，就了了。旁邊小的道：「這位老爺忒沒算計，不籠饅頭，怎的把飯籠了，卻不污了衣服？」八戒笑道：「不曾籠，吃了。」小的道：「你不曾舉口，怎麼就吃了？」八戒道：「兒子們便說謊！分明吃了；不信，再吃與你看。」那小的們，又端了碗，盛一碗遞與八戒。獃子幌一幌，又丟下口去就了了。眾僮僕見了道：「爺爺呀！你是磨磚砌的喉嚨，著實又光又溜！」那唐僧一卷經還未完，他已五六碗過手了。然後卻才同舉筯，一齊吃齋。獃子不論米飯麵飯，果品閒食，只情一捞，亂噇口裏，還嚷：「添飯！添飯！漸漸不見來了！」行者叫道：「賢弟，少吃些罷。也強似在山凹裏忍餓，將就夠得半飽也好了。」八戒道：「嘴臉！常言道：『齋僧不飽，不如活埋』哩。」行者教：「收了傢伙，莫睬他！」二老者躬身道：「不瞞老爺說。白日裏倒也不怕，似這大肚子長老，也齋得起百十眾；只是晚了，收了殘齋，只蒸得一石麵飯、五斗米飯與幾桌素食，要請幾個親鄰與眾僧們散福；不期你列位來，唬得眾僧跑了，連親鄰也不曾敢請，儘數都供奉了列位。如不飽，再教蒸去。」八戒道：「再蒸去！再蒸去！」話畢，收了傢伙桌席。

三藏拱身，謝了齋供，才問：「老施主，高姓？」老者道：「姓陳。」三藏合掌道：「這是我貧僧華宗了。」老者道：「老爺也姓陳？」三藏道：「是，俗家也姓陳。請問適才做的什麼齋事？」八戒笑道：「師父問他怎的！豈不知道？必然是『青苗齋』、『平安齋』、『了場齋』罷了。」老者道：「不是，不是。」三藏又問：「端的為何？」老者道：「是一場『預修亡齋』。」八戒笑得打跌道：「公公忒沒眼力！我們是扯謊架橋，哄人的大王，你怎麼把這謊話哄我！和尚家豈不知齋事？只有個『預修寄庫齋』、『預修填還齋』，那裏有個『預修亡齋』的？你家人又不曾有死的，做甚亡齋？」

行者聞言，暗喜道：「這獃子乖了些也。──老公公，你是錯說了。怎麼叫做『預修亡齋』？」那二位欠身道：「你等取經，怎麼不走正路，卻蹡到我這裏來？」行者道：「走的是正路，只見一股水擋住，不能得渡；因聞鼓鈸之聲，特來造府借宿。」老者道：「你們到水邊，可曾見些什麼？」行者道：「只見一面石碑，上書『通天河』三字，下書『徑過八百里，亙古少人行』十字，再無別物。」老者道：「再往上岸走走，好的離那碑記只有里許，有一座靈感大王廟，你不曾見？」行者道：「未見。請公公說說，何為靈感？」那兩個老者一齊垂淚道：「老爺啊！那大王：

感應一方興廟宇，威靈千里祐黎民。
年年莊上施甘雨，歲歲村中落慶雲。

行者道：「施甘雨，落慶雲，也是好意思，你卻這等傷情煩惱，何也？」那老者跌腳搥胸，哏了一聲道：「老爺啊！

雖則恩多還有怨，縱然慈惠卻傷人。
只因要吃童男女，不是昭彰正直神。」

行者道：「要吃童男女麼？」老者笑道：「正是。」行者道：「想必輪到你家了？」老者道：「今年正到舍下。我們這裏，有百家人家居住。此處屬車遲國元會縣所管，喚做陳家莊。這大王一年一次祭賽，要一個童男，一個童女，豬羊牲醴供獻他。他一頓吃了，保我們風調雨順；若不祭賽，就來降禍生災。」行者道：「你府上幾位令郎？」老者搥胸道：「可憐！可憐！說什麼令郎，羞殺我等！這個是我舍弟，名喚陳清。老拙叫做陳澄。我今年六十三歲，他今年五十八歲，兒女上都艱難。我五十歲上還沒兒子，親友們勸我納了一妾，沒奈何，尋下一房，生得一女。今年才交八歲，取名喚做一秤金。」八戒道：「好貴名！怎麼叫做一秤金？」老者道：「我因兒女艱難，修橋補路，建寺立塔，佈施齋僧，有一本帳目，那裏使三兩，那裏使五兩；到生女之年，卻好用過有三十斤黃金。三十斤為一秤，所以喚做一秤金。」

行者道：「那個的兒子麼？」老者道：「舍弟有個兒子，也是偏出，今年七歲了，取各喚做陳關保。」行者問：「何取此名？」老者道：「家下供養關聖爺爺，因在關爺之位下求得這個兒子，故名關保。我兄弟二人，年歲百二，只得這兩個人種，不期輪次到我家祭賽，所以不敢不獻。故此父子之情，難割難捨，先與孩兒做個超生道場。故曰『預修亡齋』者，此也。」

三藏聞言，止不住腮邊淚下道：「這正是古人云：『黃梅不落青梅落，老天偏害沒兒人。』」行者笑道：「等我再問他。老公公，你府上有多大家當？」二老道：「頗有些兒，水田有四五十頃，旱田有六七十頃，草場有八九十處；水黃牛有二三百頭，驢馬有三二十匹，豬羊雞鵝無數。舍下也有吃不著的陳糧，穿不了的衣服。家財產業，也儘得數。」行者道：「你這等家業，也虧你省將起來的。」老者道：「怎見我省？」行者道：「既有這家私，怎麼捨得親生兒女祭賽？拚了五十兩銀子，可買一個童男；拚了一百兩銀子，可買一個童女。連絞纏不過二百兩之數，可就留下自己兒女後代，卻不是好？」二老滴淚道：「老爺！你不知道。那大王甚是靈感，常來我們人家行走。」行者道：「他來行走，你們看見他是什麼嘴臉？有幾多長短？」二老道：「不見其形，只聞得一陣香風，就知是大王爺爺來了，即忙滿斗焚香，老少望風下拜。他把我們這人家，匙大碗小之事，他都知道。老幼生時年月，他都記得。只要親生兒女，他方受用。不要說二三百兩沒處買，就是幾千萬兩，也沒處買這般一模一樣同年同月的兒女。」

行者道：「原來這等。也罷，也罷，你且抱你令郎出來，我看看。」那陳清急入裏面，將關保兒抱出廳上，放在燈前。小孩兒那知死活，籠著兩袖果子，跳跳舞舞的，吃著耍子。行者見了，默默念聲咒語，搖身一變，變作那關保兒一般模樣。兩個孩兒，攙著手，在燈前跳舞，諕得那老者謊忙跪著。唐僧道：「老爺，不當人子！不當人子！」這老者道：「這位老爺才然說話，怎麼就變作我兒一般模樣，叫他一聲，齊應齊走！——卻折了我們年壽！請現本相！請現本相！」行者把臉抹了一把，現了本相。那老者跪在面前道：「老爺原來有這樣本事。」行者笑道：「可像你兒子麼？」老者道：「像！像！像！果然一般嘴臉，一般聲音，一般衣服，一般長短。」行者道：「你還沒細看哩。取秤來稱稱，可與他一般輕重。」老者道：「是，是，是；是一般重。」

行者道：「似這等可祭賽得過麼？」老者道：「忒好！忒好！祭得過了！」

行者道：「我今替這個孩兒性命，留下你家香烟後代，我去祭賽那大王去也。」那陳清跪地磕頭道：「老爺果若慈悲替得，我送白銀一千兩，與唐老爺做盤纏往西天去。」行者道：「就不謝謝老孫？」老者道：「你已替祭，沒了你也。」行者道：「怎的得沒了？」老者道：「那大王吃了。」行者道：「他敢吃我？」老者道：「不吃你，好道嫌腥。」行者笑道：「任從天命。吃了我，是我的命短；不吃，是我的造化。我與你祭賽去。」

那陳清只管磕頭相謝，又允送銀五百兩；惟陳澄也不磕頭，也不說謝，只是倚著那屏門痛哭。行者知之，上前扯住道：「老大，你這不允我，不謝我，想是捨不得你女兒麼？」陳澄才跪下道：「是，捨不得。敢蒙老爺盛情，救替了我姪子也夠了，但只是老拙無兒，只此一女，就是我死之後，他也哭得痛切，怎麼捨得！」行者道：「你快去蒸上五斗米的飯，整治些好素菜，與我那長嘴師父吃，教他變作你的女兒，我兄弟同去祭賽。索性行個陰騭，救你兩個兒女性命，如何？」

那八戒聽得此言，心中大驚，道：「哥哥，你要弄精神，不管我死活，就要攀扯我。」行者道：「賢弟，常言道：『雞兒不吃無工之食。』你我進門，感承盛齋，你還嚷吃不飽哩，怎麼就不與人家救些患難？」八戒道：「哥啊，變化的事情，我卻不會哩。」行者道：「你也有三十六般變化，怎麼不會？」三藏呼：「悟能，你師兄說得最是，處得甚當。常言『救人一命，勝造七級浮屠。』一則感謝厚情，二來當積陰德。況涼夜無事，你兄弟耍耍去來。」八戒道：「你看師父說的話！我只會變山，變樹，變石頭，變癩象，變水牛，變大胖漢還可；若變小女兒，有幾分難哩。」行者道：「老大莫信他，抱出你令嬡來看。」

那陳澄急入裏邊，抱將一秤金孩兒，到了廳上。一家子，妻妾大小，不分老幼內外，都出來磕頭禮拜，只請救孩兒性命。那女兒頭上戴一個八寶垂珠的花翠箍，身上穿一件紅閃黃的紵絲襖，上套著一件官綠緞子棋盤領的披風。腰間繫一條大紅花絹裙，腳下踏一雙蝦蟆頭淺紅紵絲鞋；腿上穿兩隻綃金膝褲兒；也拿著果子吃哩。行者道：「八戒，這就是女孩兒。你快變得像她，我們祭賽去。」八戒道：「哥呀，似這般小巧俊秀，怎變？」行者叫：「快些！莫討打！」八戒慌了道：「哥哥不要打，等我變了看。」

這獃子念動咒語，把頭搖了幾搖，叫：「變！」真個變過頭來，就也像女孩兒面目，只是肚子胖大，郎伉不像。行者笑道：「再變變！」八戒道：「憑你打了罷！變不過來，奈何？」行者道：「莫成是丫頭的頭，和尚的身子？弄得這等不男不女，卻怎生是好？你可佈起罡來。」他就吹他一口仙氣，果然即時把身子變過，與那孩兒一般。便教：「二位老者，帶你寶眷與令郎令嬡進去，不要錯了。一會家，我兄弟躲懶討乖，走進去，轉難識認。你將好果子與他吃，不可教他哭叫；恐大王一時知覺，走了風汛。等我兩人耍子去也！」

好大聖，吩咐沙僧保護唐僧：「我變作陳關保，八戒變作一秤金。」二人俱停當了，卻問：「怎麼供獻？還是綑了去，是綁了去？蒸熟了去，是剁碎了去？」八戒道：「哥哥，莫要弄我。我沒這個手段。」老者道：「不敢！不敢！只是用兩個紅漆丹盤，請二位坐在盤內，放在桌上，著兩個後生抬一張桌子，把你們抬上廟去。」行者道：「好！好！好！拿盤子出來，我們試試。」那老者即取出兩個丹盤。行者與八戒坐上，四個後生，抬起兩張桌子，往天井裏走走兒，又抬回放在堂上。

行者歡喜道：「八戒，像這般子走走耍耍，我們也是上臺盤的和尚了。」八戒道：「若是抬了去，還抬回來，兩頭抬到天明，我也不怕；只是抬到廟裏，就要吃哩，這個卻不是耍子！」行者道：「你只看著我，剗著吃我時，你就走了罷。」八戒道：「知他怎麼吃哩？如先吃童男；我便好跑；如先吃童女，我卻如何？」老者道：「常年祭賽時，我這裏有膽大的，鑽在廟後，或在供桌底下，看見他先吃童男，後吃童女。」八戒道：「造化！造化！兄弟正然談論，只聽得外面鑼鼓喧天，燈火照耀，同莊眾人打開前門，叫：「抬出童男童女來！」這老者哭哭啼啼，那四個後生將他二人抬將出去。端的不知性命何如，且聽下回分解。

# 第四十八回　魔弄寒風飄大雪　僧思拜佛履層冰

話說陳家莊眾信人等，將豬羊牲醴與行者、八戒，喧喧嚷嚷，直抬至靈感廟裏排下，將童男女設在上首。行者回頭，看見那供桌上香花蠟燭，正面一個金字牌位，上寫「靈感大王之神」，更無別的神像。眾信擺列停當，一齊朝上叩頭道：「大王爺爺，今年、今月、今日、今時，陳家莊祭主陳澄等眾信，年甲不齊，謹遵年例，供獻童男一名陳關保，童女一名陳一秤金，豬羊牲醴如數，奉上大王享用。保祐風調雨順，五穀豐登。」祝罷，燒了紙馬，各回本宅不題。

那八戒見人散了，對行者道：「我們家去罷。」行者道：「你家在那裏？」八戒道：「往老陳家睡覺去。」行者道：「獃子又亂談了。既允了他，須與他了這願心才是哩。」八戒道：「你倒不是獃子，反說我是獃子！只哄他耍耍便罷，怎麼就與他祭賽，當起真來！」行者道：「莫胡說，為人為徹。一定等那大王來吃了，才是個全始全終；不然，又教他降災貽害，反為不美。」

正說間，只聽得呼呼風響。八戒道：「不好了！風響是那話兒來了！」行者只叫：「莫言語，等我答應。」頃刻間，廟門外來了一個妖邪。你看他怎生模樣：

金甲金盔燦爛新，腰纏寶帶繞紅雲。眼如晚出明星皎，牙似重排鋸齒分。
足下烟霞飄蕩蕩，身邊霧靄暖薰薰。行時陣陣陰風冷，立處層層煞氣溫。
卻似捲簾扶駕將，猶如鎮寺大門神。

那怪物攔住廟門問道：「今年祭祀的是那家？」行者笑吟吟的答道：「承下問，莊頭是陳澄、陳清家。」那怪聞答，心中疑似道：「這童男膽大，言談伶俐。常來供養受用的，問一聲不言語；再問聲，諕了魂；用手去捉，已是死人。怎麼今日這童男善能應對？……」怪物不敢來拿，又問：

「童男女叫甚名字？」行者笑道：「童男陳關保，童女一秤金。」怪物道：「這祭賽乃上年舊規，如今供獻我，當吃你。」行者道：「不敢抗拒，請自在受用。」怪物聽說，又不敢動手，攔住門喝道：「你莫頂嘴！我常年先吃童男，今年倒要先吃童女！」八戒慌了道：「大王還照舊罷，不要吃壞例子。」

那怪不容分說，放開手，就捉八戒。獃子撲的跳下來，現了本相，掣釘鈀，劈手一築。那怪物縮了手，往前就走，只聽得噹的一聲響。八戒道：「築破甲了！」行者也現本相看處，原來是冰盤大小兩個魚鱗，喝聲：「趕上！」二人跳到空中。那怪物因來赴會，不曾帶得兵器，空手在雲端裏問道：「你是那方和尚，到此欺人，破了我的香火，壞了我的名聲！」行者道：「這潑物原來不知。我等乃東土大唐聖僧三藏奉欽差西天取經之徒弟。昨因夜寓陳家，聞有邪魔，假號靈感，年年要童男女祭賽，是我等慈悲，拯救生靈，捉你這潑物！趁早實實供來！一年吃兩個童男女，你在這裏稱了幾年大王，吃了多少男女？一個個算還我，饒你死罪！」那怪聞言就走，被八戒又一釘鈀，未曾打著。他化一陣狂風，鑽入通天河內。

行者道：「不消趕他了。這怪想是河中之物。且待明日設法拿他，送我師父過河。」八戒依言，逕回廟裏，把那豬羊祭醴，連桌面一齊搬到陳家。此時唐長老、沙和尚，共陳家兄弟，正在廳中候信，忽見他二人將豬羊等物都丟在天井裏。三藏迎來問道：「悟空，祭賽之事何如？」行者將那稱名趕怪鑽入河中之事說了一遍。二老十分歡喜，即命打掃廂房，安排牀鋪，請他師徒就寢不題。

卻說那怪得命，回歸水內，坐在宮中，默默無言。水中大小眷族問道：「大王每年享祭，回來歡喜，怎麼今年煩惱？」那怪道：「常年享畢，還帶些餘物與汝等受用，今日連我也不曾吃得。造化低，撞著一個對頭，幾乎傷了性命。」眾水族問：「大王，是那個？」那怪道：「是一個東土大唐聖僧的徒弟，往西天拜佛求經者，假變男女，坐在廟裏。我被他現出本相，險些兒傷了性命。一向聞得人講：唐三藏乃十世修行好人，但得吃他一塊肉延壽長生。不期他手下有這般徒弟。

我被他壞了名聲，破了香火，有心要捉唐僧，只怕不得能夠。」

那水族中，閃上一個斑衣鱖婆，對怪物跬跬拜拜，笑道：「大王，要捉唐僧，有何難處！但不知捉住他，可賞我些酒肉？」那怪道：「你若有謀，合同用力，捉了唐僧，與你拜為兄妹，共席享之。」鱖婆拜謝了道：「久知大王有呼風喚雨之神通，攪海翻江之勢力，不知可會降雪？」那怪道：「會降。」又道：「既會降雪，不知可會作冷結冰？」那怪道：「更會！」鱖婆鼓掌笑道：「如此，極易！極易！」那怪道：「你且將極易之功，講來我聽。」鱖婆道：「今夜有三更天氣，大王不必遲疑，趁早作法，起一陣寒風，下一陣大雪，把通天河盡皆凍結。著我等善變化者，變作幾個人形，在於路口，背包持傘，擔擔推車，不住的在冰上行走。那唐僧取經之心甚急，看見如此人行，斷然踏冰而渡。大王悄坐河心，待他腳踪響處，迸裂寒冰，連他那徒弟們一齊墜落水中，一鼓可得也！」那怪聞言。滿心歡喜道：「甚妙！甚妙！」即出水府，踏長空，興風作雪，結冷凝凍成冰不題。

卻說唐長老師徒四人，歇在陳家。將近天曉，師徒們衾寒枕冷。八戒咳歌打戰睡不得，叫道：「師兄，冷啊！」行者道：「你這獃子，忒不長俊！出家人寒暑不侵，怎麼怕冷？」三藏道：「徒弟，果然冷。你看，就是那：

重衾無暖氣，袖手似揣冰。此時敗葉垂霜蕊，蒼松掛凍鈴。
地裂因寒甚，池平為水凝。漁舟不見叟，山寺怎逢僧。
樵子愁柴少，王孫喜炭增。征人鬚似鐵，詩客筆如菱。
皮襖猶嫌薄，貂裘尚恨輕。蒲團僵老衲，紙帳旅魂驚。
繡被重裀褥，渾身戰抖鈴。」

師徒們都睡不得，爬起來穿了衣服。開門看處，呀！外面白茫茫的，原來下雪哩！行者道：

「怪道你們害冷哩。卻是這般大雪！」四人眼同觀看，好雪！但見那：

彤雲密佈，慘霧重浸。彤雲密佈，朔風凜凜號空；慘霧重浸，大雪紛紛蓋地。
真個是：六出花，片片飛瓊；千林樹，株株帶玉。須臾積粉，頃刻成鹽。
白鸚歌失素，皓鶴羽毛同。平添吳楚千江水，壓倒東南幾樹梅。
卻便似戰退玉龍三百萬，果然如敗鱗殘甲滿天飛。
那裏得東郭履，袁安臥，孫康映讀；更不見子猷舟，王恭幣，蘇武餐氈。
但只是幾家村舍如銀砌，萬里江山似玉團。好雪，柳絮漫橋，梨花蓋舍。
柳絮漫橋，橋邊漁叟掛蓑衣；梨花蓋舍，舍下野翁煨榾柮。
客子難沽酒，蒼頭苦覓梅。灑灑瀟瀟裁蝶翅，飄飄蕩蕩剪鵝衣。
團團滾滾隨風勢，疊疊層層道路迷。陣陣寒威穿小幙，颼颼冷氣透幽幃。
豐年祥瑞從天降，堪賀人間好事宜。

那場雪，紛紛灑灑，果如剪玉飛綿。師徒們嘆玩多時，只見陳家老者，著兩個僮僕，掃開道路，又兩個送出熱湯洗面。須臾，又送滾茶乳餅。又抬出炭火，俱到廂房，師徒們敘坐。長老問道：「老施主，貴處時令，不知可分春夏秋冬？」陳老笑道：「此間雖是僻地，但只風俗人物，與上國不同；至於諸凡穀苗牲畜，都是同天共日，豈有不分四時之理？」三藏道：「既分四時，怎麼如今就有這般大雪，這般寒冷？」陳老道：「此時雖是七月，昨日已交白露，就是八月節了。我這裏常年八月間就有霜雪。」三藏道：「甚比我東土不同。我那裏交冬節方有之。」

正話間，又見僮僕來安桌子，請吃粥。粥罷之後，雪比早間又大，須臾，平地有二尺來深。三藏心焦垂淚。陳老道：「老爺放心，莫見雪深憂慮。我舍下頗有幾石糧食，供養得老爺們半生。」三藏道：「老施主不知貧僧之苦。我當年蒙聖恩賜了旨意，擺大駕親送出關，唐王御手擎杯奉餞，問道：『幾時可回？』貧僧不知有山川之險，順口回奏：『只消三年，可取經回國。』自別後，今已七八個年頭，還未見佛面，恐違了欽限；又怕的是妖魔凶狠，所以焦慮。今日有緣得寓潭府，昨夜愚徒們略施小惠報答，實指望求一船隻渡河；不期天降大雪，道路迷漫，不知幾時才得功成回故土也！」陳老道：「老爺放心，正是多的日子過了，那裏在這幾日。且待天晴，化了冰，老拙傾家費産，必處置送老爺過河。」只見一僮又請進早齋。到廳上吃畢。敘不多時，又午齋相繼而進。三藏見品物豐盛，再四不安道：「既蒙見留，只可以家常相待。」陳老道：「老爺，感蒙替祭救命之恩，雖逐日設筵奉款，也難酬難謝。」

此後大雪方住，就有人行走。陳老見三藏不快，又打掃花園，大盆架火，請去雪洞裏閒耍散悶。八戒笑道：「那老兒忒沒算計！春二三月好賞花園，這等大雪，又冷，賞玩何物！」行者道：「獃子不知事！雪景自然幽靜。一則遊賞，二來與師父寬懷。」陳老道：「正是，正是。」遂此邀請到園。但見：

景值三秋，風光如臘。蒼松結玉蕊，衰柳掛銀花。
階下玉苔堆粉屑，牕前翠竹吐瓊芽。巧石山頭，養魚池內。
巧石山頭，削削尖峰排玉筍；養魚池內，清清活水作冰盤。
臨岸芙蓉嬌色淺，傍崖木槿嫩枝垂。
秋海棠，全然壓倒；臘梅樹，聊發新枝。
牡丹亭、海榴亭、丹桂亭，亭亭盡鵝毛堆積；
放懷處、款客處、遣興處，處處皆蝶翅鋪漫。
兩籬黃菊玉綃金，幾樹丹楓紅間白。無數閒庭冷難到，且觀雪洞冷如冰。
那裏邊放一個獸面象足銅火盆，熱烘烘炭火才生；
上下有幾張虎皮搭苫漆交椅，軟溫溫紙牕鋪設。

四壁上掛幾軸名公古畫，卻是那：

七賢過關，寒江獨釣，疊嶂層巒團雪景；
蘇武餐氈，折梅逢使，瓊林玉樹寫寒文。
說不盡那：家近水亭魚易買，雪迷山徑酒難沽。
真個可堪容膝處，算來何用訪蓬壺？

眾人觀玩良久，就於雪洞裏坐下，對鄰叟道取經之事，又捧香茶飲畢。陳老問：「列位老爺，可飲酒麼？」三藏道：「貧僧不飲，小徒略飲幾杯素酒。」陳老大喜，即命：「取素果品，炖暖酒，與列位湯寒。」那僮僕即抬桌圍爐，與兩個鄰叟，各飲了幾杯，收了傢伙。不覺天色將晚，又仍請到廳上晚齋。只聽得街上行人都說：「好冷天啊！把通天河凍住了！」三藏聞言道：「悟空，凍住河，我們怎生是好？」陳老道：「乍寒乍冷，想是近河邊淺水處凍結。」那行人道：「把八百里都凍得似鏡面一般，路口上有人走哩！」三藏聽說有人走，就要去看。陳老道：「老爺莫忙。今日晚了，明日去看。」遂此別卻鄰叟。又晚齋畢，依然歇在廂房。

及次日天曉，八戒起來道：「師兄，今夜更冷，想必河凍住也。」三藏迎著門，朝天禮拜道：「眾位護教大神，弟子一向西來，虔心拜佛，苦歷山川，更無一聲抱怨；今至於此，感得皇天祐助，結凍河水，弟子空心權謝，待得經回，奏上唐皇，竭誠酬答。」禮拜畢，遂教悟淨背馬，趁冰過河。陳老又道：「莫忙，待幾日雪融冰解，老拙這裏辦船相送。」沙僧道：「就行也不是話，再住也不是話。口說無憑，耳聞不如眼見。我背了馬，且請師父親去看看。」陳老道：「言之有理。」教：「小的們，快去背我們六匹馬來！且莫背唐僧老爺馬。」就有六個小价跟隨。一行人逕往河邊來看，真個是：

雪積如山聳，雲收破曉晴。寒凝楚塞千峰瘦，冰結江湖一片平。
朔風凜凜，滑凍稜稜。池魚偎密藻，野鳥戀枯槎。
塞外征夫俱墜指，江頭梢子亂敲牙。裂蛇腹，斷鳥足，果然冰山千百尺。
萬壑冷浮銀，一川寒浸玉。東方自信出僵蠶，北地果然有鼠窟。
王祥臥，光武渡，一夜溪橋連底固。曲沼結稜層，深淵重疊沍。
通天闊水更無波，皎潔冰漫如陸路。

三藏與一行人到了河邊，勒馬觀看。真個那路口上有人行走。三藏問道：「施主，那些人上冰往那裏去？」陳老道：「河那邊乃西梁女國。這起人都是做買賣的。我這邊百錢之物，到那邊可值萬錢；那邊百錢之物，到這邊亦可值萬錢。利重本輕，所以人不顧生死而去。常年家有五七人一船，或十數人一船，飄洋而過。見如今河道凍住，故捨命而步行也。」三藏道：「世間事惟名利最重。似他為利的，捨死忘生；我弟子奉旨全忠，也只是為名，與他能差幾何！」教：「悟空，快回施主家，收拾行囊，叩背馬匹，趁此層冰，早奔西方去也。」行者笑吟吟答應。

沙僧道：「師父啊，常言道：『千日吃了千升米。』今已托賴陳府上，且再住幾日，待天晴化凍，辦船而過。忙中恐有錯也。」三藏道：「悟淨，怎麼這等愚見！若是正二月，一日暖似一日，可以待得凍解。此時乃八月，一日冷似一日，如何可便望解凍！卻不又誤了半載行程？」

八戒跳下馬來：「你們且休講閒口，等老豬試看有多少厚薄。」行者道：「獃子，前夜試水，能去拋石；如今冰凍重漫，怎生試得？」八戒道：「師兄不知。等我舉釘鈀鈀他一下。假若築破，就是冰薄，且不敢行；若築不動，便是冰厚，如何不行？」三藏道：「正是，說得有理。」那獃子撩衣拽步，走上河邊，雙手舉鈀，儘力一築，只聽撲的一聲，築了九個白跡，手也振得生疼。獃子笑道：「去得！去得！連底都錮住了。」

三藏聞言，十分歡喜，與眾同回陳家，只教收拾走路。那兩個老者苦留不住，只得安排些乾糧烘炒，做些燒餅饝饝相送。一家子磕頭禮拜，又捧出一盤子散碎金銀，跪在面前道：「多蒙老爺活子之恩，聊表途中一飯之敬。」三藏擺手搖頭，只是不受道：「貧僧出家人，財帛何用？就途中也不敢取出。只是以化齋度日為正事。收了乾糧足矣。」二老又再三央求。行者用指尖兒捻了一小塊，約有四五錢重，遞與唐僧道：「師父，也只當些襯錢，莫教空負二老之意。」遂此相向而別。逕至河邊冰上，那馬蹄滑了一滑，險些兒把三藏跌下馬來。沙僧道：「師父，難行！」八戒道：「且住！問陳老官討個稻草來我用。」行者道：「要稻草何用？」八戒道：「你那裏得知，要稻草包著馬蹄方才不滑，免教跌下師父來也。」陳老在岸上聽言，急命人家中取一束稻草，卻請唐僧上岸下馬。八戒將草包裹馬足，然後踏冰而行。

別陳老離河邊，行有二四里遠近，八戒把九環錫杖遞與唐僧道：「師父，你橫此在馬上。」行者道：「這獃子奸詐！錫杖原是你挑的，如何又叫師父拿著？」八戒道：「你不曾走過冰凌，不曉得；凡是冰凍之上，必有凌眼；倘或躧著凌眼，脫將下去，若沒橫擔之物，骨都的落水，就如一個大鍋蓋蓋住，如何鑽得上來！須是如此架住方可。」行者暗笑道：「這獃子倒是個積年走冰的！」果然都依了他。長老橫擔著錫杖，行者橫擔著鐵棒，沙僧橫擔著降妖寶杖，八戒肩挑著行李，腰橫著釘鈀，師徒們放心前進。這一直行到天晚，吃了些乾糧，卻又不敢久停，對著星月光華，映得冰凍上，亮灼灼，白茫茫，只情奔走，果然是馬不停蹄。師徒們莫能闔眼，走了一夜。天明又吃些乾糧，望西又進。正行時，只聽得冰底下撲喇喇一聲響亮，險些兒諕倒了白馬。三藏大驚道：「徒弟呀！怎麼這般響亮？」八戒道：「這河忒也凍得結實，地凌響了。或者這半中間連底通錮住了也。」三藏聞言，又驚又喜，策馬前進，趲行不題。

卻說那妖邪自從回歸水府，引眾精在於冰下。等候多時，只聽得馬蹄響處，他在底下弄個神通，滑喇的迸開冰凍，慌得孫大聖跳上空中，早把那白馬落於水內，三人盡皆脫下。

那妖邪將三藏捉住，引群精逕回水府，厲聲高叫：「鱖妹何在？」老鱖婆迎門施禮道：「大王，不敢！不敢！」妖邪道：「賢妹何出此言！『一言既出，駟馬難追』。原說聽從汝計，捉了唐僧，與你拜為兄妹。今日果成妙計，捉了唐僧，就好昧了前言？」教：「小的們，抬過案桌，磨快刀來，把這和尚剖腹剜心，剝皮剮肉；一壁廂響動樂器，與賢妹共而食之，延壽長生也。」鱖婆道：「大王，且休吃他，恐他徒弟們尋來吵鬧。且寧耐兩日，讓那廝不來尋，然後剖開，請大王上坐，眾眷族環列，吹彈歌舞，奉上大王，從容自在享用，卻不好也？」那怪依言，把唐僧藏於宮後，使一個六尺長的石匣，蓋在中間不題。

卻說八戒、沙僧，在水裏撈著行囊，放在白馬身上馱了，分開水路，湧浪翻波，負水而出。只見行者在半空中看見，問道：「師父何在？」八戒道：「師父姓『陳』，名『到底』了。如今沒處找尋，且上岸再作區處。」原來八戒本是天蓬元帥臨凡，他當年掌管天河八萬水兵大眾；沙和尚是流沙河內出身；白馬本是西海龍孫：故此能知水性。大聖在空中指引。

須臾，回轉東崖，曬刷了馬匹，紾掠了衣裳，大聖雲頭按落，一同到於陳家莊上。早有人報與二老道：「四個取經的老爺，如今只剩了三個來也。」兄弟即忙接出門外，果見衣裳還濕，道：「老爺們，我等那般苦留，卻不肯住，只要這樣方休。——怎麼不見三藏老爺？」八戒道：「不叫做三藏了，改名叫做『陳到底』也。」二老垂淚道：「可憐！可憐！我說等雪融備船相送，堅執不從，致令喪了性命！」行者道：「老兒，莫替古人耽憂。我師父管他不死長命。老孫知道，決然是那靈感大王弄法算計去了。你且放心，與我們漿漿衣服，曬曬關文，取草料餵著白馬，等我弟兄尋著那廝，救出師父，索性剪草除根，替你一莊人除了後患，庶幾永遠得安生也。」

陳老聞言，滿心歡喜，即命安排齋供。兄弟三人，飽餐一頓，將馬匹、行囊交與陳家看守。各整兵器，逕赴河邊尋師擒怪。正是：誤踏層冰傷本性，大丹脫漏怎周全？畢竟不知怎麼救得唐僧，且聽下回分解。

# 第四十九回 三藏有災沈水宅 觀音救難現魚籃

卻說孫大聖與八戒、沙僧辭陳老來至河邊，道：「兄弟，你兩個議定，那一個先下水。」八戒道：「哥啊，我兩個手段不見怎的，還得你先下水。」行者道：「不瞞賢弟說，若是山裏妖精，全不用你們費力；水中之事，我去不得。就是下海行江，我須要捻著避水訣，或者變化什麼魚蟹之形，才去得；若是那般捻訣，卻掄不得鐵棒，使不得神通，打不得妖怪。我久知你兩個乃慣水之人，所以要你兩個下去。」沙僧道：「哥啊，小弟雖是去得，但不知水底如何。我等大家都去。哥哥變作什麼模樣？或是我馱著你，分開水道，尋著妖聖的巢穴，你先進去打聽打聽。若是師父不曾傷損，還在那裏，我們好努力征討；假若不是這怪弄法，或者渰殺師父，或者被妖吃了，我等不須苦求，早早的別尋道路何如？」行者道：「賢弟說得有理。你們那個馱我？」八戒暗喜道：「這猴子不知捉弄了我多少，今番原來不會水，等老豬馱他，也捉弄他捉弄！」獃子笑嘻嘻的叫道：「哥哥，我馱你。」行者就知有意，卻便將計就計道：「是，也好，你比悟淨還有些膂力。」八戒就背著他。

沙僧剖開水路，弟兄們同入通天河內。向水底下行有百十里遠近，那獃子捉弄行者。行者隨即拔下一根毫毛，變做假身，伏在八戒背上，真身變作一個豬蝨子，緊緊的貼在他耳朵裏。八戒正行，忽然打個躘踵，得故子把行者往前一摜，撲的跌了一跤。原來那個假身本是毫毛變的，卻就飄起去，無影無形。沙僧道：「二哥，你是怎麼說？不好生走路，就跌在泥裏，便也罷了，卻把大哥不知跌在那裏去了！」八戒道：「那猴子不禁跌，一跌就跌化了。兄弟，莫管他死活，我和你且去尋師父去。」沙僧道：「不好，還得他來。他雖水性不知，他比我們乖巧。若無他來，我不與你去。」行者在八戒耳朵裏，忍不住高叫道：「悟淨！老孫在這裏也。」

沙僧聽得，笑道：「罷了！這獃子是死了！你怎麼就敢捉弄他！如今弄得聞聲不見面，卻怎是好？」八戒慌得跪在泥裏磕頭道：「哥哥，是我不是了。待救了師父，上岸陪禮。你在那裏做聲？就謊殺我也！你請現原身出來。我馱著你，再不敢衝撞你了。」行者道：「是你還馱著我哩。我不弄你，你快走！快走！」那獃子絮絮叨叨，只管念誦著陪禮，爬起來與沙僧又進。

行了又有百十里遠近，忽抬頭望見一座樓臺，上有「水黿之第」四個大字。沙僧道：「這廂想是妖精住處，我兩個不知虛實，怎麼上門索戰？」行者道：「悟淨，那門裏外可有水麼？」沙僧道：「無水。」行者道：「既無水，你再藏隱在左右，待老孫去打聽打聽。」好大聖，爬離了八戒耳朵裏，卻又搖身一變，變作個長腳蝦婆，兩三跳跳到門裏。睜眼看時，只見那怪坐在上面，眾水族擺列兩邊，有個斑衣鱖婆坐於側手，都商議要吃唐僧。行者留心，兩邊尋找不見，忽看見一個大肚蝦婆走將來，逕往西廊下立定。行者跳到面前，稱呼道：「姆姆，大王與眾商議要吃唐僧，唐僧卻在那裏？」蝦婆道：「唐僧被大王降雪結冰，昨日拿在宮後石匣中間，只等明日他徒弟們不來吵鬧，就奏樂享用也。」

行者聞言，演了一會，逕直尋到宮後，看，果有一個石匣，卻像人家槽房裏的豬槽，又似人間一口石棺材之樣，量量足有六尺長短；卻伏在上面，聽了一會，只聽得三藏在裏面嚶嚶的哭哩。行者不言語，側耳再聽，那師父挫得牙響，哏了一聲道：「

自恨江流命有愆，生時多少水災纏。出娘胎腹淘波浪，拜佛西天墮渺淵。
前遇黑河身有難，今逢冰解命歸泉。不知徒弟能來否，可得真經返故園？」

行者忍不住叫道：「師父莫恨。《水災經》云：『土乃五行之母，水乃五行之源。無土不生，無水不長。』老孫來了！」三藏聞得道：「徒弟啊，救我耶！」行者道：「你且放心，待我們擒住妖精，管教你脫難。」三藏道：「快些兒下手！再停一日，足足悶殺我也！」行者道：「沒事！沒事！我去也！」急回頭，跳將出去，到門外現了原身，叫：「八戒！」那獃子與沙僧近道：「哥哥，如何？」行者道：「正是此怪騙了師父。師父未曾傷損，被怪物蓋在石匣之下。你兩個快早挑戰，讓老孫先出水面。你若擒得他就擒；擒不得，做個佯輸，引他出水，等我打他。」沙僧道：「哥哥放心先去，待小弟們鑒貌辨色。」這行者捻著避水訣，鑽出河中，停立岸邊等候不題。

你看那豬八戒行凶，闖至門前，厲聲高叫：「潑怪物！送我師父出來！」慌得那門裏小妖急報：「大王，門外有人要師父哩！」妖邪道：「這定是那潑和尚來了。」教：「快取披掛兵器來！」眾小妖連忙取出。妖邪結束了，執兵器在手，即命開門，走將出來。八戒與沙僧對列左右，見妖邪怎生披掛。好怪物！你看他：

頭戴金盔晃且輝，身披金甲掣虹霓。腰圍寶帶團珠翠，足踏烟黃靴樣奇。
鼻準高隆如嶠聳，天庭廣闊若龍儀。眼光閃灼圓還暴，牙齒鋼鋒尖又齊。
短髮蓬鬆飄火焰，長鬚瀟灑挺金錐。口咬一枝青嫩藻，手拿九瓣赤銅鎚。
一聲咿啞門開處，響似三春驚蟄雷。這等形容人世少，敢稱靈顯大王威。

妖邪出得門來，隨後有百十個小妖，一個個掄槍舞劍，擺開兩哨，對八戒道：「你是那寺裏和尚，為甚到此喧嚷？」八戒喝道：「我把你這打不死的潑物！你前夜與我頂嘴，今日如何推不知來問我？我本是東土大唐聖僧之徒弟，往西天拜佛求經者。你弄玄虛，假做什麼靈感大王，專在陳家莊要吃童男童女，我本是陳清家一秤金，你不認得我麼？」那妖邪道：「你這和尚，甚沒道理！你變做一秤金，該一個冒名頂替之罪。我倒不曾吃你，反被你傷了我手背，已此讓了你，你怎麼又尋上我的門來？」八戒道：「你既讓我，卻怎麼又弄冷風，下大雪，凍結堅冰，害我師父？快早送我師父出來，萬事皆休！牙迸半個『不』字，你只看看手中鈀！決不饒你！」

妖邪聞言，微微冷笑道：「這和尚賣此長舌，胡誇大口，果然是我作冷下雪凍河，攝你師父。你今嚷上門來，思量取討，只怕這一番不比那一番了，那時節，我因赴會，不曾帶得兵器，誤中你傷。你如今且休要走，我與你交敵三合。三合敵得我過，還你師父；敵不過，連你一發吃了。」八戒道：「好乖兒子！正是這等說！仔細看鈀！」妖邪道：「你原來是半路上出家的和尚。」八戒道：「我的兒，你真個有些靈感，怎麼就曉得我是半路出家的？」妖邪道：「你會使鈀，想是雇在那裏種園，把他釘鈀拐將來也。」八戒道：「兒子，我這鈀，不是那築地之鈀。你看：

巨齒鑄就如龍爪，遜金妝來似蟒形。若逢對敵寒風灑，但遇相持火焰生。
能與聖僧除怪物，西方路上捉妖精。掄動烟雲遮日月，使開霞彩照分明。
築倒太山千虎怕，掀翻大海萬龍驚。饒你威靈有手段，一築須教九窟窿！」

那個妖邪，那裏肯信，舉銅鎚劈頭就打。八戒使釘鈀架住道：「你這潑物，原來也是半路上成精的邪魔！」那怪道：「你怎麼認得我是半路上成精的？」八戒道：「你會使銅鎚，想是雇在那個銀匠家扯爐，被你得了手，偷將出來的。」妖邪道：「這不是打銀之鎚。你看：

九瓣攢成花骨朵，一竿虛孔萬年青。原來不比凡間物，出處還從仙苑名。
綠房紫菂瑤池老，素質清香碧沼生。因我用功摶煉過，堅如鋼銳徹通靈。
槍刀劍戟渾難賽，鉞斧戈矛莫敢經。縱讓他鈀能利刃，湯著吾鎚迸折釘！」

沙和尚見他兩個攀話，忍不住近前高叫道：「那怪物！休得朗言！古人云：『口說無憑，做出便見。』不要走！且吃我一杖！」妖邪使鎚杆架住道：「你也是半路裏出家的和尚。」沙僧道：「你怎麼認得？」妖邪道：「你這個模樣，像一個磨博士出身。」沙僧道：「如何認得我像個磨博士？」妖邪道：「你不是磨博士，怎麼會使趕麪杖？」沙僧罵道：「你這孽障，是也不曾見！

這般兵器人間少，故此難知寶杖名。出自月宮無影處，梭羅仙木琢磨成。
外邊嵌寶霞光耀，內裏鑽金瑞氣凝。先日也曾陪御宴，今朝秉正保唐僧。
西方路上無知識，上界宮中有大名。喚做降妖真寶杖，管教一下碎天靈！」

那妖邪不容分說，三家變臉，這一場，在水底下好殺：

銅鎚寶杖與釘鈀，悟能悟淨戰妖邪。一個是天蓬臨世界，一個是上將降天涯。
他兩個夾攻水怪施威武，這一個獨抵神僧勢可誇。
有分有緣成大道，相生相尅秉恆沙。土尅水，水乾見底；水生木，木旺開花。
禪法參修歸一體，還丹炮煉伏三家。
土是母，發金芽，金生神水產嬰娃；水為本，潤木華，木有輝煌烈火霞。
攢簇五行皆別異，故然變臉各爭差。看他那銅鎚九瓣光明好，寶杖千絲彩繡佳。
鈀按陰陽分九曜，不明解數亂如麻。捐軀棄命因僧難，捨死忘生為釋迦。
致使銅鎚忙不墜，左遮寶杖右遮鈀。

三人在水底下鬪經兩個時辰，不分勝敗。豬八戒料道不得贏他，對沙僧丟了個眼色，二人詐敗佯輸，各拖兵器，回頭就走。那怪物教：「小的們，紮住在此，等我追趕上這廝，捉將來與汝等湊吃哑！」你看他如風吹敗葉，似雨打殘花，將他兩個趕出水面。那孫大聖在東岸上，眼不轉睛，只望著河邊水勢。忽然見波浪翻騰，喊聲號吼，八戒先跳上岸道：「來了！來了！」沙僧也到岸邊道：「來了！來了！」那妖邪隨後叫：「那裏走！」才出頭，被行者喝道：「看棍！」那妖邪閃身躲過，使銅鎚急架相還。一個在河邊湧浪，一個在岸上施威。搭上手未經三合，那妖遮架不住，打個花，又淬於水裏，遂此風平浪息。

行者回轉高崖道：「兄弟們，辛苦啊。」沙僧道：「哥啊，這妖精，他在岸上覺得不濟，在水底也儘利害哩！我與二哥左右齊攻，只戰得個兩平，卻怎麼處置，救師父也？」行者道：「不必疑遲，恐被他傷了師父。」八戒道：「哥哥，我這一去哄他出來，你莫做聲，但只在半空中等候。估著他鑽出頭來，卻使個搗蒜打，照他頂門上著著實實一下！縱然打不死他，好道也護疼發暈，卻等老豬趕上一鈀，管教他了帳！」行者道：「正是！正是！這叫做『裏迎外合』，方可濟事。」他兩個復入水中不題。

卻說那妖邪敗陣逃生，回歸本宅。眾妖接到宮中，鱖婆上前問道：「大王趕那兩個和尚到那方來？」妖邪道：「那和尚原來還有一個幫手。他兩個跳上岸去，那幫手掄一條鐵棒打我，我閃過與他相持。也不知他那棍子有多少斤重，我的銅鎚莫想架得他住，戰未三合，我卻敗回來也。」鱖婆道：「大王，可記得那幫手是甚相貌？」妖邪道：「是一個毛臉雷公嘴，查耳朵，折鼻梁，火眼金睛和尚。」鱖婆聞說，打了一個寒噤道：「大王啊！虧了你識俊，逃了性命！若再三合，決然不得全生！那和尚我認得他。」妖邪道：「你認得他是誰？」鱖婆道：「我當年在東洋海內，曾聞得老龍王說他的名譽，乃是五百年前大鬧天宮，混元一氣上方太乙金仙美猴王齊天大聖。如今歸依佛教，保唐僧往西天取經，改名喚做孫悟空行者。他的神通廣大，變化多端。大王，你怎麼惹他！今後再莫與他戰了。」

說不了，只見門裏小妖來報：「大王，那兩個和尚又來門前索戰哩！」妖精道：「賢妹所見甚長，再不出去，看他怎麼。」急傳令教：「小的們，把門關緊了。——正是『任君門外叫，只是不開門。』——讓他纏兩日，性攤了回去時，我們卻不自在受用唐僧也？」那小妖一齊都搬石頭，塞泥塊，把門閉殺。八戒與沙僧連叫不出，獃子心焦，就使釘鈀築門。那門已此緊閉牢關，莫想能夠；被他七八鈀，築破門扇，裏面卻都是泥土石塊，高疊千層。沙僧見了道：「二哥，這怪物懼怕之甚，閉門不出，我和你且回上河崖，再與大哥計較去來。」八戒依言，逕轉東岸。

那行者半雲半霧，提著鐵棒等哩。看見他兩個上來，不見妖怪，即按雲頭，迎至岸邊，問道：「兄弟，那話兒怎麼不上來？」沙僧道：「那怪物緊閉宅門，再不出來見面；被二哥打破門扇看時，那裏面都是些泥土石塊，實實的疊住了。故此不能得戰，卻來與哥哥計議，再怎麼設法去救師父。」行者道：「似這般卻也無法可治。你兩個只在河岸上巡視著，不可放他往別處走了，待我去來。」八戒道：「哥哥，你往那裏去？」行者道：「我上普陀巖拜問菩薩，看這妖怪是那裏出身，姓甚名誰。尋著他的祖居，拿了他的家屬，捉了他的四鄰，卻來此擒怪救師。」八戒笑道：「哥啊，這等幹，只是忒費事，不耽擱了時辰了。」行者道：「管你不費事，不耽擱！我去去就來！」

好大聖，急縱祥光，躲離河口，逕赴南海。那裏消半個時辰，早望見落伽山不遠。低下雲頭，逕至普陀崖上。只見那二十四路諸天與守山大神、木叉行者、善財童子、捧珠龍女，一齊上前，迎著施禮道：「大聖何來？」行者道：「有事要見菩薩。」眾神道：「菩薩今早出洞，不許人隨，自入竹林裏觀玩。知大聖今日必來，吩咐我等在此候接大聖，不可就見。請在翠巖前聊坐片時，待菩薩出來。」行者依言，還未坐下，又見那善財童子上前施禮道：「孫大聖，前蒙盛意，幸菩薩不棄收留，早晚不離左右，專侍蓮臺之下，甚得善慈。」行者知是紅孩兒，笑道：「你那時節魔孽迷心，今朝得成正果，才知老孫是好人也。」行者久等不見，心焦道：「列位與我傳報一聲；若遲了，恐傷吾師之命。」諸天道：「不敢報。菩薩吩咐，只等他自出來哩。」行者性急，那裏等得，急縱身往裏便走。噫！

這個美猴王，性急能鵲薄。諸天留不住，要往裏邊蹕。
搠步入深林，睜眼偷覷著。遠觀救苦尊，盤坐襯殘箬。
懶散怕梳妝，容顏多綽約。散挽一窩絲，未曾戴纓絡。
不掛素藍袍，貼身小襖縛。漫腰束錦裙，赤了一雙腳。

披肩繡帶無，精光兩臂膊。玉手執鋼刀，正把竹皮削。

行者見了，忍不住厲聲高叫道：「菩薩，弟子孫悟空志心朝禮。」菩薩教：「外面俟候。」行者叩頭道：「菩薩，我師父有難，特來拜問通天河妖怪根源。」菩薩道：「你且出去，待我出來。」行者不敢強，只得走出竹林，對眾諸天道：「菩薩今日又重置家事哩。怎麼不坐蓮臺，不妝飾，不喜歡，在林裏削篾做甚？」諸天道：「我等卻不知。今早出洞，未曾妝束，就入林中去了，又教我等在此接候大聖，必然為大聖有事。」行者沒奈何，只得等候。

不多時，只見菩薩手提一個紫竹籃兒，出林道：「悟空，我與你救唐僧去來。」行者慌忙跪下道：「弟子不敢催促，且請菩薩著衣登座。」菩薩道：「不消著衣，就此去也。」那菩薩撇下諸天，縱祥雲騰空而去。孫大聖只得相隨。

頃刻間，到了通天河界。八戒與沙僧看見道：「師兄性急，不知在南海怎麼亂嚷亂叫，把一個未梳妝的菩薩逼將來也。」說不了，到於河岸。二人下拜道：「菩薩，我等擅幹，有罪！有罪！」菩薩即解下一根束襖的絲縧，將籃兒拴定，提著絲縧，半踏雲彩，拋在河中，往上溜頭扯著，口念頌子道：「死的去，活的住！死的去，活的住！」念了七遍，提起籃兒，但見那籃裏亮灼灼一尾金魚，還斬眼動鱗。菩薩叫：「悟空，快下水救你師父耶。」行者道：「未曾拿住妖邪，如何救得師父？」菩薩道：「這籃兒裏不是？」八戒與沙僧拜問道：「這魚兒怎生有那等手段？」菩薩道：「它本是我蓮花池裏養大的金魚。每日浮頭聽經，修成手段。那一柄九瓣銅鎚，乃是一枝未開的菡萏，被它運煉成兵。不知是那一日，海潮泛漲，走到此間。我今早扶欄看花，卻不見這廝出拜。掐指巡紋，算著它在此成精，害你師父，故此未及梳妝，運神功，織個竹籃兒擒它。」

行者道：「菩薩，既然如此，且待片時，我等叫陳家莊眾信人等，看看菩薩的金面：一則留恩，二來說此收怪之事，好教凡人信心供養。」菩薩道：「也罷，你快去叫來。」那八戒與沙僧，一齊飛跑至莊前，高呼道：「都來看活觀音菩薩！都來看活觀音菩薩！」一莊老幼男女，都向河邊，也不顧泥水，都跪在裏面，磕頭禮拜。內中有善圖畫者，傳下影神，這才是魚籃觀音現身。當時菩薩就歸南海。

八戒與沙僧，分開水道，逕往那水黿之第，找尋師父。原來那裏邊水怪魚精，盡皆死爛。卻入後宮，揭開石匣，馱著唐僧，出離波津，與眾相見。那陳清兄弟，叩頭稱謝道：「老爺不依小人勸留，致令如此受苦。」行者道：「不消說了。你們這裏人家，下年再不用祭賽。那大王已此除根，永無傷害。陳老兒，如今才好累你，快尋一隻船兒，送我們過河去也。」那陳清道：「有！有！有！」就教解板打船，眾莊客聞得此言，無不喜捨。那個道，我買桅篷；這個道，我辦篙槳。有的說，我出繩索；有的說，我雇水手。正都在河邊上吵鬧，忽聽得河中間高叫：「孫大聖不要打船，花費人家財物。我送你師徒們過去。」眾人聽說，個個心驚，膽小的走了回家，膽大的戰兢兢貪看。須臾，那水裏鑽出一個怪來，你道怎生模樣：

方頭神物非凡品，九助靈機號水仙。曳尾能延千紀壽，潛身靜隱百川淵。
翻波跳浪沖江岸，向日朝風臥海邊。養氣含靈真有道，多年粉蓋癩頭黿。

那老黿又叫：「大聖，不要打船，我送你師徒過去。」行者掄著鐵棒道：「我把你這個孽畜！若到邊前，這一棒就打死你！」老黿道：「我感大聖之恩，情願辦好心送你師徒，你怎麼反要打我？」行者道：「與你有甚恩惠？」老黿道：「大聖，你不知這底下水黿之第，乃是我的住宅。自歷代以來，祖上傳留到我。我因省悟本根，養成靈氣，在此處修行，被我將祖居翻蓋了一遍，立做一個水黿之第。那妖邪乃九年前海嘯波翻，他趕潮頭，來於此處，仗逞凶頑，與我爭鬭；被他傷了我許多兒女，奪了我許多眷族。我鬭他不過，將巢穴白白的被他占了。今蒙大聖至此搭救唐師父，請了觀音菩薩掃淨妖氛，收去怪物，將第宅還歸於我，我如今團圞老小，再不須挨土幫泥，得居舊舍。此恩重若邱山，深如大海。——且不但我等蒙恩，只這一莊上人，免得年年祭賽，全了多少人家兒女，此誠所謂『一舉而兩得』之恩也！敢不報答？」

行者聞言，心中暗喜，收了鐵棒道：「你端的是真實之情麼？」老黿道：「因大聖恩德洪深，怎敢虛謬？」行者道：「既是真情，你朝天賭咒。」那老黿張著紅口，朝天發誓道：「我若真情不送唐僧過此通天河，將身化為血水！」行者笑道：「你上來，你上來。」老黿卻才負近岸邊，將身一縱，爬上河崖。眾人近前觀看，有四丈圍圓的一個大白蓋。行者道：「師父，我們上他身，渡過去也。」三藏道：「徒弟呀，那怪冰厚凍，尚且迍邅，況此黿背；恐不穩便。」老黿道：「師父放心。我比那層冰厚凍，穩得緊哩。但歪一歪，不成功果！」行者道：「師父啊，凡諸眾生，會說人話，決不打誑語。」教：「兄弟們，快牽馬來。」

到了河邊，陳家莊老幼男女，一齊來拜送。行者教把馬牽在白黿蓋上，請唐僧站在馬的頸項左邊，沙僧站在右邊，八戒站在馬後，行者站在馬前；又恐那黿無禮，解下虎觔縧子，穿在老黿的鼻之內，扯起來，像一條韁繩；卻使一隻腳踏在蓋上，一隻腳登在頭上；一隻手執著鐵棒，一隻手扯著韁繩；叫道：「老黿，慢慢走啊。歪一歪兒，就照頭一下！」老黿道：「不敢！不敢！」他卻蹬開四足，踏水面如行平地。眾人都在岸上，焚香叩頭，都念「南無阿彌陀佛」。這正是真羅漢臨凡，活菩薩出現。眾人只拜得望不見形影方回，不題。

卻說那師父駕著白黿，那消一日，行過了八百里通天河界，乾手乾腳的登岸。三藏上崖，合手稱謝道：「老黿累你，無物可贈，待我取經回謝你罷。」老黿道：「不勞師父賜謝。我聞得西天佛祖無滅無生，能知過去未來之事。我在此間，整修行了一千三百餘年；雖然延壽身輕，會說人語，只是難脫本殼。萬望老師父到西天與我問佛祖一聲，看我幾時得脫本殼，可得一個人身。」三藏響允道：「我問，我問。」那老黿才淬水中去了。行者遂伏侍唐僧上馬。八戒挑著行囊，沙僧跟隨左右。師徒們找大路，一直奔西。這的是：

聖僧奉旨拜彌陀，水遠山遙災難多。
意志心誠不懼死，白鼋馱渡過天河。

畢竟不知此後還有多少路程，還有什麼凶吉，且聽下回分解。

# 第五十回　情亂性從因愛慾　神昏心動遇魔頭

詩曰：

心地頻頻掃，塵情細細除，莫教坑塹陷毗盧。本體常清淨，方可論元初。
性燭須挑剔，曹溪任吸呼，勿令猿馬氣聲粗。晝夜綿綿息，方顯是功夫。

這一首詞，牌名《南柯子》，單道著唐僧脫卻通天河寒冰之災，踏白黿負登彼岸。師徒四眾、順著大路，望西而進。正遇嚴冬之景，但見那林光漠漠烟中淡，山骨稜稜水外清。師徒們正當行處，忽然又遇一座大山，阻住去道。路窄崖高，石多嶺峻，人馬難進。三藏在馬上兜住轡繩，叫聲：「徒弟。」時有孫行者引豬八戒、沙僧近前侍立道：「師父，有何吩咐？」三藏道：「你看那前面山高，只恐有虎狼作怪，妖獸傷人，今番是必仔細！」行者道：「師父放心莫慮，我等兄弟三人，心和意合，歸正求真，使出蕩怪降妖之法，怕什麼虎狼妖獸！」三藏聞言，只得放懷前進。到於谷口，促馬登崖，抬頭仔細觀看，好山：

嵯峨矗矗，巒削巍巍。嵯峨矗矗沖霄漢，巒削巍巍礙碧空。
怪石亂堆如坐虎，蒼松斜掛似飛龍。嶺上鳥啼嬌韻美，崖前梅放異香濃。
澗水潺湲流出冷，巔雲黯淡過來凶。又見那飄飄雪，凜凜風，咆哮餓虎吼山中。
寒鴉揀樹無棲處，野鹿尋窩沒定踪。可嘆行人難進步，皺眉愁臉把頭蒙。

師徒四眾，冒雪沖寒，戰澌澌，行過那巔峰峻嶺，遠望見山凹中有樓臺高聳，房舍清幽。唐僧馬上欣然道：「徒弟啊，這一日又飢又寒，幸得那山凹裏有樓臺房舍，斷乎是莊戶人家，菴觀寺院；且去化些齋飯，吃了再走。」行者聞言，急睜睛看，只見那壁廂凶雲隱隱，惡氣紛紛，回首對唐僧道：「師父，那廂不是好處。」三藏道：「見有樓臺亭宇，如何不是好處？」行者笑道：「師父啊，你那裏知道？西方路上多有妖怪邪魔，善能點化莊宅。不拘什麼樓臺房舍，館閣亭宇，俱能指化了哄人。你知道『龍生九種』，內有一種名『蜃』。蜃氣放光，就如樓閣淺池。若遇大江昏迷，蜃現此勢，倘有鳥鵲飛騰，定來歇翅。那怕你上萬論千，盡被他一氣吞之。此意害人最重。那壁廂氣色凶惡，斷不可入。」

三藏道：「既不可入，我卻著實飢了。」行者道：「師父果飢，且請下馬，就在這平處坐下，待我別處化些齋來你吃。」三藏依言下馬。八戒採定轡繩，沙僧放下行李，即去解開包裹，取出鉢盂，遞與行者。行者接鉢盂在手，吩咐沙僧道：「賢弟，卻不可前進。好生保護師父穩坐於此，待我化齋回來，再往西去。」沙僧領諾。行者又向三藏道：「師父，這去處少吉多凶，切莫要動身別往。老孫化齋去也。」唐僧道：「不必多言，但要你快去快來，我在這裏等你。」

行者轉身欲行，卻又回來道：「師父，我知你沒甚坐性，我與你個安身法兒。」即取金箍棒，幌了一幌，將那平地下周圍畫了一道圈子，請唐僧坐在中間；著八戒、沙僧侍立左右，把馬與行李都放在近身，對唐僧合掌道：「老孫畫的這圈，強似那銅牆鐵壁，憑他什麼虎豹狼蟲，妖魔鬼怪，俱莫敢近。但只不許你們走出圈外，只在中間穩坐，保你無虞；但若出了圈兒，定遭毒手。千萬，千萬！至祝，至祝！」三藏依言，師徒俱端然坐下。

行者縱起雲頭，尋莊化齋，一直南行，忽見那古樹參天，乃一村莊舍；按下雲頭，仔細觀看，但只見：

雪欺衰柳，冰結方塘。疏疏修竹搖青，鬱鬱喬松凝翠。
幾間茅屋半裝銀，一座小橋斜砌粉。籬邊微吐水仙花，簷下長垂冰凍筋。

颯颯寒風送異香，雪漫不見梅開處。

行者隨步觀看莊景，只聽得呀的一聲，柴扉響處，走出一個老者，手拖藜杖，頭頂羊裘，身穿破衲，足踏蒲鞋，拄著杖，仰身朝天道：「西北風起，明日晴了。」說不了，後邊跑出一個哈巴狗兒來，望著行者，汪汪的亂吠。老者卻才轉過頭來，看見行者捧著鉢盂，打個問訊道：「老施主，我和尚是東土大唐欽差上西天拜佛求經者。適路過寶方，我師父腹中飢餒，特造尊府募化一齋。」老者聞言，點頭頓杖道：「長老，你且休化齋，你走錯路了。」行者道：「不錯。」老者道：「往西天大路，在那直北下。此間到那裏有千里之遙，還不去找大路而行？」

行者笑道：「正是直北下。我師父現在大路上端坐，等我化齋哩。」那老者道：「這和尚胡說了。你師父在大路上等你化齋，似這千里之遙，就會走路，也須得六七日；走回去又要六七日；卻不餓壞他也？」行者笑道：「不瞞老施主說。我才然離了師父，還不尚一盞熱茶之時，卻就走到此處。如今化了齋，還要趕去作午齋哩。」老者見說，心中害怕道：「這和尚是鬼！是鬼！」急抽身往裏就走。

行者一把扯住道：「施主那裏去？有齋快化些兒。」老者道：「不方便！不方便！別轉一家兒罷！」行者道：「你這施主，好不會事！你說我離此有千里之遙，若再轉一家，卻不又有千里？真是餓殺我師父也。」那老者道：「實不瞞你說。我家老小六七口，才淘了三升米下鍋，還未曾煮熟。你且到別處去轉轉再來。」行者道：「古人云：『走三家不如坐一家。』我貧僧在此等一等罷。」那老者見纏得緊，惱了，舉藜杖就打。行者公然不懼，被他照光頭上打了七八下，只當與他拂癢。那老者道：「這是個撞頭的和尚！」行者笑道：「老官兒，憑你怎麼打，只要記得杖數明白，一杖一升米，慢慢量來。」

那老者聞言，急丟了藜杖，跑進去把門關了，只嚷：「有鬼！有鬼！」慌得那一家兒戰戰兢兢，把前後門俱關上。行者見他關了門，心中暗想：「這老賊才說淘米下鍋，不知是虛是實。常言道：『道化賢良釋化愚』。且等老孫進去看看。」好大聖，捻著訣，使個隱身遁法，逕走入廚中看處，果然那鍋裏氣騰騰的，煮了半鍋乾飯。就把鉢盂往裏一揌，滿滿的揌了一鉢盂，即駕雲回轉不題。

卻說唐僧坐在圈子裏，等待多時。不見行者回來，欠身悵望道：「這猴子往那裏化齋去了？」八戒在旁笑道：「知他往那裏耍子去來！化什麼齋，卻教我們在此坐牢！」三藏道：「怎麼謂之坐牢？」八戒道：「師父，你原來不知。古人劃地為牢，他將棍子劃了圈兒，強似鐵壁銅牆，假如有虎狼妖獸來時，如何擋得他住？只好白白的送與他吃罷了。」三藏道：「悟能，憑你怎麼處治？」八戒道：「此間又不藏風，又不避冷，若依老豬，只該順著路，往西且行。師兄化了齋，駕了雲，必然來快，讓他趕來。如有齋，吃了再走。如今坐了這一會，老大腳冷！」

三藏聞此言，就是晦氣星到了：遂依獃子，一齊出了圈外。八戒牽了馬，沙僧挑了擔，那長老順路步行前進。不一時，到了樓閣之所，卻原來是坐北向南之家。門外八字粉牆，有一座倒垂蓮昇斗門樓，都是五色裝的。那門兒半開半掩。八戒就把馬拴在門枕石鼓上。沙僧歇了擔子。三藏畏風，坐於門限之上。八戒道：「師父，這所在想是公侯之宅，相輔之家。前門外無人，想必都在裏面烘火。你們坐著，讓我進去看看。」唐僧道：「仔細耶！莫要衝撞了人家。」獃子道：「我曉得。自從歸正禪門，這一向也學了些禮數，不比那村莽之夫也。」

那獃子把釘鈀撒在腰裏，整一整青錦直裰，斯斯文文，走入門裏。只見是三間大廳，簾櫳高控，靜悄悄全無人跡，也無桌椅傢伙。轉過屏門，往裏又走，乃是一座穿堂。堂後有一座大樓，樓上窗格半開，隱隱見一頂黃綾帳幔。獃子道：「想是有人怕冷，還睡哩。」他也不分內外，拽步走上樓來，用手掀開看時，把獃子諕了一個蹦踵。原來那帳裏，象牙牀上，白媸媸的一堆骸骨，骷髏有巴斗大，腿挺骨有四五尺長。那獃子定了性，止不住腮邊淚落，對骷髏點頭嘆云：「你不知是：

那代那朝元帥體，何邦何國大將軍。當時豪傑爭強勝，今日淒涼露骨筋。
不見妻兒來侍奉，那逢士卒把香焚？謾觀這等真堪嘆，可惜興王霸業人。」

八戒正才感嘆，只見那帳幔後有火光一幌。獃子道：「想是有侍奉香火之人在後面哩。」急轉步，過帳觀看，卻是穿樓的窗扇透光。那壁廂有一張彩漆的桌子，桌子上亂搭著幾件錦繡綿衣。獃子提起來看時，卻是三件納錦背心兒。

他也不管好歹，拿下樓來，出廳房，逕到門外道：「師父，這裏全沒人烟，是一所亡靈之宅。老豬走進裏面，直至高樓之上，黃綾帳內，有一堆骸骨。穿樓旁有三件納錦的背心，被我拿來了，也是我們一程兒造化，此時天氣寒冷，正當用處。師父，且脫了褊衫，把它且穿在底下，受用受用，免得吃冷。」三藏道：「不可！不可！律云：『公取竊取皆為盜。』倘或有人知覺，趕上我們，到了當官，斷然是一個竊盜之罪。還不送進去與它搭在原處！我們在此避風坐一坐，等悟空來時走路，出家人不要這等愛小。」八戒道：「四顧無人，雖雞犬亦不知之，但只我們知道，誰人告我？有何證見？就如拾得的一般，那裏論什麼公取竊取也！」三藏道：「你胡做啊！雖是人不知之，天何蓋焉！元帝垂訓云：『暗室虧心，神目如電。』趁早送去還他，莫愛非禮之物。」

那獃子莫想肯聽，對唐僧笑道：「師父啊，我自為人，也穿了幾件背心，不曾見這等納錦的。你不穿，且待老豬穿一穿，試試新，晤晤脊背。等師兄來，脫了還他走路。」沙僧道：「既如此說，我也穿一件兒。」兩個齊脫了上蓋直裰，將背心套上。才緊帶子，不知怎麼立站不穩，撲的一跌。原來這背心兒賽過綁縛手，霎時間，把他兩個背剪手貼心綑了。慌得個三藏跌足抱怨，急忙上前來解，那裏便解得開？三個人在那裏吆喝之聲不絕，卻早驚動了魔頭。

原來那座樓房果是妖精點化的，終日在此拿人。他在洞裏正坐，忽聞得怨恨之聲，急出門來看，果見綑住幾個人了。妖魔即喚小妖，同到那廂，收了樓臺房屋之形，把唐僧攙住，牽了白馬，挑了行李，將八戒、沙僧一齊捉到洞裏。老妖魔登臺高坐，眾小妖把唐僧推近臺邊，跪伏於地。妖魔問道：「你是那方和尚？怎麼這般膽大，白日裏偷盜我的衣服？」三藏滴淚告曰：「貧僧是東土大唐，欽差往西天取經的。因腹中飢餒，著大徒弟去化齋未回，不曾依得他的言語，誤撞仙庭避風。不期我這兩個徒弟愛小，拿出這衣物來。貧僧決不敢壞心，當教送還本處。他不聽吾言，要穿此晤晤脊背，不料中了大王機會，把貧僧拿來。萬望慈憫，留我殘生，求取真經，永注大王恩情，回東土千古傳揚也！」

那妖魔笑道：「我這裏常聽得人言：有人吃了唐僧一塊肉，髮白還黑，齒落更生，幸今日不請自來，還指望饒你哩！你那大徒弟叫做什麼名字？往何方化齋？」八戒聞言，即開口稱揚道：「我師兄乃五百年前大鬧天宮齊天大聖孫悟空也。」那妖魔聽說是齊天大聖孫悟空，老大有些悚懼，口內不言，心中暗想道：「久聞那廝神通廣大，如今不期而會。」教：「小的們，把唐僧綑了；將那兩個解下寶貝，換兩條繩子，也綑了。且抬在後邊，待我拿住他大徒弟，一發刷洗，卻好湊籠蒸吃。」眾小妖答應一聲，把三人一齊綑了，抬在後邊，將白馬拴在槽頭，行李挑在屋裏。眾妖都磨兵器，準備擒拿行者不題。

卻說孫行者自南莊人家攝了一鉢盂齋飯，駕雲回返舊路；逕至山坡平處，按下雲頭，早已不見唐僧，不知何往，棍劃的圈子還在，只是人馬都不見了。回看那樓臺處所，亦俱無矣，惟見山根怪石。行者心驚道：「不消說了！他們定是遭那毒手也！」急依路看著馬蹄，向西而趕。行有五六里，正在淒愴之際，只聞得北坡外有人言語。看時，乃一個老翁，氈衣蓋體，暖帽蒙頭，足下踏一雙半新半舊的油靴，手持著一根龍頭拐棒，後邊跟一個年幼的僮僕，折一枝臘梅花，自坡前念歌而走。行者放下鉢盂，覿面道個問訊，叫：「老公公，貧僧問訊了。」那老翁即便回禮道：「長老那裏來的？」行者道：「我們東土來的，往西天拜佛求經。一行師徒四眾。我因師父飢了，特去化齋，教他三眾坐在那山坡平處相候。及回來不見，不知往那條路上去了。動問公公，可曾看見？」

老者聞言，呵呵冷笑道：「你那三眾，可有一個長嘴大耳的麼？」行者道：「有！有！有！」「又有一個晦氣色臉的，牽著一匹白馬，領著一個白臉的胖和尚麼？」行者道：「是！是！是！是！」老翁道：「你們走錯了路。你休尋他，各人顧命去也。」行者道：「那白臉者是我師父，那怪樣者是我師弟。我與他共發虔心，要往西天取經，如何不尋他去！」老翁道：「我才然從此過時，看見他錯走了路，逕闖入妖魔口裏去了。」行者道：「煩公公指教指教，是個什麼妖魔，居於何方，我好上門取索他等，往西天去也。」老翁道：「這座山，叫做金㟮山。山前有個金㟮洞。那洞中有個獨角兕大王。那大王神通廣大，威武高強。那三眾此回斷沒命了，你若去尋他，只怕連你也難保，不如不去之為愈也。我也不敢阻你，也不敢留你，只憑你心中度量。」

行者再拜稱謝道：「多蒙公公指教。我豈有不尋之理！」把這齋飯倒與他，將這空鉢盂自家收拾。那老翁放下拐棒，接了鉢盂，遞與僮僕，現出本相，雙雙跪下，磕頭叫：「大聖，小神不敢隱瞞。我們兩個就是此山山神、土地，在此候接大聖。這齋飯連鉢盂，小神收下，讓大聖身輕好施法力。待救唐僧出難，將此齋還奉唐僧，方顯得大聖至恭至孝。」行者喝道：「你這毛鬼討打！既知我到，何不早迎?卻又這般藏頭露尾，是甚道理？」土地道：「大聖性急，小神不敢造次，恐犯威顏，故此隱像告知。」行者息怒道：「你且記打！好生與我收著鉢盂！待我拿那妖精去來！」土地、山神遵領。

這大聖卻才束一束虎觔縧，拽起虎皮裙，執著金箍棒，逕奔山前，找尋妖洞。轉過山崖，只見那亂石磷磷，翠崖邊有兩扇石門，門外有許多小妖，在那裏掄槍舞劍。真個是：

烟雲凝瑞，苔蘚堆青。崚嶒怪石列，崎嶇曲道縈。
猿嘯鳥啼風景麗，鸞飛鳳舞若蓬瀛。向陽幾樹梅初放，日暖千竿竹自青。
陡崖之下，深澗之中。陡崖之下雪堆粉，深澗之中水結冰。

兩林松柏千年秀，幾簇山茶一樣紅。

這大聖觀看不盡，拽開步逕至門前，厲聲高叫道：「那小妖，你快進去與你那洞主說，我本是唐朝聖僧徒弟齊天大聖孫悟空。快教他送我師父出來，免教你等喪了性命！」

那夥小妖，急入洞裏報道：「大王，面前有一個毛臉勾嘴的和尚，稱是齊天大聖孫悟空，來要他師父哩。」那魔王聞得此言，滿心歡喜道：「正要他來哩！我自離了本宮，下降塵世，更不曾試試武藝。今日他來，必是個對手。」即命小妖們取出兵器。那洞中大小群妖，一個個精神抖擻，即忙抬出一根丈二長的點鋼槍，遞與老怪。老怪傳令，教：「小的們，各要整齊。進前者賞，退後者誅！」眾妖得令，隨著老怪，走出門來。叫道：「那個是孫悟空？」行者在旁閃過，見那魔王生得好不凶醜：

獨角參差，雙眸幌亮。頂上粗皮突，耳根黑肉光。
舌長時攪鼻，口闊版牙黃。毛皮青似靛，筋攣硬如鋼。
比犀難照水，像牯不耕荒。全無喘月犁雲用，倒有欺天振地強。
兩隻焦筋藍靛手，雄威直挺點鋼槍。細看這等凶模樣，不枉名稱兕大王！

孫大聖上前道：「你孫外公在這裏也！快早還我師父，兩無毀傷！若道半個『不』字，我教你死無葬身之地！」那魔喝道：「我把你這個大膽潑猴精！你有些什麼手段，敢出這般大言！」行者道：「你這潑物，是也不曾見我老孫的手段！」那妖魔道：「你師父偷盜我的衣服，實是我拿住了，如今待要蒸吃。你是個什麼好漢，就敢上我的門來取討！」行者道：「我師父乃忠良正直之僧，豈有偷你什麼妖物之理？」妖魔道：「我在山路邊點化一座仙莊，你師父潛入裏面，心愛情慾，將我三領納錦綿裝背心兒偷穿在身，見有贓證，故此我才拿他。你今果有手段，即與我比勢。假若三合敵得我，饒了你師之命；如敵不過我，教你一路歸陰！」

行者笑道：「潑物！不須講口！但說比勢，正合老孫之意思。走上來，吃吾一棒！」那怪物那怕什麼賭鬪，挺鋼槍劈面迎來。這一場好殺！你看那：

金箍棒舉，長桿槍迎。
金箍棒舉，亮藿藿似電掣金蛇；
長桿槍迎，明幌幌如龍離黑海。
那門前小妖擂鼓，排開陣勢助威風；
這壁廂大聖施功，使出縱橫逞本事。
他那裏一桿槍，精神抖擻；
我這裏一條棒，武藝高強。
正是英雄相遇英雄漢，果然對手才逢對手人。
那魔王口噴紫氣盤烟霧，這大聖眼放光華結繡雲。
只為大唐僧有難，兩家無義苦爭論。

他兩個戰經三十合，不分勝負。那魔王見孫悟空棒法齊整，一往一來，全無些破綻，喜得他連聲喝采道：「好猴兒！好猴兒！真個是那鬧天宮的本事！」這大聖也愛他槍法不亂，右遮左擋，甚有解數，也叫道：「好妖精！好妖精！果然是一個偷丹的魔頭！」二人又鬪了一二十合。

那魔王把槍尖點地，喝令小妖齊來。那些潑怪，一個個拿刀弄杖，執劍掄槍，把個孫大聖圍在中間。行者公然不懼，只叫：「來得好！來得好！正合吾意！」使一條金箍棒，前迎後架，東擋西除。那夥群妖，莫想肯退。行者忍不住焦躁，把金箍棒丟將起去，喝聲：「變！」即變作千百條鐵棒，好便似飛蛇走蟒，盈空裏亂落下來。那夥妖精見了，一個個魄散魂飛，抱頭縮頸，盡往洞中逃命。老魔王嘻嘻冷笑道：「那猴不要無禮！看手段！」即忙袖中取出一個亮灼灼白森森的圈子來，望空拋起，叫聲：「著！」唿喇一下，把金箍棒收做一條，套將去了。弄得孫大聖赤手空拳，翻觔斗逃了性命。那妖魔得勝回歸洞，行者朦朧失主張。這正是：

道高一尺魔高丈，性亂情昏錯認家。
可恨法身無坐位，當時行動念頭差。

畢竟不知這番怎麼結果，且聽下回分解。

國家圖書館出版品預行編目資料

西遊記／(明)吳承恩原著. --二版. --臺北市：五南,
2013.12
冊；　公分
ISBN 978-957-11-7381-8 (全套：平裝). --
ISBN 978-957-11-7407-5 (上冊：平裝). --
ISBN 978-957-11-7408-2 (下冊：平裝)

857.47　　102021160

**中國經典　10**

8R38　**西遊記（上）**

原　　著　明・吳承恩
總 經 理　楊士清
副總編輯　蘇美嬌
責任編輯　邱紫綾
封面設計　童安安

發 行 人　楊榮川
出 版 者　五南圖書出版股份有限公司
地　　址　台北市和平東路２段３３９號４樓
電　　話　０２－２７０５５０６６
傳　　真　０２－２７０５６１００
郵政劃撥　０１０６８９５３
網　　址　http://www.wunan.com.tw
電子郵件　wunan@wunan.com.tw

顧　　問　林勝安律師事務所　林勝安律師

出版日期　2008年10月 初版一刷
　　　　　2013年12月 二版一刷
　　　　　2018年 5 月 二版二刷
定　　價　新台幣280元整